GOLDMANN

Buch

Die blutjunge Nicole St. Claire verliert unter tragischen Umständen ihre Eltern und kann den verschuldeten Besitz nicht halten. Unversehens findet sie sich auf dem Sklavenmarkt wieder und soll dort als Leibeigene verkauft werden. Der stolze und heißblütige Alex du Villier ist von der unbekannten Schönen, deren aquamarinblaue Augen ihm seltsam vertraut vorkommen, so fasziniert, daß er sie für eine märchenhafte Summe ersteigert. Ihre Jugend und Unschuld erregen sein Mitleid, bringen aber auch gleichzeitig sein Blut in gefährliche Wallung. Er beschließt, die schöne Dienerin zu seiner Mätresse zu machen, sobald seine Heirat mit der kühlen, aber reichen Erbin Clarissa Endicott perfekt ist. Doch er hat nicht mit dem Stolz und dem eisernen Willen Nicoles gerechnet. Mit aller Kraft widersetzt sie sich seinem Drängen – und erliegt immer wieder seinem wilden Zauber und ihrer eigenen Sehnsucht. Und sie ist wild entschlossen, den leidenschaftlichen und verzehrenden Kampf nicht eher aufzugeben, bis Alex sie zur rechtmäßigen Madame du Villier gemacht hat.

Autorin

Kat Martin studierte an der University of California Geschichte und Anthropologie und wurde für ihre historischen Romane schon mehrfach mit dem Romantic Times Award als beliebteste Autorin ausgezeichnet. Kat Martin lebt mit ihrem Mann Larry, ebenfalls Schriftsteller, in Bakersfield, Kalifornien.

Bei Goldmann lieferbar:

Der Pirat und die Wildkatze (42210)
Duell der Herzen (42623)
Dunkler Engel (42976)
Heißer als die Sonne (42781)
Heißer Atem (42224)
Hungrige Herzen (42409)
In den Fängen der Leidenschaft (42699)
Süße Rache (42826)
Wilde Rose (43215)

KAT MARTIN

Kreolisches Feuer

ROMAN

Aus dem Amerikanischen
von Christoph Göhler

GOLDMANN VERLAG

Die amerikanische Originalausgabe erschien unter dem Titel
»Creole Fires« bei Dell Publishing/Bantam Doubleday
Dell Publishing Group, New York

Umwelthinweis:
Alle bedruckten Materialien dieses Taschenbuches
sind chlorfrei und umweltschonend.
Das Papier enthält Recycling-Anteile.

Der Goldmann Verlag
ist ein Unternehmen der Verlagsgruppe Bertelsmann

Umschlaggestaltung: Design Team München
Umschlagillustration: Schlück/Daeni, Garbsen
Satz: IBV Satz- und Datentechnik GmbH, Berlin
Druck: Elsnerdruck, Berlin
Verlagsnummer: 43301
SK · Herstellung: sc
Made in Germany
ISBN 3-442-43301-0

1 3 5 7 9 10 8 6 4 2

1. KAPITEL

Louisiana, 1837

»*Allons!* Nicki, komm schon! Wir hätten nicht so tief in den Sumpf gehen dürfen.«

Natürlich hatte Michèle recht, und Nicole St. Claire entging nicht, daß die leise, französisch gesprochene Mahnung unsicher klang.

Aber es war ein so schöner Tag und für sie die erste sich bietende Gelegenheit, der endlosen Prozession von Freunden zu entkommen, die vom Besuch der St. Claires gehört hatten und auf die Plantage der Christophes gekommen waren, um ihnen ihre Aufwartung zu machen.

»Du machst dir zu viele Gedanken«, schalt Nicki. »Das bekommt dir nicht.« Sie streckte sich ein bißchen, bewegte ihren steifen Rücken und füllte ihre Lungen mit der immer noch kühlen Luft.

»*Mon dieu,* du bist vielleicht eigensinnig.« Michèle warf einen Blick über die Schulter zurück. Obwohl sie sich den Hals verrenkte und auf die Zehenspitzen stellte, konnte sie das große, weiße Herrenhaus nicht mehr sehen, das sie hinter sich gelassen hatten. »Mir gefällt das nicht. Da draußen gibt es Schlangen. Außerdem will ich endlich diese gräßlichen Kleider ausziehen.«

Nicki lächelte sie bloß durchs Dickicht an, so daß ihr hübsches, ovales Gesicht aufleuchtete und ein Paar lebhafter, strahlendblauer Augen zu glänzen begannen.

»Die Köchin sagt, wir brauchen zwei Körbe Beeren, wenn wir heute abend Kuchen essen wollen«, gab Nicki zu bedenken. Sie war kleiner als Michèle und wirkte zierlich, aber nicht zerbrechlich. Sie hatte einen vollen, hohen Busen, wohlgeformte Hüften und eine schmale Taille. »Du gehst vor. Ich bleibe in der Nähe.«

»Deiner *maman* wird das gar nicht gefallen.« Michèle betrachtete erneut ihre Umgebung: den gewundenen Altwasserarm, der nicht weit entfernt vom Mississippi abzweigte, den schweren Grasteppich unter ihren Füßen, die turmhohe Zypresse, die diesen kleinen Fleck unbebauten Sumpflandes zu bewachen schien. Sie schlug nach einer Bremse, die um ihr Ohr surrte und machte dann erschrocken einen Satz, als eine Schlingpflanze über ihren Rock peitschte. »Ich glaube, ich sollte dich hier draußen lieber nicht alleine lassen.«

Nickis kupferhaariger Kopf tauchte aus dem Dickicht auf. »Wer sollte uns hier schon etwas tun?« *Genau, wer denn?* dachte sich Nicki. Die Christophes gehörten zu den wohlhabendsten Familien in der Gegend, selbst wenn die Zeiten schwerer geworden waren. Und die St. Claires genossen überall hohes Ansehen.

Michèle schien immer noch unschlüssig. »Papa sagt, Alain Lefèvre kommt zum Essen.«

Wenn sie mit der Erwähnung des hübschen Franzosen Nicki hatte weglocken wollen, dann war der Versuch kläglich gescheitert.

»Du kannst ihn haben. Ich bin nicht interessiert.«

»Warum nicht?«

»Er ist viel zu ... geschniegelt ... für meinen Geschmack. Ständig schwänzelt er um mich herum und deklamiert seine nichtssagenden Gedichte. Ich will einen mutigen, schneidigen Mann. Einen, auf den ich wirklich fliege.«

»*Mon dieu,* du bist tatsächlich verrückt.« Aber Michèle wußte, daß es keinen Sinn hatte zu streiten. Nicole St. Claire war die eigensinnigste junge Frau, der Michèle je begegnet war.

Ganz im Gegensatz zu ihrem eigenen, ruhigen Wesen war Nicki starrköpfig, wagemutig und furchtlos. Ein Wunder, daß die beiden so gute Freundinnen waren.

»Bist du sicher, daß du allein zurechtkommst?« fragte Michèle.

»Kein Problem.«

Michèle verdrehte gequält die Augen und warf einen letzten Blick in Nickis Richtung, die ihr aber bereits den Rücken zugedreht hatte und in dem verblichenen blauen Ginghamkleid davoneilte, das sie sich ausgeborgt hatte, damit ihr feines, gelbes Musselinkleid nicht schmutzig wurde.

Michèle runzelte die Stirn und fragte sich noch einmal, ob sie warten sollte, überlegte es sich dann aber anders. Nicki würde erst dann nach Hause gehen, wenn sie fertig und bereit dazu war, und die Verlockungen eines Bades und eines Mittagsschläfchens waren allzu groß.

Michèle hob ihr abgetragenes, etwas zu kurzes Kleid hoch, damit es nicht hängenblieb und machte sich auf den Heimweg. Sie konnte es kaum erwarten, die schäbigen Kleider loszuwerden und endlich wieder teure Seide und Satin zu tragen.

Nicki beobachtete, wie ihre Freundin den Hügel überquerte und dahinter verschwand. Sie wünschte, sie könnte Michèle öfter besuchen, aber da Cote Verde, die Plantage der Christophes, hier in La Ronde am Mississippi lag, Meadowood, die Plantage der St. Claires, dagegen nahe Napoleonville am Bayou Lafourche, sahen sie einander nur ein paarmal im Jahr.

Michèle Christophe war ihr eine gute und treue Freundin. Dennoch war Nicki, als sie sich wieder ihrer Aufgabe zuwandte und den Weidenkorb mit dicken, saftigen Blaubeeren füllte, froh, ein paar Minuten allein in der warmen Frühlingssonne zu sein.

Mit einem zufriedenen Seufzer hob sie ihren verschlissenen,

geborgten Rock über das Gestrüpp und wagte sich ein bißchen tiefer ins Dickicht. Sie war erst ein paar Schritte weit gekommen, als sie irgendwo hinter sich einen Zweig im Unterholz knacken und dann einen Mann mit harter, knarzender Stimme lachen hörte.

Nicki erstarrte. Gleich hinter den Büschen, nur ein paar Schritte von ihr entfernt, standen zwei schäbig gekleidete Männer und grinsten über ihre tolpatschigen Bewegungen in dem übergroßen Kleid. Ihre Augen waren fest auf ihren Knöchel gerichtet, der über dem groben, braunen Schuh zu sehen war.

Nicki deckte das Kleid darüber und fixierte die beiden mit einem ihrer sonst so betörenden blaugrünen Blicke. »Was wollen Sie hier?« fragte sie die Männer auf französisch. Als die beiden lediglich mit einem finsteren Blick reagierten, wiederholte sie die Frage auf englisch.

Der größere der beiden zog eine Braue hoch. Offenbar überraschte es ihn, daß sie seine Sprache akzentfrei sprach. »Wir machen bloß 'n Nachbarschaftsbesuch.«

Als er näher trat, bemerkte Nicki, daß er nach Whisky und kaltem Rauch roch. Sein Hemd und seine Hose waren zerrissen und dreckig und hingen an seiner klapperdürren Gestalt herab. Er fuhr mit seiner rauhen Hand über ihre Wange und lächelte, wobei er schiefe, gelbe Zähne entblößte. Nicki spürte die ersten Anzeichen von Angst.

»Sie sind nicht von hier«, sagte sie und wich langsam zurück.

Der kleinere, ein stämmiger Kerl mit ergrauendem Haar, Leintuchhosen und einem rotkarierten Hemd, kam ebenfalls näher. »Wir ham dich und deine Franzmannsfreundin beim Beerensammeln geseh'n. Da ham wir gedacht, wir kommen mal rüber und sagen hallo.«

»Das Land gehört der Familie Christophe. Sie haben kein Recht, es zu betreten.«

Der Große kicherte leise. »Was geht dich das an? Du bist keine Christophe, das steht schon mal fest.« Seine Augen wanderten über ihr altes, blaues Ginghamkleid, das wie ein alter Kartoffelsack an ihr hing.

»Sie is' 'ne Hübsche, Chester.«

Bloß nicht nervös werden, ermahnte sie sich. Sie begann, auf englisch zu denken, in jener Sprache, die sie normalerweise verwendete. Es war eine der Lieblingsredewendungen ihrer Mutter. »Wenn die Herrschaften mich nun entschuldigen wollen, ich werde erwartet.« Sie versuchte, sich an ihnen vorbeizudrängen, aber der Mann namens Chester packte sie am Arm.

»Du gehst nirgends hin – wenigstens nich' so bald.« Mit einer einzigen, schnellen Bewegung packte er den Rüschenkragen ihres Kleides, fuhr mit seinen Fingern in das verschlissene, blaue Gewebe und riß daran.

»Scheren Sie sich weg!« Nicki trat mit dem Fuß nach dem Schienbein des Mannes und versuchte, frei zu kommen, aber Chester verstärkte nur seinen Griff. Mit einem geraunten Fluch und einem vorfreudigen Grinsen zog er sie an seine Brust, während sich sein harter Arm um ihre Taille schlang.

»Du hast Kampfgeist, das steht fest. Ich mag's, wenn die Frau 'n bißchen kämpferisch is'.«

Sie schauderte, als sie die kühle Luft auf ihrer nackten Haut spürte und die feuchtkalte Hand des Mannes an ihrem Arm heraufwanderte. »Lassen Sie mich los!« Nicki wehrte sich mit aller Kraft, aber der Große lachte nur. Er verstärkte seinen Griff um ihren Leib und schleppte sie zu einer grasbewachsenen Mulde, die von Efeu und Büschen umgeben war.

»Du kannst soviel zappeln, wie du willst«, sagte er und schubste sie zu Boden. »Ich und Billy nehm' dich trotzdem. Du kannst es dir leicht oder schwer machen. Is' uns egal, wir werden auf jeden Fall unsern Spaß haben.«

Als sie wieder zu schreien versuchte, preßte er eine Hand auf ihren Mund, riß ihr das verwaschene, blaue Kleid herunter und zog ihr dann den übergroßen Unterrock herab.

Das kann doch nur ein böser Traum sein! Aber es war keiner. Angst, ein Gefühl, das sie kaum kannte, schnürte ihr die Kehle zu. Mit seinem langen, dünnen Bein klemmte er ihre Schenkel fest, während Billy ihr die Arme über den Kopf hob. Jetzt betrachteten sie ihre Brüste, deren Ansatz sich weich und weiß über ihrem Korsett hob und senkte.

Nickis Herz pochte wie wild vor lauter Panik und Verzweiflung. Warum hatte sie nicht auf Michèle gehört? Was in Gottes Namen sollte sie jetzt tun?

Erst nach einem Augenblick bemerkte sie, daß die Männer sie eigenartig anschauten, daß sie mißtrauisch ihre Spitzenhöschen, das schneeweiße Korsett und das teure, bestickte Hemdchen betrachteten – die in grellem Gegensatz zu ihrem zerlumpten, geborgten Kleid standen.

»Das is' bestimmt kein Landarbeitermädchen, wenn sie so'n Schnickschnack trägt«, stellte Billy fest.

Chester fluchte leise. Einen Augenblick lang schien er verunsichert, und Nicki faßte neue Hoffnung. Sie versuchte, ihn damit einzuschüchtern, wie reich und mächtig ihr Vater war, aber ihre Worte wurden durch die vorgehaltene Hand erstickt.

»Macht jetzt auch kein' Unterschied mehr«, entschied er schließlich. »Wir sin' schon zu weit gegangen. Außerdem«, fuhr er grinsend fort und zeigte dabei seine gelben Zähne, »hab' ich so'n Druck auf meinen Weichteilen, daß ich ihn irgendwie loswerden muß.«

Mit diesen Worten rissen sie Nicki hoch und begannen, die Schnüre hinten an ihrem Korsett zu lösen. »Gib mir dein Schlachtmesser, Billy.«

Der Stämmige kicherte und zog seinen riesigen Arkansas-

Zahnstocher aus der Lederscheide an seinem Gürtel. Nicki hatte Männer auf den Docks von New Orleans gesehen, die solche Messer trugen. Ein Sonnenstrahl funkelte auf der schweren Klinge und löste in Nicki erst einen panischen Schrecken, dann neue Angst und schließlich den Mut zum Handeln aus.

Sie spürte die Nachlässigkeit der beiden, riß sich los und rammte dem Großen das Knie zwischen die Beine. Ein lautes *Uff!* und sein klägliches Stöhnen, als er zu Boden sank, belohnten sie dafür. Nicki wartete nicht ab, bis der Stämmige reagierte, sondern stürzte los und rannte auf die Pferde der Männer zu, die sie auf einer nicht weit entfernten Lichtung erspäht hatte.

Bitte, lieber Gott, flehte sie, denn sie wußte, daß ihr ein Wunder zu Hilfe kommen mußte, wenn sie die Tiere erreichen, eines losbinden und in den Sattel klettern wollte, ehe der Stämmige sie eingeholt hatte.

Das Wunder kam ihr in Form einer verborgenen Schlingpflanze zu Hilfe. Sie hörte die schweren Schritte ihres Verfolgers, hörte seinen schweren Atem und dann einen Schwall lauter Flüche, als er stolperte und zu Boden donnerte. Später würde sie ein Dutzend Ave Marias beten, gelobte sie im stillen und rannte weiter.

Sie zitterte, als sie die Pferde schließlich erreicht hatte. Wenn sie nur auch das zweite losbinden und fortscheuchen könnte… Aber der Stämmige hatte sich wieder aufgerappelt und war ihr auf den Fersen. So band sie nur das kleinere der beiden los, eine kleine Fuchsstute, die nach einer guten Läuferin aussah, und kletterte in den Sattel. Zum erstenmal in ihrem Leben ritt Nicki im Herrensitz, und das Gefühl war eigenartig und unangenehm. Aber da ihr keine andere Wahl blieb, beugte sie sich über die Stute, stieß die Hacken in die Flanken des Pferdes und galoppierte von der Lichtung.

Ein Blick zurück verriet ihr, daß der Mann namens Chester

versuchte, ihr den Weg zum Herrenhaus abzuschneiden. Sie würde deshalb zur Straße reiten müssen, die in die Stadt führte – *ganz bestimmt würde ihr der andere dorthin nicht folgen!* Aber das Hufgetrappel hinter ihr verriet ihr, daß er genau das vorhatte.

Nicki preßte die Knie zusammen und klammerte sich nach besten Kräften an den flachen Ledersattel. Ihre Füße reichten nicht bis zu den metallenen Steigbügeln hinab, und der Herrensattel war ihr so unvertraut, daß sie nicht wußte, ob sie sich auf dem Pferd halten konnte. Aber als das Tier in einen regelmäßigen, gestreckten Galopp überging, wuchs ihr Selbstvertrauen. Sie verließ den Sumpf und steigerte das Tempo erneut. Wenn sie es über die Steinmauer am Ende des offenen Feldes schaffen würde, ohne abgeworfen zu werden, dann hatte sie es geschafft.

Jedenfalls glaubte sie das, bis sie über die Mauer flog und ihr Verfolger es ihr gleichtat.

Lieber Gott, was jetzt? Sie verstärkte ihren Griff um die Zügel des Pferdes, beugte sich über den Hals und trieb das Tier nochmals an. In La Ronde würde sie Hilfe finden, dort würden diese Wahnsinnigen aufgehalten.

Die kleine Stute schäumte und atmete schwer, als Nicki in vollem Galopp über die Hauptstraße von La Ronde jagte, jenes kleinen Fleckens, in dem die Pflanzer der Umgebung ihre Vorräte einkauften. Auf ihrer verzweifelten Flucht schaute sie über die Schulter zurück, um zu erkennen, ob ihr Verfolger noch nicht aufgegeben hatte, und sah deshalb nicht, wie ein mit Fässern beladener Wagen vor ihr über den Weg rollte. Die Stute bemerkte die drohende Katastrophe früher als Nicki und stieg in einem verzweifelten Versuch, den Zusammenprall mit dem schweren Gefährt zu vermeiden, auf die Hinterbeine.

Nicki spürte, wie der Rücken des Tieres plötzlich kippte, spürte, wie sie durch die Luft flog, sah die Welt vorüberwirbeln und schloß die Augen, um sich gegen den schmerzhaften Aufprall, der ihr bevorstand, zu wappnen.

Statt dessen spürte sie, wie ihr Körper gegen etwas Hartes, und doch Nachgiebiges prallte, spürte Stoff auf ihrer Haut und öffnete die Augen, um sich in den Armen eines Mannes wiederzufinden. Da ihr die Erinnerung an den Mann, der sie verfolgte, noch frisch im Gedächtnis war, wehrte sie sich augenblicklich. Doch die tiefe Stimme des Mannes, die leise und auf französisch zu ihr sprach, beruhigte sie wieder.

»Es ist alles in Ordnung, *chérie*. Ich werde Sie nicht fallen lassen.«

Nicki schluckte schwer, bemühte sich um Selbstbeherrschung und merkte, daß es ihr schwerfiel zu sprechen. Sie schaute zurück.

»Ich werde von einem Mann verfolgt«, antwortete sie in der gleichen melodiösen Sprache. »Es waren zwei. Sie haben versucht... sie wollten...« Sie sah an ihrem zerrissenen Spitzenhemdchen herab, an dem Schmutz und Zweige hingen. Ihre Haarnadeln hatten sich gelöst, und die kupferfarbene Flut ergoß sich um ihre Schultern. Über ihrem Korsett hoben und senkten sich ihre Brüste im Takt ihres abgehackten Atems.

Das Lächeln des Franzosen erstarb, und seine Stimme wurde härter. »Sie haben nichts zu befürchten, *chérie*.«

Nicki spürte den weichen Stoff seines Anzugs an ihrer Haut, als er sie schützend an sich drückte. Das energisch vorgereckte Kinn bekräftigte seine Worte, und Nicki glaubte ihm.

»Meine Kleider...«, flüsterte sie in der Hoffnung, daß er verstand. Doch sie hätte gar nichts zu sagen brauchen.

Er umging den Wagen, der inzwischen angehalten hatte, den Kutscher, der mit besorgter Miene auf sie zukam, und die Menge, die sich langsam versammelte, und trug sie von der schmalen, staubigen Straße weg auf den hölzernen Gehsteig.

Nicki atmete den Duft seines würzigen Rasierwassers ein und schlang ihre Arme um seinen Hals, um sich besser festzuhalten. Als sie seiner kräftigen Arme und seiner breiten Brust gewahr wurde, erkannte sie, daß er groß war. Auch hübsch, mit sonnengebräunter Haut und welligem, dunkelbraunem Haar, das an manchen Stellen bernsteinfarben aufleuchtete. Sie hatte gleich die tiefen Grübchen bemerkt, als er sie angelächelt hatte, obwohl sie kurz darauf von seiner sorgenvollen Miene ausgelöscht worden waren. Er hatte warme braune Augen.

Sie sah zu ihm auf, während er mit ihr auf den Armen den hölzernen Gehsteig entlang ging. Seine Augen strahlten jedoch nichts Warmes mehr aus, als er geduckt in Gaudins Laden trat. Sein vorhin so voller und sinnlicher Mund war zu einem dünnen Strich geworden, und ein Muskel zuckte in seinem Kiefer.

»Madame Gaudin«, sagte er zu der rundlichen, kleinen Ladenbesitzerin, *»la petite mademoiselle* braucht ganz offensichtlich etwas zum Anziehen.« Es war unüberhörbar, daß das ein Befehl war. Er trug sie bis hinter einen Vorhang, der den rückwärtigen Teil des Ladens abteilte, setzte Nicki dort ab und schenkte ihr ein aufmunterndes Lächeln. »Hier sind Sie sicher, bis ich zurückkomme.«

Er schaute sie einen Augenblick an, abschätzend, wie ihr schien. Seine Finger strichen sanft über ihre Wange, so daß ihr ein Schauer über den Rücken lief, dann wandte er sich ab. Nun nicht mehr lächelnd, wechselte er ein paar Worte im Flüsterton mit der Ladenbesitzerin, blickte ein letztes Mal in Nickis Richtung und trat dann wieder auf die Straße hinaus. Ihr fiel auf, wie breit seine Schultern unter dem dunkelblauen Anzug waren, der sich über seinen schmalen Hüften drastisch verjüngte. In den maßgeschneiderten, grauen Hosen spielten bei jeder Bewegung die festen Muskeln seiner mächtigen Schenkel.

Der Vorhang fiel hinter ihm herab, und die rundliche kleine

Besitzerin kam zu ihr und lenkte Nickis Gedanken in eine andere Richtung.

»Ich bin angewiesen worden, mich besonders gut um Sie zu kümmern, Mademoiselle.« Madame Gaudin steckte eine graue Haarsträhne zurück und lächelte.

Nicki warf einen letzten Blick in Richtung des Vorhangs, der immer noch sacht schwankte, und schluckte schwer. Ihr Kopf fühlte sich immer noch blutleer an, ihr Mund trocken, ihre Finger kalt und taub.

»Machen Sie sich keine Sorgen, Mademoiselle«, sagte die Frau, die ihr Unbehagen spürte. »Ich bringe Ihnen etwas zum Anziehen, und niemand wird etwas davon erfahren.«

»Die ganze Stadt wird es erfahren«, erklärte ihr Nicki, dic schließlich die Sprache wiederfand. »*Mon dieu,* was für eine Szene habe ich wieder verursacht.« Sie seufzte verzweifelt. Wie schaffte sie es nur immer wieder, sich in Schwierigkeiten zu bringen. Ihr Vater war bestimmt außer sich vor Zorn, wenn er davon erfuhr, und ihre Mutter, die normalerweise etwas mehr Nachsicht für ihre Heldentaten aufbrachte, war ganz bestimmt auch nicht begeistert.

»Eine ganz reizende Szene«, antwortete die Frau, wobei sie Nickis vollen Busen und ihre schlanke Taille musterte. Madame Gaudin lächelte und berührte ihre Wange am gleichen Fleck wie der Franzose, obwohl ihre Finger längst nicht so warm waren. »M'sieur du Villier scheint mir geradezu von Ihnen hingerissen.«

»Wer?« fragte Nicki und hoffte, daß sie sich verhört hatte.

»Alexandre du Villier. Gewiß kennen Sie ihn. Seine Familie ist die reichste in der Gegend. Ihnen gehört die große Zuckerplantage, Belle Chêne.«

»Das war... das war Alcxandre du Villier?« Nicki erbleichte. »Aber ich dachte, die du Villiers besuchen derzeit ihre Ländereien in Frankreich.«

»*Le duc* ist dort. Er soll krank sein. Alexandre fährt heute ab, um ihm Gesellschaft zu leisten. Sein Bruder François bleibt hier und kümmert sich um Belle Chêne.«

»O nein«, klagte Nicki, die sich noch erbärmlicher fühlte. »Mein Vater wird toben.«

»Ihr Vater ist mit den du Villiers befreundet?«

»Ja. Seit dem Krieg.«

»Ich habe Sie noch nie gesehen. Sie sind nicht von hier?«

»Nein.« Sie streckte ihre kleine Hand aus. »Ich bin Nicole St. Claire. Aus Meadowood am Bayou Lafourche. Wir besuchen die Christophes.«

»Sie sind die Tochter von Etienne St. Claire?«

»Ja.«

Die Stimme der dicken, kleinen Frau klang plötzlich ehrfürchtig. »Viele kennen Ihren Vater. Er war ein großer Held im Krieg gegen die Briten. Es ist mir eine Ehre, seine Tochter kennenzulernen.«

»Vielen Dank. Es freut mich auch, Sie kennenzulernen.«

Madame Gaudin lächelte, während ihre Augen über Nickis zerfetzte, schmutzige Kleider glitten. Zum erstenmal dämmerte ihr, daß Madame Gaudin vielleicht glaubte, Alexandre du Villier hätte etwas mit ihren verlorenen Kleidern zu tun.

O Gott, was denn noch? »Was meine Kleider betrifft, Madame...« Während Nicki eilends alles über die Männer erzählte, die sie verfolgt hatten, über ihre Flucht und über Monsieur du Villiers eben noch rechtzeitig erfolgte Rettung, zog Madame Gaudin, sichtbar erleichtert, einen zweiten Vorhang hinter ihr zu, der die Anproberäume vom übrigen Laden abtrennte.

Sie sei auch Schneiderin, erklärte sie, als sie mit einem blaßrosa Musselinkleid zurückkehrte, das mit winzigen, dunkelrosa Blumen bestickt war und niedrig angesetzte Ärmel hatte.

»Vielleicht ist es zu lang, aber man kann es leicht kürzen.«

»Es ist schon gut so«, erklärte ihr Nicki. »Ich muß zurück sein, bevor es dunkel wird.«

»Ich bin überzeugt, M'sieur du Villier würde Sie liebend gern begleiten, selbst wenn er dafür seine Reise verschieben müßte.«

»Ah non!« Nicki verdrehte die Augen. »Das ist das letzte, was ich brauchen kann.«

Madame Gaudin stimmte ihr besorgt zu. »Natürlich haben Sie recht. Sie sind viel zu jung für diesen wilden Hengst. Aber wer weiß...?« Sie zuckte mit den runden Achseln. »Vielleicht in ein paar Jahren, wenn er aus Europa zurückkommt...«

Nicki grinste, denn plötzlich spürte sie, daß diese Aussicht irgendwie verlockend schien. Hatte sie nicht gesagt, sie wünschte sich einen Mann, auf den sie wirklich flog?

»Bis dahin hat er mich höchstwahrscheinlich vergessen«, sagte sie und fragte sich insgeheim, ob das wohl stimmte. »Wahrscheinlich ist er dann schon mit einer uralten Aristokratin verheiratet.«

In Madame Gaudins Augen blitzte Boshaftigkeit auf. »Vielleicht... vielleicht auch nicht. Ich glaube, er wird *la petite mademoiselle* nicht so schnell vergessen, deren Augen die Farbe der karibischen See haben und die in Korsett und Hemdchen durch die Straßen von La Ronde galoppierte.«

Nicki stöhnte, als sie daran erinnert wurde, und zog sich schnell fertig an. »Ich nehme nicht an, ich könnte Ihre Güte noch mehr in Anspruch nehmen und Sie bitten, ihm nicht zu sagen, wer ich bin?«

Die dicke Dame grinste schelmisch. »Er wird mich bestimmt fragen – aber für Etienne St. Claires Tochter könnte ich vergessen, wer Sie sind – wenigstens die nächsten paar Jahre.«

»Vielen Dank, Madame. Ich stehe ewig in Ihrer Schuld. Ach ja, und schicken Sie die Rechnung für das Kleid nach Meadowood...« Sie gab das Geld nur ungern aus. Die Zeiten waren hart. Sie und ihre Mutter mußten jeden Penny zweimal umdrehen.

»M'sieur du Villier hat das bereits erledigt.«

»Wirklich?« Unvermittelt fiel Nicki ins Englische zurück, jene Sprache, in der sie zu Hause verkehrten, obwohl ihr Vater Franzose war, und die auf der Salem Academy, ihrer Schule, gesprochen wurde.

»Pardon, Mademoiselle?«

»Excusez-moi. Sagen Sie M'sieur du Villier, daß ich ihm von Herzen für seine freundliche Unterstützung danke.« Ihrem Vater würde das gar nicht gefallen, aber vielleicht würde er nichts erfahren. Und die du Villiers konnten sich im Augenblick die Ausgabe bestimmt eher leisten als ihre Familie. Dieses eine Mal, beschloß sie, würde sie ihren Stolz vergessen und einfach praktisch denken.

Solange sie ihm nicht mehr zu begegnen brauchte.

Entschlossen, verschwunden zu sein, bevor ihr hübscher Retter wiederkehrte, wischte sich Nicki Schmutz und Laub von ihrer Unterwäsche und zog sich das hübsche rosa Musselinkleid über den Kopf.

»Wo ist sie?«

»La petite mademoiselle?« fragte Madame Gaudin, sichtlich amüsiert über das offenkundige Interesse des gutaussehenden Franzosen.

»Wer sonst?« grummelte er. »Wie viele halbnackte junge Damen haben Sie in Ihrem Laden?«

Madame Gaudin spitzte die Lippen und zuckte mit den Achseln. »Verschwunden, M'sieur. Sie befürchtete, ihre Eltern könnten sich Sorgen machen. Henri hat sie im Wagen heimgefahren.«

Henri war Madame Gaudins vogelscheuchenhafter Gatte.

Daß sie die liebliche Mademoiselle allein mit Henri Gaudin als Schutz heimgeschickt hatte, verstärkte Alexandres Sorgen noch mehr.

»Er hat eine Pistole mitgenommen«, antwortete sie, als sie die tiefen Stirnfalten bemerkte. »Sie haben die Männer nicht gefunden, die sie überfallen haben?«

»Keine Spur. Aber so nahe am Fluß und dem Sumpf hatten wir kaum eine Chance.«

»*Sacrebleu!* Was für Männer sind das bloß, die sich an ein so unschuldiges Wesen heranmachen!«

Alexandres Kinnmuskeln spannten sich. »Wer war sie? Wohnt sie hier in der Gegend?«

»*Non,* sie ist bloß auf Besuch hier.« Madame lächelte angesichts seiner enttäuschten Miene. »Sie können dankbar sein, daß Sie abreisen. *La petite mademoiselle* ist viel zu jung für Sie – erst fünfzehn, hat sie gesagt.«

Seine Braue flog hoch. »Fünfzehn?« wiederholte er ungläubig.

»Wenn Sie auf ihr Gesicht gesehen hätten und nicht nur auf ihren reifen kleinen Körper, wäre Ihnen das aufgefallen.«

Alex kicherte leise. Er war zwölf Jahre älter als sie und hätte eigentlich genauer hinsehen müssen, aber es kam selten vor, daß ihm ein so junges Mädchen gefiel. »Ich glaube, Sie haben recht.«

»Was für eine Schönheit, *n'est-ce pas?* Wie ein Engel.«

Alex lächelte. »Ein Engel mit Kupferhaar und Aquamarin-Augen und einem Körper, der nach der Berührung eines Mannes verlangt... Wie Sie ganz richtig sagen, kann ich mich glücklich schätzen, einer so gefährlichen Versuchung entkommen zu sein.«

Aber auf dem Weg zu den Docks und später, als er die Zuckerfelder entlang des Mississippi verschwinden und die Lichter von New Orleans näher kommen sah, konnte er nicht anders, als den Mann zu beneiden, der sie schließlich in seine Arme schließen würde.

Als er nach langer Reise das französische Festland erreichte, hatte er sie beinahe vergessen. Nur einmal, als er eine Frau mit längst nicht so lebhaften Augen bemerkte, fragte er sich, wer dieser glückliche Mann wohl sein mochte.

2. KAPITEL

New Orleans, 1840

Nicole St. Claire kauerte in der Ecke ihrer feuchten, modrigen Zelle im Polizeigefängnis des zweiten Bezirks an der Baronne Street.

Auf einem groben Holztisch flackerte eine weiße Kerze und warf schaurige, gespensterhafte Schatten an die feuchten Steinmauern. Ein paar uniformierte Wachtposten standen vor der Tür, aber sie schenkten Nicole keine Beachtung. Statt dessen verfolgten sie gespannt die Vorgänge in einer anderen kleinen Zelle, in die vor einigen Stunden zwei weitere Frauen gesperrt worden waren.

»Ich halte es nicht aus, wenn sie schreien«, flüsterte Nicki und preßte sich die Hände auf die Ohren. *Die Angstschreie der Frauen und die Ratten.* Das war das Allerschlimmste an diesem düsteren Gefängnis. Und sie vermißte die warme Sonne. Sie fror seit dem Tag vor zwei Wochen, an dem sie hier angekommen war. Sie fror, sie war einsam, und die Angst saß ihr tief in den Knochen.

»Bald isses vorbei«, erklärte Lorna Mackintosh, das dralle, dunkelhaarige Mädchen, das die Zelle mit ihr teilte.

»Ich wünschte, wir könnten irgendwas tun.« Jetzt war Lachen zu hören, tief und verächtlich, dann riß Stoff. Die Frau verfluchte die Männer, verstummte aber nach ein paar gewaltigen Schlägen, die von den Zellenwänden widerhallten und Angstschauer über Nickis Rücken jagten. Ohne es zu merken, krampfte sie ihre Hände um die Falten des schlammbraunen Wollkleides, das bis auf den Boden reichte.

»Das einzige, was du tun kannst«, stellte Lorna fest, »is' ruhig bleiben und beten, daß Sie's nich' mir dir machen.« Lorna hatte immer noch blaue Flecken von der Mißhandlung, obwohl die Wachen sorgfältig darauf geachtet hatten, sie nur dort zu verletzen, wo man es nicht sehen konnte.

Bis jetzt hatte Nicki Glück gehabt.

»Ich vergesse dir nie, was du für mich getan hast«, sagte sie zu Lorna. »Ganz gleich, was passiert.«

Nicole hatte ihre schottische Freundin kennengelernt, als sie vor zwei Wochen vollkommen hysterisch ins Gefängnis geworfen worden war. Lorna, eine entlaufene Leibeigene, war anfangs zurückhaltend gewesen, aber Nickis herzzerreißendes Schluchzen hatte schließlich ihr Herz erweicht.

»Sei still«, hatte Lorna geflüstert und war neben sie auf den Strohsack gerutscht. »Du will's doch nich, dasse dich bemerken. Sei still, dann vergessen'se dich vielleicht 'ne Weile.«

»Ich – ich gehöre nicht hierher«, hatte Nicki gestammelt. »Das ist alles ein schrecklicher Irrtum.«

»Klar, Mädel. Kein Menschenwesen gehört in so'n Höllenpfuhl wie diesen. Aber du mußt dich in'n Griff kriegen. Du bleibst nich' lang hier. In vierzehn Tagen wirste verkauft, genau wie wir annern. Dann biste hier raus.«

»Es ist mir gleich, ob ich jemals wieder raus komme. Es ist mir gleich, ob ich lebe oder sterbe. Ich kann nirgendwo mehr hin, und niemand schert sich mehr einen Dreck um mich.«

Lorna musterte Nickis blasses Gesicht im Kerzenschein und bemerkte die Flecken auf ihrer Wange, die sich dunkellila unter ihrer zarten Haut abzeichneten, und die weichen, kupferroten Strähnen, die unter ihrer abgetragenen braunen Haube hervorhingen. »Du redest wie 'n reiches Mädel. Du mußt jemand gehabt haben, der sich um dich kümmerte. Jemand, der dich auf 'ne Schule geschickt hat und so.«

Nicki schloß die Augen. In nur drei Jahren hatte sich ihr Leben vollkommen verändert. »Meine Eltern«, flüsterte sie, aber das schien so lang her zu sein, daß sie sich kaum daran erinnern konnte. Fast wie in einem anderen Leben. »Vor der Depression gehörte uns eine Plantage am Bayou Lafourche.«

»Mann. 'n hübscher Flecken. Ich war selbst mal da.«

Darüber lächelte Nicki. Es war ein trauriges, sanftes Lächeln der Erinnerung. »Unser Haus war zweistöckig. Vorne hatte es schlanke weiße Säulen und winzige Dachfenster. Es war aus rosa Ziegeln gebaut, die aus dem Lehm des Teche gebrannt waren. Abends, wenn die untergehende Sonne darauffiel, erstrahlte es im hübschesten Rosa, das du je gesehen hast.«

Nicki schluckte den Klumpen herunter, der ihr in der Kehle saß. Sie hatte nie viel geweint, aber jetzt kam es ihr vor, als hätte sie seit Jahren nichts anderes mehr getan.

»Du hast dein Heim also bei der Depression verlor'n?«

Nicki nickte. Es tat gut, jemandem all das zu erzählen, was sie so lange für sich behalten hatte. »Ich wußte, daß Papa in Geldschwierigkeiten war... ich habe ihm immer geholfen, Buch zu führen... aber erst als er starb, erfuhr ich, wie schlimm es wirklich war. Sein Herz... er konnte den Gedanken einfach nicht ertragen, Meadowood zu verlieren... Mama und mir weh zu tun.« Tränen liefen über ihre Wangen, und sie wandte sich ab.

»Mach weiter«, drängte Lorna. »Diesmal erzählst' es fertig, damit du mit deinem Leben weitermach'n kannst.«

»Ich habe kein Leben mehr!« fauchte Nicki, plötzlich erbost über all die Verluste. »Ich werde nie wieder eins haben.« Dann weinte sie, heftiger als je zuvor. Lorna legte einen Arm um ihre Schulter. Irgendwann verwandelten sich die Tränen in Schluchzer, die irgendwann ganz aufhörten.

Sie redeten bis tief in die Nacht. Lorna erzählte von ihrer Heimat in Schottland und von der Familie, die sie verloren hatte. »Ich dachte, 's wär' die Antwort auf meine Gebete, als ich nach Amerika gefahren bin.« Sie zog die Stirn kraus und schaute sich in der verdreckten Zelle um. »Na, 's bleibt mir nichts andres übrig, als das Beste draus zu machen.«

»Das hat Mama auch gesagt, nachdem Papa gestorben ist, aber sie hatte nicht mehr genug Willenskraft.« Nicki seufzte niedergeschlagen. »Ich versuchte, die Plantage zu erhalten, aber es war schon zu spät. Unsere Freunde waren alle fort – die meisten hatten ihre Häuser und ihr Vermögen ebenso verloren wie Papa. Als die Männer von der Bank schließlich kamen, um alles zu beschlagnahmen, wartete Mama mit einer Muskete auf der Veranda auf sie. Als sie versuchten, mit ihr zu reden, brach sie zusammen. Eine Art Schlaganfall, sagte der Arzt.«

»Also hast du dich selbst verpfändet«, ergänzte Lorna, als Nicki nicht weitersprach.

»Ich wußte nicht, was ich sonst tun sollte. Es war niemand mehr da, der mich hätte aufnehmen können – der einzige, an den ich mich hätte wenden können, war ein Mann namens du Villier, der beste Freund meines Vaters, aber er war im selben Jahr in Frankreich gestorben. Sein jüngster Sohn François leitete die Familienplantage in der Nähe von New Orleans, aber er und Papa... kamen nicht miteinander aus.«

»Wir hatten alle Pech, Mädel«, meinte Lorna, »aber's sieht so aus, als würd's mehr weh tun, wenn man so lange davor beschützt wurde.«

»Die Turners – die Leute, die das Geld für mich gezahlt haben – waren wirklich sehr nett, und der Kontrakt sollte eigentlich an meinem achtzehnten Geburtstag enden. Es wäre nicht so schlimm gewesen, wenn nicht die anderen...« Sie zitterte allein bei dem Gedanken an Armand Laurent und seine Grausamkeit, und an diese falsche Schlampe Adrian Paxton, deren Lügen sie ins Gefängnis gebracht hatten. »Ich hätte nie gedacht, daß es so kommen würde.«

Aber genauso war es gekommen, dachte Nicki, und ihre Gedanken kehrten zurück in die Gegenwart. Das Stöhnen auf der anderen Seite des Ganges war in ein bitteres Schluchzen übergegangen.

»Du mußt es von der positiven Seite sehen.« Lorna zog sie auf die Füße. »Morgen biste aus diesem gottverlassenen Loch raus. Egal, wohin du kommst, schlimmer als hier kann's nich' sein. In ein paar Jährchen is' deine Leibeigenschaft abgelaufen, und dann kannste machen, was de willst.«

»Sieben Jahre sind kaum ein paar Jährchen«, erwiderte Nicki bitter. Aus den drei Jahren ihrer Arbeitsverpflichtung waren zehn geworden. Es klang wie eine Ewigkeit. Sie schloß die Augen wieder, um sich gegen die aufsteigende Verzweiflung zu wehren. »Ich weiß nicht, ob ich das überlebe.«

»Du hast es bis jetzt geschafft, oder nich'?«

»Ohne dich aber bestimmt nicht.«

An jenem Tag vor zwei Wochen, als die Wachleute mit ihren nächtlichen Übergriffen auf die Frauen begonnen hatten, hatte Lorna, die neun Jahre älter war, das Entsetzen auf Nickis Gesicht bemerkt.

»Du hast noch kein' Mann gehabt, was, Mädel?«

»Nein«, flüsterte Nicki, die wünschte, von der Zellentür wegrücken zu können, aber unfähig war, den Blick von dem Wachmann zu wenden, der die Beine der Frau auseinanderzwang, vorne in seiner Hose herumfummelte und dann sein steifes Glied in sie stieß. Das Flehen der Frau um Gnade und ihre verzweifelten Abwehrversuche schienen ihn nur noch anzustacheln.

Lornas Finger gruben sich in Nickis Schultern, zogen sie weg von der grausigen Szene und in eine Ecke. Während Nicki entsetzt auf die Tür starrte und darauf wartete, daß die Wachen jeden Augenblick hereinplatzen würden, nahm Lorna die Sache in die Hand.

»Wir werden dich direkt unter ihren Nasen verstecken«, meinte Lorna mit sprühender Entschlossenheit.

»Was?«

Mit schnellen, behenden Bewegungen flocht sie Nicki Zöpfe, wickelte eine dicke, kupferfarbene Zopfschnecke über beide Ohren und setzte ihr dann die schmutzige, braune Haube wieder auf.

»Wir müssen deine Brüste flachmachen«, erklärte ihr Lorna, und endlich dämmerte es Nicki. Sie riß Streifen aus ihren fleckigen, dreckigen Unterröcken und band sie sich um, und Lorna zog die Bandage straff, bis Nicki kaum noch atmen konnte.

»Vergiß nich', Mädel, Kopf runter«, warnte Lorna sie. »Schau ihnen nie in die Augen. Mit der Frisur und der flachen Brust siehste aus wie zwölf oder dreizehn. Alt genug, um ein paar von denen zu interessieren, aber die meisten zieh'n 'ne Frau einem Mädchen vor, wenn sie die Wahl haben.«

Und genauso war es auch.

Lorna hatte sich nicht gegen sie gewehrt, und Nicki war zu entsetzt gewesen, um mehr zu tun, als tatenlos zuzuschauen, wie sie Lorna brutal vergewaltigten. Zwei Nächte später waren sie wiedergekommen. Inzwischen hatte Nicki neuen Mut gefaßt, und Lornas Protesten zum Trotz war sie bereit gewesen. Sie hatte sich, einen Holzschemel in der Hand, hinter der Tür versteckt und den ersten Wachmann bewußtlos geschlagen. Der zweite, der neu auf der Wache war, hatte hastig den Rückzug angetreten und seinen zu Boden gegangenen Kameraden mit hinausgeschleift. Wie es das Glück wollte, wurde in derselben Nacht eine neue Gruppe von weiblichen Gefangenen eingeliefert, denen sich die Wachleute sogleich widmeten. Ab dem Zeitpunkt hatte man Lorna und Nicki in Ruhe gelassen.

»Vielleicht wirste diesmal von jemand gekauft, der anständig is'«, sagte Lorna. Morgen sollte Nicki zum viertenmal innerhalb der letzten drei Jahre verkauft, aber zum erstenmal öffentlich versteigert werden.

»Das glaube ich nicht. Ich bin jetzt nicht nur eine Leibeigene – man hält mich auch noch für eine Diebin.«

»Na, aber so'ner Kleinen kann man ein paar Vergehen schon verzeihen. Bete bloß, daß niemand das Alter auf deinen Papieren bemerkt.«

»Eigentlich ist es egal. Ich kann mich nicht ewig als Kind verkleiden. Irgendwann werden sie daraufkommen, daß ich eine Frau bin. Gott allein weiß, was dann passiert.«

Lorna fand es schwierig, der Wahrheit zu widersprechen. Ihre Freundin war eine feine, wohlerzogene Dame, aber das Schicksal war blind, wenn es seine Schläge austeilte, und niemand konnte erklären, warum es den einen traf und den anderen nicht. Nicki hätte ebenso gut ein angenehmes Leben führen und einen anständigen jungen Mann heiraten können.

Jetzt würde es keinen Ehemann geben. Höchstwahrscheinlich bloß einen vaterlosen Bastard oder zwei. Es gab Gesetze, die leibeigene Diener schützten, aber die Männer, die den Preis für eine Leibeigene zahlen konnten, hatten auch genug Geld, um das Gesetz zu kaufen. Auf Grund ihrer Vorstrafe – und ihres Gesichts und des Körpers, den sie unter ihren schäbigen Kleidern verbarg – hatte Nicki fast überhaupt keinen Schutz. Lorna seufzte. Das Leben war nicht leicht.

Aus Angst vor dem kommenden Tag rutschte Nicki zuerst unruhig auf ihrem Strohsack auf dem kalten Lehmboden hin und her und marschierte dann den ganzen Morgen in der Zelle auf und ab. Da man die Sonne nicht sehen konnte, war es schwer zu sagen, wie viele Stunden sie hatten warten müssen, bis sie die schlurfenden Schritte vor ihrer Tür hörten. Wahrscheinlich war es Spätnachmittag.

»Wir sind als nächste dran«, sagte Nicki, die hörte, wie die gegenüberliegende Zellentür geöffnet wurde. Dann drangen die Stimmen der Frauen zu ihnen, die von den Wachmännern durch den Gang getrieben wurden. Sie konnte sich schon fast auf dem Auktionsblock stehen sehen, während die Männer ihre Gebote machten, als wäre sie kein Mensch mehr, sondern lediglich ein Gebrauchsgegenstand – was sie tatsächlich auch war.

Scham und Furcht überwältigten sie. *Was würdest du sagen, Papa, wenn du hier wärst?* Tief im Herzen wußte sie es.

»Niemand kann dich beschämen, *ma fille.* Du kannst dich nur selbst beschämen.« Sie erinnerte sich so gut an seine Worte, als hätte er sie eben gesprochen.

»Bleib in meiner Nähe«, sagte Lorna soeben. »Ich kenn' die meisten reichen Kerle in der Stadt. Der miese, alte Bock, der mich gekauft hat, war'n Zeitungsmann. 's gab kaum was über irgendwen, was der olle Forsythe nich' gewußt hat. Sobald wir draußen sin', sag' ich dir, welchem Bieter du Mut machen mußt und welchem nich'.«

»Und wie soll ich das machen?«

»Du bist doch ein schlaues Mädel. Du wirst's schon merken, wenn's soweit is.«

Nickis Schultern sackten herab. Sie würde es schon merken – sie würde es jedenfalls versuchen. Sie würde ihr Bestes versuchen, so wie sie es in den vergangenen drei Jahren gemacht hatte. Bis jetzt hatte sie nicht allzu viel Erfolg damit gehabt.

Das Geräusch eines Schlüssels, der sich im Schloß drehte, jagte ihr eine Gänsehaut über den Rücken. Sie hatte nie zuvor Angst gehabt, nicht so wie jetzt. Auch diese Unsicherheit, diese Erniedrigung hatte sie nicht gekannt. Sie war dankbar, daß sie sich unter dem Mädchennamen ihrer Mutter verpfändet hatte. Niemand würde glauben, daß Nicki Stockton, das schmutzige, ausgemergelte Straßenkind mit dem gehetzten Blick in Wirklichkeit Nicole St. Claire, Etienne St. Claires Tochter war.

»Röcke hoch«, befahl der Wachmann, der die Beine der Frauen für den Weg zum Auktionspodium zusammenkettete.

Als das schwere Eisenband um ihren schmalen Knöchel zuschnappte und das kalte, scharfe Metall sich in ihr zartes Fleisch schnitt, wandte sich Nicki an die Frau, die einen sicheren Platz in ihrem Herzen erworben hatte.

»Ich werde dich nie vergessen, Lorna.« Ihre Kehle war wie zugeschnürt. »Ich wünschte, ich könnte mich irgendwie für deine Freundschaft revanchieren. Wenn da irgendwas ist – irgendwas, was ich tun kann…«

»Du bist 'ne gute Freundin, Nicki. Ich werd' für dich beten.«

Hand in Hand gingen sie der Tür und einer ungewissen Zukunft entgegen.

»Ich weiß nicht, wie es mit dir ist, aber dieses verdammte Wetter setzt mir zu. Ich könnte einen Drink gebrauchen.« Alexandre du Villier schlug seinem besten Freund, Thomas Demming, kräftig auf den Rücken.

Es war zwar eigentlich nicht kalt, aber bewölkt und windig. Ungewöhnlich, so kurz vor dem Sommer. Der unbeugsame Optimist Alex meinte, daß es ihm auf diese Weise wenigstens nicht zu heiß und ungemütlich in seinem zweireihigen waldgrünen Frack war. Seine weiße Krawatte und das gestärkte weiße Hemd wirkten so frisch wie am Morgen, als er sie angezogen hatte.

»Ich habe gehört, daß im St. Louis Hotel eine Ladung Napoleon-Cognac eingetroffen ist«, sagte Thomas, dem der Wind unter seinen grauen Frack und in die hellblonden Haare fuhr.

»Großartig«, stimmte Alex in fast akzentfreiem Englisch zu. Seit er letztes Jahr nach Belle Chêne zurückgekehrt war, hatte Alex beschlossen, so oft wie möglich englisch zu sprechen. Er war Amerikaner französischer Abstammung – ein französischer Kreole. Obwohl er einen Großteil seines Lebens in Frankreich verbracht hatte, an der Sorbonne in Paris und ein Jahr auf der École Polytechnique studiert hatte, fühlte er sich richtig zu Hause nur in Louisiana und auf Belle Chêne.

»Was hältst du vom Zuckerpreis dieses Jahr?« fragte ihn Thomas, während sie die staubige Royale Street überquerten und auf das Hotel zusteuerten.

Alex antwortete nicht. Seine Aufmerksamkeit wurde statt dessen von einer Menschenmenge auf sich gezogen, die sich in der Nähe der Hotelrotunde gebildet hatte. »Was ist da los?«

Die Antwort ergab sich von selbst, als die Männer näher kamen. »Eine Sklavenauktion«, sagte Thomas.

»Verpfändete Arbeitsverpflichtete«, korrigierte Alex, und seine Schritte wurden langsamer. »Aus dem Gefängnis. Vor allem Entlaufene und Diebe.« Ihm sagte der Gedanke der Leibeigenschaft nicht zu. Dazu hatte er zu viele Jahre in Frankreich gelebt, wo alle Menschen frei waren und seit der Revolution größtenteils als Gleiche galten.

»Ja.« Thomas hegte offensichtlich die gleiche Abneigung. »Am besten gehen wir hinten herum und durch den Hintereingang hinein.«

Alex nickte. Aber als er die kleine Gestalt auf dem Podium erblickte, verlangsamte sich sein Schritt erneut. Anstatt wegzugehen, trat er unwillkürlich näher. Thomas, den das verwirrte, den aber selten etwas überraschte, was Alex tat, folgte ihm.

»Wieviel bekomme ich für dieses kräftige Exemplar hier?« verkündete der Auktionator in seinem geldheischenden Singsang. »Sie ist noch jung, wie jeder sehen kann. Aber sie ist hübsch und wird bestimmt mal voll und rund.«

Im Gegensatz zu den anderen, deren Schultern traurig herabhingen, stand das Mädchen aufrecht wie ein Gardesoldat, mit hocherhobenem Kopf und hochgerecktem Kinn und schaute weder nach links, noch nach rechts. Sie hatte etwas an sich… *Was war das nur?* Alex trat näher, schlängelte sich durch die Menge.

»Dreihundert Dollar«, rief ein schlaksiger Mann mit Schornsteinzylinder aus. Das Mädchen warf einen Blick in Richtung des Mannes und schaute dann zu einer dunkelhaarigen Frau, die an der Wand stand. Die dralle Frau nickte, und das junge Mädchen lächelte dem Mann zu, freundlich, vorsichtig, aber nicht gekünstelt.

»Fünfhundert.« Das war Valcour Fortier, ein schwarzhaariger Halbspanier und Halbfranzose, den Alex von Kindheit an kannte. Fortier war einer der wohlhabendsten Männer in New Orleans – und zugleich der grausamste, skrupelloseste Schuft, den Alex je kennengelernt hatte.

Die Frau an der Wand schien seiner Meinung zu sein. Sie schüttelte lebhaft den Kopf, wie um das Mädchen zu warnen, dessen Antlitz noch blasser wurde, als es ohnehin schon gewesen war. Unter der abgetragenen, braunen Kohlenkistenmütze konnte Alex ihr Gesicht kaum erkennen, aber ihr Haar schien, obwohl es schmutzig und verfilzt war, in einem warmen Kupferton zu leuchten.

Mit etwas weniger erhabener Haltung warf sie einen Blick auf Fortier, der dem Auktionator zuwinkte. Mit einem verstehenden, schmierigen Grinsen hob der dürre Kerl den Rock des Mädchens, entblößte ihren schlanken Fuß, ihre Wade und den unteren Saum ihrer dünnen, weißen Baumwollunterhose genau über dem Knie.

»Lassen Sie das!« kreischte sie und riß dem Auktionator den Rock aus der Hand. Ihr Trotz brachte ihr eine schallende Ohrfeige ein, die auf dem ganzen Platz zu hören war, aber trotzdem blieb sie standhaft.

»Sie ist jung, Leute. Sie braucht die starke Hand eines Mannes, damit sie lernt, wo ihr Platz ist, mehr nicht.« Der Auktionator lächelte zu den Bietern herab und milderte dadurch die Spannung.

»Sechshundert«, erklärte der schlaksige Bieter, und wieder lächelte das Mädchen und wandte ihr Gesicht ihm zu.

Und in diesem Augenblick sah Alex sie – zwei Aquamarin-Augen, so lebhaft, daß es ihm den Atem nahm. Jetzt wußte er, daß es ihre Augen gewesen waren, die ihm von Anfang an aufgefallen waren, die ihn in die Menge gezogen hatten. Er war überzeugt gewesen, daß er sie sich nur eingebildet hatte.

»Eintausend«, bot Fortier mit endgültig klingender Stimme.

Der schlaksige Bieter verfluchte sein Pech, schüttelte den Kopf und ging ab.

»Ist niemand hier, der sieht, was in diesem jungen Mädchen steckt?« fragte der Auktionator in der Hoffnung, Fortier noch ein paar Dollar mehr zu entlocken. Er hob ihren Arm und zog den Ärmel zurück. »Sie hat gute, starke Muskeln. Ihr Kontrakt läuft noch sieben Jahre. Bestimmt können Sie sich vorstellen, welche Freuden sie spenden kann... es braucht nur ein bißchen Geduld.« Er grinste und tätschelte ihren Hintern, so daß die Röte in das Gesicht des Mädchens stieg. In dem Versuch, ihre Verlegenheit zu verbergen, schloß sie einen Augenblick lang die Augen, aber sie wandte das Gesicht nicht ab.

»Sie ist eine Diebin«, rief Fortier aus. »Niemand wird mehr für sie bezahlen.«

»Ich bin keine Diebin!« schleuderte ihm das Mädchen entgegen. »Ich bin keine!« Eine zweite schallende Ohrfeige war die Antwort.

»Halt den Mund«, warnte sie der Auktionator und packte sie grob am Arm. »Und jetzt lächle Mr. Fortier an.«

Als er ihren Arm wieder losließ, richtete sich das Mädchen voller Stolz auf. Sie musterte Fortier, schien kurz abzuwägen, wieviel ihm wohl an ihr lag, schaute zu ihrer Freundin, die immer noch heftig den Kopf schüttelte, und machte einen flüchtigen Knicks. Sie lächelte Fortier so lieblich an, daß es schien, als hätte jemand die Sonne zum Strahlen gebracht.

»Mr. Fortier«, sagte sie mit süßer und honigtriefender Stimme. »Es ehrt mich, daß Sie ein erbärmliches Wesen wie mich Ihrer Aufmerksamkeit für würdig befinden.«

Alex entging nicht ihre gewählte Sprache, auch nicht das leise Gift in ihren Worten. Ihm entging nicht ihre Verachtung gegenüber Valcour Fortier, die ihre süßen Worte Lügen strafte.

Aber beinahe wären ihm ihre Tränen entgangen.

Als sie den Kopf bewegte, glitzerten sie in traurigem Kontrast zu dem Lächeln auf ihrer sanften Wange wie Regentropfen.

»Zwölfhundert«, rief Alex aus und konnte kaum glauben, daß er das gesagt hatte.

»Vierzehn«, folgte Fortiers Gebot. Nach einem verächtlichen Blick in Alex' Richtung schaute er wieder mit unverhohlener Gier auf das Mädchen und bestätigte so Alex' Befürchtungen, daß er sie in seinem Bett haben wollte. Im *Vieux Carré,* dem französischen Viertel, war wohl bekannt, daß Fortier einen Hang zu jungen, unberührten Frauen besaß – je jünger, desto besser. Und die hier machte ihm den Mund mehr als wässrig.

»Zweitausend«, bot Alex, und die Menge verstummte. Nur die Ketten einer Gefangenen rasselten in der Stille.

Fortier lachte leise, aber sein Lachen klang gequält. »Es ist mir neu, daß Sie an so jungem Fleisch Geschmack finden. Hätte ich das nur gewußt…« Er zuckte in einer nonchalanten Geste mit den Achseln, aber aus seinen dunklen Augen loderte heißer Zorn.

»Lassen Sie sie in einer Stunde zu meiner Kutsche bringen«, wies Alex den Auktionator an, ohne auf Fortiers schmierige Bemerkungen einzugehen. »Sie steht in der Royale Street, vor Nummer einundzwanzig. Dort werden Sie eine Zahlungsanweisung erhalten.« Der Auktionator nickte, und ein fetter Wachmann führte das Mädchen weg.

Noch bevor sie aus seinem Blickfeld verschwunden war, bereute Alex seine Tat.

»Was soll denn das?« fragte Thomas mit leisem Spott, der Alex' Zorn über sich selbst nur noch steigerte.

»Ich habe nicht die leiseste Ahnung. Manchmal verblüffe ich mich selbst.«

Thomas wußte, daß es klüger war, nicht weiter darüber zu sprechen.

Die Männer stiegen die Steinstufen hinauf und betraten das elegante Innere des Hotels. Das St. Louis war ein Wahrzeichen von New Orleans; seine imposante Kuppel erhob sich über die Stadt und war noch viele Straßen weiter zu sehen.

»Ich glaube, wir sollten dir wirklich einen Drink bestellen«, sagte Thomas. »Du siehst aus, als könntest du ihn gebrauchen.«

Alex stieß die getäfelte Zypressentür zur Herrenbar mit etwas mehr Wucht auf, als nötig gewesen wäre, und ging an einen der Tische. Ruhige Gespräche und lautes Männerlachen zogen um sie herum durch die Luft. Manche spielten Karten, andere standen an der langen, geschnitzten Mahagonitheke.

Alex bemerkte sie kaum. Er hatte überstürzt gehandelt, aus Gründen, die er nicht einmal selbst benennen konnte. Jetzt mußte er dafür bezahlen.

»Ich habe Lisette versprochen, daß ich sie zum Essen ausführe. Meinst du, sie würde einen Abend mit dem neuesten Dienstmädchen von Belle Chêne genießen?«

»Ich würde sie lieber nicht fragen, wenn ich du wäre. Sie ist schon sauer über deine bevorstehende Verlobung.«

»Das habe ich mit ein paar neuen Ballkleidern und einer Reise flußaufwärts in der *Natchez Queen* wieder geradegerückt.« Nur wenige Frauen konnten dem Luxus der *Queen*, dem komfortabelsten Dampfer auf dem Mississippi, widerstehen. »Das hier ist eine Geschäftsangelegenheit. Das Mädchen ist eine Investition von zweitausend Dollar. Vielleicht war es töricht von mir, sie zu kaufen, aber ich schwöre dir, daß sie jeden Penny wert ist, wenn nicht noch mehr.«

»Warum läßt du sie nicht die Nacht über im Gefängnis?«

Schon der Gedanke bewirkte, daß sich Alex' Brust zusammenschnürte. Er konnte die Ohrfeigen fast selbst spüren, die das Mädchen auf dem Podium bekommen hatte – er konnte sich gut vorstellen, unter welcher Brutalität sie in der rattenverseuchten Zelle hatte leiden müssen.

»Sie ist jetzt Eigentum von Belle Chêne. Ich möchte, daß sie so bald wie möglich anfängt zu arbeiten.«

Thomas lächelte nur. Alex mochte sich zwar den Anschein von Grobheit geben, aber im Grunde war er ein Mann, der große Mühen auf sich nahm, um seine Arbeiter gerecht zu behandeln. Jede Familie auf der Plantage besaß eine eigene Hütte, einen Garten und Hühner. Seine Arbeiter besuchten die Kirche, hielten die christlichen Feiertage ein, wurden von einem Priester verheiratet, und Familien wurden niemals getrennt. Auf Belle Chêne verdienten die Sklaven ebenso wie die Tagelöhner, und alle erhielten einen Bonus für besondere Leistungen.

Vielen Pflanzern war Alex' progressive Einstellung suspekt, aber die Familie du Villier war mächtig und genoß großes Ansehen, und das schon seit vielen Jahren. Nur wenige waren gewillt, ihre Abneigung laut zu äußern.

Valcour Fortier gehörte zu diesen wenigen.

»Fortier hast du jedenfalls zum Kochen gebracht«, sagte Thomas grinsend, während die beiden Männer an ihrem edlen Cognac nippten.

Alex schwenkte die bernsteinfarbene Flüssigkeit in seinem Glas. »Er verliert nicht gern.«

»Warum, glaubst du, hat er aufgegeben?«

Er brauchte nicht eigens darauf hinzuweisen, daß Feliciana, Fortiers Plantage, finanziell wesentlich besser dastand als Belle Chêne. Die Depression von 1837 und das Mißmanagement seines Bruders hatten dazu geführt.

»Wahrscheinlich, weil es einfach kein gutes Geschäft ist, soviel für eine Diebin zu zahlen, ganz egal, wie jung und hübsch sie ist. Und Geld bedeutet Valcour alles. Keine Kindfrau, vor allem keine, der man nicht vertrauen kann, lohnt eine schlechte Investition.«

Diese Feststellung, die nur allzu wahr war, heizte Alex' Zorn wieder an. »Und jetzt laß uns, wenn es dir nichts ausmacht, über etwas anderes reden. Mir bleibt weniger als eine Stunde Zeit, bevor ich für meine Torheit geradestehen muß. Ich kann nicht gerade sagen, daß ich mich auf diesen Abend freue.«

Nicki saß einsam und allein auf dem feuchten Strohsack in ihrer dunklen, modrigen Zelle, hatte die Beine unter ihr Kinn gezogen und die Arme schützend darum geschlungen. Sie wartete auf die Stunde ihrer Abfahrt.

Sie zitterte, obwohl es eigentlich nicht kalt war, und betete, daß sie Lorna noch einmal sehen würde. Da ihre Freundin gerade, als man Nicki fortgebracht hatte, ans andere Ende des Podiums geführt worden war, hatten sie keine Gelegenheit gehabt, miteinander zu sprechen, hatten nicht einmal so kurz Kontakt miteinander aufnehmen können, daß Lorna sie vor dem Mann hätte warnen können, der ihren Kontrakt gekauft hatte.

Nicki war sicher gewesen, daß der schwarzhaarige Mann mit den dunklen Augen und den spanischen Zügen den Zuschlag erhalten würde, obwohl sie, auf Lornas entsetzte Miene hin, gebetet hatte, daß es anders kommen würde. Er hatte sie auf eine Weise angesehen, daß ihr eine Gänsehaut über den Rücken lief, aber er schien so zuversichtlich und so entschlossen zu sein, daß sie schließlich dem Drang nachgegeben hatte, ihm ihre Verachtung zu zeigen. Dann war der andere Mann wie aus dem Nichts in der Menge aufgetaucht – und hatte sie entweder vor einem grauenvollen Schicksal bewahrt, das sie sich lieber nicht ausmalen mochte, oder sie in ein noch schlimmeres gestürzt.

Sie hatte versucht, sein Gesicht unter dem modisch grauen, schmalrandigen Hut zu erkennen, aber alles war so schnell gegangen, daß er verschwunden war, ehe sie eine Gelegenheit dazu bekam. Nur seine Figur war ihr aufgefallen, denn er war weitaus größer als die Männer um ihn herum und hatte breite Schultern.

Er war groß – und groß bedeutete auch kräftig. Nicki schauderte. Kräftig genug, um sie festzuhalten, so heftig sie sich auch wehren mochte. Kräftig genug, um die gräßlichen Sachen mit ihr zu machen, die die Wachtposten mit Lorna und den anderen weiblichen Gefangenen gemacht hatten.

Nicki schloß die Augen und kämpfte gegen ihre Angst an. Sie war immer so furchtlos, so zuversichtlich gewesen. Jetzt sah es so aus, als würde sie sich im ungeeignetsten Moment an die Prügel erinnern, die ihr Armand Laurent verabreicht hatte, weil sie so trotzig war, und an die Mahlzeiten, die sie auf Grund ihrer Arroganz und Hochnäsigkeit verpaßt hatte. Es hatte lange gedauert, aber schließlich hatte sie gelernt, alles schweigend zu erdulden und ihre bitteren Widerworte für sich zu behalten. Zur Belohnung hatte man sie für ein Verbrechen eingesperrt, das sie nicht begangen hatte.

Draußen vor ihrer Zelle konnte Nicole die schweren Schritte der Wachmänner hören, die laut lachend den Gang herunterkamen. *Wo immer ich auch hinkomme, schlimmer als hier kann es nicht sein,* redete sie sich ein. Aber als die Tür aufging und sie weggeführt wurde, war sie gar nicht mehr so sicher.

3. KAPITEL

Händeringend stand Nicole St. Claire neben dem glänzenden schwarzen Landauer, der auf der Royale Street vor einem Schild stand, auf dem zu lesen war: Thomas B. Demming, Anwalt.

Auf der einen Seite stand ein grauhaariger Wachmann und auf der anderen ein ebenfalls ergrauter Schwarzer, der eine elegante rot-goldene Livree trug.

Der Wachmann zog eine Uhr aus seiner Tasche und ließ den Deckel aufschnappen. »Wir sind ein paar Minuten zu früh dran.«

»Er wird kommen«, sagte der alte Neger. »Er wird rechtzeitig da sein.«

Und so war es auch.

Nicole hatte gerade in Richtung der Straßenecke geblickt, als der große, breitschultrige Mann, den sie auf der Auktion gesehen hatte, um die Ecke bog und in ihre Richtung marschiert kam. Nicki blinzelte, blinzelte nochmals und taumelte dann gegen das Kutschenrad, um sich an den Speichen festzuhalten. *Das war doch nicht möglich!*

Aber das war er. Alexandre du Villier. Sie würde dieses Gesicht überall wiedererkennen. Während der schweren Zeit ihrer

Knechtschaft, wenn sie sich auf ihrer schmalen Pritsche zusammengerollt und versucht hatte, sich zu wärmen, oder wenn sie die harten Dielenboden geschrubbt oder einen Berg schmutziger Wäsche gewaschen hatte, hatte sie an ihn gedacht und sich gefragt, was wohl aus ihm geworden war. Sie hatte sich gefragt, ob er sie – wenn alles anders gekommen wäre – wohl besucht hätte, so wie sie es sich gewünscht hatte.

Sie schaute zu ihm auf, während er näher kam, die Papiere entgegennahm, die ihm der Wachmann übergab, und sie kurz überflog. Als er auf sie niedersah, begann ihr Herz zu klopfen. *Würde auch er sie wiedererkennen?* Lieber Gott, betete sie, bitte mach, daß er es nicht tut.

Sie hätte es nicht ertragen, ihm in schmutzstarrenden Lumpen und mit verfilzten Haaren gegenüberzustehen. Aber vielleicht hatte er sie gerade deshalb gekauft. Er hatte sich an sie erinnert und war gekommen, um sie ein zweites Mal zu retten. Ihr Herz begann wie wild zu schlagen, und die Lumpen, mit denen sie ihre Brüste zusammengebunden hatte, wurden plötzlich so eng, daß sie kaum noch Luft bekam.

Er übergab dem Wachmann jetzt eine Zahlungsanweisung, genau wie er es versprochen hatte, während der Kutscher auf seinen Sitz vorne an dem Gefährt zurückkehrte. Einen Augenblick lang bekam Nicki Angst, als sich zwei harte braune Augen auf ihr Gesicht hefteten und eine große Hand ihr Kinn anhob. Er prüfte sie einen Augenblick, ließ seinen dunklen Blick über ihr fleckiges und schmutzverkrustetes Gesicht wandern, dann über die Vorderseite ihres verdreckten Kleides, wo ein loses und leeres Mieder zu sehen war.

Ein eigenartiger Glanz trat kurz auf sein Gesicht, und sie überlegte, ob es wohl Enttäuschung gewesen sein konnte.

»Auf Belle Chêne wird es keine Diebereien geben«, sagte er. »Und jetzt steig in die Kutsche.«

Mit diesen groben Worten zerstoben Nickis Hoffnungen. Sie war sein Eigentum, nicht mehr. Er hatte sich überhaupt nicht an sie erinnert.

Sie schluckte trotz des Kloßes in ihrer Kehle und blinzelte, um die Tränen zurückzuhalten, die so dicht unter ihren Lidern saßen. Wie töricht war sie gewesen zu glauben, es würde ihn interessieren, wer sie war – und sie würde es ihm bestimmt nicht verraten. Ihr Vater war nach Belle Chêne gereist, um Hilfe für seine Plantage zu erbitten, hatte aber dort nichts als eine Abfuhr bekommen. Nicole hatte vor der Tür zu seinem Arbeitszimmer gelauscht, als er zurückgekehrt war.

»François ist genauso, wie ich ihn in Erinnerung hatte«, hatte ihr Vater ihrer Mutter erklärt. »Selbstsüchtig und gleichgültig. Er sagte, sein Vater sei allzu freigebig gewesen, aber er sei ein Geschäftsmann. Er müsse sich um seine eigenen Probleme kümmern, und sein Bruder sei da ganz seiner Meinung.« Nie würde sie die verzweifelte Miene ihres Vaters oder die Tränen in den Augen ihrer Mutter vergessen.

Nicki wappnete sich gegen die bitteren Erinnerungen und nahm den Platz gegenüber dem imposanten Mann in dem teuren, dunkelgrünen Frack ein. Sie achtete sorgfältig darauf, die Augen gesenkt zu halten, so wie sie es im Gefängnis gelernt hatte, aber sie konnte einem kurzen, verstohlenen Blick nicht widerstehen. Sie entdeckte, daß er sie mit ebensolcher Neugier musterte wie sie ihn. Sie wußte, daß sie den Blick hätte abwenden sollen, aber das brachte sie einfach nicht über sich.

Er sah so gut aus, wie sie ihn in Erinnerung hatte, vielleicht sogar noch besser. Er strahlte jetzt eine gewisse Reife aus, die ihm damals noch gefehlt hatte. Sein Kiefer wirkte kräftiger, seine Züge waren ein wenig markanter geworden. Die sinnlichen Grübchen neben seinem Mund waren verschwunden, und an seinen Augen zeigten sich winzige Fältchen. Er sah älter aus, so als hätte ihn die Verantwortung, die er jetzt trug, um seine Jugend gebracht.

Er wirkte fast zornig, das wurde ihr unvermittelt klar, und sie fragte sich, ob sie der Grund dafür war. Als er kein Wort sagte, sondern sie einfach nur anstarrte, als wünschte er, sie würde verschwinden, spürte sie, wie sie langsam wütend wurde.

»Ich bin keine Diebin«, erklärte sie ihm schließlich. Sie hatte nichts getan, womit sie das verdient hatte, was ihr in den letzten drei Jahren zugestoßen war. Überhaupt nichts!

»In deinen Papieren steht etwas anderes.« Er streckte ein langes, muskulöses Bein vor ihrem Sitz aus. »Darin steht, man hätte die Smaragdbrosche deiner Herrin zwischen deinen Unterhosen gefunden.«

Nicki wurde knallrot. Wie konnte er so beiläufig über etwas so Persönliches sprechen? »Meine Herrin fand die vermißte Brosche dort, aber das ist kaum überraschend, weil sie selbst sie dorthin gelegt hatte.«

»Und warum sollte sie so etwas tun?« fragte er mit unverhohlener Ironie. Er lehnte sich in den Sitz zurück. Seine Schultern waren so breit, daß sie die roten Lederpolster zum größten Teil verdeckten.

»W-warum?« wiederholte sie. Die Anklage in seinem Blick machte sie wütend. Sie wollte ihm die Wahrheit entgegenschleudern, aber bei Gott, sie konnte ihm unmöglich sagen, daß die Frau das getan hatte, weil sie eifersüchtig war. Er würde niemals glauben, daß eine Frau eifersüchtig auf eine Zwölfjährige war! »Ich weiß nicht«, log sie und wünschte, sie würde in ihrem Sitz versinken. Statt dessen richtete sie sich noch höher auf.

Die Augen des Franzosen wurden noch härter, als sie ohnehin schon waren. »Nun, du kannst sicher sein, daß ich dir keine Juwelen in die Unterhosen stopfen werde, deshalb paß auf, daß ich keine darin finde.«

Nicki biß sich so fest auf die Zunge, daß es weh tat. Wofür zum Teufel hielt er sich eigentlich? »Müssen Sie ständig auf meine Unterwäsche anspielen?« Sie preßte ihre Kiefer so fest zusammen, daß sie beinahe zischte.

»Du meinst, du besitzt welche?«

Ihre Augen wurden groß. »Sie sind... Sie sind... *kein* Gentleman!«

Darüber mußte Alexandre grinsen. Die Grübchen waren wieder da. »Ich freue mich, daß man dir die Lebensgeister nicht ganz genommen hat. Sag mal... wie kommt es, daß eine kleine Kanalratte wie du so perfektes Englisch spricht?«

Kanalratte! Undenkbar, daß sie seinen Vater einst für einen Freund gehalten hatte. »Wenn ich eine so abscheuliche Person bin, warum haben Sie dann meinen Vertrag gekauft?«

Alexandres Lächeln erlosch. Sein Blick huschte über ihre zerlumpten, dreckigen Kleider und das strähnige, verfilzte Haar, das sie unter ihrer Haube zu verbergen versuchte.

»Ich wollte mich ein bißchen amüsieren.«

Nach diesen harten, endgültigen Worten fuhren sie schweigend weiter. Nur das Geräusch der sich drehenden Räder und das Klipp, Klapp der Pferdehufe auf dem Straßenpflaster drang ins Innere der Kutsche. Nickis Herz klopfte noch lauter als die Pferdehufe. Er wollte sich *amüsieren.* Etienne St. Claires Tochter, zerlumpt und schmutzig, war dazu da, ihn zu amüsieren. Eine Person, über die man lachte oder die man ausschimpfte.

Was fand ein Mann wie Alexandre du Villier amüsant an einem bedauernswerten Geschöpf wie ihr? Und wie lange würde sie mit diesem siedendheißen Gefühl in ihrem Magen warten müssen, ehe sie es herausfand?

Wie als Antwort auf ihre Frage verstummten die Kutschenräder und der Kutscher sprang herab und schwang den Schlag weit auf.

»Wir da, Mista Alex.«

Alex sprang auf die Straße, und der Kutscher half Nicki beim Aussteigen.

Alex machte eine Geste zum Wageninneren hin. »Schrubb den Sitz gut ab, Ukiah. Sie hat bestimmt Läuse.«

Nicole St. Claire, einst der Stolz ihres Vaters und eine begehrte Schönheit, wäre am liebsten auf der Stelle tot umgefallen. Das Schlimmste an allem war, daß er recht hatte.

Sie schluckte schwer und schaute weg. Sie würde den Franzosen keinesfalls wissen lassen, wie sehr sie seine Worte getroffen hatten. Vielleicht sah ihr Äußeres jämmerlich aus, aber in ihren Adern floß immer noch das Blut der St. Claires.

»Wohin gehen wir?« fragte sie, nachdem sie die Tränen niedergekämpft hatte.

»Wir bringen dich ins Bad.« Er schaute sie finster an. Selbst die Freude darüber, sich waschen zu können, milderte ihr Leid nicht. Sie betete nur, daß man es ihr nicht anmerkte.

Sie schritten durch ein hohes schmiedeeisernes Tor und betraten einen kleinen, gepflegten Garten, in dem Jasmin, Wicken, Geißblatt und Clematis blühten. Ein kleiner Marmorbrunnen gab eine hübsche Vogeltränke ab. Am anderen Ende des Gartens stand ein zweistöckiges, rosafarbenes Gebäude, beinahe von der Farbe ihres Elternhauses in Meadowood. Es hatte kleine weiße Fensterläden und einen schmiedeeisernen Balkon vor einem der Zimmer im ersten Stock. Alexandre öffnete die schwere, geschnitzte Zypressentür, und sie betraten die Eingangshalle, wo ein uniformierter Butler mit stoischer Miene Alex' Hut und Handschuhe entgegennahm.

»Wessen Haus ist das?« fragte Nicki voller Bewunderung über die edlen Parkettböden und Stuckdecken. Der Salon war mit teuren Teppichen ausgelegt, und auf antiken Tischen standen zerbrechliche Porzellanvasen.

»Meines.«

»Aber ich dachte, Sie …« *Aber ich dachte, Sie wohnen in Belle Chêne oder leben immer noch in Frankreich.*

»Aber du dachtest was?« fuhr er sie an.

Warum war er so wütend? »Nichts.«

»Haben Mademoiselle noch weitere Fragen«, mokierte er sich, »oder können wir jetzt nach oben gehen und uns um dein Bad kümmern?«

Sein Sarkasmus trieb ihr die Röte ins Gesicht. Warum hatte sie ihn nicht als den sarkastischen, gemeinen Menschen im Gedächtnis behalten, der er war? Statt dessen hatte sie sich an sein hübsches Gesicht erinnert, daran, wie er sie auf der staubigen Straße von La Ronde gerettet hatte. Er sah zwar noch immer genauso gut aus, aber sie hatte in den vergangenen Jahren gelernt, daß das Aussehen eines Menschen nicht von Bedeutung war. Es zählte nur, was man im Herzen hatte.

Ihre schmutzigen Röcke anhebend und mit all der Selbstsicherheit, die sie aufbringen konnte, stieg Nicki die Treppe hinauf.

Eine dünngesichtige Frau mit weißer Haube und Schürze trat oben in den Flur. »*Bonjour,* Euer Gnaden«, begrüßte sie ihn auf französisch, und Nicki schnappte nach Luft.

Mein Gott, jetzt, wo Charles du Villier gestorben war, war Alexandre ein Fürst! *Le duc de Brisonne.* Wie hatte sie das nur vergessen können?

»Ich habe Sie doch angewiesen, mich nicht so zu nennen«, erwiderte Alex ruppig.

»Pardon, M'sieur.«

»Und ich habe Sie auch gebeten, englisch zu sprechen. Sie und Ihre Herrin könnten etwas Übung gebrauchen.«

»Ja, M'sieur«, antwortete sie pflichtschuldig.

»Ich nehme an, sie ist noch nicht zurückgekehrt.«

»Nein, M'sieur. Sie war sehr erregt, als sie fortging. Sie sagte, sie würde die Nacht nicht mit einer gewöhnlichen Kriminellen verbringen, selbst wenn Sie da sein sollten, um sie abzulenken.«

Fast hätte Alex gelächelt. Wie Thomas prophezeit hatte, war Lisette außer sich vor Zorn gewesen. Als er ihr erzählt hatte, daß er eine Leibeigene aus dem Schuldgefängnis mitbringen würde, war sie aus dem Haus gestürmt. Wenn er ihr nicht endlich mehr Aufmerksamkeit schenken würde, so hatte sie getobt, dann würde sie ihn endgültig verlassen. Natürlich wußten sie beide, daß sie das nicht tun würde.

Lisette hatte ein aufbrausendes Temperament, das Alex nur ertrug, weil sie im Bett die gleiche Heißblütigkeit zeigte, aber sie würde nie ihre angenehme Position als seine Geliebte aufs Spiel setzen.

»Ich habe das Wasser heiß gemacht, wie Sie befohlen haben«, sagte die Frau.

Er richtete den Blick auf das Mädchen, das schwer schluckte und sich nervös die Lippen leckte. »Wie heißt du?« fragte er.

»Nic – Nicki Stockton.«

Er musterte sie eindringlicher, versuchte, etwas unter der schmierigen, braunen Haut und dem Schmutz auf ihrem Gesicht zu erkennen. »Du hast nicht zufällig Verwandte in der Gegend… eine Halbschwester vielleicht, oder eine Cousine?«

»Nein.«

»Ich habe einmal ein Mädchen getroffen, das dir ähnlich sah. Dieselbe Haarfarbe, die gleichen Augen. Aber sie war älter, und sie war Französin.« Er hatte seit Jahren nicht mehr an das Mädchen in La Ronde gedacht. Daß er sich überhaupt an sie erinnerte, überraschte ihn, vor allem, wenn man bedachte, daß sie kaum mehr als ein Kind gewesen war.

»Jedenfalls hat sie nicht so gerochen wie du«, fügte er grausam hinzu, denn es wurmte ihn immer noch, daß er sich dazu hatte verleiten lassen, die Verantwortung für einen weiteren Menschen zu übernehmen. Eigentlich konnte er sich das nicht leisten. »Sie roch nach Veilchen. Du riechst, als hättest du in einem Schweinestall gehaust.«

Das Antlitz des Mädchens verfärbte sich aschgrau. Die Schultern, die sogar auf dem Auktionspodium stolz und selbstbewußt gewirkt hatten, sackten jetzt müde und geschlagen herab. Ihre Unterlippe zitterte, und sie heftete den Blick auf den Boden.

»Ich weiß«, sagte sie, und die Worte kamen so leise und schmerzerfüllt, daß ihm das Herz zerspringen wollte.

Alex kam sich vor wie ein Esel. Was, zum Teufel, war bloß los mit ihm? Er piesackte das Mädchen, seit er ihm begegnet war, bestrafte es für seine eigene Dummheit. Dabei hatte die Kleine nichts getan, womit sie diese groben Worte verdient hatte. Es war nicht ihr Fehler, daß er so unüberlegt gehandelt hatte.

Alex legte einen Finger unter ihr Kinn. Tränen stiegen ihr in die Augen und flossen über ihr Kinn. »Es tut mir leid, *ma petite*«, sagte er leise. »Du kannst nichts dafür.«

Mit seinem Daumen und Zeigefinger wischte er die Tränen weg und zog eine Spur über ihr blasses Gesicht, wo zuvor Schmutz gewesen war. Er lächelte sie kurz und entschuldigend an. »Die Vergangenheit liegt hinter dir. Du bist in Sicherheit, und solange du deinen Teil des Vertrags einhältst, wirst du es auch bleiben. Marie wird dir beim Baden und Anziehen helfen, und morgen bringe ich dich heim nach Belle Chêne.«

Heim. Wie lange war es her, seit sie zuletzt an einem Ort gelebt hatte, den sie so bezeichnen konnte? Nicki fürchtete, daß Alex ihre sehnsüchtigen Gedanken lesen könnte, und versuchte, ihn nicht anzusehen, aber das war unmöglich. So unmöglich, wie die Wärme seiner Finger nicht zu spüren, die unter ihrem Kinn lagen, oder den Klang seiner Stimme zu überhören. Sein Zorn war verflogen, und seine Miene wirkte besorgt.

Er wandte sich an das Dienstmädchen. »Kümmern Sie sich um sie.«

Die Frau nickte, führte sie in eine Kammer oben und schloß die Tür hinter ihnen.

Nicki spürte die Hände der Frau auf den Knöpfen an ihrem Rücken. »Wenn es Ihnen nichts ausmacht«, sagte Nicki, sobald sie offen waren, »würde ich den Rest lieber selbst machen.« Sie konnte es noch nicht riskieren, entdeckt zu werden. Sie brauchte Zeit, um die Wahrheit über die du Villiers herauszufinden. Waren sie Freunde oder Feinde? Bedeuteten die alten Beziehungen zwischen ihren Familien wirklich nichts, oder würde Alexandre du Villier ihr helfen?

Die Frau nickte zustimmend. »Du wirst eine alte Uniform meiner Tochter auf dem Bett finden. Sie ist etwas abgetragen, aber sauber. Ich glaube, sie wird dir passen.«

Sobald Marie aus dem Zimmer war, schälte sich Nicki aus den übrigen schmutzigen Kleidern und aus den Lumpen, die sie um die Brüste gewickelt hatte. Sie schmerzten ein bißchen, nachdem sie so eingeschnürt gewesen waren, aber das war nur ein geringer Preis. Plötzlich dämmerte ihr, daß sie etwas finden mußte, um die dreckigen Unterrockfetzen zu ersetzen – sie konnte den Gedanken nicht ertragen, sie wieder anzulegen.

Sie schaute sich in der Kammer um und sah, daß eine Tür in einen weiteren Raum führte. Als sie hineinspähte, entdeckte sie ein größeres Zimmer dahinter, das mit Spitzen und Plüsch ausstaffiert war und nach schwerem, süßem Parfüm roch.

Sie fragte sich, wessen Zimmer das wohl sein mochte, dann zog sie sich leise zurück und widmete sich wieder ihrer eigentlichen Aufgabe. Eine Durchsuchung der alten, geschnitzten Schubladentruhe erbrachte nichts, aber am Boden des Rosenholzschrankes fand sie ein altes Musselinlaken, das sie hastig in Streifen riß und unter der sauberen schwarzen Uniform auf dem

Bett versteckte. Dann wandte sie sich der großen kupfernen Badewanne zu, die in einer Ecke stand.

Das Wasser in der Wanne war gerade bis auf die rechte Temperatur abgekühlt, als Nicki hineinstieg und sich langsam ins Wasser sinken ließ. Rosenduft stieg aus dem Wasser auf.

Sie hatte tatsächlich eine Vorliebe für Veilchen gehabt, entsann sie sich. Die Erinnerung stieg aus weiter Ferne auf. Dann fiel ihr noch etwas ein: Alexandre du Villier, der Duc de Brisonne, hatte sich an sie erinnert. Wenigstens ein bißchen. Zum erstenmal seit Jahren schien ihr anderes Leben nicht mehr ganz so weit entfernt.

Voller Freude über das Bad, schrubbte sich Nicki am ganzen Leib ab. Eine Flasche mit herb riechender Flüssigkeit stand zum Haarewaschen bereit. Als sie das erledigt hatte, schrubbte sie sich wieder ab. Marie kam herein, bevor sie fertig war, deshalb ließ sie sich tiefer ins Seifenwasser gleiten.

»Du brauchst dich nicht zu beeilen.« Sie lächelte Nicole freundlich zu. Marie war eine Handbreit größer als Nicki, hatte mausgraues Haar und ein großflächiges, aber faltenloses Gesicht. »Wie war noch mal dein Name?«

»Nicki. Nicki Stockton.«

»Nicki«, wiederholte sie mit warmer, freundlicher Stimme – bis sie die leichte Unordnung bemerkte, die Nicki bei ihrer Suche nach Stoff im Zimmer hinterlassen hatte. Ihr warm lächelnder Mund schmolz zu einem mißbilligenden Strich zusammen.

»Es ist nicht so, wie Sie glauben«, beeilte sich Nicki zu sagen, aber Marie hörte nicht auf sie. Stocksteif marschierte das Zimmermädchen zur Tür hinaus.

Warum ging bloß alles schief, was sie anpackte? fragte sich Nicki verzweifelt, während sie aus der Wanne stieg und sich eilends abtrocknete. Besorgt, daß Marie zurückkommen könnte, bevor sie fertig war, bandagierte sie sich eilig wieder die Brüste und zog die Baumwollbluse darüber. Das dünne, abgetragene, aber saubere und nach Seife riechende Gewebe war für sie der größte Luxus, die schlichte schwarze Uniform mit der gestärkten weißen Schürze kostbarer als ein Pariser Modellkleid.

Mit der silbergriffigen Bürste auf dem Frisiertisch kämmte sie sich das Haar, dann flocht sie es und legte die Zöpfe in einer Schnecke über die Ohren. Als nächstes setzte sie die gestärkte weiße Haube auf, die ihr wieder glänzendes kupferfarbenes Haar größtenteils verbarg. Als sie in den Spiegel schaute, fiel ihr auf, daß das Kleid eine Handbreit über dem Boden endete, so daß ein Streifen ihres weißbestrumpften Knöchels und ein wenig von ihrem Unterrock zu sehen war, wie es bei jungen Mädchen modern war.

Sie sah jung aus. Sie hatte immer unschuldig ausgesehen. Aber ihre weiblichen Rundungen hatten keinen Zweifel an ihrem Alter gelassen. Jetzt, wo ihre Rundungen verborgen waren, bezweifelte sie nicht, daß sie die meisten Menschen irreführen konnte. Vorerst würde die Verkleidung ihren Zweck erfüllen.

Während sie auf Maries Rückkehr wartete, setzte sie sich auf den gepolsterten Hocker vor dem Frisiertisch und schaute aus dem Fenster auf den Garten. Sie genoß die Farbenpracht, bis die Tür so heftig aufgestoßen wurde, daß ein Luftzug durch den Raum wehte. Hereinmarschiert kam Alexandre du Villier.

Seine Gewittermiene verriet ihr alles, was sie wissen mußte.

»Ich dachte, du hättest mich verstanden«, erklärte er. Seine Stimme klang wieder hart. »Ich werde keine Diebereien dulden –« Er hielt mitten im Satz inne. Einen Augenblick lang hatte er den Verdacht, im falschen Zimmer zu sein. Das Mädchen, das ihn anstarrte, hatte kaum etwas mit dem Straßenkind gemeinsam, das er auf der Auktion erworben hatte.

»Du kannst Gott danken, daß dich Fortier nicht genau gesehen hat. Er hätte garantiert zweitausend gezahlt.«

»Zweitausend?« quietschte sie und sprang auf. »Soviel haben Sie für mich bezahlt?«

»Ja, aber ich versichere dir, daß ich es bereits bereue.« Mein Gott, das tat er wahrhaftig. Das Mädchen war kaum mehr als ein Kind, doch fühlte er ein Ziehen in seinem Unterleib, wenn er sie nur anschaute. Haar von der Farbe neugeprägter Pennies, und Augen wie Aquamarine. Ihre Lippen waren voll und von dem reizendsten Rosa. *Nom de Dieu,* noch nie hatte ihn ein so junges Mädchen angezogen.

»Ich warne dich ein letztes Mal«, erklärte er ihr. »Wenn du nicht wieder auf dem Auktionsstand landen möchtest, dann solltest du schleunigst lernen, dich zu benehmen.«

»Bitte... es war nicht so, wie Sie glauben.« Allein der Gedanke, wieder verkauft zu werden, machte sie krank. »Ich habe mir nur... all... all die schönen Sachen angeschaut..., die Sie haben.« Frauensachen, wie sie plötzlich registrierte. Langsam dämmerte ihr die Wahrheit. Spitzenbesätze und schweres Parfüm. Alex war verheiratet! »Ich – ich konnte einfach nicht widerstehen.«

Alex musterte ihr Gesicht, und es war klar, daß er merkte, daß sie log. Sie wollte am liebsten sterben.

»Diese schönen Sachen gehören nicht dir. Das solltest du dir lieber merken.«

»M'sieur du Villier«, sagte sie leise und wiederholte seinen Namen, so wie ihn das Dienstmädchen ausgesprochen hatte, sorgfältig darauf bedacht, mit leichtem englischen Akzent zu sprechen. »Ich danke Ihnen für das, was Sie getan haben.« *Bis jetzt.* Sie hatte seine finstere Drohung, sie sei da, um ihn zu *amüsieren,* nicht vergessen. »Ich werde Sie nicht bestehlen. Darauf gebe ich Ihnen mein Wort.«

»Und wieviel ist das Wort einer Diebin wert?« Sein Blick gab bereits die Antwort: Nicht einen Penny.

»Ich bin keine Diebin. Ich weiß, daß Sie mir nicht glauben, aber das ist die Wahrheit. Ich habe noch nie etwas gestohlen. Und was mein Wort betrifft, das ist mir mehr wert als alles andere. Es ist alles, was mir geblieben ist.«

Alex musterte sie genau und bemerkte, wie offen sie ihm in die Augen sah, wie stolz sie ihr Kinn reckte. Diesmal sagte sie die Wahrheit. Dessen war er sicher. Hunderte von Menschen lebten auf Belle Chêne. Hunderte von Menschen, für die er verantwortlich war. Er hatte schnell gelernt, wie er einen Mann oder eine Frau einzuschätzen hatte, und er irrte sich selten.

»In Ordnung, Nicki. Ich nehme dich beim Wort.«

»Wirklich?« Sie schaute so überrascht, daß er fast lächeln mußte.

»Das habe ich gerade gesagt.« Er streckte die Hand aus, aber das Mädchen starrte sie nur an, wie ein mißtrauisches Tier. Er ließ die Hand ausgestreckt, gestattete ihr, sich erst über seine Absichten klarzuwerden, bevor sie sie vorsichtig ergriff. Ihre Finger lagen klein und warm in seiner Hand, aber viel mehr noch rührte ihr Lächeln an sein Herz. Er sah es erst zum zweitenmal, aber sofort bereute er es weniger, sie gekauft zu haben.

»Ich kann mir nicht vorstellen, daß du in letzter Zeit viel zu essen bekommen hast.«

Bei der Aussicht auf eine Mahlzeit leckte sie sich die Lippen. »Nein.«

»Warum gehst du nicht hinunter und fragst die Köchin, ob sie etwas für dich hat? Ich habe ihr gesagt, daß du kommen würdest.«

»Danke«, sagte sie, rührte sich aber nicht.

»Geh schon«, drängte er.

Sie lächelte noch einmal kurz und dann war sie verschwunden. Das Zimmer blieb im Dämmerlicht zurück. Jetzt erst merkte Alex, daß es draußen dunkel wurde.

Nicki war ein Kind gewesen, als sie Belle Chêne zum letzten Mal gesehen hatte. Sie war zu klein gewesen, um sich jetzt noch an das erhabene, riesige weiße Herrenhaus zu erinnern, das sich zwei Stockwerke und eine halbe Etage mit Dachkammern hoch über die schwarze Flußerde erhob. Dutzende von Säulen umgaben jedes Stockwerk, so daß eine breite Galerie entstand, hinter der die Räume im Sommer kühl blieben. Ein ausladendes Walmdach, von winzigen Dachfenstern durchbrochen, breitete sich zwischen hohen Ziegelschornsteinen zu beiden Seiten des Hauses aus.

Aber schon als die Kutsche unter den herabhängenden Moosschleiern die eichenbestandene Auffahrt hinaufrollte, erinnerte sich Nicole an die wunderschönen schwarzen Kaminsimse aus edlem belgischen Marmor, die sie unten im Empfangssalon vorfinden würde, und an den rosafarbenen Kristallüster mit seinen mundgeblasenen Ketten aus lauter Einzelstücken, der die Eingangshalle erleuchtete. So luxuriös Meadowood auch gewesen war, verglichen mit Belle Chêne war es armselig.

Das Knirschen der Kutschenräder auf der muschelbestreuten Fläche vor dem Haus zeigte ihre Ankunft an. Alex half ihr herab, dann gingen sie hinein.

»Ich habe Ihnen eine Hilfe gebracht«, erklärte er der Haushälterin. »Nicki, dies ist Mrs. Leander. Sie wird dir alles zeigen.«

Mrs. Leander, eine dralle Frau mit grauem Haar, die mindestens einen halben Kopf größer war als Nicki, nahm sie fest an der Hand und führte sie in eine winzige Dachkammer im dritten Stock des Gebäudes.

»Wir können immer eine fleißige Hilfe gebrauchen«, bemerkte Mrs. Leander vielsagend.

»Ich werde mein Bestes tun«, versprach Nicki.

In dieser Nacht schlief sie unruhig in der ungewohnten Umgebung, wälzte und warf sich im Bett herum. Sie zitterte, obwohl es warm im Zimmer war, und träumte von Armand Laurent. Es waren finstere Alpträume voller fliegender Fäuste, die auf ihren Leib einhämmerten, voller gebrochener Knochen, die durch ihr zartes Fleisch stachen. Von Blut, das die ganze Welt triefendrot färbte, und von nicht versiegenden Tränen.

Dann hörte sie das beängstigende Lachen der Wachmänner und die Angstschreie der Frauen.

Nicki schoß hoch. Ihr schweißnasses Nachthemd klebte am Körper, und ihr Herzschlag dröhnte ihr in den Ohren. Sie brauchte einen Moment, bis sie begriff, daß ihr keine Gefahr drohte, und irgendwann drang auch in ihr Bewußtsein, wie warm es im Raum war; die Spinnweben der Angst verflüchtigten sich, und die fröhlich gemusterte Decke auf ihrem Bett beruhigte sie.

Sie zog sich die lustigen rosa Quadrate bis unter das Kinn, betastete sie fast ehrfürchtig und schlief schließlich wieder ein.

Das war vor fast zwei Wochen gewesen. Sie hatte Alex seitdem nur ein paarmal gesehen, aber sie *hatte* ein paar Entdeckungen gemacht. Sie hatte herausgefunden, daß sein Haushalt gut geführt wurde und daß ihre Arbeit nicht allzu anstrengend war. Ihre Aufgaben, die sie meist in der Küche außerhalb des Haupthauses zu erledigen hatte, waren kurz nach der Abendmahlzeit erledigt, oft schon vor dem Dunkelwerden. Samstagnachmittags oder sonntags hatte sie frei, genau wie die Arbeiter auf der Zukkerplantage.

In einer kleinen Gemeindekirche, die eigens für die Arbeiter erbaut worden war, wurde jeden Sonntag ein Gottesdienst gehalten. Nicki besuchte ihn, obwohl sie sonst meist allein blieb. Größtenteils konnte sie sich frei auf dem ganzen Plantagengebiet bewegen. Eine solche Freiheit hatte sie in den vergangenen drei Jahren nicht gekannt.

Was Alex betraf – wenn es nach Mrs. Leander und einigen anderen angestellten Frauen gegangen wäre, hätte er wahrscheinlich das Rote Meer teilen können. Sie bemutterten ihn unablässig, sorgten sich um ihn, weil er nicht richtig aß, sorgten sich, weil er sich zu viele Sorgen machte. Nicki spürte, wie er sie mehr und mehr faszinierte.

»Warum lebt seine Frau in der Stadt, wo er doch die meiste Zeit hier verbringt?« fragte sie und bemühte sich, die Frage möglichst beiläufig klingen zu lassen.

»M'sieur Alex ist nicht verheiratet«, antwortete Danielle Le Goff, das Mädchen, das für die oberen Zimmer zuständig war, hinter vorgehaltener Hand. Sie war ein kleines, rundes, albernes Mädchen mit lustigen grauen Augen. Auf bäuerliche Weise war sie hübsch, und in ihrem dicken braunen Haar glänzte die Sonne, die schräg durch das offene Fenster hereindrang. »Aber er ist nicht einsam. Er hat seine Freundinnen.«

»Heißt das, er hat eine... Geliebte?«

»Aber ja. Mademoiselle Lisette hat ihn in letzter Zeit... unterhalten, aber –«

Mrs. Leanders schwere Schritte ließen Danielle mitten im Satz verstummen.

»Sie ist zu jung für solche Sachen«, verkündete die Haushälterin. »Wenn sie erst einmal erwachsen und verheiratet ist, wird sie das schon selbst herausfinden.« Sie stieß den Besen, den Danielle beiseite gelegt hatte, in Richtung des dunkelhaarigen Mädchens. »Und jetzt wieder an die Arbeit.«

Etwas freundlicher wandte sie sich an Nicki. »Und was dich angeht, junge Dame, da wartet noch ein Haufen Silber auf dich, das poliert werden muß.«

Nicki folgte ihr ins Speisezimmer. Sie mochte die gutherzige ältere Frau wirklich gern. Aber in Gedanken war sie gar nicht bei den Servierwagen voller Silber, die auf sie warteten.

Sie war bei Alex und seiner Geliebten. *Lisette.* Die Frau, die in seinem Stadthaus in der Toulouse Street wohnte. Sie hatte gewußt, daß es solche Frauen gab, aber sie hatte nie eine gesehen. Man munkelte, daß Richard Paxton, der Mann, der ihren Kontrakt zuletzt besessen hatte, eine Affäre mit einer verheirateten Frau hatte, aber das war etwas anderes. Eine Geliebte mußte wunderschön, klug und aufregend sein. Sie war überzeugt, daß Alexandres Geliebte all das und noch mehr war – und aus ihr unerfindlichen Gründen versetzte das ihrer guten Laune einen Dämpfer.

Nicki war eben zwei Wochen auf Belle Chêne, als François du Villier eintraf – und sich der erste Ärger ankündigte.

4. KAPITEL

Da eine der älteren Hausangestellten krank war, half Nicki, das Abendessen im Eßzimmer zu servieren.

Es war ein prachtvoller Raum mit einem Hepplewhite-Tisch, an dem zwanzig Gäste Platz fanden, geschnitzten, hochlehnigen Rosenholzstühlen und einem vergoldeten Kristallüster. An den Fenstern hingen pfirsichfarbene Seidenvorhänge, durch die man auf den weiten, gepflegten Garten und einen kleinen künstlichen See blicken konnte.

Mit einem kristallenen Wasserkrug in der Hand schob Nicki die schwere Schwingtür auf, mit der die Warmhaltekammer vom Eßbereich abgetrennt wurde. Einen Augenblick lang glaubte sie, der Mann, der in ihre Richtung schaute, sei Alex, aber die einzige Ähnlichkeit zwischen den beiden bestand in ihrem dunkelbraunen Haar und ihren Augen. François war schlanker und ein paar Zentimeter kleiner. Er sah gut aus, aber seine

Züge wirkten feiner, fast feminin, während Alex sehr viel männlicher aussah.

»Ich habe mich schon gefragt, wann du wieder nach Hause finden würdest«, sagte Alex auf französisch, ganz im Gegensatz zu sonst. Seine Stimme klang keineswegs freundlich. »Ich nehme an, dir ist das Geld ausgegangen.«

»Ich muß mir ein neues Almosen erbetteln, *mon frère.*« François' Mund verzog sich zu einem zynischen Lächeln. »Was ist denn los, freust du dich gar nicht, mich zu sehen?«

»Das habe ich früher. Bevor du beschlossen hast, daß dein Hauptziel im Leben darin besteht, möglichst wenig zu tun und möglichst viel auszugeben.«

François' Antlitz rötete sich. »Du hast leicht reden. Dir gehört der Titel und das Land. Ich habe nur meinen Namen und das, was du mir *großzügigerweise* überläßt.«

Nicole machte sich an den Wasserkelchen zu schaffen, aber ihr entging nicht, daß ein Muskel in Alex' Kiefer zu zucken begann.

»Du hast ganz Belle Chêne gehabt, François. Ich wäre in Frankreich geblieben, wenn du dich um die Geschäfte gekümmert hättest. Aber du hast alles verkommen lassen.«

»Wir hatten eine Depression, in Gottes Namen. Ich hatte Glück, daß ich die Plantage überhaupt halten konnte.«

»Glück?« wiederholte Alex. »Ich will dir zugestehen, daß es schwere Zeiten waren, aber Glück hat nichts mit dem Erfolg einer Plantage wie Belle Chêne zu tun – dazu braucht man harte Arbeit! Etwas, von dem du, kleiner Bruder, sehr wenig verstehst.«

François stieß seinen Stuhl zurück und stand auf, wobei er seine Serviette auf den Tisch warf. »So lasse ich nicht mit mir reden. Ich fahre wieder in die Stadt.«

Er marschierte auf die Tür zu, hielt aber inne, als er Alex'

Stimme hörte, die plötzlich fast bedauernd klang. »François... warum müssen wir uns nur immer streiten? Das haben wir doch früher nicht getan.«

Sein Bruder antwortete nicht.

»Was vorbei ist, ist vorbei«, sprach Alex weiter. »Nur Belle Chêne zählt jetzt. Ich könnte deine Hilfe gebrauchen.«

»Ich tauge nicht zum Geschäftsmann – wie du eben so trefflich ausgeführt hast. Dir wird schon etwas einfallen. Das war immer so. In der Zwischenzeit habe ich mir eine Suite im St. Louis Hotel genommen. Um dir das zu sagen, bin ich hergekommen. Wenn du mich brauchen solltest, was ich allerdings bezweifle, findest du mich dort.« Ohne einen Blick zurück stolzierte er aus dem Raum. Ein paar Sekunden später fiel die Haustür hinter ihm ins Schloß.

Alex schob seinen fast unberührten Teller weg und lehnte sich in seinem Stuhl zurück. Nicole wartete auf ihrem Posten neben der Tür.

»Ah, *ma petite*«, sagte er auf französisch, da er annahm, sie würde ihn nicht verstehen, »warum muß das Leben so kompliziert sein?« Er wirkte so niedergeschlagen, wie sie ihn nie zuvor gesehen hatte.

»Sie sollten etwas essen, M'sieur«, antwortete sie auf englisch und schob den Teller wieder vor ihn hin. Die gebutterten Auberginen dampften immer noch neben dem delikaten, in Wein geköchelten Huhn.

Er lächelte angesichts ihrer Fürsorge. »Wenn du einen Moment bei mir sitzen willst«, antwortete er zu ihrer – und vielleicht auch seiner – Überraschung.

»Ich habe zu tun... so viel Arbeit –«

»Ich auch, *ma chère,* ich auch.«

Sie setzte sich zu ihm und begriff bald, warum die anderen sich so um ihn sorgten. Alexandre du Villier war eine Insel. Ein

Mann, der viel Verantwortung trug und sie mit niemandem teilen konnte.

»Es muß sehr schwer sein«, sagte Nicki, »für so viele Menschen verantwortlich zu sein, ohne daß einem jemand hilft.«

Einen Augenblick schaute er sie eigenartig an. Er schien sich zu fragen, ob sie vielleicht verstanden hatte, was er gesagt hatte, wischte jedoch den Gedanken beiseite. »Es war einfacher, als wir noch eine Familie waren – mein Vater, François und ich –, aber heute ist alles anders.«

»Was ist mit Ihrer Mutter?« fragte Nicki.

Er hob die mächtigen Schultern. »Ich habe sie nur selten gesehen. Mein Vater hat uns großgezogen. Wir drei standen uns sehr nahe.« Die Spannung in seinem Körper schien etwas nachzulassen. Er senkte seine Zähne in ein goldbraunes Krabbenbrot und machte sich dann an das Hühnchen. »Bist du hungrig? Ich könnte dir einen Teller bringen lassen, wenn du möchtest.«

Nicki lächelte und fragte sich, wie viele so wohlhabende Männer wie Alexandre du Villier wohl ein Dienstmädchen zum Essen einluden. »Ich habe schon gegessen. Sie wollten mir von Ihrer Mutter erzählen.«

»Meine Mutter und mein Vater standen sich nicht sehr nahe. Mein Vater wollte Erben; seine Kinder bedeuteten ihm alles. Meine Mutter war nur selten da – die Heirat war arrangiert worden, verstehst du? Sie nützte allen Beteiligten und ließ ihnen zugleich die größtmögliche Freiheit.«

»Ich nehme an, so wird das unter Aristokraten gehandhabt.« Nicki fand, daß die ganze Sache grauenvoll klang.

»Du kennst dich also in solchen Dingen aus.«

»Ich bin nicht dumm, M'sieur.«

»Das sehe ich«, entgegnete er amüsiert. »Aber ich mache mir nicht viel aus Titeln. Ich betrachte mich lieber als Amerikaner. In Amerika gibt es keine Aristokraten.«

Es gefiel ihr, daß er so dachte. Das machte ihn irgendwie menschlicher, nicht ganz so unerreichbar. »Wenigstens können Sie auf diese Weise jemand heiraten, den Sie lieben.«

Alex verzog das Gesicht zu einem spöttischen Lächeln. »Liebe. Daran glaube ich nicht. Ein Mann heiratet eine Frau, weil er von der Verbindung profitiert – und natürlich, um Erben zu zeugen.«

»Aber was ist mit den Gefühlen? Bestimmt würden Sie doch keine Frau heiraten, aus der Sie sich nichts machen?«

Alex kicherte leise. »Schau nicht so enttäuscht. Männer haben ihre Möglichkeiten, wenn sie… ihre sinnliche Natur ausleben möchten. Das muß nicht unbedingt im Ehebett sein.«

»Sondern bei einer Geliebten, meinen Sie«, erklärte sie simpel, und Alex grinste so breit, daß seine Grübchen aufblitzten. »Du verblüffst mich immer wieder.«

»Ich habe den Dienstboten gelauscht. Außerdem war ich in ihrem Haus, erinnern Sie sich?«

»Das Haus gehört mir. Lisette wird dort leben, solange ich an ihr Gefallen finde. Später werde ich ihr eine kleine Wohnung auf dem Land oder vielleicht in einer anderen Stadt beschaffen, wenn sie das vorziehen sollte.«

»Mein Gott, Sie klingen, als würden Sie sie auf die Weide treiben. Mein Vater hat meine Mutter verehrt. Er hätte alles getan, um sie glücklich zu machen, und meine Mutter empfand dasselbe für ihn.« Ein Kloß setzte sich in ihrem Hals fest, wenn sie nur an die beiden dachte.

Alex nahm einen Schluck Wein. »Vielleicht hast du recht, aber ich persönlich habe so etwas noch nicht gesehen.«

»Weiß Lisette, was Sie fühlen?«

»Lisette ist ein praktischer Mensch. Sie tut das, was ihr am meisten einbringt.«

Nicki starrte ihn mit großen Auge an. »Eine Geliebte, die Sie wegen Ihres Geldes liebt, und eine Frau, die Sie überhaupt nicht liebt.« Sie schob den Stuhl zurück und stand auf. »Vielleicht bin ich jünger als Sie, M'sieur, aber in manchen Dingen bin ich bestimmt klüger.« Mit gestrafften Schultern marschierte sie auf die Tür zu.

Dabei kam ihr kurz der Gedanke, daß sie Alex verärgert haben könnte. Statt dessen hörte sie sein donnerndes Lachen, als die Tür hinter ihr zuschwang.

Wie konnte ein Mensch nicht an die Liebe glauben? fragte sie sich, als der Abwasch gemacht war und sie nach oben in ihre kleine Dachkammer ging. Ganz bestimmt gab es irgendwo eine Frau, die Alexandre du Villier zeigen konnte, was Liebe war. Zum erstenmal spielte sie mit dem Gedanken, Alex die Wahrheit zu sagen.

Alex sann über das ungewöhnliche Gespräch beim Essen nach, als er an der Reling des Dampfschiffes *Belle Créole* stand, das flußabwärts nach New Orleans trieb. Sein Streit mit François hatte ihn aus der Fassung gebracht, doch dann war Nicki hereingekommen und hatte ihn bemuttert, bis er schließlich das Essen verzehrt hatte, von dem er zuvor keinen Bissen hinuntergebracht hatte.

Er kicherte leise in sich hinein. Sie war wirklich bezaubernd. Er fragte sich, wo sie ein so gepflegtes Englisch gelernt hatte. Er beschloß, dies schon beim nächsten Gespräch herauszufinden. Zu seiner Überraschung merkte er, daß er sich darauf freute. Nicki sprach zu ihm, als wäre sie seinesgleichen, ein Wesenszug, der ihn an einem so jungen Mädchen faszinierte. Sie besaß eine schnelle Auffassungsgabe und Witz, aber zugleich schien sie feinfühlig und mitfühlend zu sein. Normalerweise war er anderen Menschen gegenüber nicht so offen. Vielleicht sagten ihm ihre Jugend und ihre Frische so zu.

Es gefiel ihm, daß auch die anderen sie mochten. Mrs. Leander bezeichnete es als »eine Freude, mit ihr zu arbeiten, weil sie nie klagt und immer bereit ist, mehr als ihren Teil zu tun«.

Danielle hatte ihm von den Kätzchen erzählt, die Nicki gefunden hatte. Die Mutter war gestorben, deshalb hatte Nicki sie Tröpfchen für Tröpfchen mit einem in Milch getauchten Lappen gefüttert. Sie war die halbe Nacht aufgeblieben, um für die halbverhungerten kleinen Wesen zu sorgen, aber klaglos morgens zur Arbeit erschienen.

Patrick, der fünfzehnjährige Stalljunge, der in der Scheune lebte, hatte Alex nach ihrem Namen gefragt, schon als er sie zum erstenmal gesehen hatte, aber Alex hatte ihn ignoriert. Er würde nicht zulassen, daß dieser grüne Junge ihr nachstellte. Dafür war sie viel zu jung. Außerdem hatte sie einem Mann zuviel zu bieten. Alex wollte dafür sorgen, daß sie die Möglichkeit bekam, sich zu verbessern, wenn die Zeit reif dafür war.

Das laute Tuten des Nebelhorns riß ihn aus seinen Gedanken. Das riesige weiße Dampfschiff ließ seine mächtigen Heckräder in entgegengesetzter Richtung schaufeln und wühlte das Wasser unter dem Dock auf. Heute nacht würde er Lisette treffen, und sie würde die Gereiztheit mildern, unter der er in letzter Zeit litt. Sie war zwar keine begnadete Unterhalterin, aber was er im Sinn hatte, bedurfte nur weniger Worte.

Während er über die Werft spazierte, die Decatour Street überquerte und dann die Toulouse Street in Richtung seines Stadthauses hinaufging, mußte er unwillkürlich an das denken, was Nicki über die Liebe gesagt hatte. Sie war jung und in vielerlei Hinsicht noch naiv. Sollte sie ihre Illusionen doch hegen, solange sie konnte. Sie hatte bereits genug über die rauhe Wirklichkeit des Lebens gelernt. Später würde sie eine weitere bittere Wahrheit erfahren – Liebe gab es ebensowenig wie Feen und Kobolde.

Da Alexandre bis abends auf dem Feld arbeitete und nicht zum Essen heimkam, war Nicole schon früh mit ihrer Küchenarbeit fertig. Weil es noch hell draußen war, ging sie hinüber zu den Ställen, so wie es ihr inzwischen zur Gewohnheit geworden war.

Als sie über den Ziegelpfad schlenderte, zog ein Schwarm Silberkraniche über ihr hinweg, und kleine schwarze Kinder spielten neben dem Garten. Der Duft nach Wachsmyrthenfrüchten lag in der Luft, weil irgendwo in der Nähe Kerzen gezogen wurden.

Fast wie daheim, dachte Nicki, und plötzlich merkte sie, wie lieb sie die Plantage gewonnen hatte.

Sie betrat das kühle Stallgebäude, kletterte auf das unterste Holz einer Pferdebox und lehnte sich über das Gatter. Nach ein paar leise gesprochenen Worten kam ein großer, reinrassiger brauner Hengst namens Napoleon angetrottet, und Nicki tätschelte ihm die samtige Nase.

»Nun *ma petite,* hast du ebensoviel für Pferde übrig wie für Menschen?«

Auf den Klang von Alex' Stimme hin wirbelte Nicki herum und starrte ihn an. Er stand direkt hinter ihr, so dicht, daß sich ihre Körper beinahe berührten. Er trug beige Reithosen und ein langärmeliges weißes Leinenhemd, dessen oberste Knöpfe offen standen. Kleider, die er meistens trug, wenn er auf der Plantage arbeitete, obwohl heute sein weißer, flachkrempiger Pflanzerhut fehlte.

»Ich habe Pferde sehr gern.« Sie schluckte, denn plötzlich war ihre Kehle trocken. Ihr Herz schlug schneller, und sie spürte ein warmes, seltsames Kitzeln in ihrer Magengrube.

»Kannst du reiten?« Die Muskeln in seinem Schenkel hüpften, als er einen schwarzen, kniehohen Stiefel auf eine Gatterstange stelle. Dunkelbraunes, lockiges Brusthaar zeigte sich vorne unter seinem offenen Hemd und lenkte sie vollkommen ab. Als sie nicht gleich antwortete, faßte er das als Verneinung auf. »Möchtest du es gern lernen?«

Eine innere Stimme warnte sie: *Sag nein,* aber auf die hörte sie nur selten, und jetzt schon gar nicht. »Liebend gern.«

»Dann werde ich es dir beibringen.«

Sie spürte seine Hände auf ihrer Taille, große, warme und starke Hände, die sie vom Gatter herunterhoben.

»Patrick!« rief er, und der schlaksige Stallbursche, den sie schon ein paarmal gesehen hatte, tauchte aus seinem Zimmer am Ende des Pferdestalls auf. »Sattle Orange Blossom.«

»Jetzt?«

»Ich wäre dir sehr verbunden, wenn du es zwischen jetzt und morgen früh schaffen würdest«, antwortete Alex trocken.

Der hochgewachsene Junge warf einen Blick auf Nicki, abschätzend wie damals, als er sie zum erstenmal gesehen hatte, und ging dann, um den Befehl seines Herrn auszuführen.

»Eine Dame reitet im Damensattel«, erklärte Alex ihr, als würde ihr Hintern auf keine andere Weise auf einen Pferderükken passen. »Komm her, dann zeige ich's dir.« Seine Stimme klang tief und verführerisch, und ein spätabendlicher Sonnenstrahl tauchte seine braune Haut in rosiges Gold. Er lächelte zu ihr herab, mit gesunden, weißen Zähnen und netten Grübchen auf seinen Wagen. Sie mußte wegschauen, um die Beherrschung zu bewahren.

Alex schien das nicht zu bemerken. Mühelos wuchtete er einen schweren Damensattel auf einen Strohballen und half ihr dann, den gepolsterten Sitz zu erklimmen.

»Schling dein Bein um das Horn.«

Sie tat, wie ihr geheißen, und allmählich begann ihr das Spiel Spaß zu machen. »So?«

»Nicht ganz. Richte dich etwas auf.«

Er legte eine Hand auf ihren Knöchel, rückte ihn sorgfältig zurecht, während die andere ihre Hüfte in die richtige Position schob. Nicki spürte, wie es ihr bis in die Zehenspitzen warm wurde.

»So ist es besser«, sagte er leise, aber seine Stimme klang angespannt, ganz im Gegensatz zu vorhin.

»Orange Blossom ist bereit«, rief Patrick herüber, und Alex schien fast erleichtert darüber zu sein. Sie gingen zum Korral, wo Patrick mit der mausbraunen Stute wartete.

»Sie ist zwanzig Jahre alt«, erklärte Alex Nicki. »Sie würde keiner Fliege was zuleide tun.«

Noch ehe sie Gelegenheit hatte zu antworten, umschlangen seine Hände bereits ihre Taille und hievten sie auf die Stute. Mit kontrollierten Bewegungen schwang er eines ihrer Beine über das Sattelhorn und steckte den anderen Fuß in den Steigbügel. Das Pferd mochte so alt sein, daß es kaum mehr stehen konnte – trotzdem war es wunderbar, endlich wieder zu reiten.

»Du mußt sie mit den Zügeln lenken«, wies Alex sie an, indem er es ihr vormachte. »Halte dich aufrecht über dem Sattel.«

Nicki tat, wie ihr geheißen, obwohl sie dem Drang kaum widerstehen konnte, durch das offene Gatter zu jagen und in den Zuckerrohrfeldern zu verschwinden. Als es dunkel war, hatte Alex ihr gezeigt, wie man im Schritt, Trab und Kantergalopp ritt.

»Du bist ein Naturtalent«, sagte er, und sie fühlte sich ein bißchen schuldig, weil sie ihn getäuscht hatte. »Wenn du willst, können wir abends daran arbeiten, bis du so gut bist, daß du aus dem Korral reiten kannst.«

Nicki strahlte. »Das wäre wunderbar.«

Er sah sie eigenartig an. »Wie alt bist du noch mal?«

O Gott, wodurch hatte sie sein Mißtrauen geweckt? Es war schwer, das Kind zu spielen, nachdem sie alles in ihrer Macht Stehende getan hatte, um ihre Kindheit zu vergessen. »Wie alt?« wiederholte sie, um Zeit zu gewinnen.

»Wie alt *genau?*«

Zwölf Jahre schien nicht in Frage zu kommen. »Dreizehn«, sagte sie und dankte im stillen für die Dunkelheit. »Im Oktober werde ich vierzehn.« Am vierundzwanzigsten Oktober hatte sie Geburtstag, wenigstens das stimmte.

»Du wirkst älter.«

»Ich mußte früh erwachsen werden.«

Er nickte, offenbar zufrieden mit der Antwort. Patrick kam zurück, um Orange Blossom zu holen, die leise wieherte, als sie weggeführt wurde. Alex machte keine Anstalten zu gehen, sondern stellte sich zu Nicki, die am Zaun lehnte.

»Wie ist es passiert?« fragte er. »Warum wurdest du arbeitsverpflichtet? Ganz offensichtlich bist du gut erzogen. Wie in Gottes Namen bist du im Gefängnis gelandet?«

Nicki stützte die Arme auf das Geländer und schaute hinüber zu den hohen Eichen, die wie graue Schatten in der Ferne aufragten. Auch das letzte Licht war verloschen, und der Korral wurde nur noch von den Sternen über ihnen und der runden Scheibe des Mondes erhellt. Sie hatte sich schon gefragt, ob er sich irgendwann nach ihrer Vergangenheit erkundigen würde. Es war ihr unwahrscheinlich erschienen, und sie hatte ebenso davor gebangt wie darauf gehofft, daß er es tun würde.

»Wir haben während der Depression alles verloren. Mein Vater starb vollkommen unerwartet, und meine Mutter und ich blieben allein zurück. Im gleichen Jahr starb auch meine Mutter. Die Ärzte sprachen von einem Schlaganfall, aber ich glaube, daß sie an gebrochenem Herzen gestorben ist.«

»Ganz bestimmt hättest du dich an jemanden wenden können, der dir geholfen hätte.«

An Ihren Vater! klagte sie ihn in Gedanken an. *An Ihre Familie. Wir sind zu Ihnen gekommen, aber Sie wollten uns nicht helfen.*

»Die meisten unserer Freunde steckten noch tiefer in Schwierigkeiten als wir. Schließlich hielt ich es für das Beste, mich für ein paar Jahre zu verpflichten und etwas zu lernen, um allein für mich zu sorgen.« Alex beobachtete sie aufmerksam, und sein Interesse ermutigte sie, fortzufahren.

»Die Ramseys haben meinen Kontrakt gekauft, um mir einen Gefallen zu tun, denn unsere Familien kannten sich seit Jahren. Unglücklicherweise kamen sie wenig später selbst in Schwierigkeiten. Sie verkauften mich an einen Mann in New Orleans, der auf den ersten Blick recht anständig erschien...« Nicki erschauderte bei der Erinnerung. Wann immer sie an Laurent dachte, machte sich kalte, dunkle Angst in ihr breit.

»Jedesmal, wenn er betrunken war, schlug er mich. Am ganzen Leib hatte ich blaue Flecken. Einmal brach er mir den Arm...« Nicki starrte in die Ferne und versuchte, gegen die widerwärtigen Erinnerungen anzukämpfen. »Ich war froh, als er mich weiterverkaufte. Es war mir gleich, wer mich kaufte, solange ich nur weg konnte.«

»Mista Alex?« Das war Lemuel, Alex' Bursche. »Mista Thomas ist da.«

Alex schaute auf Nicki nieder, voller Zorn über die schmerzlichen Erinnerungen, die ihr hübsches Gesicht verdunkelten. Der Gedanke an die Grausamkeiten, die man ihr zugefügt hatte, machte ihn krank. Er war froh, daß er den Namen des Lumpen nicht kannte, der sie so schlecht behandelt hatte.

Ohne es zu merken, ballte Alex die Hand zur Faust. Er schaute von Nicki auf Lemuel, der geduldig und ein paar Meter entfernt auf ihn wartete.

Er strich mit den Fingern über ihre Wange und wünschte, er könnte etwas zu ihr sagen, fand aber nicht die rechten Worte. »Ich muß jetzt gehen.«

Er hatte sein Treffen mit Thomas Demming beinahe vergessen. Sie mußten die neuen Frachtverträge durchgehen, deshalb hatte sich Thomas bereit erklärt, zu ihm nach Hause zu kommen. Doch Alex wußte, daß Thomas in Wahrheit die kurzen Landausflüge genoß, wie auch die Tagesbesuche auf Belle Chêne. Und Alex genoß Thomas' Gesellschaft, denn er bekam nur selten Gelegenheit, sich wirklich zu entspannen.

Nicki streckte die Hand aus. »Vielen Dank für den Unterricht. Das war sehr freundlich von Ihnen. Ich hatte fast vergessen, wie es ist, als Mensch behandelt zu werden.«

Alex' Miene wurde düster. Er schaute sie an, als wollte er noch etwas sagen, tat es aber nicht. »Bleib nicht zu lange draußen«, meinte er schließlich, bevor er sich umdrehte und davonging.

Auf dem Rückweg zum Haus ging Nicki wieder durch das Stallgebäude. Tranöllampen erhellten das Innere, und alles roch nach Pferden und frischgemähtem Heu. Der Stalljunge hielt sie auf, ehe sie die Tür erreicht hatte.

»Sag mal, Kleine, du hast dich wirklich wacker gehalten, dafür, daß du noch nie draußen warst.« Er hakte die Daumen in die Gürtelschlaufen seiner blauen Leinenhose und grinste auf sie herab. Er sah freundlich aus, war groß und hellhäutig, hatte hellbraunes Haar und haselnußbraune Augen, die sie im Lampenschein allerdings kaum erkennen konnte.

»Danke.« Dutzende von Iren arbeiteten auf der Plantage. Sie waren vor einer Hungersnot in ihrer Heimat geflohen und zu Tausenden nach Louisiana eingewandert.

»Heiß Patrick O'Flannery. Und du?«

»Nicki Stockton.«

»Nett, dich kennenzulernen, Nicki.« Er lächelte wieder; es sah nach einem gefälligen, ehrlichen Lächeln aus. »Damensattel ist ganz in Ordnung, denke ich, aber wenn du wirklich reiten willst, dann mußt du wie ein Mann draufsitzen. Ich könnt's dir beibringen, wenn du willst.«

»M'sieur du Villier bringt mir das Reiten bei.« Sie konnte es immer noch nicht glauben. Aber er hatte es gesagt, und Alex hielt immer Wort.

»Klar, du kannst mit ihm reiten, solang du willst, aber wenn du mit mir reitest, dann zeige ich dir, wie man wirklich Spaß dabei hat.«

Nickis Augen leuchteten auf. Patrick O'Flannery sah nach einem Schmeichler aus, aber das konnte man nie so genau wissen. »Wie meinst du das?«

»Ich meine, du übst weiter, dann warten wir, bis es eines Nachts dunkel ist, und dann nehmen wir uns zwei von den Besten, die der Fürst im Stall hat, und lassen sie ein bißchen laufen.«

»Wir sollen sie stehlen?«

»Ach wo. Wir geben ihnen bloß ein bißchen Auslauf.«

Es klang himmlisch. »Ich würde zu gerne auf Napoleon reiten«, sagte sie. Es juckte sie, den großen reinrassigen Hengst unter sich zu spüren.

»Den nicht. Der Fürst würde toben wie alle Höllenhunde zusammen, wenn er herausfinden würde, daß wir Napoleon genommen haben. Aber alle anderen...«

Ein paar der edelsten Pferde der Welt waren auf Belle Chêne zu finden. Sie zu reiten wäre ein Genuß, wie sie ihn jahrelang nicht mehr gekannt hatte. »Und was passiert, wenn wir erwischt werden?« Früher hatte sich Nicole nur selten über die Folgen ihrer Handlungen Gedanken gemacht. Aber jetzt wußte sie, wie es sich anfühlte, mit dem Stock verprügelt zu werden.

»Vielleicht kriegen wir ein paar zusätzliche Arbeiten aufgebrummt. Ich bin noch nie geschlagen worden, du brauchst also keine Angst zu haben, daß so was passieren könnte.«

Nicki grinste. Zusätzliche Arbeit machte ihr nicht viel aus. Wieder reiten zu können und den Wind im Gesicht zu spüren, war ein solches Risiko wert.

»Ich bin ein paar Wochen weg«, sagte Patrick. »Ich bring' ein paar Pferde rauf nach Plaquemine zu den Rennen. Du übst weiter, und wenn ich wieder da bin, dann machen wir's.«

»In Ordnung, Patrick – ich bin einverstanden.«

Alex ging vor seinem Treffen mit Thomas Demming zum Baden hinauf. Lemuel, der alte Schwarze, der ihm als Bursche diente, hatte die Kupferwanne bereitgestellt und seine Kleider daneben gelegt – einen dunkelgrauen Frack, eine burgunderfarbene Weste und dunklere burgunderrote Hosen. Ein Tablett mit kaltem Fleisch, Käse, Brot und Obst stand auf einem Mahagonisekretär neben seinem geliebten Polstersessel, außerdem eine Flasche Wein und ein Kristallkelch mit Stiel.

Er lächelte über die Umsicht des Alten. Thomas und er würden das Abendessen erst spät im Arbeitszimmer serviert bekommen, aber bis dahin kam er leicht damit aus.

Lemuel kümmerte sich immer um ihn. Alex nahm sich vor, den alten Mann nach seinem Rheuma zu fragen, um sicherzugehen, daß er nicht zu schwer arbeitete.

Nach einem kurzen Bad trocknete sich Alex ab und fing an, sich anzuziehen. Eigentlich hätte er über die Verträge nachdenken sollen, die Thomas mit ihm durchgehen wollte, aber seine Gedanken wollten nicht von dem kleinen, kupferhaarigen Mädchen weichen. Er war froh, daß er sie gekauft hatte, das mußte er zugeben, als er an die Geschichten zurückdachte, die sie erzählt hatte. Er konnte die Vorstellung nicht ertragen, daß man sie mißhandelte – und er mochte sie. Wie schon zuvor, war ihm das auch heute nacht wieder klar geworden. Sie war offenherzig und aufrichtig. Ohne Falsch, wie man es kaum von jemandem erwarten konnte, der ein so schweres Leben hinter sich hatte.

Nur die physische Anziehung mißfiel ihm, die er immer spürte, wenn er in ihrer Nähe war.

Nom de Dieu, das Mädchen war noch ein Kind. Nun gut, nicht ganz vielleicht, aber bestimmt nicht so alt, als daß sein Gewissen es ihm gestattet hätte, sich ernsthaft für sie zu interessieren. Ganz sicher wirkte sie älter, als sie war. Aber ihr Körper war noch keineswegs reif. Wo waren die sinnlichen Rundungen, die er immer so anziehend gefunden hatte, der volle Busen, nach dem sich seine Hände verzehrten?

Es war Wahnsinn, und er wußte es. Aber nichtsdestotrotz ein Problem. Er hatte den ganzen Abend darüber nachgedacht, während er ihr auf dem alten, braunen Pferd zugesehen hatte. Und er glaubte, eine Lösung gefunden zu haben.

In drei Jahren, höchstens vier, war Nicki erwachsen. Wenn die Natur hielt, was sie versprach, würde sie eine wunderschöne Frau werden. Sie mochte ihn; soviel war klar. Und sie hatte ganz bestimmt niemanden, der für sie sorgte. Welche Frau könnte sich besser zur Geliebten eignen?

Alex war ein geduldiger Mensch, er konnte warten, wenn es sein mußte. Sein Instinkt sagte ihm, daß es sich bei diesem Mädchen lohnen würde. In der Zwischenzeit konnte er sich bestimmt beherrschen. Schließlich hatte er Lisette, die ihm das Bett wärmte, und bald auch noch eine Gemahlin. Mit zufriedenem Lächeln kämmte Alex sein dunkelbraunes Haar, rückte die Manschetten an seinem rüschenbesetzten, weißen Hemd zurecht und ging nach unten.

»Thomas«, rief er, als er in den eleganten Empfangssalon trat, und streckte die Hand aus. »Schön, dich hier zu sehen.«

Lächelnd erhob sich der schlanke, blonde Mann in seinem dunkelblauen Frack und maßgeschneiderten grauen Hosen und erwiderte den Handschlag herzhaft.

»Thomas ist nicht der einzige, der dir einen Besuch abstatten wollte. Ich hoffe, es macht dir nichts aus, Liebling.«

Alex fuhr herum, als er die Frauenstimme hinter sich näher

kommen hörte. »Clarissa...« Er umfing ihre schlanken, mit weißen Handschuhen versehenen Finger. »Ich hatte dich erst in zwei Wochen zurückerwartet.« Er beugte sich vor, sorgsam darauf bedacht, ihre eleganten, silberblauen, satinbesetzten Röcke nicht zu zerknautschen, und küßte sie auf die Wange.

»Zum Glück hat Maxwell größere Fortschritte gemacht, als wir vorausgesehen haben.« Maxwell Thornton war Clarissa Endicotts Schwager. Er war vor zwei Monaten krank geworden, weshalb Clarissa zu ihrer Schwester Margaret nach New York gefahren war, um ihr zur Seite zu stehen.

»Außerdem«, schloß sie, wobei sie die blaßblauen Augen verdrehte, »kann Margaret manchmal wirklich eine Heimsuchung sein.« Blaßblonde Haarsträhnen, die aus den sorgfältig gelegten Wellen auf beiden Seiten ihres Gesichtes entkommen waren, flogen beim Kopfschütteln hin und her. »Ich konnte es gar nicht erwarten, heimzukommen.«

»Es ist schön, daß du wieder da bist«, erklärte Alex pflichtbewußt, und Clarissa lächelte. Sie war eine große Frau, feingliedrig und grazil gebaut, und sie war hübsch.

Sie war zwar von Geburt Engländerin, aber ihre Familie war nach Louisiana gekommen, als sie noch ein Kind gewesen war. Den Endicotts gehörte Elmtree, eine der größten Zuckerplantagen in der Gegend. Ihr Vermögen hatte die Familie allerdings durch die Münzprägung gemacht. Endicott und Company prägten das Geld für die meisten Südstaaten, von denen jeder andere Münzen hatte.

Clarissa trat zurück, um Alex anzuschauen. Sie bemerkte die müden Falten um seine Augen und die Erschöpfung, die er nicht überspielen konnte.

»Du arbeitest immer noch soviel, wie ich sehe.« Ihre Worte klangen besorgt, aber zugleich auch anerkennend. Die Endicotts glaubten an harte Arbeit. Sie hatten im Laufe der Jahre ein Unternehmen aufgebaut, und Clarissa wollte, daß es weiterwuchs und florierte.

»Ich wollte früher Schluß machen, aber Fortiers Wechsel ist bald fällig, deshalb sind wir ziemlich unter Druck.« Bei ihr brauchte er nichts zu beschönigen. Als seine zukünftige Gattin erwartete sie die Wahrheit, ebenso wie sie die Wahrheit sagte. Das war Teil ihres Abkommens.

Ein Diener tauchte auf, der auf einem Silbertablett zwei kristallene Schwenker mit Brandy und ein Stielglas mit Sherry trug. Jeder nahm ein Glas, dann setzten sie sich vor den marmornen Kamin, der so kurz vor dem Sommer statt von einem Feuer von einem Topf mit lila Glyzinien erhellt wurde.

»Es ist wirklich ungerecht«, sagte Thomas. »François hat die Plantage so verkommen lassen, daß du vierzehn Stunden pro Tag arbeiten mußt, nur um sie wieder in Schuß zu bringen.«

Alex seufzte und lehnte sich in seinem Sessel zurück. »Es war eigentlich nicht seine Schuld. Vater wußte um die Fähigkeiten meines Bruders. François hat sich nie für das Geschäftliche interessiert. Vater erwartete zuviel von ihm.«

»Wenn ich es richtig sehe«, erklärte Clarissa in ihrer deutlichen, direkten Art, »wollte dein Vater, daß du seine Geschäfte in Frankreich regelst, was ihm wenig Wahl ließ.«

»Ja«, stimmte Alex ihr zu. »Da hast du wohl recht.«

»François ist ein selbstsüchtiger, verdorbener kleiner Bub«, urteilte sie. »Du bist ohne ihn besser dran.«

Alex verkniff sich einen Widerspruch. Obwohl sie die Wahrheit sprach, stand es ihr nicht zu, so etwas zu sagen. Einfühlungsvermögen gehörte nicht gerade zu Clarissas Tugenden. »Er hat im Augenblick Probleme. Er wird sich fangen.«

»Das sollte er auch lieber«, sagte sie. »Wenn wir erst verheiratet sind, werden Belle Chêne und Elmtree vereint. Ich werde nicht zulassen, daß er das Geld von Elmtree verschwendet.«

Alex' Mund zuckte. Die Ehe mit Clarissa würde nicht einfach werden. Aber die Vorteile, jedenfalls soweit sie Belle Chêne und die du Villiers betrafen, überwogen die Nachteile bei weitem.

»Ich bin für François verantwortlich, Clarissa, nicht du.« Als seine Frau hätte Clarissa in Familienangelegenheiten mitzubestimmen, das war nur gerecht, aber das letzte Wort würde er sich vorbehalten. Er hatte das klargemacht, bevor sie beschlossen hatten zu heiraten. Er wußte jetzt schon, daß er sie noch öfter darauf würde hinweisen müssen.

Clarissa schien die nächsten Worte abzuwägen. »Natürlich hast du recht, Liebling. Und nachdem wir gerade von Verantwortung sprechen – genau darüber wollte ich mit dir reden. Thomas, ich freue mich, daß Sie da sind. Ich möchte, daß Sie alles ganz detailliert darlegen; alles wird seine Ordnung haben.«

Alex zog eine Braue hoch, sagte aber nichts. Clarissa war eine intelligente Frau. Was immer ihr vorschwebte, würde höchstwahrscheinlich beiden zum Vorteil gereichen.

5. KAPITEL

Während Nicole ungeduldig auf Patrick O'Flannerys Rückkehr und den versprochenen Ausritt wartete, traf sie viermal pro Woche abends nach dem Essen bei den Ställen Alex. Obwohl er nie mit ihr darüber sprach, wußte sie, daß er an den anderen drei Abenden mit dem Dampfer in die Stadt fuhr. Nicki brauchte nicht nach dem Grund zu fragen.

Lisette. Es wurmte sie, obwohl sie sich selbst ermahnte, daß es ihr eigentlich gleichgültig sein sollte.

Alexandre du Villier hatte ihr das erste richtige Heim seit Jahren gegeben. Was konnte sie noch mehr verlangen? Aber jeden

Abend, nachdem sie mit dem Reiten fertig waren und sie wieder in ihrer Kammer war, wußte sie es. Sie wollte, daß er sie als Frau betrachtete. Sie wollte, daß sich aus der Freundschaft, die er ihr schenkte, mehr entwickelte.

Aber das würde wohl immer ein Traum bleiben, denn ein Mann wie er würde sich niemals mit einem leibeigenen Dienstmädchen abgeben, gleichgültig, aus welcher Familie es stammen mochte.

Nicki schloß die Tür hinter sich, setzte ihre Haube ab, entflocht die Zöpfe und kämmte das Haar aus, dann legte sie die schwarzweiße Kinderuniform ab, die sie bei ihrer Ankunft erhalten hatte. Sie befreite sich aus den Unterröcken, der Bluse und schließlich aus der unbequemen Bandage, mit der sie ihre Brüste zusammenschnürte. Gott sei Dank bewohnte sie ihre Kammer allein. Wenigstens blieb so ihr Geheimnis gewahrt.

Aber wie lange sollte das noch so bleiben? Sie begann langsam, Alexandre du Villier zu vertrauen, begann zu glauben, daß er ihr helfen, sie vielleicht sogar aus ihrem Vertrag entlassen würde. Aber was dann? Was sollte sie dann tun?

Sie war auf einer Plantage groß geworden und dazu erzogen worden, die Frau eines Pflanzers zu werden. Es war Aufgabe der Hausfrau, bei den Geschäften der Familie zu helfen, ihrem Mann und ihren Kindern ein Heim zu bereiten und sich um die Arbeiter zu kümmern, um die vielen Menschen, die man brauchte, damit ein so großer Haushalt funktionierte.

Es war eine harte, aber befriedigende Aufgabe. Sie wäre ihr gewachsen gewesen. Ihre Mutter war das Herz von Meadowood gewesen, und sie hatte Nicole alles beigebracht, was sie wußte.

Schließlich war aber auf Grund neuer Zölle der Zuckermarkt zusammengebrochen, ihre Eltern waren gestorben und mit ihnen Meadowood. Jetzt war sie achtzehn und noch schlechter dran als vor drei Jahren, als sie sich zum erstenmal verpflichtet hatte. Damals hatte sie wenigstens noch ein Ziel gehabt, hatte ihr Leben wieder in Ordnung bringen wollen.

Die Ramseys hatten ihr versprochen, sie in die Buchhaltung einzuführen, eine Beschäftigung, für die sie eine gewisse Begabung zeigte und die ihr gefiel. In diesem Beruf gab es nur wenige Frauen, und Nicole war der Meinung, daß sie dank der kleinen Summe, die sie am Ende ihres Vertrages zusammengespart haben würde, eine Anstellung finden würde, wenn sie nur fleißig genug lernte.

»Herr im Himmel!«

Nicki wirbelte herum, als sie die Stimme hörte. Mrs. Leander stand in der offenen Tür, starrte auf Nickis Brüste und schlug das Kreuz, als wollte sie böse Dämonen abwehren. Sie trat ein und schloß energisch die Tür.

Nicki schluckte schwer. »Ich – ich habe Sie nicht klopfen gehört.«

Ein Schnauben antwortete ihr. »Also los, kleine Missy, was zum Teufel wird hier gespielt?«

Nicki zog sich ein weiches Baumwollnachthemd über den Kopf, aber ohne Bandage konnte es die rundliche Wölbung ihrer Brüste nicht verbergen. »Bitte, Mrs. Leander. Ich habe bloß versucht, mich zu schützen.«

»Dich zu schützen? Indem du uns alle täuschst? Indem du vorgibst, jemand zu sein, der du nicht bist?«

»Das wollte ich gar nicht. Es ist einfach so passiert.« Nicki flehte die Haushälterin um Verständnis an und begann, ihr alles über Lorna und über ihr knappes Entkommen vor den Wachen im Gefängnis zu erzählen. »Dann kam die Auktion, und Lorna dachte, ich würde vielleicht... also... nicht mißhandelt werden, wenn ich mich weiter verkleide.«

Die ältere Frau bekreuzigte sich wieder. »Der Herr stehe uns bei. Wir haben ein Problem.«

»Vielleicht ist es ganz gut so«, entgegnete Nicki. »M'sieur du Villier wird früher oder später sowieso die Wahrheit erfahren müssen. Vielleicht ist es ganz gut, wenn das gleich geschieht.«

»Bist du von Sinnen?« Die schneeweißen Brauen der Haushälterin schossen hoch. »Miss Clarissa würde nie zulassen, daß du hier bleibst.«

»Wer ist das?« *Nicht noch eine von seinen Geliebten!*

Mrs. Leander schaute sie überrascht an. »Du bist doch bestimmt nicht so alt, daß du schon schwerhörig wirst? Mir kommt es so vor, als würden die Angestellten ununterbrochen über sie reden. Sie ziehen darüber her, was für ein kaltes Luder sie ist, und daß Mister Alex sich ein Leben voller Kummer mit ihr einhandelt.«

»Wahrscheinlich habe ich in letzter Zeit nicht besonders aufgepaßt.«

»Miss Clarissa ist die Auserwählte des Masters. Sie wird schon bald Herrin von Belle Chêne sein.«

»Was?«

»Nach dem Sommer plant sie einen Riesenball, auf dem sie ihre Verlobung und das offizielle Hochzeitsdatum bekanntgeben will. Wahrscheinlich gleich nach der Ernte. Die Feier wird ein Vermögen kosten, aber da sie bezahlt, ist das wohl egal.«

»Er – er will heiraten?« wiederholte sie wie betäubt. Sie konnte es immer noch nicht fassen.

»Das habe ich doch eben gesagt. Und Miss Clarissa wird garantiert nicht zulassen, daß so jemand wie du mit Master Alex unter einem Dach lebt.« Die Haushälterin begutachtete sie vom Scheitel ihres Kupferhaares bis zu den kleinen nackten Füßen, die unter dem Saum ihres Nachthemds hervorsahen.

Nicole sank aufs Bett. »Wenn er mich wieder verkauft, dann sterbe ich.« Sie knüllte den Stoff ihres Nachthemds zwischen den Fingern zusammen und starrte auf die Hände, die in ihrem

Schoß lagen. »Belle Chêne ist das erste Zuhause für mich seit Jahren. Ich könnte es nicht ertragen, wenn ich wieder fort müßte – das könnte ich einfach nicht.« Salzige Tränen rannen ihr über die Wangen.

Mrs. Leander setzte sich neben sie. »Sachte, sachte. Master Alex würde dich an niemanden verkaufen, der grausam ist.« Nicki weinte nur noch heftiger. Mrs. Leander drückte ihren Kopf gegen eine schwere Brust.

»Es ist schon gut, Kleine, nun quäl dich nicht so.« Sie tätschelte Nickis Kopf. »Wenn du hierbleiben willst, dann werden wir dein Geheimnis einfach noch ein bißchen für uns behalten. Wenn der Master und Clarissa erst einmal verheiratet sind, und sie hier eingezogen ist, wird sie wahrscheinlich nichts dagegen haben, daß du bleibst. Sie ist ein praktischer Mensch. Master Alex hat ganz ordentlich für dich bezahlt. Sie wird bestimmt jeden Cent zurück haben wollen.«

Das waren zwar keine rosigen Aussichten, aber wenigstens würde sie so auf Belle Chêne bleiben können.

»Dann werden Sie mich also nicht verraten?«

»Das fiele mir im Traum nicht ein. Ich möchte Miss Clarissa nicht die Genugtuung verschaffen, sich einzumischen. Ihm würde ich es nie sagen, aber ich glaube, der Master macht einen großen Fehler. Er ist ein guter Mensch. Er verdient jemanden, der ihn liebt, nicht nur eine Frau, die ihn heiratet, damit er ihr Vermögen vermehrt und ihre Stellung in der Gesellschaft verbessert.«

»Alex glaubt nicht an die Liebe.«

»Ihr seid also schon bei ›Alex‹, wie?«

»Ich nenne ihn nur in Gedanken so.«

»Meine Liebe, du solltest deine Gedanken lieber nicht in diese Richtung wandern lassen, das laß dir zu deinem Besten gesagt sein.«

Nicki atmete tief durch und rang sich ein Lächeln ab, nach dem ihr kein bißchen zumute war. »Sie haben natürlich recht.« Mrs. Leander stand auf, und Nicole tat es ihr nach. »Ich werde nicht vergessen, welchen Gefallen Sie mir erwiesen haben.«

Mrs. Leander runzelte die Stirn. »Ich hoffe, daß es ein Gefallen ist.«

Nicki fragte sich, wie sie das wohl meinte.

Am nächsten Tag kehrte Patrick nach Belle Chêne zurück und lenkte ihre Gedanken von Alex' bevorstehender Heirat ab. Ein kleines Abenteuer war gerade das Richtige, um alles wieder ins Lot zu bringen. Wie lange war es her, seit sie einfach so losgeritten war und getan hatte, was sie wollte?

Mit strahlenden Augen traf sie Patrick kurz vor Mitternacht bei den Ställen.

»Ich reite auf Napoleon«, verkündete sie ohne jede Vorrede.

»Bist du verrückt? Niemand reitet ihn außer Master Alex.«

»Du hast gesagt, man würde uns nicht erwischen. Wenn wir reiten, dann reite ich auf Napoleon.«

Patrick kratzte sich am Kopf und sah sie unsicher an. Dann grinste er. »Du hast Mumm wie 'ne Irin, Mädel«, sagte er mit betont schwerem Akzent. »Aber sag nich', ich hätte dich nich' gewarnt.«

Sie sattelten die Pferde. Nicki bestand auf einem Damensattel, obwohl Patrick sie versuchte zu überzeugen, daß sie im Herrensitz reiten sollte. »Du wirst dir den verdammten kleinen Hals in dem Apparat brechen.«

»Ich reite besser so«, sagte sie. Sie sagte ihm nicht, daß sie jahrelang so geritten war.

Sie führten die Pferde unter die Bäume hinter dem Stall und stiegen dann auf. Patrick half ihr beim Aufsitzen, dann schwang er sich selbst in den Sattel. Napoleon war unruhig und wehrte sich gegen das Gebiß, und ihr kam der Gedanke, daß er wahrscheinlich nie zuvor so geritten worden war. Sie sprach ihm leise zu, um ihn zu besänftigen, und war bald startbereit.

»Du kannst mit ihm umgehen, Mädel.« Mit einem anerkennenden Lächeln stieß Patrick seine Hacken in die Flanken des großen schwarzen Wallachs, den er ausgesucht hatte, und dann jagten sie los, daß die Hufe über die feste, trockene Erde donnerten.

Nicki konnte sich nicht entsinnen, je eine schönere Nacht erlebt zu haben. Die Sterne leuchteten über ihr, der Hengst reagierte auf jedes Kommando, und sie fühlte sich so frei wie seit Jahren nicht mehr. Nachdem sie ein paar Stunden entlang der Zuckerrohrfelder geritten waren, machten sie an einem Bach halt, um die Pferde trinken zu lassen. Sie stiegen ab und ließen ihre nackten Füße ins Wasser hängen.

»Du bist wirklich hübsch, Mädel«, sagte Patrick zu ihr. »Du wirst bestimmt 'ne tolle Frau.«

»Danke, Patrick.«

»Und bestimmt auch 'ne gute Ehefrau, würd' ich wetten, wo du so gestochen redest und so gut erzogen bist.« Er warf ihr einen anerkennenden Blick zu und wollte noch etwas sagen, doch da wieherte Napoleon, was sie ermahnte, daß es schon spät und höchste Zeit zum Heimreiten war.

Nicki dankte insgeheim dafür. Patrick war mindestens zwei Jahre jünger als sie, obwohl er glaubte, daß es genau anders herum war. Er war ein netter Junge, jemand, den sie als Freund behalten wollte. Sie hoffte, er würde sie verstehen, wenn er erfuhr, daß sie ihn angelogen hatte.

Flüchtig durchfuhr sie der Gedanke, daß Alex ihre Täuschung vielleicht auch nicht besser aufnehmen würde.

»Wir machen ein Rennen bis zur Hügelkuppe«, rief Patrick ihr zu, sobald sie aufgestiegen und bereit waren, dann donnerten die

Pferde los. Zu Beginn des Rennens lagen die beiden Tiere Kopf an Kopf, dann setzte Napoleon auf Nickis Drängen hin über einen niedergerissenen Zaun und zog davon. Als sie ein brachliegendes Feld überquerten, lag er bereits zwei Längen vorn. Er galoppierte mit angelegten Ohren und streckte den Kopf in den Wind. Der große, reinrassige Hengst genoß das Rennen ebensosehr wie sie.

Mit lautem Siegeslachen zügelte ihn Nicki, kurz bevor sie die Anhöhe erreicht hatten, von der aus man über das Haus und die Ställe blicken konnte.

»Das war wunderbar!« rief sie. Unter einer Eiche machten sie Halt und gaben den Tieren Gelegenheit zum Verschnaufen.

»Du bist wirklich 'ne Nummer, Mädel.« In Patricks Blick lag beinahe Ehrfurcht.

»Das ist sie«, sagte Alex und trat hinter dem Baum vor. »Und außerdem ein dummes Ding, das anscheinend fest entschlossen ist, sich umzubringen.«

Patrick schluckte so schwer, daß selbst Nicki es hörte. »Sie – sie ist 'ne gute Reiterin, Euer Gnaden. Sie haben sie gut unterrichtet.«

»Bring die Pferde in den Stall«, befahl ihm Alex. »Sullivan hat ein Wörtchen mit dir zu reden.« Ganz offensichtlich hatte der Stallmeister mehr im Sinn als ein gemütliches Geplauder.

»Ja, Euer Gnaden.«

»Und nenn mich nicht so.«

»Nein, Euer Gnaden... ich meine nein, Sir.«

Alex wartete, bis Patrick die Pferde weggeführt hatte, dann schaute er finster auf Nicki herab, deren Herz so schnell hämmerte, daß sie kaum atmen konnte.

»Und was dich betrifft, *ma petite*...« Er packte ihre Oberarme und zog sie hoch, bis sie auf Zehenspitzen stand. »Was in Dreiteufelsnamen hast du dir eigentlich dabei gedacht? Napoleon ist mein teuerstes Pferd. Und obendrein gefährlich. Ein Wunder, daß du dir nicht den Hals gebrochen hast.« Er schüttelte sie kräftig. »Ich sollte dich eigentlich übers Knie legen und dir die Prügel verabreichen, die du verdient hast. Wenn ich es mir so recht überlege…« Er verstärkte seinen Griff und visierte einen Knüppel am Boden an, als hätte er genau das vor.

Nicki riß die Augen auf. Seine Miene war so grimmig, als wollte er einen Mord begehen. Sie spürte die Kraft in seinen Händen, die ihre Arme umschlossen, erkannte seinen Zorn an dem grimmig vorgereckten Kinn. Plötzlich fühlte sie sich ins Haus der Laurents zurückversetzt, wo sie versuchte, die schweren Schläge ihres Besitzers abzuwehren und den Schmerz zu ignorieren, während sie gleichzeitig alle Kräfte aufbot, um ihre Angst nicht zu zeigen. Sie wimmerte und sank in Alex' Armen zusammen.

»Bitte tun Sie mir nichts«, flehte sie mit angsterfüllter Stimme. »Bitte…«

Alex' Griff lockerte sich. Um nichts in der Welt hätte er sie schlagen können. Ihre hübschen Augen waren so groß geworden, daß sie ihr ganzes bleiches Gesicht auszumachen schienen. Sie zitterte am ganzen Leibe. »Ach, *ma petite.* In einem Augenblick so tapfer, im nächsten so ängstlich. Was in Gottes Namen haben sie dir bloß angetan?«

Und dann begann sie zu weinen, mit kurzen, leisen, herzzerreißenden Schluchzern. Er zog sie in seine Arme, damit sie sich an seiner Brust ausweinen konnte, bis die Nässe durch den Stoff seines Hemdes an seine Haut drang.

»Schon gut, schon gut«, beschwichtigte er sie und strich eine Strähne aus ihrer tränennassen Wange.

»Ich kann nicht mal sagen, daß es mir leid tut. Es war so wunderschön, wieder frei zu sein, selbst wenn es nur für eine Nacht war.«

Alex rückte sie von sich ab. »Belle Chêne ist kein Gefängnis«, sagte er grimmig. »Und es ist wohl kaum zuviel verlangt, wenn ich dich bitte, meinen wertvollsten Hengst nicht zu stehlen.«

»Das dürfen Sie nicht sagen –« Sie schaute zu ihm auf, erwiderte tapfer seinen harten Blick. »Ich habe ihn nicht gestohlen. Ich habe ihn nur bewegt.«

»Das hast du ganz bestimmt.«

»Wenn es Ihnen so mißfällt, dann verspreche ich Ihnen, es nie wieder zu tun.«

Alex war nahe daran zu lächeln, aber er bemühte sich, weiter ernst zu klingen. »Du wirst das ganz bestimmt nicht wieder tun, weil ich nächstes Mal meine Drohung wahr machen werde. Und außerdem wirst du in den nächsten zwei Wochen zwei Stunden am Tag mehr arbeiten. Und wenn Napoleon irgend etwas passiert ist, dann bekommst du deine Prügel vielleicht doch noch.«

Nicki beobachtete ihn unter ihren dichten, dunklen Wimpern hervor. Er war zornig, kochte sogar vor Wut. Aber seine Miene war irgendwie besorgt. Hatte sich Alex gar Sorgen um sie gemacht?

»Und jetzt geh zurück ins Haus«, beendete er seine Standpauke.

Alex sah ihr nach, wie sie den Hügel hinablief. *Was war nur an ihr?* Er war wütend gewesen, als er, weil er nicht hatte schlafen können, zu den Ställen hinübergegangen war und festgestellt hatte, daß Napoleon fort war. Nicht eine Sekunde lang hatte er geglaubt, daß das Pferd gestohlen worden war, aber er wäre nie darauf gekommen, wer ihn geritten hatte.

Als er gesehen hatte, wie sie den Stalljungen im Rennen auf die Anhöhe schlug, hatte er seinen Augen kaum getraut. Sie hatte gut gelernt, viel besser, als er es sich vorgestellt hatte. Aber Napoleon war kein Pferd für einen Anfänger. Daß das Tier den ungewohnten neuen Sattel überhaupt angenommen hatte, überraschte ihn. Und daß er sich dann von einem Reiter mit ihrem Gewicht hatte kontrollieren lassen... gut, diesmal hatte sie Glück gehabt, aber beim nächsten Mal konnte das anders aussehen.

Wahrscheinlich hätte er ihr die Prügel verabreichen sollen, die sie verdient hatte. Wenn sie wieder den Drang verspürte, mitten in der Nacht auszureiten, dann hätte sie wenigstens gewußt, warum sie diesem Drang widerstehen sollte!

Alex rief sich selbst zurecht. Seit wann disziplinierte er seine Untergebenen? Anscheinend verlor er den Verstand. Offenbar setzte ihm das Mädchen so zu – sie hatte seinen Beschützerinstinkt geweckt.

Er schüttelte den Kopf. Daß Nicki etwas Besonderes war, daran gab es keinen Zweifel. Eigentlich war er doch froh, daß er ihren Kontrakt gekauft hatte. Sie hatte eine Chance verdient, eine Chance, etwas Besseres aus sich zu machen. Wenn er sich nicht zunehmend von ihr angezogen gefühlt hätte, hätte er kein einziges Mal an ihrer Anstellung auf Belle Chêne gezweifelt.

So wie die Dinge lagen, fühlte er sich allerdings jedesmal, wenn er sie anschaute, ein bißchen wie Valcour Fortier. Immer wieder fragte er sich, wie ihr Körper wohl aussehen mochte, wenn sie erst erwachsen war, wie ihr leuchtendes Kupferhaar aussehen mochte, wenn die Zöpfe gelöst waren und es ihr locker über die Schultern fiel.

Drei Jahre, ermahnte er sich. In drei Jahren kannst du sie zu deiner Geliebten machen. Und auf Grund der Probleme, vor denen Belle Chêne stand, sowie seiner bevorstehenden Hochzeit und der anscheinend unlösbaren Spannungen zwischen ihm und seinem Bruder und der harten Arbeit, die nötig war, um die Plantage in Schuß zu halten, war er so beschäftigt, daß die drei Jahre wie im Fluge vergehen würden.

In den nächsten zwei Wochen bekam Nicole Alex kaum zu Gesicht. Er arbeitete lang und schwer auf den Zuckerrohrfeldern, und dank ihres Mitternachtsausfluges hatte auch sie mehr zu tun. Einmal hatte sie ihn draußen auf der Veranda gesehen, als sie dort gefegt hatte, aber da war sie ihm absichtlich aus dem Weg gegangen.

Es tat ihr keineswegs leid, was sie angestellt hatte – die wilde Nacht der Freiheit hatte den Einsatz gelohnt. Es beschäftigte sie viel mehr, wie sie sich vor ihm benommen hatte.

Wie habe ich nur zulassen können, daß er mich so sieht? Sie hätte die Strafe, welche Alex ihr zugedacht hatte, erdulden und kein Wort sagen sollen. Was immer er auch mit ihr angestellt hätte, es wäre ein für allemal vorbei gewesen, und sie hätte ihre Selbstachtung gewahrt. Statt dessen hatte sie sich wie ein Feigling aufgeführt.

Es wäre nicht passiert, wenn sie nicht ausgerechnet in diesem Augenblick an Armand Laurent gedacht hätte, den Stoffhändler, der den Ramseys ihren Kontrakt abgekauft hatte. Laurent hatte sie gelehrt, was Angst heißt. Nach seinen Alkoholgelagen hatte er sie immer grün und blau geschlagen, bis ihre Rippen angeknackst oder ein Knochen gebrochen war. Ständig hatte sie in Angst und Schrecken davor gelebt, wann es wieder geschehen würde.

Dann war Adrian Paxton gekommen. Die schöne, dunkelhaarige Frau hatte Nicole nie physisch mißbraucht, aber indem sie das Märchen von der gestohlenen Brosche erfunden und Nicki ins Gefängnis gebracht hatte, hatte sie ihr ebenso deutlich gezeigt, welche Macht ein Mensch über einen anderen haben konnte.

Das war damals, und heute ist heute, ermahnte sich Nicole fest. Du bist Etienne St. Claires Tochter. Du bist nicht mehr im Gefängnis, und selbst wenn du es wärst, ist es höchste Zeit, dir ins Gedächtnis zu rufen, wer du eigentlich bist. Sie hoffte inständig, daß es ihr gelingen würde, ihre Vorsätze zu verwirklichen, aber selbst wenn sie scheitern sollte, fühlte sie sich doch besser, nachdem sie diesen Schwur geleistet hatte.

Am folgenden Montag trat sie wieder ihren normalen Dienst an. Draußen hinter den Ställen, wo sie unter einer Eiche Mittagspause machte und Fleisch und Käse aß, erblickte sie Alex, der direkt auf sie zusteuerte.

»Ich dachte schon, daß ich dich hier finde«, sagte er zu ihrer Überraschung.

»Sie haben mich gesucht?«

»Ich habe dich vermißt«, neckte er sie. In seiner beigen Reithose und dem schneeweißen Leinenhemd sah er so gut aus wie immer. Sein flachkrempiger Pflanzerhut schattete seine dunkelbraunen Augen vor der Sonne ab.

Nickis Wangen waren warm geworden, und ihr Puls hatte sich beschleunigt, sowie sie gesehen hatte, daß er auf sie zukam. Sie hätte ihm am liebsten gesagt, daß sie ihn ebenfalls vermißt hatte, tat es aber nicht.

»In ungefähr einer Stunde muß ich zur Zuckermühle hinüberreiten. Ich dachte, du hättest vielleicht Lust mitzukommen. Auf diese Weise könntest du wieder einmal ausreiten, und außerdem glaube ich, daß du es interessant finden wirst.«

Es klang wunderbar. Sie konnte ihm nicht verraten, daß sie Stunden in der Mühle ihrer Familie auf Meadowood verbracht hatte. Die schönste Nacht im Jahr war immer die Nacht der Erntefeier gewesen – der Sugarhouse Ball –, in der alle Arbeiter und ihre Familien Rum oder Sillabub getrunken hatten, eine Mischung aus Weißwein und Schlagsahne, und in der bis zum Morgengrauen zwischen den Bottichen mit trocknendem Zucker getanzt worden war.

Sie wollte so gern ja sagen, schüttelte statt dessen aber den

Kopf. »Heute ist Montag. Ich muß die Böden wischen und die Betten überziehen –«

»Ich habe ihnen gesagt, daß ich ein paar Stunden lang deine Hilfe brauche.«

Nicki lächelte. »Wenn das so ist, komme ich liebend gern mit.«

Mit einem einnehmenden Blick, der ihr den Atem stocken ließ, musterte Alex sie von Kopf bis Fuß. Sie hätte sich für zwei Jahre zusätzlich verpflichtet, wenn sie in diesem Augenblick ein schönes Kleid statt ihrer spröden schwarzen Uniform hätte tragen dürfen.

»Warum gehst du nicht rein und ziehst etwas anderes an?«

Was denn? dachte sie plötzlich wütend. »Ich fürchte, das hier muß genügen.« Sie reckte das Kinn vor. »Wenn es Ihnen unangenehm ist, sollte ich vielleicht lieber nicht mitkommen.«

Alex lächelte nachsichtig. »Ich habe Mrs. Leander gebeten, dir ein paar Sachen machen zu lassen. Sie hat mir heute morgen gesagt, daß sie fertig sind. Du findest sie oben in deinem Zimmer.«

Ihre Miene mußte köstlich gewesen sein. »Sie schenken mir neue Kleider?«

»Sie warten oben auf dich.«

Nicki spürte ein Kratzen in der Kehle. Alex hatte an sie gedacht, sich um sie gekümmert. Sie schenkte ihm ein Lächeln und hoffte, daß es ihm mehr sagte als alle Worte. »Vielen Dank. Das ist sehr freundlich.«

»Du solltest dich lieber beeilen.«

Nicki nickte und rannte auf das Haus zu. Sie war froh, daß er die einzige Person beauftragt hatte, die von ihrem Geheimnis wußte. Die Kindersachen würden ihr gefallen, selbst wenn sie kindisch darin aussah, und Mrs. Leander hatte bestimmt dafür gesorgt, daß die Mieder groß genug waren, um ihre Rundungen zu verbergen.

Als sie in ihre Kammer kam, entdeckte sie, daß die Kleider noch schlimmer waren, als sie sich vorgestellt hatte. Sie sah ein gelbes Musselinkleid und eines aus blaßrosa Batist mit jeweils passenden, breitrandigen Hauben. Die Kleider wären sehr schön gewesen, mit Ausnahme der Rüschen an der Spitzeneinfassung, die die Vorderseite bedeckte, und der weißen Spitzenunterröcke unter den jugendlich kurzen Röcken. Daneben lagen lange, weiße Unterhosen auf dem Bett, deren Rüschen um die Knöchel unter dem Saum hervorschauen würden.

Nicole schnitt eine Grimasse, als sie sich das vorstellte. Wie sehnte sie sich danach, sich endlich wieder als Frau kleiden zu können, sich wieder als Frau fühlen zu dürfen. Ihre Bandage schien ihr enger und unbequemer denn je. Dann bemerkte sie das schlichte, dunkelblaue Reitkleid auf dem anderen Ende des Bettes. Das Mieder war groß genug, und vorne wurde es nur von schmalen winzigen Falten verziert. Das Kleid war kurz, aber ohne gerüschten Unterrock. Daneben lag ein dazu passender, schmalkrempiger marineblauer Hut.

Nicki hielt das Kleid vor sich hin und drehte sich vor dem kleinen, holzgerahmten Spiegel über der einfachen Eichenholzkommode. Es waren die ersten neuen Kleider seit Jahren für sie. Alex war so umsichtig gewesen, sie ihr kaufen zu lassen.

Eilig zog sie das Reitkleid an, setzte den kessen kleinen Hut auf und eilte die Hintertreppe hinunter. Alex hatte die Pferde satteln lassen und wartete bereits. Für sie stand ein großer, kastanienbrauner Wallach bereit.

»Ich dachte, Maximilian ist vielleicht mehr nach deinem Geschmack als Orange Blossom.«

»Er ist schön«, sagte sie und streichelte den schlanken, dunklen Hals des Pferdes.

Alex räusperte sich. *Sie ist zu jung für das, was du denkst,* ermahnte er sich selbst, als er entdeckte, daß das Pferd nicht das einzige Schöne vor ihm war. Er wünschte beinahe, er hätte die Kleider nicht bestellt. Das Reitkleid betonte Nickis zartes Gesicht, das leuchtende Rotgold ihres Haares. Sie sah so jung aus, und gleichzeitig wieder nicht. Er hätte sie nicht fragen dürfen, ob sie mitkommen wollte, das wurde ihm plötzlich klar, und er beschloß, diesen Fehler nicht noch einmal zu begehen.

Aber sie lächelte ihn mit solcher Vorfreude an, daß er jetzt keinen Rückzieher mehr machen konnte.

»Vielen Dank für die Kleider«, sagte sie, bevor sie auf den großen, steinernen Aufsitzblock kletterte und sich auf den Damensattel setzte, als hätte sie das schon tausendmal zuvor gemacht. »Das sind die ersten neuen Kleider seit Jahren.«

»Gern geschehen.« Alex schwang sich auf Napoleons Rücken. Sie ritten auf eine Straße zu, die hinter dem Haus am Sumpf entlanglief.

»Belle Chêne bedeutet ›schöne Eiche‹«, sagte Alex. »Mein Vater hat die Plantage nach diesem riesigen Baum neben dem Eingang benannt.«

»Ein schöner Name. Und passend, finde ich.«

Alex schien geschmeichelt. »Die meisten Plantagen liegen an einem Fluß oder Gewässer«, erklärte er im Reiten. »Der Zucker wird von hier mit dem Schiff zu den Docks von New Orleans transportiert. Der Preis wird von einem Mann ausgehandelt, den man *Kommissionär* nennt. Er erzielt den bestmöglichen Preis und verwaltet das ganze Geld.«

»Eine Art Buchhalter.«

Alex lächelte. »Ja, aber er trägt viel mehr Verantwortung.«

Nicki neigte verstehend den Kopf. Das Flügelschlagen eines Vogels, der sich aus dem Sumpf erhob, lenkte ihre Aufmerksamkeit auf einen großen weißen Silberreiher mit grazilem Hals und vorgestrecktem Schnabel, dessen langsam und präzise schlagende Flügel ihn in den Himmel trugen.

»Der Sumpf ist für das Zuckergeschäft genauso notwendig wie der Fluß«, fuhr Alex fort. »Dort holen wir das Holz für die Feuer, die unter den Zuckerbottichen brennen. Außerdem leiten wir das überschüssige Wasser aus den Feldern dorthin ab.«

Nicki lächelte ihm aufmunternd zu. Es war ihr unangenehm, vorgeben zu müssen, daß sie all das nicht wußte, aber Alex schien ihr Interesse so zu genießen, daß sie ihn nicht enttäuschen mochte. »Wie wird das Zuckerrohr gepflanzt?«

»Das macht man im Frühjahr. Die Arbeiter pflügen in Reihen, die anderthalb Meter auseinander liegen. Stecklinge von Saatzuckerrohr werden in fünf Zentimeter tiefe Furchen gelegt. Das neue Zuckerrohr sprießt aus jedem Auge des alten Rohrs.«

»Und wann wird geerntet?«

»Erst im Herbst. Zwischen Oktober und Dezember, je nach dem Zuckergehalt. Aber wenn man zu lange wartet, kann der Frost alles zunichte machen.«

Sie liebte den Klang seiner Stimme – sie war tief und voll, und in ihr schwang eine Spur Französisch, mit dem er groß geworden war. Es war eine männliche Stimme, und ihr wurde innerlich warm, wenn sie sie nur hörte.

Sie ritten über die Staubstraße zwischen dem gut meterhohen Zuckerrohr. Soweit sie sehen konnte, wogte Zuckerrohr wie ein smaragdgrünes Meer. Es war ein Vorhang aus Grün, der alle ausschloß, die nicht hierher gehörten. Schwarze Arbeiter arbeiteten neben irischen Immigranten, die für ihre knochenharte Arbeit einen Dollar pro Tag erhielten.

»Die Straße geht bis zu den Feldern und endet schließlich am Ufer«, erklärte Alex ihr. »Die Mühle steht am Wasser, so daß man die Zuckerfässer leicht auf die Dampfboote laden kann.« Sie wechselten in einen leichten Galopp und waren bald bei der Zuckermühle angekommen.

Es war ein großes, scheunenartiges Gebäude, größer als die

Mühle auf Meadowood. Auf einer Seite stand ein Haufen schwerer Maschinen, wie sie sie noch nie gesehen hatte. Ein halbes Dutzend Männer arbeiteten daran, während die anderen im Gebäudeinneren sägten und hämmerten.

»Wir nehmen einige Umbauten vor«, erklärte Alex. »Wir modernisieren die Mühle.« Er stieg ab und half ihr herunter. Seine großen Hände umfaßten ihre Taille fast vollständig. Nicki versuchte, nicht darauf zu achten, wie warm und stark sie waren.

»Wenn das Rohr geerntet wird, ist es über zwei Meter hoch. Es ist wirklich eindrucksvoll, wenn man zusieht, wie die Arbeiter ihre großen Macheten einsetzen – mit einem Streich werden die Blätter abgetrennt, dann folgt ein Schnitt unter der Spitze und ein zweiter am Stumpf. Danach wird das Rohr auf zweirädrige Karren geladen und zur Zuckermühle gebracht, wo es in die Pressen geschüttet wird. Bis jetzt haben Mulis die schweren Mühlsteine angetrieben, mit denen der Saft aus der Bagasse gepreßt wird – so nennt man das Fasermaterial, das übrig bleibt. Wir installieren eine Dampfmaschine, die das übernehmen soll. Sie müßte wesentlich effizienter sein.«

»Und was geschieht, nachdem der Saft herausgepreßt wird?«

»Er wird in eine Reihe von Bottichen geleitet, wo dann das Wasser herausgekocht wird und die Unreinheiten beseitigt werden. Auch dabei planen wir einige Verbesserungen.«

Nicki lächelte. »Ich bin tief beeindruckt, M'sieur. Woher haben Sie all die modernen Ideen?«

Alex erwiderte ihr Lächeln. »Warum nennst du mich nicht Alex? Wenigstens wenn wir alleine sind?«

»Also gut. Alex.«

Es schien ihm zu gefallen, wie sie das sagte. »Ich habe ein Jahr auf der École Polytechnique in Paris verbracht. Dort habe ich Norbert Rillieux kennengelernt. Er arbeitet hier auf Belle Chêne und beaufsichtigt die Umbauten.«

»Wie zum Beispiel…?« Inzwischen war Nicki wirklich neugierig geworden. Ihr Vater hatte erzählt, daß er von Experimenten gelesen habe, bei denen Holzkohle verwendet wurde, um den Zucker weißer zu machen, was zu einer Preissteigerung führen würde. Er hatte ihr auch erklärt, daß immer öfter Chemikalien verwendet würden – Säuren und Basen –, mit denen exakt vorhergesagt werden konnte, wann der ideale Zuckergehalt erreicht war.

»M'sieur Rillieux hat ein sogenanntes ›Vakuumsystem‹ erfunden«, erklärte Alex. »Es befindet sich noch im Versuchsstadium, aber er glaubt – und ich glaube das ebenfalls –, daß es unser Geschäft effizienter und damit einträglicher machen wird.«

»Es scheint ziemlich riskant, etwas anzuwenden, das noch unerprobt ist«, sagte Nicki.

Alex lächelte. »Du bist sehr klug, *ma petite.* Natürlich besteht ein Risiko. Aber ich bin überzeugt, daß es funktionieren wird.«

Nom de Dieu, das mußte es. Wenn die neuen Maschinen die Produktion und die Zuckerqualität nicht erhöhten und ihm auf diese Weise mehr Geld einbrachten, dann würde er Belle Chêne verlieren und die Ländereien in Frankreich dazu. Nicht einmal François wußte, wie knapp sie vor dem finanziellen Ruin standen.

»Ich hoffe, ich störe nicht.« Die kalte, reservierte Stimme hinter ihnen gehörte Valcour Fortier. »Ich habe von den Arbeiten gehört, die Sie hier vornehmen lassen. Dachte, ich schau mal vorbei und sehe mir die Sache selber an.«

Seine Augen erfaßten sie beide, und ein vielsagender Ausdruck trat auf sein falkenhaftes Gesicht. »Ich beglückwünsche Sie zu Ihrem… Geschmack, Alexandre. Sie war das Geld doch wert.«

»Halten Sie sich zurück, Valcour. Es ist nicht so, wie Sie denken.« *Wenigstens noch nicht.* Alex empfand einen Moment lang

Schuld wegen seiner Absichten, wenn auch noch Jahre vergehen würden, bis er sie umsetzte.

»Wie Sie meinen, *mon ami.*« Fortier kicherte leise, aber sein harter, dunkler Blick glitt von Nicoles Scheitel bis zur Sohle.

Seine Gedanken waren eindeutig. Unbewußt trat Nicki ein bißchen näher an Alex. Der mußte alle Selbstbeherrschung aufbringen, um ihr nicht in einer beschützenden Geste den Arm um die Schultern zu legen.

»Sehen Sie sich ruhig um, Fortier«, lud Alex ihn, auf das schwere Gerät deutend, ein. »Vielleicht erfahren Sie etwas Nützliches.«

Fortier schien das gar nicht zu amüsieren.

Alex führte Nicki zurück zu den Pferden, hob sie in den Damensattel und schwang sich dann auf Napoleon. Fortier ging auf die schweren Maschinen zu, die gerade aufgebaut wurden, während sie davonritten.

»Ich mag ihn nicht«, sagte Nicki, als sie die Ställe wieder erreicht hatten.

»Halte dich von ihm fern«, warnte Alex. »Er würde nichts lieber tun, als dich zu verschleppen. Er ist ein skrupelloser Bastard.«

»Bestimmt würde er nicht...« Aber Alex Miene verriet ihr, daß er genau das tun würde.

»Seine Plantage grenzt an unsere. Er reitet ziemlich oft die Grenze ab. Sei vorsichtig, wenn du alleine dort draußen bist.«

»Ich habe kein Pferd. Wie sollte ich überhaupt dorthin –«

Alex nagelte sie mit einem Blick fest. »Das hat dich früher auch nicht gehindert.«

Nicki antwortete nicht. Ihm entging einfach gar nichts. Sie würde wieder reiten, das wußten sie beide. Aber nächstes Mal würde sie nicht auf Napoleon reiten – und sie würde sich nicht erwischen lassen.

»Ich muß zurück an die Arbeit«, erklärte sie ihm, nachdem Patrick die Pferde fortgeführt hatte.

Alex nickte, und sie fragte sich, woran er wohl dachte. Er schlug den Weg zum Haus ein. Nicki nahm einen anderen Pfad, der zum selben Ziel führte. Als sie um die Ecke bog, um den Dienstboteneingang zu nehmen, warf sie einen Blick zur breiten Vorderveranda hinüber und blieb stocksteif stehen.

Dort drüben stand eine blonde Frau in modischem grünen Tageskleid und lächelte Alex an. Das mußte Clarissa sein.

6. KAPITEL

Nicole blieb wie angewurzelt neben dem Haus stehen. Sie wußte, daß sie eigentlich hätte weitergehen sollen; es war gefährlich, wenn Clarissa auch nur ihren Rockzipfel zu sehen bekam. Doch die Füße verweigerten ihr den Dienst.

Alex beugte sich über Clarissas behandschuhte Hand und berührte sie kurz mit den Lippen. Seine Haltung war überaus korrekt. Verschwunden war die Leichtigkeit, die beinahe arrogante Nonchalance, die er noch vor wenigen Augenblicken an den Tag gelegt hatte. Clarissa, eine blonde, schlanke, adrette Frau, lachte über etwas, das Alex gesagt hatte, dann nahm sie den Arm an, den er ihr anbot, und gemeinsam gingen sie über die muschelbestreute Auffahrt zur Veranda, wo Danielle gerade fegte. Die pummelige kleine Magd war so in ihre Arbeit vertieft, daß sie das Paar gar nicht bemerkte, bis ihr Besen in die bauschigen Röcke von Clarissas blaßgrünem Tageskleid fuhr.

»Kannst du nicht aufpassen!« empörte sich Clarissa.

»Pardonnez-moi, mademoiselle«, quiekte Danielle, die aus ihrer Trance erwacht war.

»Sprich englisch, du dummes Ding.«

Alex räusperte sich, obwohl er oft das gleiche forderte. »Sie hat gesagt, daß es ihr leid tut. Sie hat uns einfach nicht gesehen.«

»Warum paßt du nicht auf?« zürnte Clarissa, ohne die Schärfe in Alex' Stimme zur Kenntnis zu nehmen. »Sieh dich vor. In ein paar Monaten werde ich hier die Befehle erteilen und ich werde ein solch unverschämtes Benehmen nicht dulden.«

»Clarissa«, warnte Alex. Seine Stimme war noch schärfer geworden. »Danielle hat gesagt, daß es ihr leid tut. Was willst du denn noch?«

»Danielle?« wiederholte sie ungläubig. »Wie gut kennst du dieses Mädchen eigentlich?«

»Ihre Mutter hat hier gearbeitet, bevor sie starb«, erklärte Alex, obwohl es ihm anscheinend zuwider war, daß er dazu gezwungen wurde. »Danielle ist mit einem Pferdeknecht auf Feliciana verlobt. Sobald sie geheiratet haben, wird Valcour sie bei sich aufnehmen.«

Clarissa musterte Danielle von Kopf bis Fuß, begutachtete ihre überreife Gestalt, den rosigen Glanz auf ihrem hübschen, fast mondrunden Gesicht, das weit weniger grazil war als ihr eigenes. Danielles Finger hielten immer noch den Besen umklammert, so daß ihre Knöchel vor Anspannung weiß hervortraten. Sorgfältig darauf bedacht, den Blick gesenkt zu halten, machte sie einen tiefen Knicks.

»Ich arbeite sehr viel, Mademoiselle Endicott. Ich werden Ihnen keine Schwierigkeiten machen.«

»Das will ich auch hoffen.« Nach einem letzten warnenden Blick in Danielles Richtung wandte sich Clarissa Alex zu, der nicht allzu erfreut aussah. »Man muß einfach ein Auge auf sie haben«, sagte Clarissa mit einem Lächeln, mit dem sie das Thema für beendet erklärte. Sie hängte sich wieder bei ihm ein und ließ sich von ihm ins Haus führen.

Nicki sank gegen die Hausecke. Wie um alles in der Welt konnte sich Alex mit so einer Frau einlassen? Wenn er Clarissa Endicott gefügig machen wollte, dann hatte er sich jedenfalls einiges vorgenommen. Herrgott, die Frau war das widerwärtigste, hochnäsigste Weib, das ihr je begegnet war!

Und noch ein Gedanke kam ihr – Mrs. Leander hatte offensichtlich recht. Wenn Clarissa Endicott herausfand, daß Nicole eine reife, ledige Frau war, würde sie augenblicklich wieder verkauft. Nicki schauderte bei dem Gedanken. Trotzdem fragte sie sich, während sie zur Küche weiterging, wie weit ihre Demut und Höflichkeit reichen würde, wenn sie es mit Alex' Frau zu tun bekam.

Und wie gut sie mit der Tatsache fertig werden würde, daß Alex ein verheirateter Mann war.

In den nächsten Wochen wurde es heißer, und die Luftfeuchtigkeit nahm zu. Aber Nicki war die langen, heißen Sommer gewöhnt, und das große Herrenhaus war so gebaut, daß es die kühle Brise vom Fluß auffing.

Clarissa kam gelegentlich vorbei, um mit den Planungen für ihren Verlobungsball zu beginnen. Sie hatte beschlossen, die Soirée Ende September zu geben, da dann die Fiebersaison vorbei war und auch die Pflanzer, die den Sommer anderswo verbracht hatten, zurückgekehrt waren. Nachdem ihr Elmtree ebensosehr am Herzen lag wie Alex Belle Chêne, verbrachte Clarissa auch die heißesten Monate auf ihrer Plantage.

»Sie will die Feier auf Belle Chêne abhalten«, erklärte Mrs. Leander Nicki, »weil sie die vornehmen Leute beeindrucken will. Der Ballsaal ist viel größer und viel vornehmer als der bei ihr zu Hause.«

Obwohl sie öfter ins Haus kam, sah Clarissa Alexandre nur selten, da er von der zusätzlichen Arbeit an der Zuckermühle in

Anspruch genommen wurde. Ein- oder zweimal hatte Nicole ihren Weg gekreuzt, aber Clarissa, die nur selten direkt mit dem Dienstpersonal sprach, hatte sie kaum bemerkt. Gewöhnlich erklärte sie Mrs. Leander ihre Wünsche und überging die anderen Dienstboten vollkommen.

Nicki meinte, ihr Herz müsse brechen, wenn sie daran dachte, daß Alex eine solche Frau heiraten sollte. Immerhin, so rechtfertigte sie sich, waren sie und Alex irgendwie Freunde geworden; sie wollte nur, daß er glücklich wurde. Das ungewohnte Gefühl, das ihren Magen zusammenknotete, wenn sie die beiden zusammen sah, entsprang nur dem Gefühl, daß die beiden nicht zusammenpaßten.

Sie wünschte, sie hätte Alex erklären können, daß er einen großen Fehler machte, aber das stand ihr kaum zu. Und seit dem Ritt zur Zuckermühle schien er ihr aus dem Weg zu gehen oder zuviel zu tun zu haben, als daß er sich mit ihr unterhalten konnte.

Sie hatte ihn zwei Wochen lang nicht gesehen, als sie eines Tages in die Küche gerufen wurde, wo man ihr eröffnete, daß sie helfen sollte, das Abendessen zu servieren. Man warnte sie jedoch, daß Clarissa anwesend sein würde, ebenso wie François und Thomas Demming.

Bis jetzt war der Tag kühler gewesen als die anderen, und eine frische, angenehme Abendbrise war aufgekommen. Vielleicht würde sie, wenn sie fertig war, einen Spaziergang am Fluß machen, überlegte sie, als sie die Tür zum Eßzimmer aufschob.

»Wie geht die Arbeit in der Mühle voran?« fragte François Alex, während Nicki den ersten Gang auftrug, eine lecker aussehende falsche Schildkrötensuppe.

»So gut wie zu erwarten.« Alex sah zu ihr auf, gerade als sie die vergoldete Porzellansuppenschale vor ihm abstellte. Sie spürte seinen Blick auf ihr ruhen und seinen Gruß, ohne daß er einen

Ton zu sagen brauchte. »Es ist eine ziemliche Aufgabe, aber wir haben die besten Männer dafür.«

»Ich bin sicher, daß alles wie geplant fertig wird«, warf Clarissa ein. »Alex hält immer Wort.«

»Ja, auf Alex kann man immer zählen«, ergänzte François mit unüberhörbarem Sarkasmus.

»Warum müssen Sie sich immer wie ein verwöhnter Bub aufführen?« tadelte ihn Clarissa. »Ganz bestimmt haben Sie Besseres zu tun, als bissige Bemerkungen über Ihren Bruder von sich zu geben, der Ihnen nur helfen will.«

François' Antlitz rötete sich. »O ja, er hilft mir wirklich. Er hilft mir, ein jämmerlicher Schnorrer zu werden.«

»François...«, setzte Alex ein.

»Laß dich nicht von ihm einwickeln, Alex. Du bist viel zu nachgiebig. Wenn er mein Bruder wäre, hätte ich längst die Geldbörse zuschnappen lassen. Es wundert mich immer wieder, wie schnell sich die ›jämmerlichen Schnorrer‹ danach wieder anständig aufführen.«

»Das ist nicht der geeignete Ort, Clarissa«, mahnte Thomas Demming sachte.

François räusperte sich. »Thomas hat recht.« Zum erstenmal bewies er in Nickis Gegenwart Reife. »Bitte nimm meine Entschuldigung an, Alex.« Eine zerknirschte Miene trat an die Stelle der Feindseligkeit in François' jungenhaftem Gesicht – und etwas anderes, das Nicki nur als Verzweiflung deuten konnte.

Als François zu Alex hinübersah, war sein Gesicht wieder verschlossen, aber Nicki glaubte, daß Alex die Gefühlswallungen seines Bruders nicht entgangen waren, selbst wenn dieser versucht hatte, sie zu verbergen. Was spielte sich zwischen den beiden ab? Wußte Alex, was in seinem Bruder vorging, oder war er genauso verblüfft wie Nicki?

Das Gespräch schleppte sich während der Hauptgänge etwas

mühsam hin. Es gab gebackenen Fisch, Bries mit französischen Erbsen und gebratene Wachteln in Gelee. Während die üppigen Gänge von den Dienern auf- und abgetragen wurden, sorgte Nicole dafür, daß die Wasserkelche gefüllt blieben. Sie war gerade bei Clarissa angekommen, als der untersetzte Schwarze, der ihren Teller abräumen wollte, einen halbvollen Weißweinkelch umkippte, so daß ein paar Tropfen auf Clarissas aprikotfarbenes Satinkleid spritzten.

»Du tolpatschiger Affe – wie heißt du?« Zornig betupfte sie mit ihrer weißen Leinenserviette die paar feuchten Flecken.

»Joshua, Ma'am. Es tut mir furchtbar leid.«

»Alex, ich muß dir sagen, daß es deinen Dienstboten eindeutig an Disziplin mangelt.«

»Muß ich dich daran erinnern –«

»Joshua, du wirst am Samstag arbeiten«, fiel ihm Clarissa ins Wort. »Und nächstes Mal wirst du besser aufpassen.«

»Am Samstag hat mein kleiner Junge Geburtstag«, flehte Joshua. »Ich hab' ihm versprochen –«

»Es ist schon gut, Joshua«, erklärte ihm Alex.

»Nein, es ist nicht gut«, widersprach Clarissa. »Deine Diener müssen lernen, sich anständig zu benehmen – je eher, desto besser.«

Du lieber Gott, für wen hält sie sich eigentlich? Nicki mußte ihre ganze Selbstbeherrschung aufbringen, um die Worte nicht laut auszusprechen. Als Clarissa wieder zu zetern begann, hielt es Nicole einfach nicht mehr aus. Mit grimmig zufriedenem Lächeln hob sie den Wasserkrug und leerte dessen Inhalt in Clarissa Endicotts Schoß.

Plötzlich war es totenstill.

»Was… was…?« Clarissa sprang auf, daß der hochlehnige Stuhl hinter ihr umkippte. »Wer ist dieses… dieses… unerzogene Kind?«

Alex' Gesicht glich einer unleserlichen Maske. Er schien hin- und hergerissen zwischen Lachen und Toben. François und Thomas Demming konnten kaum noch an sich halten.

»Ich heiße Nicki Stockton.« Wie gerne hätte sie dieser abscheulichen Frau ihren wahren Namen gesagt.

»Deine Eltern müssen debile, primitive Bauern gewesen sein.« Clarissa wischte wutentbrannt über ihren Rock. »Du wirst dich augenblicklich entschuldigen.«

Einen Augenblick zuvor hätte das Nicki noch getan. Es schien ein geringer Preis für einen solchen Triumph. Aber jetzt, nach dieser Beleidigung ihrer Familie, war das unmöglich. »Nein«, sagte sie, sonst nichts.

»Wie bitte?«

Nicki schaute zu Alex hinüber, der sie jetzt grimmig anblickte.

»Entschuldige dich, Nicki«, warnte er sie, »und geh dann auf dein Zimmer.«

»Ich werde mich nicht entschuldigen. Diese gräßliche Frau hat meine Familie in den Schmutz gezogen. Aber ich gehe liebend gerne.« Sie marschierte auf die Tür zu, so daß die zu kurzen, kindischen Röcke hinter ihr herflatterten.

Alex schob seinen Stuhl zurück und stand auf. »Nicki!« rief er ihr nach.

»Ich gehe erst, wenn sie sich bei mir entschuldigt hat«, erklärte Clarissa leise.

»Das wird sie auch – das verspreche ich dir!« Mit diesen Worten folgte er Nicki in die Kammer vor dem Eßzimmer. Er hatte sie eingeholt, ehe sie die Hintertreppe erreicht hatte. Wortlos packte er sie am Arm und schleifte sie den Gang hinunter zu seinem Arbeitszimmer. Sobald sie drinnen waren, schloß er resolut die Tür.

»Muß ich dich daran erinnern, daß du als Dienerin in diesem Haus arbeitest?« fragte Alex barsch.

»Ich weiß, Alex. Aber ich konnte es einfach nicht ertragen, wie diese Frau –«

Alex fluchte. »Von jetzt an wirst du mich mit ›M'sieur du Villier‹ ansprechen.«

»Jawohl, M'sieur.« Er war wütender, als sie erwartet hatte.

»Ich will nicht behaupten, Clarissa hätte nicht genau das verdient, was sie bekommen hat.« Er mußte fast lächeln. »Aber dies zu entscheiden, steht dir wohl kaum zu. Clarissa Endicott wird bald meine Frau sein. Früher oder später wirst du lernen müssen, mit ihr auszukommen.«

»Sie ebenfalls, M'sieur«, erinnerte sie ihn.

»Ganz genau.« Aber der Gedanke schien ihn offensichtlich nicht zu erfreuen. »Du gehst jetzt wieder hinein und entschuldigst dich, und damit ist die Angelegenheit erledigt.«

»Das kann ich nicht.«

Alex' Blick verdunkelte sich. »Und warum zum Teufel nicht?« Sein Mund war nur mehr eine dünne Linie, und ein Muskel zuckte in seinem Kiefer. Die alte, vertraute Angst begann sich in Nickis Magen zu regen.

»Weil sie meine Familie beleidigt hat. Und außerdem verdient sie es nicht. Ich habe nicht die Absicht, mich bei dieser gräßlichen Frau zu entschuldigen – heute nicht und niemals.«

Alex packte ihre Arme und zog sie an sich. Er sah so zornig auf sie herab, daß ihr die Knie weich wurden. »Ich bin für dich verantwortlich. Ich habe mein Wort gegeben, daß du dich entschuldigen wirst, und genau das wirst du auch tun.«

Nicole schüttelte den Kopf. »Das werde ich nicht, und nichts in der Welt kann mich dazu bringen. Sie können mich verprügeln, aber das wird nichts daran ändern.«

Alex schaute sie an, als würde er sie am liebsten umbringen. »Dich verprügeln? Das ist die beste Idee, die du hattest, seit ich dich kennengelernt habe.« Er packte sie noch fester am Arm und schleifte sie zu dem gepolsterten Ledersofa vor dem Kamin. Diesmal wurde er nicht weich, obwohl sie erbleichte und so aussah, als würde sie gleich in Ohnmacht fallen.

»Das hätte ich schon früher tun sollen«, sagte er, zog sie über seine Knie und klemmte sie auf seinen muskulösen Schenkeln fest.

Diesmal flehte sie nicht um Gnade. Sie spürte, wie ihre Röcke hochgezogen wurden, dann verdunkelte sich der Raum, als der Stoff über ihren Kopf flog und das Lampenlicht abschirmte. Nicki schloß die Augen, hin- und hergerissen zwischen Scham und Trotz. Heute hatte sie im Gegensatz zu damals ihre Angst wenigstens nicht gezeigt.

Alex vermochte seinen Zorn kaum zu zügeln, verstärkte seinen Griff um Nickis schlanke Taille, hob die Hand – und verharrte so. Ein Blick auf das Mädchen über seinen Knien zeigte ihm nicht die schmalen, knochigen Hüften eines kleinen Mädchens, sondern die vollen, fleischigen Rundungen einer Frau. Nicht einmal das dünne weiße Baumwollunterhöschen konnte die aufreizende Form ihres Hinterns verbergen. Ihre schmale Taille war ihm schon früher aufgefallen, aber das runde, straffe kleine Hinterteil, das sich unter ihren Röcken verbarg, hätte er sich in den kühnsten Träumen nicht ausgemalt. Jetzt, wo er es gesehen hatte, konnte er es kaum ertragen.

Nicki war keine Frau – und doch war sie eine. Es war zum Verrücktwerden! Alex spürte, wie ihm das Blut in die Lenden strömte – was ihn nur noch zorniger machte.

Zornig – aber mehr auf sich selbst als auf sie – zerrte er Nickis Rock wieder herunter und stellte sie auf die Füße. Ihr Gesicht war blutrot vor Verlegenheit, aber sie schien nicht weniger entschlossen als zuvor.

»Du wirst dich auf jeden Fall entschuldigen«, befahl er und zog sie zur Tür. »Mrs. Leander!« schrie er. »Sorgen Sie dafür, daß sie ihr Zimmer nicht verläßt, bis sie bereit ist, sich bei Mademoiselle Endicott zu entschuldigen.«

Ihre Miene prophezeite, daß sie bis zum Frühjahr drin bleiben würde.

»Sie bekommt nichts außer Wasser und Brot«, fügte er hinzu, da er annahm, daß sie der Hunger zur Einsicht rufen würde, wenn sonst nichts helfen sollte.

Zu Nicki sagte er: »Ich führe diesen Haushalt, nicht du. Ich weiß, daß sie es verdient hat, aber das löst das Problem nicht. Früher oder später wirst du mit ihr auskommen müssen.« Mit diesen Worten stürmte er ins Eßzimmer, wo er erfuhr, daß Clarissa gegangen war.

»Sie sagt, sie kommt nicht wieder, ehe du deinen Dienstboten nicht gezeigt hast, wo ihr Platz ist«, erklärte ihm Thomas.

»Verdammt«, murmelte Alex.

François kicherte. »Ich hätte tausend Franc gezahlt, um das zu sehen. Gott sei Dank hast du mich heute abend eingeladen.«

»Treib's nicht zu weit«, warnte Alex.

»Da unser Essen irgendwie den Reiz verloren hat«, warf Thomas geschickt ein, »könnten wir doch einen kleinen Ausflug durch das French Quarter machen? Wenn wir uns beeilen, könnten wir das Neun-Uhr-Boot noch erreichen.«

Alex klammerte sich an den Vorschlag wie ein Gefangener, den man von der Guillotine herabholt. Die nächsten Tage würde er bei Lisette verbringen. Er wollte nicht sehen, wie Nicki litt, und er wollte ihr auch weitere Peinlichkeiten ersparen. Wenn er in ein paar Tagen zurückkehrte, hätte sie sich entschuldigt, der ganze Vorfall wäre vergessen und alles wieder beim Alten.

Nachdem er Mrs. Leander ein paar kurze Instruktionen erteilt hatte, einschließlich der Anweisung, daß man Nicki nach Elmtree bringen sollte, sobald sie zur Vernunft gekommen war, machten sich die Männer auf den Weg.

»Du wirkst zerstreut, *mon chéri.*« Lisette zog einen langen Fingernagel über seinen Rücken.

Sie lagen nackt und befriedigt auf dem großen vierpfostigen Bett, das einst seinem Vater gehört hatte. Außer diesem Bett, auf dem Alex bestanden hatte, wirkte das Zimmer, das sie sich in diesem Stadthaus teilten, und das Lisette mit seiner Genehmigung eingerichtet hatte, überladen und grell. Rüschen zierten jeden Falz und jede Borte. Manchmal glaubte er daran zu erstikken.

»Es wird Zeit, daß ich heimfahre«, erklärte er ihr. »Es gibt viel zu tun.« In Wahrheit hatte er festgestellt, daß drei Tage mit Lisette entschieden zuviel waren. Sie hatten sich wieder und wieder geliebt, und jedesmal hatte es ihn weniger befriedigt als beim vorigen Mal. Nach dem letzten Mal heute morgen hatte er angefangen sich zu fragen, warum er das überhaupt tat. Vielleicht war es an der Zeit, sich eine Neue zu suchen.

Alex wischte den Gedanken beiseite. Es wäre zu teuer und zeitraubend, seine gegenwärtige Geliebte abzuschieben und sich eine neue zu suchen. Außerdem gab es gegenwärtig keine, die ihn reizte – außer einer Kindfrau, die er nicht haben konnte.

Wenigstens war er, was Nicki anbetraf, zu einer Entscheidung gekommen. In ein paar Wochen würde seine Großmutter aus Frankreich eintreffen, um einige Zeit hier zu verbringen und beim Verlobungsball dabeizusein. Gemeinsam würden sie ein geeignetes Pensionat für Nicki auswählen. Wenn sie nach ein paar Jahren nach Belle Chêne zurückkäme und sich seine Gefühle nicht geändert hatten, konnte er sie immer noch zu seiner Geliebten machen.

»Ich wünschte, du würdest noch ein bißchen bleiben«, sagte Lisette und zog einen, wie sie annahm, hinreißenden Schmollmund.

Er bezweifelte, daß sie es ehrlich meinte. Diesmal hatte er sie lang und heftig genommen. Hatte mehr verlangt und war weniger rücksichtsvoll gewesen als sonst. Sie sah reichlich mitgenommen aus und war wahrscheinlich ein bißchen wund.

»Ich glaube, es tut dir nicht so leid, mich gehen zu sehen«, sagte er und gestattete sich ein Lächeln.

»Du brauchst nicht so hämisch zu lachen. Das steht dir nicht.«

Alex zog sich fertig an, und Lisette folgte ihm nach unten. Sie küßte ihn leidenschaftlich, als wollte sie damit seine Rückkehr sicherstellen. An nichts dachte Alex weniger als daran.

Er machte sich auf den Weg über die noch ruhige Kopfsteinpflasterstraße. Die ersten morgendlichen Sonnenstrahlen begannen die schwüle Sommerluft aufzuheizen. Er erreichte die Docks, lange bevor der erste Dampfer flußaufwärts fuhr. Wenig später traf er auf Belle Chêne ein.

Obwohl es noch früh war, herrschte überall reges Treiben, da die Arbeiter mit ihren morgendlichen Aufgaben begannen. Nachdem er mit Mrs. Leander gesprochen hätte, wollte er den ganzen Tag auf den Feldern verbringen und abends den Papierkram in seinem Arbeitszimmer auf den neuesten Stand bringen.

In Reithosen und einem sauberen weißen Hemd – Kleider, die er ständig in seinem Stadthaus aufbewahrte –, zog Alex die geschnitzte Mahagonitür auf und trat in die Eingangshalle des großen weißen Herrenhauses.

Der Butler, ein großer Schwarzer namens Frederick, der immer fröhlich war, nahm seinen weißen, flachkrempigen Hut mit wenig mehr als einem Nicken entgegen. Er hängte ihn an die vergoldete Garderobe neben der Tür und entfernte sich schweigend.

Danielle huschte mit gesenktem Blick vorbei, ohne ihm auch nur ein Lächeln zu schenken.

Lemuel, sein alter Bursche, begrüßte ihn kurz am Fuß der Treppe, schien aber eigenartig beschäftigt mit einem Kratzer an der Spitze eines glänzend schwarzen Schuhs. Als Alex ihn entließ, schlurfte er wortlos davon.

»Mrs. Leander!« brüllte Alex, so daß die rundliche Frau angelaufen kam. »Was zum Teufel geht hier eigentlich vor?«

»Also...«

»Wenn etwas geschehen ist, warum wurde ich dann nicht benachrichtigt? Sie haben doch schließlich gewußt, wo ich zu finden war.«

»Das ist es ja, Sir. Es ist gar nichts geschehen.«

»Wenn nichts geschehen ist, warum laufen dann alle mit dieser Trauermiene herum?«

Mrs. Leander rang die Hände, eine besorgte Geste, die Alex nur selten bei ihr beobachtet hatte. »Es ist die kleine Miss, Sir. Sie ist jetzt schon drei Tage auf ihrem Zimmer.«

»Was ist sie?«

»Zuerst haben wir getan, was Sie befohlen haben. Ich meine, wir haben ihr nichts außer Wasser und Brot gegeben. Aber gestern sah sie so erbarmungswürdig aus, daß ich... also, ich habe ihr ein Tablett mit Essen gebracht.« Mrs. Leander reckte die Schultern, als wäre sie auf einen Zornesausbruch gefaßt.

»Weiter.«

»Sie hat es nicht angerührt. Sie sagte, es sei eine Ehrensache, Sir. Sie sagte, weil Sie selbst ein Ehrenmann sind, würden Sie das verstehen.«

Alex stieß einen leisen Fluch aus, dann eilte er, zwei Stufen auf einmal nehmend, die Treppe zu Nickis Kammer im Dachgeschoß hinauf. Er klopfte nur kurz an, bevor er öffnete, und fand sie am Fenster mit einem Buch mit Shakespeare-Sonetten in der Hand. Es überraschte ihn, daß sie so gebildet war, obwohl es das eigentlich nicht hätte sollen.

»M'sieur du Villier«, sagte sie, »wie freundlich von Ihnen, vorbeizuschauen.«

»Du siehst schrecklich aus.« Alex trat näher. Obwohl in ihren Augen immer noch dieses unglaubliche Blaugrün leuchtete, sah ihre Haut wächsern aus, und sie hatte ganz entschieden abgenommen. Alex fühlte sich erbärmlich. Das hatte er nicht gewollt. Er war sicher gewesen, daß sie nachgeben würde, sobald sie erfuhr, daß er fort war.

»Du mußt wieder etwas essen«, sagte er mit äußerster Selbstbeherrschung. Er kämpfte gegen den Drang an, sie zu trösten. Er wünschte, er könnte sich entschuldigen.

»Ist das ein Befehl?«

»*Merde.* Du kannst mir verdammt noch mal glauben, daß das ein Befehl ist.« Er nahm das unangerührte Tablett, das Mrs. Leander am Abend zuvor gebracht hatte, und trug es ans Bett. Er zog ein Brotstück unter dem weißen Leintuch vor und legte eine Scheibe goldgelben Käse darauf.

»Iß das«, befahl er.

Nicki spürte, wie ihr die Kehle eng wurde. »Nichts außer Brot«, antwortete sie leise.

Alex empfand neuerlich Schuld. »Und wie ist es damit?« Er reichte ihr einen Apfel.

Nicki lächelte und nickte. Sie nahm den leuchtendroten Apfel entgegen, biß fest hinein und genoß den süßen Saft. Alex ging zur Tür und rief Danielle, damit sie ein Frühstücksstablett brachte.

»Du bist wirklich ein störrisches Ding«, sagte er, nachdem er zu ihr zurückgekehrt war.

»Ich wußte, daß Sie es verstehen würden«, erklärte ihm Nicki. »Früher oder später. In manchen Dingen darf man einfach keine Kompromisse machen.«

Alex' Lächeln erlosch. »Da irrst du dich aber. In manchen Dingen *muß* man Kompromisse machen.«

Nicki schaute zu ihm auf, sagte aber nichts.

»Ich möchte, daß du etwas Anständiges ißt. Danach wartet eine Kutsche auf dich, die dich nach Elmtree bringen wird.«

Nicki legte den Apfel hin. Sie brachte den Bissen nicht hinunter, der ihr plötzlich in der Kehle steckte. Alex hatte überhaupt nichts verstanden; er hatte nur die Taktik geändert. »Das kann ich nicht«, flüsterte sie.

Alex sagte etwas, das sie nicht recht verstand, dann wurde seine Miene bittend. »Nicht einmal für mich?« Mit einem weichen, halben Lächeln ließ er einen Finger über ihre Wange gleiten.

Seine Worte und die Wärme, die sie in ihrem Rücken ausgelöst hatten, waren fast zuviel für sie. Aber nur fast. Sie war eine St. Claire. Sie hatte einen Freund beschützt und einer Frau eine längst fällige Rechnung präsentiert. Und Clarissa Endicott hatte ihre Eltern in den Schmutz gezogen. Sie würde keinen Rückzieher machen, um keinen Preis.

Sie schüttelte den Kopf. »Nicht einmal für Sie.«

Alex' Miene verhärtete sich. »Ich habe mein Wort gegeben. Du wirst dich entschuldigen, wie ich befohlen habe, oder –«

»Oder?«

»Oder ich verkaufe dich morgen an Valcour Fortier.«

Nicki hatte das Gefühl, die Welt bliebe stehen. »Das würden Sie nicht tun.«

Sein Blick war hart. »Ich fürchte, doch.«

Sie glaubte ihm nicht, konnte ihm nicht glauben – und doch... Sie hatte zu oft vertraut und war dann enttäuscht worden, um sich noch auf ihr Gefühl zu verlassen. Sie konnte das Risiko nicht eingehen. Tränen stiegen ihr in die Augen, aber sie weigerte sich, sie fließen zu lassen.

»Ich werde tun, wie Sie befehlen«, sagte sie leise. Eine Träne rollte ihr über die Wange, aber sie wischte sie mit dem Handrükken weg. Sie ging an Alex vorbei, als wäre er gar nicht da, ignorierte Danielle mit dem schwerbeladenen Frühstückstablett, ignorierte den Duft von Eiern und Speck, der ihren Magen gnadenlos knurren ließ, und ging auf die Treppe zu.

Alex hatte zwar gehofft, daß sie erst etwas essen würde, aber er hielt sie nicht auf. Statt dessen befahl er, eine Kutsche anzuspannen, und nach wenigen Minuten ließ Ukiah, der vom Stadthaus nach Belle Chêne zurückgekommen war, die Peitsche über den Pferden knallen, die den heißen, staubigen Weg hinabrollten, bis sie außer Sichtweite waren.

Während er ihnen nachschaute, wie sie auf der River Road unter der heißen Sommersonne verschwanden, wägte Alex seine Entscheidung nochmals ab. Vielleicht hätte er ihr die Wahrheit sagen sollen – daß es jeden Tag mehr so aussah, als hinge das Überleben von Belle Chêne von dieser Heirat ab. Er hatte gehofft, das finanzielle Angebot nicht annehmen zu müssen, das ihm Clarissa gemacht hatte, aber die neuen Maschinen waren schwerer als erwartet zu installieren, und der ungewöhnlich trockene Sommer hatte die Ernte schlecht ausfallen lassen. Vielleicht, wenn Nicki verstand...

Nom de Dieu, was um Gottes willen war bloß in ihn gefahren? Er brauchte sich nicht vor einem Dienstboten zu rechtfertigen! Das Mädchen war eine Plage. Eine echte Plage. Er war froh, wenn sie fort war. Vielleicht würde man ihr in der Schule, die sie besuchen würde, die Sturheit austreiben und beibringen, sich zu fügen. Aber als er sie sich unterwürfig und demütig vorstellte, gefiel ihm die Vorstellung gar nicht.

Du hattest keine andere Wahl, ermahnte er sich selbst. Aber er würde nie vergessen, wie enttäuscht und verraten sie ausgesehen hatte, als er gedroht hatte, sie an Fortier zu verkaufen. Er hatte es nicht ernst gemeint, natürlich nicht, aber er hatte keine andere Möglichkeit mehr gesehen.

Wenigstens war die Sache jetzt ausgestanden. In einer Stunde war Nicki wieder zurück und der Streit würde bald vergessen sein.

Aber Nicki kam nicht zurück.

7. KAPITEL

Alex verbrachte den Tag auf den Feldern und kehrte erst bei Einbruch der Dämmerung zurück. Er schwitzte, war müde und schlecht gelaunt. Die ganze Zeit hatte er nur über Nicki nachgedacht, und darüber, wie sie ihm die Stirn geboten hatte. Er war stolz auf sie, das merkte er jetzt, und bedauerte mehr denn je, daß er ihr nicht einfach die Wahrheit gesagt hatte.

Aber andererseits hätte sie auch die Wahrheit vielleicht nicht umgestimmt. Belle Chêne war sein Zuhause. Ihm und seinen Söhnen, denen er es eines Tages anvertrauen würde, bedeutete es alles. Warum sollte ein junges Mädchen verstehen, wie wichtig ihm das war? Warum sollte sie sich seinen Wünschen beugen? Und doch wußte er instinktiv, daß sie das getan hätte, wenn er seine Gründe vorgebracht hätte.

»Wo ist sie?« fragte er, kaum daß er im Haus angekommen war und die Tür so heftig aufgestoßen hatte, daß die Kristalltropfen an dem Deckenleuchter über seinem Kopf zu klirren begannen.

Mrs. Leander sah besorgt aus. »Sie ist noch nicht wieder da. Die Kutsche auch nicht.«

»Was?«

»Regen Sie sich nicht gleich auf. Sie kennen Miss Clarissa. Wahrscheinlich hat sie dem Mädchen eine Arbeit aufgetragen, als Strafe für ihr Benehmen. Ich glaube nicht, daß ihr das schadet.«

Das sah Clarissa ähnlich. Alex wußte, daß die Haushälterin höchstwahrscheinlich recht hatte. »Nom de Dieu, diese Frau treibt mich noch zum Wahnsinn.« Er ging in sein Arbeitszimmer, um sich einen Drink einzuschenken, und Mrs. Leander folgte ihm. »Ich hätte mit ihr fahren sollen.« Er nahm den Kristallstöpsel von einer Karaffe mit Brandy und schenkte sich eine großzügige Portion ein. »Wenn sie nicht zurück ist, bevor es dunkel wird, gehe ich sie suchen.« Er stürzte den Brandy in einem einzigen, großen Schluck hinunter.

Mrs. Leander nickte zustimmend. »Ich sage Ihnen Bescheid, sobald sie zurück ist.«

Nicole öffnete erschöpft den Schlag des eleganten schwarzen Zweispänners, den Ukiah vor den Dienstboteneingang gefahren hatte. Noch bevor ihr Fuß die erste Sprosse berührt hatte, war er da, um ihr zu helfen. Er sah besorgt aus, aber sein Griff war ruhig und fest.

Sie dankte Gott dafür – nur mit letzter Kraft konnte sie sich aufrecht halten. Ihre Kleider waren schweißnaß und klebten ihr am Körper. Ihr Magen hatte zu grummeln aufgehört und knurrte jetzt vernehmlich. Haarsträhnen hatten sich aus ihrer Frisur gelöst und klebten an ihrem Hals. Die Bandage um ihre Brüste, die ganz und gar durchtränkt war, hatte ihre Haut aufgerieben und wund werden lassen.

»Mista Alex wird das gar nicht gefallen, nein, Sir.«

»Ich will nicht, daß er es erfährt.« Nicki kämpfte gegen das Zittern ihrer Hände und gegen die unerträglichen Schmerzen an, die darin pulsierten, sobald sie sie bewegte. »Versprich mir, daß du ihm nichts sagst.«

»Wenn Sie das so wollen, dann sag' ich nichts. Aber das heißt nicht, daß ich das richtig finde.«

»Danke, Ukiah.«

Der Schwarze geleitete sie in die Kammer hinter dem Eßzimmer, die Gott sei Dank leer war, und sie wandte sich in Richtung Hintertreppe am Ende der Kammer. Die Tür, die zum Hauptteil des Gebäudes führte, flog auf, so daß sie auf der zweiten Stufe stehenblieb.

Einen Augenblick blieb Alex reglos stehen, als könnte er seinen Augen nicht trauen. »Was um Gottes willen ist passiert?« Er durchquerte den Raum, und er war bei ihr, bevor sie Zeit zum Antworten fand.

»Bitte, M'sieur, ich fürchte, mir geht es nicht allzu gut.« Sie leckte sich die rissigen Lippen. »Wenn es recht ist, würde ich das Gespräch lieber etwas später führen.«

»Sag mir, was geschehen ist.«

»Nichts, M'sieur. Bitte, ich muß gehen...«

Alex fing sie auf, als ihre Knie nachgaben. Er fluchte auf englisch und französisch, nahm sie auf die Arme und trug sie die Treppe hinauf. »Mrs. Leander!« brüllte er.

Nicki schlang die Arme um seinen starken Hals und schmiegte sich an ihn. Es war schwer, sich nicht daran zu erinnern, wie er sie das erste Mal so gehalten hatte.

»Ich werde Ihre Sachen schmutzig machen«, flüsterte sie, als sie den Treppenabsatz erreicht hatten.

»Zum Teufel mit meinen Sachen.«

Als er den Flur nahm, anstatt die Treppe zum Dachgeschoß hinaufzusteigen, sah sie ihn fragend an. »Wohin bringen Sie mich?«

»Ich möchte, daß der Doktor dich untersucht. Ich will, daß du gut versorgt bist.«

»Nein!« schrie Nicki auf.

Alex hörte nicht auf sie. Mit einem Fuß schob er die Zimmertür auf und ging auf das hohe, vierpfostige Bett mit der spitzenbesetzten Tagesdecke aus Satin zu. Mrs. Leander huschte gerade rechtzeitig herein, um das Moskitonetz zurückzuziehen und die Decke zurückzuschlagen.

»Bitte«, flüsterte Nicki. »Es ist alles in Ordnung mit mir. Wirklich.«

»Lassen Sie ein Bad vorbereiten«, befahl Alex der Haushälterin, »und bringen Sie ihr frische Kleidung.« Mrs. Leander ging, um seinen Befehl auszuführen.

»Sag mir, was geschehen ist«, drängte Alex.

»Es ist vorbei und vergessen. Können wir die Sache nicht auf sich beruhen lassen?«

»Was hat Clarissa mit dir gemacht?« wiederholte Alex, als hätte sie nichts gesagt.

Obwohl es ihr lieber gewesen wäre, er hätte nicht so viel Aufhebens gemacht, konnte sie nicht anders, als sich über seine Besorgnis zu freuen. Sie lächelte ihn an. Er setzte sich neben sie auf die Bettkante, so daß die Holzbretter unter der weichen Federkernmatratze unter seinem Gewicht quietschten. Erst da fielen ihm ihre Hände auf.

»Herr im Himmel! Was zum Teufel...?« Sie waren rot und geschwollen, vorne wie hinten. Riesige Blasen begannen sich bereits mit Wasser zu füllen.

Alex nahm ihr Kinn in die Hand, so daß sie gezwungen war, ihn anzuschauen. »Sag es mir.«

Wie üblich ließ er ihr keine Wahl. »Clarissa tobte vor Zorn. Sie war so wütend, daß sie kaum sprechen konnte. Auch meine Entschuldigung half nicht – sie behauptete, sie sei unaufrichtig.« Sie rang sich ein Lächeln ab. »Um ehrlich zu sein, das war sie auch.«

»Weiter.«

»Sie sagte, eine Entschuldigung würde nicht ausreichen. Daß ich meine Lektion noch nicht gelernt hätte. Sie ließ sich von einem Diener einen Zollstock bringen.« Sie zuckte zusammen, als Alex ihre kleinen Hände in seine großen nahm, um sie genauer zu betrachten. »Ich hätte der Sache früher ein Ende machen können«, gab Nicki zu, »wenn ich nicht so eigensinnig gewesen wäre.«

Alex' Miene war dunkel vor Zorn. »Und was geschah dann?«

»Als sie fertig war, ließ sie mich im Werkzeugschuppen einsperren.«

Alex' Magen grummelte. Wenn die Temperaturen draußen schon unerträglich waren, dann mußte die Hitze in dem kleinen Schuppen mörderisch gewesen sein.

»Es hätte mir nicht so viel ausgemacht, wenn nicht so viele Käfer und Spinnen drin gewesen wären.« Nicki schauderte unwillkürlich, und Alex' Kehle wurde trocken.

»Ich hoffe, das war alles, denn wenn ich noch ein weiteres Wort höre, dann bringe ich Clarissa um.« Als Nicki nicht antwortete, sondern ihn nur anstarrte, als hielte sie das durchaus für möglich, erhob sich Alex.

»Das habe ich nicht gewollt, *ma petite.* Ich habe dir versprochen, daß du auf Belle Chêne in Sicherheit bist, aber das warst du nicht.« Während er sich wünschte, mehr für sie tun zu können, beugte er sich hinunter und strich ihr eine feuchte Haarsträhne aus dem Gesicht. »Ich möchte trotzdem, daß dich ein Arzt untersucht.«

Mrs. Leander kam mit den Dienern herein, die das Wasser für das Bad brachten, und unterbrach Nickis erneute Weigerung.

»Ich möchte, daß du etwas ißt und dann schläfst«, wies Alex sie freundlich an. »Ich werde mit Clarissa sprechen.«

»Bitte, Alex«, sagte sie und vergaß vollkommen, daß sie ihn nicht mehr beim Vornamen nennen sollte, »ich möchte nicht noch mehr Ärger verursachen.«

»Das hier ist mein Haus – nicht Clarissas. Du gehörst zu Belle Chêne. Deshalb bin ich für dich verantwortlich, nicht sie. Ich werde nicht hinnehmen, daß sie sich derart einmischt.« Mit diesen Worten stampfte er aus dem Zimmer.

»So etwas dulde ich nicht, Clarissa«, tobte Alex. »Ich werde nicht zulassen, daß du noch einmal einen meiner Leute mißhandelst!« Er stapfte auf dem dicken Perserteppich auf und ab. Sein Körper warf im Licht des Kristallüsters riesige, dunkle Schatten.

Er hatte beschlossen, nicht erst bis zum nächsten Morgen zu warten, denn er konnte unmöglich schlafen, solange dieser Vorfall nicht geklärt war – so oder so. »Wie konntest du nur so etwas tun?« stieß er hervor. Er mußte gegen den Wunsch ankämpfen, sie zu würgen. Jedesmal, wenn er an Nickis endlose Stunden im Werkzeugschuppen dachte, wurde er traurig und wütend zugleich.

»Um die Wahrheit zu sagen«, antwortete sie, offenbar kein bißchen eingeschüchtert, »habe ich das Gör einfach vergessen. Ich hatte soviel zu tun und –«

»Ich will nichts mehr hören.« Alex fuhr sich mit der Hand durch sein welliges, braunes Haar und rang um Selbstbeherrschung. »Wenn du meine Frau werden willst, dann darf es keine körperliche Züchtigung geben. Darüber müssen wir uns einig sein, hier und jetzt. Wenn du dich dieser Bedingung nicht fügen willst, dann wird die Hochzeit nicht stattfinden.«

»Alex, Liebling. Ich kann gar nicht glauben, daß du dich so aufregst.« Als sie seinen düsteren Blick bemerkte, zog sich Clarissa den schweren Gingham-Überwurf fester um die Schultern. Sie war gerade beim Zubettgehen gewesen, als Alex ins Haus gestürmt war und verlangt hatte, daß sie ihn empfing.

»Aber Miz Clarissa hat sich zurückgezogen«, hatte ihm der Butler erklärt.

»Das ist mir gleich. Sag ihr, sie soll augenblicklich herunterkommen, sonst komme ich hoch und hole sie.«

So wie er jetzt aussah, hatte er das vollkommen ernst gemeint. Sie hatte ihn noch nie so wütend gesehen. »Ich habe dem Mädchen nur zeigen wollen, was Selbstdisziplin heißt«, rechtfertigte sie sich. »Wenn sie uns überhaupt von Nutzen sein soll, dann muß sie jedenfalls lernen –«

»Ich warne dich, Clarissa. Darüber gibt es keine Diskussionen. Du mußt dich entscheiden. Jetzt.«

Clarissa schluckte schwer. Zum erstenmal zweifelte sie an ihrer Entscheidung, Alex zu heiraten. Sie hatte gewußt, daß sie mit Alex rechnen mußte; sie hatte aber nicht gewußt, wie weit er auf seiner Autorität bestehen würde.

»Habe ich überhaupt keinen Einfluß darauf, wie unser Haushalt geführt werden soll?«

»Natürlich hast du das. Ich freue mich schon darauf, daß du deine Pflichten als meine Frau übernimmst.« Er atmete müde aus. »Um die Wahrheit zu sagen, ich könnte deine Hilfe gebrauchen. Aber ich mache mir Gedanken über die Menschen, für die du verantwortlich sein wirst. Ich möchte, daß sie höflich und respektvoll behandelt werden. Mit weniger werde ich mich nicht zufriedengeben.«

Was das anging, schien er fest entschlossen. Aber vor ihnen lagen viele Jahre, Jahre, in denen sie sich einrichten und ihre Autorität festigen konnte. »Und der Haushalt von Elmtree bleibt auch weiterhin ganz allein mir unterstellt?«

»Schön wäre, wenn dieser sanftere Umgang irgendwann auch deinen Leuten zugute kommen würde, aber das liegt allein an dir.«

»Dann werde ich tun, was du verlangst, und ich bitte dich um Verzeihung für alle Unannehmlichkeiten, die ich dir möglicherweise verursacht habe.« *Verzeihung.* Ein so einfaches Wort, und doch hatte es Alexandres kleine Leibeigene kaum über die Lippen gebracht. So wie sie es ausgesprochen hatte, hatte es genau das Gegenteil bedeutet. Gleichgültig, was Alex sagte, früher oder später würde sich das Mädchen Clarissas Willen beugen, oder sie würde weiterverkauft.

»Damit ist die Angelegenheit wohl erledigt«, erklärte ihr Alex. »Wir werden nicht mehr darüber sprechen.«

»Möchtest du vielleicht eine Tasse Tee?« fragte Clarissa, dankbar, daß das Thema abgeschlossen war. »Oder lieber Brandy?« Sie schob eine blaßblonde Haarsträhne zurück unter ihre Schlafhaube.

»Ich habe morgen einen langen Tag vor mir. Ich werde lieber zurückreiten.«

Alex arbeitete schwer. Das gefiel ihr an ihm. Es war einer der Gründe, warum sie ihm überhaupt eine Heirat vorgeschlagen hatte.

»Dann sehen wir uns nächste Woche wieder«, sagte sie. »Es gibt noch viel zu erledigen vor der Soirée.«

Alex nickte. Er verbeugte sich formvollendet über ihrer Hand und verabschiedete sich. Durch die schweren Spitzenvorhänge am Fenster sah sie, wie er sich in den Sattel seines großen, reinrassigen braunen Hengstes schwang. Er war ein gutaussehender Mann. Kräftig gebaut, mit starken Händen und männlichen Zügen. Sie wußte um seinen Ruf, was Frauen anging, wußte, daß er eine Geliebte in der Stadt hatte, und nahm an, daß er dieses Arrangement auch nach ihrer Heirat fortzuführen gedachte.

Clarissa machte das nichts aus. Sie würde ihren ehelichen Pflichten nachkommen, ihm Söhne gebären, für das Vaterland Kinder großziehen, aber der Gedanke, sein Bett zu teilen, lockte sie nicht sonderlich.

Sie war keine Jungfrau mehr, seit sie als Siebzehnjährige mit einem Präger aus der Fabrik ihres Vaters geschlafen hatte. Sie hatte erfahren wollen, worin die eigenartige Anziehungskraft zwischen Mann und Frau eigentlich bestand, vor allem, da sie nicht gewußt hatte, wann und ob sie heiraten würde.

Ihre Nacht mit William Lackey war eine einzige Enttäuschung gewesen. Was ein Mann an dem verschwitzten, unbeholfenen

Aneinanderreiben zweier Leiber finden konnte, würde ihr immer ein Rätsel bleiben. Was Clarissa betraf – sie hatte seitdem keusch gelebt.

Sie hatte Alex bezüglich ihrer Jungfräulichkeit die Wahrheit gesagt. Sie hatte ihm die ganze Geschichte erzählt, und obwohl er anfangs überrascht gewesen war, hatte er nicht daran gezweifelt, daß sie seit Jahren unberührt war. Alex schien lediglich Wert darauf zu legen, daß ein männlicher Nachwuchs ganz bestimmt seinen Lenden entsprang.

Nach ihrem Geständnis hatte sie ihren Vorschlag unterbreitet – die beiden großen Plantagen durch eine Heirat zu vereinen und den Reichtum ihrer Familie um den der du Villiers zu vergrößern. Alex hatte die Vorteile augenblicklich gesehen. Am folgenden Tag hatte er zugestimmt, und sie hatten mit den Vorbereitungen begonnen, ihren Plan in die Tat umzusetzen.

Im Alter von vierundzwanzig Jahren hatte Clarissa alles erreicht, was eine unverheiratete Frau allein erreichen konnte. Jetzt brauchte sie einen Mann. Als Frau Alexandre du Villiers besaß sie größere Macht und größeren Reichtum, als sie sich je hätten träumen lassen. Aber vielleicht hätte sie auch mehr Probleme, als sie gedacht hatte.

In der folgenden Woche kehrte Nicole wieder in ihre kleine Dachkammer zurück. Mrs. Leander hatte Alex' Sorgen bezüglich ihrer Gesundheit beschwichtigt, und nach einer Woche waren ihre Hände vollkommen geheilt, so daß sie ihre Arbeit wieder aufnehmen konnte. Sie kehrte gerade die Eingangshalle und war vollkommen in ihre Arbeit vertieft, als sie vom Lärm vor der Eingangstür abgelenkt wurde.

Frederick öffnete, nachdem energisch geklopft worden war, und eine kleine, grauhaarige Frau in eleganter seidener Trauerkleidung kam ins Foyer gerauscht.

»Bonjour, Frederick«, sagte sie. »Wo ist mein Enkel?«

Frederick lächelte erfreut. »Ich fürchte, er ist geschäftlich unterwegs, Madame. Man hat Sie nicht vor nächster Woche erwartet.«

»Auch gut, dann kann ich mich ein bißchen ausruhen, bevor er zurückkommt.« Sie warf einen Blick auf Nicole, deren Brauen im selben Augenblick hochflogen.

Die grauhaarige Frau lächelte. »Nicole St. Claire«, sagte sie auf französisch, das ihr am leichtesten von den Lippen ging. »Was um alles in der Welt tun Sie hier?«

Der Besen fiel klappernd zu Boden. Nicki blieb wie angewurzelt stehen, sprachlos und mit aufgerissenen Augen, bis die alte Dame auf sie zukam und sie in die Arme schloß. Es war eine Umarmung voller Wärme, freundlich und liebevoll. Wie die Umarmung ihrer Mutter, wenn Nicki sie wirklich nötig gehabt hatte. Nicoles Kehle war plötzlich wie zugeschnürt, und der Kummer der vergangenen drei Jahre stieg in ihr auf wie eine Springflut.

Mit einem leisen Wimmern, das sich zu einem Schluchzen steigerte, schlang Nicki ihre Arme um die Schultern der kleinen Französin. Tränen flossen ihr über die Wangen. Sie zitterte am ganzen Leib, und ihr leises Weinen verwandelte sich bald in lautstarkes Heulen.

Verblüfft hielt Rachael du Villier sie fest, wiegte sie sachte und flüsterte ihr warme, tröstende französische Worte ins Ohr.

»Grand-mère ist ja da«, beruhigte sie. »Jetzt wird alles gut.«

»O Grand-mère«, schluchzte Nicki.

»Schon gut, schon gut, *minette.* Glauben Sie mir, ich werde mich um Sie kümmern.«

Nicki nickte nur. Zum erstenmal in drei Jahren fühlte sie sich nicht mehr allein.

Da das Foyer kaum der geeignete Ort war, über alles zu sprechen, und da Nicki schließlich aufgehört hatte zu weinen, stiegen sie Arm in Arm die Treppe hinauf zu dem Zimmer, in dem die alte Dame während ihrer Besuche wohnte.

Rachael führte sie zu dem bestickten Seidensofa vor dem Kamin aus rosa Marmor. »Und jetzt los. Sie erklären mir jetzt augenblicklich, warum Sie wie ein Dienstmädchen gekleidet sind und im Haus meines Enkels den Boden fegen.«

In einem einzigen Schwall von Worten und gelegentlichen Tränen purzelte alles aus ihr heraus. Die ganze, gräßliche Geschichte. Als Nicole fertig war, lehnte sie sich im Sofa zurück, zu müde, um noch etwas zu sagen.

»Ich wußte überhaupt nichts davon. Nichts von den Schwierigkeiten Ihres Vaters auf Meadowood. Alexandre schrieb mir, daß Etienne gestorben sei, aber er erwähnte seine Familie mit keinem Wort. Wir nahmen an, daß Sie und Ihre Mutter nach England zurückgekehrt seien.«

»Dort hatte sie niemanden mehr.«

»Und warum haben Sie uns nicht um Hilfe gebeten?«

»Ihr Sohn war bereits gestorben, als es wirklich schlimm wurde. Papa besuchte François, aber der wollte uns nicht helfen. Er sagte, Alexandre würde ebenso denken.«

»Françios«, entfuhr es ihr. Mit einer wegwerfenden Handbewegung verdeutlichte sie ihre Gefühle ihrem Enkel gegenüber. »François ist nicht Alexandre. Aber Sie haben doch bestimmt nicht geglaubt, daß auch Alex Sie abweisen würde, oder?«

»Anfangs war ich nicht sicher. Später, als ich Vertrauen gefaßt hatte, war ich zu stolz – ein du Villier sollte nicht erfahren, daß eine St. Claire zur Leibeigenen und Kriminellen geworden war. Und als ich schließlich von Clarissas und Alexandres bevorstehender Heirat erfahren habe, konnte ich den Gedanken nicht ertragen, das einzige Zuhause zu verlieren, das ich seit Jahren gekannt habe.«

»Wenn Sie doch nur zu mir gekommen wären, *ma fille.*«

»Ich wußte ja nicht einmal, ob Sie noch am Leben waren. Und ich wußte nicht, wo ich Sie suchen sollte.« Neue Tränen stiegen auf und rannen ihr über die Wangen. »Alles war so verworren, ich wußte einfach nicht, was ich tun sollte.«

Rachael tupfte Nickis Tränen mit einem spitzenumrandeten Taschentuch ab. »Das macht nichts. Von jetzt an können Sie alles mir überlassen.« Mit soldatenhaften Bewegungen marschierte die alte Dame zur Tür, daß sich die vollen schwarzen Röcke des Trauerkleides bauschten, das sie zum Andenken an ihren vor drei Jahren verstorbenen Sohn trug, und begann, Befehle zu erteilen.

Nicoles wenige Besitztümer wurden in ein Zimmer neben dem ihren gebracht. Ein Bad wurde eingelassen, und der beste Schneider von New Orleans für den nächsten Morgen ins Haus bestellt.

Nicole konnte kaum glauben, was sich um sie herum abspielte. »Aber was ist mit Alex? Was wird er sagen, wenn er das herausfindet?«

»Frederick hat mir gesagt, daß Alexandre bis nächste Woche auf einer Geschäftsreise ist.«

»Wahrscheinlich ist er bei Lisette«, sagte sie gedankenlos und wünschte im nächsten Augenblick, sie könnte die Worte ungesagt machen.

»Seiner Geliebten?« Rachael schüttelte den Kopf, woraufhin Nicole sie erstaunt anschaute. »*Non.* Frederick sagt, er sei nach Mobile gefahren, um über eine Ladung Zucker zu verhandeln. Er wird am Mittwoch zurück sein. Es soll ein kleines Essen zu meinen Ehren geben. Wir werden dafür sorgen, daß die Tochter einer alten, befreundeten Familie ebenfalls daran teilnimmt.«

Nickis Augen wurden groß. »Sie meinen, Sie wollen es ihm gar nicht sagen?«

»Er hätte schließlich Augen im Kopf haben müssen. Außerdem...«, fuhr sie mit einem boshaften Lächeln fort, »...wird es auf diese Weise viel unterhaltsamer.«

Unterhaltsamer? »O Gott«, flüsterte Nicole auf englisch.

»Überlassen Sie Alexandre nur mir«, versicherte ihr Rachael. Sie sprach mit der Sicherheit der alten Aristokratin, die sie war. Aber das Vertrauen, das sie den Worten der alten Dame schenkte, konnte ihre Ängste kaum beschwichtigen.

»Grand-mère!« rief Alex aus, als er die alte Dame auf der Treppe erblickte. Unten empfing er sie mit einer festen Umarmung und setzte einen lauten Schmatz auf ihre runzlige Wange. »Du siehst so gut aus wie eh und je.«

»Und du, *mon fils,* siehst müde aus. Du arbeitest zuviel, Alexandre.« Sie umarmten sich nochmals.

»Aber jetzt, wo du da bist, habe ich einen Vorwand, mir ein paar Tage freizunehmen. Wann bist du angekommen?«

»Mein Schiff hat ein paar Tage zu früh angelegt«, erklärte ihm Rachael. »Ich bin seit letzter Woche hier.«

»Ich hoffe, du hast dich nicht gelangweilt.«

»Um die Wahrheit zu sagen, das wurde mir durch die Begegnung mit einer alten Freundin der Familie erspart. Etienne St. Claires Tochter. Ich habe darauf bestanden, daß sie an unserem Essen teilnimmt.«

»Ist sie hier?«

»Ja.«

»Mit ihrer Mutter?«

»Leider ist ihre Mutter verstorben.«

»Das tut mir leid. Ich hoffe, du hast ihr unser Beileid ausgedrückt und ihr jede Unterstützung angeboten.«

»Das habe ich.« Sie lächelte ihn warmherzig an.

»Ich freue mich schon, sie zu sehen. Sie war noch ein Kind, als ich sie das letzte Mal gesehen habe. Ich erinnere mich kaum an sie.«

»Sie ist inzwischen erwachsen geworden.« Rachael verbarg ihr beinahe hinterlistiges Lächeln, indem sie den Kopf senkte und eine Fussel aus den Falten ihres schwarzen Trauerkleides zupfte. »Du wirst es beim Abendessen sehen.«

Alex nickte. »Bis dahin könnten wir uns erzählen, was so alles passiert ist.«

»Eine ausgezeichnete Idee, Alexandre. Ich würde zu gern ganz genau hören, was so alles passiert ist.«

Nicole widmete sich ihrer Toilette mit größerer Sorgfalt als je zuvor. Das geschäftige Treiben unten hatte ihr signalisiert, daß Alex zurückgekommen war. Immer wieder war sie versucht gewesen, zu ihm zu gehen. Ihm die Wahrheit selbst zu sagen, anstatt zu warten, wie *Grand-mère* es angeordnet hatte. Sie hatte es nicht getan, weil die alte Dame so überzeugt von dem schien, was sie tat, und weil sie einen so großen Einfluß auf Alex hatte.

Nicki betete, daß sie recht behalten möchte.

Danielle kam herein, gerade als Nicki ihr Bad beendet hatte und ihre Bluse überstreifte. »Ich soll Ihnen behilflich sein, Mademoiselle«, verkündete Danielle steif. »So wie Madame du Villier es gewünscht hat. Von heute an bin ich Ihre Zofe.«

Nicki legte eine Hand auf den Arm des rundlichen Mädchens. »Ich bin der gleiche Mensch wie letzte Woche, Danielle. Damals waren wir Freundinnen. Ich hoffe, das sind wir noch.«

»Natürlich, Mademoiselle.«

»Warum nennst du mich dann nicht Nicki, so wie du es früher getan hast?«

»*Ah non,* das könnte ich nicht.«

»Es würde mir aber gefallen.«

Danielle wirkte verunsichert. »Was würde *le duc* dazu sagen?«

Tja. Was würde Alex dazu sagen. »Das laß meine Sorge sein.« Nicki lächelte sie warmherzig an und streckte ihr eine Hand entgegen. »In Ordnung?«

Danielle grinste, nahm die Hand und entspannte sich augenblicklich. »Also, wenn wir immer noch Freundinnen sind, dann kann ich ja ruhig von meinem letzten Rendezvous mit René erzählen.« René Bouteiller war ihr Verlobter.

»Das solltest du unbedingt. Ich will alle schmutzigen Details erfahren.«

Danielle kicherte. Sie war eine üppige Schönheit und sehr attraktiv. Mehr als ein Mann hatte um ihre Hand angehalten, aber René hatte ihr Herz erobert. »Also gut, ich werde alles erzählen.«

Nachdem das geklärt war, ließ sich Nicki von Danielle beim Ankleiden helfen. Auf dem blaßblau gepolsterten Stuhl vor dem vergoldeten Spiegel über der Kommode zappelte Nicki nervös herum, während Danielle ihr Haar zu einem Turm langer kupferner Locken auffrisierte, die ihr zu beiden Seiten des Gesichts auf die Schultern fielen.

Als sie angezogen war, wölbte sich ihr Busen vielversprechend über das tief ausgeschnittene Mieder ihres türkisfarbenen Seidenkleides. *Grand-mère* hatte den Stoff nach ihrer Augenfarbe gewählt. Der modische Schnitt betonte ihre Hüften und Brüste im Gegensatz zu ihrer schmalen Taille.

Liebevoll strich Nicole den Stoff glatt. Es war Jahre her, seit sie zum letztenmal in Seide und Satin gekleidet gewesen war, Jahre, seit sie sich zum letztenmal weiblich und begehrenswert gefühlt hatte. Obwohl sie Angst vor der Szene hatte, die Alex ihr vielleicht machen würde, genoß sie es, ihm zu zeigen, daß sie eine Frau war. Insgeheim hoffte sie, daß sich auf diese Weise ihr Verhältnis zueinander änderte.

»Sie sind alle schon beim Essen.« Das war Mrs. Leander. »Madame du Villier sagt, Sie können herunterkommen, sobald Sie fertig sind.«

So hatten sie es geplant – Nicole sollte verspätet eintreffen und Alex so dazu zwingen, sie als seinen Gast zu begrüßen.

»Sehe ich auch bestimmt gut aus?« fragte sie, obwohl ihr das Bild im Spiegel verriet, daß sie noch nie schöner ausgesehen hatte.

»Sie sehen bezaubernd aus.« Mrs. Leander lächelte sie aufmunternd an. »Überlassen Sie nur alles Madame. Sie kennt Master Alex besser als irgend jemand sonst auf dieser Welt.«

Nicki machte ein paar unsichere Schritte, drehte sich dann aber unvermittelt wieder um und umarmte die dralle Haushälterin. »Vielen Dank für alles.«

Mrs. Leander tätschelte ihr die Wange. »Jetzt aber marsch. Und Kopf hoch.«

Nicole nickte bloß und ging die Treppe hinunter. Sie brauchte ihren ganzen Mut, um die Türen zum Eßzimmer aufzuschieben.

»Ich glaube, unser letzter Gast ist eingetroffen«, verkündete Rachael mit einem spitzbübischen Blick, der von Nicole zu ihrem Enkel wanderte.

Alex saß am Kopf der Tafel und war in ein Gespräch mit Thomas Demming vertieft, der neben Clarissa zu seiner Rechten Platz genommen hatte. Rachael saß zu seiner Linken, und daneben sollte Nicki Platz nehmen. Auf der anderen Seite des freien Platzes lehnte François mürrisch an der geschnitzten Rückenlehne seines Stuhles. Alex griff gerade nach seinem Wein, als er sie in der offenen Tür stehen sah. Seine Hand hielt auf dem Weg zum Glas inne.

»Darf ich Ihnen meinen Enkel Alexandre vorstellen«, sagte

Rachael mit einem Lächeln, das man nur als triumphierend bezeichnen konnte.

»Wie geht es Ihnen?« entgegnete Nicki hölzern.

Grand-mère wandte sich an die Frau rechts von Alex. »Dies ist Clarissa Endicott, Alexandres Verlobte.«

»Ich glaube, wir kennen uns bereits.« Nicki konnte der Versuchung einfach nicht widerstehen. Clarissa blieb der Mund offen stehen.

»M'sieur Thomas Demming, der Anwalt meines Sohnes und sein bester Freund«, fuhr Rachael fort.

»M'sieur Demming«, sagte sie.

»Und mein anderer Enkel François.«

»Ich freue mich, Ihre Bekanntschaft zu machen.«

Alex sprang auf. Seine braunen Augen huschten über ihren Körper, erfaßten ihre eleganten kupferfarbenen Locken, die Wölbung ihres Busens, der sich bei jedem nervösen Atemzug hob und senkte. Er musterte sie von Kopf bis Fuß, dann kehrte sein Blick zu ihrem Gesicht zurück. Seine dunklen Augen hielten sie fest. Der eisige Glanz des Zornes war so unübersehbar, daß Nicki schluckte.

»Es ist unhöflich, jemand so anzustarren, Alexandre.« Rachaels Stimme durchschnitt die Stille. »Warum führst du Mademoiselle St. Claire nicht zu ihrem Platz?«

François und Thomas schoben ihre Stühle im gleichen Moment zurück und erhoben sich.

»Es ist schon gut, meine Freunde«, versicherte ihnen Alex glatt, obwohl die Wut in seiner Stimme nicht zu überhören war. »Ich werde Mademoiselle… St. Claire sofort behilflich sein – nachdem wir kurz unter vier Augen miteinander gesprochen haben.«

Nicole warf Rachael einen flehenden Blick zu. Die alte Frau lächelte lediglich.

Alex packte Nicki so grob am Arm, daß sie zusammenzuckte. »Entschuldigt uns«, sagte er und schob sie aus dem Zimmer. Wortlos führte er sie durch den Gang zu seinem Arbeitszimmer. Nicole erinnerte sich daran, daß er sie schon einmal in diesen männlichen, zypressengetäfelten Raum gezerrt hatte, und ihre Wangen wurden heiß.

Sie schaute auf und sah, daß Alex auf sie herabstarrte. Sein Blick war hart, und sein Mund zu dem bissigsten Lächeln verzogen, das sie jemals gesehen hatte.

»Wer bist du?« fragte er.

»Ihre Großmutter hat Ihnen gesagt, wer ich bin.«

Seine Augen fixierten sie abschätzend,, als könne er immer noch nicht glauben, daß das Mädchen in dem türkisfarbenen Seidenkleid das schmuddelige Straßenkind war, das er aus dem Gefängnis gerettet hatte.

»Das glaub ich nicht.«

Das war etwas, das sie nicht in Betracht gezogen hatte. Sie richtete sich auf. »Etienne St. Claire war mein Vater. Margaret Stockton St. Claire war meine Mutter. Ich kenne *Ihre* Großmutter von früher.«

»Nicki Stockton«, wiederholte er, und langsam dämmerte ihm, was sie getan hatte. »Nicole St. Claire.«

»Ja.«

»Du warst das Mädchen in La Ronde.«

Sie konnte sich ein Lächeln nicht verkneifen. »Sie haben mir ein Kleid gekauft.«

Alex betrachtete das elegante türkisfarbene Kleid, die Augen von der gleichen Farbe, die schmale Taille und die üppigen Brüste. Ihre Haut über dem Mieder war zart und weich; ihr Hals erhob sich grazil über den feinknochigen Schultern. Sie verkörperte all das, was er sich vorgestellt hatte – und mehr. »Anscheinend habe ich dir nicht nur eines gekauft.«

Nicki senkte den Blick. »Ich wollte Ihnen die Wahrheit sagen. Ich habe es nicht getan wegen…«

»Wegen deines gottverdammten Stolzes«, entgegnete er, weil sie nicht weitersprach. »War es nicht so? Du hast lieber schweigend alles erduldet und dich wie ein gewöhnliches Hausmädchen behandeln lassen, als mich um Hilfe zu bitten. Und außerdem konntest du so auch noch mitansehen, wie ich mich zum Narren gemacht habe.«

Nickis Kopf schoß hoch. »Ich weiß nicht, wovon Sie sprechen.«

»Ach, wirklich nicht?« Er sah wieder zornig aus. »Du bist Halbfranzösin. Du sprichst die Sprache fließend. Du hast jedes meiner Worte verstanden, seit wir uns zum erstenmal begegnet sind.«

»Normalerweise spreche ich englisch. Sie haben nur angenommen, daß ich kein Französisch verstehe.«

Sein Zorn schien mit jedem ihrer Worte anzuwachsen. »Hast du dich gut amüsiert, als ich dir das Reiten beigebracht habe? Du konntest doch reiten, nicht wahr?«

Sie machte einen Schritt zurück. »Ja, aber –«

»Ich habe dir das Zuckergeschäft erklärt. Aber bestimmt weiß Etiennes Tochter alles darüber.« Er sah so zornig aus, als wolle er sie schlagen. Einen Augenblick befürchtete sie, daß er genau das tun würde, und die alte Angst stieg in ihr auf.

»So war es nicht«, widersprach sie leise. »Ich habe Ihre Gesellschaft genossen. Sie waren seit Jahren der erste, der freundlich zu mir war.«

»Wie mußt du über mich gelacht haben – Alexandre du Villier, der sich von einer Leibeigenen belehren läßt.«

Sie machte einen Schritt zurück zur Tür, aber er kam immer näher, bis ihr Rücken sich gegen das harte Holzpaneel preßte. Sein Atem strich über ihre Wange. Sie konnte den Wein riechen, den er getrunken hatte, und den würzigen Duft seines Rasierwassers.

»So war es nicht«, wiederholte sie, und jetzt fürchtete sie sich wirklich. »Ich konnte es Ihnen nicht verraten. Ich wußte nicht, was Sie tun würden.«

Alex packte sie am Arm und zog sie an sich, sah mit solcher Verachtung auf sie herab, daß sie am liebsten weggeschaut hätte. Als er seinen Arm in einer zornigen Bewegung hochriß, kniff sie die Augen zu und duckte sich unter dem Schlag, der gewiß gleich kommen mußte. Tränen brannten ihr in den Augen, und eine rollte über ihre Wange. Als Alex' Griff sanfter wurde, öffnete sie die Augen und sah, daß er sie erstaunt anschaute.

»Ganz bestimmt weißt du inzwischen, daß ich dir nichts getan hätte.« Seine Stimme klang sanfter als zuvor. »Ich würde dir niemals weh tun.«

»Sie hätten mich an Fortier verkauft«, klagte sie ihn an. Es war ihr peinlich, daß sie wieder so schwach vor ihm erschienen war. Das hätte nicht passieren dürfen. Würde nicht wieder passieren. »Wie hätte ich Ihnen vertrauen sollen?«

»Du bist Etienne St. Claires Tochter, um Himmels willen. Ich hätte dir geholfen.«

»Sie verstehen mich nicht. Für mich ging es um Leben und Tod. Ich hätte alles getan und alles gesagt. Sie können nicht wissen, wie es ist, wenn man als Tier behandelt wird, wenn man erniedrigt und gedemütigt wird. Wenn ich es wieder tun müßte, würde ich ganz genauso handeln – ob Ihnen das gefällt oder nicht!«

Jetzt weinte sie, aber vor Zorn, nicht aus Angst. »Sie wissen nicht, wie gräßlich es an so einem Ort ist. Die Ratten und der Schmutz. Und was sie den Frauen angetan haben...«

Ihre Stimme wurde leiser, als die bittere Erinnerung sie überflutete. »Allein schon eingesperrt zu sein...« Unbewußt legte sie die Hand auf die Stelle über ihrem Herzen. »Manchmal tut es immer noch weh...«

Alex' Zorn legte sich. »Weine nicht, *chérie.*« Er zog sie in seine Arme. »Es braucht keine Tränen mehr zu geben.« Ihre vollen, straffen Brüste drückten einladend gegen sein schwarzes Abendjackett. Wie geschickt sie sie verborgen hatte.

Über seiner Hand glänzten seidige Haarsträhnen im Lampenschein. Er wollte die Nadeln herausziehen, die ihr Haar zusammenhielten, und mit den Fingern in den langen, geschmeidigen Wogen wühlen. Er wollte seinen Mund auf die zarte, weiße Haut in ihrer Halsmulde pressen.

Ihm dämmerte, daß sein Körper von Anfang an auf die Frau in ihr reagiert hatte, und daß er jetzt etwas erlebte, was er noch nie erlebt hatte. Es kostete ihn all seine Willenskraft, sie nicht zu küssen und seine Begierde statt dessen zu zügeln.

»Ich hätte dich niemals an Fortier verkauft«, bekannte er leise. »Niemals. Und ob du es glaubst oder nicht, ich verstehe dich.«

Er wußte, was sie meinte, wenn sie vom Überleben sprach. Er selbst hatte sechs Monate seines Lebens in einem algerischen Gefängnis verbracht. Damals war er erst zwanzig gewesen und hatte noch daran geglaubt, daß Frankreich einen ruhmreichen Krieg ausfocht. Sein Vater war zwar anderer Meinung gewesen, aber trotzdem hatte er verständnisvoll reagiert.

Der Krieg hatte einen anderen Menschen aus ihm gemacht. Härter. Zynischer. In diesem Gefängnis hatte er gelernt zu überleben. Er war gezwungen gewesen, die schlimmsten Dinge zu tun, nur um etwas zu essen zu bekommen. Er wußte genau, was Nicole St. Claire durchgemacht hatte – er wußte, wie man Frauen an diesen gräßlichen Orten behandelte.

Er verstärkte seinen Griff. »Das ist jetzt vorbei«, sagte er und hob ihr Gesicht an, so daß sie zu ihm aufsah. »Du bist wieder da, wo du hingehörst und wo du bleiben wirst.«

Nicki wich zurück, um ihn besser ansehen zu können. »Mir gefällt es hier. Es hat mir vom ersten Augenblick an gefallen.«

Mon dieu, sie war so bezaubernd. Viel schöner als in seinen kühnsten Träumen. Die Mißhandlungen, die Vergewaltigungen, denen sie ausgesetzt gewesen war, machten ihn wütend. Aber die Tatsache, daß sie keine Jungfrau mehr war, erleichterte ihnen beiden die Sache.

Alex fühlte sich ein bißchen schuldig, da ihm ihre vertrauensvolle Miene und die Verbundenheit, die sie mit Belle Chêne empfand, wieder einfiel. Aber sein Stadthaus in New Orleans wäre der angemessene Ort – sobald er Lisette aufs Land abgeschoben hatte und Nicki eingezogen war. Seine Lenden pulsierten bei dem Gedanken.

»Es wird Zeit, daß wir zu den anderen zurückgehen«, sagte er, und seine Stimme klang rauh.

Nicole wischte sich die letzten Tränen von den Wangen. »Ich muß entsetzlich aussehen.«

»Du bist wunderschön.« Das waren die schönsten Worte die sie je gehört hatte. »Aber wenn du noch in den Spiegel schauen willst, dann geh' ich schon vor und rede mit den anderen.«

Das brachte sie zurück in die Gegenwart. Clarissa hatte sich nicht irreführen lassen – keine Sekunde lang. Inzwischen wußten auch François und Thomas Demming, wer sie war.

»Ich bin eigentlich nicht besonders hungrig. Wenn es Ihnen nichts ausmacht, bleibe ich heute abend lieber auf meinem Zimmer«

Alex lächelte nachsichtig. »Du bist schon so weit gegangen, *ma chére,* jetzt solltest du den Weg auch zu Ende gehen. Du bist Etienne St. Claires Tochter. Wann immer du dich unsicher fühlst, ruf dir das ins Gedächtnis zurück.«

Nicole wog seine Worte ab und erwiderte sein Lächeln. Ihres war ein bißchen zittrig. »Danke, M'sieur«.

»Du kannst mich genausogut Alex nennen. Du hast es dir sowieso nie richtig abgewöhnt.«

Nicki errötete. »Ich hätte nicht gedacht, daß Ihnen das auffällt.«

»Du hast nur wenig getan, *chérie,* was mir nicht aufgefallen wäre.«

Nicki war nicht sicher, wie er das meinte, aber sein Blick gefiel ihr, als er es sagte. Er ließ ihr Herz erbeben und ihre Wangen noch wärmer werden.

Alex reichte ihr den Arm, und sie nahm ihn an. Er führte sie zur Treppe ins obere Stockwerk, damit sie sich noch einmal frisch machen konnte. Er selbst ging nach unten zu den anderen Gästen.

»Komm bitte bald nach«, flüsterte er mit einem Blick, der keinen Widerspruch duldete.

»Wie Sie wünschen, Alexandre.« Mit einem leisen Lächeln eilte sie nach oben.

Alex beobachtete den weichen Schwung ihrer Hüften. Eine Last war heute nacht von seinem Gewissen genommen worden. Seine kleine Leibeigene war durch eine sinnliche Frau ersetzt worden, die schon bald sein Bett wärmen würde.

Er würde sie nicht hetzen. Sie hatte zuviel durchgemacht; bestimmt war sie ängstlich und mißtrauisch. Er würde sich Zeit lassen, sie umwerben, bis sie nachgab. Sie hatte es selbst gesagt – ihr blieb nichts anderes übrig.

8. KAPITEL

Für Nicki verlief der Abend viel angenehmer, als sie erwartet hatte.

Da Alexandre und seine Großmutter ohne zu wanken zu ihr standen, war Nickis Position als Freundin der Familie bald gefestigt. Daß sie Alexandres Leibeigene gewesen war, war bereits vergessen gewesen, als sie zurück ins Eßzimmer kam.

Alex hatte erklärt, daß sein Vater und Etienne St. Claire die besten Freunde gewesen waren. Die beiden hatten sich in jenem kurzen Zeitraum als Offiziere in der amerikanischen Armee verpflichtet, als die Vereinigten Staaten gegen England in den Krieg gezogen waren. In der Schlacht von Borgne hatte Etienne sein Leben aufs Spiel gesetzt, um den verwundeten Charles Alexandre zu retten, der bewußtlos und blutend auf dem schlammbedeckten Schlachtfeld lag, das einst die Plantage McCarlys gewesen war.

»Das ist eine Schuld, die wir du Villiers nicht vergessen haben«, sagte Alex, und François blickte betreten zu Boden. Rachael entging die schuldbewußte Geste nicht. Der jüngere Mann war bleich und mehr als ein bißchen erschüttert.

»Wir haben viel zu besprechen, François«, meinte Rachael spitz. Aber in Alexandres Gegenwart wollte sie das Thema nicht anschneiden. François hatte in den vergangenen zwei Jahren oft genug den Mißmut seines Bruders erregt. Wenn dieser herausfand, daß François die St. Claires in der Not abgewiesen hatte, würde das ihr Verhältnis zueinander noch verschlechtern.

Clarissas Temperamentsausbruch war nach einem Augenblick verpufft. »Du kannst doch nicht zulassen, daß dieses… dieses… *Dienstmädchen* an unserem Tisch sitzt.«

»Sie ist eine Freundin«, hatte Rachael erwidert und sie mit einem einzigen, warnenden Blick zum Schweigen gebracht – wenigstens solange sie auf Belle Chêne verweilte und Nicki unter ihren Schutz nahm.

Thomas Demming hatte sie überrascht. Er hatte Nicki so angesehen wie die jungen Männer, die ihr früher auf Meadowood Besuche abgestattet hatten. Bevor der Abend zu Ende war, hatte er sie in die Stadt eingeladen, um eine Vorstellung von *La Fitte, der Pirat aus dem Golf* anzuschauen, die im St. Charles Theatre gegeben wurde.

Als sie zu Alex hinüberschaute, bemerkte sie, daß er Thomas mit offensichtlicher Mißbilligung fixierte. Einen Augenblick hatte sie gekocht vor Wut – und beinahe zugesagt. Dann sagte ihr ihr gesunder Menschenverstand, daß Alex sie nicht als geeignete Gesellschaft für seinen Freund ansah.

Mit ein paar freundlichen Worten schlug sie die Einladung aus.

»Also, meine Liebe«, verkündete Clarissa, als der Abend zu Ende ging, erhob sich und setzte ein künstliches Lächeln auf, »genießen Sie Ihren Aufenthalt auf Belle Chêne.« Ihr Tonfall ließ keinen Zweifel daran, daß sie wünschte, er möge nicht von langer Dauer sein. »Es ist bedauerlich, daß unsere erste Begegnung unter einem so schlechten Stern stand. Aber so etwas kommt vor.«

Es war keine Entschuldigung, das wußten sie beide. »Alex, Liebling, ich wäre dir sehr verbunden, wenn du mich nach Hause bringen würdest.«

Alex neigte zustimmend den Kopf, und die Runde löste sich auf. Thomas und François kehrten in die Stadt zurück, Rachael und Nicole gingen hinauf in ihre Zimmer im ersten Stock.

»Ich haben Ihnen doch gesagt, daß alles gutgehen würde«, erklärte Rachael zufrieden.

Soweit es Nicki betraf, mußte sich das erst noch erweisen.

»Gute Nacht, *Grand-mère.«* Müde öffnete sie die Tür zu ihrem Zimmer.

Schon am nächsten Tag, während Alex auf den Feldern arbeitete, kündigte Frederick einen Besucher an. Zu Nickis Überraschung wartete François im Empfangssalon.

»Guten Morgen, M'sieur«, begrüßte sie ihn förmlich. »Wollen Sie *Grand-mère* besuchen?«

»Ich wollte Sie besuchen. Können wir uns einen Augenblick unter vier Augen unterhalten?« Er trug makellose, dunkelgraue Hosen und einen hellgrauen Frack und wirkte wie eine zartere Version von Alex, dazu jünger und ohne dessen Selbstsicherheit.

»Natürlich«, antwortete sie steif. Sie hatte nicht vergessen, wie er ihren Vater behandelt hatte und welches Schicksal sie aufgrund seiner Weigerung, ihnen zu helfen, hatte erleiden müssen.

François zog die Tür zum Salon zu, während Nicki auf dem cremefarbenen Brokatsofa Platz nahm. François setzte sich neben sie. Während sie die Falten ihres blaßblauen Barchentkleides ordnete, gewann sie etwas Zeit, ihn zu beobachten.

»Ich weiß, was Sie von mir halten«, sagte er. Sein Antlitz war angespannt, seine Augen huschten unsicher im Zimmer umher.

»Ich weiß, daß mein Vater zu Ihnen kam und Sie sich geweigert haben, ihm zu helfen.«

Die Luft schien aus François' Lungen zu pfeifen. »*Dieu du ciel,* hundertmal habe ich mich wegen dieses Treffens verflucht. Bitte glauben Sie mir, daß ich mir in meinen schlimmsten Träumen nicht vorgestellt habe, daß alles so enden würde. Ich war jung und töricht. Die Verantwortung war zu groß für mich. Als Ihr Vater mich auf Belle Chêne besuchte, war die Plantage in ernsten finanziellen Schwierigkeiten. Ich hatte Geld geliehen, um den Betrieb aufrecht zu erhalten, und das meiste davon schon wieder ausgegeben. Ich hatte einfach nichts mehr, was ich ihm hätte geben können, aber statt ihm einfach die Wahrheit zu sagen, habe ich ihn glauben lassen, wir wären nicht gewillt, ihm zu helfen – dabei waren wir dazu einfach nicht fähig.«

Nicole war von seiner aufrichtigen Reue überrascht. Um die finanziellen Schwierigkeiten wußte sie. Alexandre hatte darauf angespielt. »Ist Belle Chêne immer noch in Schwierigkeiten?« fragte sie, denn sie fürchtete, eine zusätzliche Belastung zu sein.

»Alex hat alles in Ordnung gebracht. Wie immer.« Er klang zynisch.

»Verschiedene Menschen haben eben verschiedene Begabungen«, erklärte ihm Nicki. »Alex hat die Begabung, Probleme zu lösen und eine Plantage zu leiten. Ihre Begabung liegt anderswo.«

François' Kopf fuhr hoch. »Sie wissen von meiner Malerei?«

Das überraschte sie wirklich. »Nein. Aber wenn dort Ihre Begabung liegt, dann sollten Sie sich dessen nicht schämen. Und Sie sollten Ihren Bruder nicht um seine Fähigkeiten beneiden.«

»Ich weiß, daß Sie recht haben, aber...«

»Aber was?« Es war gut zu wissen, daß François nicht der Unhold war, für den sie ihn gehalten hatte, sondern einfach ein junger Mann, dem die Dinge über den Kopf gewachsen waren.

»Aber es ist schwer, immer nur der Zweitbeste zu sein. Ich habe meinen Vater enttäuscht. Jetzt enttäusche ich Alex.«

»Ich glaube, Sie trauen Ihrem Bruder zu wenig zu. Er liebt Sie. Ich sehe es in seinen Augen, wenn Sie hier sind.«

»Früher standen wir uns nahe.« François sah traurig aus.

»Das kann wieder so werden. Ich weiß, daß Alex sich darüber freuen würde. Und Sie anscheinend auch.« Sie lächelte ihn an. »Und jetzt erzählen Sie mir von Ihrer Malerei.«

François' jugendliches Gesicht hellte sich auf. Sie redeten eine ganze Stunde, und der jüngere du Villier war entspannter und offener, als er es in ihrer Gegenwart je gewesen war. Sie hatte den Eindruck, daß sie wieder ein Hindernis genommen hatte, und daß sie aus der Dunkelheit, in der sie die letzten drei Jahre verbracht hatte, dem Licht entgegenstieg. Sie wunderte sich über die Zwistigkeiten der beiden Brüder, hoffte aber, daß sie bald überwunden waren.

In den nächsten Wochen sah Nicki Alexandre recht häufig. Sie hatte erwartet, daß er ihr die Täuschung übelnehmen würde. Statt dessen verhielt er sich ihr gegenüber aufmerksam, fürsorglich und stets wie ein vollendeter Gentleman.

Er bestand darauf, daß sie Rachael begleitete, als er sie in der Kutsche über die ganze Plantage fuhr, um seiner Großmutter die Verbesserungen zu zeigen, die er vorgenommen hatte, auch wenn sie noch nicht vollendet waren.

»Auf dreißig Morgen Land gewinnen wir knapp fünfhundert Hektoliter Zucker, *Grand-mère.* Jedes Faß bringt uns ungefähr tausend Dollar ein. Dank der besseren Erträge und der feineren Qualität sollten wir diese Schätzungen aber weit übertreffen.«

»Wenn das Wetter mitspielt«, warf Nicki ein, die wußte, daß das Wetter bei jeder Zuckerernte eine wichtige Rolle spielte.

»Ganz recht.« Er schenkte ihr ein spitzbübisches Grinsen.

An diesem Abend begleitete er sie hinauf zu ihrem Zimmer.

»Es war ein wunderschöner Tag für mich«, bedankte sie sich.

»Für mich auch, *chérie.*«

»Sie sind so freundlich zu mir, Alex. Ich weiß, daß es ein Schock für Sie war, aber –«

Er brachte sie zum Schweigen, indem er einen Finger auf ihre Lippen legte. »Ich habe dir doch gesagt, was vorbei ist, ist vorbei.« Er beugte sich hinunter und streifte ihre Wange mit einem Kuß. Obwohl er sie kaum berührte, lief ihr eine Gänsehaut über den Rücken.

»Gute Nacht«, hauchte sie.

Als er erfuhr, daß sie Klavier spielen konnte, bestand er auf einem Konzert und lobte sie dann für ihre Darbietung. »Ebenso talentiert wie schön«, erklärte er.

»Vor allem beharrlich«, erwiderte sie, aber das Kompliment schmeichelte ihr. »Meine Mutter bestand darauf. Sie behauptete, es gehöre zu den Pflichten einer Frau, Freude im Haus zu verbreiten.«

»Eine Frau kann auf vielerlei Weise Freude bereiten.« Seine warmen, braunen Augen wurden dunkel.

Er behandelte sie jetzt anders. War weniger distanziert als früher. Auf fast unbewußte Weise war er immer noch arrogant und selbstsicher; die Veränderung war subtil und schwer zu beschreiben. Ihr kam es vor, als läge in seinen Augen jetzt etwas Kühnes, das vorher nicht dagewesen war. Etwas an diesem Blick ließ ihr Herz schneller schlagen und trieb ihr die Röte ins Gesicht.

Als er sie am Abend nach oben brachte, war sein Kuß weit weniger brüderlich. Er stand dicht vor ihr und hielt ihre Hände fest, zog mit seinem Finger ein Muster auf ihrer Handfläche, bis sie zu zittern begann und zurückwich.

Sie merkte, daß sie sich auf die Gespräche mit ihm freute, auf die Mahlzeiten, die sie abends mit Rachael einnahmen. Wann immer Alexandre in der Nähe war, fühlte sich Nicole so schön und begehrenswert wie seit Jahren nicht mehr. Er gefiel ihr. Jeden Tag mehr.

Alex ist einer anderen versprochen, ermahnte sie sich, aber eine Stimme in ihrem Inneren sagte: *Er liebt Clarissa nicht, und noch ist er nicht mit ihr verlobt.*

Du bist eine Leibeigene, widersprach sie. Seine *Leibeigene. Du bist vorbestraft.* Sie dachte daran, wie mißbilligend Alex sie angesehen hatte, als Thomas Demming sie eingeladen hatte. Alex wußte, daß er den St. Claires etwas schuldete, und versuchte, diese Schuld zu begleichen. Er kaufte ihr schöne Kleider, und sie wischte keine Böden mehr, aber trotzdem *besaß* er sie immer noch. Er hatte nichts gesagt, was daran etwas geändert hätte; sie war nicht sicher, daß er das jemals tun würde.

Außerdem stand sie nicht mehr auf einer gesellschaftlichen Stufe mit ihm. Das würde auch nie wieder so werden. Das war eine Tatsache, über die sie sich längst klar war, die sie aber nicht akzeptieren wollte.

An jenem Abend machten sie nach dem Essen einen Spaziergang im Garten. Nicki war von Alex' Aufforderung und von *Grand-mères* zustimmendem Lächeln gleichermaßen überrascht worden.

»Amüsiert euch gut, Kinder«, rief Rachael ihnen nach. Nach einem pflichtschuldigen Kuß von beiden ging sie nach oben.

Alex kicherte leise. »Du hast ihr Herz erobert.«

Nicki lächelte. »Ich liebe Ihre Großmutter. Sie ist eine der gütigsten Frauen, die ich je kennengelernt habe.«

»Und du bist eine der lieblichsten.«

Nicki spürte, wie ihre Wangen heiß wurden. Heute abend sah sie hübsch aus. Bezaubernd. Das Kleid, das sie trug, ein lavendelfarbenes Seidenkleid mit zierlichen Puffärmeln, war vorne tief ausgeschnitten und gab den Blick auf ihre Brüste frei. Ihr Haar fiel in weichen Locken beiderseits ihres Gesichts herab, und über jedem Ohr steckte eine Magnolie. Alex trug eine silberne Brokatweste unter einem perfekt geschnittenen Abendanzug.

Das Mondlicht schien auf seine Satinaufschläge, als sie zwischen den exakt geschnittenen Buchsbaumhecken zu dem kleinen Weiher hinunterschlenderten, den Charles du Villier hatte anlegen lassen und in dem jetzt Schwäne schwammen. Eine frische Brise vom Fluß vertrieb die Insekten und brachte endlich Kühlung.

»Du bist genauso, wie ich mir dich immer vorgestellt habe«, sagte Alex.

Überrascht zog Nicki eine Braue hoch. »Sie haben sich darüber Gedanken gemacht, wie ich einmal aussehen würde?«

»Oft sogar. Um die Wahrheit zu sagen, hast du meine größten Erwartungen übertroffen.«

Darüber mußte sie lächeln. Sie unterhielten sich über das Wetter, über seine Großmutter, über die Ernte. Ihr Gespräch mit François und seine Malerei erwähnte sie nicht, da er sie darum gebeten hatte. Sie sprachen auch nicht über die Leibeigenschaftspapiere, die Alex immer noch hatte. Sie sprachen nur über fröhliche, lustige Themen. Über Dinge, die sie auch mit einem Verehrer besprochen hätte. Aber Alex machte ihr nicht den Hof – oder etwa doch?

Fast wie zur Antwort nahm er sie in die Arme, als sie unter den herabhängenden Zweigen einer Trauerweide standen. Er schaute auf sie herab, und obwohl seine Miene freundlich blieb, verdunkelten sich seine Augen wieder. Sein Blick war hypnotisierend, so daß sie nicht wegschauen konnte.

Es erschien ihr vollkommen natürlich, daß er sie küßte, irgendwie richtig. Es war ein sanfter, nichts fordernder Kuß. Sie konnte den Brandy schmecken, den er nach dem Abendessen getrunken hatte, und roch den würzigen Duft seines Rasierwassers. Plötzlich kam ihr der Gedanke, daß sie Alex seit jenem Tag in La Ronde hatte küssen wollen. Jeden Augenblick, den sie auf Belle Chêne verbracht hatte. Alex beendete den Kuß, lange bevor Nicki es wollte.

Und er wußte es.

»Wir sollten lieber zurückgehen«, meinte sie, verlegen darüber, daß er sie so leicht durchschaut hatte. Früher war das nie so gewesen. Damals war sie selbstsicher gewesen und hatte immer alles unter Kontrolle gehabt.

»Morgen nacht fahren wir mit dem Dampfer flußaufwärts.«

»Wir drei?« fragte sie unwillkürlich, weil sie sicher war, daß *Grand-mère* als Anstandsdame mitkommen würde.

Er schüttelte den Kopf und lächelte nachsichtig. »Wir beide.«

Was ist mit Clarissa? wollte sie fragen, aber sie schwieg.

Als Nicki erwachte, fühlte sie sich ein bißchen durcheinander. Nach der Szene mit Alexandre im Garten hatte sie nicht gut geschlafen. Sie hatte sich Sorgen über ihre ungewisse Zukunft gemacht, hatte über ihre verwirrenden Gefühle Alexandre gegenüber und über die Zweifel nachgegrübelt, die an ihr nagten und nicht weichen wollten.

Clarissa war, da die Details ihrer Verlobungsfeier abgesprochen waren, seit Wochen nicht mehr auf Belle Chêne gewesen, aber deshalb war sie nicht aus Nickis Gedanken verschwunden. Sie fragte sich, ob Alex ebenfalls an sie dachte.

Nicki stand früher als üblich auf, zog ein rostfarbenes Reitkleid an – noch ein Kostüm, auf dem *Grand-mère* bestanden hatte –, und ging zur Tür hinaus. Der Himmel war noch blauer als üblich, und eine leichte Brise trieb flockige Wolken über den Horizont. Ein idealer Tag, um auszureiten und ein paar Stunden allein zu verbringen.

»Es ist also wahr.« Patrick stand in der offenen Scheunentür. Die Sonne war gerade aufgegangen, und gelbe Strahlen bohrten sich durch die aufsteigende Spreu, die er beim Heuwenden aufwirbelte.

»Ja.«

Patrick war mit einem der Hengste beim Decken gewesen. Heute sah ihn Nicki zum erstenmal, seit sich ihre Position im Haus verändert hatte. Sie ging weiter in seine Richtung, angezogen von dem moschusartigen Geruch aus dem Stall, von dem Duft nach frisch gemähtem Heu, Pferden und altem Leder. Einem Duft, den sie immer geliebt hatte. »Ich habe gehofft, daß wir trotzdem Freunde bleiben können.«

Patrick überraschte sie, indem er sie angrinste. Er lehnte die große Heugabel gegen die Stalltür und schlug einen abgetragenen Schuh über den anderen. »Schätze, es macht wirklich keinen Unterschied. Sie hatten sowieso immer bloß Augen für ihn.«

Nicki blieb wie angewurzelt stehen. »Nein, Patrick, das stimmt nicht!«

Er lachte leise. Dann beugte er sich hinunter, hob einen goldenen Strohhalm auf und klemmte ihn sich zwischen die Zähne. »Machen Sie, was Sie wollen. Wenn ich mich recht erinnere, machen Sie das sowieso immer.«

Darüber mußte Nicki lächeln. Sie wollte ihn gerade anweisen, Maximilian zu satteln, als Alex in den Stall trat.

»Ich habe mir schon gedacht, daß ich dich hier im Stall finde.« Er blieb unter dem offenen Fenster stehen, und bernsteingelbes Licht tanzte in seinem dunkelbraunen Haar. In seinen Reithosen und dem schneeweißen Baumwollhemd sah er phantastisch aus.

Diese Kleider standen ihm am allerbesten, urteilte Nicki, als sie seine durchtrainierten Beinmuskeln, seine breite Brust und die breiten Schultern sah.

»Eine Brise weht vom Fluß her«, erklärte sie ihm, wobei sie zugleich versuchte, die Erinnerung daran, wie er sie in seinen Armen gehalten hatte, zu verbannen. Sie hatte die Muskeln nicht vergessen, die unter ihren Fingern getanzt hatten, und den sanften Kuß ebensowenig. »Es ist etwas kühler heute morgen. Ich dachte, ich könnte ausreiten.«

»Gute Idee. Ich komme mit.«

Vorbei mit ihren Stunden allein.

Als die Pferde gesattelt waren, und Alex sie in den Damensattel hob, hielt er sie länger, als nötig gewesen wäre. Seine warmen Hände lösten eine Art Elektrizität in ihrem Körper aus.

»Danke«, sagte sie, aber ihr Mund war wie ausgetrocknet, und es fiel ihr schwer, die Worte auszusprechen.

Alex stieg auf sein Pferd, das tänzelte und wieherte und sich stärker als üblich gegen den Biß wehrte. »Da ist eine brünstige Stute in der Nähe«, bemerkte Alex und sah sie vielsagend an.

Nickis Wangen wurden heiß. Alex kicherte leise, grub seine Hacken in Napoleons Flanken und lenkte den Hengst auf die Straße. Nicki ritt neben ihm. So hoch oben auf seinem großen Braunen war er wirklich eine imposante Erscheinung.

»Meine Großmutter hat einen ausgezeichneten Geschmack, was Kleider betrifft«, sagte er nach einem Blick auf ihr Reitkleid, das ein kleines bißchen dunkler war als ihr kupferfarbenes Haar. »Oder hast du es ausgesucht?«

»Wir beide.« Sie ritten auf den Fluß zu, an den Zuckerrohrfeldern vorbei, auf dem das Rohr inzwischen noch höher stand. »Ich möchte, daß Sie wissen, wie dankbar ich bin, was Sie für mich getan haben.« Ein bißchen verunsichert zupfte sie an der Spitze an ihrem Ärmel. »Ich weiß, daß solche Sachen teuer sind. Ich wünschte, ich könnte Ihnen das irgendwie zurückzahlen.«

Alex zügelte sein Pferd unter einer moosbehangenen Eiche am Rande des breiten Mississippi, der fast ohne eine Welle vorüberzog. »Dein Vater hat meinem Vater das Leben gerettet. Sie waren Freunde. Das macht auch uns zu Freunden. Ich dachte, das hättest du verstanden.«

Er half ihr beim Absteigen, dann banden sie die Pferde so fest, daß sie trinken und sich ins Wasser stellen konnten. Als sie zurück unter die Eiche gingen, hätte ihn Nicki beinahe gefragt, ob er sie aus ihrem Kontrakt entlassen würde, aber dann wagte sie es doch nicht. Und sie war nicht sicher, ob sie es wirklich wissen wollte.

»Ich mag Ihren Freund Thomas«, sagte sie statt dessen und griff damit das erste Thema auf, das ihr durch den Kopf ging.

Alex' Miene verhärtete sich. »Wenn du ihn so gern magst, warum hast du dann seine Einladung ins Theater nicht angenommen?«

Der Zorn in seinem Tonfall überraschte sie, aber das ließ sie sich nicht anmerken. Mit einstudierter Lässigkeit zupfte sie ein Blatt von einem Ast ab und zwirbelte es zwischen ihren Fingern. »Weil Sie offensichtlich nicht wollten, daß der Ruf Ihres Freundes durch jemanden wie mich befleckt wird.«

Alex schaute sie wie vom Donner gerührt an. »Hast du das gedacht?«

Nicki reckte das Kinn hoch. »Was hätte ich sonst denken sollen? Ihnen hat der Vorschlag offensichtlich mißfallen.« *Und Sie besitzen mich.*

Alex trat näher an sie heran, so daß sie Schritt um Schritt bis zum Stamm der Eiche zurückweichen mußte. Die Sanftheit, die er in den letzten Wochen ihr gegenüber an den Tag gelegt hatte, war wie weggeblasen. »Ich wollte nicht, daß du ihn triffst, weil ich keine… Komplikationen wollte.«

»Das heißt…« Er schien seine Worte abzuwägen. Eine breite Hand fuhr durch sein Haar, aber sein Blick wich nicht von ihrem Antlitz. Als sie wegzuschauen versuchte, drehte er ihr das Kinn mit der Hand zurück, so daß sie ihn anblicken mußte. »Ich wollte nicht, daß du ihn triffst, weil ich dich für mich selbst wollte. Die Wahrheit ist, daß dein kleines Täuschungsmanöver vielleicht meinen Kopf irregeführt hat, aber nicht meinen Körper. Ich habe dich von Anfang an gewollt.«

Seine Worte waren wie eine Droge, die sie beruhigte und zugleich verwirrte. Er begehrte sie. Er wollte sie als Frau. Das Wissen bewirkte, daß sich in ihrem Kopf alles drehte. Ihr Herz, das ohnehin schon laut pochte, fing an zu rasen. Sie spürte, wie ihre alte Macht zurückkehrte, die weiblichen Instinkte, die ihr in dem Leben, das sie einst geführt hatte, so natürlich vorgekommen waren.

»Sie begehren eine Frau und binden sich doch an eine andere.«

»Clarissa ist nicht wichtig«, erklärte Alex endgültig und ließ dadurch ihr Selbstvertrauen ins Unermeßliche wachsen. »Das einzige, was zählt, ist, daß du eine Frau bist und ich ein Mann. Eine erwachsene Frau. Was ich empfinde, ist keine Sünde mehr.«

Er ließ einen Finger über ihre Wange gleiten und nahm dann ihren Kopf in seine Hände. Seine Hände waren warm und stark und verrieten seine Gefühle, als hätte er sie ausgesprochen. Sein Mund bemächtigte sich des ihren. Sein Kuß hatte nichts mehr von der Selbstbeherrschung des vergangenen Abends an sich. Es war ein heißer Kuß, ein verzehrender Kuß, der ihr fast den Atem raubte.

Mit erfahrener Entschlossenheit drang er in ihren Mund vor, erforschte dessen Inneres, bis ihre Zunge seine verführerischen Bewegungen erwiderte. Seine Hände glitten um ihre Taille, und Nicki sank an ihn, ließ sich von ihm an sich ziehen. Sie spürte den Stoff seines Hemdes, das Spiel der Muskeln darunter, während seine Hand über ihren Rücken glitt. Die Hitze seines Körpers sprang auf sie über und ließ sie schwach und zittrig werden, aber sie wich nicht zurück.

Als er eine Spur heißer Küsse über ihre Wange zog und dann an ihrem Ohr knabberte, flüsterte Nicki seinen Namen und schlang ihre Arme um seinen Hals. Sein Haar war weich auf ihren Fingern, seine Schultermuskeln zuckten, und etwas Flüssiges, Warmes nistete sich zwischen ihren Schenkeln ein.

Jetzt küßte er sie wieder, fuhr mit seiner Zunge tief in ihren Mund. Als Nicki ihre Finger in seine Schultern grub, stöhnte er.

Seine Hände glitten über ihren Körper, über ihren Hintern, wo er das volle Fleisch umfing, um sie fester an sich zu drücken. Nicki schwanden fast die Sinne.

Alex spürte, wie das Blut in seinen Schläfen pochte, und das Feuer in seinen Lenden brannte noch heißer. Nickis warme, volle Brüste preßten sich an ihn, und ihre Brustwarzen waren hart vor Begierde. Selbst durch den Stoff ihres Kleides fühlte sich ihr Hintern üppig an, wie dazu geschaffen, in seinen großen Händen zu liegen. Sein Verlangen wuchs, sein Glied war hart und heiß, drängte sich an sie, entschlossen, sich bemerkbar zu machen.

Er fuhr mit der Hand über ihr Mieder, öffnete die winzigen, stoffbezogenen Knöpfe an der Vorderseite ihres Kleides und ließ seine Hand hineingleiten. Die Schwere ihrer Brust, die Zartheit ihrer Haut und die aufgerichtete Knospe, die er mit seinen Fingern reizte, verstärkten nur seine Leidenschaft, und unsägliches Verlangen erfaßte ihn.

Am ganzen Körper bebend, gab Nicki einen kleinen Laut von sich und drängte sich noch fester an ihn.

»Ich möchte dich lieben«, flüsterte er, während seine Finger sie weiterhin wie magisch bezauberten.

Nicki fuhr zurück, als hätte er sie geschlagen. Sie knautschte das offene Mieder ihres Kleides zusammen und starrte auf die Wölbung in seiner Hose, die er trotz all seiner Willenskraft nicht verbergen konnte. Obwohl sie sich weder gerührt noch gesprochen hatte, war die Röte aus ihren Wangen gewichen und wächserner Blässe gewichen. Alex war sicher, daß sie sich an das erinnerte, was im Gefängnis geschehen war.

»Es ist schon gut, *chérie*«, besänftigte er sie. »Ich werde nichts tun, was du nicht willst.«

Sie erbleichte noch mehr.

»Ich wollte dich nicht drängen. Es tut mir leid.«

Sie schüttelte den Kopf, als wollte sie sich seiner Worte erwehren, aber sie sagte immer noch nichts.

»Ich weiß, was du denkst. Ich weiß, was du durchgemacht hast, aber so muß es nicht sein. Was zwischen einem Mann und einer Frau geschieht, kann sehr schön sein, *chérie.* Das verspreche ich dir.«

»Sie verstehen nicht.«

»Ich hätte mich mehr gedulden müssen, dir mehr Zeit geben müssen –«

»Es war nicht Ihr Fehler«, widersprach Nicki zu seiner Überraschung. »Sondern meiner. Ich hätte Ihnen Einhalt gebieten können, aber ich habe es nicht getan. Ich weiß nicht, was über mich gekommen ist. Ich wollte, daß Sie mich küssen – ich habe es genossen – aber ich wußte nicht, daß ich auch…«

Wieder nahm er ihren Kopf in seine Hände. »Du wußtest nicht, daß du wolltest, ich würde *was, chérie?* Dich halten? Dich an Stellen berühren, die dir einst verboten schienen?«

Sie schaute ihn an und brachte es nicht über sich zu lügen. »Ja.«

Alex zog sie in seine Arme. Nicki spürte seine Erleichterung daran, wie die Spannung aus seinem Körper wich.

»Wir werden alles ganz langsam machen. Alles wird gut werden.«

Jetzt war Nickis Angst vollkommen verschwunden. Alex würde sich um alles kümmern. Das hatte er immer getan, oder nicht? Plötzlich merkte sie, wie sehr sie sich daran gewöhnt hatte, sich auf ihn zu verlassen. Wie sehr sie von ihm abhing. Sie nickte zustimmend, und Alex berührte ihre Lippen mit einem federleichten Kuß. Wortlos banden sie die Pferde los und ritten zurück zum Haus.

Eine Weile ritten sie schweigend, aber selbst nach diesem Vorfall fühlte sie sich in seiner Gegenwart nicht unwohl. »Sie haben da draußen etwas gesagt«, meinte sie im Reiten, »darüber, daß Sie wüßten, was ich durchgemacht habe.«

Er nickte. »Als ich jünger war, habe ich selbst einige Zeit im Gefängnis verbracht.«

»Wirklich?«

»Ja.«

»Wo?«

»In Algerien. Ich habe in der französischen Armee gedient. Ein paar von uns wurden gefangengenommen. Das Gefängnis dort war die reinste Hölle.«

»Wie lange waren Sie dort?«

»Sechs lange Monate. Zum Glück habe ich dort einen Freund gefunden, der mir über das Schlimmste hinweghalf. Einen großen Türken namens Ram. Seitdem hat er ab und zu für mich gearbeitet. Unglücklicherweise lockt ihn immer wieder die See fort.«

»Meine Freundin hieß Lorna.« Ihre Kehle war wie zugeschnürt. »Ich werde sie nie vergessen.«

»Sag mir, wie es dazu kommen konnte, daß du an einem solchen Ort gelandet bist«, bat Alex leise.

Nicki erzählte ihm von Richard Paxton, dem Mann, der ihren Kontrakt von Laurent gekauft hatte. Sie erzählte ihm von Paxtons unerbetenen Aufmerksamkeiten und von der Eifersucht seiner Frau Adrian. »Sie versteckte die Brosche, behauptete, sie sei gestohlen, fand sie dann in Richards Anwesenheit und rief nach der Polizei. Den Rest kennen Sie.«

»Was geschehen ist, ist vorbei, *chérie*. Für uns beide.« Alex lächelte sie an, aber sein Blick wanderte plötzlich weiter, schweifte über die Felder zu der Kuppe, die sich an der Westgrenze seines Besitzes erhob, wo ein einsamer Reiter stand. Alex schattete seine Augen gegen die Sonne ab, aber er wußte ohnehin, wer es war.

»Fortier«, sagte er mit einem Blick auf Nicki. »Versprich mir, daß du nicht alleine ausreitest.«

»Aber bestimmt wird er mir nichts tun, wenn er erst weiß, daß ich unter Ihrem Schutz stehe.«

»Für ihn wirst du immer die kleine Diebin bleiben, die du im Gefängnis warst. Er will dich. Und Fortier nimmt sich, was er will.«

Ein Schauder lief ihr über den Rücken. »Was würden Sie dann tun?«

»Ich würde ihn töten... oder er würde mich töten.«

9. KAPITEL

Das schwere Klopfen des silbernen Löwenkopfes auf der massiven Eingangstür hielt Nicole auf, als sie oben an der Treppe stand. Auf ihrem Weg zum Frühstückszimmer, wo sie mit *Grand-mère* frühstücken wollte, beobachtete sie neugierig, wie Frederick die Tür aufzog und eine dunkelhaarige Frau einließ, die höchstens ein paar Zentimeter größer war als sie selbst. Die Frau, eine olivhäutige Schönheit in reizendem, burgunderfarbenem und schwarz paspeliertem Seidenkleid lächelte Frederick an und verlangte, Alexandre zu sehen.

»Wer ist das?« flüsterte Nicki Danielle zu, die neben sie getreten war.

Danielle zog sie diskret zur Seite, so daß sie die Szene beobachten konnten, ohne gesehen zu werden. »Das ist Mademoiselle Aimee, M'sieur du Villiers Geliebte.«

»Lisette?« wiederholte sie ungläubig. Sie konnte nicht umhin, die verführerische Schönheit der Frau und die vollen roten Lippen zu bemerken, die zu einem Schmollmund geformt waren.

»Oui.«

Unbewußt bohrten sich Nickis Finger in ihre Handflächen, und in ihrer Magengrube bildete sich ein Knoten.

Innerhalb weniger Minuten kam Alex ins Foyer geeilt. »Ich habe dich gebeten, nicht herzukommen«, sagte er statt einer Begrüßung. Daß er wütend war, zeigte sich an den steilen Falten auf seiner Stirn.

»Warum 'ast du mich so lange nicht besucht?« Lisette schien trotz ihres dicken, aber charmanten Akzents ebenfalls verärgert. »Du bist viel zu lange weggewesen.«

»Ich bin doch nicht dein Sklave, Lisette. Ich komme, wann es mir paßt.«

Lisettes Schmollmund schob sich noch weiter vor. »Was 'abe ich getan, um dir zu mißfallen? Du begehrst Lisette nicht mehr?« Ihr Blick verriet, daß sie das keineswegs glaubte.

Nicole auch nicht.

Als Alex nicht gleich antwortete, wirbelte sie schwungvoll vor ihm herum, so daß ihre eleganten Kleider bestens zur Geltung kamen. »Ich sehe schön aus, nicht?« Ihr Gesicht wirkte weicher, weniger gekünstelt. In ihren schwarzen Augen funkelte eine fast kindliche Freude.

Alex' Zorn verebbte. »Du siehst zauberhaft aus.« Lisette strahlte über das Kompliment und war sich ihrer Anziehungskraft wieder sicher. »Um die Wahrheit zu sagen«, erklärte ihr Alex, »ich wollte dich heute abend sehen.« Er nahm ihren Arm und führte sie an die Tür. »Vielleicht sollten wir einen Spaziergang durch den Garten machen, wo wir uns ungestört unterhalten können.«

Sobald sie durch die Tür waren, warf sich Lisette in seine Arme und küßte ihn. Nicki entging ihr triumphierender Blick nicht – und ebensowenig die besitzergreifende Hand auf seinem Hals.

»Wie kann er es wagen!« Sie wirbelte herum und rannte zurück in ihr Zimmer. Wenn sie nicht sofort aus dem Haus lief, würde sie wahrscheinlich alle beide umbringen! Noch nie in ihrem ganzen Leben war sie so zornig gewesen. Gestern hatte Alex ihr seine Gefühle eingestanden, hatte sie geküßt und berührt wie noch kein anderer Mann. Heute nacht wollte er zu Lisette gehen!

Zorn wallte in ihr auf. Sie wollte die Treppe hinunterstürzen und der Frau jede einzelne schwarze Haarsträhne ausreißen. Sie wollte Alexandre in sein viel zu hübsches Gesicht schlagen und ihm erklären, was für ein mieser Schuft er war.

Danielle half ihr, das Reitkleid anzulegen. »Sie sind wütend? Nicht wahr?«

»Ich bin wütend – jawohl! Wie kann er es wagen, sich mit diesem... diesem... Weib herumzutreiben? Um Himmels willen, seine Großmutter sitzt im Frühstückszimmer. Er ist ganz bestimmt kein Gentleman, und ich beabsichtige, ihm das auch zu sagen.«

Danielle hielt sie am Arm zurück. »Ich glaube nicht, daß das eine gute Idee ist.«

»Und warum nicht?«

»Wenn Sie das tun, könnte *le duc* denken, Sie seien eifersüchtig.«

»Eifersüchtig! Auf dieses... dieses... lose Weibsstück!« Aber schon während sie das aussprach, begriff sie, daß Alex, dieser arrogante Gauner, genau das glauben würde. Mehr noch, es war wahr. Sie war eifersüchtig auf Lisette und wütend auf Alex. Und diese Tatsache machte sie nur noch wütender.

Mit knappen, entschlossenen Bewegungen streifte sie sich die ledernen Reithandschuhe über, marschierte an der Haupttreppe vorbei, den Gang hinunter zur Hintertreppe. Sobald sie draußen war, atmete sie tief durch, um sich zu beruhigen, und marschierte dann zu den Ställen hinüber.

Sie würde Napoleon reiten – allein –, ob es Alex gefiel oder nicht! Solange sie Fortiers Grenze fernblieb, war sie sicher.

Patrick besaß genug gesunden Menschenverstand, um nicht mit ihr zu streiten. Er hatte sie noch nie in einer solchen Verfassung gesehen, aber er erkannte ihre Entschlossenheit an ihrer Haltung und an der Reitpeitsche, die in regelmäßigem Takt gegen ihren Stiefel klopfte.

»Seien Sie vorsichtig«, mahnte er sie. »Das Wetter wird bald umschlagen. Könnte sich'n Sturm zusammenbrauen. Man kann nie wissen, wann 'n wirklich böser vom Golf reinkommt.«

»Ich werde nicht lange fortbleiben.« Sie würde so lange fortbleiben, wie sie wollte! Sollten sie sich doch alle zum Teufel scheren. Ihr Kontrakt war in Alex' Hand, aber nicht ihre Seele. Man behandelte sie nicht mehr wie ein Dienstmädchen, sondern wie einen Ehrengast. Solange Alex dem keinen Einhalt gebot, würde sie tun, was ihr gefiel, sobald sich die Gelegenheit bot.

Sie führte Napoleon zum Aufsitzblock und ließ sich im Damensattel nieder. Der Hengst schien heute ruhiger zu sein, und ihr dämmerte, warum. Alex hatte ihn zu der Stute gelassen. Der Gedanke heizte ihren Zorn nur noch mehr an. Männer! Sie bohrte ihre kleinen gestiefelten Füße in die Flanke des Hengstes. Dachten sie denn an gar nichts anderes?

»Hast du Nicki gesehen?« fragte Alex Rachael, die allein im Eßzimmer saß. Ihr Frühstücksteller war leer bis auf ein einsames Stück Maiskuchen, das ihr zuviel gewesen war.

»Sie wollte mir eigentlich Gesellschaft leisten, aber sie ist nicht heruntergekommen. Vielleicht ist sie noch nicht fertig.«

Und vielleicht hat sie Lisette gesehen. Genau das hatte er vermeiden wollen. Mit einem leisen Fluch machte er sich auf die Suche nach Danielle. Er hatte bereits in Nickis Zimmer nachgesehen und festgestellt, daß sie fort war. Vielleicht wußte Danielle, wohin sie verschwunden war. Er fand das rundliche Mädchen im Hinterhof, wo sie ein paar Decken lüftete, die in das Zimmer ihrer Herrin gebracht werden sollten, sobald es kühler wurde.

»Hast du Nicki gesehen?« fragte er.

»Oui, M'sieur.«

»Wo, zum Teufel, ist sie?«

»Sie ist ausgeritten. Sie wissen, wie gerne sie reitet.«

»Wer ist bei ihr?«

Sie zuckte nur mit den Achseln. Eine steife Brise bauschte ihre schwarzen Baumwollröcke auf. Alex blickte auf und stellte fest, daß sich der Himmel zugezogen hatte. Die Wolken bildeten eine flache, graue Wand, die von einem nahenden Sturm kündete.

»Ich hoffe für sie, daß sie nicht allein geritten ist«, fluchte er und stapfte in Richtung der Ställe davon. Als er sah, daß Napoleon verschwunden und Nickis Damensattel nicht mehr an seinem Platz war, kannte er die Antwort, obwohl er wünschte, sie wäre ihm erspart geblieben.

»Sie ist allein losgeritten, nicht wahr?«

Patrick kam auch unter dem strengen Blick nicht ins Schwanken. »Wenn sich das Mädel was in'n Kopf gesetzt hat, kann niemand sie aufhalten. Aber ich würd' mir keine Sorgen machen. Ich hab' ihr gesagt, sie soll aufs Wetter achten.«

»Und du glaubst, sie besitzt genug Verstand, daß sie vor dem Regen heimkommt?«

Patrick wußte, daß er darauf besser nicht antwortete. »Welches wollen Sie?«

»Voltaire ist wahrscheinlich das schnellste.«

Patrick führte das große graue Pferd aus seiner Box und legte schnell den Sattel auf. Sobald er fertig war, zog Alex den Bauchgurt straff und schwang sich hoch. Er würde sie finden, das schwor er sich – und wenn er sie gefunden hatte, dann würde er ihr den hübschen kleinen Hals umdrehen.

Nicki nahm einen Pfad entlang der Zuckerrohrfelder und trieb Napoleon zum Galopp an. Sie hatte ihn lange laufen lassen, aber der Hengst schien unermüdlich. Der Wind war aufgefrischt, und die Wolken waren dicker geworden, aber Nicki kehrte nicht um. Sie würde nicht heimkehren, ehe ihr Zorn nicht verraucht war und sie Alexandre gegenübertreten konnte, als wäre ihr alles gleichgültig.

Inzwischen war ihr klar, wie töricht es war, ihn zur Rede stellen zu wollen. Sie lebte von seiner Großzügigkeit, war auf ihn angewiesen. Er konnte sie verkaufen, wann immer es ihm gefiel, und sich damit auf einen Schlag von einer großen Bürde befreien. Sie glaubte nicht, daß er das tun würde, aber nach dem, was sie im Foyer beobachtet hatte, war sie nicht mehr so sicher.

In der Ferne rollte der Donner, aber sie sah keinen Blitz. Bestimmt war der Sturm noch weit weg. Sie zügelte Napoleon und stieg ab, dann führte sie ihn zu einem kleinen Nebenarm des großen Stroms, der in den nicht weit entfernten Sumpf mündete. Es wunderte sie, daß sie immer noch so wütend war. Wie konnte sie bloß so eifersüchtig sein? Wie hatte sie überhaupt so töricht sein können, ihm zu vertrauen? Sie wußte doch, wie Männer waren, oder nicht? Sie hatte mit eigenen Augen gesehen, wozu sie fähig waren.

Nicki stand versonnen da, während Napoleon weidete. Plötzlich sah sie einen Reiter auf sich zukommen. Als Pferd und Reiter näherkamen, erkannte sie den Mann, der so grimmig dreinblickte. Zum Teufel mit ihm! Sollte er doch zur Hölle fahren!

Alex zügelte sein Pferd und stieg ab, als gerade die ersten Regentropfen fielen. »Was zum Teufel tust du eigentlich hier draußen? Du hast versprochen, nicht alleine auszureiten.«

»Das haben Sie gedacht. Ich habe gar nichts versprochen.«

»Ich dachte, du hättest begriffen, wie gefährlich das ist.«

»Ich bin nicht in Fortiers Richtung geritten«, sagte sie.

»Das ist mir egal. Ich will nicht, daß du dich in Gefahr begibst. Von jetzt an wirst du mit mir oder jemand anderem reiten – oder überhaupt nicht.«

»Scheren Sie sich zum Teufel.«

Alexandres Blick verdunkelte sich. »Sag das noch mal.«

»Scheren Sie sich zum Teufel.«

Er packte sie am Arm und riß sie an seine Brust. »Jetzt reicht's aber, du störrisches kleines Biest. Du wirst genau das tun, was ich dir sage.«

»Oder was? Werden Sie mich wieder in mein Zimmer sperren? Mich wieder hungern lassen?«

Alex ließ sie los. »Ich will nur nicht, daß dir etwas zustößt.«

»Warum nicht? Sie haben doch immer noch Lisette, mit der Sie sich amüsieren können.«

»Lisette?« wiederholte er. Alex sah Nickis kampflustigen Blick, sah das feurige Funkeln in ihren schönen türkisfarbenen Augen. »So ist das also.« Er kicherte leise. »Du bist eifersüchtig.«

»Eifersüchtig! Auf Sie und dieses… dieses Weib? Sie haben wohl den Verstand verloren.«

Alex packte sie. Er versuchte, ein zufriedenes Grinsen zu unterdrücken, und kraulte sie hinter dem Ohr. Nicki versuchte, sich loszumachen, aber er hielt sie mit Leichtigkeit fest, ja er genoß ihren Körper an dem seinen und die Wärme ihrer Brüste, während sie sich gegen ihn wehrte.

»Lassen Sie mich los!« rief sie mit zorniger Stimme. »Sie sind nichts als ein arroganter, mieser – Frauenheld!«

Ihr Temperamentsausbruch war eher belustigend denn ärgerlich. »Ich bin froh, daß du eifersüchtig bist. *Mon dieu,* so feurig habe ich dich noch nie gesehen.«

Nicki fuhr zurück. Ohne darüber nachzudenken, wich sie zurück und versetzte ihm eine schallende Ohrfeige, die wie der ferne Donner knallte. »O Gott«, flüsterte sie, und die alte, vertraute Angst packte sie wieder.

Alex lächelte nur und rieb sich mit der Hand über die Wange. »Für ein so kleines Wesen hast du einen ziemlichen Schlag drauf.«

»Es – es tut mir leid. Ich wollte wirklich nicht… ich habe bloß… Sie haben mich so wütend gemacht.«

Alex faßte nach ihr, aber sie wich weiter zurück, immer noch unsicher, was er vorhatte.

Er grinste und neben seinem Mund zeigten sich sinnliche Grübchen. »Ich nehme an, du hast uns im Foyer gesehen.«

»Ja«, sagte sie leise und wünschte, sie könnte ihren Schmerz verbergen.

»Ich wollte sie heute abend besuchen, um ihr zu sagen, daß ich Schluß mache.«

»Was?«

»Da sie statt dessen ins Haus kam, habe ich es ihr schon heute gesagt.«

»Sie – Sie haben ihr gesagt, daß Sie sie nicht mehr besuchen?«

»Richtig.«

»Wegen Ihrer Gefühle für mich?«

»Ganz genau.«

»Aber Sie haben ihr gesagt, sie sehe zauberhaft aus. Sie haben sie geküßt.«

»Sie sah zauberhaft aus. Aber ich habe sie nicht geküßt; sie hat mich geküßt. Das ist ein ziemlicher Unterschied. Einen, den ich dir gerne demonstrieren werde, wenn du mir Gelegenheit dazu gibst.«

Er sagte die Wahrheit. Sie erkannte es an seinem arroganten Lächeln, seiner selbstzufriedenen Miene. »Ach, Alex.«

Nicki warf sich in seine Arme, klammerte sich an seinen Hals, während er sie hochhob. Sein Mund fand den ihren, und sie schmeckte die männliche Wärme seines Atems. Sie öffnete sich ihm, ließ seine Zunge eindringen und erwiderte seinen Kuß. Es war ein süßer Kuß, der ihm sagen sollte, wie sehr sie sich geirrt hatte und wie leid es ihr tat, daß sie an ihm gezweifelt hatte.

»Vergeben Sie mir?« fragte sie.

»Fast alles«, erklärte er ihr und küßte sie wieder, drückte seinen Körper gegen ihren, bis ihr fast schwindlig wurde. Nur die Regentropfen, die jetzt immer dichter fielen und ihre Kleider langsam durchnäßten, riefen sie in die Wirklichkeit zurück.

»Es ist ein langer Ritt nach Hause«, erklärte sie ihm mit einem leichten Lächeln. »Wir sollten uns lieber auf den Weg machen.«

»Wir reiten nicht zurück. Dazu fehlt uns die Zeit. Der Sturm sieht schlimmer aus, als ich gedacht habe. Wir reiten zum Jagdhaus. Das ist nicht weit von hier.«

»In Ordnung.« Sie ließ sich von ihm zu den Pferden führen. Der Regen ging jetzt gleichmäßig nieder. Er half ihr auf Napoleon, bestieg Voltaire, und sie ritten los.

Längs des Weges erstreckten sich die Zuckerrohrfelder mit ihren wogenden, dunkelgrünen Blättern wie ein geheimnisvolles, wellengepeitschtes Meer. Die Arbeiter waren längst in ihren Unterkünften. Auf der gegenüberliegenden Seite der Straße rauschten und knarrten die hohen Zypressen am Rande des Sumpfes. Trockene Äste knackten und krachten, Blätter wirbelten auf und flogen davon.

»Ein ganz schöner Wind«, brüllte er gegen das Geheul des Sturmes an. »Wir müssen in Sicherheit sein, bevor er noch schlimmer wird.« Mit diesen Worten trieb er den großen Grauen schneller an, und Nicki folgte ihm auf dem Braunen. Ein Blitz teilte den Himmel, und die Schleusen öffneten sich. Sie ritten schneller, bis Alex von der Hauptstraße abwich und in einen kleineren, jetzt schlammigen Pfad einbog, der tiefer in den Sumpf führte. Zweige peitschten über ihren Köpfen, und Nicki kamen die ersten Zweifel. Doch dann erblickte sie die Spitze eines ziegelroten Kamins über einem zweistöckigen Holzhaus, das wenig später ganz sichtbar wurde.

Alex sprang vor der niedrigen Veranda vom Pferd und half ihr beim Absteigen. Ihre rostfarbenen Reitkleider waren durchnäßt und klebten an ihrem Körper. Ihr Haar war triefnaß, und die meisten Haarnadeln waren herausgefallen.

Alex drehte den schweren Messingtürknauf und stieß die Tür weit auf. »Geh schon rein. Ich kümmere mich um die Pferde und komme gleich nach.«

Nicki nickte, und Alex führte die Pferde zu einem eingezäunten Pferch mit einem Schuppen an einem Ende. Nicki schloß die Tür von innen und drehte sich dann um, um das Innere des Jagdhauses in Augenschein zu nehmen. Das Haus war eher eine geräumige Hütte als ein Haus Ein großer gemauerter Kamin aus Lehm beherrschte den hohen Raum. Eine Treppe führte nach oben. Die meisten Möbel, das braune Ledersofa vor dem Ofen eingeschlossen, waren aus Zypressenholz. Auf den breiten Holzbohlen lagen Teppiche mit Borten, und vor den Fenstern hingen einfache weiße Vorhänge. Die Einrichtung war mehr schlicht denn elegant, aber alles sah sauber und ordentlich aus.

Die Tür ging auf, und Alex trat inmitten eines Laubsturmes herein. Erst jetzt bemerkte sie, daß seine Kleider ebenso naß waren wie ihre.

»Ich schätze, ich hätte etwas eher umkehren sollen«, sagte sie, weil sie sich schuldig fühlte.

Alex versuchte, böse zu schauen, aber ein Lächeln spielte um seine Lippen. »Ich schätze, das hättest du.«

Der Wind draußen ließ einen Ast gegen ein Fenster schlagen. Nicki bibberte. Mit zwei großen Schritten war Alex bei ihr. »Es ist eigentlich noch zu früh für ein Feuer, aber heute abend können wir bestimmt eines gebrauchen.«

Während er sich am Kamin zu schaffen machte, Zweige brach und Scheite auf den Rost türmte, schaute sich Nicki noch einmal um. »Lebt hier jemand?«

»Nein. Wir benutzen es nur zur Jagd. Meistens jagen wir Hirsche, manchmal auch Bären. Ein paar von den Männern jagen auch Waschbären. Nora James, das ist die Frau des Aufsehers, hält das Haus sauber.« Er hatte das Feuer entfacht und kehrte zu ihr zurück. »Wir sollten die Kleider lieber ausziehen.«

Zum erstenmal fühlte Nicki sich unsicher. »Wir sind allein hier, Alex. Es gehört sich nicht, daß ich mich ausziehe.«

Alex lächelte nachsichtig. »Es gehört sich auch nicht, daß du dir eine Lungenentzündung holst.«

Mit großen Schritten ging er zur Holztreppe, auf der er zu den oben liegenden Zimmern hochstieg. Mit zwei weichen Wolldekken kehrte er zurück.

»Darin kannst du dich einwickeln.« Er reichte ihr eine Decke und drehte sie um, um die Knöpfe an ihrem Rücken aufzumachen. Obwohl ihr unbehaglich zumute war, konnte sie kaum etwas gegen seine Argumente einwenden. Sie wollte ganz bestimmt nicht krank werden.

»Wir können sie vor dem Feuer trocknen«, fügte er hinzu, während er ihr klatschnasses Mieder abschälte.

»Alex!« kreischte Nicki und riß sich los. »Was machen Sie da?«

»Ich spiele Kammerzofe«, antwortete er grinsend. »Würdest du jetzt bitte stillhalten?«

Nickis Wangen waren feuerrot, aber sie tat, wie ihr geheißen. Alex half ihr aus ihren Röcken und Unterröcken, dann schnürte er ihr Korsett auf, so daß sie in Unterhemd und Unterhose vor ihm stand. Der Regen hatte auch diese durchnäßt und sie fast durchsichtig gemacht. Sie wußte das, denn als sie zu Alex aufsah, ruhte sein Blick nicht mehr auf ihrem Gesicht. Statt dessen starrte er auf die dunklen Kreise, die sich um die von der Kälte harten und steifen Brustwarzen herum unter dem Stoff abzeichneten.

Als sie seine Miene und das Verlangen in seinen Augen sah, stockte ihr plötzlich der Atem. Sie stand reglos da, hypnotisiert von seinen Augen, die über ihren Körper wanderten, einen Augenblick innehielten, um ihre schmale Taille zu betrachten, dann den Schwung ihrer Hüften nachvollzogen. Sie blieben auf den dunkelroten Locken stehen, dort, wo ihre Schenkel zusammentrafen.

»Wunderschön«, flüsterte er leise.

Mit zitternden Fingern und klopfendem Herzen zog Nicki die Decke um sich.

Alex lächelte nur. Wie unschuldig sie aussah, dachte er.

Aber in gewisser Weise war sie das auch. Daran, wie sie über ihre Vergangenheit gesprochen hatte, konnte er ersehen, daß die Männer, mit denen sie zusammengewesen war, sich einfach genommen hatten, was sie wollten, daß sie ihre Bedürfnisse an ihr gestillt hatten, ohne sich um sie zu kümmern.

Heute nacht würde alles anders werden.

Heute nacht würde er ihr die Freuden der Liebe zeigen, würde er ihr auf vielzählige Weise Lust bereiten, so wie er es sich ausgemalt hatte. Das Schicksal hatte sie hier zusammengeführt.

10. KAPITEL

Nicki zog die Decke fest um sich und beobachtete, wie Alex die Manschetten an seinen Hemdsärmeln öffnete, dann die Knöpfe seines Hemdes aufmachte, es auszog und auf den Boden warf.

Er stand vor ihr mit nacktem Oberkörper. Seine nassen Hosen

klebten an seinen Beinen und dem straffen, runden Hintern. Sie hielt den Atem an, als sie seine aufragende Männlichkeit bemerkte, die sich unter seiner Hose abzeichnete.

Mit hochrotem Kopf wandte sie sich dem Kamin zu, aber Alex' leises, amüsiertes Lachen entging ihr nicht. Sie hörte, wie seine hohen schwarzen Stiefel auf den Boden schlugen und dann Stoff raschelte. Plötzlich kam ihr der Gedanke, daß er arrogant genug sein könnte, *all* seine Kleider auszuziehen.

»Zieh dich aus«, befahl er, und sie wußte ohne jeden Zweifel, daß er genau das eben getan hatte.

»Das werden Sie bestimmt nicht erleben!«

»Muß ich dich daran erinnern, daß ich doppelt so groß bin wie du?« fragte er in ihrem Rücken.

»Nein. Und ich habe auch nicht vergessen, was für ein eingebildeter Typ Sie sein können.«

Als Alex wieder lachte, wirbelte Nicki herum. »Ihnen macht das Spaß!«

Er stand nur wenige Zentimeter von ihr entfernt, hatte die Decke lässig um den Leib geschlungen und die muskulösen Arme vor der breiten Brust verschränkt. Tiefe Grübchen zeichneten sich auf seinen Wangen ab.

»Ganz genau.«

In ihren wildesten Träumen hätte sie sich nicht ausmalen können, wie Alexandre du Villier halbnackt vor einem Kaminfeuer aussehen würde. Sein Haar war eher golden als braun, und seine Augen waren beinahe schwarz. Das Haar auf seiner Brust bildete verführerische Locken, und seine Haut war so glatt und braun, daß sie sich danach verzehrte, sie zu berühren.

»Also?« fragte er und riß sie aus ihren Gedanken. Sie war ihm dankbar dafür. »Ich warte.«

Nicki stöhnte. Sie wußte, daß sie diesen Streit verlieren würde. Bei dem Gedanken, daß er ihr gewaltsam die Kleider vom Leibe reißen könnte, durchfuhr sie Angst und Schrecken – gleichzeitig aber auch Wärme und Erregung. »Drehen Sie sich um.«

»Und wenn ich dir verspreche, die Augen zuzumachen?«

»Verdammt noch mal, das ist nicht komisch. Drehen Sie sich jetzt um.«

Alex drehte ihr in großer Geste den Rücken zu. Die gewagt tief hängende Decke bedeckte seine langen, kräftigen Beine.

Eiligst befreite sich Nicki aus den letzten nassen Kleidern und schleuderte sie mit lautem Klatschen über seine breiten, nackten Schultern.

Er zuckte nicht einmal. »Schon besser«, sagte er.

Er ging zum Feuer, zog zwei hölzerne Stühle davor, konstruierte eine Behelfswäscheleine aus einem Besenstiel und hängte ihre nassen Kleider darüber. Dann kam er zur ihr auf das Ledersofa, wo sie mit angezogenen Knien auf ihn wartete.

Mit mehr Übung, als sie wahrhaben wollte, zog Alex die letzten Haarnadeln aus ihrem Haar, so daß die schweren nassen Locken über ihren Rücken fielen. Mit den Fingern fuhr er durch die seidigen Strähnen.

»Davon habe ich immer geträumt.« Mit anerkennendem Blick wickelte er eine Locke um eine Hand. Die Muskeln in seinem Arm sprangen bei der Bewegung.

Nicki rutschte von ihm weg, bis ans äußerste Ende des Sofas. »Ich glaube, es wäre klüger, wenn Sie am anderen Ende blieben.«

Er lächelte. »Das werde ich ganz bestimmt nicht tun.« Er rutschte über das Sofa, bis er an ihrer Seite war, dann legte er einen Arm um ihre Taille und zog sie an sich. Sein Mund brachte ihre Proteste zum Verstummen.

Nicki drückte mit den Händen gegen seine Brust und versuchte, ihn von sich wegzudrücken, aber als sie seine Haut und das braungelockte Haar an ihren Fingern kitzeln spürte, klammerte sie sich statt dessen an ihn. Als Alex mit seiner Zunge ihre Lippen teilte und sie in ihren Mund gleiten ließ, gab Nicki ein leises Stöhnen von sich. Alex' Griff verstärkte sich, und sein Kuß wurde härter. Sein warmer, männlicher Atem verstärkte die Hitze in ihrem Bauch, bis sie sich im ganzen Körper ausgebreitet hatte.

Sein Mund und seine Hände beruhigten und entspannten sie. Er wußte genau, wann Nickis Widerstand zusammenbrach, wußte genau, in welchem Moment sie sich ergab. Trotzdem drängte er sie nicht. Er wollte nicht, daß sie sich unterwarf, so wie sie dies bei den Männern vor ihm getan hatte. Er wollte, daß auch sie ihn begehrte. Er wollte, daß sie voller Leidenschaft an ihm hing, daß sie seinen Namen rief und um mehr bettelte.

Er strich mit seiner Hand über die Decke auf ihrem Rücken, fuhr dann damit in das feuchte Kupferhaar und kraulte ihren Nacken. Seine andere Hand wanderte von ihrem Bauch aufwärts. Er spürte das Flattern ihres Herzschlags, hörte, wie flach ihr Atem ging. Er teilte vorsichtig die Decke und ließ seine Hand auf ihre Brust gleiten.

Nicki fuhr zusammen. »Alex?« flüsterte sie unsicher.

»Es ist schon gut, *chérie.*«

Seine Finger fuhren über ihre Haut, und Nicki spürte, wie ihr eine Gänsehaut über den Rücken lief. Seine Hand liebkoste ihre Brust, umschloß sie, streichelte sie. Dann fuhr sein Finger über die rosige Knospe, bis sie hart wurde, doch nun nicht vor Kälte, sondern vor lauter Erregung. Sie stöhnte leise. Seine Berührung war unglaublich schön, schöner als sie es sich je vorgestellt hatte.

Alex' Mund wanderte von ihren Lippen zu ihrer Wange, er knabberte an ihrem Ohrläppchen, dann leckte und schmeckte seine Zunge ihr Ohr. Sie konnte keinen klaren Gedanken mehr fassen – und wollte es auch nicht. Ohne ihr Zutun begannen ihre Hände, die Muskeln auf seiner Brust und seinen Schultern zu kneten.

Alex zog sie auf das Sofa hinab und öffnete die Decke über ihr. Sein Gesicht war dunkel und hungrig. »Alex?« sagte sie wieder. Sie wußte, daß sie ihm Einhalt hätte gebieten sollen, aber sie wollte es nicht mehr.

»Ich verspreche, daß ich dir nicht weh tun werde.«

Alex würde ihr niemals weh tun. Hatte ihr nie weh getan, obwohl er jedes Recht dazu und sie ihm manchen Grund dazu gegeben hatte. Was auch immer geschehen mochte, bei Alex war sie in Sicherheit. Dieses Wissen raubte ihr die letzte Selbstbeherrschung. Als seine Lippen über ihre Schulter streiften, dann über ihre Brust, bis sie die rosige Knospe umschlossen, flüsterte Nicki seinen Namen, wie sie es noch nie zuvor getan hatte. »Bitte...«, fügte sie hinzu, ohne genau zu wissen, warum.

Auf dieses Wort schien er gewartet zu haben. Sie spürte, wie seine Hand tiefer glitt, zwischen ihre Beine und die Innenseite ihrer Schenkel streichelte. Einen Augenblick lang verkrampfte sie sich, aber das Gefühl war so unglaublich, so prickelnd und verzaubernd, daß sie sich langsam wieder entspannte und sich ihm überließ.

»So ist es besser, *ma chère.* Überlaß alles nur mir.« Seine Finger schoben sich durch die dichten Löckchen, die ihr Geschlecht verdeckten, und glitten dann mit Leichtigkeit in sie hinein. Die Erregung spülte über sie hinweg wie eine Flutwelle. Instinktiv drängte sie sich gegen seine Hand. Warum war sie so feucht? fragte sie sich unwillkürlich, aber schon im nächsten Augenblick war der Gedanke wieder vergessen. Seine Finger glitten hinein und hinaus, bewegten sich in einem Rhythmus, der sie stöhnen und sich winden ließ. Sie wurde von einem Strudel erfaßt, von einem heißen, pulsierenden, kaum faßbaren Strudel.

»Bitte, Alex«, flehte sie.

Alex kniete über ihr, nahm eine Position zwischen ihren Schenkeln ein. »Vertraue mir.«

Und das tat sie.

Als sie spürte, wie sein steifes Glied sich gegen sie drückte und Zugang zu ihrem Körper verlangte, dachte sie einen kurzen Augenblick an Lorna und die Wachen. Doch dann gab es nur noch Alex, den Mann, dem sie mehr als jedem anderen vertraute, den Mann, den sie liebte.

Es schien ein merkwürdiger Zeitpunkt für diese Entdeckung – aber vielleicht auch nicht. Es war das wertvollste Geschenk, das eine Frau geben konnte. Sie würde es keinem anderen geben.

Alex drang in sie ein, bis er auf Widerstand stieß. Ein bißchen verwirrt glitt er wieder hinaus und dann wieder hinein. Er stieß immer noch auf Widerstand.

»Es ist schon gut, Alex«, erklärte ihm Nicki. »Ich habe keine Angst.«

Wie der Blitz, der draußen vom Himmel zuckte, traf ihn die Erkenntnis. Der Atem, den er bis dahin angehalten hatte, ging plötzlich schwer. »*Mon dieu,* du bist noch Jungfrau.«

Sie sah ihn verwirrt an: »Hast du etwas anderes vermutet?«

»Aber die Schläge, die du bekommen hast? Die Wachen im Gefängnis –«

Alex schien so aufgebracht, daß Nicki beschloß, die Sache selbst in die Hand zu nehmen. Sie verstärkte den Griff um seine Schultern, preßte ihren Körper an seinen und zwang ihn in sich hinein. Fleisch zerriß Fleisch, und Nicki biß sich auf die Lippen, um nicht laut aufzuschreien.

»Verdammt.« Obwohl die enge Pforte ihn umschlang, hielt Alex in seinen Bewegungen inne und kämpfte gegen seine Erregung an. »Das Schlimmste ist vorbei«, beruhigte er sie. Er versuchte ebenfalls, gegen sein Schuldgefühl anzukämpfen und hoffte, daß die Schmerzen bereits nachließen. »Nur beim erstenmal tut's weh.«

Nicki lächelte tapfer und nickte zustimmend. Schon diese winzige Bewegung kostete ihn beinahe seine Beherrschung. Er hatte ihr Lust bereiten wollen, hatte sie in nie gekannte Höhen entführen wollen. Jetzt war er nicht einmal mehr sicher, daß er noch länger warten konnte. Er küßte sie, bis sie sich entspannte, und begann sich dann in ihr zu bewegen.

Zuerst verkrampfte sich Nicki, aber die Schmerzen ließen bald nach. Alex' Zunge umspielte ihren Mund, während seine Hände über ihre Brüste glitten, bis sie die Schmerzen vollkommen vergaß. Unbewußt hob sie die Hüften unter jedem seiner Stöße an, und Alex stöhnte auf. Er bewegte sich schneller, tiefer, füllte sie auf eigenartige, besitzergreifende Weise aus. Jetzt stieß er noch härter und tiefer hinein, und sein Körper schien mit dem ihren zu verschmelzen.

Obwohl sie kaum noch bei Sinnen war, grub sie ihre Finger in seine Schultern, und drängte sich ihm entgegen. Plötzlich begann sein Körper zu beben und zu zittern, und er rief ihren Namen.

Ganz langsam beruhigte er sich wieder, und sein Atem wurde wieder gleichmäßiger. Auf die Ellbogen gestützt, atmete er tief ein und glitt auf ihrem Körper hinab, bis er ihr ins Gesicht sehen konnte.

»Ist alles in Ordnung?«

»Ja.«

»Warum hast du mir das nicht gesagt?«

»Ich dachte, du wüßtest es.«

Er hätte sie nicht genommen, wenn er es gewußt hätte. *Oder doch?* Er hatte Dutzende von Frauen gehabt, in den verschiedensten Ländern der Welt. Aber noch nie hatte er eine Frau so sehr begehrt wie sie. Sie hatte etwas an sich – er hatte es von Anfang an gespürt. Früher oder später hätte er sie doch genommen, das wußte er.

Außerdem, so rechtfertigte er sich, gehörte sie ihm. Er hatte gutes Geld für sie bezahlt – und sie hatte ihn begehrt. Auf lange Sicht würde es die Sache einfacher für sie beide machen.

»Du bist mir nicht böse?«

Wohl kaum. Im Gegenteil, wenn er jetzt darüber nachdachte, war etwas sehr Liebevolles daran, wie sie sich ihm hingegeben hatte. Die meisten Frauen, die er gekannt hatte, hatten mit ihm geschlafen, um sich selbst zu befriedigen, um seines Geldes willen oder weil er ihnen irgend etwas anderes geben konnte. Bei Nicki war es fast wie ein Geschenk gewesen.

»Ich könnte nicht glücklicher sein«, sagte er, und sie lächelte. Es war ein vorsichtiges, zaghaftes Lächeln, das eine unbekannte Saite in ihm zum Klingen brachte.

»Ich war sicher, daß es mir nicht gefallen würde.«

Alex lächelte. »Aber es hat dir gefallen.«

»Es war wunderschön – bis auf die Schmerzen.«

»Die sind vorbei.« Er bemerkte, daß eine kleine Hand geistesabwesend mit den Falten der Decke spielte, die zu Boden gefallen war.

Die andere Hand zog kleine Kreise auf seiner Schulter.

»Nervös?«

»Eigentlich nicht. Nur ein bißchen unruhig. Als würde mich etwas jucken und ich könnte mich nicht kratzen.«

Alex lachte. Es war ein leises, tiefes Grummeln in seiner Brust. »Ich glaube, ich weiß, wie ich dem abhelfen kann.« Er umfaßte ihr Kinn mit seiner Hand, neigte den Kopf und küßte sie. Sie spürte seine wachsende Leidenschaft, fühlte, wie sich sein Glied hart und pulsierend an sie drängte, bis ihr klar wurde, was er vorhatte. Er stieß in sie hinein, vergrub sich in ihr und jagte Schauer der Verzückung durch ihren Körper. Sein Glied schien größer denn je zu sein, heiß und hart und wunderbar. Sie umklammerte seinen Hals und erwiderte seinen Kuß, gebrauchte ihre Zunge, so wie er seine gebraucht hatte, und ließ ihre Hände über seinen Körper wandern.

Zum erstenmal wagte sie es, seinen Körper zu erforschen. Mit leichter Hand strich sie über seine Haut. Als sie eine Brustwarze umkreiste, stöhnte Alex auf.

»Wenn du so weitermachst«, keuchte er, »kann ich dein Jukken nicht lindern.«

Nicki war nicht sicher, was er meinte, aber als er sich zu bewegen begann, langsamer diesmal und viel entschlossener, spürte sie ein eigenartiges Ziehen zwischen ihren Beinen. Alex' Mund fand eine rosige Knospe, die er mit seiner Zunge umkreiste, bis sie am ganzen Leib zitterte. Das Ziehen wurde stärker.

Alex' Hüften bewegten sich in einem sinnlichen Rhythmus, den sie unwillkürlich übernahm. Er bewegte sich immer schneller, und jeder seiner Stöße war so hart und tief, daß sie sie nicht mehr als einzelne Bewegungen, sondern als haushohe Wellen empfand, die sie überrollten und forttrugen.

Sie vergrub die Finger in seinem Haar und stöhnte. Alex brachte sie mit einem Kuß zum Schweigen. Er stieß mit seiner Zunge tief in ihren Mund, im gleichen heißblütigen Rhythmus wie sein Körper.

Die heiße Glut zwischen ihren Beinen drohte sie zu verschlingen. Ihr Körper versteifte sich und bäumte sich auf. Dann wurde sie von ihrer Leidenschaft übermannt. Sie glaubte, Alex' Namen zu schreien, aber die unglaublichen sinnlichen Wogen der Lust waren so atemberaubend, daß sie nicht sicher sein konnte. Sie gab sich ihnen hin, schwelgte in ihrer Süße und spürte, wie nun Alex sich versteifte und erbebte.

Irgendwann rollte er sich auf die Seite, hielt sie aber eng umschlungen, bis auch die letzte Spannung aus ihrem Körper gewichen war. Jetzt erst merkte sie, daß ihre Wangen tränennaß waren.

Alex hob ihr Kinn mit seinen Fingern an. »Ich habe dir doch nicht weh getan?«

Nicki lächelte zu ihm auf. »Nein. Es war das Schönste, was mir in meinem ganzen Leben widerfahren ist. Es war, als hättest du meine Seele berührt.«

Eigenartigerweise wußte Alex genau, was sie meinte. Er hatte noch nie etwas so Gewaltiges verspürt. Es war jenseits jeder sexuellen Erfahrung gewesen. Jenseits von allem, was er bisher bei einem anderen Menschen empfunden hatte. Es beunruhigte ihn jedoch, daß sie Gefühle in ihm weckte, die noch niemand geweckt hatte und die er nicht haben wollte.

»Es ist nicht immer so«, sagte er zu ihr, denn sie sollte wissen, daß zwischen ihnen etwas ganz Besonderes geschehen war, auch wenn er nicht sicher war, warum ihm das so wichtig war. »Ich meine, mit jemand anderem wäre es vielleicht anders gewesen.«

»Mit jemand anderem hätte ich es nicht getan.«

Warum bedeuteten ihm diese Worte soviel? Er schaute zum Kamin. Das Feuer war bis auf die rote Glut niedergebrannt. Draußen heulte immer noch der Wind, und Blitze zuckten am Himmel, obwohl Donner nur in weiterer Entfernung grollte. »Wir können uns hier ein Lager auf dem Boden machen oder nach oben gehen. Leider sind die Betten oben nicht viel breiter als das Sofa.«

»Laß uns hier beim Feuer bleiben.« Sie wollte ihn sehen, bei ihm liegen und ihm beim Schlafen zuschauen.

»In Ordnung.« Er legte sie mit einem Kuß auf das Sofa, zog die Decke über sie und ging wieder nach oben.

Minuten später kehrte er mit einer alten blauen Steppdecke und ein paar weiteren Decken zurück. Nachdem er ihnen ein Lager auf dem Boden bereitet hatte, hob er sie hoch und legte sie dann darauf nieder. Selig schaute sie ihn an. Ihr kam es vor, als wären die paar Minuten ohne ihn viel zu lang gewesen.

»Beweg dich nicht«, wies Alex sie an, während er zurücktrat. Sie saß mit gekreuzten Beinen auf den Decken. »Ich will dich ansehen.«

Bei seinen Worten versteiften sich ihre Brustwarzen. Sie richtete sich stolz auf und genoß seine Blicke. Insgeheim wunderte sie sich, daß ihr das Ganze überhaupt nicht peinlich war.

»Und wenn ich drei Jahre hätte warten müssen«, erklärte er, »dann wärst du es trotzdem wert gewesen.« Seine Stimme klang tief und verführerisch. Selbst im Feuerschein war sein Blick dunkel.

Wie schön er aussah, dachte Nicki, ohne es jedoch auszusprechen. Alex hätte vielleicht darüber gelächelt. Wie sollte ein so kräftig gebauter Mann wie er, ein Mann, der seine Feinde mit einem einzigen Blick in die Flucht schlagen konnte, auch verstehen, daß er nicht nur männlich, sondern auch schön war?

»Dieu du ciel«, sagte er leise. »Herr im Himmel, ich will dich schon wieder.« Er zog sie hinab auf die Decke. »Wenn dir nicht danach ist…« Er sah sie fragend an.

»Ich will dich auch.«

Er küßte sie, und sie konnte seine Leidenschaft fast schmekken. Minuten später war ihr Körper heiß vor Verlangen. Sie war berauscht von der Verzückung. Alex war tief in ihr, und damit dort, wo er einfach hingehörte.

Noch zweimal liebten sie sich in dieser Nacht, der unglaublichsten Nacht in Nickis Leben.

Als sie erwachte, lag der Raum im schönsten Sonnenlicht da, und Alex machte Wasser für ein Bad heiß.

»Am liebsten wäre ich immer an Danielles Stelle«, sagte er mit einem Lächeln, als sie in die dampfende Wanne stieg.

»Ich glaube, das würde mir gefallen.« Sie badete und wusch

sich das Haar. Dann trocknete sie es vor dem Feuer und flocht es zu einem Zopf, der ihr über den Rücken baumelte. Alex badete ebenfalls. Er hatte kein Rasiermesser bei sich, aber sie fand, daß ihn sein Tagesbart nur noch hübscher machte.

Nachdem er ihr Reitkleid hinten zugeknöpft hatte, gab er ihr einen Kuß, der das Feuer zwischen ihnen wieder entfachte. Als Alex zurücktrat, fiel ihr Blick auf sein Glied, das sich unter dem Stoff seiner Hose abzeichnete. Sie errötete und schaute weg.

Alex lachte leise. »Anscheinend kann ich nicht genug von dir bekommen. Wenn ich nicht fürchten würde, daß *Grand-mère* die halbe Arbeiterschaft nach uns ausschickt, würde ich einfach hier bleiben und zwei Wochen lang nichts anderes tun, als dich zu lieben.«

Als sie Rachaels Namen hörte, fand Nicki zum erstenmal seit zwei Tagen in die Wirklichkeit zurück. »Was wirst du ihr sagen?«

»Die Wahrheit.« Auf ihren entsetzten Blick hin fügte Alex hinzu: »Jedenfalls größtenteils. Wir wurden vom Sturm überrascht und waren gezwungen, die Nacht im Jagdhaus zu verbringen.«

»Da mein Ruf ohnehin lädiert ist, macht das wahrscheinlich auch nichts mehr aus.«

»Erinnere dich bitte daran, daß du die kleine Wildkatze warst, die mitten im Sturm losgeritten ist.«

Darüber mußte sie lächeln. »Wann wirst du es Clarissa sagen?«

»Sie braucht es vielleicht überhaupt nicht zu erfahren. Wenn doch, werde ich ihr das gleiche sagen.«

»Ich meine, das mit uns.«

Alex lächelte nachsichtig. »Es stimmt, daß Clarissa wenig Interesse daran hat, meine Bettgefährtin zu werden, aber ihr Verständnis ist leider nicht unbegrenzt.«

Nicki spürte aufkeimendes Unbehagen. »Irgendwann wird sie es doch erfahren müssen. Glaubst du nicht, es wäre besser, wenn du es ihr gleich sagst?«

Alex antwortete nicht. Er schien ihre Worte zu überdenken. Das Lächeln war aus seinem Gesicht gewichen, seine Miene strahlte keine Wärme mehr, sondern Mißtrauen und Unsicherheit aus. »Und was genau soll ich ihr sagen, *ma petite?«*

Nicki schluckte mühsam. Warum machte er es ihr so schwer? »Was du für mich empfindest«, antwortete sie leise.

Alex schwante Furchtbares. Er betete, daß er sich irrte. Er trat näher und nahm ihre Hände in die seinen. Jetzt bemerkte er, wie kalt sie geworden waren. »Ich brauche ihr nichts über uns zu erzählen. Solange wir uns diskret verhalten, wird Clarissa keine Schwierigkeiten machen.«

Nicki fuhr sich mit der Zunge über die Lippen. Ihr Mund war so trocken, daß sie kaum sprechen konnte. »Sag mir, daß du sie nicht heiraten wirst.«

Alex antwortete nicht.

»Sag es, Alex. Sag mir, daß du es nicht tun wirst.«

Seine Miene verdüsterte sich. Er packte ihre Hände noch fester und zog sie an sich. »Ich dachte, du hättest verstanden. Wir haben uns doch schon einmal darüber unterhalten. Ein Mann heiratet, weil ihm die Ehe Nutzen bringt. Um eine Familie zu haben. Clarissa bedeutet mir nichts. Sie wird mir nie etwas bedeuten.«

Nicki schüttelte unendlich langsam den Kopf, so als könne sie seine Worte nicht verstehen. »O Gott«, flüsterte sie und versuchte, sich aus seinem Griff zu befreien.

Alex sah ihr bleiches Gesicht und mußte sich alle Mühe geben, seine Stimme ruhig klingen zu lassen. »Hör mich an, *ma chère.* Clarissa ist unwichtig. Sie bedeutet mir nichts.«

Nicole riß sich los. Nur mit letzter Kraft konnte sie sich auf den Beinen halten. Das Zimmer drehte sich um sie, ihre Kehle war wie zugeschnürt, und plötzlich bekam sie keine Luft mehr. »Sie bedeutet dir nichts? Nichts? Diese Frau wird deine Ehefrau. Wenn sie dir nichts bedeutet, was bedeute ich dir dann? Wahrscheinlich weniger als nichts.«

Sie rannte zur Tür, aber Alex hatte sie mit drei raschen Schritten eingeholt und schlang seinen Arm fest um sie. »Hör auf. So ist es nicht, und das weißt du ebensogut wie ich.«

»So ist es nicht?« Tränen flossen ihr über die Wangen, aber sie wischte sie nicht ab. »Du bist Lisettes überdrüssig. Du wolltest etwas Neues im Bett. Wie konnte ich nur so töricht sein?«

»Das hat nichts mit Lisette oder sonst jemand zu tun. Was zwischen uns vorgefallen ist, haben wir beide gewollt. Es war schön. Das hast du selbst gesagt.«

»Es war schön, weil ich dachte, daß dir etwas an mir liegt.«

»Mir liegt etwas an dir.«

Sie schüttelte den Kopf. »Laß mich gehen.« Sie versuchte, seinen Arm abzuschütteln.

»Erst wenn du verstanden hast.«

»Das werde ich nie verstehen, Alex. Niemals.« Sie stieß ihn so fest von sich, daß er stolperte und rückwärts zu Boden fiel, dann rannte sie zur Tür. Jetzt weinte sie bitterlich. Die Tränen strömten so schnell, daß sie kaum etwas sehen konnte. Der Boden draußen war schlammig, und der grasbewachsene Pfad, den sie entlanglief, mit Zweigen übersät, die der Sturm herabgeschüttelt hatte. Sie wußte nicht, wohin sie lief, aber es war ihr auch egal. Sie wußte nur, daß sie vor Alex fliehen mußte, daß sie dem grausamen Schmerz entkommen mußte, der von ihr Besitz ergriffen hatte.

Äste rissen an ihren Röcken und peitschten ihr über das Gesicht, sie aber rannte trotzdem weiter. Sie hörte, wie Alex hinter ihr rief, sie solle stehenbleiben. Der Sumpf schien plötzlich überall, das geisterhafte graue Moos, das gespenstisch an den überhängenden Ästen hing, schien sie fort zu locken. Überall war jetzt Wasser, dunkel, tief und abweisend. Der flüsternde Wind schien ihren Namen zu rufen.

Plötzlich merkte sie, daß es nicht der Wind war, sondern Alex, und einen Moment später warf er sie zu Boden, so daß sie in einen Haufen aus Laub und Zweigen rollte und er auf ihr landete.

Schreiend und schluchzend kämpfte sie gegen ihn an. Sie schlug gegen seine Brust, versuchte ihn zu kratzen und zu beißen. »Laß mich in Ruhe!«

Alex packte ihre Handgelenke und zwang sie, unten zu bleiben, ohne ihr jedoch wehzutun. Als ihre Kraft schließlich nachließ, nahm er sie in die Arme.

»Ich dachte, ich liebe dich«, schluchzte sie. »Wie konnte ich mich nur so täuschen?«

Alex schloß die Augen. Seine Brust war bleischwer und so eng, daß er kaum atmen konnte. Er hatte gewußt, daß sie sich weigern würde, seine Geliebte zu werden. Wenigstens anfangs, in der ersten Zeit. Aber damit hatte er nicht gerechnet. Nie wäre ihm in den Sinn gekommen, daß sie erwartete, er würde sie heiraten. Er drückte ihren Kopf mit der Hand an seine Brust und wiegte sie sachte hin und her.

»Ich dachte, du hättest das verstanden«, sagte er. »Ich wollte dir doch nicht weh tun.«

Sie weinte nur noch stärker, bis ihr kleiner Körper zitterte wie Espenlaub. Es war furchtbar, wie sie litt und zu wissen, daß er der Grund dafür war.

»Ich dachte, du wärst ein Ehrenmann, dem ich vertrauen kann.«

Ihre Worte trafen ihn wie ein Schwerthieb. *Ein Ehrenmann.* Dafür hatte sie ihn gehalten. Aber jetzt nicht mehr. »Bitte, *chérie.*« Warum lag ihm soviel daran? Sie war ein Dienstmädchen und nicht mehr. Eine Diebin. Er biß die Zähne zusammen, angesichts dieser Lüge.

Sie war eine Lady. Seine Lady.

»Ich kann es nicht ertragen, dich leiden zu sehen.« Er konnte die Angst in ihrer Stimme nicht aushalten, konnte den Gedanken nicht ertragen, daß er ihr Schmerz zugefügt hatte. »Versuch doch zu verstehen.«

Er klang so verzweifelt, daß sie aufschaute. Seine Augen waren glanzlos, sein Gesicht zu einer Maske der Verzweiflung erstarrt. »Du bist derjenige, der nicht versteht.« Nicki schloß die Augen angesichts des aufsteigenden Schmerzes, aber ihr Zorn war verflogen. Sie fühlte sich nur noch leer. »Es ist egal«, flüsterte sie. »Es war ein dummer, alberner Traum von mir, anzunehmen, du könntest jemanden wie mich haben wollen.«

Alex verstärkte seinen Griff. »Ich will dich, verdammt noch mal.« Seine Stimme war heiser. »Ich will dich immer noch.«

»Genau wie die anderen«, sagte sie kaum hörbar. »Die wollten mich auch.«

Alex schüttelte ihren Arm. »Nicht wie die anderen – das mußt du mir glauben.«

»Warum sollte ich?«

»Weil es die Wahrheit ist.« Sie lachte darüber, aber ihr Lachen klang so freudlos, daß es ihm durch Mark und Bein ging.

»Die Wahrheit?« wiederholte sie. »Für mich ändert sich die Wahrheit jeden Tag. Mit jedem Mann, der mich besitzt. Deine Wahrheit ist auch nicht anders als die von Fortier.«

Alex meinte, sein Herz müsse stehenbleiben. Aber ihm fiel kein Wort zu seiner Verteidigung ein.

Nicki wischte sich mit dem Handrücken die Tränen von der Wange. »Wir sollten uns lieber auf den Heimweg machen«, erklärte sie mit einer Ruhe, die ihm noch mehr Angst machte. »Ich möchte nicht, daß sich die anderen Sorgen machen.«

»Nicki, bitte, laß es mich doch erklären.«

Sie stand auf, fegte Schmutz und Zweige von ihrem Kleid und strich ihr Haar zurecht. »Das ist nicht nötig, M'sieur. Ich verstehe nur zu gut.« Sie wandte ihm den Rücken zu und machte sich auf den Weg in Richtung Hütte.

Alex versuchte nicht, sie aufzuhalten. Er fühlte sich elend. Elend und leer.

Ein einziger Gedanke beherrschte ihn: *Was um Himmels willen hatte er bloß getan?*

11. KAPITEL

Nicole wartete in der Jagdhütte, während Alex die Pferde sattelte. Ihr Gesicht war leichenblaß, und ihre Hände zitterten. Aber ihre Tränen waren versiegt.

Was immer sie und Alex auf dem Lager vor dem Feuer erlebt hatten, war vorbei und vergessen. In ihrem Herzen begraben, bis sie stark genug war, sich wieder daran zu erinnern, ohne daß sie weinen mußte. Sie war seine Leibeigene, vor dem Gesetz wenig mehr als eine Sklavin. Obwohl er sie nach allen Regeln der Kunst mit teuren Kleidern und Abendessen an seiner üppigen Tafel verführt hatte, war es die reinste Torheit gewesen zu glauben, daß Alexandre du Villier, der Duc de Brisonne, sie jemals lieben würde.

Sie fragte sich, was ihr Vater wohl dazu gesagt hätte. Ganz bestimmt wäre er zutiefst enttäuscht gewesen. Aber ebenso verwirrt. Ihr wurde klar, daß er sich ebenso leicht hätte irreführen lassen wie sie.

»Du bist eine St. Claire«, hätte er gesagt. »Was kann ein Mann Besseres bekommen?«

O Papa, du hast mir soviel Stolz mitgegeben. Die Bürde war schwer. Zu schwer. Sie wußte nicht, wieviel sie noch ertragen konnte.

Schweigend kehrten sie zum Haus zurück. Nicole war dankbar dafür, daß ihr Zeit blieb, sich zu fassen. Es galt, ihre Gefühle hinter einer Maske zu verbergen. Das hatte sie auch früher schon gemacht, oder etwa nicht? Sie hatte gelernt, sich zu beherrschen und alles zu erdulden, was man ihr zufügte, während sie ihre Gefühle vollkommen für sich behielt.

»Gott sei Dank seid ihr beide wohlauf.« *Grand-mère* begrüßte sie schon an der Tür.

»Es war ein ziemlicher Sturm«, sagte Nicki mit einem Lächeln, das ihr so falsch vorkam, aber doch aufrichtig aussah, wie sie wußte. »Ich hatte Glück, daß Alexandre noch rechtzeitig kam.«

Alex sagte nichts.

Nicki stieg ab, bevor Alex ihr behilflich sein konnte. Sie wollte nicht, daß er sie berührte, denn sie war nicht sicher, wie weit ihre Selbstbeherrschung reichte.

»Jedenfalls seht ihr beide müde aus«, sagte Rachael und hängte sich bei Nicole ein. »Ihr braucht erstmal Ruhe und etwas zu essen.«

»Ich will mich noch um die Pferde kümmern«, sagte Alex. Ohne einen Blick in Nickis Richtung nahm er Napoleons Zügel und führte dann beide Tiere in Richtung Stall.

Sobald sie drinnen waren, schützte Nicki Kopfschmerzen vor. Sie mußte nicht einmal lügen. »Ich muß mich ein bißchen ausruhen«, sagte sie.

»Ich werde ein Bad vorbereiten lassen.« Rachael sah sie besorgt an. »Und etwas zu essen. Ganz bestimmt fühlen Sie sich besser, wenn Sie geschlafen haben.«

Nicki nickte. Danielle half ihr beim Ausziehen und ließ sie

dann allein. Erst später bemerkte sie die roten Flecken an ihrem Hals, die kleinen Male, die Alex mit seinen Zähnen und seinem Mund hinterlassen hatte – winzige Brandzeichen.

Sie lachte darüber. Es war ein harter Laut, grob und freudlos. Alex hatte ihre Haut ebenso gebrandmarkt wie ihr Herz. Er hätte sein Zeichen mit einem glühenden Eisen nicht tiefer einbrennen können.

Nach dem Bad schlief sie. Es war ein tiefer, aber kaum ein friedlicher Schlaf, eher der benommene Schlaf der Erschöpfung. Sie verzichtete auf das Abendessen, wofür *Grand-mère* Verständnis hatte. Immerhin war sie einem entsetzlichen Sturm ausgesetzt gewesen.

Das war sie tatsächlich. Dem Sturm ihrer Begierde. Dem Sturm ihrer Leidenschaft und Liebe zu einem Mann, dem sie nichts bedeutete.

Trotz des unruhigen Schlafs, fühlte sie sich am nächsten Morgen besser. Bis sie die Schranktür öffnete, um etwas zum Anziehen auszusuchen. Bis jetzt hatte sie die Kleider als Zeugnis seiner Güte betrachtet, als Anerkennung der Freundschaft zwischen ihren Vätern. Etienne St. Claire hätte für Charles' Sohn nicht weniger getan, wenn er in Not gewesen wäre.

Aber als sie jetzt vor den Kleidern stand, begriff sie plötzlich.

Gekauft und bezahlt – genau wie Lisette.

Ihr Magen krampfte sich zusammen. Hatte er es von Anfang an so geplant? Hatte er sie mit den eleganten Kleidern und den schönen Worten nur in sein Bett locken wollen? Nun, Geschenke und bedeutungslose Schmeicheleien konnten sie nicht in Versuchung führen. Sie war nicht wie Lisette – und je eher Alex das begriff, desto besser.

Sie wählte absichtlich das einfachste Tageskleid aus und ging dann die Treppe hinunter, auf der Suche nach ihm. Sie wollte die Angelegenheit zu Ende bringen. Er sollte wissen, daß sie nicht die Absicht hatte, noch einmal das Bett mit ihm zu teilen. Aber vor allem wollte sie wissen, was er mit ihr zu tun gedachte, nachdem er erfahren hatte, daß sie ihm nicht zu Willen sein würde.

Im Foyer erklärte ihr Frederick, genau wie sie befürchtet hatte, daß Alex bereits ausgeritten war. Sie rang die Hände. Auf dem Weg zum Eßzimmer prallte sie auf Clarissa.

»Guten Morgen«, grüßte Nicki. Unbewußt reckte sie ihre Schultern und hob ihr Kinn hoch.

»Ja, wer ist denn da«, antwortete Clarissa. »Fühlen Sie sich besser?«

»Viel besser, danke.« Sie suchte nach einem Anzeichen für Verachtung, fand aber keines.

»Ich nehme nicht an, daß Sie mir vielleicht helfen könnten?« fragte Clarissa. »Unser Verlobungsball soll in zwei Wochen stattfinden, und ich habe eine lange Liste mit Dingen, die ich noch erledigen muß.«

Nickis Magen verkrampfte sich. »Sagen Sie mir einfach, was ich tun soll.«

Sie gingen ins Wohnzimmer, wo Clarissa ihre Liste abgelegt hatte. Nicole sollte helfen, die Dienstboten einzuteilen. Wie passend, dachte sie und hätte beinahe gelächelt.

Bis zum Wochenende waren alle Details geklärt. Alex war auf Geschäftsreise, das hatte er jedenfalls behauptet. Er würde erst am Abend der Feier zurückkehren. Nicoles Ballkleid traf tags zuvor ein. *Grand-mère* hatte das Kleid vor Wochen ausgesucht.

»Ziehen Sie es an«, befahl die alte Dame. Sie lächelte freundlich, offensichtlich begeistert von der Kreation aus reinweißem Organdy, das mit Goldfäden durchzogen war. Das Mieder war vorne tief ausgeschnitten, während sich der bauschige Rock über einem Unterrock aus Goldbrokat wölbte. Es war das schönste Kleid, das Nicole je gesehen hatte.

Und es machte sie krank, wenn sie daran dachte, es zu tragen.

»Es ist wunderschön«, sagte sie zu Rachael, die im Schaukelstuhl vor dem Fenster saß, durch das sich das Sonnenlicht hereinstahl und das Zimmer erhellte.

»Sie machen es wunderschön«, verbesserte Rachael.

Nicki versuchte ein Lächeln, aber ihre Unterlippe zitterte. »Jeder wird über meine Vergangenheit Bescheid wissen«, meinte sie leise.

Grand-mère seufzte und schüttelte den Kopf. »Man kann dem Dienstpersonal nicht den Mund verbieten. Die Leute werden es wissen, aber das kann uns gleichgültig sein. Sie sind eine St. Claire und stehen unter unserer Obhut. Auch das werden sie wissen.«

Impulsiv streckte Nicole die Hand aus und ergriff die der alten Dame. »Es gibt etwas, das ich Sie schon immer fragen wollte. Aber zuerst möchte ich, daß Sie wissen, wie dankbar ich für alles bin, was Sie für mich tun.«

Rachael tat ihre Worte mit einer ungeduldigen Handbewegung ab. »Das ist kaum der Rede wert. Was wollen Sie wissen?«

»Wann werden Sie Belle Chêne verlassen?«

»Eher als geplant, fürchte ich. Eine Freundin ist erkrankt. Ich habe heute morgen davon erfahren. Es sieht so aus, als wäre das Schlimmste überstanden, aber die Rekonvaleszenz wird lang und mühsam werden. Ich werde heute in einer Woche nach Frankreich abreisen.«

»Bitte nehmen Sie mich mit.«

Grand-mère zog eine dünne, graue Braue hoch, aber die Bitte schien sie nicht besonders zu überraschen. Sie schaukelte schweigend hin und her, während Nicki mit angehaltenem Atem wartete.

»Das halte ich für eine ausgezeichnete Idee. Ich weiß gar nicht, warum ich nicht selbst darauf gekommen bin.«

»O *Grand-mère!«* Nicole warf ihre Arme um die schmalen

Schultern der alten Dame und drückte sie an sich, bis sie Angst hatte, Rachaels zerbrechliche Knochen könnten brechen. »Sie werden es nicht bereuen. Ich kann viel tun, um Ihnen behilflich zu sein. Alles, was Sie möchten. Alles.«

»Ruhig, jetzt. Reden Sie keinen Unsinn. Sie werden mich begleiten, und ich werde Sie in die Gesellschaft einführen. Dort wird man nichts über Ihre Vergangenheit wissen. Wir werden einen Ehemann für Sie finden.«

Bei diesen Worten verschwand das Lächeln aus Nickis Gesicht, aber sie sagte nichts zu *Grand-mère.* Eines nach dem anderen, dachte sie. Erst mußte sie einen Ozean zwischen Belle Chêne, ihre Knechtschaft, Alexandre du Villier und sich selbst bringen.

Alex lehnte an der Reling der *Saratoga,* eines kleinen, schlanken Segelschiffes, das Passagiere zu den kleinen Orten entlang der Küste brachte. Er war auf dem Rückweg von Mobile, auf dem Heimweg von seiner zweiten Reise in diese Stadt innerhalb weniger Monate. Doch im Gegensatz zur ersten, bei der es um die Geschäfte der Belle Chêne gegangen war, hatte diese Reise persönliche Gründe gehabt.

Er hatte die Hilfe von Bayram Sit gesucht, des Freundes, den er auf seiner ersten Reise kennengelernt hatte. Ram hatte auf den Docks gearbeitet und sich von einer Beinverletzung erholt, die er sich auf See zugezogen hatte. Glücklicherweise war die Wunde inzwischen verheilt, aber Ram hatte sich noch auf keinem anderen Schiff verpflichtet.

»Es ist gut, wieder auf See zu sein«, sagte Ram und strich sich mit der Hand über den glatten, kahlrasierten Schädel, »selbst für ein paar kurze Tage.« Der stämmige Türke stemmte die Beine auf das Deck des rollenden, schaukelnden Schiffes und verschränkte die Arme auf dem Rücken.

»Bist du sicher, daß es dir nichts ausmachen wird, einige Zeit im *Vieux Carré* zu verbringen?«

Ram lachte nur. Es war ein tiefes Röhren, das seinen schwarzen Schnurrbart zittern ließ. »Ich werde es genießen, eine Zeitlang aus dem Vollen zu leben.«

Allzu schnell hatte sich der Türke bereiterklärt, mit ihm nach New Orleans zurückzukehren. Alex fragte sich, ob sein Freund die verzweifelte Miene bemerkt hatte, die Alex jedesmal vom Spiegel fortjagte.

»Was das Mädchen betrifft«, fuhr Ram fort, »vielleicht solltest du ihr auch den Rest erzählen.«

Alex seufzte müde. »Sie macht sich schon genug Sorgen. Ich hoffe, daß sie es nie zu erfahren braucht.«

Ram nickte. Schweigend standen sie an der Reling, beide in Gedanken vertieft. »Ich glaube, ich gehe nach unten«, sagte Ram schließlich. »Mal sehen, ob ich in ein Spiel einsteigen kann.«

Geistesabwesend beobachtete Alex, wie sein Freund in der niedrigen Holzluke verschwand. Dann schaute er wieder hinaus auf die Wellen. Seine Gedanken waren immer noch traurig. Die dünne Mondsichel spiegelte sich im Wasser, und eine leichte Brise ließ die Segel über seinem Kopf flattern. In der Ferne leuchteten winzige gelbe Punkte am Strand. Die Häusersilhouetten ließen ihn an Zuhause denken, und das rief ihm Nicole wieder ins Gedächtnis.

Ich dachte, ich liebe dich. Wie konnte ich mich nur so täuschen? Ihre Worte quälten ihn seit Tagen. Nicki war jung und naiv genug, um an die Liebe zu glauben. Er wünschte nur, daß nicht ausgerechnet er derjenige gewesen wäre, der ihre Mädchenträume zerstörte.

Alex zweifelte selten an sich, aber diesmal bereute er bitterlich, was er getan hatte. Er hätte seine Absichten deutlicher machen müssen. Nicole war eine intelligente Frau. Ganz bestimmt hätte sie begriffen, wie klug sein Plan war. Er nahm sich vor, noch einmal mit ihr zu sprechen, wenn sie sich abgeregt hatte.

Aber noch während er daran dachte, fragte er sich, was klug daran gewesen sein sollte, einem jungen Mädchen die Unschuld zu rauben? Sie dazu zu bringen, ihm zu vertrauen, um dieses Vertrauen dann zu zerstören?

Alex schlug den Kragen gegen den beißenden Wind hoch. Er mußte aufhören, ständig an Nicole zu denken, und sich endlich wieder Gedanken um seine Familie machen. Jetzt stand fast endgültig fest, daß er ohne Clarissas Hilfe das Geld nicht zurückzahlen konnte, das François von Fortier geborgt hatte. Sie würden alles verlieren.

Er mußte an seine Großmutter denken, an seinen Bruder und an die Kinder, die er eines Tages haben würde. Er schuldete es ihnen. Er schuldete es seinem Vater. Er durfte Belle Chêne nicht verlieren.

Alex' Hände klammerten sich um die Reling. Plötzlich kam ihm der Gedanke, daß ihm ohne Nicole all das nichts bedeutete.

Die Musik der Kapelle wehte aus dem Ballsaal herüber, der sich am Ende des rechten Gebäudeflügels befand. Man spielte einen Wiener Walzer, ein hübsches Stück, das Nicole an die Bälle in ihrem Elternhaus erinnerte. Welch frohe Zeiten waren das gewesen, wunderbare Zeiten voller glänzender Zukunftsträume.

Das frohe Treiben stimmte sie heute abend nur noch trauriger. Als säßen die Götter, die ihre Fäden lenkten, dort oben und lachten sie aus.

Mit einem traurigen Seufzer musterte sie sich ein letztes Mal im Spiegel und stellte beinahe gleichgültig fest, daß sie nie besser ausgesehen hatte. Sie setzte ein Lächeln auf und öffnete die Tür.

Es erforderte all ihren Mut, die breite Treppe hinabzuschreiten. Sie hätte früher hinuntergehen, sich einer Gästegruppe anschließen und sich unauffällig unter die Menge mischen sollen. Statt dessen hatte sie bis zum letzten Moment gezögert.

Am Fuß der Treppe war die Musik lauter, und der Duft von Gardenien lag in der Luft. Riesige Sträuße füllten die Eingangshalle. Frederick stand in gestärktem weißem Hemd und schwarzem Frack mit Satinaufschlägen stocksteif an der offenen Tür. Er grinste ihr zu und zwinkerte.

Es war eine kleine Aufmunterung, aber die hatte sie wahrlich nötig. Sie erwiderte sein Lächeln und wandte sich in Richtung Ballsaal. Nur wenige Menschen bemerkten, daß sie den großen, blumengeschmückten Raum betrat. In diesem Moment beendete die Kapelle den Walzer. Nach kurzem Applaus wandten sich ein Dutzend Paare in ihre Richtung. Noch mehr Menschen bemerkten sie, dann noch mehr. Bildete sie sich das nur ein, oder war es tatsächlich ungewöhnlich ruhig im Raum? Es kam ihr vor, als seien Tausende von Augenpaaren auf sie gerichtet und kein einziges lächelndes Gesicht zu sehen.

Das Geräusch eines Stuhles, der über den Marmorboden schabte, lenkte ihre Aufmerksamkeit auf einen großen Mann, der sich jetzt unter dem Kristallüster erhob und auf sie zukam. Ein zweiter Mann näherte sich ebenso hastig. François du Villier war einen Augenblick vor Thomas Demming bei ihr. Sein verständnisvolles Lächeln war das schönste Geschenk, das man ihr je gemacht hatte.

»Mademoiselle St. Claire«, sagte er und verbeugte sich über ihrer Hand. »Sie sind zweifellos die schönste Frau im ganzen Raum.«

»Dem kann ich nur beipflichten«, sagte Thomas. Auch sein Lächeln wärmte sie. »Da es so aussieht, als würde François den ersten Tanz für sich beanspruchen, würde ich mich freuen, wenn Sie mir den zweiten gewährten.«

»Das tue ich gern.«

Als die Kapelle das nächste Stück anstimmte, nahm François ihren Arm. Mit betont hoheitsvoller Miene wandte er sich der Menge zu.

»Ich sehe, daß Sie einen Begleiter gefunden haben«, bemerkte *Grand-mère* mit anerkennendem Lächeln, nachdem sie bei ihnen angelangt war. »Bestimmt wird jeder Mann im Raum François beneiden.«

»Thomas ist jetzt schon eifersüchtig«, erklärte François.

Nicole spürte, wie ihr bei den Worten warm wurde. »Ich bin diejenige, die sich glücklich schätzen kann«, sagte sie und meinte es auch so. Sie fing an, François zu mögen, entdeckte an ihm eine Freundlichkeit, die sie zuvor nicht bemerkt hatte.

François führte sie auf die Tanzfläche und zwang die anderen damit, ihre Anwesenheit anzuerkennen. Er war ein ausgezeichneter Tänzer, der beste, mit dem sie je getanzt hatte. Er berührte sie nur sacht auf dem Rücken; die Hand, die sie führte, war schlank, aber stark. Sein angedeutetes Lächeln und das angenehme Geplauder lenkten sie von der unangenehmen Szene ab, die sich bei ihrem Eintritt abgespielt hatte, und langsam entspannte sie sich. Sie merkte gar nicht, daß sie suchend Ausschau hielt, bis sie die Heiterkeit in François' Stimme bemerkte.

»Er ist draußen auf der Terrasse«, erklärte er ihr. Die Röte schoß ihr in die Wangen.

Wie konnte sie nur nach Alex Ausschau halten? »Ich habe mich gefragt, ob er rechtzeitig nach Hause gekommen ist«, erklärte sie ausweichend.

»Er hat es geschafft, gerade noch. Wir mußten Clarissa mit einer Kutsche holen lassen. Sie hat gekocht, als er herunterkam.«

Sie konnte sich ein Lächeln nicht verkneifen. »Eine im Himmel geschlossene Hochzeit.«

François lachte laut auf. Es war ein jungenhaftes, heiteres Lachen. Der Tanz endete, und Thomas kam zu ihnen, um den nächsten einzufordern. Er hatte sie gerade in seine Arme gezogen, als Alex mit Clarissa in der Tür erschien. Das Lächeln auf Alex' Gesicht erlosch und wich einer harten Miene, die Nicole nur allzu gut kannte.

Er möchte nicht, daß ich mit Thomas tanze, erkannte sie schadenfroh. Thomas war wohlhabend, gutaussehend und ungebunden. Alex schätzte die Intelligenz und das Gerechtigkeitsgefühl seines alten Freundes. Kurz gesagt, Thomas Demming war eine echte Konkurrenz für jeden Mann. Nun ja, fast jeden Mann.

Wieder sah sie zu Alex hinüber. Früher wäre sie unter so einem düsteren Blick zusammengesunken. Heute abend war sie Nicole St. Claire. Sie würde sich keinem Mann beugen.

Sie lächelte zu Thomas auf und sagte etwas, das ihn zum Lachen brachte, dann tanzten sie im Walzerschritt davon. Die spiegelbehangenen Wände zeigten einen Strudel von Organdy und Gold, einen gutaussehenden blonden Gentleman in Schwarz und einen finsteren Alexandre du Villier.

Zum erstenmal seit Tagen besserte sich Nickis Laune. Alex war keineswegs glücklich über ihre Partnerwahl. Und wenn Alex nicht glücklich war – dann war es Nicki. Sie lachte über Thomas' Bemerkungen, flirtete aufs Heftigste mit ihm und schenkte ihm ein immer strahlenderes Lächeln. Als die Musik verstummte, waren sie gerade dort angelangt, wo Alex und Clarissa standen.

«Amüsierst du dich gut?« fragte Alex Thomas etwas steif.

Thomas grinste. »Es könnte gar nicht besser sein.« Er lächelte Nicole an, deren gesunder Menschenverstand ihr riet, das Lächeln nicht zu erwidern.

»Ich sehe, daß du es also doch noch geschafft hast«, sagte Alex zu ihr. »Ich war nicht sicher, daß dir danach war.« Ihr entging die Herausforderung in seinen Worten nicht.

»Wir haben alle unser Kreuz zu tragen.« Sie warf einen kurzen

Seitenblick auf Clarissa, die gerade voller Eifer mit einem Gentleman an ihrer Seite über die Zuckerernte diskutierte.

Alex sah in seinem maßgeschneiderten schwarzen Abendanzug hervorragend aus. Die Jacke saß perfekt auf seinen breiten Schultern. In der letzten Woche hatte sie bereits vergessen, wie groß er war, wie braun und zart seine Haut. Es schmerzte sie, ihn nur anzusehen – was ihren Zorn noch mehr anstachelte.

»Ich gratuliere euch beiden«, mischte sich Thomas ein und gab Clarissa einen Kuß auf die Wange.

»Ich glaube, dieser Tanz gehört mir«, sagte Alex zu Nicole. Sein Blick hatte sie immer noch nicht freigegeben.

Thomas antwortete an ihrer Stelle. »Nur wenn Miss Endicott mir einen gewährt.« Auf Clarissas zustimmendes Nicken hin nahm Thomas ihre Hand und die beiden tanzten davon.

Alex streckte Nicki einen Arm entgegen.

»Es tut mir leid, M'sieur«, erklärte sie voller Befriedigung. »Leider ist meine Tanzkarte bereits voll.« Mit triumphierendem Lächeln wandte sie sich ab, aber Alex faßte sie am Arm und ließ sie nicht los.

»Du tanzt hier mit mir«, warnte er sie, »oder ich schleife dich auf die Terrasse, und du wirst dort mit mir tanzen.«

Nicki biß die Zähne zusammen, und aus ihren türkisfarbenen Augen sprühte Feuer. »Das hier ist Ihr Verlobungsball. Da Sie, M'sieur, der Gastgeber sind, schlage ich vor, Sie schenken Ihre Aufmerksamkeit jemandem, dem an Ihrer Gesellschaft gelegen ist.«

»Und ich schlage vor, daß du mit mir tanzt, bevor es Ärger gibt.«

Sie wußte, daß er auch davor nicht zurückschrecken würde. Es gab nur wenig, was Alex nicht wagen würde. Sie biß sich auf die Lippen, um sich weitere Widerworte zu verkneifen, und ließ sich widerwillig in seine Arme ziehen.

»Wir müssen miteinander reden«, erklärte er ohne lange Vorrede.

»Wenn sich die Diskussion darum dreht, ob ich deine Geliebte werde, dann gibt es nichts mehr zu sagen.«

Seine Hand spannte sich fester um ihre Taille, und er zog sie zu sich heran. »Früher oder später wirst du mich anhören müssen, und wenn ich dich dazu fesseln und knebeln müßte. Also, du kannst es dir leicht oder schwer machen. Ich würde dir raten, mir zuzuhören. Denn wenn du dich weigerst, wird jeder hier im Raum wissen, daß zwischen uns beiden etwas ist.«

»Zwischen uns beiden ist nichts. Nicht mehr. Nie mehr.«

Er lächelte, und in seinem dunklen Blick lag ein ironischer Glanz. »Da irrst du dich«, sagte er leise. Aber er löste seinen Griff, bis sie wieder so tanzten, wie es der guten Sitte entsprach.

»Morgen nachmittag«, sagte er, da er wußte, daß die Feier die ganze Nacht dauern würde. »Um zwei Uhr in meinem Arbeitszimmer.«

»Oui, M'sieur«, bestätigte sie in einer perfekten Imitation Danielles. »Schließlich bin ich ja nur ein nichtswürdiges Dienstmädchen.«

Alex' Blick verfinsterte sich, bis seine Augen schwarz zu sein schienen. Ein Muskel zuckte in seinem Kiefer. Er sagte nichts, sondern tanzte nur schweigend weiter. Aber als der Tanz zu Ende war, führte er sie zu François, nicht zu Thomas. Gegen ihren Willen freute sich Nicole darüber.

Obwohl er versuchte, Clarissa nicht zu vernachlässigen, beobachtete Alex Nicole unwillkürlich bei jedem Tanz. In ihrem schimmernden, weißgoldenen Kleid und dem in langen, seidigen Locken herunterhängenden kupferfarbenen Haar, sah sie wunderschön aus. Ihre zarten, weißen Brüste wölbten sich einladend, beschworen peinigende Erinnerung daran herauf, wie erregend sie sich in seinen Händen angefühlt hatten. Jedesmal, wenn er sie anschaute, verhärtete sich sein Körper, und er mußte den Blick abwenden.

»Ich erwarte, daß du diskret vorgehst«, sagte Clarissa zu seiner Überraschung. Sie warf einen Blick in Nicoles Richtung, sagte aber nichts weiter.

»Ich werde daran denken«, antwortete er trocken. Daß es ihr so wenig ausmachte, irritierte ihn. *Eine Geliebte, die Sie wegen Ihres Geldes liebt, und eine Frau, die Sie überhaupt nicht liebt.* Nickis Worte. Die Worte eines naiven jungen Mädchens.

Oder war es die Weisheit einer schönen Frau?

Kurz vor dem Abendessen traf Valcour Fortier ein. Alex wußte, daß er eingeladen worden war. Valcour war einer der ihren und obwohl sie beide nicht miteinander auskamen, hatte Fortier niemals öffentlich etwas getan, gegen das Alex etwas einzuwenden gehabt hätte. Daß er privat grausam und sadistisch war, vor allem zu Frauen, darüber ging man diskret hinweg.

»Meine Glückwünsche«, sagte Fortier zu Alex und hauchte einen Kuß auf Clarissas Wange.

»Danke«, erwiderte Alex förmlich und nahm Fortiers ausgestreckte Hand.

Er mußte zugeben, daß Fortier ein gutaussehender Mann war. Dank seines dunklen Teints und der glühendschwarzen Augen fanden ihn die meisten Frauen attraktiv. Nur Clarissa schien immun zu sein. Sie erwiderte Fortiers Schmeicheleien mit einem Lächeln und nahm seine Aufforderung zum Tanz an, aber er war ihr offensichtlich gleichgültig. Alex bemerkte zu seiner Überraschung, daß er insgeheim wünschte, er wäre ihr nicht gleichgültig. Er fragte sich sogar zynisch, wie Valcour wohl einem Angriff durch Clarissas zweifelhaften Charme standhalten würde.

Erst viel später erblickte er den Spanier, wie Valcour sich zu nennen beliebte, wieder. Er tanzte mit Nicole. Selbst aus dieser

Entfernung entging ihm nicht, wie nervös Nicki war. Schon wenn er beobachtete, wie Valcours Hand ihre schmale Taille umspielte, verkrampfte sich Alex' Magen.

»Mademoiselle Stockton ist also in Wahrheit Mademoiselle St. Claire.« Fortier war der erste, der den Mut hatte, das wirklich auszusprechen.

»Finden Sie das so schlimm, M'sieur?« fragte Nicki.

»Ich finde es amüsant.«

Nicki versteifte sich. Sie hatte dem Tanz zugestimmt, weil der Mann sie in eine Ecke gedrängt hatte. Dafür schien er eine Begabung zu haben. »Ich fürchte, ich nicht.«

Fortier lächelte nachsichtig. »Es ist warm hier drinnen. Warum gehen wir nicht hinaus auf die Terrasse?«

»Nein«, sagte sie, etwas zu schnell. Fortiers Lachen war leise, zu leise. ein künstlicher Laut, bei dem sie innerlich fror. Und wenn sie hundert Jahre alt würde, nie würde sie vergessen, wie er sie an jenem Tag auf der Auktion angestarrt hatte.

»Sie haben immer noch Angst, mein Täubchen? Das brauchen Sie nicht. Hätte ich Ihren Kontrakt gekauft, wären Sie nicht hier, sondern würden mir das Bett wärmen. Sie würden Dinge bei mir erleben, die Sie sich nicht hätten träumen lassen.«

Nicole spürte, wie ihr das Blut aus dem Gesicht wich. Sie war froh, daß die Musik aufhörte, ehe Fortier Gelegenheit hatte, noch etwas zu sagen. Nicki dankte ihm für den Tanz, obwohl ihr dabei die Worte fast im Halse steckenblieben, und ließ ihn stehen. Als sie sicher war, daß er ihr nicht folgte, ging sie auf die Terrasse hinaus.

Es tat gut, den angestrengten Gesprächen und den warnenden Blicken entfliehen zu können, die Alex ihr jedesmal zuzuwerfen schien, wenn ein Mann sie zum Tanz aufforderte. Zu seinem offensichtlichen Mißfallen lächelte sie bloß und tanzte weiter.

Die Luft auf der Terrasse war kühl, aber einige Paare standen in der Nähe, und sie wollte allein sein. Sie stieg die breite Marmortreppe hinab und ging den Pfad zwischen den Buchsbaumhecken entlang, der zum See führte. Kleine Öllampen, die mit leuchtend gelben Bändern verziert waren, erhellten den Weg.

Sie ließ sich auf einer grauen Steinbank nieder und schaute über den mondbeschienenen Weiher hinweg zu den fernen Eichen am gegenüberliegenden Ufer. Die Abendbrise wehte über sie hinweg und besänftigte ihre aufgekratzten Nerven. Sie merkte, daß sie die Einsamkeit genoß, daß sie zufrieden war, ihren Problemen, wenn auch nur zeitweise, entflohen zu sein.

Sie saß noch nicht lange da, als sie Schritte hörte und bald darauf ein Mann vor ihr stand. Valcour Fortier ließ sich neben ihr auf der Bank nieder.

»Gestatten Sie, daß ich mich zu Ihnen setze?«

Nervös fuhr sie sich mit der Zunge über die Lippen. »Ich wollte eben wieder hineingehen.« Sie machte Anstalten aufzustehen, aber Valcour hielt sie fest.

»Kein Grund zur Eile. Es ist ein wunderschönes Fleckchen hier, nicht wahr?«

»Ja. Bezaubernd.«

Valcour berührte ihre Wange und drehte sie mit seiner Hand, so daß er ihr Gesicht studieren konnte. »Aber längst nicht so bezaubernd wie Sie.«

Nicki wandte sich ab und erhob sich, aber Fortiers Griff um ihren Arm zwang sie wieder zurück.

»Sie hätten mir gehören können«, sagte er.

Bevor sie etwas tun konnte, fuhren seine Arme um sie herum, und sein Mund schloß sich über dem ihrem. Nicki drückte mit beiden Händen gegen seine Brust und versuchte, sich loszureißen. Sie spürte, wie Angst in ihr aufstieg. Einen kurzen Augenblick lang ging ihr durch den Kopf, daß er leicht nach Tabak schmeckte und daß sich seine Lippen trocken, aber nicht unangenehm anfühlten. Als seine Zunge über ihre Lippen fuhr und sich Eingang zu verschaffen suchte, kämpfte sie mit aller Kraft, doch plötzlich wurde er so abrupt weggerissen, daß sie beinahe gefallen wäre.

»Ich glaube, Mademoiselle St. Claire wollte gerade gehen.« Alex' Stimme klang stählern, und seine Augen waren so dunkel, daß sie mindestens so schwarz zu sein schienen wie Fortiers. Er löste seine Hand von Fortiers Hemd.

»Das sagte sie«, stimmte ihm Fortier zu und strich sein Hemd glatt. Die Haut schien sich über seinen hohen Wangenknochen zu spannen, aber seine Stimme klang gleichmütig und kontrolliert. »Anscheinend haben Sie ein noch schlechteres Geschäft gemacht, als selbst Sie für möglich gehalten hatten«, sagte er zu Alex. Dann zu Nicole: »Bis zum nächsten Mal, Mademoiselle.« Mit einer kurzen, ironischen Verbeugung drehte er sich um und ging davon.

Nicki saß schweigend auf der Bank. Ihr Herz hämmerte, als wollte es aus ihrer Brust springen.

»Was machst du hier draußen?« fragte Alex barsch. Sie schaute auf und stellte fest, daß er sie finster ansah.

»Ich wollte einen Augenblick am See sitzen«, erklärte sie ihm, nachdem sie ihre Fassung wieder gefunden hatte. »Hast du auch dagegen etwas einzuwenden?«

»Ich habe dich vor ihm gewarnt. Ich dachte, du hättest genug Verstand, dich nicht in Gefahr zu begeben.«

Nicole biß die Zähne zusammen; ihre kleinen Hände ballten sich zu Fäusten. »Vergeben Sie mir, Euer Gnaden. Ich hätte ihn nicht ermutigen dürfen, aber ich finde ihn eben so attraktiv.«

»Hör auf.«

»Nächstes Mal werde ich mich mehr bemühen, meine Leidenschaft zu bezähmen.«

»Hör auf, verdammt noch mal!« Er riß sie grob in seine Arme und brachte sie mit einem brennenden Kuß zum Schweigen. Nicki preßte ihre Hände gegen seine Arme und versuchte, sich loszumachen, aber er hielt sie mit Leichtigkeit fest, zwang ihren Mund auf und fuhr mit seiner Zunge hinein.

Nicki spürte sein Verlangen, spürte, wie das Verlangen auch in ihr aufstieg, dann riß sie sich los. Schnell und schwer atmend rang sie um Selbstbeherrschung. »Du warnst mich vor ihm, aber du bist keinen Deut besser!«

Alex stand vor ihr, seine breite Brust hob und senkte sich. Endlich wurde seine grimmige Miene freundlicher. »Es tut mir leid«, sagte er und fuhr sich mit der Hand durch sein welliges, dunkelbraunes Haar. »Das hast du nicht verdient.«

»Aber dich hab' ich auch nicht verdient.«

Alex mußte beinahe lächeln. »Ich kann kaum bereuen, daß ich dich geküßt habe, *chérie.* Schließlich habe ich die letzten langen Tage kaum an etwas anderes gedacht.«

Sie spürte, wie sich die Freude über seine Worte gleich einer Blüte in ihrem Inneren öffnete. Aber das gab ihrer Entschlossenheit nur neuen Auftrieb. »Du *solltest* aber lieber aufhören, daran zu denken.« Mit diesen Worten wirbelte sie herum und eilte davon.

»Zwei Uhr«, rief er ihr nach, um sie an ihre Verabredung am nächsten Nachmittag zu erinnern.

Schon der Klang seiner Stimme heizte ihren Zorn an, aber das ließ sie sich nicht anmerken. Im Grunde freute sie sich auf die Begegnung. Sie wollte die Dinge endlich klarstellen. Morgen war der ideale Zeitpunkt, ihre kleine Überraschung aus dem Sack zu lassen.

12. KAPITEL

Alex saß hinter seinem großen Mahagonischreibtisch und arbeitete an seinem grünen, ledergebundenen Hauptbuch, aber in Gedanken war er ausschließlich bei Nicole. Zum zehnten Mal innerhalb der letzten paar Minuten sah er auf die große Walnußholzuhr auf dem Kaminsims. Fünf Minuten vor zwei.

Wenn sie bis Viertel nach zwei nicht da war – und er war sich nicht sicher, daß sie kommen würde –, würde er in ihr Zimmer gehen und sie holen.

Es war eine Minute vor zwei, als höflich an die Tür geklopft wurde und Alex erleichtert ausatmete. Er ging um den Schreibtisch herum, drehte den silbernen Türknauf und öffnete die Tür. Vor ihm stand Nicole in einem sonnengelben Tageskleid – mit *Grand-mère* an ihrer Seite. Ein Blick auf die heitere Miene seiner Großmutter verriet ihm, daß dieser Besuch nichts mit dem zu tun hatte, was zwischen ihm und Nicole in der Nacht im Jagdhaus vorgefallen war.

»Schön dich zu sehen, *Grand-mère«,* begrüßte Alex sie pflichtschuldig und gab ihr einen Kuß auf die faltige Wange.

»Bonjour, Alexandre. Anscheinend hast du die Feier gut überstanden.«

Er hatte bequeme dunkelblaue Hosen und ein leichtes Baumwollhemd an. Er wollte dem Treffen mit Nicole die förmliche Note nehmen, wollte, daß sie sich in seiner Gegenwart so wohl fühlte wie früher.

»Und du, *Grand-mère?* Hast du dich gut amüsiert?«

»Um die Wahrheit zu sagen, ja. Und zwar so sehr, daß ich beschlossen habe, die Trauerzeit für deinen Vater zu beenden. Sie war lang genug.«

Erst jetzt fiel ihm ihr hellblaues Kleid auf. Seit dem Tag ihrer

Ankunft hatte sie ausschließlich Schwarz getragen. »Vater wäre froh darüber.«

»Vielleicht. In mancher Hinsicht bin ich nie recht schlau aus ihm geworden. Mein Mann – dein Großvater – bestand darauf, die Erziehung unseres Sohnes selbst zu übernehmen, und ich war jung und töricht genug, das zuzulassen.«

»Ich bin froh, daß du und ich mehr Glück hatten«, sagte Alex.

»Deine Mutter machte denselben Fehler«, fuhr sie fort, »indem sie dich nur von Charles erziehen ließ.« Sie schnalzte mißbilligend mit der Zunge und streichelte dann liebevoll Alex' Wange. »Offenbar hat kein Mann aus der Familie Villier begriffen, wieviel eine gute Frau wert ist.«

»Ach, ich weiß nicht –« Alex lächelte Nicki warmherzig an –, »ich glaube, wir wissen genug, um einen Schatz zu erkennen, wenn wir ihn in der Hand halten.« Seine Augen ließen sie nicht los. »Du solltest öfter Gelb tragen, *chérie.* Es steht dir wirklich ausgezeichnet.» Aber andererseits sah sie in fast allem wunderschön aus – auch ohne Kleider.

»Es freut mich, daß es dir gefällt«, sagte sie leichtherzig. Zu leichtherzig. Wo war der Zorn von gestern nacht?

Er gab auch ihr einen keuschen Kuß, obwohl das kaum dem entsprach, was er ihr geben wollte. Veilchenduft stieg ihm in die Nase, und er mühte sich, die plötzliche Regung in seinen Lenden zu unterdrücken. Es gefiel ihm, wie das Kleid ihre schmale Taille betonte, wie sie ihr Haar trug, das in weichen Locken über ihre Wangen fiel. Aber ihm gefiel nicht, wie sie ihn anlächelte – als wüßte sie etwas, das er nicht wußte.

»Gibt es etwas, weswegen du mich sprechen wolltest, *Grand-mère?«* fragte er, weil er sich endlich dem widmen wollte, was ihm am Herzen lag.

»Das kann warten.« Sie setzte sich neben Nicole auf das Ledersofa.

Alex räusperte sich. So leicht würde die kleine Wildkatze nicht davonkommen. »Ich habe Nicole hergebeten, weil wir einiges zu besprechen haben.« Er ließ sich in dem Lehnsessel ihnen gegenüber nieder.

»Nur zu«, sagte *Grand-mère.*

»Unter vier Augen«, fügte Alex hinzu. So begriffsstutzig hatte er seine Großmutter noch nie erlebt.

»D'accord«, stimmte sie schließlich seufzend zu. »Ich bin nur mitgekommen, weil ich dich bitten wollte, unsere Überfahrt zu arrangieren. Ich habe bereits alles mit deinem Freund Thomas besprochen. Er sagt, nächsten Samstag geht ein Schiff in Richtung Frankreich.«

»Aber du willst doch nicht schon wieder abreisen?« Alex zog überrascht die Brauen hoch.

»Ich fürchte, mir bleibt nichts anderes übrig.« Rachael erzählte ihm von der Krankheit ihrer Freundin und schloß mit den Worten: »Wenigstens werde ich die Überfahrt nicht nur in Begleitung einer Kammerzofe machen.«

Alex runzelte die Stirn, denn ein Verdacht beschlich ihn. »Und wer wird mit dir reisen?«

»Nicole natürlich. Wir haben ausgiebig darüber gesprochen, während du fort warst. Es ist die perfekte Lösung, *n'est-ce pas?«*

Alex biß die Zähne zusammen, um nicht laut loszufluchen. Er warf Nicole einen Blick zu, der sie bis ins Mark treffen sollte, aber sie zuckte nur mit den Achseln. »Es ist die beste Lösung«, stimmte er zu. »Allerdings gibt es da ein kleines Problem.«

»Und welches?« fragte Rachael.

»Sie kommt nicht mit.«

»Was?« Nicki sprang auf. »Aber warum nicht? Ganz bestimmt willst du deiner Großmutter nicht eine Reisegefährtin verwehren? Es ist eine sehr anstrengende Reise.«

»Ich sagte, du fährst nicht.«

»Aber – aber ich kann nicht hierbleiben… nicht nach der Hochzeit. Clarissa würde das nicht zulassen.«

»Du wirst nicht hierbleiben. Du ziehst in das Stadthaus.«

Nicki erbleichte. Sie wollte etwas sagen, aber kein Wort drang aus ihrer Kehle. *Toulouse Street. Das Haus, in dem er seine Geliebten hält.* Sie sank zurück auf das Sofa. Die Brust war ihr so eng, daß sie kaum sprechen konnte. »Bitte, Alex«, sagte sie leise, »laß mich mit *Grand-mère* fahren.«

»Nein.«

»Alexandre«, sagte Rachael, und ihr Gesicht nahm einen eigenartigen Ausdruck an. »Bist du sicher, daß du weißt, was du tust?«

Einen Augenblick lang sagte er gar nichts. »Ich besitze ihren Kontrakt – das heißt, Belle Chêne besitzt ihn. Sie fährt nicht. Das ist mein letztes Wort.«

Rachael musterte ihn noch einen Augenblick, aber statt wütend zu werden, wie er es erwartet hatte, bedachte sie ihn mit einem Lächeln. »Wie du meinst, Alexandre.« Sie ging zu Nicole, die sie ungläubig ansah, und tätschelte ihr die zitternde Hand. »Alexandre weiß, was das Beste für Sie ist«, sagte sie.

»Aber *Grand-mère* –«

»Ich werde Sie vermissen, *ma fille.*« Sie drehte sich um, schenkte Alex ein kurzes Lächeln, verließ das Zimmer und schloß die Tür hinter sich.

Nicole blieb einfach sitzen und starrte ihn an, ohne ihn wirklich zu sehen. Tränen standen ihr in den Augen. »Ich hätte nie gedacht, daß du so grausam sein kannst.«

Alex setzte sich neben sie und umschloß ihre kalten Hände mit seinen warmen. »Ich möchte dir nicht weh tun. Das wollte ich nie.«

»Dann laß mich gehen.«

Er blickte aus dem Fenster in den Garten. Schwäne schwammen langsam auf dem Teich, und eine leichte Brise brachte das Moos in den überhängenden Eichen zum Schaukeln. »Du hast dich bereit erklärt, mir zuzuhören. Du wirst dein Wort halten.«

Nicole antwortete nicht, aber sie schaute auch nicht weg.

Alex atmete tief durch, um sich zu beruhigen, und suchte dann nach den richtigen Worten. »Am Anfang – bevor ich wußte, wer du bist –, glaubte ich, wir könnten am ehesten glücklich werden, wenn ich dich zu meiner Geliebten machte. Ich wußte, daß ich dir teuer war – und ich wollte dich. So sehr.« Er machte eine Pause, aber sie sagte noch immer nichts. »Ich wußte, daß man dich mißhandelt hatte. Ich glaubte, du wärst keine Jungfrau mehr. Da man deine Vergangenheit unmöglich geheimhalten konnte und sich keine geeigneter Ehemann für dich finden würde, war ich überzeugt, daß du es bei mir am besten haben würdest.«

»Ich hätte weggehen können. Du hättest mir helfen können, woanders neu anzufangen.«

Alex sah sie spöttisch an, als er das hörte. »Und wer hätte für dich gesorgt?«

Nicki richtete sich auf und reckte das Kinn hoch. »Dieselbe, die für mich gesorgt hat, bevor du daherkamst – ich selbst.«

»Du?« wiederholte er. Er fragte sich, ob er tatsächlich richtig gehört hatte. »Muß ich dich daran erinnern, in welchen Schlamassel du dich gebracht hast?« Das brachte sie zum Schweigen. »In der heutigen Zeit hat eine Frau allein wenig Möglichkeiten zu überleben, ganz zu schweigen davon, glücklich zu werden.«

»Ich werde nicht deine Geliebte, Alex. Es ist mir egal, was für Gründe du hast.«

»Du hast zugelassen, daß ich dich liebte. Du wolltest mich ebensosehr wie ich dich.«

»Ich dachte, ich liebe dich. Ich habe mich getäuscht.«

»Und jetzt soll ich also glauben, daß du dir gar nichts aus mir machst?«

»So ist es nun mal. Was ich empfand, war Dankbarkeit, mehr nicht.«

»Dankbarkeit? Du hast dich mir aus Dankbarkeit hingegeben?«

»Genau.«

Alex sah sie mit durchdringendem Blick an. »Du lügst.« Er zog sie auf das Sofa und küßte sie. Es war ein Kuß voller Leidenschaft, der ihr Blut in Wallung brachte.

Nicki kämpfte dagegen an, drückte ihn von sich und versuchte, die heimtückische Hitze zu ignorieren, die ihren Körper versengte und ihr den Willen raubte. Als Alex ihre Lippen auseinanderzwang und mit seiner Zunge hineinglitt, durchschoß Nicki ein Verlangen wie noch nie. Nur mit aller Mühe konnte sie ihm widerstehen, konnte sie der Versuchung widerstehen, ihre Arme um seinen Hals zu schlingen und seinen Namen zu stöhnen. Obwohl er ihre Hände zwischen ihren Körpern festhielt, erinnerte sie sich nur allzu gut der starken Muskeln unter seinem Hemd, der seidigen Locken seiner braunen Brusthaare.

Sie spürte sein heißes, hartes Glied an ihrem Schenkel: seine Hand liebkoste ihre Brust, streichelte sie vorsichtig durch das weiche Leinen ihres Kleides. Unwillkürlich richtete sich ihre Brustwarze auf und drückte sich gegen seine Hand.

Ein Moment der Schwäche, eine vorsichtige Berührung ihrer Zunge an seiner, dann drehte sie den Kopf zur Seite. »Hör auf! Kannst du denn nicht begreifen, daß ich dich nicht mehr will?«

Mit einem leisen, tiefen Lachen mokierte sich Alex über sie. »So wie ich es sehe, *chérie,* hat Dankbarkeit nichts mit dem zu tun, was zwischen uns vorgeht.« Seine Stimme, immer noch rauh vor Leidenschaft, umfing sie wie eine Liebkosung. »Ich will dich und du willst mich. So einfach ist das.«

Mit zitternden Fingern strich Nicki ihr Kleid zurecht. »Du irrst dich. Aber selbst wenn du recht hättest, würde das nichts ändern. Ich werde nicht deine Geliebte – ich werde nicht deine Hure.«

Alex atmete erschöpft aus. »Ich muß Clarissa heiraten. François hat Geld geborgt, für das er Belle Chêne und unsere Ländereien in Frankreich als Sicherheiten gab. Ich habe versucht, das Wettrennen mit der Zeit zu gewinnen und die Schulden zurückzuzahlen, aber vergebens. In Frankreich haben sich neue Probleme ergeben. Selbst mit den vorgenommenen Verbesserungen wird die Ernte nicht genug einbringen. Ich kann die Schulden nur zurückzahlen, wenn ich mir Geld von Clarissa leihe. Sie hat das vor einiger Zeit vorgeschlagen. Die Verträge sind bereits ausgestellt. Am Tag unserer Hochzeit bekomme ich das Geld.«

Er sah so müde aus, daß Nicki unwillkürlich Mitleid mit ihm empfand. Sie mußte sich zusammenreißen, ihn nicht zu berühren. »Es tut mir leid, Alex. Das wußte ich nicht.«

»Niemand weiß das, und so soll es auch bleiben.«

»Kannst du dir das Geld nicht anderswo leihen?«

»*Mon dieu,* das habe ich weiß Gott versucht. Ich kann etwas Geld auftreiben, aber nicht genug. François hat nur deshalb so viel von Fortier bekommen, weil Valcour es auf Belle Chêne abgesehen hat. Er wußte, daß wir das Darlehen nicht zurückzahlen können. Darauf hat er gesetzt. Und das kann ich nicht zulassen.«

Nicole wußte, was es bedeutete, sein Zuhause zu verlieren. »Es tut mir leid«, sagte sie wieder, und diesmal kam es von Herzen.

»Die Heirat ist lediglich ein finanzielles Arrangement. Das habe ich dir schon früher zu sagen versucht.«

Nickis Brauen wölbten sich überrascht. »Aber bestimmt wird Clarissa Kinder wollen?«

Alex senkte den Blick. »Natürlich geht es auch um die Erben.«

»Natürlich«, wiederholte sie steif.

»Ich wünschte, die Dinge lägen anders, aber das tun sie nun mal nicht. Wenigstens können wir auf diese Weise zusammenbleiben.«

»Nein«, sagte sie schlicht.

»Ja, verdammt noch mal!«

Nicki sprang auf. »Ich weigere mich, noch länger darüber zu sprechen. Ich werde nicht deine Geliebte, Alexandre. Nichts, was du sagst oder tust, kann mich von meinem Entschluß abbringen. Und da das der Fall ist, bitte ich dich nochmals, mich mit *Grand-mère* fahren zu lassen.«

Alex' Miene glich einem drohenden Gewitter. »Du gehörst zu mir. Du bist mein, das wissen wir beide! Du wirst hier bei mir bleiben.«

»Zum Teufel mit dir! Fahr doch zur Hölle!« Im nächsten Moment stürmte sie aus dem Zimmer. Sie würde keine Worte mehr verschwenden. Sobald Rachael nach Frankreich abgereist war, würde sie ebenfalls verschwinden. Diesmal würde sie es auf eigene Faust versuchen.

Sie hatte keine andere Wahl.

»Ich werde Sie vermissen.« Nicki umarmte die zierliche Frau, die an der Gangway stand.

Um sie herum kreischten und schrien die Möwen, und die Takelage des Schiffes klapperte und schepperte in der steifen Nachmittagsbrise. Matrosen aller Hautfarbe und Größe, manche in Leinenhosen und gestreiftem Hemd, andere in Uniform, gingen ihrer Arbeit nach.

Gemeinsam mit Alex und *Grand-mère* hatte Nicole Belle Chêne auf dem ersten Dampfboot flußabwärts verlassen. Es war ihre erste Reise in die Stadt seit ihrer Entlassung aus dem Gefängnis.

»Ich werde Sie ebenfalls vermissen, *ma fille«,* stimmte Rachael ihr zu.

Tränen flossen über Nickis Wangen, und sie klammerte sich fester an die alte Dame. Mehrmals war Nicki nach der Konfrontation in Alex' Arbeitszimmer zu *Grand-mère* gegangen und hatte die alte Dame gebeten, etwas zu unternehmen.

»Mein Enkel hat sich noch nie so um eine Frau gesorgt«, hatte sie ihr erklärt, »und Sie sind eine feine Frau, mein Kind. Alex muß erkennen, wie gut ihr zueinander paßt – und wenn er das noch nicht tut, dann wird es bestimmt nicht mehr lange dauern. Sie werden sehen.« Sie tätschelte Nickis Hand. »Sie werden sehen, ich habe recht.«

Nicki konnte ihr nicht sagen, daß er Clarissa heiraten mußte, selbst wenn er sich um sie sorgte. Statt dessen lächelte sie und ließ das Thema auf sich beruhen.

Jetzt schaute sie die alte Frau an.

»Ich werde nächsten Herbst wiederkommen«, erklärte ihr Rachael. »Ansonsten kann Alexandre Sie ja mitbringen, wenn er nach Frankreich kommt, um die Güter zu inspizieren.« Es war, als hätte *Grand-mère* die bevorstehende Heirat ihres Enkels vergessen. Als würde das Leben auf Belle Chêne weitergehen wie zuvor.

Wenn es nur so gewesen wäre.

»Werden Sie oft schreiben?« drängte Nicki, aber sobald sie die Worte ausgesprochen hatte, fiel ihr ein, daß sie nicht da sein würde, um die Briefe zu lesen.

»Natürlich werde ich das. Und Sie sorgen dafür, daß Alexandre ebenfalls schreibt.«

»Das werde ich«, stimmte sie leise zu. Sie und Alex spielten seiner Großmutter Herzlichkeit vor, aber Nicki glaubte nicht, daß Rachael die unterschwellige Feindseligkeit entgangen war. Sie hatten den Tag damit verbracht, Geschenke einzukaufen, die *Grand-mère* nach Frankreich mitnehmen wollte, hatten im Chez Louis, dem feinsten Restaurant im *Vieux Carré,* gespeist und immer noch Zeit genug gehabt, Rachael und ihre Zofe zu ihrer Kabine auf dem Schiff zu bringen.

»Sie dürfen nicht traurig sein«, erklärte ihr Rachael und tupfte mit einem weißen Spitzentaschentuch die Tränen von Nickis Wange. »Alexandre wird bestimmt gut für Sie sorgen.«

Einen Moment lang fühlte sich Nicki wirklich verzweifelt. »Ich bin sicher, das wird er.« Aber sie würde ihm keine Gelegenheit dazu geben. Sie und Alex würden noch vor Einbruch der Dunkelheit nach Belle Chêne zurückkehren. Und drei Tage später sollte sie wieder in der Stadt sein, und zwar für immer. Oder – wenn es nach Alex ging – wenigstens so lange, bis er ihrer ebenso überdrüssig war wie Lisettes. Am Dienstag sollte sie in sein Stadthaus ziehen. Er wußte allerdings nicht, daß sie schon am Montag verschwunden sein würde.

»Ich liebe Sie, *Grand-mère«,* erklärte Nicki.

Die alte Dame wiederholte die Worte auf französisch, wischte sich ebenfalls die Tränen aus den Augen, gab ihrem Enkel einen zweiten Abschiedskuß und hängte sich bei dem großen, dunkelblonden Kapitän ein, der von seinem Schiff, der *Sea Gypsy,* heruntergekommen war, um sie an Bord zu begleiten.

»Sie ist in guten Händen, mein Freund«, versicherte Kapitän Trask Alex mit einem freundlichen Lächeln, das ganz im Gegensatz zu seinen gemeißelten Gesichtszügen und seiner sonnengebräunten Haut stand.

»Niemandem würde ich mehr vertrauen als Ihnen.« Alex kannte Morgan Trask seit fast zehn Jahren. Trask hatte es in der Baumwollindustrie und im Schiffshandel zu einem beachtlichen Vermögen gebracht. Er war zuverlässig und klug – und einer der härtesten Männer, die Alex je kennengelernt hatte.

Rachael umarmte Nicki ein letztes, kurzes Mal, dann nahm sie den Arm des wettergegerbten Kapitäns und ging die Gangway hinauf zum Schiff. Während die Mannschaft die Segel hißte, winkte *Grand-mère* von der Reling herab, und dann führte Alex Nicki weg.

Sie schneuzte in ihr Taschentuch, weinte leise und versuchte, nicht daran zu denken, wie einsam sie ohne die alte Dame sein würde, die in den vergangenen Wochen fast wie eine Mutter zu ihr gewesen war.

»Du hast immer noch mich«, tröstete Alex sie, als er ihr sorgenvolles Gesicht sah.

Clarissa hat dich, dachte sie, *ich habe niemanden.* Aber das sprach sie nicht laut aus. »Ich bin schrecklich müde, Alex. Könnten wir nicht einfach heimfahren?« Alex hatte beabsichtigt, mit ihr ein Theater zu besuchen, in dem *Lecompte* gezeigt wurde, aber Nicki fürchtete, daß sie das nicht ertragen konnte. Nicht jetzt. Nicht, wo sie wußte, was ihr bevorstand.

»Also gut, wenn du willst«, lenkte Alex zu ihrer Überraschung ein. »Sobald du in der Stadt wohnst, werden wir Zeit genug haben, alles Mögliche zu unternehmen.« Seine vor Verlangen dunklen Augen verrieten ihr, daß vor allem die Liebe dazu zählen würde.

Sie rang sich ein Lächeln ab, nach dem ihr überhaupt nicht zumute war. »Natürlich.«

Die nächsten zwei Tage zogen sich unendlich langsam hin. Da es inzwischen Erntezeit war, war Alex bis über beide Ohren beschäftigt. Nicki war dankbar für die Zeit, in der sie ihre Pläne ausfeilen konnte.

Sie würde nur zwei Kleider und ein Pferd mitnehmen. Aber nicht Napoleon oder Maximilian – die waren zu wertvoll. Auch nicht Orange Blossom, die war zu alt. Nicki wollte über die River Road direkt nach La Ronde reiten und dort den Mitternachtsdampfer flußaufwärts nehmen. Aber statt nach Baton Rouge oder Natchez zu gehen, wie Alex wohl vermuten würde, würde sie in einem kleinen Ort unterwegs von Bord gehen und landeinwärts, nach Jackson, Montgomery oder vielleicht sogar Atlanta fliehen.

Da sie kein Geld besaß, war sie gezwungen, es von Alex zu stehlen. Dieser Teil ihres Planes mißfiel ihr am meisten. Sie wußte, wo er das Haushaltsgeld aufbewahrte – sie hatte es in der untersten Schreibtischschublade gesehen.

Sie würde ihm eine Nachricht hinterlassen, in dem sie ihre Gründe erklären und ihm versichern würde, daß sie ihm das Geld irgendwann und irgendwie zurückzahlen würde. Das Pferd würde er in La Ronde finden. Wenn es niemand gestohlen hatte, bis er dort ankam.

Nur Danielle kannte ihren Plan. Sie vertraute dem rundlichen Franzosenmädchen, und sie brauchte ihre Hilfe. Danielle konnte sie am Morgen entschuldigen, behaupten, sie sei krank, und ihr dadurch so viel Vorsprung verschaffen wie sie brauchte, bevor Alex alles herausfand und sich an ihre Fersen heftete – denn sie war sicher, daß er das tun würde.

Wenn sie Glück hatte, würde er aufgeben, bevor er sie gefunden hatte. Vielleicht würde er sie auch ziehen lassen, wenn er begriffen hatte, wieviel ihr die Freiheit bedeutete. Was auch immer geschehen mochte, sie würde es durchstehen. Er hatte ihr keine andere Wahl gelassen.

Endlich wurde es Montag abend auf Belle Chêne, und Nicki kämpfte gegen ihre Nervosität an. Alex hatte sie den ganzen Abend über beobachtet – daß er dabei nicht an Flucht gedacht hatte, erkannte sie an seinem hungrigen Blick. Wenigstens hatte er nicht versucht, sie zu verführen.

Aber er begehrte sie – das war nicht zu übersehen.

Das Schlimmste war, daß sie ihn ebenfalls begehrte. Jedesmal, wenn sie seinen Blick auf sich spürte, begann ihr Herz wie wild zu klopfen, und Wärme breitete sich langsam in ihren Gliedern aus. Gott sei Dank war sie bald nicht mehr da.

»Ich bin schrecklich müde, Alex. Wenn es dir nichts ausmacht, werde ich in… in mein Zimmer gehen.» Sorgfältig vermied sie das Wort *Bett.*

Alex lächelte nachsichtig, als wüßte er, was sie meinte, selbst wenn sie es nicht ausgesprochen hatte. »Das scheint mir eine gute Idee. Morgen wird ein langer Tag werden. Ich möchte, daß du dich in diesem neuen Zuhause von Anfang an wohl fühlst.« Damit er die Nacht in ihrem Bett verbringen konnte, das stand auf seinem verführerisch geschwungenen Mund geschrieben. Er erhob sich aus seinem Stuhl und kam zu ihr. »Ich werde dich hinaufbringen.«

»Ich kann alleinegehen«, sagte sie, aber er schien sie nicht zu hören. Statt dessen nahm er ihren Arm und führte sie die Treppe hinauf in ihr Zimmer.

Er drehte sie zu sich um und hob ihr Kinn mit einer Hand an. »Versteh doch, *chérie,* heute nacht wird sich zum letzten Mal eine Tür zwischen uns schließen.«

Als sie ihm nicht widersprach, beugte er sich herab und gab ihr einen leidenschaftlichen Kuß, daß ihre Knie weich wurden. Sie wehrte sich nicht; er sollte glauben, daß ihr Widerstand gebrochen war.

Sobald sich die Tür hinter ihr geschlossen hatte, sank Nicki dagegen und wartete, bis das Herzklopfen nachgelassen hatte. Ihre Hand fuhr auf den Magen, in dem immer noch Schmetterlinge flatterten. Zum Teufel mit ihm! Es war nicht gerecht, daß ein einfacher Kuß sie so mitnahm.

Danielle half ihr, das blaue Seidenkleid auszuziehen und das dunkelblaue Reitkleid anzulegen, das jetzt verlängert und weiter gemacht worden war. Sie wollte eine Stunde warten, bis Alex eingeschlafen war, obwohl das im Grunde keinen Unterschied machte. Das ganze Haus war ruhig. Wenn sie die Hintertreppe nahm, konnte er sie unmöglich hören.

»Sag ihm nur soviel wie nötig«, erklärte Nicole Danielle, als die Zeit endlich gekommen war. »Ich brauche so viel Zeit wie möglich.« Die beiden umarmten sich kurz. Nicole packte ihre kleine Reisetasche mit den Elfenbeingriffen und atmete tief ein, um sich Mut zu machen. Dann ging sie zur Tür hinaus.

Das Gefährlichste an ihrem Plan war, das Pferd zu stehlen. Patrick war ihre größte Bedrohung, aber selbst wenn er sie erwischte, würde er sich ihr wahrscheinlich nicht in den Weg stellen. Am Tag, als Alex auf den Feldern gearbeitet hatte, hatte sie das Geld aus seiner Schreibtischschublade genommen, und zwar genau soviel, wie sie für ihre Flucht brauchte. Außerdem hatte sie die schwere, einschüssige Pistole mitgenommen.

Als sie beim Stall angekommen war, ging alles leichter, als sie gedacht hatte. Die Pferde kannten sie und rührten sich nicht einmal. Nach der Lautstärke seines Schnarchens zu schließen, schlief Patrick tief und fest. Vielleicht hatte er sich einen kleinen Nachttrunk genehmigt.

Sie lächelte. Noch ein Freund, den sie vermissen würde.

Sie wählte Vespers aus, einen Fuchswallach, der nur gelegentlich geritten wurde. Nicki sattelte ihn, führte ihn zum Aufsitzblock und ritt dann leise davon. Eine Stunde später stand sie im Hafen von La Ronde neben drei Männern, von denen zwei aussahen wie Arbeiter und einer wie ein Gentleman, und einer dickbusigen Frau, die offenbar getrunken hatte.

Zu dieser späten Stunde fanden sich nicht immer Passagiere ein, weshalb eine Lampe aufgehängt worden war, damit der Dampfer hielt. Nicki nahm eine Kabine auf dem Passagierdeck, nichts Besonderes, sie wollte ja nur schlafen. Die *Memphis Lady* war alt und schon ein bißchen mitgenommen. In der Regel beförderte sie nur Fracht, und sie fuhr niemals weiter als bis Baton Rouge.

Am Morgen wollte Nicki bei erstbester Gelegenheit von Bord gehen und ein Transportmittel ins Landesinnere suchen. Dies war ihre zweite Chance, und diesmal würde sie alles richtig machen. Sie würde Arbeit finden, und genug Geld verdienen, um auf niemanden angewiesen zu sein.

Ohne ihre Kleider abzulegen, legte sich Nicki auf die schmale Koje. Die kiefergetäfelten Wände und eine Seemannskiste mit einem Spiegel darüber stellten die gesamte Einrichtung dar. Eine Innenkabine ohne Fenster – sie erinnerte an eine Zelle. Bald bist du hier raus, ermahnte sie sich stetig. Dann bist du frei. Und niemand kann dir mehr befehlen, was du zu tun oder zu fühlen hast. Niemand wird von dir verlangen, sein Bett zu wärmen!

Niemand wird da sein, der dich hält, wenn du es brauchst. Niemand wird dich küssen und dir versichern, daß alles gut wird.

Obwohl sie mit aller Kraft dagegen ankämpfte, rollten salzige Tränen über ihre Wangen. Sie hatte Alexandre geliebt. Sie hatte ihn geliebt und ihm vertraut. Doch Alexandre hatte das Vertrauen zerstört. Außerdem hatte er gezeigt, was für ein Mensch er in Wirklichkeit war, denn er hatte ihr jede Chance genommen, glücklich zu werden. In Frankreich hätte sie neu beginnen können. In Frankreich hätte sie wieder Nicole St. Claire werden können.

Ganz offensichtlich sah Alex in ihr einen Besitz, eine willige Gefährtin, die seine Lust befriedigen sollte und dann weggeworfen werden konnte. Er wußte nicht einmal, was das Wort Liebe bedeutete. Er glaubte nicht daran.

Nachdem sie so behandelt worden war, glaubte auch Nicki nicht mehr daran.

Sie schloß die Augen angesichts der Trauer, die sie plötzlich überkam, und konzentrierte sich auf das Geräusch der Schaufelräder, die das Wasser aufwühlten, und auf das leise Schaukeln des Dampfers. Irgendwann würde sie Alexandre vergessen. Sie fragte sich nur, wie schnell er sie vergessen würde.

Alex erwachte noch vor Morgengrauen. Er wollte den ersten Dampfer nach New Orleans nehmen. Nicki hatte die letzten beiden Tage gepackt, sie war also bestimmt bereit.

Er hatte letzte Nacht kaum der Versuchung widerstehen können, sie zu verführen und zu lieben. Der Kuß hatte das Feuer in seinen Lenden auflodern lassen; sie hatte ihn berauscht. Unruhig war er zu Bett gegangen, hatte sie so sehr begehrt, daß er nicht hatte einschlafen können. Zweimal hatte er ernsthaft überlegt, hinaufzugehen und sie solange zu küssen, bis sie ihn angefleht hätte, sie zu nehmen. Er war dazu in der Lage, das wußte er. Sie war keine Frau, die ihre Gefühle an- und abschalten konnte.

Zu seiner Überraschung stellte er fest, daß er es ebensowenig konnte.

Zwei Stufen auf einmal nehmend, eilte Alex die Treppe zu ihrem Zimmer hinauf und klopfte an ihre Zimmertür. Er mußte noch zweimal fest anklopfen, bevor Danielle die Tür öffnete.

»Ist sie auf?« fragte er.

»*Oui,* M'sieur. Aber es wird noch einige Zeit dauern, bis sie fertig ist.«

»Sag ihr, sie soll sich beeilen. Das Boot wartet nicht.«

Danielle nickte und schloß die Tür. Alex ging die Treppe hinunter ins Eßzimmer, um noch eine Tasse Kaffee zu trinken. Als Nicki nicht kam und das Frühstück schon aufgetragen wurde, ging er wieder hinauf. Sein Klopfen rief Danielle herbei.

»Sie fühlt sich nicht wohl heute morgen, M'sieur. Sie bittet Sie um Verzeihung. Sie sagt, sie wird bald hinunterkommen.«

Alex fiel auf, daß Danielle ihn nicht ansah, während sie mit ihm sprach. Eine Hand spielte mit den Falten ihres schwarzen Baumwollrockes, während die andere eine dicke, dunkle Haarsträhne drehte.

Er fluchte leise und stieß die Zimmertür so abrupt auf, daß Danielle fast umfiel. »Wo ist sie?«

»Sie muß die Hintertreppe genommen haben.«

Alex drehte sich um, packte sie an beiden Armen und zog sie hoch, bis sie nur noch auf den Zehenspitzen stand. »Du lügst! Ich will wissen, wo sie ist, und zwar gleich!«

Danielle begann zu zittern. »Sie ist fortgegangen. Sie hat mich angefleht, ihr zu helfen, und das habe ich getan.«

»Wohin? Wohin wollte sie?«

»Das darf ich Ihnen nicht sagen.«

Alex' Griff verstärkte sich, und er schüttelte sie heftig. »Wo ist sie, verdammt noch mal?«

In Danielles großen grauen Augen glomm Angst, aber trotzdem schwieg sie. Alex knurrte leise und ließ sie los. »Ich habe befürchtet, daß sie so etwas versuchen würde. Ich dachte bloß, daß sie warten würde, bis sie in der Stadt ist.«

»Nicki ist sehr erfinderisch, M'sieur. Ihr wird nichts passieren.«

»Nichts passieren? Sie ist eine entlaufene Leibeigene, um Himmels willen. Jeder kennt sie. Irgendwer wird sie erkennen, sich an sie erinnern. Wenn die Behörden davon erfahren, wird man sie wieder ins Gefängnis stecken – oder Schlimmeres mit ihr anstellen. Es könnte Wochen dauern, bis man mir mitteilt, wo sie ist.«

»*Mon dieu,* daran habe ich überhaupt nicht gedacht«, sagte Danielle. Langsam kamen ihr Zweifel an ihrem Tun.

»Ich muß sie finden, Danielle. Und zwar bevor jemand anderer sie findet.«

Danielle stand händeringend vor ihm. Ihre Unentschlossenheit war nicht zu übersehen. Sie war hin- und hergerissen zwischen ihrem Versprechen und ihrer Angst. »Was werden Sie mit ihr machen?«

»Sie wieder dahin bringen, wo sie hingehört.«

Danielle seufzte ergeben. »Sie hat das Mitternachtsboot flußaufwärts genommen. Sie wollte ins Landesinnere. Mehr weiß ich nicht.«

Alex fluchte leise. »Ich hätte es wissen müssen«, sagte er.

Nachdem er sich in seinem Zimmer umgezogen und sein Messer sowie eine neue Pistole geholt hatte, da die aus seinem Schreibtisch verschwunden war – wie auch etwas Geld –, ging er die Treppe hinunter und marschierte zu den Ställen. Er hatte ihre verdammte Nachricht gefunden, in der sie ihm versprach, ihm das Geld zurückzuzahlen, und ihn bat, sie gehenzulassen.

Sie gehenzulassen. Wenn es nur so einfach wäre. Er stellte sich vor, wie sie allein da draußen zurechtkommen sollte. Wollte sie ihn wirklich verlassen? Oberflächlich betrachtet vielleicht. Aber sie war jung und unerfahren. Sie wußte nicht, wie es zuging in der Welt. Solange sie bei ihm blieb, war sie sicher und hatte all die schönen Dinge, die man ihr so lange vorenthalten hatte. Alles, was er tat, geschah nur zu ihrem Besten – warum zum Teufel wollte sie das nicht einsehen?

Er führte Maximilian aus seiner Box – der Wallach war weit besser für das geeignet, was vor ihm lag, als Napoleon. Alex hatte ihn fast fertig gesattelt, als Patrick erschien und die Arbeit eiligst für ihn vollendete.

»Ich hoffe, das Mädel ist nich' schon wieder in Schwierigkeiten.«

»Wenn nicht«, knurrte Alex, »dann wird sie es sein, sobald ich sie eingeholt habe.« Mit diesen Worten stieg er auf und galoppierte aus dem Stall.

13. KAPITEL

Erst als es bereits hell wurde, schlief Nicki endlich ein.

Sie träumte von Alex. Er verfolgte sie durch den frühmorgendlichen Nebel und versuchte, sie einzuholen, schaffte es aber irgendwie nicht. Mit klagender Stimme gestand er ihr seine Liebe, immer und immer wieder rief er ihr zu, wie sehr sie ihm am Herzen lag. Nicki lachte bloß, und das harte, hohle Lachen bezichtigte ihn der Lüge. Er streckte die Hand nach ihr aus, aber sie zog sich einfach weiter zurück.

Irgendwann war der schreckliche Traum zu Ende, und Nicki schlief etwas ruhiger. Da sie kein Fenster in der Kabine hatte, konnte die Morgensonne sie nicht wecken, und sie erwachte etwas später als geplant. Aber der Schlaf hatte ihr gut getan. Sie fühlte sich kräftig genug, sich dem zu stellen, was vor ihr lag, ihr Leben neu zu beginnen.

Sie goß Wasser aus dem blauen Porzellankrug in die Schüssel auf der kleinen Truhe neben der Koje, wusch sich den Schlaf aus den Augen und strich sich das Haar zurück. Sie flocht es und band es zu einem Knoten zusammen. Mit der kleinen Reisetasche in der Hand öffnete sie die Tür zum Gang und ging auf Deck. Oben trieb der Wind wieder etwas Farbe in ihre Wangen, und sie fühlte sich gleich besser.

Das Boot legte an, um Fracht zu löschen, aber es war niemand zu sehen, der sie weiter ins Landesinnere bringen konnte. Es gab nur noch eine Stadt vor Baton Rouge, aber Nicki entschied, daß sie, wenn auch von zweifelhaftem Ruf, so doch am geeignetsten war. Montagne war klein, aber nicht zu klein. Sie war einst mit ihrem Vater dort gewesen. Eine Straße führte aus der Stadt nordwärts in Richtung Baton Rouge, während eine zweite um die größere Stadt herumführte und in die Straße ostwärts nach

Hammond mündete. Sie würde die Straße nach Hammond nehmen und sich dann nach Norden in Richtung Jackson wenden oder weiter nach Atlanta reisen.

»Nach Baton Rouge?«

Die Worte, mit weichem Südstaatenakzent gesprochen, lenkten ihre Aufmerksamkeit auf einen schlaksigen Mann, der neben ihr einen Fuß auf die Reling gestützt hatte. Er war kleiner als Alex, aber immer noch groß. Er hatte eine blasse Haut, dunkle Haare und Augen, denen nichts entging.

»Montagne«, verbesserte sie und bereute sofort, ihm die Wahrheit gesagt zu haben.

»Hübsche kleine Stadt«, sagte der Mann. Er tippte sich an den schwarzen, flachkrempigen Hut. »Ich heiße Preston, Madam. Traver Preston. Es ist mir ein Vergnügen, Sie kennenzulernen.«

»Das Vergnügen ist ganz meinerseits«, antwortete sie, ohne ihren Namen zu nennen. Er drängte sie nicht dazu, sondern schaute einfach über die Reling und betrachtete das vorbeiziehende Ufer, die Bäume und Schuppen, die sich ans Wasser kauerten. Spärlich bekleidete, dunkelhäutige Kinder plantschten und tollten im Fluß, während ihre Väter abseits standen und in aller Ruhe nach Katzenwelsen angelten.

Traver Preston zog eine dünne Zigarre aus seiner Westentasche, strich mit einem Zündholz über die Reling und zündete sie sich an. »Stört es Sie, wenn ich rauche?« fragte er.

Nicki schüttelte den Kopf und roch den scharfen Geruch des Tabaks. In seinem schwarzen Frack, dem Rüschenhemd und der gestreiften blauen Seidenhose sah er aus wie ein Spieler. Aalglatt. »Ich muß jetzt gehen«, sagte sie. »Mein Mann wird sich fragen, wo ich blcibe. Nett, Sie kennengelernt zu haben, Mr. Preston.«

»Es war mir ein Vergnügen, Miss...?«

»Missis«, korrigierte sie. »Mrs. Donovan St. Michaels.«

»Missis St. Michaels«, verbesserte er sich.

Auch nachdem sie ihm den Rücken zugewandt hatte, spürte sie seinen Blick auf sich ruhen, spürte, wie er sie begutachtete. Sie war keine gute Lügnerin. In Zukunft, überlegte sie sich, mußte sie diese Kunst besser beherrschen.

Im Hafen von Montagne mischte sie sich unter eine Gruppe von Reisenden. Die Stadt sah noch genauso aus, wie sie sie in Erinnerung hatte; nur eine Anlegestelle am Mississippi, deren Hauptstraße von Geschäften, Bars und Häusern von zweifelhaftem Ruf gesäumt war. Die anständigen Läden lagen in den schmalen Straßen dahinter.

Inzwischen war es Tag, die Sonne warm und die Luft kühl und nicht zu stickig. Die meisten Häuser auf der Hauptstraße waren noch nicht geöffnet; nur in wenigen wurden die Kunden die ganze Nacht hindurch bedient.

Nicole wartete, bis die anderen verschwunden waren, dann ging sie die Hauptstraße hinab zum Transportbüro in der Hoffnung, dort einen Wagen oder eine Kutsche mieten zu können, die sie weiter landeinwärts brachte.

»Haben Sie Ihren Gatten irgendwo verloren?« Traver Prestons Stimme ließ sie erstarren.

»Er – er ist eben vorausgegangen.«

»Nicht eben ein Gentleman«, schnarrte er. »Eine Dame in einer solchen Stadt allein zu lassen…« Wenn er so lächelte, sah er nicht einmal schlecht aus, aber dennoch strahlte er etwas aus, das ihr Unbehagen verursachte.

»Wünschen Sie etwas, Mr. Preston?«

»Nein, Madam. Ich dachte nur, Sie könnten vielleicht ein bißchen Hilfe gebrauchen.«

»Ich brauche gar nichts, danke, ich komme sehr gut allein zurecht.« Mit diesen Worten richtete sie sich auf und marschierte die Straße hinunter. Obwohl Preston nicht von ihrer Seite wich, ging sie weiter, ohne ihm Beachtung zu schenken. Sie wollte ihn gerade anfahren, sie doch allein zu lassen, als eine Bartür aufflog und zwei raufende Männer sie beinahe umgestoßen hätten. Prestons Arm flog um ihre Taille und zog sie eben noch rechtzeitig aus dem Weg.

»Sieht ja jeder, daß ein kleines Ding wie Sie keine Hilfe braucht, Madam.« Er tippte sich an den Hut und entfernte sich.

Nicki zögerte nur einen Augenblick, dann hatte sie ihn eingeholt, ehe er noch drei Schritte gemacht hatte.

»Es – es tut mir leid. Es war unhöflich von mir. Um die Wahrheit zu sagen, ich könnte etwas Hilfe gebrauchen. Ich reise nach Atlanta. Ich wäre Ihnen sehr dankbar, wenn Sie mir helfen könnten, eine Kutsche zu organisieren.«

Er schien aus allen Wolken zu fallen. »Sehen Sie mal, meine kleine Lady, das ist ein verdammt langer Weg. Allein schaffen Sie das niemals.«

»Ich versichere Ihnen, daß ich das schaffen werde, Mr. Preston.« In Gedanken fügte sie hinzu: *Und ich bin auch nicht Ihre kleine Lady.* Statt dessen sagte sie: »Aber es wäre leichter, wenn Sie mir behilflich wären.«

Preston zögerte nur einen Moment, während sein Blick ihre teuren Kleider abschätzte. »Also gut, Madam, wenn Sie so fest entschlossen sind... Zufällig kenne ich jemanden, der Sie liebend gerne mitnehmen würde. Er vermietet Ihnen einen Wagen mindestens bis Hammond.«

»Das wäre ideal.« Von dort aus konnte sie eine Kutsche nach Osten nehmen.

Preston entschuldigte sich und verschwand in der Bar. Einige Zeit später kam er mit einem kleinen Kerl wieder heraus, der ebenso breit wie groß war.

»Das ist Marcus. Für zehn Dollar bringt er Sie nach Hammond.«

Zehn Dollar waren ein Vermögen. »Wie wäre es mit fünf?«

Marcus kicherte leise, und sein runder Bauch zitterte unter der Bewegung. »Zehn.«

»Fünf«, feilschte sie, denn sie wußte, daß sie nicht viel besaß.

»Sieben«, schlug er vor.

»Einverstanden.« Sie reichten sich die Hand, und Marcus führte sie die Straße hinab zu einem Mietstall. Preston bedeutete ihr, draußen zu warten, während er und Marcus hineingingen. Ein paar Minuten später kamen sie wieder heraus, Preston voran und Marcus auf einem windschiefen alten Planwagen, dessen Räder aussahen, als würden sie beim ersten Schlagloch abfallen. Das Pferd, das Marcus angespannt hatte, war uralt und klapperdürr und schleppte sich so mühsam vorwärts, als wäre jeder Schritt sein letzter.

»Haben Sie ihn schon jemals gefüttert?« Sie konnte sich die Frage nicht verkneifen.

»Auf den alten Zeke ist Verlaß«, versicherte ihr Marcus.

Traver Preston half ihr hinauf. »Vielen Dank, Mr. Preston.«

»Es war mir ein Vergnügen, Madam.« Er tippte sich an den Hut und lächelte ihr nach, als der Wagen davonrollte.

Nicki atmete erleichtert auf. Jetzt hatte sie es geschafft. Sobald sie Hammond erreicht hatte und wußte, wohin sie von dort aus fahren sollte, war die Chance, daß Alex sie finden würde, verschwindend gering. Wahrscheinlich würde sie ihn nie wiedersehen. Er würde Clarissa heiraten, sich eine neue Geliebte suchen und das Leben führen, das er sich immer gewünscht hatte.

Ohne Bindungen.

Ohne Liebe.

Warum machte es sie dann so traurig, wenn sie sich vorstellte, wie er ohne sie lebte? Warum sollte ihr sein Glück überhaupt etwas bedeuten? Was hatte Alexandre an sich, daß andere Menschen sich um ihn sorgten, und sich um ihn kümmern wollten?

Plötzlich dämmerte ihr, daß Alex sich vielleicht um *sie* sorgte, und sie sich deshalb im Gegenzug um ihn sorgte. *Er sorgt sich, genau. Um jeden außer um mich.*

»Brrr!« Marcus' Reibeisenstimme lenkte ihre Gedanken in eine andere Richtung. Er zerrte an den Zügeln des alten Zeke. Sie waren ein paar Meilen weit gefahren, vorbei an Zuckerrohrfeldern, auf denen schwarze Arbeiter schwere Arbeit leisteten. Dieses Straßenstück wirkte vollkommen verlassen. Ein paar Krähen krächzten hämisch von dem Zypressenast über ihnen herab.

»Warum halten wir?«

»Der olle Zeke braucht 'ne Pause«, sagte Marcus.

»Aber wir sind erst ein paar Meilen gefahren. Bestimmt ist er noch nicht müde.«

Marcus zuckte nur mit den Schultern.

»Tut mir leid, Madam«, hörte sie eine Stimme vom Sumpf her. »Es ist mir wirklich zutiefst zuwider, aber weiter kommen Sie nicht.« Traver Preston kletterte aus dem Straßengraben und kam auf sie zu.

»Was tun Sie hier? Wovon reden Sie?« Preston kam an ihre Wagenseite, schlang einen Arm um sie und hob sie herunter.

»Ich muß nach Hammond«, rief sie ihm in Erinnerung. »Sie haben gesagt, Sie würden mir helfen.«

»Manchmal kommt es anders, als man denkt. Und wenn Sie jetzt so freundlich wären, mir Ihre kleine Tasche zu reichen, dann können Marcus und ich uns gleich verabschieden.« Hinter ihm standen zwei gesattelte Pferde. »Ich werde Sie festbinden müssen, aber ich werde nicht zu fest anziehen. Sobald Sie sich befreit haben, können Sie den alten Karren zurück in die Stadt fahren.«

»Sie haben das gemeinsam ausgeheckt?«

»Ich hab' den Mann heute zum erstenmal gesehen«, erklärte

ihr Preston, »aber er sah so aus, als könnte er das Geld ebenso gebrauchen wie ich.«

»Ich – ich habe kein Geld.« Sie hielt ihre Reisetasche fest.

Prestons Augen musterten sie wie schon zuvor, glitten über den eleganten teuren Stoff ihres dunkelblauen Reitkleides. »Lady, solche Kleider kauft man nicht auf dem Flohmarkt. Und jetzt geben Sie mir die Tasche.«

Er faßte danach, doch sie zog sie zurück. »Ich sage die Wahrheit. Ich habe kein Geld. Jedenfalls nicht viel. Und was ich habe, brauche ich selbst, um wegzukommen.

»Um wegzukommen?« Er zog eine dünne dunkle Braue hoch.

»Ich meine – ich brauche es, um nach Hammond zu kommen. Dort treffe ich meinen Gatten.«

»Donovan St. Michaels«, ergänzte er sarkastisch.

»Ganz genau.«

Preston kicherte leise. »Lady, ich habe schon eine Menge schlechter Lügner gesehen, aber Sie sind die schlechteste. Ich werde Ihnen sagen, was ich glaube. Ich glaube, Sie sind fortgelaufen. Ich glaube, Mr. Donovan St. Michaels, oder wie immer der Mann auch heißen mag, würde gutes Geld springen lassen, um Sie zurückzubekommen.«

»Jedenfalls ist sie 'ne Schönheit, das stimmt«, fügte Marcus hinzu. »Man braucht sich bloß die tollen roten Haare vorzustellen, wenn keine Nadeln mehr drin sind.«

»Sie ist schön, genau. Und sie hat Stil. Gar nicht die Sorte Frau, die allein reist.«

»Ich bin nicht fortgelaufen«, log sie.

Preston ging gar nicht darauf ein. »Wenn sie kein Geld hat, dann bringen wir sie einfach zurück nach Montagne. Mal sehen, ob der Sheriff sie nicht vielleicht sucht. Wahrscheinlich ist sie die Frau oder Tochter von irgendeinem reichen Kerl. Vielleicht ist eine Belohnung ausgesetzt.«

»Nein!« schrie Nicki und wich zurück. »Wenn Sie mich zurückbringen, dann werde ich erzählen, daß Sie versucht haben, mich auszurauben.«

»Wenn Sie fortgelaufen sind, und ich wette, daß dem so ist, dann steht Ihr Wort gegen unseres.«

»Ich werde nicht mitkommen.« Sie machte einen Schritt rückwärts, öffnete die Reisetasche und zog Alex' Pistole heraus. »Wenn Sie einen Schritt in meine Richtung machen, dann schieße ich.«

Preston lachte nur. Seine Hand fuhr hinter seinen Rücken, und er zog seine Waffe, die er hinten in seine Hose gesteckt hatte. »Sehen Sie? Ich habe auch so eine. Also legen Sie das Ding hin, bevor Sie sich weh tun.«

Mit einem widerlichen Lächeln wandte er sich um und sprang in ihre Richtung. Nicki drückte ab und ein Schuß ging los, der sie beinahe umwarf und die Luft mit scharf riechendem Schießpulver erfüllte. Traver Preston lag leise stöhnend am Boden. Sie warf ihre Pistole weg und hob die Waffe auf, mit der Preston auf sie gezielt hatte und die nun neben ihm im Straßenstaub lag.

»Keine falsche Bewegung«, warnte sie Marcus mit mühsam ruhig gehaltener Stimme, während er vom Wagen kletterte. Sie hielt die Waffe auf ihn gerichtet. »Ich glaube, Sie haben deutlich genug gesehen, daß ich keine leeren Worte mache.«

»Ja, Madam«, bestätigte Marcus.

»Hier rüber.« Er tat, wie sie befahl. »Und jetzt drehen Sie sich um und legen Sie die Hände auf den Rücken.«

Marcus kreuzte die fleischigen Hände hinter sich. Nicki zog das Taschentuch aus seiner Hosentasche und band die Hände zusammen. Die dünne Fessel würde nicht lange halten, aber das brauchte sie auch nicht. Traver Preston stöhnte nicht mehr, sondern saß zusammengekrümmt da und preßte die Hand auf seine Schulter.

»Es tut mir leid, Mr. Preston«, sagte sie. »Ich wollte Ihnen bestimmt nicht wehtun, aber ich bin es leid, immer nur herumgestoßen zu werden. Halten Sie sich den Hemdzipfel auf die Wunde, um die Blutung zu stillen. Und suchen Sie sich einen Arzt.« Mit diesen Worten kletterte sie zurück auf den Wagen, nahm die Zügel in die Hand und trieb das Pferd an. Zu ihrer Überraschung fiel es in Trab, den es für einige Meilen beibehielt.

Eine Stunde später wechselte sie ins Schrittempo über, das sie den restlichen Tag beibehielt. Sie würde es nicht bis Hammond schaffen, aber es mußte ein paar kleine Herbergen entlang der Straße geben. In der ersten wollte sie die Nacht verbringen.

Sie versuchte, nicht daran zu denken, wie knapp sie einer Katastrophe entronnen war. Wenn Traver Preston sie nach Montagne zurückgebracht hätte, hätte man früher oder später entdeckt, wer sie war – und wem sie gehörte. Bis Alex eintraf, um sie mitzunehmen – wenn er überhaupt gekommen wäre –, hätte man sie ins Gefängnis gesteckt. Bei dem Gedanken lief ihr eine Gänsehaut über den Rücken.

Doch dann besserte sich ihre Stimmung. Jetzt, nachdem die Gefahr gebannt war, fand sie, daß sie die Situation recht gut gemeistert hatte. Sie war mit diesen Männern ganz gut fertig geworden, hatte ihr Recht verteidigt und sich selbst beschützt. Mit ein bißchen Glück und ärztlicher Hilfe war Preston bald wiederhergestellt. Sie bezweifelte, daß er den Vorfall melden würde, da sie bereits verschwunden war und mit ihr jede Hoffnung auf eine Belohnung.

Genau wie sie es gelobt hatte, hatte sie für sich selbst gesorgt. Sie würde das wieder tun, wenn es nötig werden sollte. Sie brauchte weder Alexandre noch irgendeinen anderen Mann. Den ersten Schritt in Richtung Freiheit hatte sie getan.

Warum sagte ihr diese innere Stimme nur immerzu, daß die Freiheit von Alex nur Einsamkeit bedeutete?

Alex nahm die *Belle Creole* von La Ronde flußaufwärts. Er kannte Kapitän Maddox, den grauhaarigen Mann, der das luxuriöse Flußboot schon fünf Jahre lang steuerte. Für eine großzügig bemessene Summe hatte sich der Kapitän schließlich bereit erklärt, an jedem Ort anzulegen, an dem das Mitternachtsboot, die *Memphis Lady,* möglicherweise angelegt hatte.

Jedesmal, wenn der Dampfer anlegte, sprang Alex kurz von Bord und befragte jeden nach einer alleinreisenden jungen Dame. An einem Ort traf er auf einen dürren jungen Mann, der am Hafen arbeitete und nachts zuvor dasselbe Schiff genommen hatte. Er erinnere sich daran, daß die Frau, die Alex ihm beschrieb, in La Ronde an Bord gegangen war, aber danach hatte er sie nicht mehr gesehen und nicht bemerkt, wo sie von Bord gegangen war.

»Das war vielleicht 'ne schöne Frau«, sagte der Mann. »Haare von so 'ner Farbe vergißt man nicht. Und diese Augen – irgendwie blaugrün. Sie war nicht aufgetakelt, wirklich nicht. Nur schön, und irgendwie anständig.«

»Das ist sie«, stimmte Alex zu. Sein Magen verkrampfte sich. Die nur allzu zutreffende Beschreibung des Mannes löste Zorn und Schmerz in ihm aus. Nicki war schön, naiv – und allein. Er wollte nicht, daß die Männer sie abschätzig musterten und sich fragten, wo ihr Mann war und warum sie allein reiste. Er wollte nicht, daß sie sich ihr näherten.

Gleichzeitig kamen ihm jedoch Zweifel an seinen Gefühlen. Warum war sie ihm so wichtig? Warum gab er nicht einfach ihre Verpfändungspapiere zurück und überließ sie ihrem Schicksal? Doch dann dachte er an ihre Sanftheit und daran, wie sie die Welt durch so frische, unschuldige Augen betrachtete, trotz allem, was sie durchgemacht hatte. Sie brauchte den Schutz eines Mannes – seinen Schutz. Daß dabei ihr Stolz verletzt werden könnte, schien ihm ein durchaus gerechtfertigter Preis.

Seine Kiefermuskeln spannten sich. Bei Gott, Nicki gehörte ihm. Ob richtig oder falsch, er hatte sie in sein Bett genommen und war nun für sie verantwortlich und würde sie nicht gehen lassen!

Er schwor, sie zu finden, und wiederholte diesen Eid immer und immer wieder. Doch je mehr Zeit verstrich, desto mehr Sorgen machte er sich. Nur noch ein Ort vor Baton Rouge. Was war, wenn sie es sich anders überlegt hatte und weiter flußaufwärts gefahren war? Was war, wenn Danielle ihn angelogen hatte? Beides schien unwahrscheinlich. Danielle würde nicht wagen zu lügen, und sobald sich Nicki etwas in den Kopf gesetzt hatte, war sie viel zu störrisch, um ihre Meinung zu ändern. Wenn er auch in Montagne keine Spur fand, dann mußte er nach Baton Rouge fahren und dann bei nächster Gelegenheit wieder flußabwärts fahren und noch einmal nachforschen.

»Verdammt!« fluchte Alex. Nochmals von vorne anzufangen, würde ihn viel Zeit kosten. Tage, die er nicht verlieren durfte.

Er ging auf dem Deck auf und ab und beobachtete das vorbeiziehende Flußufer. Einerseits war er ganz krank vor Sorge, andererseits verfluchte er sie und überlegte, wie er Rache an ihr nehmen würde, sobald er sie in die Hände bekommen hatte.

»Nächste Station Montagne«, rief einer der Stewards aus, als er an Alex vorbeikam.

Wie bei jedem Halt ging Alex mit den aussteigenden Passagieren von Bord und eilte zum Hafengebäude.

»Doch, an die erinnere ich mich«, erklärte ihm ein Gepäckträger. »Die war wirklich hübsch. Sie hat ein bißchen gewartet, bis die anderen fort waren, dann ist sie die Hauptstraße hinuntergegangen in Richtung Transportbüro.«

»Danke«, sagte Alex erleichtert. Wenigstens wußte er nun, wo er suchen mußte. »Sie waren mir eine große Hilfe.«

Nachdem er dem Mann eine Münze gegeben hatte, kehrte er

auf das Boot zurück, holte seine Satteltaschen, legte sie sich über die Schulter und eilte aufs Hauptdeck, wo Maximilian neben einigen anderen Pferden untergebracht war.

Sobald sie von Bord waren, bestieg Alex den Wallach und ritt direkt zum Transportbüro. Er erfuhr, daß Nicki nie dort angekommen war. Mit schlimmen Ahnungen machte er sich auf den Weg zum Mietstall.

»Sie kam mit 'n paar Männern an«, berichtete ihm der Besitzer, ein kahler Mann mit dickem, grauen Schnauzbart. »Ein kleiner Dicker und ein Spieler. Sie haben eine alte Klapperkiste gemietet, die billigste, die ich hatte, und dann sind sie in Richtung Hammond losgefahren. Wenigstens der Kleine und das Mädchen. Keine Ahnung, was aus dem Spieler geworden ist.«

»Wann war das?« Alex' Sorgen wurden von Minute zu Minute größer.

»Kurz vor Mittag.«

»Danke.« Sie hatten einen großen Vorsprung, aber wenn er Max bis zum Äußersten antrieb, konnte er sie vielleicht noch einholen, möglicherweise fand er sie in einem Gasthof, wo sie übernachteten. Er betete, daß Nicole nichts passiert war, und daß sie an jemanden geraten war, der sich nur für ihr Geld interessierte. *Für sein Geld,* verbesserte er sich leise fluchend. Wenn er die kleine Wildkatze in die Hände bekam, würde sie ihm das teuer bezahlen.

Nicki fühlte sich hundemüde und jetzt, da die Sonne unterging, außerdem recht unbehaglich. Bald war es dunkel. Wenn sie keine Herberge fand, war sie gezwungen, hinten im Wagen zu schlafen.

»Komm schon, Kleiner«, trieb sie das alte Pferd an, das sie bereits liebgewonnen hatte. »Nur noch ein kleines Stück.« Sie würde ihm Hafer und einen Heuballen besorgen, damit er wenigstens eine anständige Mahlzeit bekam, bevor sie ihn zurückließ und die Kutsche nahm. Das Pferd wieherte leise, als hätte es verstanden, und trottete weiter die Straße entlang.

Die Nacht war bereits hereingebrochen, nur eine dünne Mondsichel erhellte die Straße, und immer noch war sie unterwegs. Als sie um eine Biegung fuhren, die sie schon vor Meilen gesehen hatte, bibberte Nicki in der Abendkälte und wünschte sich, sie hätte eine Decke. Der Weg war kaum zu erkennen, obwohl ihn der alte Zeke zu kennen schien.

Nicht viel später erblickte sie kleine gelbe Punkte in der Dunkelheit. Als der Wagen näher kam, wurden aus den Punkten Fenster, und sie erkannte, daß das zweistöckige Gebäude eine Herberge war.

»Gott sei Dank«, flüsterte sie und seufzte erleichtert.

Vom langen Sitzen tat ihr alles weh, jeder Muskel, jedes Gelenk schmerzte nach der Fahrt auf dem ungefederten Wagen. Sie brachte Zeke zum Stehen und zog die Bremse an. Nachdem sie vom Sitz geklettert war, reckte und streckte sie sich erst einmal.

Aus der Gaststube konnte sie Männerstimmen und den Klang eines leicht verstimmten Klaviers hören.

»Brauchen Sie Hilfe, Missis?« Ein kleiner Schwarzer kam um die Hausecke gebogen.

»Ja, bitte. Mein Pferd muß versorgt werden. Sieh zu, daß es Hafer und einen Ballen Heu bekommt.«

»Ja Ma'm«, sagte der Junge.

Er führte den alten Zeke zum Stall hinter dem Haus, während Nicki die Stufen hinaufging und die schwere Holztür aufstieß. Das Gasthaus hatte eine niedrige Decke mit schweren, geschnitzten Balken und Eisengittern vor den Fenstern. Es sah fast spanisch aus, obwohl die Einrichtung von den Besitzern schlimm zugerichtet worden war.

»Suchen Sie jemanden?« fragte der Gastwirt und beäugte sie

vom Scheitel bis zur Sohle. Sein französischer Akzent war wesentlich ausgeprägter als Alex'.

»Ich soll meinen Gatten, Donovan St. Michaels, hier treffen.« Die Geschichte war genauso gut wie jede andere.

»Ich fürschte, er ist nischt 'ier.« Der Gastwirt war ein großer Mann mit dichtem, viel zu langem schwarzen Haar, fleischigen Schultern und Händen und schwarzem Bart.

»Nun, dann wird er noch kommen«, erklärte sie ihm. »Bis dahin brauche ich ein Zimmer.«

»Sie wollen allein 'ier bleiben?«

»Ich habe Ihnen doch gesagt, mein Gatte wird jeden Augenblick eintreffen.«

»*Oui,* das 'aben Sie gesagt.« Er wischte sich die breiten Pranken an dem Handtuch ab, das in seiner schweren Lederschürze steckte. »Er 'eißt *Donovan* St. Michaels, ja?«

»Ja.«

»Das 'abe isch mir gedacht. Wenn er ankommt, werde isch ihn 'inaufschicken.«

»Dafür wäre ich Ihnen sehr dankbar.«

»Sie müssen im voraus bezahlen.«

»Natürlich.« Sie willigte ein, als wäre ihr das von Anfang an klar gewesen. Sie grub in ihrer Reisetasche und zog eine kleine Lederbörse voller Münzen heraus. »Ich brauche auch noch etwas zu essen. Und der Junge draußen füttert mein Pferd.«

Er grunzte zustimmend und nannte ihr eine Summe, die ihr schon wieder viel zu hoch erschien, aber sie war zu müde, um sich mit ihm zu streiten. Außerdem war der Raum voller Männer, die alle ihre Ankunft bemerkt hatten und sie nun beobachteten. Manche flüsterten einander zu, deuteten in ihre Richtung und lachten. Zwei Mädchen arbeiteten als Bedienung und füllten eifrig Bierkrüge und Weingläser.

Sie folgte dem Franzosen die Treppe hinauf. Als sie gerade

oben angekommen waren, hörte sie die Glocke über der Tür scheppern. Unten trat ein rothaariger Mann in staubiger Dragoneruniform in den Raum. Ohne ihm weitere Aufmerksamkeit zu schenken, wartete Nicki, bis der Gastwirt die Zimmertür aufgeschlossen hatte.

»Über die Hintertreppe geht's zum Abort«, erklärte er ihr.

»Danke.« Wenigstens mußte sie nicht durch die Schenke.

Sobald sie in dem winzigen Zimmer stand, zog sie erstaunt eine Braue hoch. Es war sauber und ordentlich, wenn auch von spartanischer Einfachheit. Das Bett bestand nur aus einer moosgefüllten Matratze über breiten Holzlatten, aber die Zudecke schien warm und sauber zu sein. Eine verkratzte Eichenkommode stand unter einem kleinen Spiegel an einer Wand. Ein Krug und eine Waschschüssel standen bereit. Kein Feuer brannte im Kamin, aber es war auch nicht kalt.

Da sie sich nicht ausziehen konnte, ehe ihr das Essen gebracht worden war, warf Nicki ihre Tasche auf das Bett und begann, ihre Zöpfe aufzuflechten. Mit der silbergriffigen Bürste, die sie aus ihrem Zimmer auf Belle Chêne mitgenommen hatte, dem einzigen Luxus, den sie sich gestattet hatte, bürstete sie die langen, lockigen Haare, bis sie im Licht der Öllampe neben dem Bett glänzten.

Gerade als sie fertig war, klopfte es an der Tür. Ein vollbusiges Mädchen brachte ein Tablett mit Essen herein und stellte es auf der Kommode ab. »Danke«, sagte Nicki und bedankte sich mit einem Lächeln statt mit einem Trinkgeld, das sie sich nicht leisten konnte. Der Duft des knusprigen Brotes und des dicken Fleischeintopfs ließen ihr das Wasser im Mund zusammenlaufen.

Sie würde erst essen und dann ihre staubigen Kleider ausziehen. So müde wie sie war, würde sie, wenn sie gegessen und getrunken hatte, bestimmt bald einschlafen.

Der junge rothaarige Dragoner zog sich einen Stuhl heran und schlug auf den blanken Eichentisch. »Bring mir Rum, Mädel, und zwar schnell.« Das Mädchen tat, wie befohlen, und er leerte das Glas mit einem einzigen großen Schluck. »Noch einen«, rief er laut. Breit grinsend versetzte er ihr einen deftigen Schlag auf das Hinterteil. Das breithüftige Mädchen kicherte.

In jeder anderen Nacht hätte Septimus K. Watkins sie als hübsch genug erachtet, mit ihr ins Bett zu hüpfen, aber nicht heute abend. Er war eben befördert worden. Das wollte er feiern – indem er sich bis zum Umfallen betrank und sich dann das geilste Weib in der ganzen Schenke vornahm.

»Wie heißt du, Junge?« Ein kahler, einäugiger Kerl, der wie ein Seemann aussah, ließ sich ihm gegenüber nieder.

»Sep Watkins.« Er reichte ihm eine schmale Hand.

»Ein guter Name für einen guten Kämpen.« Der Seemann nahm die Hand an. »Sergeant, nicht wahr?«

»Corporal. Ab heute.«

»Ich heiß' Wheelock Upton.« Der Seemann schlug Sep auf den Rücken und drehte sich dann zu dem Mädchen um, das neben ihm stand. »Bring dem Jungen was zu trinken«, sagte er grinsend, »und bring mir auch noch einen mit, wenn du schon dabei bist.«

Eine Stunde später hing der Seemann über dem Tisch, voll wie eine Haubitze und mit einem schmutzigen Seemannslied auf den Lippen, während sich Sep immer noch ausgezeichnet fühlte. Er hatte ein bißchen Schlagseite, zugegeben, aber nicht so sehr, daß er sein Mädchen nicht genießen würde. Er torkelte zur Eichentheke vor, wo der Wirt gerade ein frisches Faß anzapfte, und zog den großen Mann beiseite.

»Ich will das beste Mädel im ganzen Laden.«

»Das ist Desiree«, antwortete der Franzose und deutete auf die breithüftige Kellnerin, die ihn den ganzen Abend bedient hatte.

Sep schüttelte den Kopf. »Nicht heute. Ich hab die Taschen voller Geld und den Bauch voller Rum. Ich will was ganz Besonderes.« Er ließ seine Börse hüpfen, daß das Geld nur so klingelte.

Der Gastwirt strich sich über den Bart. »Isch 'abe was Besonderes«, sagte er mit einem Blick die Treppe hinauf. »Aber sie ist teuer.«

»Heute abend ist mir nichts zu teuer.«

»Sie 'at 'aare wie Küpfer«, sagte er langsam, »und so eine dünne Taille –« er bildete mit seinen Händen einen winzigen Kreis – »und Augen wie das Meer.«

Sep lächelte zustimmend, aber der Schankwirt ging nicht darauf ein.

»Aber andererseits, Sie werden sie vielleischt nischt wollen. Sie müssen wissen, sie will einen Mann, der ist, wie sagt man? Rauh. Ein Mann, der sie nimmt, obwohl sie protestiert. Der ihr zeigt, daß er ist wirklisch ein Mann, *comprenez-vous?«*

Der Corporal schnaufte aus. »Ich werde ihr eine unvergeßliche Nacht verschaffen.«

»Sie wollen sie also haben?«

»Wenn ich mit ihr fertig bin, wird sie wissen, was ein richtiger Mann ist.«

Der Wirt schlug ihm auf den Rücken. »Lassen Sie misch Ihr Geld sehen, Soldat. Isch glaube, wir kommen ins Geschäft.«

Wie der Franzose versprochen hatte, hielt Sep den Atem an, als er die Tür aufgeschlossen hatte und die schlafende Schönheit vor sich sah. Einen Augenblick blieb er nur in der Tür stehen und schaute sie unter dem Licht der hochgehaltenen Lampe an. Sein Blick fiel auf das helle, kupferfarbene Haar, das sich über das Kissen ausbreitete.

Ihre Augen waren geschlossen, aber dichte, dunkle, tiefbraune Wimpern lagen auf ihren Wangen, und ihr voller Mund war von einem atemberaubenden Rosa. Sie trug ein einfaches weißes Nachthemd, aber der dünne Stoff verbarg kaum, wie sich die vollen, runden Brüste hoben und senkten. Sep spürte, wie sich sein Verlangen regte.

Er schloß die Tür hinter sich und stellte die Lampe auf die Kommode, von wo aus ihr weiches Licht über die schlafende Gestalt flackerte. Leise und voller Vorfreude legte er seinen Degen ab, streifte die schweren schwarzen Stiefel von den Füßen und löste die Messingknöpfe seiner Uniform. Dann folgte seine lange rote Unterwäsche, und schließlich stand er nackt vor ihr. Sein Körper war im monatelangen Dienst für sein Land hager geworden. Er ging zum Bett und ließ sich vorsichtig neben ihr nieder, ohne zu wissen, was ihn erwartete. Immer noch rührte sie sich nicht.

Mit zittriger Hand strich Sep über ihre Brüste, dann knöpfte er ihr Nachthemd auf und ließ seine Hand hineingleiten. Als er ihre weiche, weiße Haut und die Brustwarze berührte, die sich unter seiner Handfläche verhärtete, konnte er sich kaum noch beherrschen. Er verzehrte sich danach, in sie hineinzustoßen.

Er beugte sich hinunter und strich mit einem leichten, süßen Kuß über ihre Lippen. Sie seufzte. Dann flogen ihre Augen auf, und das bezauberndste Türkis seines Lebens offenbarte sich ihm.

»Alex?« flüsterte sie, und er fragte sich, wer der Glückliche wohl sein mochte.

Da ihre Lippen schon geteilt waren, war die Versuchung, sie nochmals zu küssen, übermächtig. Sep bedeckte ihren Mund mit seinem und fuhr mit seiner Zunge in ihren Mund. Er hörte, wie sie erschreckt japste, dann rissen ihre Finger an seinem grellroten Haar, und ihre Zähne senkten sich in seine Zunge.

»Autsch!« schrie er auf und zog sich mit blutender Zunge zurück. In Windeseile drückte er ihre Handgelenke aufs Bett und zwang sie mit seinem Körper nieder.

»Raus aus meinem Zimmer!« schrie sie. Sie versuchte, sich aufzusetzen, aber er war viel stärker als sie.

Sep lächelte nur. Er war auf diese Begegnung vorbereitet. Er war heiß – und man hatte ihn schließlich gewarnt. »Ich beschere dir den Ritt deines Lebens, meine Süße. Du kannst es dir leicht oder schwer machen. Ganz egal, du gehörst mir.«

»Neeiiiin!« schrie sie gellend, aber er brachte sie mit seinen Lippen zum Schweigen.

Nicki kratzte und biß, schlug mit Armen und Beinen um sich, zerrte und zog und versuchte sich zu befreien. Sie spürte, wie sich das steife Glied des Mannes gegen ihre Schenkel preßte, während er versuchte, zwischen ihre Beine zu gelangen. Obwohl sie mit aller Kraft gegen ihn ankämpfte, rutschte dadurch nur ihr Nachthemd nach oben. Als sie ihn wieder beißen wollte, hielt er ihre beiden Handgelenke nur noch mit einer Hand fest und preßte ihr die andere auf den Mund.

»Du gehörst mir, meine Süße. Heute nacht lernst du einen richtigen Mann kennen.«

Nicki preßte die Beine zusammen und zwang sich, ruhig liegenzubleiben. Traver Prestons Pistole lag immer noch in ihrer Reisetasche, nicht weit von ihr entfernt. Wenn sie sich nur einen Augenblick losreißen konnte, konnte sie an die Waffe gelangen.

Noch nie war ihr das Wort *wenn* so ungewiß erschienen.

14. KAPITEL

»Kann isch Ihnen be'ilflich sein, M'sieur?«

Alex antwortete dem Wirt auf französisch. »Ich suche nach einer Frau. Klein, mit kupferfarbenem Haar und türkisfarbenen Augen.«

»Sie sind ihr Ehemann?« fragte der Franzose offensichtlich entsetzt. »Sie sind Donovan St. Michaels?«

Alex lächelte in sich hinein, denn er durchschaute ihre List. »Dann ist meine Frau also hier?« fragte er, wobei er den Mann in seinem Glauben beließ.

»Ja, aber...«

»Aber was? In welchem Zimmer ist sie? Ich brauche einen Schlüssel.«

Der Franzose sah ihn sorgenvoll an. »Isch 'abe schlechte Neuigkeiten für Sie, M'sieur.« Seine Augen huschten nervös herum, und er strich sich über seinen schwarzen Bart. »Anscheinend ist Ihre Frau mit ihrem Geliebten oben. Offenbar 'aben die beiden Sie nicht so bald erwartet.«

»Mit ihrem Geliebten?« Er hatte seinen Zorn bisher im Zaum gehalten, doch jetzt konnte er sich nicht mehr länger beherrschen. »Sie meinen, sie ist mit einem Mann dort oben?«

«*Oui*, M'sieur.«

»Geben Sie mir den Schlüssel.«

»Ich glaube, es wäre am besten, wenn Sie nach Hause zurückfahren und dort auf sie warten würden.«

»Augenblicklich.«

Der Wirt reichte ihm einen Schlüssel. »Es ist das Zimmer am Ende der Treppe, aber ich warne Sie, der Mann, der bei ihr ist – er ist Soldat.«

Alex schenkte sich eine Antwort – zwei Stufen auf einmal nehmend, eilte er die Treppe hinauf und schloß die Tür auf. Als er sie aufstieß, sah er Nicki unter einem nackten, rothaarigen Mann liegen. Ihr Nachthemd war offen und ihre Brüste waren zu sehen. Das Kleid war ihr bis zum Bauch hochgerutscht und entblößte ihre wohlgeformten Beine. Alex' Zorn war in diesem Augenblick so groß, daß er ganze fünf Sekunden brauchte, bis ihm klar wurde, daß sie sich wehrte und die Finger um ihre Reisetasche gekrampft hatte, die sie quer über den Boden zu sich heranzog.

»Ich sollte dich ihm überlassen!« tobte er, aber statt dessen fuhr seine Hand an den Nacken des Mannes, umklammerte mit Eisengriff dessen Hals und zog ihn fort, als wäre er ein schwächliches Kind.

»Was zum…?« Die Worte erstarben auf den Lippen des verblüfften Mannes.

Alex stieß seine Faust in den Bauch des Dragoners, so daß er zusammensackte, und versetzte ihm dann einen gewaltigen Kinnhaken. Nicki kreischte auf, als der Mann in die Kommode krachte, so daß sie halb durchs Zimmer rutschte und die Lampe beinahe umkippte. Nach zwei weiteren Fausthieben spritzte Blut aus der gebrochenen Nase des Soldaten.

»Wenn Sie so wild auf Sie sind, dann können Sie sie haben«, keuchte der Dragoner, als Alex ihn am Haar hochzog. »Ich hab' schon für sie bezahlt.«

Alex hielt mitten im Schlag inne. »Bezahlt? Wovon reden Sie?«

»Ich hab' doch gesagt, Sie können sie haben.«

»Bei wem haben Sie bezahlt?«

»Bei dem Franzosen«, japste er. »Zwanzig Dollar. Alles, was ich hatte.«

Alex fluchte aus vollem Herzen.

»Der Franzmann hat gesagt, sie mag es grob. Daß sie einen echten Mann spüren will.«

Alex ließ den Mann los, und er sackte zu Boden. »Raus hier.«

Der Soldat packte seine Uniform mit einer Hand, seine Stiefel mit der anderen und richtete sich mühsam auf. Nackt taumelte er aus der Tür.

Mit zerzaustem Haar kam Nicki auf die Knie und hielt sich das zerfetzte Nachthemd vor, um ihre Brüste zu bedecken.

Nom de Dieu – er hatte recht gehabt! Gott sei Dank war er noch rechtzeitig eingetroffen. Zum Teufel mit diesem störrischen kleinen Biest, sie brauchte seinen Schutz. Es machte ihn rasend, daß sie nicht auf ihn hören wollte. Aber irgendwie und irgendwann mußte er sie doch zur Einsicht bringen!

Nervös fuhr sie sich mit der Zunge über die Lippen. »Alex, ich wollte –«

»Wir unterhalten uns, wenn ich zurück bin.« Sein Blick jagte eine Gänsehaut über Nickis Rücken. Mit zusammengebissenen Zähnen und verkniffenem Mund drehte er sich um und lief zur Tür hinaus.

Nicki rannte ihm nach. Sie öffnete die Tür weit genug, um hinausschauen zu können. Da sie Alex' Stimme im Schankraum unten hörte, schlich sie zum Geländer, bis sie sehen konnte, wie er auf den Franzosen zumarschierte.

»Merde«, rief der Wirt, als Alex ihn am Hemd packte und ihn über die Theke zerrte. Dann schlug er ihm auf den Mund, daß das Blut nur so spritzte. Ein zweiter Schlag ließ ihn rückwärts über die ungeschliffenen Holzbänke fliegen. Ein paar Tische fielen um. Kein einziger Mann im Raum rührte eine Hand, um ihm zu helfen.

Mit kehligem Knurren ging der Franzose zum Angriff über. Alex wich seinem gewaltigen Hieb aus und schlug statt dessen selbst zweimal zu. Der Mann flog rückwärts an die Wand. Er landete mit einem lauten Krachen, sein Kopf kippte nach hinten, seine Augen schlossen sich, und dann glitt er an der Wand hinab.

Als Alex sich wieder der Treppe zuwandte, hielt Nicki die Luft an. Noch nie war sein Blick so finster, seine Miene so zornig gewesen. Sein Mund war nur mehr eine dünne Linie, und ein Muskel zuckte in seinem Kiefer. Er sah sie, und Flammen schienen aus seinen Augen zu lodern. Nicki schrie auf und rannte zurück in ihr Zimmer, wo sie die Tür hinter sich verriegelte.

Alex drehte den Knauf um und begriff, daß die Tür von innen verschlossen war. Fluchend steckte er den Schlüssel, den er immer noch in seiner Tasche trug, ins Schloß. Als er eintrat, stand Nicki mitten im Zimmer, mit gespreizten Füßen und beiden Händen an der Pistole, die genau in seine Richtung zeigte.

»Ich – ich will dir nicht weh tun, Alex. Ich bin dir wirklich dankbar für deine Hilfe, aber ich gehe nicht mit dir zurück.«

So wild hatte er sie noch nie gesehen. Ihr Haar leuchtete flammendhell im Lampenschein, ihre Brüste hoben sich unter ihrem offenen Nachthemd, und ihre Brustwarzen schimmerten rosa. Aus ihren Augen sprühten Kampfgeist und Entschlossenheit.

»Leg das Ding weg«, befahl er, während er auf sie zuging.

»Ich komme nicht mit zurück.«

»Du kannst nirgendwo sonst hin.«

»Ich werde schon etwas finden.«

Noch ein Schritt, eine knappe Bewegung, und Alex hatte ihr die Pistole aus der Hand geschlagen, die dabei losging. Der Schuß hallte in dem kleinen Raum wider, und Holzspäne aus der Decke flogen ihnen um die Ohren. Während Nicki fluchend zurückwich, untersuchte Alex die Waffe genauer, deren Lauf immer noch warm war und rauchte. Eine dunkle Braue flog hoch. Er hatte damit gerechnet, daß sie eine Pistole hatte – seine Pistole –, aber diese Waffe gehörte ihm nicht.

»Woher hast du das?« Er fixierte sie mit finsterem Blick.

»Also, ich…«

»Ich warte«, drängte er.

»Ich – also, ich…« Sie leckte sich mit der Zunge über die weichen, rosa Lippen und erinnerte ihn damit daran, daß vor wenigen Augenblicken ein anderer Mann diese Süße gekostet hatte – erinnerte ihn an die Gefahr, in der sie geschwebt hatte.

»Wir wissen beide, daß du eine miserable Lügnerin bist«, sagte er kalt. Sein Zorn kannte keine Grenzen.

Nicki reckte die Schultern, streckte das Kinn vor und erwiderte offen seinen wütenden Blick. »Ich habe die Pistole abgefeuert, die ich mir von dir ausgeliehen habe. Weil ich eine andere brauchte, habe ich die des Mannes genommen, auf den ich geschossen habe.«

»Auf den du geschossen hast?« Er traute seinen Ohren nicht.

»Genau. Er wollte mich ausrauben, deshalb habe ich auf ihn geschossen. In Notwehr natürlich. Er hat versucht, mich auszurauben.«

»*Sacrebleu,* jetzt reicht's mir aber. Das ist mehr, als ich ertragen kann.« Zwei lange Schritte, und er hob sie vom Boden hoch. Ohne auf ihre hämmernden Fäuste und Proteste zu achten, trug er sie zum Bett und setzte sich auf die Bettkante. Plötzlich fand sich Nicki quer über seinen Knien wieder, so daß seine harten Schenkel gegen ihren Magen drückten.

»Laß mich runter!« kreischte sie und wand sich unter seinen Händen, die sie niederdrückten.

»Zweimal habe ich dich schon davonkommen lassen, als ich der die Prügel hätte verabreichen sollen, die du verdient hast.« Er schob ihr zerfetztes Nachthemd hoch und schaute auf ihren glatten, runden Hintern.

»Hör auf, Alexandre! Wag es ja nicht!«

Aber er wagte es. All ihr Zappeln und all ihre Proteste, um seiner brennenden Hand zu entkommen, waren vergebens. *Klatsch, klatsch, klatsch.* Seine riesige Hand knallte auf sie herab und brannte auf ihrem zarten Fleisch.

»Zur Hölle mit dir!« fluchte sie.

»Du läufst mir davon, obwohl ich versuche, mich um dich zu kümmern.« *Klatsch, klatsch, klatsch.* »Du begibst dich in Gefahr, immer wieder. Das lasse ich nicht zu!«

»Ich werde nicht deine Hure!«

Ein letzter, kraftvoller Schlag, dann stellte er sie auf die Füße.

Zornestränen strömten über ihre Wangen, doch sie wandte den Blick nicht ab.

»Merk dir eines, Nicki, und zwar besser gleich: Du bist eine Leibeigene. Meine Leibeigene. Du gehst dorthin, wohin ich dich schicke. Und du tust das, was ich dir sage.« Er packte sie am Arm. »Von jetzt an wirst du dich meinen Wünschen beugen. Habe ich mich klar ausgedrückt?«

Nicki biß die Zähne zusammen.

Alex schüttelte sie. »Habe ich mich klar ausgedrückt?«

»Vollkommen klar, Euer Gnaden«, preßte sie zwischen zusammengebissenen Zähnen hervor. »Aber ich möchte dich warnen. Vielleicht gehört dir mein Körper, aber meine Seele gehört dir nicht.«

Mit zornigen dunklen Augen hob er sie hoch und warf sie aufs Bett. Ohne auf die finsteren Blicke zu achten, die sie ihm zuwarf, marschierte er zur Tür, riß sie auf und schlug sie so fest hinter sich zu, daß die Fenster klirrten.

Lump, fluchte sie. Arroganter, anmaßender – Lump. Sie rieb sich ihr Hinterteil unter den Falten ihres Nachthemdes. Obwohl es immer noch wie Feuer brannte, hatte er sie längst nicht so schlimm geschlagen, wie sie befürchtet hatte. Nie würde sie die Schläge vergessen, die er dem Mann in ihrem Bett verabreicht hatte, oder die gnadenlosen Hiebe, die er dem Wirt hatte angedeihen lassen.

Offenbar schlug er weniger fest zu, wenn er es mit einer Frau zu tun hatte. Im Gegensatz zu den anderen, die sie kennengelernt hatte. Im Gegensatz zu Armand Laurent oder den Wachen im Gefängnis. Sie fragte sich, ob er in Wahrheit nicht auch aus Sorge um sie so gehandelt hatte. Alex sorgte sich von Natur aus um die Menschen, für die er verantwortlich war – und dazu zählte er ganz eindeutig auch sie.

Während sie auf jedes Geräusch achtete, kroch sie wieder unter die Decke und schüttelte ihr dünnes Kissen auf. Sie fragte sich, wo Alex war und betete, daß er vor dem Morgen nicht zurückkehren möge. Doch es dauerte nicht lang, bis sie draußen seine schweren Schritte hörte. Dann wurde die Tür geöffnet und er trat mit den Satteltaschen über seiner breiten, muskulösen Schulter ein.

Sie tat, als ob sie schliefe und beobachtete unter ihren schweren Wimpern hervor, wie er die Taschen nachlässig auf die Kommode warf. Nach einem kurzen Blick in ihre Richtung ließ er sich auf die Bettkante nieder und zog die hohen schwarzen Stiefel aus, die schwer auf dem Boden aufschlugen. Dann zog er sein Hemd aus der Hose und streifte es ab. Als sie hörte, daß er auch seine Hose auszog, fuhr sie hoch.

»Was tust du da?«

«Ich gehe zu Bett.« Er schaute sie nicht einmal an.

»Nicht in dieses Bett«, erklärte sie ihm.

»Doch, in dieses Bett.«

»Dann werde ich auf dem Boden schlafen.« Sie packte eine Decke und wollte gerade aufstehen, als Alex sie ohne jede Vorwarnung am Arm packte.

»Zurück ins Bett.« Sein Blick verriet, daß sich sein Zorn kein bißchen gelegt hatte. Einen Blick auf seinen Körper und das steife Glied, das sie bereits gespürt hatte, verriet seine Absichten.

»Ich werde nicht zulassen, daß du mich anrührst. Ich werde mich mit Händen und Füßen wehren.«

Sein Mund verzog sich zu einem ironischen Lächeln. »Du gehörst mir, *chérie.* Heute nacht werde ich es dir beweisen.«

»Du irrst dich, Alex.« Nicki wich zurück.

Sein Kiefer spannte sich an. »Dein Soldat sagte, du magst es gerne grob. Anscheinend hatte er doch recht. Du willst es grob. Dann sollst du es auch so haben.«

»Er war nicht mein Soldat«, rief sie mit wachsender Angst. »Ich habe den Mann nie zuvor gesehen.«

»Das, *chérie,* ist euer beider Glück.«

Nicki sah, wie sich Alex' breite Brust hob und senkte, sah wie er die Hände in die Hüften stemmte und spürte die altvertraute Angst in sich aufsteigen. Sie war nur ein einziges Mal mit ihm zusammen gewesen, wußte also nur, wie es war, sanft und voller Leidenschaft genommen zu werden. Aber trotzdem war sie kein Feigling. Nicht mehr.

Sie riß sich los, sprang vom Bett und rannte zur Kommode. Dort packte sie den ersten Gegenstand, der ihr in die Hände kam – die Bürste mit dem silbernen Griff. Sie schleuderte sie auf Alex und traf ihn an der Wange. Er knurrte leise und kam auf sie zu. Sie wich ihm aus, und er verfehlte sie um wenige Zentimeter.

Ihre Finger schlossen sich um den Henkel des halbvollen Wasserkruges. Sie schleuderte ihn mit aller Kraft nach ihm, aber er duckte sich, und das Gefäß krachte auf den Boden, so daß das Wasser in alle Richtungen spritzte. Dann flog die Schüssel an seinem Kopf vorbei und zerschellte an der Wand hinter ihm.

Alex grinste jetzt, anscheinend genoß er das Spiel. »Aha, *chérie,* genau wie ich vermutet habe, ist meine süße kleine Wildkatze in Wahrheit eine feurige Füchsin.«

»Laß mich in Ruhe!« Sie wich ihm aus,indem sie über das Bett kletterte. »Ich hasse dich!«

»Das werden wir ja sehen, *mon amoureuse,* das werden wir ja sehen.« Nach einer blitzschnellen Drehung schlang Alex seinen Arm um ihren Leib und hielt sie fest. Ihre Fäuste flogen hoch, sie versuchte, ihn zu beißen, sie kämpfte mit aller Macht, bis ihre Muskeln weh taten und sie keine Kraft mehr hatte. Immer noch hielt er sie fest.

Mit seiner freien Hand packte er ihr Nachthemd und riß es herunter. Ein zweites Reißen, und sie stand nackt vor ihm. Sie spürte, wie sein harter Schaft gegen ihr Fleisch drückte. Im geisterhaften Schein der Lampe schienen seine Augen vor Vorfreude zu glitzern, während sein Mund hart und unnachgiebig wirkte.

Nicki begann zu zittern. Sie hatte entsetzliche Angst. Jetzt würde er sie vergewaltigen. Er würde ihr weh tun und damit das Schöne zerstören, das sie miteinander erlebt hatten.

Alex zerrte sie grob aufs Bett, und das Bild der Wachen stieg vor ihren Augen auf. Sie hörte, wie ihre Fäuste auf weiches Fleisch schlugen, hörte die Schreie der Frauen. Ein Mann lachte, als er die Beine einer Frau auseinanderzwang und sich dazwischendrängte.

Nicki warf den Kopf hin und her, versuchte zu leugnen, was jetzt geschah, versuchte, die immer stärker werdende Angst zu bezähmen. Sie spürte warme Hände auf ihren Brüsten und sah nur das höhnische Gesicht der Wache über sich, erwartete, jeden Augenblick seine Finger in ihrem Inneren zu spüren, die sie aufrissen, damit er in sie eindringen konnte, während sie vor Schmerzen aufschrie.

Tränen rannen ihr über die Wangen. »Bitte«, hauchte sie, »bitte tu mir nicht weh.«

Alex hielt abrupt inne. Sein Atem schien stillzustehen. Sein Griff erschlaffte, wurde zu einer federleichten Berührung. »Nein«, sagte er leise. »Nein.« Er zog sie in seine Arme, senkte eine Hand in ihr Haar, während die andere sie festhielt, als wollte er sie nie mehr loslassen.

»Es ist schon gut«, tröstete er sie. »Ich würde dir nie weh tun. Ich will dich lieben, aber ich will dir bestimmt nicht weh tun.«

Sie sah zu ihm auf und begriff, daß er die Wahrheit sagte. Sie drückte sich fester an ihn und fragte sich nicht einmal, warum.

»Ich hatte solche Angst«, sagte er und strich ihr zerzaustes Haar zurück. »Solche Angst, daß dir etwas geschehen könnte.«

Sie lehnte sich zurück und sah ihn an. »Ich hätte es schaffen können, Alex, wirklich. Du mußt mich gehen lassen.«

Er umfing ihr Gesicht mit beiden Händen, blickte ihr tief in die Augen und hoffte, daß sie verstand. »Ich kann nicht«, sagte er leise. »Ich kann dich nicht gehen lassen.«

Dann küßte er sie, und sein Kuß war voller Verlangen, Liebe und Zärtlichkeit, daß Nicki sich nicht länger wehrte. Sie konnte ihm nicht widerstehen, konnte ihn nicht abweisen. Ihre Zunge berührte die seine, spielte mit ihr, und glitt dann in seinen Mund. Ihre Arme fuhren um seinen starken Hals.

Mit einem leisen Stöhnen zog Alex sie an sich. Sein Kuß wurde drängender, fordernder, während seine Hände über ihren Körper strichen. Er umschloß eine Brust mit seiner großen Hand, dann liebkoste er sie mit seiner Zunge und saugte an der harten Knospe, bis sie vor Lust aufschrie. Sein Mund glitt tiefer, seine Lippen brannten auf ihrem Körper: Seine Hände schienen überall.

Sie stöhnte auf, als eine warme Hand ihr brennendes Hinterteil berührte. Alex hob nur den Kopf, sagte aber nichts, sondern beugte sich über sie und begann, zarte, süße Küsse auf ihr brennendes Fleisch zu drücken. Jede Stelle, die er mit seinen Lippen berührte, schmerzte weniger. Er küßte jeden Zentimeter, den er mit seiner Hand gerötet hatte. Dann fanden seine Finger dorthin, wo sein Mund gewesen war, sie glitten zwischen ihre Beine und fuhren über das warme Naß, das seine Berührung hervorgezaubert hatte.

Nicki stöhnte leise. Sie drehte sich zu ihm herum, bis sich ihre Blicke trafen. Seine Hände streichelten sie, während sein Mund zu ihren Lippen zurückkehrte. Sein Kuß war so heiß und erregend, daß sie nur noch daran denken konnte, ihn in sich aufzunehmen, ihn ganz zu spüren, sich ihm hinzugeben, und die Leidenschaft auszukosten.

Alex kniete sich hin, als könnte er ihre Gedanken lesen. Sein Schaft preßte sich gegen sie, suchte die feuchte Pforte, fand sie und glitt hinein. Sein Glied war heiß und hart und pulsierte in ihr, bis sie meinte, mit ihm zu verschmelzen. Er hob sie hoch und stieß mit ungeahnter Lust in sie hinein.

Sie erwiderte jeden Stoß mit der gleichen Leidenschaft, hob ihm die Hüften entgegen, spannte und entspannte ihre Muskeln, um ihn noch tiefer in sich zu spüren. Sie spürte, wie er wieder zu fließen begann, jener eigenartige Quell des Wohlbefindens, den sie erst einmal gefunden hatte.

»Alex?« flüsterte sie an seinem Hals.

»Komm, *chérie,* komm.«

Und sie kam. Eine Flutwelle hob sie hoch und trug sie fort in solch wunderschöne und unbekannte Gefilde, daß sie fürchtete, sie müsse sterben.

Alex spürte, wie sich ihre Scheide zusammenzog, spürte, wie ihre Muskeln tanzten und ihn so tief hineinzogen, daß er glaubte, er müsse ertrinken. Sein eigener Körper spannte sich an, als er noch tiefer in sie hineinstieß und sie wie einen feurigen Sturmwind ritt. Er wußte nicht mehr, ob er ihren Namen laut oder nur in Gedanken ausrief. Er leugnete die Worte, die folgten, denn gewiß entsprangen sie nur der nackten körperlichen Leidenschaft.

Wenige Augenblicke später lagen sie erschöpft und eng umschlungen nebeneinander, aber er blieb in ihr. Er konnte den Gedanken nicht ertragen, sich jetzt schon wieder von ihr zu lösen. Nicht nach all den Sorgen. Nicht nach all den Ängsten.

Irgendwann schliefen sie ein, bis ihn ein Geräusch in der Nacht weckte und er merkte, daß er sie schon wieder begehrte. Diesmal nahm er sie langsamer, führte sie behutsam und zärtlich zum Höhepunkt, ergoß sich in ihr, ehe sie beide wieder zurück in den Schlaf sanken. Als er am Morgen erwachte und das Sonnenlicht auf seinem nackten Oberkörper sah, merkte er, daß sie bereits aufgestanden und angezogen war. Er konnte seine Enttäuschung kaum verhehlen – schließlich zeichnete sie sich deutlich unter der Decke ab.

Ohne auf den süßen Schmerz zu achten, zog er seine Hose an und knöpfte sie zu. »Hast du es so eilig, nach Hause zurückzukehren, *ma chère?*«

»Es bleibt mir kaum etwas anderes übrig.«

Überhaupt nichts, dachte er, sagte aber nichts. »Bereust du es?« fragte er und hielt vor Spannung den Atem an.

»Nein, Alex. Was ich dir gestern abend gab, gab ich aus freiem Willen. Du hättest aufgehört, hätte ich nur darum gebeten.«

Sie wartete auf eine Bestätigung. »Ja... ich wollte dich verführen, nicht vergewaltigen.«

Nicki schien erleichtert. »Ich habe mich dir hingegeben, weil ich wieder gutmachen wollte, was ich dir angetan habe.«

»Aus Dankbarkeit?« bemerkte er ironisch, weil sie schon einmal etwas Ähnliches gesagt hatte.

»Nein. Ich habe dich ebenfalls begehrt. Aber merk dir eines, Alexandre: Von nun an wirst du dir nehmen müssen, was du von mir haben willst. Ich bin eine St. Claire. Ich werde niemals eine Hure sein.«

Alex stieß einen Fluch aus. »Um keine Hure habe ich mich je so gekümmert wie um dich. Oder gesorgt. Ich behandle dich nicht wie eine Hure, sondern wie eine Dame.

»Clarissa wird bald deine Frau sein. Was bleibt mir dann?«

»Clarissa wird bald meine Frau werden. Du wirst immer meine Herzensdame bleiben.«

»Wahrscheinlich wirst du deine Meinung ändern, wenn du keine willige Geliebte in diesem Bett findest, sondern eine Frau, die sich bis zum letzten Atemzug gegen dich wehrt.«

Alex seufzte müde. Es würde nicht dazu kommen, aber sie

wollte ihm nicht glauben, und nach allem, was er ihretwegen durchgemacht hatte, hatte er gute Lust, sie in diesem Glauben zu lassen. Er fuhr sich mit der Hand durch das gewellte dunkelbraune Haar. »Wenn du es so haben willst, dann soll es so sein.«

Alex band Maximilian an dem klapprigen Wagen fest, hob dann Nicki auf den Sitz, bevor er selbst hinaufkletterte. Obwohl die Sonne noch warm war, fuhr eine kühle Herbstbrise durch sein Haar. Bald war Erntezeit.

»Danke, M'sieur«, sagte Nicki und riß ihn aus seinen Gedanken. »Für den alten Zeke, meine ich.«

»Mir wäre es lieber, wenn du mich Alex nennen würdest. Und was das Tier betrifft, ein Tier mehr auf unserer Weide fällt kaum auf, auch wenn mich der Stallmeister für einen Narren halten wird.«

Nicki lächelte nachsichtig. »Eher für weichherzig, glaube ich.«

Als sie in Montagne angekommen waren, bezahlte Alex dem Stallmeister die Wagenmiete und einen angemessenen Preis für Zeke. Das Tier stellte die Ohren auf, sobald es vom Stall weggeführt wurde.

»Dieser Stall muß ihm wirklich zuwider gewesen sein«, bemerkte Nicki.

Alex lächelte. »Ich glaube, er wird die Annehmlichkeiten von Belle Chêne zu schätzen wissen.«

»Im Gegensatz zu mir?« fragte sie ihn mit anklagendem Blick.

Alex' Grinsen wurde breiter, bis sich Grübchen auf seinen Wangen zeigten. »Ich glaube, du hast deine... Dankbarkeit... deutlich genug gezeigt.«

Nicki warf ihm einen bitterbösen Blick zu, sagte aber nichts darauf.

Nachdem sie einen Burschen aufgetrieben hatten, der sich, bis das Schiff eintraf, um Zeke und Maximilian kümmerte, gingen sie die Hauptstraße hinunter zum Büro des Sheriffs, einem windschiefen Bretterverschlag neben dem Transportbüro. Zu dieser Tageszeit herrschte in den Bars längs der Straße Hochbetrieb. Schrilles Lachen und schmutzige Lieder drangen aus den offenen Türen, und betrunkene Männer torkelten Arm in Arm über die hölzernen Gehsteige vor den Häusern.

»Ist das wirklich notwendig, Alex?« fragte sie im Gehen. Sie wünschte, sie hätten die Sache auf sich beruhen lassen können. »Der Mann, auf den ich geschossen habe, wird den Vorfall kaum gemeldet haben. Immerhin wollte er mich ausrauben.«

»Das, *chérie,* ist genau der Punkt.«

Sie gingen weiter. Nicki hatte sich bei Alex eingehängt. Sie trug eines der beiden Kleider, die sie mitgenommen hatte, das Zartrosafarbene. Alex trug ein sauberes weißes Hemd, rehbraune Hosen und Stiefel.

»Er war eigentlich kein schlechter Mensch«, fuhr Nicki fort. »Ich hoffe, es geht ihm wieder gut.«

Alex brummte etwas vor sich hin. »Jetzt machst du dir schon Sorgen um einen Mann, der dich ausrauben wollte.«

»Er hätte mich laufen lassen. Er wollte bloß mein Geld.«

»Dann muß der Kerl nicht nur ein Dieb, sondern auch ein Idiot gewesen sein«, bemerkte Alex finster und warf ihr einen glühenden Blick zu.

Im Büro des Sheriffs, einem äußerst schlicht eingerichteten Raum mit zwei Eichentischen, Steckbriefen an der Wand und einer Hintertür, die zu den Zellen führte, fragte Sheriff Rhodes sie nach einer Beschreibung der beiden Männer.

»Was geschieht mit ihnen, wenn man sie erwischt?« wollte Nicki wissen. Rhodes war ein schlanker Mann mit dünnem Haar, langem Hals und winzigen Augen.

»Sie werden ein paar Jahre im Gefängnis verbringen.«

Nicki schluckte, denn plötzlich war ihr Mund wie ausgetrocknet. »Ich verstehe.«

»Sag ihnen, wie die Männer ausgesehen haben, *chérie.* Wir dürfen das Boot nicht verpassen.«

»Also... ich kann mich kaum daran erinnern.« Alex warf ihr einen wütenden Blick zu, aber sie ging nicht darauf ein. »Der eine war blond und dürr. Der andere war kleiner. Er hatte graue Haare und einen Bart.«

»Einen Bart«, wiederholte Alex und sah sie scharf an.

»Ja.« Sie konnte seinem Blick kaum standhalten.

»Können Sie sich sonst noch an etwas erinnern?« fragte der Sheriff. »An einen Namen zum Beispiel?«

»Also... ich – ich glaube, einer hat den anderen Ben genannt.«

»Einfach Ben?« drängte Rhodes und kratzte sich am kaum behaarten Kopf. »Keine Nachnamen?«

»Nicht, daß ich wüßte.«

»Ich glaube, wir müssen jetzt gehen«, sagte Alex. Nachdem er dem Sheriff die Hand geschüttelt hatte, zog er sie mit festem Griff zur Tür. »Wenn Sie noch Informationen brauchen«, erklärte er Rhodes, »können Sie mich auf Belle Chêne erreichen.«

»Bedaure den Ärger, Madam.«

»Danke, Sheriff Rhodes.« Nicki drehte sich um und spazierte aus der Tür.

Mit zwei langen Schritten hatte Alex sie auf dem Gehsteig eingeholt. »Ich möchte wissen, warum du eben gelogen hast.«

»Wer sagt, daß ich gelogen habe?«

»Ich.«

»Das habe ich aber nicht.«

»Fang nicht damit an, Nicki.« Seine Augen durchbohrten sie.

»Also gut, ich habe gelogen. Ich wollte nicht, daß diese Männer im Gefängnis landen. Sie waren verzweifelt, aber nicht bösartig. Ich wollte ihnen eine Chance geben.«

»Eine Chance«, wiederholte er fassungslos.

»Jeder sollte eine zweite Chance bekommen.«

Er betrachtete sie einen Augenblick lang. »Du auch?«

Sie sah ihn nur an.

Alex konnte sich nur mit Mühe abwenden. »Wir sollten uns beeilen. Wir haben einen langen Heimweg vor uns.«

»Wenn du damit das Haus in der Toulouse Street meinst – das ist dein Heim, Alex. Es wird niemals das meine sein.«

15. KAPITEL

Nicki wartete am Kai, während Alex die Karten für die Heimfahrt flußabwärts kaufte. Das nächste Boot war die *Hannibal,* ein weitaus luxuriöserer Dampfer als die *Memphis Lady,* auf der sie hergekommen war.

Um sie herum zerrten lachende Kinder an den Röcken ihrer Mütter. Die Damen, größtenteils Frauen von Plantagenbesitzern, trugen schicke Kleider aus Seide und Spitzen, fröhlich aufgeputzte Hauben und schneeweiße Handschuhe. Sonnenschirme leuchteten unter dem schwächer werdenden Sonnenlicht. Obwohl sich in Montagne viele Spieler und andere zwielichtige Gestalten herumtrieben, wurde die Anlegestelle von vielen wegen ihrer geographischen Lage benützt.

Flußaufwärts ertönte das laute Tuten des glänzenden, weißen Seitenraddampfers, der das Wasser aufspritzen ließ und aus dessen hohen Schornsteinen dicker schwarzer Rauch quoll.

»Der Dampfer kommt!« ertönte ein Schrei, der immer wieder für Aufregung sorgte.

Genau wie bei den anderen schlug auch Nickis Herz schneller, als sie das majestätische Schiff näherkommen sah. Die *Hannibal* war rotweiß lackiert und erhob sich vier Stockwerke hoch über das Wasser. Sie war Zeugnis des menschlichen Willens, Geschwindigkeit und Schönheit zu vereinen. Flußabwärts fuhr sie mit einer Geschwindigkeit von über fünfzehn Knoten und transportierte dabei dreihundertfünfzig Passagiere, nebst Fracht.

»Bist du bereit?« fragte Alex, der sich wieder zu ihr gesellt hatte.

Sie lächelte ihn an. »Ich bin noch nie auf einem so luxuriösen Schiff gefahren.«

»Dann wird es ein Abend, an den du dich immer erinnern wirst.«

Sie machte ihn nicht darauf aufmerksam, daß sie beide gar nicht für ein elegantes Abendessen im Salon gekleidet waren. Oder daß ganz bestimmt einige der Anwesenden wußten, wer er war, und daß er bald Clarissa Endicott heiraten würde.

Er war Alexandre du Villier, der Duc de Brisonne. Er konnte sich alles erlauben – und tat es gewöhnlich auch.

Alex geleitete sie aufs Texas-Deck, wo die Erste-Klasse-Kabinen lagen, ließ sie aber an der Reling zurück, damit sie den Ausblick genießen konnte.

»Ich kümmere mich um das Gepäck«, erklärte er, »und dann werden wir uns umsehen.«

Sie achtete nicht darauf, in welcher Kabine er verschwand, aber sie fürchtete sich vor der Schlacht, die sie sich heute abend liefern würden, wenn er nämlich versuchte, sie zu verführen. Sie hatte ihm ihre Position klargemacht und sie würde keinen Rückzieher machen.

»Ma foi, das darf doch nicht wahr sein!«

Wie ein Blitz zuckte die Erinnerung bei den leise gesprochenen französischen Worten durch Nickis Kopf, und sie wirbelte herum.

»Michèle!« rief sie aus, als sie die schlanke Französin erblickte, mit der sie seit ihrer Kindheit befreundet war. Die Frauen fielen einander in die Arme, lachten und umarmten sich und wischten sich die Freudentränen aus den Augen.

»*Ah non,* ich glaube es einfach nicht«, sagte Michèle und trat zurück, um Nicki von Kopf bis Fuß in Augenschein zu nehmen. »So oft habe ich an dich gedacht, mich gefragt, wo du wohl steckst. Ich habe Sachen gehört…« Sie schüttelte den Kopf und verdrehte die hübschen grünen Augen, als könnte unmöglich wahr sein, was sie gehört hatte. Die braunen Locken neben ihren Wangen hüpften zustimmend.

Nickis Freude verblaßte. »Nachdem ihr weggezogen seid, verschlechterte sich die Lage auf Meadowood. Papa starb. Kurz darauf *Maman.* Wir hatten Schulden, so viele Schulden…«

»Das tut mir leid. Ich wußte nicht…«

Nicki rang sich ein Lächeln ab. »Woher solltest du auch? Ihr wart schon weggezogen.«

Michèle nickte. »Auch wir hatten zu kämpfen. Aber in Frankreich kam mein Vater wieder auf die Füße. Letztes Jahr kehrten wir nach Louisiana zurück. Papa hat eine neue Plantage gekauft, nördlich von Baton Rouge.«

»Das ist wunderbar. Dein Vater hat immer so schwer gearbeitet.« Sie umarmte Michèle erneut.

»Und du, Nicki, wo lebst du jetzt?«

Über Michèles Schulter hinweg sah Nicki, wie Alex sie beim Näherkommen beobachtete. In wenigen Sekunden würde er bei ihnen sein. Michèle würde begreifen, daß sie zusammen reisten, würde ihr skandalöses Verhältnis durchschauen.

Sie schluckte schwer, weil sie nicht wußte, was sie sagen sollte. »Ich – ich lebe auf Belle Chêne. Du erinnerst dich, mein Vater und Charles du Villier waren befreundet.«

»Die Dame war so freundlich, uns mit einem Besuch zu beehren«, ergänzte Alex gewandt, als er bei Nicole angekommen war.

»Michèle Christophe, Alexandre du Villier.«

Alex führte Michèles schlanke, behandschuhte Hand an seine Lippen. *»Enchanté,* Mademoiselle Christophe.«

Michèle errötete. »Es ist mir eine Ehre, M'sieur.« Sie wandte sich wieder an Nicki, die sich bemühte, keine Miene zu verziehen. »Du bist auf der Rückfahrt nach Belle Chêne?«

»Mademoiselle St. Claire hat ein Stadthaus in New Orleans«, antwortete Alex an ihrer Stelle. »Und Sie, Mademoiselle?«

»Ich bin unterwegs, um eine Freundin in derselben Stadt zu besuchen. Ach Nicki, ist das nicht wunderbar? Wir können uns wieder besuchen und gemeinsame Dinge unternehmen.«

»Ja...«, stimmte Nicki zaghaft zu. »Das wäre schön.«

Michèle zog ein schwarzsamtenes Band aus der Tasche ihres Kleides. Eine kleine Porzellanuhr baumelte an seinem Ende. »Ich muß jetzt gehen«, sagte sie. »*Ma tante* Laverne wartet auf mich. Ich fürchte, sie hat den Abend bereits verplant.«

»Wo werden Sie in der Stadt wohnen?« fragte Alex. »Bestimmt wird Nicole Sie besuchen wollen.«

»Royale Street Nummer achthundertzwölf. Aber vielleicht könnte ich dich in deiner Kabine besuchen, wenn sich der Abend nicht allzu lang hinzieht. In welcher Kabine wohnst du?«

Nicole erbleichte.

»Nummer dreihundert«, erklärte Alex. »Nur ein paar Türen von meiner Kabine entfernt.«

Michèle umarmte Nicki und eilte dann zur Treppe.

Nicole starrte zu Alex hinauf. »Das war eine sehr galante Lüge, aber eine, die sich als falsch erweisen wird, sollte sie mich tatsächlich besuchen.«

»Bist du sicher?«

Nicki mußte fast lächeln. »Bei dir, Alexandre, kann man niemals sicher sein.«

Er lachte schallend. »Ebenso wie bei dir, *ma chère.*«

Alex hatte, ganz wie versprochen, zwei Einzelkabinen reserviert. Nicole war noch nie so dankbar gewesen. Sie fühlte sich erschöpft und nervös. Und die Vorstellung, sich gegen Alex verteidigen zu müssen, war fast zuviel.

Zu ihrer Überraschung war es ein angenehmer und keineswegs strapaziöser Abend.

Sie speisten in einer ruhigen Ecke des eleganten Hauptsalons unter neugotischen Holzbalken, die man weiß gestrichen und mit Blattgold verziert hatte. Nie hatte sie feinere Möbel gesehen, angefangen von dem komplizierten Muster der Plüschteppiche bis zu den Buntglasfenstern in der Decke, durch die das Licht in den Raum fiel.

Die Tische waren mit Leinentischtüchern gedeckt. Ein riesiger, silberner Wasserbehälter stand am Ende des hundert Meter langen Raumes, während ein breiter vergoldeter Spiegel das andere Ende schmückte.

Nach dem Essen gingen sie und Alex im Mondschein auf dem Deck spazieren.

Als würde er ihre Müdigkeit oder sogar den inneren Zwiespalt erahnen, den sie jedesmal spürte, wenn sie in seiner Nähe war, war er bemüht, jedes unangenehme Thema zu vermeiden, um sie schließlich zu ihrer Kabine zu begleiten. Nicki sträubte sich unmerklich, als er sich über sie beugte, aber er berührte ihre Lippen nur ganz leicht.

»Gute Nacht«, sagte er, öffnete ihr die Tür und schloß sie dann hinter ihr.

Werde ich ihn jemals verstehen? fragte sie sich. Aber sie war zu erschöpft, um sich noch weiter Gedanken darüber zu machen. Sie war fast zu müde, um mit den vielen Knöpfen an ihrem Kleid fertig zu werden, aber schließlich hatte sie es geschafft und ging zu Bett.

Am Morgen erreichten sie, nachdem sie Zeke und Maximilian

in La Ronde gelassen hatten, New Orleans. Schiffe aus aller Herren Länder lagen dort vor Anker, und die Dampfer, mehrere Dutzend an der Zahl, lagen in einer langen Linie. Die meisten der eleganten »schwimmenden Paläste«, wie man sie nannte, würden am Spätnachmittag ablegen, während die kleineren Schiffe den ganzen Tag über ab- und anlegten.

Auf der Decatour Street hielt Alex eine Droschke an, und unter dem leisten Klipp-klapp der Pferdehufe auf dem Kopfsteinpflaster bogen sie in die Toulouse Street ein. Es war nicht weit bis zu seinem Stadthaus. Längst nicht so weit, wie es Nicki lieb gewesen wäre. Als der Kutscher das Pferd vor dem schmiedeeisernen Zaun zügelte, überkamen sie Erinnerungen an ihren ersten Besuch in diesem Haus, die Magenkrämpfe auslösten.

Sie hatte die erbärmliche Kreatur nicht vergessen, die Alex an jenem grauenhaften Nachmittag Ende Mai aus dem Gefängnis hierher gebracht hatte. Genausowenig wie die schöne Kreolin mit dem rabenschwarzen Haar, die hier als seine Geliebte gewohnt hatte. Was war aus Lisette geworden? Weinte sie jetzt Alex und der Liebe nach, die sie einst verbunden hatte? Würde Nicole das gleiche Schicksal erleiden, wenn Alex ihrer müde wurde?

»Komm, *chérie«,* sagte Alex leise und legte seine Hände um ihre Taille, um ihr herunter zu helfen.

Nicki schaute ihn nicht an, sondern ließ sich schweigend durch den Garten zur Vordertreppe unter der geschnitzten Zypressenholztür führen. Die Tür schwang weit auf, noch ehe er angeklopft hatte. Vor ihnen stand Frederick stocksteif und aufrecht im Foyer, bis er sie angrinste und zwinkerte. Danielle kam die Treppe heruntergelaufen, wollte ihr fast in die Arme fallen und kam kurz vor ihr zum Stehen.

»*Merci le bon Dieu* – Sie sind gesund.« Sie bekreuzigte sich und schaute Nicki mit großen grauen Augen an, die um Verständnis flehten. »*M'sieur le duc* hat gesagt, daß Sie ins Gefängnis gesteckt werden sollen. Ich wußte nicht, was ich tun sollte. Ich – ich hab' mir solche Sorgen um Sie gemacht.« Ihre dicken Finger fummelten in ihrem Rock herum.

»Es ist schon gut, Danielle.« Nicole langte nach der Hand und drückte sie freundlich. »Du hast getan, was du für richtig hieltest.« Sie fügte nicht hinzu, daß Alexandres Eintreffen sie vor einer Katastrophe bewahrt hatte, weil sie trotz allem der festen Überzeugung war, daß sie sich selbst hätte befreien können.

»Ganz bestimmt wirst du nicht hier bei mir in New Orleans bleiben?« fragte sie, weil ihr Danielles Verlobter wieder einfiel. »Was ist mit René?«

Danielle kicherte. »Man sagt, etwas Abstand tut der Liebe gut. Vielleicht wird René mich vermissen und endlich einen Hochzeitstermin festlegen.«

Nicki lachte leise. »Vielleicht.« Sie wandte sich Alex zu. »Du hast auch Frederick kommen lassen?«

»Und Betsy.« Betsy war Fredericks Frau. »Ich hoffe, es geht ihr besser…«, sagte er mit besorgter Miene zu dem großen schwarzen Butler.

»Das Baby hat sich beruhigt.« Frederick grinste, daß die weißen Zähne in seinem kohlenschwarzen Gesicht blitzten. »Jetzt läßt es Mama in Ruhe, bis es geboren wird, aber dann wird sie alle Hände voll zu tun haben.« Betsys erstes Kind sollte in sechs Monaten zur Welt kommen.

»Sie ist eine starke Frau«, sagte Alex. »Sie wird es schon schaffen.«

Nicki schaute ihn an, als wollte sie fragen, woher er soviel über Babies wußte, aber sie schwieg. Der Herr über ein Anwesen wie Belle Chêne mußte sich in allem auskennen.

Alex lächelte sie an. »Ich dachte, du würdest dich wohler fühlen, wenn du Menschen um dich hast, die du kennst.«

»Ja. Danke. Das war sehr fürsorglich.«

»Ich möchte dir noch jemanden vorstellen.« Er führte sie in den Salon, wo ein massiger Mann mit riesigen Armen und Schultern am grauen Marmorkamin lehnte. Er trug marineblaue Segeltuchhosen und ein handgewebtes Hemd. »Nicole, das ist Bayram Sit, ein alter Freund von mir. Wir haben uns in Algerien kennengelernt.«

Der Freund, den er im Gefängnis kennengelernt hatte. »Ich glaube, du hast mir schon von ihm erzählt.« An dem Blick, den die beiden wechselten, erkannte sie, daß sie recht hatte.

»Man nennt mich auch Ram«, erklärte ihr der Mann mit eigentümlichem Akzent und einem leichten Kopfnicken, das man als Begrüßung deuten konnte. »Ram reicht völlig.«

Genau. Ram – der Widder. Er sah ganz so aus. Sein Kopf war vollkommen kahlgeschoren, seine Lider waren glatt und leicht geschlitzt wie bei einem Mongolen. Ein dicker schwarzer Schnurrbart hing bis über seinen Kiefer hinab. Sie hatte noch nie einen Mann mit so dicken Armen und Schenkeln gesehen. Sie waren so dick wie die Taille eines kleinen Mannes. »Es ist mir ein Vergnügen, Ihre Bekanntschaft zu machen.«

»Ram wird eine Weile hierbleiben«, erklärte ihr Alex.

»Auf Belle Chêne?«

»Hier«, wiederholte er leise.

»Hier?« Warum sollte solch ein Mann im Stadthaus bleiben?

»Er wird dafür sorgen, daß dir nichts zustößt, während ich mit der Ernte beschäftigt bin.«

»Aber ganz bestimmt wird mir nichts –« Nicki hielt mitten im Satz inne, als ihr klar wurde, warum der Mann eigentlich hier war. »Er soll dafür sorgen, daß ich nicht entkomme, wolltest du wohl sagen?«

»Du brauchst Zeit, um dich einzuleben.«

»Dieser Mann ist mein Gefängniswärter. Ich werde hier genauso gefangengehalten wie im Gefängnis in der Baronne Street.«

»Ram soll sich um dich kümmern«, erklärte Alex mit wachsendem Unmut. »Du kannst Hilfe gebrauchen.«

Nicki atmete langsam ein, um sich zu beruhigen, erst dann traute sie sich wieder zu sprechen. »Ich fürchte, ich bin ein bißchen müde«, sagte sie und drängte an ihm vorbei. »Ich glaube, ich werde auf mein Zimmer gehen.«

Alex hielt sie nicht auf, sondern ließ sie die Treppe hinaufeilen und folgte ihr dann nach. Er holte sie oben im Gang ein, weil sie nicht wußte, in welchem Zimmer sie wohnen würde.

»Hier entlang«, rief er ihr zu und schob die Tür zum großen Zimmer auf.

Nickis Magen verkrampfte sich. Hoffentlich würde er nicht von ihr verlangen, in Lisettes Zimmer zu wohnen – allein das schwere süßliche Parfüm der Frau würde ihr Atembeschwerden verursachen!

»Kann ich kein anderes Zimmer haben?« fragte sie leise und hoffte, daß er sie verstehen würde.

Ohne zu antworten zog Alex sie in den Raum. Zu ihrer Überraschung war das Zimmer, bis auf ein riesiges, vierpfostiges Himmelbett, das eine ganze Wand in Anspruch nahm, vollkommen leer.

»Ich überlasse alles weitere dir. Ich möchte, daß du hier glücklich wirst. Es ist ein schönes Zimmer, das beste im ganzen Haus. Ich hatte gehofft, daß du es dir nach deinem Geschmack einrichtest. Das Bett gehörte meinem Vater. Es bedeutet mir sehr viel, aber wenn es dich stört, dann lasse ich es hinausbringen.«

Nicki schaute sich um und konnte gar nicht fassen, welche Umstände er ihretwegen machte. »Es würde zuviel kosten, das Zimmer neu einzurichten. Ich weiß, daß du nicht viel Geld übrig hast.«

»Es kostet einen Klacks im Vergleich zu dem, was ich Fortier zurückzahlen muß. Darauf kommt es nicht mehr an.«

Es *war* ein reizender Raum. Frisch gestrichen, mit wunderschönem Parkettfußboden und sorgfältig gearbeiteten Fensterläden an jedem Fenster. Und so sonnig, mit Blick auf den Garten darunter und einem allerliebsten schmiedeeisernen Balkon. »Dieses Zimmer ist schon in Ordnung.«

»Soll ich das Bett hinausbringen lassen?«

Auch das Bett war frisch gereinigt worden; das großartige, handgeschnitzte Mahagonigestell glänzte wie neu. Nur der Lattenrost war geblieben, sogar die Matratze hatte man entfernt.

»Es ist ein schönes Bett. Es wäre mir eine Ehre, darin zu schlafen.«

»Mein Vater wäre glücklich darüber.«

Nicki richtete sich auf. »Er wäre sicher weniger glücklich, wenn er wüßte, daß du es mit mir teilen willst.«

Das konnte Alex nicht abstreiten. Charles du Villier hätte ihn auspeitschen lassen, hätte er erfahren, welche Zukunft Alex der Tochter seines alten Freundes zugedacht hatte. Im Grunde verstand Alex nicht einmal selbst, warum er so handelte. »Ich bin froh, daß du dich doch noch gefügt hast. Du wirst irgendwann einsehen, daß es zu deinem Besten ist.«

»Zum Teufel mit dir! Ich habe mich keineswegs gefügt. Was ich dir gesagt habe, gilt auch jetzt noch. Ich werde nicht als willige Halbweltdame das Bett mit dir teilen. Ich bin nicht deine Hure und werde es niemals sein!«

Alex biß die Zähne zusammen und zwang sich zur Ruhe.

»Ich werde in einer Woche zurückkommen und ich verlaß mich darauf, daß du bis dahin vernünftig geworden ist. Egal wie, aber wir werden beide in diesem Bett liegen.« Mit diesen Worten marschierte er aus der Tür und schlug sie hinter sich zu.

»Zur Hölle mit dir!« rief sie ihm nach.

Aber er kam nur bis Belle Chêne. Es war Zeit, die Ernte einzubringen, von jetzt bis Weihnachten wurde rund um die Uhr gearbeitet. Jeder Mann mußte zwei von drei Achtstundenschichten arbeiten. Erstaunlicherweise klagten die Arbeiter nicht über die langen, mühsamen Tage. Während der Ernte lag ein Hauch von Festlichkeit in der Luft, außerdem gab es Extrarationen an Whisky und Tabak, und am Saisonende einen Bonus für jeden Arbeiter und natürlich den beliebten Sugarhouse Ball.

Nickis Mutter hatte ihrem Vater während der langen Erntezeit immer nach Kräften geholfen. Wer würde Alex helfen? Niemand. Wenigstens nicht in diesem Jahr. Und im nächsten Jahr war er bereits mit Clarissa verheiratet. So wie sie Clarissa Endicott einschätzte, war sie ihrem Gatten bestimmt eine große Hilfe. Sie würde ihren Aufgaben als Pflanzersgattin bestimmt ebenso gerecht werden wie Nicole – wenn nicht sogar besser.

Nicki sank auf den hölzernen Fensterplatz und schaute hinaus in den Garten. Alex' Hochzeit sollte am zehnten Tag des neuen Jahres stattfinden. Kurz bevor Fortiers Wechsel fällig wurde. In wenig mehr als zwei Monaten also. Vor diesem Tag mußte Nicki, Alex hin und Ram her, verschwinden. Diesmal würde sie sorgfältiger planen. Sie würde warten, bis Alex' Wachsamkeit nachließ. Bis sie den Mann namens Ram, der sie bewachte, besser kannte, und über seine Schwächen Bescheid wußte. Bis sie das Geld für eine Schiffsreise beisammen hatte. Dann würde sie fliehen.

In der Zwischenzeit würde sie sich damit beschäftigen, das Zimmer so einzurichten, wie es Alex gefiel. Was seinen Wunsch betraf, mit ihr im Bett seines Vaters zu liegen – dagegen würde sie sich aus Leibeskräften zur Wehr setzen.

Am Freitag kam François. Da ihre Kleider bereits ausgepackt waren und in einem Schrank in dem Zimmer hingen, in dem Nicole vorübergehend wohnte, hatte sie ein elegantes pflaumenfarbenes Tageskleid aus Serge angezogen. Es war eines der beiden Kleider, die dem kühlen Herbstwetter angemessen waren.

»Ich wollte Sie beim Einkaufen begleiten«, erklärte ihr François. »Alexandre sagte, Sie bräuchten Wintersachen und Möbel für Ihr Schlafzimmer.«

Widerwillig mußte sie zugeben, daß Alexandre wie gewöhnlich äußerst fürsorglich war. »Das ist wirklich nett von Ihnen, François.« Sie tranken den starken schwarzen Kaffee, den sie so liebte, und aßen dazu von den köstlichen französischen Backwaren, die Betsy jeden Morgen in der *Pâtisserie* besorgte. Wenig später verließen sie das Wohnzimmer und machten sich zum Ausgehen bereit. In diesem Moment traf Thomas Demming ein.

»Ich wollte Ihnen meine Aufwartung machen«, sagte er. »Und mich überzeugen, daß Sie sich eingerichtet haben.«

»Vielen Dank, Thomas.« Sein marineblauer Frack und die hellgrauen Hosen standen ihm ausgezeichnet, und seine blauen Augen sprühten vor Lebenslust.

»Es tut mir leid, aber wir wollten eben gehen«, sagte François. »Wir müssen ein paar Einkäufe erledigen. Sie können uns begleiten, wenn Sie möchten.«

Thomas grinste. »Das sollte ich wirklich. Nur um Alex eins auszuwischen. Aber ich muß arbeiten –«

Es klopfte an die Tür, und sie unterbrachen ihr Gespräch. Frederick öffnete. Draußen stand eine gut gekleidete junge Dame. Einen Augenblick war ihr Gesicht im hellen Sonnenschein nicht zu erkennen. Dann stürmte Michèle Christophe mit steifem Rücken und offenbar zornig an Thomas und François vorbei, als wären sie überhaupt nicht da.

»Ich dachte, wir wären Freundinnen«, rief sie, während sie auf Nicki zurauschte. »Du hättest es mir sagen können. Ich hätte es verstanden.«

Nicki mußte unwillkürlich lächeln. In all den Jahren, die sie einander kannten, war Michèle kaum jemals laut geworden. »Ich glaube, Sie kennen einander noch nicht«, sagte sie, und Michèles Wangen wurden ebenso rosa wie ihr Kleid. »Mademoiselle Christophe. M'sieur François du Villier, Alexandres Bruder, und M'sieur Thomas Demming, einer seiner besten Freunde.«

»Es ist mir ein Vergnügen, Sie kennenzulernen.« Michèle schaute kurz auf François, dann auf Thomas, dessen Augen warm und anerkennend zu glühen begonnen hatten. Michèle errötete erneut.

Jetzt erst merkte Nicki, wie schön ihre Freundin in den Jahren ihrer Trennung geworden war. Aus dem gertenschlanken, viel zu dünnen Schulmädchen war eine anmutige, hübsche junge Dame geworden.

Sie war immer noch schlank, doch ihr Gesicht war voller geworden und ihr Hals zierlich gebogen. Ihre Augen, deren sanftes Grün sich von ihrem blassen, pfirsichfarbenen Gesicht abhob, waren von langen, dunklen Wimpern überschattet. Ihre Brüste waren klein, dabei aber fest und verführerisch, was Thomas anscheinend ebenfalls bemerkt hatte.

»Wir gehen einkaufen«, erklärte ihr Nicki in der Hoffnung, der Auseinandersetzung so lange wie möglich zu entgehen. »Komm doch mit.«

Michèle schaute von Thomas zu Nicole und wieder zu Thomas. »Bitte verzeihen Sie mir meinen Ausbruch. Er war unziemlich. Ich hoffe, Sie glauben nicht, daß ich immer so aufbrausend bin.«

»Eigentlich ist sie eher schüchtern«, bemerkte Nicki heiter.

»Freundinnen sollten auf jeden Fall offen miteinander reden können«, meinte Thomas. Dann fügte er hinzu: »Wir würden uns freuen, wenn Sie mitkämen.«

»Ich möchte nicht stören.«

»Aber das tun Sie auf keinen Fall«, versicherte ihr Thomas. »Zuerst gehen wir in die Chartres Street, dann speisen wir im Le Petit Trianon.«

»Ich dachte, Sie müßten arbeiten«, bemerkte François mit kaum verhohlenem Grinsen.

»Ganz im Gegenteil. Ein bißchen Ablenkung ist genau das, was ich brauche.«

Den ganzen Tag lang durchkämmten sie Straßen und Läden. Auf François' Drängen hin bestellte Nicki sechs neue Kleider aus feinstem Serge, Merino und Kaschmir sowie ein waldgrünes Reitkleid, für das sie in der Stadt allerdings viel weniger Verwendung haben würde als auf Belle Chêne.

François drängte sie nicht, das Ballkleid zu kaufen, das die Schneiderin ihr verkaufen wollte. Alex würde seine Geliebte wohl kaum zu irgendwelchen extravaganten Anlässen mitnehmen, das wußten sie beide.

Obwohl dieser unterschwellige Hinweis auf ihre Rolle ihre Freude kurzfristig dämpfte, genoß sie das ausgezeichnete Mittagsmahl. Im Anschluß daran suchte sie einige gut gearbeitete Antiquitäten für das Schlafzimmer aus, einschließlich eines Rosenholzschranks. Sie wählte blaßpfirsichfarbenen Chintz – in Erinnerung an Belle Chêne – für die Vorhänge, die Betsy nähen würde, und eine dazu passende Tagesdecke für das große Himmelbett.

Das Zimmer würde bestimmt bezaubernd aussehen. Sie seufzte, als sie daran dachte, wie wenig Zeit sie darin verbringen würde.

Thomas und Michèle kamen fabelhaft miteinander aus. Nicki überlegte, wie ihre Freundin wohl dem strengen Auge ihrer Tante entkommen war, fragte aber nicht. Sie waren inzwischen beide erwachsene Frauen. Nur daß Michèle, im Gegensatz zu

Nicole, sich ihre Unschuld für den Mann bewahrte, den sie heiraten würde.

»Ich glaube, da drüben ist ein Freund von mir«, riß sie François' weiche Stimme aus ihren Gedanken. »Wenn Sie mich einen Augenblick entschuldigen wollen...?«

»Natürlich.«

Er verließ sie und trat in ein schickes Herrenausstattungsgeschäft. Während Michèle und Thomas in ihr Gespräch vertieft waren, wanderte Nicki die Straße hinunter und schaute in die Fenster. Als sie bei dem Herrenmodengeschäft angelangt war, sah sie François in einer angeregten Unterhaltung mit einem hübschen, blassen jungen Mann, der ungefähr sein Alter haben mußte.

Der Mann war genauso groß wie François, aber viel schlanker, hatte hohe Wangenknochen und wohlgeformte Lippen. Er lächelte François fast verführerisch an und bewegte sich so graziös, als würde er schweben. Als er über eine Bemerkung François' errötete, berührte François seine Wange, und der junge Mann drückte seine Hand an sich und hielt sie auf beinahe ungehörige Weise fest.

Nicki hatte das Gefühl, zwei Menschen, die offenbar mehr als nur Freundschaft füreinander empfanden, bei einer vertraulichen Szene zu beobachten. Es schien fast Liebe zu sein.

Sie erbleichte, als hätte sie der Schlag getroffen. Ungläubig wollte sie genau in dem Moment den Blick abwenden, als François aufschaute. Einen Augenblick lang starrten sie einander an, dann drehte sich Nicki um.

Erschüttert und verunsichert kehrte sie zu Michèle und Thomas zurück. Sie wußte kaum etwas über Männer, die anderen Männern zugeneigt waren, hatte nur Gerüchte darüber gehört, daß es so etwas gab. Sie wußte nichts über ihre verbotenen Leidenschaften.

Aber instinktiv begriff sie, daß François einer von ihnen war.

Als er zurückkam, schien er ebenso blaß und erschüttert wie sie. »Jean Pierre ist ein alter Schulfreund«, sagte er wie zur Erklärung, wich aber dabei ihrem Blick aus.

Im Stadthaus verabschiedete er sich hastig. Er wirkte immer noch mitgenommen und aufgeregt. Thomas ging nur widerstrebend und erst, nachdem ihm Michèle erlaubt hatte, sie bei ihrer Tante zu besuchen. Schließlich waren die beiden jungen Frauen allein.

»Er gefällt dir, nicht wahr?« fragte Nicki, als sie auf dem Polstersofa saßen.

»*Oui,* er ist sehr charmant. Und er sieht gut aus.« Michèle verdrehte die hübschen grünen Augen.

»Ich mag ihn auch.«

Michèle streifte ihre Handschuhe ab. »Ich bin froh, daß ich ihn kennengelernt habe, aber eigentlich wollte ich dich besuchen. Was sind das für Geschichten, die man über dich hört? Sie sind doch bestimmt nicht wahr?«

»Was – was hast du gehört?«

»*Ma tante* sagt, daß du Alexandre du Villier gehörst. Daß du seine Leibeigene bist. Sie sagt, jeder im *Vieux Carré* weiß, daß er dich für eine Wahnsinnssumme aus dem Gefängnis freigekauft hat. Ganz bestimmt wollte M'sieur du Villier dir nur helfen. Schließlich waren er und dein Vater Freunde.«

Nicki sprang auf und begann, vor dem Kamin auf und ab zu gehen. Es gab nichts mehr zu verbergen, keinen Grund zur Lüge mehr. »Alex hat mir geholfen, das stimmt. In vieler Hinsicht war er sehr gut zu mir.«

»In vieler Hinsicht?« wiederholte Michèle.

»Das ist eine lange Geschichte, Michèle, aber es genügt wohl, wenn ich sage, daß es sehr lange gedauert hat, bis ich ihm vertraute. Irgendwann tat ich es. Ich glaubte, ihm würde etwas an mir liegen. Ich... ich habe mich von meinen Gefühlen leiten lassen... Dinge getan, die ich heute bereue. Inzwischen habe ich nämlich festgestellt, daß seine Absichten mir gegenüber andere waren, als ich geglaubt habe.« Mehr wollte sie nicht sagen. Sollte Michèle daraus machen, was sie wollte.

»Mon dieu«, flüsterte sie.

»Ich dachte, ich liebe ihn«, sagte Nicki leise, in der Hoffnung, daß ihre Freundin verstand.

»Und heute?«

Nicki seufzte und setzte sich wieder aufs Sofa. »Weiß ich nicht mehr, was ich fühle.«

»Aber wenn du ihn darum bittest, wird er dich doch bestimmt aus deinem Kontrakt entlassen.«

»Das wird er nicht.«

»Aber warum denn nicht? Sein Vater hätte es doch so gewollt, *n'est-ce pas?«*

Nicki setzte sich auf und schaute ihr direkt in die Augen. »Das habe ich mich selbst auch schon tausendmal gefragt. Ich weiß nicht, warum.« *Weil er mich will. Weil er mich besitzt und er nichts hergibt, was er besitzt.* Trotzdem war Alex kein kleinherziger Mensch und stellte auch nicht sein persönliches Glück über das anderer Menschen. Daß sie ihm gehörte, genügte nicht als Antwort – aber worin konnte sie sonst liegen?

»Kann ich denn gar nichts für dich tun?« fragte Michèle.

»Du kannst meine Freundin bleiben«, antwortete Nicki traurig. »Das wird schwer genug sein. Ich bin überrascht, daß deine Tante dir überhaupt erlaubt hat, mich zu besuchen.«

Michèle atmete zaghaft aus. »Um die Wahrheit zu sagen, sie hat es mir verboten. Aber ich sage dir eins. Wir waren damals Freundinnen und wir sind es auch heute.« Sie richtete sich auf. »Wir werden immer Freundinnen bleiben, und nichts kann daran etwas ändern.«

Michèle stand auf und umarmte Nicole. »Du mußt mich wissen lassen, wenn du irgend etwas brauchst.«

»Alex kümmert sich schon um mich«, erklärte sie bitter. Sie verschwieg, daß sie keineswegs die Absicht hatte, sich um ihn zu kümmern.

16. KAPITEL

Da sie so gut wie nichts zu tun hatte, verging die Woche im Schneckentempo. Wie vermißte sie das weite Land, das Gefühl von Freiheit, das sie auf Belle Chêne genossen hatte! Der Garten war zwar ein Hort des Friedens, und die geschäftige Stadt war aufregend, aber Nicki hätte ein Leben auf dem Land allemal vorgezogen.

Sie schwor sich, ein ruhiges Leben auf dem Land zu führen, sobald sie geflohen war.

Mit Ram als Bewacher und ohne sorgfältige Planung war die Flucht jedoch ein schwieriges Unterfangen.

Der erste Schritt ihres Planes bestand darin, die Schwächen des großen Türken ausfindig zu machen. Infolgedessen sprach sie bei jeder Gelegenheit mit ihm, fragte ihn über Alex und ihre alte Freundschaft aus. Er antwortete ihr stets höflich, aber immer mit Wachsamkeit, als wollte er herausfinden, ob sie Alexandres Aufmerksamkeit würdig war. Ganz offensichtlich hielt er große Stücke auf seinen Freund.

Während der ersten Tage beobachtete ihn Nicki genau. Er war ein schwer zu durchschauender Mann, meist schweigsam und immer aufmerksam. Manchmal schien er beinahe ihre Gedanken lesen zu können.

Nachts nahm seine Wachsamkeit noch zu, so, als würde er mit

einem Fluchtversuch rechnen. Mehrmals pro Nacht hörte sie ihn im Gang vor ihrer Tür. Zweimal hatte sie ihn unter ihrem Zimmerfenster entdeckt, wo er im Mondschein durch den Garten wandelte.

Ram zu entkommen, war keine leichte Sache, aber Nicki war überzeugt, daß es ihr früher oder später gelingen würde.

»Erzählen Sie mir von Algerien«, bat sie ihn eines Abends nach dem Essen. Ram saß an Alex' Schreibtisch im Arbeitszimmer, wo er sich am wohlsten zu fühlen schien.

Bei dem Gedanken an diese lang zurückliegenden Ereignisse begann Ram zu lächeln und schaute versonnen in die Ferne. Mit seiner fleischigen Hand fuhr er sich über den massigen, kahlgeschorenen Kopf, dann wandten sich seine Augen wieder ihr zu.

»Wir waren damals jung und töricht. Alexandre kämpfte für seine französische Heimat, ich kämpfte aus Vergnügen – und natürlich wegen der Beute, auf die ich aus war. Die Rebellen nahmen ein paar Dutzend Söldner und Soldaten gefangen, dann brachte man uns in eine Höhle, die sie als Gefängnis benutzten. Es war ein grauenhafter Ort, voll mit Ratten und dem Gestank Sterbender.«

Nickis Magen krampfte sich zusammen, denn ihre eigenen schlimmen Erfahrungen wurden wach. »Aber Sie und Alexandre haben es überlebt«, drängte sie weiter.

»Ja, überlebt haben nur die Stärksten. Ich war an Entbehrungen gewöhnt. Für mich war das Gefängnis nur eine Unannehmlichkeit. Im Gegensatz zu Alex mit seinen feinen Manieren und seiner schmucken Uniform. Er war eigentlich noch naß hinter den Ohren.«

»Dann müssen Sie ihm geholfen haben.«

»Ich habe ihm nur geholfen, den Mann zu entdecken, der bereits in seinem Innersten steckte. Ich mußte ihm nur ein bißchen Selbstvertrauen geben. Ein bißchen Wissen. Während die anderen immer schwächer wurden, wuchs Alexandres Kraft. Wer ihn herausforderte, mußte am eigenen Leibe erfahren, daß er ein Mann war, mit dem nicht zu spaßen war. Langsam begann man ihn zu fürchten und zu respektieren. Kurz gesagt – er überlebte.«

»Wie Ihre Freundschaft«, sagte sie.

»Ja. Als die französischen Soldaten das Gefängnis eroberten, kämpfte Alex zwei seiner eigenen Leute nieder, um mir das Leben zu retten. Das habe ich ihm nicht vergessen.«

Niemand vergißt Alexandre, dachte sie mit leiser Verzweiflung.

Sie wollte zur Tür, aber Rams tiefe Stimme hielt sie zurück.

»Spielen Sie vielleicht?« fragte er.

»Schach?« Es schien eine absurde Frage für einen solchen Bären von Mann.

»Ja. Alexandre hat mir das Schachspielen beigebracht. Wir haben uns Holzfiguren geschnitzt und auf einem Brett gespielt, das wir uns in den Staub auf dem Höhlenboden gezeichnet hatten. Damit haben wir uns die Zeit vertrieben.«

»Ja, ich spiele Schach.« Nicki lächelte. Da sie ein bißchen Ablenkung gebrauchen konnte, nahm sie ihm gegenüber Platz. Ram erwiderte ihr Lächeln und langte nach dem kostbaren Intarsienschachspiel.

Im weiteren Verlauf der Woche wandten sich Nickis Sorgen von Alex' bevorstehender Ankunft ab und François zu. Sie hatte gehofft, er würde sie besuchen, ihr vielleicht irgend etwas erklären, oder sie könnte ihm etwas sagen, das ihre einst enge Freundschaft erneuern würde.

»Danielle«, rief sie dem immer lächelnden französischen Mädchen zu, das mit dem Nähzeug auf dem Schoß ruhig in seiner kleinen Dachkammer saß, »kann ich dich einen Augenblick sprechen?«

»Aber natürlich.« Sie schenkte Nicki ein vielsagendes Lächeln. »Sie haben Probleme mit *M'sieur le duc?«* Danielle schien einen Gefallen daran zu finden, ihn so zu nennen – auch wenn sie ihn nie so ansprach.

»Ich habe immer Probleme mit Alex, aber darum geht es nicht.«

»Worum dann?«

Nicki setzte sich Danielle gegenüber auf die Bettkante, die jetzt ihre Stickarbeit beiseite legte. »Ich habe mich gefragt, ob du etwas über... also... über Männer weißt, die... die anders sind als andere Männer. Ich weiß etwas über sie, aber nicht genug.«

»Anders? Wieso anders?«

Nicki errötete beim bloßen Gedanken. »Sie interessieren sich nicht für Frauen. Sie fühlen sich zu Männern hingezogen.«

«Sacrebleu!« Danielles graue Augen weiteten sich.

»Also weißt du etwas...?«

Danielle lächelte und stellte eine Unschuldsmiene zur Schau, die sie immer besonders hübsch aussehen ließ. »Ich weiß nur, was ich gehört habe, wenn ich nicht hätte lauschen sollen.«

»Und?«

»Man sagt, es sei eine Sünde. Der Fluch des Teufels. Eine Frau sollte so tun, als wisse sie nichts davon, selbst wenn sie es tut.«

»Glaubst du, sie –«

»Ich weiß nicht. Und ich würde bestimmt nicht fragen.«

Danielle schaute sie verschmitzt an. »Aber wenn Sie etwas herausfinden, müssen Sie es mir verraten.«

Nicki hätte beinahe gelächelt. Der Fluch des Teufels, dachte sie, und sah François' gepeinigtes Antlitz vor sich, als er sie vor dem Fenster erblickt hatte. Vielleicht war es das wirklich.

Etwas später nahm sie all ihren Mut zusammen und sprach Ram darauf an. Er war, dessen war sie sicher, der letzte, den sie danach fragen sollte, aber er besaß eine Art von Lebenserfahrung, die den meisten anderen Männern abging. Und nichts schien ihn aus der Ruhe zu bringen. Sie hatte ihn noch nie verlegen oder voreingenommen gesehen.

»Hallo, Ram«, sagte sie und kam in Alexandres Arbeitszimmer, »ist das nicht ein schöner Nachmittag?«

»Für manche vielleicht. Mir wäre es lieber, wenn ich draußen sein könnte.«

»Und mir wäre es lieber, wenn Sie und Alexandre sich beide verabschieden würden, aber dazu wird es offenbar nicht kommen.«

Der große Türke lachte so schallend, daß sein riesiger Brustkorb wackelte. »Ich werde nicht mehr lang hierbleiben. Nur bis zur Ernte.«

Nickis Zorn loderte auf. »Alexandre ist ganz schön überzeugt von sich. Wieso sollte ich nicht fliehen, sobald Sie weg sind?«

»Das müssen Sie ihn selbst fragen.« Ram schaute wieder in das Buch, das er las, weil er annahm, daß sie wieder gehen würde.

Sie ging nicht, sondern beobachtete, wie seine schwarzen Augen langsam über die Seite wanderten. Er las Richard Henry Danas *Zwei Jahre vor'm Mast.* Anfangs hatte es sie überrascht, daß ein so grobschlächtiger Mann lesen konnte, aber er hatte ihr erklärt, daß Alexandre ihm auf seinen Wunsch hin einen Lehrer besorgt hatte.

»Ich möchte gerne etwas wissen, Ram«, sagte sie, ihn nochmals unterbrechend.

Er hob den Blick und lächelte gutmütig. »Ja?«

Vor lauter Nervosität spielte sie mit ihrem Haar. »Es geht um etwas, worüber Frauen eigentlich nicht sprechen sollten.«

»Wenn Sie fragen und ich die Antwort weiß, werde ich sie Ihnen geben.«

Nicki fuhr sich mit der Zunge über die plötzlich trockenen Lippen. »Es geht um Männer, die… sich zu anderen Männern hingezogen fühlen.«

»Was möchten Sie darüber wissen?« fragte er, offenbar keineswegs überrascht.

»Dann wissen Sie etwas über solche Männer?«

»Ich kenne ein paar. Im Osten wird so etwas eher akzeptiert als hier.«

»Wie – wie sind sie so geworden?«

Er zuckte mit den riesigen Schultern. »Das weiß ich nicht. Manche sagen, es sei ein Werk des Satans. Ich glaube, es ist bloß eine Laune der Natur. Viele scheinen diese Neigung von Geburt an zu besitzen. Da ich keine solche Neigung besitze…«, er grinste verschmitzt und ließ seine weißen Zähne in dem nußbraunen Gesicht aufblitzen, »kann ich es nicht mit Sicherheit sagen.«

»Kann man nichts dagegen tun?«

»Nicht daß ich wüßte.« Er schaute sie scharf an. »Warum fragen Sie danach? Ich glaube nicht, daß Sie bloß neugierig sind.«

»Ich glaube, ich kenne so einen Mann.«

»François«, sagte er bloß.

Nicki hielt den Atem an. »Woher wissen Sie das?«

»Es gibt Anzeichen dafür. Alexandre weigert sich, sie zu sehen.«

»Er liebt seinen Bruder.«

»Das stimmt. Aber er kann die Wahrheit nicht ändern, indem er sie leugnet.«

»Ich glaube nicht, daß viele Leute davon wissen«, sagte Nicki.

»Das stimmt ebenfalls, aber Alexandre ist nicht wie viele Leute. Und François fürchtet so sehr, seinen Bruder unglücklich zu machen, daß er sich damit jede Chance nimmt, glücklich zu werden.«

»Ich wünschte, ich könnte etwas für ihn tun.«

Ram musterte sie aufmerksam. »Und was empfinden Sie für Alexandre? Haß? Angst? Leidenschaft? Oder Liebe?«

Nicki hob das Kinn, wandte aber den Blick nicht ab. »Alexandre du Villier ist mein Herr. Irgendwann habe ich all das und noch mehr empfunden.«

»Und jetzt?«

»Jetzt wünsche ich nur noch, weg von ihm zu sein.«

Ram schwieg.

Am Mittwoch, an dem Tag, an dem Alex eintreffen sollte, erhielt Nicki eine Nachricht von ihm. Er war auf Belle Chêne aufgehalten worden, würde sich aber sehr glücklich schätzen, wenn sie ihn am Freitag abend zu einer Vorstellung der Italienischen Sänger in einem Theater namens Verandah begleiten würde.

Sie lächelte spöttisch über die förmliche Einladung. Es war ein Befehl, keine Bitte, das wußten sie beide.

»Danielle!« rief sie aus und marschierte entschlossen die Treppe hinauf. »Ich brauche eine Dienstuniform. Etwas Altes, Abgetragenes, Schäbiges. Kannst du so etwas auftreiben?«

»*Nom de Dieu,* wozu brauchen Sie eine Uniform?«

»M'sieur du Villier hat meine Anwesenheit übermorgen abend befohlen. Wir werden sehen, ob es ihn erfreut, sich von seiner Leibeigenen begleiten zu lassen.«

»Ich glaube nicht –«

»Ich weiß, aber trotzdem will ich diese Uniform.«

Kopfschüttelnd und hinter vorgehaltener Hand kichernd, machte sich Danielle auf die Suche nach genau diesem. Oben auf dem Dachboden fand sie eine alte schwarze Uniform, die der ehemaligen Haushälterin gehört hatte. Sie war alt und fadenscheinig, aber sauber, die Schürze abgetragen, aber nicht vergilbt. Damit sie Nicki paßte, mußte das Kleid gekürzt und enger genäht werden.

»Perfekt«, urteilte Nicki, als sie fertig waren und sie ihr Spiegelbild in dem antiken Spiegel betrachtete, den sie in der Woche davor auf ihrer Einkaufsexpedition erstanden hatte. In nur sieben Tagen hatte sie das Zimmer fast vollständig eingerichtet. Für das Bett hatte sie eine neue Federkernmatratze gekauft sowie weiche Baumwollaken und eine entzückende gelbe Decke. Die pfirsichfarbene Chintztagesdecke mußte erst noch genäht werden.

Nicki kämmte das Haar zurück, band es im Nacken zu einem schlichten, strengen Knoten, und setzte sich eine Haube auf den Kopf.

»Was ist mit M'sieur Ram? Wird er Ihnen das nicht verbieten?«

»Ich glaube nicht, daß Ram sich einmischen wird. Er scheint die ganze Angelegenheit eher amüsant zu finden.«

Bis sechs Uhr abends hatte Nicki das ganze Obergeschoß geputzt und aufgeräumt. Als Alex eintraf, arbeitete sie gerade im Eßzimmer auf Händen und Knien, wo sie das Parkett bohnerte.

Seine tiefe Stimme in der Eingangshalle entlockte ihr beinahe ein Grinsen, und sie rutschte ein kleines bißchen vor, so daß sie ihn durch den Türspalt beobachten konnte. Als sie ihn so groß und hübsch dort stehen sah, wünschte sie fast, sie hätte seine Einladung angenommen. Sie versuchte, nicht darüber nachzudenken, welch imposante Erscheinung er war, wie breit seine Schultern und wie warm seine dunkelbraunen Augen waren. Doch unwillkürlich beschleunigte sich ihr Puls, und in ihrem Bauch kribbelte es.

Als Frederick Alex' schwarzen Seidenhut und das Satincape entgegengenommen hatte, glänzte sein maßgeschneiderter schwarzer Abendanzug unter dem Kristallüster.

»Sagen Sie Mademoiselle St. Claire, daß ich da bin«, bat er Frederick, der ebenfalls um seine Fassung ringen mußte.

»Jawohl, Sir.«

»Wo ist Ram?« fragte er, und Frederick deutete zum Wohnzimmer. Obwohl sie den großen Türken nicht sehen konnte, wußte sie, daß er dort drin saß. Wahrscheinlich wollte er sich dieses Schauspiel keinesfalls entgehen lassen.

Alex ging auf seinen Freund zu, bemerkte aber, daß Frederick in Richtung Eßzimmer ging, statt wie erwartet, die Treppe nach oben zu nehmen.

»M'sieur du Villier möchte Sie sehen«, meldete der große schwarze Butler formvollendet.

»Sagen Sie ihm, ich habe zu tun.«

Alex hörte ihre Antwort und stürzte an Frederick vorbei in das Eßzimmer. Als er sie mit einem schmutzig-öligen Lappen in der Hand auf dem Boden knien sah, atmetete er laut hörbar ein.

»*Nom de Dieu!* Was um Gottes willen tust du da?«

»Ich bohnere den Boden, M'sieur«, antwortete sie honigsüß und wienerte weiter das längst glänzende Holz.

Alex' Miene verdüsterte sich. »Geh hinauf und zieh dich an.«

»Aber ich bin bereits angezogen, M'sieur.«

»Nicki, ich warne dich. Steh augenblicklich auf und zieh diese abscheulichen Sachen aus.«

»Aber ich habe noch viel zu tun –«

Mit drei Schritten hatte Alex das Zimmer durchquert. Er schlang einen Arm um sie und riß sie auf die Füße. »Nach oben«, befahl er. »Und zwar sofort.«

»Wie Sie wünschen, M'sieur.« Ohne daß er ihr zufriedenes Grinsen sah, ging Nicki nach oben. Aber sie zog ihre Kleider nicht aus. Statt dessen wusch sie sich die Hände, nahm die Haube ab und steckte dann die kleinen Diamantohrringe – ein Geschenk von *Grand-mère* – an ihre Ohren. Sie packte ihr Täschchen und einen schwarzgefiederten Fächer und ging wieder nach unten.

Alex stand im Salon und unterhielt sich mit Ram.

»Viel Vergnügen«, sagte Alex und schlug seinen Freund auf den Rücken. »Du hast dir etwas Abwechslung mehr als verdient.« Ram wollte gerade antworten, als er Nicki in ihren schäbigen Kleidern und mit dem gefiederten Fächer in der Tür erblickte. Er grinste.

»Die meiste Abwechslung scheint es heute abend hier zu geben«, sagte Ram, verzog sich aber klugerweise augenblicklich in Richtung zur Tür.

Nicki lächelte Alex an, dessen Gesicht plötzlich unheilverkündend aussah.

»Was glaubst du eigentlich, was du tust?«

»Wenn Sie den Abend in Begleitung Ihrer Leibeigenen verbringen möchten, M'sieur, ich bin bereit.«

Alex knurrte leise. Er stapfte quer durch das Zimmer, packte sie am Handgelenk, beugte sich nieder und warf sie über seine Schulter. Er brummte etwas, das sie nicht verstand, und schleppte sie dann wie einen Sack Kartoffeln nach oben. Nicki versuchte, seine heiße Hand auf ihrem Schenkel zu ignorieren; sie lächelte nur und ließ sich von ihm nach oben tragen.

Ohne weitere Umstände warf er sie aufs Bett. »Raus aus diesen Lumpen.«

Nicki biß die Zähne zusammen, machte aber keine Anstalten, seinen Befehl zu befolgen.

»Zieh sie aus, Nicki, sonst zieh ich sie dir aus, das schwöre ich.«

Sie reckte das Kinn vor. »Nein«, war alles, was sie sagte. Mit einer einzigen Handbewegung packte Alex ihre alte schwarze Uniform und riß sie herunter.

»Ich gehe nicht!« schrie sie ihn an.

Alex zog eine Braue hoch und hob einen Mundwinkel zu einem Lächeln an, das keineswegs ein Lächeln war. »Du hast also nicht den Wunsch, einen unterhaltsamen Abend im Verandah zu verbringen?«

»Ich habe dich schließlich gewarnt, Alex. Du weißt, wie ich empfinde.«

»Und du hast meine Warnung erhalten, *ma chère.*«

Mit finsterer Miene beugte er sich über sie, so dicht, daß sie sein würziges Rasierwasser riechen konnte. »Da du dich so nach meiner Berührung sehnst«, erklärte er ihr mit harter, entschlossener Stimme, »werden wir das ausfallen lassen, was ich heute abend vorhatte, und uns gleich der Aufgabe zuwenden, vor die du mich stellst.«

Nicki schwang die Füße über die Bettkante und versuchte, sich aufzusetzen, aber Alex drückte sie mit kraftvollen Armen leicht wieder auf die Matratze. Mit knappen, aber wirkungsvollen Bewegungen riß er ihr die Reste ihrer alten, schwarzen Uniform vom Leib. Dann folgten die Unterröcke, die einen luftigen weißen Haufen zu ihren Füßen bildeten. Nicki wehrte sich und beschimpfte ihn, aber ohne jeden Erfolg. Plötzlich wünschte sie, sie hätte sich doch von ihm ausführen lassen. Wenigstens hätte sich ihre Auseinandersetzung so auf später verschieben lassen.

Aber andererseits wäre ein Abend in ängstlicher Gespanntheit vielleicht noch viel schlimmer gewesen.

Nicki spürte seine Hand über ihr Unterhemd gleiten und sah zu ihm auf.

»Was?« beschwerte er sich scheinbar verzweifelt. »Kein Korsett? Welches Dienstmädchen schrubbt denn halbnackt den Boden ihres Herrn?«

Nicki errötete unter seiner ironischen Bemerkung. Sie hätte das unbequeme Kleidungsstück anziehen sollen. Dann hätte Alex sehen können, wie er damit fertig wurde!

»Nächstesmal werde ich mich anständiger kleiden.« Sie versuchte, sich unter ihm herauszuwinden, aber statt dessen glitten seine kräftigen Finger unter ihr Unterhemd und strichen über ihren Busen. Seine Augen wanderten über ihren Körper, und sein Blick war dunkel und hungrig. Er ließ sie liegen, halbnackt und vergeblich bemüht, sich zu bedecken.

Alex legte zuerst seine Krawatte und den Kragen ab, dann die Jacke und Weste. Sie sah, wie er etwas aus der Tasche zog, bevor er sich wieder dem Bett zuwandte. Sie rutschte so weit wie möglich von ihm ab, zog die Beine an und sah ihn mit dem Rücken gegen das kalte Holz des Kopfendes gepreßt wütend an.

Ohne sich groß um sie zu kümmern, langte Alex nach ihrer Hand, zog sie an sich und schlang etwas Seidiges um ihr Handgelenk. Sie schnappte nach Luft, als er die Schlinge zuzog und dann ein blaßblaues Seidenband am Kopfende des Bettes festband.

»Was soll denn das?« Mit entsetztem Blick sah sie zu, wie er ihre andere Hand packte und ein zweites Seidenband darumschlang.

»Ich schütze dich vor dir selbst«, antwortete er. Minuten später hatte er ihre Arme breit gespannt, so daß die Seidenfesseln sie genau in der Mitte des großen Bettes hielten. »Ich hatte gehofft, daß es nicht so weit kommen würde«, fügte er hinzu, »aber da ich dich inzwischen kenne, bin ich nicht unvorbereitet gekommen.«

»Letztes Mal hast du gesagt, du würdest mich zu nichts zwingen.«

»Letztes Mal war ich nicht sicher, daß du mich ebenso begehrst wie ich dich.«

»Und jetzt bist du es?«

»Jetzt weiß ich, daß nur dein elender St. Claire-Stolz zwischen uns steht.«

Das konnte sie nicht abstreiten. Schon wenn sie seine nackte Brust sah, lief ein Schauer durch ihren Körper. Sie bäumte sich in ihren Seidenfesseln auf und spürte, wie eine Welle der Erregung sie überschwemmte.

»Zum Teufel mit dir, Alex«, fluchte sie, aber Alex streifte ihr einfach ihre bestickten weißen Baumwollunterhosen ab.

»Ooh«, stöhnte sie, als er nacheinander beide Beine an einem Bettpfosten befestigte, so daß ihre Beine gespreizt und ihre intimsten Stellen seinem Blick ausgesetzt waren. Ihr Gesicht lief purpurrot an, als sie sein Verlangen bemerkte sowie sein hartes Geschlecht, das sich unter seiner Hose abzeichnete.

Da er ihre Verlegenheit bemerkte, dämpfte Alex das Licht der Lampe ein wenig, ließ es aber immer noch so hell, daß er genau sehen konnte, was er sehen wollte. Sekunden später hatte er auch die restlichen Kleider abgelegt und legte sich nun nackt neben ihr auf das Bett.

»Sag mir, daß du es nicht willst.« Dann beugte er sich vor und ließ seinen Mund auf ihre Brust sinken. Mit seiner Zunge umspielte er ihre Brustwarze. »Sag mir, daß ich aufhören soll, und ich werde es tun.«

Nickis Zunge fuhr über ihren Mundwinkel. »Alex, bitte... ich bitte dich, nicht... zu...« Aber die Worte wollten nicht aus ihrem Mund, ihr Becken hob sich ihm entgegen, und ein süßes, leises Stöhnen stieg aus ihrer Kehle.

»Ich glaube nicht, *chérie.«* Er senkte den Kopf und küßte sie, berührte ihre Lippen wie ein Lufthauch, bevor sie sich abwandte.

Er küßte ihre Wange, die sie ihm zu entziehen versuchte, dann ihren Hals und schließlich ihr zartes Ohrläppchen. Warme Flammen leckten über sie. Alex ließ seine Zunge über den Rand der Ohrmuschel gleiten, glitt dann tiefer und bedeckte ihre Schulter mit feuchten, weichen Küssen. Ein Feuer brannte in ihr, langsam und verzehrend, das sich in Windeseile zu einem Flächenbrand ausweiten konnte.

Alex sank tiefer, seine Hände flogen über ihre Haut, und dann liebkoste sein Mund sie, wo seine Hände gewesen waren. Im Schein der Lampe spielten die Muskeln auf seiner Brust, und das lockige braune Brusthaar glänzte, als es ihre Haut zum Glühen brachte.

Alex umschloß ihre Brüste mit seinen Händen, bis eine sengende Hitze durch ihren Leib schoß. Er liebkoste und streichelte sie, nahm schließlich die Brustwarzen zwischen Daumen und Zeigefinger und rieb sie, bis sie steif und hart waren.

Seine Zunge umkreiste den dunklen Hof so lange, bis Nicki stöhnte und schrie.

Zitternd zerrte sie an ihren Fesseln, aber sie ließen sich nicht lockern. Eigenartigerweise steigerte sich dadurch ihr Verlangen nur noch mehr. Die weiche blaue Seide schmerzte nicht, sondern verschaffte Alex nur den gewünschten Zugang zu ihrem Körper.

»Du wehrst dich vergebens, *chérie.* Hör auf zu kämpfen. Laß mich dich lieben.«

Seine Zunge glitt in ihren Nabel, schmeckte die Haut, bis die glühenden Funken zu lodernden Flammen wurden. Ohne daß sie es wollte, antwortete ihr Körper, spannten sich ihre Muskeln unter der langsam schwelenden Hitze an, die von ihr Besitz ergriff. Alex' Mund wanderte weiter nach unten, bedeckte ihren Bauch mit Küssen, und zog mit seiner Zunge eine feuchte Spur bis zu dem kupferroten Dreieck zwischen ihren Schenkeln.

Und selbst da machte er nicht Halt.

Er küßte die glatte, weiße Haut an der Innenseite ihrer Schenkel, und dann wanderte sein Mund immer weiter nach oben in Richtung der bebenden Pforte ihrer Leidenschaft.

Nicki stöhnte und wand sich. Es war unmöglich, ihre Erregung länger zu unterdrücken, so sehr sie es auch wollte. Sie ahnte nicht, was er vorhatte, bis seine Zunge die pulsierende Knospe ihrer Weiblichkeit fand. Sie meinte, sie müsse zerspringen und bersten vor lauter Lust, die ihre Verlegenheit vollkommen auslöschte.

»Alex, bitte«, hauchte sie atemlos im Strudel zwischen Ekstase und Scham, »bitte nicht.«

Alex hörte auf und sah sie an. »Es gibt nichts, weswegen du dich schämen müßtest, *chérie.* Du bist einfach entzückend. Was wir heute nacht tun, geht nur uns etwas an. Ich will dir heute nacht soviel Lust bereiten, daß du sie nie vergißt.«

Seine Zunge zeichnete Feuermuster auf ihren Bauch. Wieder glitt er tiefer, bedeckte ihre Schenkel mit tausend Küssen, liebkoste sie mit seinen Händen. Dann fand sein Mund erneut die pulsierende Knospe.

Diesmal kannte Alex kein Erbarmen. Kein Protest konnte ihn von dem abbringen, was er sich vorgenommen hatte. Sein Mund und seine Hände schienen überall, sie war wie von Sinnen, als die heiße Flutwelle in ihr aufstieg. Sie stöhnte und schrie und bettelte um mehr. Als seine Zunge in sie stieß, schrie Nicki seinen Namen.

Plötzlich verschwamm ihre Umgebung von ihren Augen, in ihrem Kopf drehte sich alles, bis sie aufschrie.

Zitternd und bebend drängte sie sich an ihn. »Bitte, Alex«, rief sie schluchzend. »Ich will dich!«

Jetzt küßte er sie lange und inniglich. Sie schmeckte sich selbst in seinem Atem, als seine Zunge in ihren Mund drang. Dann spürte sie sein heißes, hartes Glied zwischen ihren Beinen, dann glitt er in sie hinein und füllte sie aus.

Alex bewegte sich zuerst ganz langsam in ihr und steigerte ihre Lust bis zur Leidenschaft. Dann stieß er immer schneller in sie hinein, stieß und stieß zu, bis sie ihn anflehte, nie mehr aufzuhören.

»Binde mich los«, flehte sie. »Ich muß dich berühren.« Sie meinte, sterben zu müssen, wenn sie es nicht tat.

Unter Aufbietung seiner ganzen Selbstbeherrschung verharrte Alex über ihr, ohne seinen pulsierenden Schaft aus ihr zu nehmen, und zog die Seidenfesseln über Nickis Handgelenke. Mit einem leisen Schluchzen fuhr sie mit ihren Fingern in sein Haar und zog seinen Mund zu sich herab. Ihre Zunge drang in seinen Mund und erforschte ihn mit einer Sinnlichkeit, die Alex fast die Sinne raubte. Die Welt versank um ihn herum, und sie schwebten in einer Welt, in der es nur sie beide gab. Er begehrte sie wie noch keine andere Frau vor ihr, und sie trieb ihn in Höhen, von denen er noch nicht einmal geträumt hatte.

Mit ihrem Namen auf den Lippen drang er voller Verlangen noch tiefer in sie ein, bis sie eins zu werden schien mit ihm.

Als Alex spürte, wie sich ihr Körper versteifte und sich ihre Pforte verengte, konnte er sich nicht länger beherrschen. Er ergoß sich in sie im gleichen Moment, als sie vor Lust aufschrie. Ihre Arme klammerten sich um seinen Hals, zogen ihn an sich, und ihr kleiner Körper preßte sich so fest an ihn, daß es keine Grenze mehr zwischen ihnen gab.

Ganz langsam fanden sie wieder zurück in die Wirklichkeit, doch immer noch gab es nur sie auf der Welt. »Ich habe dich vermißt«, flüsterte er leise.

»Gott vergib mir, ich dich auch.«

Er glitt an ihrem Körper herab, löste die seidenen Bänder um ihre Knöchel und legte sich wieder zur ihr. Dann zog er sie in seine Arme. Erst als er ihre Wange küßte, merkte er, daß sie weinte.

»Sag mir, was du hast, *chérie.«* Er umarmte sie noch fester.

Sie schüttelte den Kopf und schaute weg.

»Bitte.«

Nicki versuchte, den dicken Kloß hinunterzuschlucken, der ihr in der Kehle saß. »Erst jetzt begreife ich, daß ich nicht nur gegen dich, sondern auch gegen mich selbst kämpfen muß.«

Alex fluchte leise. Er strich ihr die glänzenden kupferfarbenen Strähnen aus dem Gesicht und fuhr mit seinen Lippen über ihre Wange. »Es wird Zeit, daß dieser Irrsinn ein Ende hat. Du gehörst zu mir. Ganz bestimmt kannst du das einsehen. Wir begehren einander, und auf diese Weise kann ich für dich sorgen.«

Nicki drehte sich auf die Seite und schaute ihm ins Gesicht. »Ich weiß, daß du glaubst, das Beste zu tun. Vielleicht wäre es das Beste für jemand anderen.«

»Aber nicht für dich«, vollendete er den Satz trocken.

»Nein. Nicht für mich.« Sie legte ihre Hand an seine Wange. »Daß ich dich begehre, hast du zweifelsfrei bewiesen. Daß mir an dir liegt, gebe ich gerne zu. Aber ich bin eine St. Claire. Meine Familie hat dieses Land urbar gemacht. Du kanntest meinen Vater, du weißt, wie stolz er war. Er hätte sich niemals unehrenhaft verhalten.« Sie sah ihm in die Augen. »Ich bin seine Tochter, Alex. Ich bin zwar eine Frau, aber das heißt nicht, daß ich nicht genau weiß, was richtig und was falsch ist.«

»Ist dein Glück – unser Glück – denn nicht mehr wert als ein abstrakter Ehrbegriff?«

Sie schaute ihn an, als traue sie ihren Ohren nicht. »Es gibt kein Glück ohne Ehre.«

Alex antwortete nicht, sondern zog sie nur schweigend in seine Arme. »Es muß eines geben«, sagte er leise und küßte ihre Tränen weg. Aber tief in seinem Herzen wußte er, daß sie recht hatte.

17. KAPITEL

Alex klopfte laut an die Tür. Um ihn herum lachten und unterhielten sich Männer, die mit ihren Damen über die geschäftige Straße schlenderten. Kutschen und Mietdroschken rollten vorbei, in denen Menschen aller Art saßen, irische Arbeiter sowie Aristokraten, schöne Mulattinnen neben Matrosen auf dem Weg zum Hafen.

Alex bemerkte sie kaum. Auf sein zweites energisches Klopfen hin zog Thomas Demmings Assistent, Jackson Turner, die schwere Holztür auf.

»Ist Thomas da?« fragte Alex.

»Ja, das ist er, Mr. du Villier.« Jackson war ein dicklicher Mann von knapp dreißig Jahren, mit schütterem Haar. »Ich sage ihm, daß Sie hier sind.« Er verschwand in einem schmalen, schwach erleuchteten Gang voller Bücherregale und kehrte ein paar Minuten später mit Thomas zurück.

»Schön, dich zu sehen, Alex«, begrüßte ihn Thomas. Die beiden Männer gaben sich die Hand, und Thomas führte Alex in sein Büro, einen holzgetäfelten Raum, dessen Wände mit eingerahmten Urkunden und dem Gemälde eines Schiffes, dessen Segel sich im Sturmwind blähten, verziert waren. Thomas deutete auf einen der weichen Ledersessel vor seinem breiten Eichenholzschreibtisch, und Alex ließ sich schwer hineinsinken.

Thomas bemerkte seine angespannten Züge, die schweren, trüben Augen. »Ich nehme an, dies ist kein Freundschaftsbesuch.«

»Wenn es nur einer wäre.« Alex atmete müde aus und fuhr sich mit der Hand durch das Haar. »Ich bin da, Thomas, um mit dir als dem Freund zu sprechen, der du mir immer warst, aber auch, um von Mann zu Mann mit dir zu sprechen.«

Alex' Stimme war von einer Förmlichkeit, die Thomas mißfiel. »Sprich weiter.«

»Es geht um Nicole.«

Thomas' Kopf fuhr erschreckt hoch. »Ist ihr etwas zugestoßen?«

Mit einer Handbewegung wischte Alex seine Bedenken beiseite. »Nein, nein, das ist es nicht.« Alex sah unsicher aus. So hatte ihn Thomas bisher nur selten gesehen. Er schien hin- und hergerissen.

»Es ist bloß... Thomas, ich muß wissen, was du für sie empfindest. Du hast nicht viel Zeit mit ihr verbringen können, aber trotzdem...« Er schaute weg, und sein Blick kam auf dem windgepeitschten Schiff auf dem Gemälde über Thomas' Schulter zu ruhen. Er sah aus, als tobe in ihm selbst ein gewaltiger Sturm. »Du weißt, daß wir beide... zusammen gewesen sind. Es hat keinen Sinn, es abzustreiten. Aber ich dachte, wenn dir genug daran läge, würde dir das vielleicht nichts ausmachen.«

Thomas war wie vor den Kopf geschlagen. »Heißt das, du willst sie loswerden?« *Guter Gott, Alex hatte das Mädchen doch eben erst in sein Bett geholt!* »Möchtest du mich etwa fragen, ob ich Nicki zu meiner Geliebten machen will?«

»Nein!« donnerte Alex und sprang auf. »*Nom de Dieu,* das ist das letzte, was ich will.«

»Worum bittest du mich dann?«

»Ich habe euch beide beim Abendessen und später auf der Soirée beobachtet. Ich habe bemerkt, wie du sie angesehen hast. Ich frage dich, ob du dich so sehr für sie interessierst, daß du sie heiraten würdest.«

»Heiraten?« Thomas blieb der Mund offen stehen.

Alex versteifte sich. »Ist das so weit hergeholt? Ich weiß, daß ihre Vergangenheit nicht astrein ist, aber ich kann dir versichern, daß sie als Jungfrau zu mir kam. Sie ist die warmherzigste

Frau, die ich je gekannt habe. Sie ist freundlich und fürsorglich. Und ehrlich bis aufs Blut. Du würdest es keinen Augenblick bereuen.«

»Du mißverstehst«, sagte Thomas leise. Langsam fing er an, das Problem zu verstehen. Alex' Sorge um Nicki zeigte sich offen in seinem Gesicht, und selbst seine breiten Schultern schienen unter der Last seiner Unsicherheit nachzugeben.

Alex setzte sich wieder. Seine Brust fühlte sich an wie Blei, sein Mund war trocken und sein Magen zu einem harten, festen Knoten verkrampft. »Dann sind deine Absichten ihr gegenüber ehrenwerter Art?«

»Alex, ich habe keine Absichten Nicole gegenüber. Nicht, seit ich sie zum erstenmal ausführen wollte und du augenblicklich eingeschritten bist.«

Alex wandte schuldbewußt den Blick ab.

»Nicki ist eine schöne junge Frau, eine der reizendsten, die ich kenne. Und ich bin sicher, daß du die Wahrheit über sie sagst, aber –«

»Aber was?«

»Erst einmal möchte ich wissen, warum du das tust«, sagte Thomas. »Wenn du ihrer nicht überdrüssig bist –«

»Ihrer überdrüssig? Ich glaube nicht, daß ich ihrer je überdrüssig werden könnte.« Alex schloß die Augen und sank in die Polster zurück. »Nicki ist nicht so wie die Frauen, die mir bisher begegnet sind. Macht, Geld, Ansehen – all das bedeutet ihr nichts. Ihr liegt am meisten an ihrer Ehre. Sie wird alles tun, um sie zu wahren. Selbst wenn sie dadurch ihr Leben in Gefahr bringt. Letzte Woche versuchte sie fortzulaufen. Gott im Himmel, ich habe mir solche Sorgen gemacht. Ihr hätte alles mögliche zustoßen können.«

»Also würdest du sie lieber mir überlassen, damit ihr nichts zustößt.«

»Ich vertraue dir, Thomas. Ich weiß, daß du gut zu ihr wärst. Wenn ich wüßte, daß sie heiraten und glücklich werden kann, würde ich mich ihr nicht in den Weg stellen.«

»Wie denkt Nicki darüber?«

»Ich weiß nicht. Ich weiß nur, daß sie nicht meine Geliebte werden will.«

Thomas kam hinter seinem Schreibtisch hervor. »Auf der Party habe ich mich mit ihr unterhalten, weil ich glaubte, daß sie etwas Ablenkung brauchen konnte. Du warst mit Clarissa zusammen. An den Blicken, die du mit Nicki gewechselt hast, war leicht zu erkennen, daß etwas zwischen euch vorgefallen war.« Thomas ließ sich Alex gegenüber auf der Schreibtischkante nieder. »Ich weiß, in welcher Lage du dich befindest, Alex. Ich weiß, welche Probleme du mit Fortier und Belle Chêne hast. Ich weiß, daß du Nicki nicht heiraten kannst. Ich weiß auch, daß du nie zuvor so für eine Frau empfunden hast.«

»Ich gebe zu, daß sie mir sehr viel bedeutet – obwohl ich mich oft frage, wieso, angesichts all des Ärgers, den sie mir macht.«

»Das Wieso ist leicht zu erklären – du hast eine gute und gütige Frau gefunden, mit der du dich unterhalten kannst, die sich nicht gleich jedem deiner Wünsche fügt. Kurz gesagt, Alexandre, du hast eine Frau gefunden, die du lieben kannst.«

Alex schnaubte. »Ich glaube nicht an die Liebe. Und gerade du solltest das inzwischen wissen.«

»Nun, ich glaube daran. Und ich werde nicht glücklich sein, bis ich sie gefunden habe.«

Alex kicherte leise. »Du bist ein sentimentaler Narr, mein Freund.«

»Und du, Alexandre, bist ein Zyniker.«

Alex lachte. Er fühlte sich wieder entspannt, wieder als Herr der Lage, da er jetzt wußte, daß sein Freund sich nicht für Nicole interessierte. Doch war er nicht genau deswegen hergekommen

– weil er gehofft hatte, daß sein Freund sie heiraten und ihr Sicherheit geben würde? »Glaubst du, ich sollte den Gedanken weiterverfolgen?« Er mußte sich zu der Frage durchringen. »So schön, wie sie ist, sollte es nicht schwer sein, einen anständigen Mann zu finden, der sie heiraten würde.«

»Glaubst du, du könntest sie aufgeben?« fragte Thomas spitz. Alex sah zu Boden.

»Ich will nicht, Thomas, das kannst du mir glauben. Wenn ich bei Nicki bin, habe ich das Gefühl, einen sicheren Hafen erreicht zu haben, in dem ich vor allen Problemen geschützt bin.«

Er liebt sie, dachte Thomas. *Und Nicki liebt ihn.* Davon war er schon seit einiger Zeit überzeugt. »Du liegst Nicki am Herzen, Alex, ebensosehr, wie sie dir am Herzen liegt. Zudem ist sie bei dir so sicher, wie sie es seit Jahren nicht mehr war. Überleg dir nur, was ihr passiert ist, als sie allein durchzukommen versuchte.«

»Du glaubst also, ich sollte sie bei mir behalten – auch ohne ihr Einverständnis?«

»Sie gehört zu dir, nicht wahr?«

»Und was ist, wenn sie wieder versucht wegzulaufen?«

»Ganz bestimmt kannst du sie im Auge behalten, bis sie sich in ihr Schicksal gefügt hat.« Thomas' Stimme senkte sich. »Vielleicht trägt sie bereits dein Kind.«

»Um die Wahrheit zu sagen, habe ich genau das gehofft. Ich war überzeugt, daß sie ihre Zukunft akzeptieren würde, wenn sie erst mein Kind trägt.«

»Ganz genau«, stimmte ihm Thomas zu.

Alex stand auf, und Thomas begleitete ihn durch den Gang zur Tür. »Wenigstens hast du ein reines Gewissen. Du hast versucht, einen Gatten für sie zu suchen, aber keinen gefunden – zumindest keinen, den du billigen würdest.«

Alex grinste so breit, daß tiefe Grübchen auf seine Wangen

traten. Er fühlte sich so, als wäre er von einer großen Last befreit, als er seinem Freund auf die Schulter schlug. »Danke, *mon ami.* Du scheinst auf alles eine Antwort zu haben.«

»Vielleicht nicht auf alles –« Jemand klopfte an der Tür und unterbrach Thomas' Antwort. Als er sie öffnete, sah er Michèle Christophe und ihre Tante Laverne vor der Tür stehen.

»Meine Verabredung zum Mittagessen«, erklärte Thomas Alex grinsend. »Meine Damen, bitte treten Sie doch ein.« Michèle, die ein kaffeebraunes Ausgehkleid trug, kam herein, gefolgt von ihrer Tante. »Mademoiselle Christophe, ich glaube, Sie kennen Alexandre du Villier bereits.«

»Guten Tag, M'sieur.«

»Und dies ist Madame Trepagnier, ihre Tante.«

»*Enchanté,* Madame«, sagte Alex galant.

»*Bonjour,* M'sieur.« Die stämmige Frau lächelte verächtlich. Sie trug ein dunkelgrünes Tageskleid mit überhohem Kragen und hielt einen handbemalten Fächer in der Hand. Ganz offensichtlich hatte sie die Geschichten über Alex' neueste Geliebte gehört – Etienne St. Claires Tochter, eine alte Freundin der Christophes. Aber Alex war zu erleichtert, als daß ihm das etwas ausgemacht hätte.

»Ich glaube, ich gehe jetzt lieber.« Er reichte Thomas die Hand. »Ich schaue vorbei, wenn ich wieder in der Stadt bin.«

Nachdem sich Alex in aller Form von den Damen verabschiedet hatte, trat er auf die Straße. Die Sonne schien irgendwie heller zu strahlen und die Luft frischer zu sein. Es war gut zu wissen, daß er von Anfang an recht getan hatte – indem er nach bestem Wissen und Gewissen für Nickis Wohlergehen sorgte –, in Anbetracht der augenblicklichen Umstände. Daß seine Aussichten auf sein persönliches Glück sich eben dramatisch verbessert hatten, wollte er dabei nicht einmal abstreiten.

Und er würde sie ebenso glücklich machen. Früher oder später würde Nicki einsehen, daß ihr idiotischer Stolz im Vergleich zu ihrem Glück wenig Bedeutung hatte. Sobald sie erst ein Kind unter dem Herzen trug, würde sie sich beruhigen und bereitwillig den Ehrenplatz einnehmen, den er ihr zugedacht hatte. Bis dahin würde er alles Nötige tun, um sie bei sich zu behalten.

Irgendwie kam es ihm so vor, als hätte er gar keine andere Wahl.

Während des ganzen Weges dachte Thomas, Michèle an einem Arm, Madame Trepagnier am anderen, über seinen Ratschlag nach. Er kannte Alexandre seit Jahren, doch so unentschlossen hatte er ihn noch nie erlebt. Vielleicht war Alex blind, doch Thomas war es nicht.

Alex liebte Nicole.

Er würde Clarissa heiraten – er hatte gar keine andere Wahl. Aber solange er Nicki als Geliebte hatte, konnte er dennoch glücklich werden.

Aber was war mit Nicole?

Wieder hatte Thomas den Eindruck, richtig beraten zu haben. Es war ebenso offensichtlich, daß Nicki Alex liebte. Noch dazu hatte sie sonst niemanden, der sich um sie kümmerte, keine Familie, kein Geld, keine Möglichkeit, für sich selbst zu sorgen. Als sie es zum letzten Mal versucht hatte, war sie im Gefängnis gelandet. Außerdem konnte Nicki, genau wie er gesagt hatte, bereits Alex' Kind tragen.

Nein, er hatte das Richtige getan, entschied er. Wenigstens blieben sie auf diese Weise zusammen, und auch wenn Nickis törichter Stolz Schaden nehmen mochte, konnte Alex sie irgendwann glücklich machen.

Er sah zu Michèle hinüber, und ihm wurde warm ums Herz. Jeder Mann sollte jemanden haben, den er liebte. Jemanden, der seine Liebe erwiderte.

»Was für ein wunderschöner Tag«, sagte er zu ihr.

Michèle erwiderte sein Lächeln, und in ihren hübschen grünen Augen lag ein Liebreiz, den er bei wenigen anderen Frauen beobachtet hatte. »Jetzt schon«, sagte sie. Und Thomas hatte wiederum das Gefühl, das Richtige getan zu haben.

Nicki wartete den ganzen Morgen über ungeduldig auf Alex' Rückkehr. Sie hatte keine Ahnung, wohin oder weswegen er fortgegangen war. Aber andererseits behandelten die Männer wohl ihre Geliebten so.

In ihrem weichen Kleid aus seidengesäumter Merinowolle saß Nicki auf dem eisblauen Brokatsofa im Salon und versuchte, sich auf ein Shakespeare-Sonett zu konzentrieren, als Alex die Tür öffnete. Nachdem er Frederick den schmalkrempigen grauen Zylinder gereicht hatte, kam er lächelnd und pfeifend hereinspaziert – viel glücklicher als heute morgen, als er das Haus verlassen hatte. Er sah regelrecht fröhlich aus.

Zu fröhlich.

Nicki gefiel das überhaupt nicht.

»Die Kutsche wartet draußen«, sagte er. »Warum fahren wir nicht ein bißchen hinaus?« Er beugte sich über sie und berührte ihre Lippen mit einem zarten Kuß. »Bald werden wir drinnen bleiben müssen, aber heute ist es viel zu schön dazu.«

Obwohl er das scheinbar gleichgültig sagte, tasteten seine Augen ihren Körper ab, nahmen ihre vollen Brüste, die schmale Taille in sich auf. Nachdem sie ihn heute erregt im Bett zurückgelassen hatte, wunderte sie sich, daß er den Tag nicht gemeinsam mit ihr in seinem großen Bett verbringen wollte.

»Das wäre wunderbar«, antwortete sie, froh, diese Auseinandersetzung so weit wie möglich hinausschieben zu können.

Was gestern abend auch vorgefallen sein mochte, sie gedachte nicht, es ihm einfach zu machen. Ihn abzuweisen, war schwierig, wenn nicht unmöglich, aber früher oder später wäre er die Anstrengungen leid, die es ihn kosten würde, sie ins Bett zu bringen. Vielleicht würde er dann seine Aufmerksamkeiten einer weniger schwierigen Eroberung zuwenden und sie in Ruhe lassen.

Nicki schluckte schwer. Allein der Gedanke, daß er eine andere lieben könnte, ließ das Blut in ihren Adern gefrieren.

»Wohin fahren wir?« fragte sie, gleichfalls Heiterkeit vortäuschend.

»Ich muß kurz mit meinem Kommissionär sprechen – meinem Verwalter – Louis Mouton. Danach können wir unseren Launen freien Lauf lassen.«

Alex gab Ram den restlichen Tag und den Abend frei, und er und Nicki gingen zur Vordertür hinaus, wo die Kutsche, die er in der Stadt stehen hatte, eine glänzend schwarze, von vier schlanken, kastanienbraunen Pferden gezogene Kalesche, auf sie wartete. Das Büro des Kommissionärs lag an der Decatour Street gegenüber dem Hafen.

Die Kutsche zwang sich durch den hektischen Stadtverkehr und erreichte wenig später ihr Ziel. Da sie überzeugt war, Alex würde nur wenige wissen lassen wollen, daß er eine Geliebte aushielt, weiteten sich Nickis Augen erstaunt, als er um die Kalesche herumkam, um ihr hinunter zu helfen, und sie dann zur Tür des Lagerhauses geleitete, offenbar ohne sich darum zu kümmern, daß ein solches Verhalten ungehörig war. Von der Straße aus wirkte das Ziegelgebäude alt und so, als könnte es einen frischen Anstrich gebrauchen. Das Büro von Louis Mouton im Inneren, ein abgeteiltes Stück eines Lagerhauses, war dagegen beeindruckend.

Der Empfangsraum, in dem sein Assistent arbeitete, strahlte die zurückhaltende Eleganz einer vornehm eingerichteten Bar aus. In seinem Büroraum zierten Ölgemälde, darunter viele von bekannten Künstlern, die Wände, und auf den Böden lagen weiche Orientteppiche. Moutons Schreibtisch war ein unvergleichlich prunkvolles Stück.

»Alexandre«, sagte Louis Mouton mit warmem Lächeln und schüttelte Alex' Hand. »Welch unerwartetes Vergnügen.«

»Louis, das ist Mademoiselle St. Claire.«

»Enchanté.« Mouton küßte ihre weißbehandschuhte Hand. Er war ein mittelgroßer Mann, der auf fast arrogante Weise attraktiv war, hatte eine gerade, aristokratische Nase, weiße Zähne und hellbraunes Haar, das leicht aus der Stirn zurückwich.

»Es ist mir eine Ehre«, erwiderte Nicki. Die Männer besprachen die bevorstehende Ernte, wie viele Fässer Zucker in jeden Zielhafen verschifft werden sollten und wieviel jede Ladung einbringen würde.

Mouton warf einen vielsagenden Blick auf Nicki. »Da ist noch etwas, das wir besprechen müssen, Alexandre. Darf ich offen sprechen, oder wäre es Ihnen lieber, wenn wir uns später darüber unterhielten?«

»Sagen Sie, was immer Sie zu sagen haben.«

Nicki spürte, wie ihr angesichts des Vertrauens, das Alex ihr erwies, warm ums Herz wurde.

»Nach sorgfältiger Prüfung Ihrer Konten«, erklärte ihm Mouton, »glaube ich nicht, daß Sie die nötige Summe zusammenbekommen werden, um Ihre Schulden bei Monsieur Fortier vollständig zu begleichen.«

»Das ist mir klar, Louis. Eigentlich bin ich genau aus diesem Grund heute hergekommen. Ich wollte Ihnen versichern, daß das Geld bereitstehen wird, ehe der Wechsel fällig ist.«

Mouton schien überrascht. »Sie haben eine solche Summe leihen können?«

»Es handelt sich eher darum, zusätzlichen Grund zu erwerben. Elmtree wird bald ein Teil von Belle Chêne sein.«

Nickis Magen krampfte sich zusammen.

»Ich verstehe.« Mouton lächelte. Die Spannung schien aus seinem Körper zu weichen. »Ich muß sagen, das erleichtert mich sehr.«

Alex lächelte ebenfalls. »Sie brauchen nichts zu befürchten, Louis. Solange ich Herr über Belle Chêne bin, haben Sie Arbeit, mindestens für die nächsten fünfzig Jahre.«

Fünfzig Jahre, dachte Nicki. Wo werde ich dann sein? Ganz bestimmt werde ich mein Alter nicht an Alex' Seite verbringen so wie Clarissa.

Alle drei gingen zur Tür.

»Übrigens, Alexandre, haben Sie mir Ihre persönlichen Bücher mitgebracht? Der Jahresabschluß ist bald fällig. Zeit, einiges in Ordnung zu bringen.«

»Ich war so beschäftigt –«, antwortete Alex und zog die Tür auf. »Ich werde dafür sorgen, daß Sie bis Monatsende alles erhalten, und wenn ich mich am Schreibtisch festbinden muß, um die Bücher nachzutragen.«

»Gut«, sagte Mouton.

Alex und Nicki traten auf die Straße.

»Er scheint sehr gewissenhaft zu sein«, meinte Nicki, als sie in die Kutsche stiegen.

»Er arbeitet schon seit Jahren für unsere Familie.«

»Mein Vater arbeitete mit einem Mann namens Arcenenaux. Erstaunlich, wie sehr wir uns auf ihn verließen. Er kümmerte sich um die ganzen Finanzen, streckte uns sogar Geld vor, wenn die Ernte schlecht ausfiel oder sonst etwas schief ging.«

»Ja, Louis ist mir eine unersetzliche Hilfe.«

Die Kutsche rollte durch die belebten Straßen des *Vieux Carré* und gelangte dann in die Esplanade, eine der schönsten Straßen des Viertels. Uniformierte Soldaten exerzierten auf dem grasbewachsenen Paradeplatz, ganz zum Vergnügen der Kinder wie der Erwachsenen, die unter den nahen Magnolienbäumen standen und zuschauten.

Sie fuhren an der Münzanstalt der Vereinigten Staaten vorbei, einem großen Ziegelbau mit Granitstuck und -verzierungen im neoklassizistischen Stil.

»Zu den Zeiten meines Vaters«, erklärte Alex, »stand hier das Fort St. Charles.«

»Ich entsinne mich, daß auch mein Vater davon erzählte. Er sagte, Andrew Jackson habe hier vor der Schlacht von New Orleans persönlich die Truppen besucht.«

An der Ecke Rampart Street bog die Kutsche erneut ab, fuhr weiter und kam schließlich zum Congo Square, wo sich an den Sonntagnachmittagen Schwarze versammelten, Sklaven wie Freie, um zu tanzen und Musik zu machen, meist mit wildem afrikanischem Rhythmus.

»Mein Vater nahm mich einmal hierher mit«, sagte Nicki ein bißchen traurig. »Wir schauten den Negern zu, die den *Bamboula* und den *Danse Calinda* tanzten. Es war primitiv und heidnisch. Und so schön, daß ich es nie vergessen werde.«

Alex kicherte leise. »Ich glaube, etwas von dieser Wildheit hat sich auf dich übertragen – zumindest im Bett.«

Nicki errötete und schaute weg. Sie wünschte, sie hätte ihre Gedanken für sich behalten. Alex drehte ihr heißes Gesicht mit der Hand zu sich herum.

»Das war ein Kompliment, *chérie.* Eine leidenschaftliche Frau ist ein Schatz.«

Nicki spürte die Wärme seiner Finger, und plötzlich verspürte sie Lust. *Dann muß ich eine königliche Summe* Wert sein, dachte sie, behielt den Gedanken aber für sich.

Ein paar Straßen weiter, am Ende der St. Peter Street, ließ Alex den Kutscher anhalten. Er kletterte aus der Kutsche und half Nicki beim Aussteigen. Der Place d'Armes war voller elegant gekleideter Männer und Frauen, die über den Rasen schlenderten, genau wie Alex es ebenfalls vorhatte.

Als Nicki die Elite der Gesellschaft von New Orleans sah, nahm sie nur zögernd seinen Arm. »Bist du sicher, daß du das willst, Alex? Was ist, wenn uns jemand erkennt? Was werden die Leute sagen?«

Alex umfaßte ihre plötzlich kalten Finger mit seiner starken Hand. »Ich habe dir schon mehrmals gesagt, daß viele Männer nicht ihres persönlichen Glücks wegen heiraten. Es ist nicht ungewöhnlich, daß sie ihre Zeit mit einer Frau verbringen, die ihnen dieses Glück schenkt.«

»Mit anderen Worten«, sagte Nicki und hob den Kopf, »niemand schert sich darum.«

Alex kicherte wieder. »Ich schere mich darum, *ma chère.* Und nur das zählt.«

»Nur das zählt für dich«, korrigierte Nicki ihn. Alex erbleichte; einen Augenblick lang sah es so aus, als wolle er widersprechen, doch er schwieg.

Sie schlenderten über den Platz und blieben stehen, um einen jungen französischen Maler zu beobachten, der vor seiner Staffelei saß und die mächtige St. Louis Kathedrale in der Chartres Street malte. Nicki blieb stehen, ganz verzaubert davon, was der junge Mann mit Palette und Pinsel zuwege brachte, bis sie spürte, wie Alex' Hand auf ihrer Taille fester wurde. Als sie aufschaute, erkannte sie den Grund. Valcour Fortier kam auf sie zu. Nicki hielt erschrocken den Atem an, als sie die Frau an seinem Arm erkannte.

Lisette!

Fortier grinste zufrieden. »Guten Tag, Mademoiselle... St. Claire, nicht wahr? Und Alexandre – ich glaube, Sie kennen Lisette bereits.«

Alex starrte die kleine Französin an. »Würden Sie uns einen

Augenblick entschuldigen?« fragte er Valcour, nahm Lisette am Arm und zog sie ein paar Schritte beiseite. Er drehte sie zu sich um, und Zorn sprühte aus seinen Augen. »Was zum Teufel ist in dich gefahren? Bestimmt weißt du doch, welchen Ruf er hat? Du weißt, wie er seine Frauen behandelt.«

»Ich glaube kein einziges Wort!« Sie warf den hübschen Kopf und damit ihre dichte, schwarze Mähne zurück. »Außerdem geht dich das nichts mehr an.«

»Ich will nicht, daß dir etwas passiert.«

»Valcour wird sich um mich kümmern. Er weiß, was eine gute Frau wert ist. Du 'ast mich fortgeworfen, für dieses... dieses englische Stück da.«

»Sie ist Halbfranzösin, und ich habe dich nicht fortgeworfen. Du hast ein nettes kleines Haus am Stadtrand, genau wie du es dir gewünscht hast.«

»Jawohl, und bald werde ich es nicht mehr brauchen. Bald bin ich 'errin über Feliciana.«

Alex fluchte leise. »Du kleine Närrin. Valcour wird dich niemals heiraten.«

Lisette zog wütend einen Schmollmund. »Er ist nicht wie du, Valcour liebt mich. Es sind viele Jahre vergangen, seit seine Frau verschwunden ist. Er wird mich zu seiner Braut machen, du wirst schon se'en.«

Damit ließ ihn Lisette leise fluchend auf dem Gehweg stehen. Lisette und Valcour stolzierten weiter und bogen um die Ecke, ehe Alex wieder bei Nicki angelangt war.

»Ich hoffe, du bist nicht böse«, sagte er. »Ich mußte mit ihr sprechen, damit sie vielleicht begreift.«

Nicki antwortete nicht. Alex mit Lisette zusammen zu sehen, hatte Übelkeit in ihr ausgelöst und vergrößerte ihre Unsicherheit noch. Sie hatte sich kaum auf Valcours Worte konzentrieren können, der sie wie üblich provoziert hatte.

»Du warst eifersüchtig«, sagte sie und schaute auf, obwohl sie sich vor dem fürchtete, was sie vielleicht sehen würde. »Sie muß dir sehr viel bedeuten.«

»Eifersüchtig? *Mon dieu,* nein.« Alex legte einen Arm um ihre Taille. Ohne auf die feinen Damen und Herren zu achten, die an ihnen vorübergingen, zog er sie in seine Arme. »Ich mache mir Sorgen. Ich war früher für Lisette verantwortlich. Ich will nicht, daß ihr etwas zustößt. Ich habe mich nur um ihr Wohlergehen gesorgt, genauso wie ich es bei jedem anderen tun würde.«

»Dann tut es dir nicht leid, daß sie fort ist?«

»Nein, *ma chère.* Es tut mir nur leid, daß ich dich nicht eher gefunden habe.«

Nicki versuchte, der überwältigenden Erleichterung Herr zu werden, die sie bei seinen Worten verspürte. »Erzähl mir von Valcour. Warum haßt du ihn so sehr?«

»Ich hasse ihn nicht wirklich. Eigentlich tut er mir eher leid.« Alex nahm ihren Arm, und gemeinsam spazierten sie über den Platz. »Valcour ist so alt wie ich. Wir kennen einander von Kindheit an. Sein Vater und mein Vater waren Rivalen, beide haben versucht, ein Imperium zu errichten. Obwohl beide Erfolg hatten, war Gibert, Valcours Vater, nie damit zufrieden. Er trieb sich und seinen Sohn wie ein Wahnsinniger an.«

»Und seine Mutter?«

»Seine Mutter war die Tochter eines spanischen Don, eine liebliche, sanfte Frau, wie mir mein Vater erzählte.«

»Also kanntest du Valcour schon als Kind?«

»Nicht besonders gut, da ich viel Zeit in Frankreich verbrachte. Zu Valcours Unglück verlief seine Jugend ganz anders als meine. Gibert war ein sehr strenger Mann. Er glaubte an den Grundsatz: ›Wer sein Kind liebt, der züchtigt es.‹ Valcour war sein einziger Sohn, und Gibert hat große Hoffnungen auf ihn gesetzt.«

»Aber bestimmt nahm ihn seine Mutter in Schutz.«

»Valcours Mutter starb, als er sieben Jahre alt war. Danach forderte sein Vater noch mehr von ihm. Ich bin überzeugt, daß die Schläge, die Valcour damals einstecken mußte, ihn zu dem Menschen gemacht haben, der er heute ist.«

Nicki sagte nichts. Ihr Herz schien zu Eis gefroren. Sie wußte, wie es war, so grausam behandelt zu werden wie Valcour.

»Und ich nehme an, Gibert wollte, daß sein Sohn sich mit dir maß, so wie er sich mit deinem Vater gemessen hatte.«

»Ganz genau. Valcour gab sich redlich Mühe, aber –«, Alex grinste – »wenn ich unbescheiden sein darf, er besiegte mich fast nie.«

Nicki mußte sich ebenfalls beherrschen, um nicht zu grinsen, und knuffte ihn in die Seite. »Bleib bei den Tatsachen.«

Alex zog sie unter eine riesige Magnolie, deren Laub unter ihren Füßen knisterte. »Als Fortier vierundzwanzig Jahre alt war, lernte er ein spanisches Mädchen namens Feliciana kennen und verliebte sich in sie. Sie war wunderschön. Dunkel, wie Valcour, aber sanft und zärtlich wie seine Mutter. Valcour verehrte sie.«

»Was ist aus ihr geworden?« fragte Nicki.

»Das weiß niemand genau. Nachdem sie ein Jahr verheiratet waren, war Valcour von ihr besessen. Er verbot ihr sogar, mit anderen Männern zu tanzen. Er duellierte sich mehrmals, weil jemand sie angeblich beleidigt hatte. Feliciana zog sich mehr und mehr zurück. Sie ging überhaupt nicht mehr aus, was ihrem Gatten natürlich nur recht war. Und eines Nachts verschwand sie. Valcour behauptet, daß sie Fieber gehabt und sich im Fieberwahn in den Bayous verlaufen hat...«

»Aber du glaubst das nicht.«

»Es ist möglich. Aber es gibt ein Gerücht, das unter den Dienern kursierte. Danach hat Valcour sie ertappt, wie sie mit einem Hausierer sprach, der sie nach dem Weg fragte. Offenbar war der Mann charmant und hübsch, und Feliciana so einsam, daß sie ihn ins Haus einlud. Nichts geschah, doch in jener Nacht fesselte Valcour sie und peitschte sie aus. Danach zwang er sie, ihn zu lieben. In der nächsten Nacht lief Feliciana fort.«

Nicki sah zu Alex auf. »Er hat dem weh getan, was er am meisten liebte.«

»Ja…«, stimmte Alex zu. Sein plötzlich veränderter Tonfall deutete auf Gedanken hin, die sie nicht erraten konnte. »Die Plantage der Fortiers hieß damals Terre Sauvage – die wilde Erde. Nachdem seine Frau ihn verlassen hatte, änderte Valcour den Namen in Feliciana. Ich glaube, er hofft immer noch, daß sie eines Tages zurückkehrt.«

Nicki erschauderte unwillkürlich, und Alex Griff wurde fester. »Dir ist kalt«, sagte er. »Wir sollten lieber zurückgehen.«

Nicki nickte zustimmend. Aber die Kälte, die sie spürte, kam von innen, nicht von außen.

18. KAPITEL

Bis sie zum Stadthaus zurückgekehrt waren, hatten sich Alex' Gedanken bereits wieder dem von ihr befürchteten Thema zugewandt.

Während sie auf dem Sofa saßen, beobachtete er sie aus warmen, dunklen Augen, während seine Finger Kreise in ihrer Handfläche zogen. Nickis Magen flatterte, und ihr Herz schlug ein bißchen zu schnell. Zur Hölle mit ihm, dachte sie und bemühte sich, die aufkeimende Lust zu ignorieren.

»Ich habe nachgedacht, Alex – über das, was der Kommissionär gesagt hat.« Sie lächelte, fest entschlossen, ihre Auseinandersetzung so lang wie möglich hinauszuschieben. »Da du nicht davon abzubringen bist, mich hierzubehalten, könnte ich mich wenigstens nützlich machen.«

Alex grinste. »Du bist mir bereits sehr nützlich. Obwohl ich dir versichere, daß du mir noch viel nützlicher werden wirst.«

Nicki warf ihm einen aufgebrachten Blick zu. »Das meine ich nicht, das weißt du ganz genau. Ich will dir bei der Buchführung helfen. Ich habe auf Meadowood die Buchführung gemacht, und bei den Ramseys habe ich noch mehr gelernt. Ich könnte dir viel Arbeit abnehmen, und ich bräuchte mich nicht zu langweilen.«

Alex beugte sich zu ihr und küßte sie, zwang mit seiner Zunge ihre Lippen auf, ließ sie dann hineingleiten, neckte und liebkoste sie. »Das sollst du keinesfalls«, sagte er an ihrem Mund, dann schenkte er ihr ein zweites, gewagtes Grinsen, das diesmal die sinnlichen Grübchen auf seine Wangen zauberte.

»Ich meine es ernst, Alex.« Nicki bemühte sich, ihr wie rasend klopfendes Herz zu beruhigen. »Traust du mir das nicht zu?«

Alex seufzte. »Wenn du sagst, daß du es kannst, dann glaube ich es dir. Du erstaunst mich immer wieder.« Er strich eine lose Strähne ihres Haares zurück. »Ich lasse sie dir bringen, sobald ich wieder auf Belle Chêne bin.«

»Ich danke dir«, sagte sie.

»Ich danke *dir.* Nichts hasse ich so sehr wie Buchführung. Jeden Tag danke ich Gott für Louis Mouton.«

Sie aßen früh zu Abend, Austern, Krabben und *pistolettes,* kleine, warme, knusprige Brötchen. Obwohl Betsys einfache Küche mit der des französischen Kochs auf Belle Chêne nicht zu vergleichen war, leerte Nicki ihren Teller bis auf den letzten Krümel.

»Ich sehe, es hat dir geschmeckt.« Alex' linker Mundwinkel zog sich nach oben.

»Das hat mich an das Essen bei uns zu Hause erinnert.«

Alex schien das zu gefallen.

Nach ein paar Pralinen und *café au lait* zogen sie sich ins Wohnzimmer zurück, wo Sherry und Brandy auf sie wartete. Sie hatten sich kaum gesetzt, als es an der Haustür klopfte. Wenig später trat Frederick ein.

»Es war eine Nachricht für Sie«, erklärte er Alex. »Auf Belle Chêne gibt es Probleme.«

Alex stellte sein Glas ab und faltete das Papier auf, das ihm Frederick reichte. »Anscheinend bekommst du eine Schonfrist, *ma chère.*«

»Was ist geschehen?«

»Es gibt Probleme mit der Zuckerrohrpresse. Der Aufseher wurde verletzt.«

»Schwer?«

»Hoffentlich nicht. Aber niemand dort weiß, wie man das Ding wieder zum Laufen bekommt.« Es verstand sich von selbst, daß die Zuckerpresse, wenn die Ernte und das Raffinieren erst begonnen hatte, rund um die Uhr lief. »Ich muß fort.«

Nicki brachte Alex zur Tür. Sie sah ihn nur ungern gehen, war aber doch dankbar, daß er fort war.

»Frederick«, sagte Alex nachdrücklich zu dem großen, gutgebauten Schwarzen, der besser Englisch sprach als die meisten Sklaven. Obwohl das Gesetz es untersagte, hatte Alex ihm heimlich geholfen, sich weiterzubilden. »Da ich heute abend hierbleiben wollte, habe ich Ram freigegeben. Das bedeutet, daß du mir verantwortlich bist. Ich erwarte, Mademoiselle St. Claire hier vorzufinden, wenn ich zurückkehre. Wenn sie aus irgendeinem Grund nicht hier ist, dann werde ich dich dafür zur Verantwortung ziehen. Habe ich mich klar ausgedrückt?«

Frederick brauchte nur einmal in Alex' harte, dunkle Augen zu schauen. »Keine Sorge«, sagte er. »Sie wird hier sein.«

»Jetzt habe ich zwei Aufpasser!« beschwerte sich Nicki, der es nun gar nicht mehr leid tat, daß er ging.

»Ram wird morgen früh zurück sein«, sagte Alex zu Frederick, der nickte. Er zog Nicki in seine Arme und küßte sie so heftig, daß ihr fast schwindlig wurde.

Sobald sich die Tür hinter ihm geschlossen hatte, sank sie müde dagegen. Der Mann war unmöglich! Alexandre du Villier war arrogant und konnte einen rasend machen – und jeden Tag verliebte sie sich ein bißchen mehr in ihn. Er bearbeitete sie unermüdlich, beraubte sie langsam, aber unerbittlich ihres Willens und brachte sie täglich mehr unter seine Kontrolle.

Nach einem Blick auf Frederick, der diesen als Verräter geißeln sollte, ihm aber nur ein Achselzucken entlockte, ging Nicki hinauf in ihr Zimmer. Wenigstens war Alex eine Weile beschäftigt. So hatte sie Zeit, alles zu überdenken und ihre Pläne weiterzuschmieden.

»Danielle!« rief sie die Treppe hinab, und das rundliche, dunkelhaarige Mädchen streckte den Kopf aus der Eßzimmertür. »Ich brauche dich einen Augenblick.«

Als Danielle an ihrer Schlafzimmertür auftauchte, überraschte Nicki sie, indem sie auf den Tisch und die Stühle deutete, die sie vor dem Fenster aufgebaut hatte. »Würdest du gern Schachspielen lernen?«

Schon seit Nicki zum erstenmal mit Ram gespielt hatte, ging ihr eine Idee im Kopf herum. Wenn Ram Schach spielte, versank für ihn die übrige Welt. Er machte den Eindruck, als würde er nicht einmal merken, wenn das Dach einstürzte.

Sowie er entdeckt hatte, daß Nicki ebenfalls gern spielte, hatten sie sich fast jeden Abend eine Partie geliefert. Nicki lächelte, als sie ihren Stuhl herauszog. Nachdem Danielle das Spiel erlernt hätte, würde Ram eine neue Gegnerin bekommen. Noch jemand, der ihn in tiefe Konzentration versenken und bewirken konnte, daß er Nicki vorübergehend vergaß. Wenn ihr Spiel Routine geworden war, würde Nicki zuschlagen.

Das Dach würde vielleicht nicht gerade einstürzen, aber Ram würde genau das wahrscheinlich glauben. Ein kurzer, fester Schlag auf den Kopf würde ihn bewußtlos machen. Nur so glaubte sie ihre Flucht ermöglichen zu können. Natürlich brauchte sie auch Geld, und seit heute stellte auch Frederick ein Problem dar…

Eins nach dem anderen, ermahnte sie sich.

In der Zwischenzeit würde sie Danielle alles beibringen, was sie über das Schachspiel wußte, und sie würde François einen Besuch abstatten.

Nachdem Nicole ihm eine Nachricht gesandt und Antwort erhalten hatte, machte sie sich eines späten Vormittags mit Ram auf den Weg zu François' Suite im St. Charles Hotel.

»Möglicherweise ist ihm Ihre Einmischung gar nicht recht«, warnte Ram, als die Kutsche vor dem eindrucksvollen Backsteingebäude anhielt und ein Portier ihr beim Aussteigen half.

»Ich weiß.«

Nicki marschierte durch die extravagante Hotellobby mit der stuckverzierten Decke und den Kristallüstern und erklomm dann die breite, geschnitzte Holztreppe zu François' Zimmer im dritten Stock. Es war eigentlich ungehörig, aber was machte das schon? Ihr guter Ruf war ohnehin dahin.

»Ich warte hier draußen«, erklärte ihr Ram und ließ sich auf einem Plüschsofa im Gang nieder. Messing- und Kristallampen erhellten den Korridor, und weiche Teppiche bedeckten die intarsienverzierten Mahagoni- und Zypressenholzböden.

Auf Nickis knappes Klopfen hin zog François die Tür auf. Er trug hellgraue Hosen, eine burgunderfarbene Brokatweste und einen dunkelgrauen Frack. Ihr eigenes rostfarbenes Kaschmir-Tageskleid paßte zu dem fallenden Laub draußen und dem klaren Herbstwetter.

»Schön, Sie zu sehen«, sagte François mit etwas zittriger Stimme. Er beugte sich zu ihr herunter und drückte einen keuschen Kuß auf ihre Wange.

»Ich habe Sie vermißt«, meinte Nicki aufrichtig.

Sie nahmen auf einem crèmefarbenen Seidensofa vor dem Kamin Platz, in dem kein Feuer brannte. Das Zimmer war crèmefarben und beige eingerichtet, die Teppiche waren weich und kostbar. Farbenfrohe Blumengemälde in vergoldeten Rahmen zierten die Wände, vermischt mit ländlichen Szenen von nahen Farmen, Bildern von Vögeln über den Bayous und von Schiffen im geschäftigen Hafen von New Orleans.

Langsam begriff Nicki, daß alle Bilder vom selben Künstler gemalt worden waren und daß dieser ganz offensichtlich großes Talent besaß.

Sie schaute sich im Zimmer um. »Sind das Ihre?«

»Ja. Gefallen Sie Ihnen?«

»Ich finde sie großartig!«

Wie schon einmal verlor sich François' steife Haltung ebenso wie seine finstere Miene. »Gefallen sie Ihnen wirklich? Sie sagen das nicht einfach so?« Fieberhaft suchte er in ihren Augen nach der Wahrheit. Sein Verlangen nach Anerkennung war fast kindlich.

»Ich würde es nicht sagen, wenn ich es nicht ernst meinte. Sie sind wunderschön, François. Sie gehören mit zum Schönsten, was ich je gesehen habe.« Nicki spazierte im Zimmer umher, mit François an ihrer Seite und betrachtete jedes Stück. Sie fragte ihn über seine Technik aus und bewunderte die Schönheit der Arbeiten.

»Ich möchte in Frankreich studieren«, gestand er ihr, und Nicki drehte sich überrascht um.

»Weiß Alex das?« fragte sie. »Aber wie sollte er? Er weiß ja nicht einmal, daß Sie malen.«

François seufzte. »Ich fürchte, er wird mich für einen Narren halten. Ich würde es nicht ertragen, wenn er sich über mich lustig macht.«

Nicki geleitete ihn zurück zum Sofa. »Ich kann mir nicht vorstellen, daß Alex sich über jemanden lustig macht. Und schon gar nicht über seinen Bruder. Glauben Sie das wirklich?«

»Er war so wütend über mich, weil ich Belle Chêne so schlecht verwaltet habe. Er hat mich gescholten, weil ich ein solches Chaos veranstaltet hatte. Nannte mich einen inkompetenten Clown. Später entschuldigte er sich dafür, aber so etwas ist nicht leicht zu vergessen.«

»Jeder macht Fehler. Sie machten Fehler auf Belle Chêne, und Alex machte einen Fehler, indem er Sie so behandelte. Belle Chêne bedeutet ihm sehr viel.«

»Alles«, korrigierte François. »Aber damit noch nicht genug. Er macht sich Sorgen um *Grand-mère* und um mich. Und um die Menschen, die dort leben und arbeiten. Ihm graut davor, was aus ihnen wird, wenn Fortier ihr Herr wird.«

»Ich habe gehört, daß er sehr grausam sein soll.«

»Um die Wahrheit zu sagen, Val ist nicht übermäßig hart zu seinen Arbeitern – verglichen mit manchen anderen, heißt das. Sklaven sind für ihn wie Vieh. Besitz. Man beschädigt nicht, was einem gehört.« François fuhr sich mit der Hand durch das dunkelbraune Haar. Die Geste erinnerte sie an seinen Bruder.

»Aber Alex«, fuhr er fort, »bedeuten sie viel mehr. Er kennt die meisten beim Namen, hält sie an zu heiraten und ihre Kinder taufen zu lassen, behandelt sie eher wie vertrauenswürdige Diener als wie Sklaven. Ehe die Nat-Turner-Gesetze in Kraft traten, erhielten sie sogar Unterricht. Alex fühlt sich für sie verantwortlich. Selbst sein eigenes Glück muß dahinter zurückstehen.«

»Warum erzählen Sie mir das?« fragte Nicki, aber tief im Herzen wußte sie es.

»Damit Sie verstehen, warum er Clarissa heiraten muß.«

Nicki senkte den Blick, und ein dicker Kloß bildete sich in ihrer Kehle.

»Die Zukunft von Belle Chêne hängt davon ab«, fuhr François leise fort. »Und diese Zukunft umfaßt alle, für die sich Alexandre verantwortlich fühlt.«

Nicki sah ihm wieder ins Gesicht. »Anscheinend müssen sowohl Alex als auch ich irgendwie bezahlen. Aber Sie, François, haben immer noch eine Chance. Erzählen Sie Ihrem Bruder von Ihrer Malerei. Bitten Sie ihn, Sie nach Frankreich zu schicken.«

François' Miene versteinerte sich. »So gern ich auch gehen würde, ich kann nicht.«

»Aber warum nicht?«

François schüttelte den Kopf. »Ich wünschte, ich könnte es Ihnen verraten. Aber manches sollte man lieber unausgesprochen lassen.« Seine dunklen Augen wirkten traurig, seine jungenhaften Züge angespannt.

Nicki legte eine Hand auf seinen Arm. »Es ist wegen Jean Pierre, nicht wahr? Sie möchten ihn nicht verlassen.«

François schloß die Augen. Sie sah, wie angestrengt er um Selbstbeherrschung rang. »Ich hatte befürchtet, daß Sie davon erfahren. Ich hatte gehofft, Sie würden es nicht herausfinden.«

»Ich weiß nur wenig über solche Dinge, aber ich kenne Sie inzwischen ein wenig. Ich halte Sie für einen guten, gütigen Menschen. Ich glaube, Sie wollen niemandem schaden. Wenn es Sie glücklich macht, dann nehmen Sie Jean Pierre doch mit.«

François schüttelte den Kopf, und seine Miene wurde noch verzweifelter. »Mir fehlt das Geld dazu, und Alex würde das niemals verstehen.«

»Vielleicht doch«, sagte Nicki, aber sie glaubte selbst nicht daran. Alexandre du Villier war in jeder Hinsicht ein vollkommen männlicher Mann.

»Das Risiko kann ich nicht eingehen«, endete François.

Sie saßen eine Weile schweigend nebeneinander, beide fanden Trost in der Anwesenheit des anderen, auch wenn nichts mehr gesagt wurde.

»Danke, daß Sie mir Alex' Situation erklärt haben«, meinte Nicki schließlich.

»Danke, daß Sie gekommen sind«, erwiderte François.

Er brachte sie zur Tür, und sie stellte sich auf die Zehenspitzen, um ihn auf die Wange zu küssen. »Passen Sie auf sich auf. Und bitte besuchen Sie mich.«

François lächelte. »Ich werde am Donnerstag kommen, wenn es Ihnen paßt. Wir werden zusammen zu Mittag essen und dann den Künstlern auf dem Platz beim Malen zuschauen.«

»Das klingt wunderbar.« Einen winzigen Moment lang spielte sie mit dem Gedanken, François um Hilfe bei ihrer bevorstehenden Flucht zu bitten. Aber wahrscheinlich würde er ablehnen, und selbst wenn er zustimmen sollte, wäre es nicht recht, einen weiteren Keil zwischen ihn und seinen Bruder zu treiben.

Nach einer letzten kurzen Umarmung verließ Nicki ihn. Ram wartete immer noch geduldig im Gang.

»Fühlen Sie sich besser?« fragte er im Aufstehen.

»Viel besser.« Gemeinsam gingen sie die Treppe hinunter. »Aber ich würde mich noch besser fühlen, wenn ich Alexandre irgendwie davon überzeugen könnte, daß sein Bruder in Frankreich studieren sollte – natürlich gemeinsam mit seinem Freund. Dann wäre alles perfekt.«

Ram lachte laut und heiser auf, daß sich die Köpfe zu ihnen umwandten. »Alex hat sich wirklich einen Haufen Probleme eingehandelt, meine Beste, als er sich Sie eingehandelt hat.«

Obwohl es eigentlich wie eine Beleidigung klang, schien Rams Miene das Gegenteil auszudrücken. Sie wünschte, sie hätte sicher sein können.

In dieser Nacht schlief Nicki sehr unruhig. Immer wieder träumte sie von Alex, der sie liebte. Zweimal wachte sie schweißgebadet auf, mit harten, schmerzenden Brustwarzen.

»Zur Hölle mit ihm«, fluchte sie, aber sie fragte sich dennoch, wo er wohl steckte und was er wohl tat. Wenigstens sah er Lisette nicht mehr. Dann kam ihr der Gedanke, daß er schon sehr bald mit Clarissa schlafen würde.

»Ich muß fort«, beschloß sie laut. »Bevor es zu spät ist.«

Sie erhielt zwar einige warmherzige Briefe von Alex, aber er blieb auf Belle Chêne, wo er bis über beide Ohren mit der Zuckerernte beschäftigt war. Sie verbrachte den folgenden Donnerstag mit François, und am Abend sowie am Freitag spielte sie Schach mit Danielle.

»Wenn ich irgendwie Geld auftreiben kann«, erklärte Nicki Danielle, als sie vor dem Kamin in ihrem Zimmer saßen, »und du Ram ablenken kannst – dann fliehe ich irgendwann nächste Woche.« Sie lächelte ihre Freundin vielsagend an. »Diesmal werde ich es schaffen.«

Danielle rollte die runden, grauen Augen. »Und wenn er mir das Herz 'rausschneidet, diesmal verrate ich nichts.«

Nicki grinste.

Als das Spiel zu Ende war, schob sie das Brett beiseite und stand auf. »Du wirst immer besser«, urteilte sie, obwohl sie Danielle ohne große Mühe geschlagen hatte.

»Es macht Spaß. Außerdem brauche ich nicht gut zu spielen. Ich werde meine weiblichen Reize gegen den großen Türken einsetzen. ›Bitte, M'sieur le Ram‹«, spielte sie und klimperte mit den dicken, dunkelbraunen Wimpern, »ich weiß, daß Sie viel klüger sind als ich, aber bestimmt könnte ein Mann wie Sie einer dummen Frau das Schachspielen beibringen…?« Danielle kicherte, und Nicki lachte aus vollem Halse.

Sie gingen nach unten, um sich vor dem Zubettgehen einen

pot de crème zu genehmigen, aber Stimmen in der Eingangshalle ließen sie auf der Treppe verharren.

»*M'sieur le duc*«, flüsterte Danielle.

»Ja.« Unwillkürlich begann Nickis Herz zu pochen und ihre Finger auf dem Geländer zu zittern.

Als Alex aufschaute und sie entdeckte, grinste er so breit, daß sich Grübchen auf seinen Wangen bildeten. Nicki konnte sich kaum beherrschen, nicht in seine Arme zu laufen.

»Guten Abend, Alexandre«, sagte sie statt dessen, und bemühte sich, das Zittern, das sich ihrer Hände bemächtigt hatte, zu verbergen.

Während Nicki die letzten Stufen hinabstieg, eilte Alex mit langen, muskulösen Schritten auf sie zu. Er umfing sie mit seinen Armen und küßte sie so heiß und voller Verlangen, daß Nicki unwillkürlich die Arme um seinen Hals schlang.

»Was tust du denn hier?« fragte sie ganz außer Atem, als er sie schließlich losließ. »Was ist mit deinem Aufseher und den Problemen bei der Ernte?«

»Der Aufseher erholt sich prächtig; er hat nur eine Wunde am Arm und eine leichte Gehirnerschütterung abbekommen. Die Probleme sind fürs erste gelöst – und ich habe dich so vermißt, daß ich einfach kommen mußte.«

Nicki fürchtete, ihr Herz würde zerspringen.

»Sag Betsy, sie soll mir etwas zu essen machen«, befahl er Frederick, während er Nickis Hand nahm. »Und bring uns beiden einen Kelch Wein.«

Alex führte Nicki in den Salon, den Blick fest auf das sanfte Heben und Senken ihres Busens gerichtet. Er brauchte sie nur anzusehen und schon spürte er ein Ziehen in den Lenden. Selbst in ihrem schlichten blauen Sergekleid sah sie phantastisch aus – und weit verführerischer, als er sie sich vorgestellt hatte. Ihre Wangen waren nach seinem Kuß gerötet, und ihre zauberhaften

Augen wollten nicht von seinem Gesicht weichen. *Sie freut sich genauso, mich zu sehen, die kleine Wildkatze. Selbst wenn sie das nicht zugibt.*

Das wollte Nicki keinesfalls. Jetzt, da sie sich von ihrer Überraschung erholt hatte, begriff sie erst, warum er gekommen war. Dreimal in der Woche hatte er Lisette besucht. Außer in der Erntezeit würde er bestimmt mit gleicher Regelmäßigkeit an ihre Tür klopfen, da war Nicki sicher.

Je länger sie darüber nachdachte, desto mißmutiger wurde sie. Noch ehe Alex sein Mahl, bestehend aus kaltem Huhn, Brot und Käse verzehrt und seinen Wein ausgetrunken hatte, platzte sie beinahe vor Wut.

Alex schien das nicht zu bemerken. »Du siehst müde aus«, erklärte er mit neckendem Blick. »Ich glaube, es wird Zeit, nach oben zu gehen.«

»Ich bin kein bißchen müde«, entgegnete Nicki. Alex' sanfter Blick wurde plötzlich härter. »Im Gegenteil, ich glaube, ich möchte lieber im Garten spazierengehen.«

»Ich bin von weither gekommen, *chérie,* ich habe die ganze Woche hart gearbeitet, und ich bin verdammt nochmal zu müde, um deine kindischen Spielchen mitzumachen.«

»Du magst sie vielleicht für kindisch halten. Ich nicht. Ich bin nicht deine Geliebte, Alex, auch wenn du das zu glauben scheinst. Ich werde weder heute noch irgendwann sonst deine willige Bettgespielin sein. Entschuldige mich«, sagte sie und stand auf. »Ich bin draußen im Garten.« Mit hocherhobenem Kopf marschierte sie zur Tür.

»Vielleicht hast du recht«, stimmte ihr Alex zu und holte sie mit zwei großen Schritten ein. »Ein bißchen Bewegung tut mir vielleicht ganz gut.« Aber statt nach draußen zu gehen, zog er sie blitzschnell an sich, schlang einen Arm um ihre Taille und führte sie, all ihren Protesten zum Trotz, nach oben in ihr Zimmer.

»Komm her«, befahl Alex mit dunklem, hungrigem Blick, nachdem er die Tür geschlossen hatte. »Ich habe schon viel zu lange gewartet.«

»Nein«, gab Nicki zurück und wich vor ihm an die Wand.

Alex biß die Zähne zusammen. Er bemühte sich, ruhig zu bleiben. Dann warf er seinen Mantel ab, zog seine Stiefel aus, und ließ sie zu Boden fallen und legte schließlich auch noch sein Hemd ab.

Gebannt vom Anblick seiner breiten, nackten Brust und des weichen, lockigen Haars, das sie im warmen Lampenschein zu locken schien, fuhr sich Nicki mit der Zunge über die plötzlich trockenen Lippen. Alex knöpfte sich die Hose auf und ließ sie an seinen langen, muskulösen Beinen mit einem leisen *Wusch* herabgleiten, das ihr eine Gänsehaut über den ganzen Körper jagte.

»Verdammt, Nicki, ich weiß, daß du mich ebenso sehr vermißt hast wie ich dich.«

»Das ist egal!«

»Nein, ist es nicht.« Er seufzte. »Soll ich dich wieder festbinden?« fragte er. »Ich kann, weißt du, aber viel lieber würde ich deine Arme um mich spüren.«

»Wie kannst du das genießen, obwohl du genau weißt, daß ich das nicht will?«

»Doch, du willst genau das«, antwortete Alex. Seine Augen wanderten über ihren Körper. Ihm war ihr plötzlich flach gewordener Atem nicht entgangen, ebensowenig die festen rosafarbenen Brustwarzen, die sich unter ihrem Mieder abzeichneten, seit sie ihm beim Ausziehen zugesehen hatte. »Wir beide wollen es.«

Nackt und voller Verlangen kam er auf sie zu. Nicki schaute nach links und rechts, aber noch bevor sie denken oder handeln konnte, hatte Alex sie am Handgelenk gepackt und sie zu sich herumgedreht. Mit geübten Fingern öffnete er die winzigen, stoffüberzogenen Knöpfe hinten an ihrem Kleid, dann zog er das

Mieder auf und streifte es über ihre Schultern. Als nächstes löste er die Bänder ihrer Unterröcke und zog Nicki, die nur noch Korsett und Unterhemd trug, aus dem flauschigen Haufen zu ihren Füßen.

Jetzt, sagte ihr Gehirn. *Jetzt mußt du fliehen.* Aber eigentlich wollte sie gar nicht fliehen, und außerdem hätte sie nicht gewußt wohin. Halbnackt stand sie vor ihm und dachte daran, wie einfach es sein würde, sich von ihm lieben zu lassen und seinem Charme zu erliegen. Sie wollte ihn, hatte ihn von dem Augenblick an gewollt, in dem er das Haus betreten hatte. Nur ihr Stolz hielt sie zurück. Nur ihr Stolz – und ihre Ehre.

Alex zog an den Bändern ihres Korsetts, und es fiel zu Boden. Geschickt löste er die Nadeln aus ihrem Haar, bis die seidige, kupferne Pracht lose über ihre Schultern fiel.

Du hast dir etwas geschworen, ermahnte sie sich. Wenn sie sich zur Wehr setzte, dann würden wenigstens die Dienstboten wissen, daß sie nicht aus freien Stücken hier war. Als Alex am Bund ihrer weißen Baumwollunterhose herumfummelte, nahm Nicki ihren ganzen Mut zusammen und stieß ihn von sich.

»Wenn du mich nehmen willst, dann mußt du mich dazu zwingen.«

Alex fluchte leise, schien aber nicht überrascht. »Wann hast du deine letzte Regel gehabt?« fragte er. Die Frage kam Nicki so abwegig vor, daß sie die Augen aufriß.

»Wie bitte?«

»Deine letzte Regel«, wiederholte er, als wäre sie ein bißchen beschränkt. »Wann war sie?«

»Letzte Woche«, sagte sie, »aber was hat das damit zu tun?«

Alex fluchte wieder, diesmal lauter. »Ich werde bei jeder sich bietenden Gelegenheit mit dir ins Bett gehen, bis du mein Kind trägst.«

»Was?« Nicki wich weiter zurück. »Aber was…?« Mitten im

Satz brach sie ab, denn plötzlich dämmerte es ihr. »Deshalb wollte Ram nach der Ernte wieder gehen. In deinem verdammten männlichen Wahn glaubst du, daß ich bis dahin schwanger bin!« Nickis Busen wogte, und sie ballte ihre Hände zu Fäusten. »Du glaubst, daß das etwas ändert – daß ich dann gezwungen bin, bei dir zu bleiben.«

»Was solltest du sonst tun?«

»Dasselbe, was ich von Anfang an getan hätte. Mich selbst um das Kind kümmern.«

»Das ist doch lächerlich«, fauchte Alex und kam näher. »Als du das letzte Mal versucht hast, dich selbst um dich zu kümmern, bist du im Gefängnis gelandet.«

»Ich bin inzwischen älter und wesentlich klüger.«

Alex schnaubte. »Das muß sich erst noch herausstellen.«

Nicki hob die apricotfarbene Vase hoch, die sie erst an diesem Nachmittag erstanden hatte. »Das wird teuer«, warnte sie ihn, während sie die Vase über den Kopf hielt.

Alex grinste, daß sich die Grübchen wieder zeigten. »Irgendwie muß jeder Mann für seine Leidenschaften zahlen.«

»Zur Hölle mit dir!« Nicki schleuderte die Vase in seine Richtung und rannte zur Tür. Alex duckte sich, und das Porzellan zerschellte an der Wand. Er knallte die Tür sofort wieder zu, nachdem sie sie aufgerissen hatte.

Er packte sie am Arm und trug sie, trotz ihrer Flüche und ihres Gezappels zum Bett.

»Ich hasse dich!« tobte sie, riß sich los und versuchte noch einmal zu entkommen.

»Nur jetzt«, widersprach er mit ironischem Grinsen. Mit seinem Körper drückte er sie nieder auf die Matratze. Nicki bekam ihre Arme frei und drehte sich unter ihm auf den Bauch, so daß ihre Hüfte über die Bettkante rutschte. Das war ein entscheidender Fehler.

Alex fing ihre Arme und zog sie über ihren Kopf. »Wir haben so wenig Zeit gehabt, *ma chère.* Du kennst noch längst nicht alle Vergnügungen, die sich Mann und Frau bereiten können.« Sein Griff wurde sanfter. Warme Lippen berührten ihre Schultern, während seine Hand das volle Haar von ihrer Wange hob.

»Es werden Bastarde sein, Alex«, flüsterte Nicki.

»Das macht nichts.« Er knabberte an ihrem Ohrläppchen und ihrem Nacken. »Wir werden sie trotzdem lieben.«

Nicki versuchte, die Wärme seines Atems auf ihrer Haut zu ignorieren und nicht auf die Berührung seiner Lippen zu achten, die heißen Küsse auf ihrer Schulter brannten. Muskeln rieben an ihrem Rücken, und sein harter Schaft drängte gegen ihren Hintern.

Alex glitt mit breiter Hand in ihr Unterhemd, um ihre Brust zu fassen. Seine Finger waren warm und kräftig. Unter seiner Berührung richteten sich ihre Brustwarzen auf, bis sie schließlich auch das Naß zwischen ihren Beinen spürte. Er liebkoste ihr weiches festes Fleisch, und sein Mund wie seine Zunge bearbeiteten sie mit magischer Kraft, bis sie zitterte.

»O Gott«, flüsterte Nicki, als seine Hand über ihren flachen Bauch nach unten glitt. Er löste das Band ihrer weißen Baumwollunterhose und ließ sie über ihre Hüfte gleiten. Dann hob er sorgsam den Saum ihres Unterhemdes an.

Als seine Hand schließlich auf ihrem weichen, runden Hintern zu ruhen kam, stöhnte Nicki unwillkürlich auf. Er teilte die Lippen ihres Geschlechts, fand sie feucht und bereit und drängte hinein. Sie spürte ihn ganz und schrie angesichts der Lust, die er ihr bereitete. Sein harter, pulsierender Schaft verriet eine Begierde, die der ihren ebenbürtig war.

Alex ließ ihre Handgelenke los, umfaßte ihre Taille mit seinen Händen und hob sich ihre Hüften entgegen. Immer noch tief in ihr vergraben, kam er auf die Füße. Nicki kniete sich jetzt hin, denn sie wollte jeden Zentimeter seines harten Geschlechts spüren. Sie kreiste mit ihren Hüften, um ihn noch tiefer in sich aufzunehmen.

Alex stöhnte und flüsterte ihren Namen, sagte ihr leise französische Koseworte ins Ohr. Vor lauter Leidenschaft hörte Nicki sie kaum. Alex stieß tiefer und kräftiger zu. Fleisch traf auf Fleisch, bis nichts mehr zählte außer dem Gefühl, ihn in sich zu spüren.

Alex versenkte sich in ihr, stieß zu, als wäre er dem Wahnsinn nahe. Nicki stöhnte und wand sich unter ihm, als er scheinbar immer tiefer in sie hineinstieß. Ihre Leidenschaft steigerte die seine noch mehr, bis er schließlich die Kontrolle verlor.

Sie erreichten den Gipfel miteinander, gemeinsam zitterten und bebten sie. Sein Griff um ihre Hüften wurde fester. Als beide keuchend auf das Bett sanken, waren ihre Körper mit einem glänzenden Schweißfilm überzogen. Dann strich er ihr das Haar aus dem Gesicht und küßte ihren zarten Hals.

»Du bist mein«, flüsterte er ihr ins Ohr. »Du gehörst zu mir, und nichts kann daran etwas ändern.«

Einen Augenblick lang antwortete sie nicht. »Du wirst mich nicht immer besitzen. Eines Tages werde ich wieder frei sein.«

Alex lächelte in die Dunkelheit. »Ich spreche nicht von deinem Kontrakt, *mon amoureuse,* sondern von dem, was in deinem Herzen liegt.«

Nicki weigerte sich, die Gefühle anzuerkennen, die sie so angestrengt verbarg. »Warst du dir Lisettes auch so sicher?«

Alex' weicher Blick wurde hart. »Du bist nicht mit Lisette zu vergleichen.«

»Nein? Ich bin deine Geliebte, oder etwa nicht? Genau wie sie es war.«

»Das ist nicht dasselbe.«

Warum nicht?«

»Lisette bedeutete mir nichts.«

»Und was bedeute ich dir, Alex? Was genau empfindest du für mich?«

Warum konnte er es nicht aussprechen? Warum konnte er ihr nicht sagen, daß ihm ihre Nähe alles bedeutete? Daß er sie brauchte, wie er noch nie eine Frau gebraucht hatte. Daß sie ihn nur anzulächeln brauchte, damit sich seine Probleme in Nichts auflösten und Sonne und Wärme ihren Platz einnahmen?

Er konnte ihr das nicht sagen, weil ein Mann so etwas einfach nicht für eine Frau empfand. Sein Vater hätte ihn ausgelacht – *mon Dieu,* er lachte sich ja schon selbst aus.

»Schlaf jetzt, *chérie«,* sagte er statt dessen und bettete sie in seine Arme.

Als Nicki erwachte, war Alex verschwunden. Zweimal hatte er sie in dieser Nacht noch geliebt, ohne daß sie sich gewehrt hatte. Etwas an seinem Benehmen machte ihr deutlich wie nie zuvor, wie sehr er sie brauchte.

Trotzdem gab sie, als sie am Morgen seine neuerliche Erregung spürte, vor zu schlafen. Alex hatte sie nicht geweckt, sondern nur ein wenig in den Armen gehalten, dann war er aus dem Bett geklettert.

Auch sie hatte ihn wieder spüren wollen, doch nach seinen Worten in der vergangenen Nacht hatte sie es sich verwehrt. Bis jetzt hatte sie Glück gehabt. Wenn letzte Nacht nichts passiert war, dann war sie noch nicht schwanger. Auf diese Weise war es leichter zu entkommen. Besser, sich nur um eine kümmern zu müssen als um zwei.

Obwohl sie sich von Anfang an über das Risiko im klaren gewesen war, hatte sie den Gedanken daran dennoch verdrängt. Jetzt, da er sie gezwungen hatte, ihm ins Gesicht zu sehen, ehe sie entkommen konnte, beschloß sie, mit Danielle zu sprechen.

Danielle würde bald René heiraten. Es war nichts Ungehöriges dabei, wenn sie mit ihren verheirateten Freundinnen sprach, um sich über Verhütungsmaßnahmen zu informieren, obwohl nur allzu offensichtlich war, wie oft sie versagten.

Nicht, daß Nicki keine Kinder gewollt hätte. Wenn die Dinge anders gelegen hätten, hätte sie sich nichts Schöneres vorstellen können, als Alex' Kind zu tragen. Daß er sein eigen Fleisch und Blut als Bastard aufwachsen lassen würde, kam ihr hart vor, aber Männer dachten eben anders über solche Dinge. So wie Alex über seinen Vater gesprochen hatte, war sie überzeugt, daß Charles du Villier sowohl hier als auch in Frankreich uneheliche Kinder gehabt hatte.

Sie schauderte, als sie sich das gleiche Schicksal für ihre eigenen Kinder ausmalte.

Vielleicht konnte sie angesichts all der Probleme bei der Zukkerernte bereits verschwunden sein, ehe Alex zurückkehrte. Würde er sie verfolgen? Sie fürchtete ihn nicht mehr – aber trotzdem hatte er etwas an sich, dessen sie nie sicher sein konnte. Alexandre du Villier ließ sich seinen Besitz nicht nehmen. Unter keinen Umständen.

Diesmal mußte es gelingen, sonst... Wieder schauerte sie, als sie sich vorstellte, wie Alex' mächtige Gestalt über ihr aufragte und seine harten Augen zornig auf sie herabschauten. Das Bild war so furchterregend, daß sie ihren Plan beinahe aufgegeben hätte.

Aber eben nur beinahe.

19. KAPITEL

Um die Ereignisse ins Rollen zu bringen, schickte Nicole eine Nachricht und erhielt ein paar Tage darauf Besuch von Michèle.

Obwohl Nicki sich vor der Bitte fürchtete, die sie ihr stellen mußte, freute sie sich, ihre Freundin zu sehen. Sie saßen auf dem eisblauen Brokatsofa vor einem niedrigen Feuer und unterhielten sich und lachten genau wie damals, als sie noch Kinder waren. Michèle sprach oft von Thomas und gestand, daß er sie inzwischen fast täglich besuchte.

»Alex hält große Stücke auf ihn«, erklärte ihr Nicki.

»Ja, er ist ein sehr ehrenwerter Mann. Aber vor allem ist er sanft und gutmütig.« Sie wedelte mit ihrem crèmefarbenen Spitzenfächer, und auf ihre weichen Wangen legte sich ein Hauch von Zartrosa. »Ich glaube, ich habe mich in ihn verliebt.«

»Das freut mich für dich«, beglückwünschte Nicki sie, obwohl sie diese Nachricht an ihre eigenen unglücklichen Umstände denken ließ.

»Er hat zwar noch nicht von Heirat gesprochen, aber ich glaube, das wird er bald tun.«

Nicki schaute weg. Obwohl sie unbedingt Michèles Hilfe brauchte, war sie nicht sicher gewesen, ob sie sie darum bitten konnte. Jetzt, wo ihre Freundin von Heirat sprach, hatte sie das Gefühl, keine andere Wahl zu haben.

»Es war wunderschön heute«, sagte Nicki. »Beinahe wie früher.«

»*Oui,* das war es.«

Nickis Lächeln verblaßte vollkommen. »Um die Wahrheit zu sagen, Michèle, ich habe mich zwar über unsere letzte Begegnung gefreut, aber ich habe dich nicht nur hergebeten, um mich mit dir zu unterhalten.«

Das schien Michèle nicht zu überraschen. »Das habe ich befürchtet.«

»Ich muß fort, Michèle. Ich kann nicht hierbleiben, wenn Alex verheiratet ist. Wirst du mir helfen?«

Michèles schlanke Finger bedeckten Nickis Hand und drückten sie sanft. »Du weißt, daß ich dir helfen werde. Was kann ich tun?«

»Ich brauche etwas Geld. Nicht viel. Nur so viel, damit ich woanders neu anfangen kann.«

»Aber Alexandre besitzt deinen Kontrakt. Wird er dich nicht verfolgen?«

»Nicht, wenn ich sorgfältig plane. Ich werde eine Überfahrt auf einem Schiff Richtung Norden buchen. Ich werde mitten in der Nacht fliehen; das Schiff wird mit der Morgenflut auslaufen. Wenn ich vorsichtig bin und niemand mich sieht, dann wird es bestimmt klappen.«

Michèle schien keineswegs überzeugt. »Ich weiß nicht, Nicki. M'sieur du Villier sieht nicht so aus, als wäre er ein Mann, der leicht aufgibt. Er wird alles tun, um dich zurückzuholen.«

»Trotzdem muß ich es versuchen. Könntest du dir vorstellen, mit Thomas zusammen zu sein, wenn er mit einer anderen verheiratet ist?«

Michèle schnappte nach Luft. »*Mon dieu,* Nein! Ich liebe ihn. Ich würde ihn mit keiner anderen Frau teilen.«

»Dann weißt du, warum ich fort muß.«

Michèle reckte die schmalen Schultern und sah Nicole entschlossen aus ihren hübschen grünen Augen an. »Ich werde Thomas um das Geld bitten. Ich bin sicher, daß er es mir geben wird.«

»Aber bestimmt wird Thomas wissen wollen, wofür du es brauchst?«

»Ich werde ihm sagen, es sei für meine Schwester. Ich glaube nicht, daß er allzu viele Fragen stellen wird. Thomas nimmt sehr viel Rücksicht auf meine Gefühle.« Sie lächelte zärtlich, als sie an den Mann dachte, den sie liebte.

»Ich erbitte sehr viel von dir«, sagte Nicki. »Bist du sicher?«

»Natürlich bin ich sicher. Wenn Thomas und ich heiraten, wird sein Geld auch meines sein, also ist es fast so, als würdest du es direkt von mir borgen. Wenn wir nicht heiraten, zahle ich es ihm zurück.«

»Ich werde es zurückzahlen«, versprach Nicki ruhig und entschlossen. »Es wird vielleicht ein Weilchen dauern, aber irgendwann zahle ich es zurück, das verspreche ich dir.«

Michèle beugte sich zu ihr und drückte sie. »Noch vor dem Wochenende hast du das Geld.«

Nicki blinzelte angesichts der Tränen in ihren Augen. »Danke.«

Von diesem Tag an waren Nickis Stunden mit den letzten Vorbereitungen gefüllt. Alex schickte ihr immer wieder Briefe, in denen er erklärte, wie beschäftigt er war, und in denen er sie bat, Geduld zu haben. Obwohl Nicki ihn schrecklich vermißte, und an ihn dachte, auch wenn sie versuchte, es nicht zu tun, und immer mit ihren leidenschaftlichen Träumen zu kämpfen hatte, dankte sie dem Herrn für jeden Augenblick, den er fort blieb.

Wie versprochen brachte Michèle das Geld drei Tage später, und Danielle buchte eine Überfahrt für Nicole nach Charleston in South Carolina. Das Schiff würde mit der Flut am Mittwoch morgen auslaufen. Von Charleston aus würde sie mit einem anderen Schiff weiter nach Norden fahren.

Dienstag abend war sie, wenn alles gut ging, frei.

Am Montag bekam Nicki, während Danielle – wie es inzwischen zur Routine geworden war – mit Ram Schach spielte, Besuch.

Es wäre vielleicht anders gekommen, wenn sie nicht im Foyer

gestanden und sich mit Frederick unterhalten hätte, als jemand leise an die Tür klopfte. Frederick entschuldigte sich und öffnete die Tür, hinter der eine kleine, dunkle, mit einem Umhang verhüllte Gestalt wartete. Die Frau, die zitternd auf den Steinstufen vor dem Eingang stand, kämpfte mit dem Wind, der ihr die satingesäumte Haube vom Kopf zerren wollte.

»Verzei'en Sie die Belästigung«, hörte man die Frauenstimme mit schwerem französischem Akzent, »aber ich muß mit Alexandre sprechen. Ist er zu 'ause?«

»Es tut mir leid«, antwortete Frederick, »aber er ist auf seinem Landsitz, auf Belle Chêne.«

Die Frau sank gegen den Türrahmen und brach in hemmungsloses Schluchzen aus. »Verzei'en Sie die Belästigung«, wiederholte sie. Sie wollte sich gerade umdrehen und wieder gehen, als Nicole vortrat und ihr die Hand auf den Arm legte.

»Kommen Sie herein, Lisette. Alex ist nicht da, aber ich bin es. Bitte erzählen Sie mir, was los ist.«

Lisette hob ihr tränenverschmiertes Gesicht und schüttelte den Kopf. »Das kann ich nicht.«

»Alex würde wollen, daß ich Ihnen helfe.«

»Wenn ich auf Alexandre gehört hätte, wäre alles nicht passiert.« Aber sie folgte Nicole mit gemessenen und steifen Schritten, so daß Nickis Verwunderung plötzlich in starke Beunruhigung umschlug.

»Sind Sie verletzt?« fragte sie mit einem Seitenblick auf Ram und Danielle, die eben ins Foyer getreten waren.

Lisette leckte sich die Lippen, die spröde und blutleer wirkten. »Ich... ich...« Ram fing sie in seinen kräftigen Armen auf, als sie bewußtlos zu Boden sank. Ihr Umhang fiel herab, legte das lange, glänzend schwarze Haar frei, das lose über ihre Schultern hing, und entblößte einen blauen Fleck unter ihrem Auge. Mühelos hob Ram sie hoch und trug sie hinauf ins Gästezimmer.

Danielle schlug die Bettdecke zurück, während Nicki Lisette ihren schweren schwarzen Umhang abnahm.

»Vorsichtig«, ermahnte Nicki Ram, obwohl das nicht nötig gewesen wäre. »Von jetzt an kümmere ich mich um sie.«

Sobald der große Türke seine kleine Last abgelegt und das Zimmer verlassen hatte, machte sich Nicki daran, Lisette ihr blaues Sergekleid auszuziehen. Sie schnappte nach Luft, als sie die fürchterlichen Male auf der weichen, dunklen Haut der Frau sah. Bißwunden zogen sich um Lisettes Schulter, ihr Rücken, die Hüften und Beine waren mit blauen Flecken übersät.

»Valcour«, hauchte Nicki. »Wie konnte er ihr nur so etwas antun?«

Danielle schlug ein Kreuz. »So ein schlechter, böser Mensch. Was man ihm nachsagt, muß alles wahr sein.«

»Ja«, bestätigte Nicki, doch das Wort war leise wie ein Lufthauch.

»Mir ist der Gedanke zuwider, daß René für so einen Mann arbeitet«, erklärte Danielle erbost. »Sobald wir verheiratet sind, werde ich M'sieur *le duc* bitten, ihm eine Stellung auf Belle Chêne zu geben.«

Nicole erinnerte Danielle nicht daran, daß sie selbst vielleicht eine neue Stellung brauchen würde, sobald Alex erfuhr, welche Rolle sie bei der Flucht ihrer Herrin gespielt hatte.

Eine Bewegung auf dem Bett ließ sie zu Lisette eilen. Lisette stöhnte leise, und ihre großen, dunklen Augen öffneten sich langsam.

»Möchten Sie darüber reden?« fragte Nicki, während Danielle eine dicke graue Salbe auf die Wunden an der Schulter der Französin auftrug und dann sorgfältig einen Verband anlegte.

Lisette lächelte schwach. Ihr langes, schwarzes Haar fiel in Wellen rund um ihr Gesicht. »Es ist sehr freundlich von Ihnen, daß Sie mir 'elfen. Ich verstehe, warum Alexandre Sie liebt.«

»Er liebt mich nicht. Alex glaubt nicht an die Liebe. Sie sollten das doch am besten wissen.«

»Vielleicht weiß er es noch nicht, aber die Liebe ist etwas, das man nicht kontrollieren kann.«

»Nein«, stimmte ihr Nicki leise zu, »das kann man nicht.«

»Selbst nachdem er mir das angetan hat, liebe ich Valcour noch immer.«

»Aber er hat Sie geschlagen!«

»Er wollte es nicht.« Lisettes Blick verlor sich in der Ferne. »Es ging als Spiel der Verführung an – Valcour ist ein sehr leidenschaftlicher Mann.« Sie lächelte mühsam. »Als er 'eute abend zu mir kam, war er wütend. Etwas war auf Feliciana gesche'en, es gab Probleme mit der Ernte... Es war nichts Ungewöhnliches, aber er war zornig. Wir liebten uns wild, feurig. Aber das war ihm nicht genug.«

Nicki schwieg, drängte Lisette durch einen Blick, der frei von jedem Vorwurf war, weiterzusprechen.

»›Laß mich dir zeigen, wie schön Schmerz sein kann‹, sagte er. Ich 'abe ihn so sehr begehrt, daß ich zu allem ja gesagt 'ätte.« Lisette schauderte angesichts der Erinnerung. »Val wußte genau, wie man mit dem Leder umgeht. Er 'at mir nicht weh getan, hat mich nur geneckt und auf eine Art erregt, die ich vor'er nicht gekannt 'abe.«

Nicki strich eine dicke schwarze Strähne aus Lisettes tränennassem Gesicht.

»Zuerst war es aufregend«, erzählte sie weiter. »Val sah so feurig aus, und er war ganz wild vor Verlangen nach mir. Dann ist etwas passiert. Es war, als 'ätte er jedes Gefühl für die Zeit verloren. Er schlug mich – immer fester und fester. Ich 'abe ihn angebettelt, aufzu'ören, aber er machte weiter. Er ist so stark...«

Lisette begann von neuem zu weinen, und ihr leises Schluchzen rührte an Nickis Herz. »Immer wieder nannte er mich Feliciana. Nannte mich 'ure und beschimpfte mich. Dann 'at er mich genommen. Grob und brutal. Als es vorbei war, weinte er. Er bettelte mich an, ihm zu verzei'en. Er ist ein so zerrissener Mensch.«

»Es tut mir leid«, sagte Nicki. »Für Sie beide.«

Lisettes Schluchzen erstarb. Nicki setzte sich neben sie, strich ihr zerzaustes Haar glatt, bis Lisette erschöpft einschlief und auch sie sich ein paar Stunden ausruhen konnte.

Am nächsten Morgen kam Lisette ins Eßzimmer.

»Fühlen Sie sich wirklich gut genug, um heimzugehen?« fragte Nicki, nachdem sie den schweren, geschnitzten Holzstuhl zurückgeschoben hatte und aufgestanden war.

»Es geht mir wieder gut, danke.«

»Ich bin froh, daß ich Ihnen helfen konnte.«

»Und ich bin froh, daß Alexandre nicht 'ier war«, erklärte sie Nicki, die sie überrascht anschaute. »Er 'ätte es Valcour heimzahlen wollen, und das will ich nicht. Alexandre ist immer noch mein Freund, und Valcour liebe ich. Ich will nicht, daß einem von beiden etwas geschieht.« Sie sah Nicki mit ihren dunklen Augen flehend an. »Versprechen Sie mir, daß Sie ihm nichts davon erzählen.«

»Haben Sie keine Angst, daß Valcour Sie wieder schlagen wird? Man sollte doch irgend etwas unternehmen.«

»Versprechen Sie es mir«, drängte Lisette.

»Also gut. Ich werde ihm nichts erzählen.«

Lisette lächelte. »Noch einmal vielen Dank, daß Sie mir ge'olfen 'aben. Ich 'offe, Sie werden glücklich. Alexandre 'at es verdient. Und inzwischen glaube ich, Sie auch.« Sie drehte sich um und war auch schon verschwunden.

Noch ein Problem vor Alex' Tür. Nicki hoffte inständig, daß es gelöst war – Lisettes und Alexandres wegen.

Irgendwie war sie fast froh, daß sie nicht mehr hier sein würde, um das herauszufinden.

»Bis jetzt läuft alles glatt«, erklärte Danielle Nicki. Es war Dienstag abend, und alles war bereit.

»Gut. Ich bin gleich fertig.« Nicki hatte das Haar zurückgekämmt und unter einer breiten Haube versteckt. Sie trug ein schlichtes braunes Wollkleid. Daß sie unbemerkt bis zum Hafen kommen würde, dessen war sie sicher.

»Sie müssen den Kopf gesenkt halten. Wenn jemand Ihre Augen sieht, wird er Sie nicht so schnell vergessen.«

Nicki nickte. »Wo ist Ram?«

»Er baut das Schachbrett auf. Er sagt, ich lerne sehr schnell. Ich habe ihm gesagt, er ist viel zu bescheiden, daß ich nur so schnell besser werde, weil er ein so guter Lehrer ist.«

Nicki grinste. »Wenn du diese Taktik auch bei Alexandre anwendest, kannst du ihn vielleicht besänftigen.«

»Ich werde heulen und klagen und ihn auf Knien um Gnade anflehen.«

»Das sollte genügen.«

»Machen Sie sich um mich keine Sorgen. Ich komme schon durch.«

Das hoffte Nicki. »Ich werde dich vermissen.«

»Ich werde Sie auch vermissen.« Die beiden Frauen umarmten sich. »Geben Sie mir mindestens eine halbe Stunde«, sagte Danielle. »Bis dahin wird das Schlafmittel sicher wirken.«

Sie waren davon abgekommen, Ram eins über den Kopf zu geben, und hatten statt dessen bei Marie Gabardet, einer berüchtigten Voodoo-Königin, die im Franzosenviertel wohnte, ein Schlafmittel besorgt. Jedermann kannte ihre Geheimelixiere – vom Liebestrank bis hin zum Todeszauber. Ein Pulver in Rams abendlichen Weinkelch zu kippen, war überhaupt kein Problem.

»Er müßte eigentlich die ganze Nacht und den ganzen Tag schlafen«, erklärte ihr Danielle.

Vierundzwanzig Stunden. Sie würde jede einzelne Sekunde davon brauchen. »Geh jetzt lieber nach unten.«

Danielle nickte, machte aber keine Anstalten zu gehen. »Ich habe mir die Neuigkeit bis jetzt aufgehoben«, sagte sie grinsend. »René und ich haben einen Termin für unsere Hochzeit festgelegt. In zwei Monaten heiraten wir.«

Nicki lachte vor Freude und umarmte sie wieder. »Das ist phantastisch, Danielle.«

»Wir haben am Sonntag darüber gesprochen.« An Danielles freiem Tag. »Er sagt, er hat mich jeden Tag vermißt, seit ich fort bin.«

»Anscheinend hat es so funktioniert, wie du es geplant hast.«

»Oui«, sagte Danielle. »Jetzt wird es Zeit, daß wir auch *unseren* Plan ausführen.« Nach einer letzten kurzen Umarmung ging Danielle nach unten.

Da Fredericks Mutter am selben Morgen erkrankt und er nach Belle Chêne zurückgekehrt war, funktionierte alles sogar noch besser, als sie gedacht hatten. Jetzt brauchte Nicki nur noch zum Hafen und auf ihr Schiff zu gelangen. Obwohl sie zu höchst ungewöhnlicher Stunde dort eintraf, war es unwahrscheinlich, daß der Kapitän Nachforschungen anstellen würde, und am nächsten Morgen waren sie bereits auf See.

Eine gute halbe Stunde später ging Nicki nach unten. Danielle stand bei Ram, dessen laut schnarchender Kopf auf das Schachbrett gesunken war und unter dessen massigen Armen die Schachfiguren lagen.

Wortlos eilten sie zur Hintertür, die Danielle aufzog.

»Bonne chance«, wünschte ihr das Mädchen. Nicole winkte und schlüpfte lautlos hinaus.

Sie zog den Wollumhang um ihre Schultern und schaute hinauf zum wolkenverhangenen Himmel. Nicht einmal der Mond erhellte ihren Weg. Es hatte angefangen zu nieseln, und der Wind schlug gegen ihren Umhang und jagte ihr Schauer über den Rücken. Am Ende des Gartens, hinter dem kleinen Gemüsegarten, eilte sie durch das schwere Holztor. Ganz leise schlich sie durch die Gasse auf die Hauptstraße zu, wo sie eine Droschke anhalten wollte.

Sie war erst wenige Meter weit gekommen, als sie sie hörte – schwere Männerschritte. Nicki ging schneller und schneller, bis ihr Umhang hinter ihr im Wind flatterte. Andere Schritte knirschten auf der Erde und gesellten sich zu den ersten. Nicki wurde immer mulmiger. Jetzt rannte sie auf die Straße zu. Da es kurz nach Mitternacht war, hatte man die Gaslaternen schon gelöscht, so daß sie der Dunkelheit auch dort nicht entkam.

Ebensowenig wie den Schritten, die in ihren Ohren zu hallen schienen.

Wer ist das? Die Frage gellte in ihrem Kopf, während sie noch schneller rannte. Ganz bestimmt hatte Alex nicht noch mehr Männer zu ihrer Bewachung angeheuert.

Sie hatten sie fast eingeholt. Nicki rannte nach links, um einem von ihnen auszuweichen, doch ihr Umhang verfing sich in den Zweigen eines Busches, und der andere Mann schnitt ihr den Weg ab.

»Lassen Sie mich los!« schrie sie, als sein harter Arm sich wie ein Schraubstock um ihre Taille spannte. Sie wehrte sich und versuchte verzweifelt, freizukommen, aber sein Griff verstärkte sich nur noch mehr. Jetzt drückte er rücksichtslos auf ihre schmerzenden Rippen und Arme.

Das sind nicht Alex' Männer! schoß es ihr voller Entsetzen durch den Kopf. Es war ihr letzter klarer Gedanke, ehe sie ihr das weiße Baumwolltuch auf Nase und Mund drückten und Dunkelheit sie umfing.

Nicki spürte etwas Warmes an ihrer Wange, und ihre Augen flogen auf. Sie blinzelte angesichts des strahlendgelben Sonnenlichts, spürte das Pochen in ihren Schläfen und verfolgte die gleißenden Strahlen bis zu einem Fenster, das mit kompliziertem schmiedeeisernem Metallwerk vergittert war.

Ein Blick auf ihre Umgebung zeigte ihr einen weiß gekalkten Raum, der spärlich mit schweren Holzmöbeln in spanischem Stil eingerichtet war. Ein geschnitzter Holzstuhl mit dickem Lederpolster stand in einer Ecke, in einer anderen sah sie eine Terrakottavase mit getrockneten Weidenzweigen. Das Bett, in dem sie lag, war breit, und über ihrem Kopf befand sich ein rechteckiger Betthimmel.

Ohne auf den dumpfen Schmerz in ihrer Schläfe zu achten, setzte Nicki die Füße auf den kalten, breitbohligen Boden.

Erst jetzt merkte sie, daß sie ein weißes Baumwollnachthemd statt des braunen Wollkleides trug, das sie gestern abend angezogen hatte. Sie schauderte, als sie darüber nachdachte, wer sie wohl ausgezogen hatte.

Wo in Gottes Namen war sie? Und was hatte man mit ihr vor? Sie kämpfte die aufsteigende Panik nieder und ging ans Fenster. Durch die verschlungenen Gitterstäbe, die ihr die Flucht verwehrten, konnte sie einen Garten erkennen, der von einer hohen Mauer umgeben war. Mit roten Ziegeln gepflasterte Wege führten zwischen dem Gebüsch hindurch, und in der Mitte erblickte sie einen Springbrunnen.

Es war ein einladendes Bild, im Gegensatz zu der Erinnerung an ihren Kampf gestern nacht – die mit lebhafter Klarheit zurückgekehrt war.

Wo bin ich? fragte sie sich wieder. Aber niemand gab ihr Antwort. Ein Rundgang durch das Zimmer führte sie zu einem teuren, marineblauen Kleid mit samtbesetztem Kragen und Manschetten, das an einem antiken Schrank hing. Ein Blick verriet ihr, daß ihr das Kleid passen würde. Ihr Puls beschleunigte sich, bis er so schnell ging wie das Pochen in ihren Schläfen.

Jemand hatte sich wirklich große Mühe gegeben. Aber woher hatte dieser Jemand von ihren Plänen gewußt? Hatte man sie beobachtet, seit sie in das Stadthaus gekommen war? Oder hatte sich Alex das alles ausgedacht, um sie für ihren Ausbruchsversuch zu bestrafen?

Nachdem sie neben dem Kleid einen sauber aufgeschichteten kleinen Stapel Unterwäsche gefunden hatte, zog sie sich eilends an und öffnete die Tür. Zu ihrer Überraschung war sie unverschlossen.

Der Gang war ebenfalls weiß gekalkt und in spanischem Stil eingerichtet.

»Der Massa erwartet Sie unten.«

Nicki wirbelte herum und sah eine große, kakaobraune Schwarze, die vor einer zweiten Zimmertür stand.

»Wer?« fragte sie. »Wer wartet auf mich?«

»Fortier«, antwortete die Frau lediglich. Nickis Magen verkrampfte sich.

»Feliciana«, flüsterte sie, eher zu sich selbst als zu dem Dienstmädchen, das direkt neben ihr stand.

Ohne zu antworten führte die große Schwarze sie die Treppe hinunter in den Empfangssalon. Ihr langer roter afrikanischer *batakarik* bauschte sich hinter ihr auf. Das Haus roch fast unmerklich nach Weihrauch. »Warten Sie hier.«

Nach Minuten, die ihr wie Stunden erschienen, kam Fortier. Er trug maßgeschneiderte schwarze Reithosen und ein weißes Leinenhemd. Auch Alex war so gekleidet, wenn er zur Arbeit ging. Aber im Gegensatz zu Alex' muskulöser Brust war Valcours schmal und hart. Hohe Wangenknochen ragten aus seinem scharf geschnittenen Gesicht. Lange braune Finger streckten sich nach Nickis Hand aus, und unwillkürlich wich sie zurück.

»Kommen Sie«, sagte Valcour, ohne auf ihr offenkundiges Unbehagen einzugehen, »Sie müssen hungrig sein. Ich habe bereits gegessen, aber Sie sollten noch etwas zu sich nehmen.«

Er sprach, als wäre es das Normalste auf der Welt, daß sie hier war. Sie war ein Gast, nicht mehr und nicht weniger.

»Warum haben Sie mich hierher gebracht?«

»Ich habe Sie heimgebracht.«

Sie hätte beinahe gesagt, ihr Heim sei Belle Chêne, beherrschte sich jedoch gerade noch. Die schöne Plantage, die sie zu lieben gelernt hatte, würde niemals mehr ihr Heim sein. »Ich gehöre M'sieur du Villier – oder haben Sie vergessen, wieviel er für mich bezahlt hat?«

»Das habe ich nicht vergessen. Ich werde ihm das Geld erstatten.«

»Glauben Sie wirklich, daß ihm das recht sein wird?« fragte sie fassungslos.

»Das ist im Grunde völlig egal. Sie hätten von Anfang an mir gehören sollen. Alexandre hatte kein Recht, sich einzumischen.«

Nicki antwortete nicht. Sie war nicht in der Position zu streiten.

Fortier führte sie ins Eßzimmer, wo eine Mahlzeit aus gegrilltem Rindfleisch, Polenta und frischem Brot bereitstand. Ihr Magen knurrte, als sie das heiße Essen roch.

»Sobald Sie fertig sind, führe ich Sie durch Ihr neues Heim.« Dann ließ er sie allein, doch sie war sicher, daß er nicht weit weg war.

Und selbst wenn, war das egal. Nicki warf einen verstohlenen Blick auf den großen, muskulösen Schwarzen, der in der Tür stand. Wohin sie auch ging, sie wurde überall beobachtet. Von jemandem, der Valcour gehörte. Jemandem, der ihn so sehr fürchtete, daß er genau das tat, was ihm befohlen worden war.

Tränen stiegen ihr in die Augen. Ihr Schiff hatte abgelegt, ihre

Kleider und ihr Geld waren fort, und Valcour Fortier führte Dinge mit ihr im Schilde, die sie sich lieber nicht ausmalen wollte. Guter Gott, warum konnte nicht ein einziges Mal alles so funktionieren, wie sie es sich vorstellte?

Nicki atmete tief und nervös durch und richtete sich auf. Noch gab sie sich nicht geschlagen. Sie würde nicht aufgeben, bis sich auch ihre letzte Hoffnung zerschlagen hatte. Bis dahin würde sie tun, was Fortier von ihr verlangte. Was blieb ihr auch anderes übrig?

In dem Wissen, daß sie ihre ganze Kraft brauchen würde, aß Nicki ihren Teller leer. Valcour kehrte zurück, als sie gerade fertig war.

»Gehen wir?« Es war keine Frage.

Wie ein perfekter Gastgeber führte Valcour sie über Feliciana. Tausend Morgen – fast so groß wie Belle Chêne. Sie fuhren in einem kleinen schwarzen Zweispänner, den ein glänzender Rappe zog. Valcour war charmant und trotz seiner harten Gesichtszüge gutaussehend. Ganz offensichtlich war er stolz auf das, was er erreicht hatte. Es war kaum zu glauben, daß er zu einer solchen Grausamkeit fähig war, wie er sie Lisette gegenüber an den Tag gelegt hatte.

»Es hat fast vierzig Jahre gedauert, Feliciana zu dem zu machen, was sie heute ist.« Valcour deutete auf die Zuckerrohrfelder, die sich bis zum Horizont erstreckten. Arbeiter schnitten mit langen Macheten breite Schneisen durch die Stangenwälder, während andere auf zweirädrigen Karren hinter ihnen herrollten, das Rohr aufluden und es dann zur Mühle brachten.

»Sie haben sehr hart gearbeitet. Ihr Vater wäre stolz auf Sie.«

Valcour warf einen Blick auf ihr Gesicht.

»Was wissen Sie von meinem Vater?«

»Nicht viel. Ich weiß, daß er sehr viel von Ihnen erwartet hat. Wenn er noch lebte, dann wäre er bestimmt nicht enttäuscht.«

Etwas, was sie nicht zu deuten vermochte, leuchtete in seinen Augen auf, verschwand aber sofort wieder. »Er war immer enttäuscht.«

Nach einer Besichtigung der Mühle, die den Nachmittag über dauerte, kehrten sie zum Haus zurück. Auch von außen war es in spanischem Stil erbaut, mit einem Dach aus roten Ziegeln und Balkonen, die das gesamte obere Stockwerk zierten. Es war in weichem Gelb gestrichen.

»Vor einigen Jahren habe ich den Flügel anbauen lassen, in dem Sie wohnen.«

»Als Sie heirateten?« fragte Nicki, und Fortiers Miene verhärtete sich.

»Ja«, sagte er. »Sie schlafen in dem Zimmer, das ich Feliciana zugedacht hatte. Niemand hat mehr darin geschlafen, seit sie fort ist.«

Nicki fühlte sich plötzlich unbehaglich. »Warum ich?«

»Warum nicht?« erwiderte er knapp.

Als sie wieder im Haus waren, führte Valcour sie zu dem Zimmer im oberen Stock, das sie bewohnte. Nicole verharrte etwas unsicher vor der Tür.

»Um sieben gibt es Abendessen«, erklärte Fortier, ohne auf ihr zaghaftes Benehmen einzugehen. »Es liegen frische Kleider für Sie bereit.« Er lächelte. Es war nicht das freundliche, gefällige Lächeln, das er ihr zuvor geschenkt hatte, sondern ein hartes, kaltes Lächeln, das keinen Zweifel an seinen Gedanken ließ. »Am besten ruhen Sie sich etwas aus«, sagte er. »Ich habe einen interessanten Abend geplant – bei dem Sie… eine wichtige Rolle spielen werden.«

Nickis Magen verkrampfte sich.

»Wir sehen uns beim Abendessen.« Mit diesen Worten öffnete er die Tür, hielt sie ihr auf, während sie eintrat, und schloß sie leise hinter ihr.

René Bouteiller sah die buttergelben Lichter im Haupthaus angehen, doch er wartete, bis es ganz dunkel war, ehe er sich zu einem der Pferde schlich. Es war nicht ungewöhnlich, daß er als Stallmeister ausritt, doch Valcour Fortier war ein Mann von beunruhigender Klarsicht. Und René fürchtete ihn. Allein der Gedanke, erwischt zu werden, brachte seine Eingeweide zum Schmelzen.

Dennoch, Danielles Herrin war in Gefahr. Aus seiner Hochzeit würde bestimmt nichts werden, wenn er tatenlos zusah, das war so gut wie sicher. Außerdem war er an allem schuld.

Er wählte einen zahmen braunen Wallach, der sich hoffentlich in aller Ruhe wegführen ließ, stieg auf und ritt in Richtung Belle Chêne. Die Folgen seiner Mitwirkung bei dieser Entführung waren bestimmt kein Zuckerschlecken – daran bestand kein Zweifel. Aber er war kein schlechter Mensch. Er würde seinen Fehler ausbügeln. Vielleicht würde M'sieur du Villier seine Motive verstehen und ihm glauben, daß er wirklich keinen Schaden hatte anrichten wollen.

Nur ungern erinnerte sich René daran, wie er den großen Franzosen einmal wütend gesehen hatte. Damals hatte jemand absichtlich eines seiner eleganten Pferde verletzt. Ein Schlag hatte genügt, um dem Mann den Kiefer zu brechen – nicht, daß er es nicht verdient gehabt hätte. René konnte sich lebhaft ausmalen, was er mit dem Mann anstellen würde, der seiner Geliebten etwas antat.

René schauderte. Im Augenblick wußte er nicht, wen er mehr fürchtete – Valcour Fortier oder den Duc de Brisonne.

20. KAPITEL

»War die Mahlzeit zu Ihrer Zufriedenheit?« Fortier zog eine schwarze Braue hoch. Nicki saß neben ihm im Eßzimmer unter einem schweren Leuchter aus Holz und Schmiedeeisen. Dicke, handgeschnitzte Balken hielten die Decke über ihren Köpfen.

»Ja«, antwortete sie nervös. »Es war wunderbar.«

»Längst nicht so wunderbar wie Sie.« Seine dunklen Augen blickten auf die Wölbung ihrer Brüste unter dem tief ausgeschnittenen Mieder ihres Kleides.

Das Kleid aus aquamarinfarbener Seide und feinsten belgischen Spitzen paßte ihr wie angegossen. Sie hatte es beim Anziehen genau untersucht und festgestellt, daß der Saum verkürzt und das Oberteil etwas ausgelassen worden war. Ganz bestimmt hatte das Kleid früher Feliciana gehört, eine Vorstellung, die ihre Befürchtungen ungemein verstärkte.

»Danke.« Bis jetzt war der Abend ohne Zwischenfall verlaufen, und Valcours Charme ließ sie beinahe ihre gefährliche Lage vergessen. Kein Wunder, daß sich Lisette in ihn verliebt hatte.

»Als Gentleman fällt es mir schwer, den Dank einer Dame entgegenzunehmen, nur weil ich die Wahrheit gesprochen habe«, sagte er.

Nicki wandte den Blick ab, weil sie ihn nicht ermutigen wollte. Den ganzen Nachmittag hatte sie nach einem Fluchtweg gesucht. Aber das Schlafzimmer war ohne zweiten Ausgang, und im Gang war ein Diener postiert gewesen. Sie hatte versucht, René Bouteiller, Danielles Verlobtem, eine Nachricht zukommen zu lassen, und die große Schwarze, die ihr am Morgen begegnet war, um Hilfe gebeten. Die Frau hatte sich nur schweigend abgewandt.

Selbst jetzt fiel ihr auf, wie leise die Dienstboten sich bewegten und wie ängstlich sie Fortiers Instruktionen entgegennahmen. Alle haben Angst vor ihm, dachte sie. Nun, sie ebenfalls. Todesangst sogar. Aber dies war nicht die altbekannte Furcht. Dieser Mann war kein Gespenst aus der Vergangenheit, er war aus Fleisch und Blut, und sie konnte gegen ihn kämpfen.

Fortier drehte den schweren Saphirring am Ringfinger der linken Hand. »Hat Alexandre Sie entjungfert?« fragte er so beiläufig, als sprächen sie über das Wetter.

Nickis Kopf fuhr überrascht hoch, dann wurde sie verlegen und kurz darauf zornig. »Ich wüßte nicht, was Sie das anginge.«

Die dunkle Haut über Fortiers Wangenknochen spannte sich. »Antworten Sie mir«, verlangte er mit weicher, leiser Stimme, die ihre Angst kein bißchen besänftigte.

»Ja.« *Du mußt hier raus!* Den ganzen Abend hatte sie nach einem Schlupfloch gesucht, einer noch so vagen Fluchtmöglichkeit. Aber jedesmal, wenn sie mit dem Gedanken spielte, schien Valcour das zu erahnen. Anscheinend trug das nur zu seiner Vorfreude bei.

Er setzte wieder sein Lächeln auf. »Den Sherry und Brandy werden wir in meinem Arbeitszimmer nehmen.« Mit einem Nikken in Richtung des alten grauhaarigen Sklaven, der neben der Eßzimmertür wartete, schob Valcour seinen Stuhl zurück und stand auf. Er ging um den Tisch herum, zog Nickis Stuhl zurück und half ihr auf. Dann führte er sie aus dem Zimmer.

Als er zur Treppe ging, stemmte sich Nicki gegen den Arm, der sie in diese Richtung lenkte. »Wohin gehen wir?«

»In mein Arbeitszimmer«, wiederholte er und setzte den Weg fort.

»Aber –«

»Es ist oben.«

Nicki schaute sich um. Zwei Schwarze standen beiderseits der schweren Eingangstür. Ein dritter Diener stand nur ein paar

Schritte links von ihr. Sie konnte nirgendwohin fliehen, sich nirgendwo verstecken.

»Gehen wir?« drängte Valcour, und der Griff um ihren Arm wurde stärker.

Nicki befeuchtete sich nervös die Lippen.

»Sie werden Ihnen *unter die Arme greifen…«,* deutete er an, »wenn Sie das wünschen.«

Nicki richtete sich auf und reckte das Kinn. »Ich brauche weder deren Hilfe – noch Ihre.« Als sie sich loszureißen versuchte, drückte Valcour mit der Hand so fest zu, daß sie fast aufschrie.

»Ein Glas Sherry wird Ihren Nerven gut tun.«

Ihr würde es vor allem gut tun, möglichst weit von ihm weg zu sein, dachte Nicki.

Oben an der Treppe öffnete Fortier den Riegel einer schweren Holztür und führte sie dann in einen sehr männlich eingerichteten Raum, der ihm tatsächlich als Arbeitszimmer diente. Einen Augenblick lang fühlte sie sich erleichtert. Aber als er die Tür schloß und den Riegel von innen wieder vorschob, begann Nikkis Herz wie wild zu klopfen.

»Ich bin sicher, Sie werden den Abend… amüsant finden«, erklärte er ihr und nahm das Sherryglas mit Stiel, das neben einem Cognacschwenker auf seinem Schreibtisch stand. Er reichte ihr das Glas, und Nicki nahm einen Schluck, um ihre Nerven zu beruhigen.

Valcour trank seinen Brandy, wobei er sie über den Glasrand hinweg anlächelte. Dann setzte er den Schwenker wieder ab, ging zu ihrer Überraschung an das Bücherregal vor der gegenüberliegenden Wand und langte zwischen zwei ledergebundene Bände. Mit metallischem Knirschen legte er einen Hebel um, und der ganze Bücherschrank schwang zur Seite. Ein zweites Zimmer, offensichtlich sein Schlafzimmer, kam hinter der Wand zum Vorschein.

»Felicianas Zimmer schließt sich meinem auf der anderen Seite an. Ich wollte ihr immer möglichst nah sein, deshalb habe ich mein Arbeitszimmer hier oben eingerichtet. Äußerst praktisch, finden Sie nicht?«

Mit laut pochendem Herzen wich Nicki an die Tür zurück, ohne jedoch den Blick von dem in Kerzenlicht gebadeten Schlafzimmer wenden zu können. Von der Wand am anderen Ende blickte ein Porträt Felicianas mit einem weichen, rubinlippigen Lächeln und sanften, dunkelbraunen Augen auf sie herab. Fortiers Gattin war in demselben türkisschwarzen Spitzenkleid gemalt worden, das Nicki jetzt trug.

»Kommen Sie«, befahl Valcour und streckte ihr eine dünnknochige Hand entgegen. Nicki rührte sich nicht. Sie hatte die Augen so fest auf das Bild gerichtet, daß sie nur vage das riesige, mit Schnitzereien verzierte Himmelbett an einer Wand und den dicken Teppich bemerkte.

»Kommen Sie«, wiederholte Fortier. Seine ungeduldige Stimme riß sie aus ihrer Trance.

»Nein«, flüsterte sie.

»Ja«, widersprach Valcour kalt und kam auf sie zu. Er packte sie, noch bevor sie irgend etwas tun konnte.

Müde von der schweren Arbeit auf den Zuckerrohrfeldern saß Alex vor dem Feuer in seinem Arbeitszimmer. Die gestiefelten Füße hatte er auf den Schreibtisch gelegt und nippte an einem Glas Brandy.

Er wärmte das Glas mit der bernsteinfarbenen Flüssigkeit in den Händen, während er in die Flammen starrte und an Nicole dachte.

Mon dieu, wie sehr er sie vermißte. Nur an sie dachte er den ganzen langen Tag, nur von ihr träumte er die ganze Nacht. Früher war er einmal so töricht gewesen zu glauben, er könnte sie, nachdem sie ihm das Bett gewärmt hatte, vergessen – oder ihr wenigstens eine weniger wichtige Rolle in seinem Leben zuweisen.

Doch genau das Gegenteil war eingetreten – er konnte nicht genug von ihr bekommen, so sehr er es auch versuchte.

Alex nahm einen wärmenden Schluck Brandy und spürte, wie die Flüssigkeit ihren Weg in seinen Magen brannte. Die Erinnerung an Nicki stieg in ihm auf, wie sie aufgeregt lächelnd mit ihm durchs *Vieux Carré* gefahren war. Niemals langweilten sie die Menschen oder Dinge um sie herum, endlose Güte schien sie in jedem zu finden, der ihr begegnete. Er liebte den Klang ihres Lachens und entdeckte, daß er wünschte, er könnte sie noch viel öfter zum Lachen bringen.

Das würde er auch, gelobte er. Er würde sie glücklich machen, er war sicher, daß ihm das gelingen würde.

Er sah sie nackt und voller Erwartung vor sich, stellte sich vor, wie sich ihre vollen Brüste an ihn drängten, und spürte ein Ziehen in seinen Lenden. Er stöhnte leise. Nur einmal, vor dem Feuer in seinem Jagdhaus, als sie geglaubt hatte, er wollte sie heiraten, hatte sie sich ihm willig hingegeben – obwohl er nicht daran zweifelte, daß sie genoß, was er sich jetzt von ihr nahm.

Trotzdem war ihm das Geschenk ihrer Liebe, das sie aus freiem Willen gab, mehr wert als alles andere. Und eines Tages, das schwor er sich, würde er es von ihr erhalten.

»Verzeihen Sie, Master Alex.« Mrs. Leander stand in der Tür, und Sorge zeichnete ihr alterndes Gesicht. »René Bouteiller möchte Sie sprechen.«

Alex stellte die langen, gestiefelten Beine auf den Boden. »Bouteiller?« Der Name kam ihm vage vertraut vor.

»Danielles Verlobter. Er ist ganz außer sich.«

Alex fühlte sich plötzlich unbehaglich. »Er soll hereinkommen.«

In schweißgefleckten Leinenhosen und einem handgewebten Hemd, einen braunen, speckigen Schlapphut in der Hand, trat René Bouteiller in sein Arbeitszimmer.

»Bitte verzeihen Sie die Störung, M'sieur. Aber ich habe sehr schlechte Nachrichten.« Er war ein schlanker Mann, höchstens, ein, zwei Jahre jünger als Alex, und hatte kaffeebraunes Haar und haselbraune Augen, in deren Winkeln sich die ersten Falten zeigten. Verlegen knetete René seinen Hut mit zitternden Händen, und Alex begann sich ernsthaft Sorgen zu machen.

»Los, Mann, heraus damit.«

René schluckte so schwer, daß sein Adamsapfel hüpfte. »Es geht um Mademoiselle St. Claire. Fortier hat sie in seiner Gewalt.«

»Das ist unmöglich. Sie ist überhaupt nicht hier.« Aber schon als er es abstritt, verriet ihm die gepeinigte Miene des Mannes, daß er die Wahrheit sagte.

»Er hat hat sie auf Feliciana gebracht.«

Alex spürte einen solchen Zorn in sich explodieren, daß er kaum noch etwas vor seinen Augen erkennen konnte.

»Warten Sie hier.« Er trat hinaus in den Gang und marschierte in die Eingangshalle. »Geh zum Stall«, befahl er seinem großen schwarzen Butler. »Sag Patrick, er soll Napoleon satteln. Sag ihm, er soll sich schicken.« Ohne eine Antwort abzuwarten, machte er kehrt und stakste ins Arbeitszimmer zurück.

»Wie?« fragte Alex, während er die unterste Schreibtischschublade aufzog und eine Pistole herausholte. »Wie konnte er sie in seine Gewalt bekommen?«

»Ich bitte um Vergebung, M'sieur, aber das ist meine Schuld.« Der schlanke Mann sah aus, als würde er gleich in Ohnmacht fallen. »Bitte seien Sie gnädig.«

»Weiter«, befahl Alex in einem Tonfall, der seinen Zorn kaum verhehlte.

»M'sieur Fortier hat mich dafür bezahlt, daß ich ihm Neues von Belle Chêne berichte. Sachen, die ich von Danielle hörte. Ich dachte nicht, daß ich damit irgendeinen Schaden anrichten könnte. Von dem zusätzlichen Geld wollte ich ein Hochzeitsgeschenk für Danielle kaufen. Ich hätte mir nie träumen lassen, daß es dazu kommt.«

»Also haben Sie mich ausspioniert.«

René fiel vor Alex auf die Knie. »Ich flehe Sie an, M'sieur –«

»Erzählen Sie alles«, sagte Alex kalt.

»Mademoiselle St. Claire hatte vor, zu... Sie hatte sich einen Platz auf einem Schiff besorgt, das sie nach Charleston und von dort aus weiter nach Norden bringen sollte. Das habe ich Fortier erzählt. Seine Männer müssen auf sie gewartet haben. Ich hatte keine Ahnung, was er plante; ich habe nicht einmal gewußt, daß sie bei uns ist, ehe ich sie heute nachmittag in der Kutsche gesehen habe.«

Alex fixierte den schlanken jungen Mann mit einem harten, düsteren Blick, so daß dieser noch mehr erbleichte. »Wir sprechen uns noch, sobald ich zurück bin.« Alex packte seine Jacke und ging zur Tür. »Ich warne Sie, versuchen Sie nicht zu fliehen. Falls Sie nicht hier sind, wenn ich zurückkomme, werde ich Sie ausfindig machen, und dann werden die Konsequenzen weit schwerer sein, als sie es jetzt schon sind.«

Mit diesen Worten eilte er durch den breiten Marmorgang, riß die schwere Vordertür auf und lief zu den Stallungen hinüber.

»Du bist ein toter Mann, Fortier«, fluchte er vor sich hin. Aber er sah immer nur Nicole vor sich – die wieder davonlief, die so verzweifelt versuchte, ihn zu verlassen, daß sie in die tödliche Umarmung eines anderen, finsteren Meisters gelaufen war.

»Trinken Sie Ihren Sherry aus«, warnte sie Fortier und drückte das Glas gegen ihre zitternde Unterlippe.

Nicki, die neben ihm vor dem niedrigen Feuer in dem Zimmer saß, in das er sie gezogen hatte, sah ihn flehend an. »Warum? Warum tun Sie das?«

Über der Feuerstelle blickte Feliciana strafend aus ihrem Porträt herab, beobachtete sie mit ihren dunklen Augen im geisterhaften, tanzenden Flammenschein. Nicki zwang sich, nicht an die ominöse Warnung zu denken, die sie jedesmal spürte, wenn sie aufsah.

Auch Fortier studierte das Porträt, antwortete aber nicht.

»Viele Frauen finden Sie attraktiv«, fuhr Nicki fort. »Lisette ist in Sie verliebt. Was wollen Sie von mir?«

Valcour stellte seinen Brandy ab. »Das hat sie Ihnen gesagt? Daß sie in mich verliebt ist?«

»Ja.« Nicki erwähnte die Schläge nicht, die er dem armen Mädchen verabreicht hatte, obwohl es ihre ganze Willenskraft erforderte.

»Lisette ist eine Närrin. Wie könnte eine Frau einen Mann lieben, der sie so behandelt hat wie ich sie?«

»Liebe ist nicht leicht zu verstehen.«

Fortier schnaubte spöttisch. »Feliciana ist die einzige Frau, die ich je geliebt habe.«

Obwohl er das voller Überzeugung aussprach, ahnte Nicki einen unterschwelligen Zweifel. Vielleicht bedeutete ihm Lisette mehr, als er selbst glaubte. »Sie haben meine Frage nicht beantwortet. Was wollen Sie von mir?«

Sein harter Mund verzog sich zu einem mißlungenen Lächeln. »Sie gehören ihm – Alexandre, genauso wie früher Lisette. Aber Sie schätzt er noch mehr.« Er strich mit einem dünnen braunen Finger über ihre Wange, und Nicki schauderte. »Allein aus diesem Grund werden Sie heute nacht mir gehören.«

»Lisette wollte Sie. Ich nicht.«

Valcour zuckte nur mit den Achseln.

»Liegt Ihnen so viel daran, Alex zu verletzen?«

Er lachte, und das harsche Geräusch jagte ihr eine Gänsehaut über den Rücken. »Wir waren immer Rivalen, Alex und ich... Hat er Ihnen erzählt, daß Feliciana in ihn verliebt war?«

Nickis Kopf fuhr hoch. »Nein.«

»Nun, es ist wahr. Das war natürlich, bevor sie mich kennenlernte.«

»Natürlich«, bekräftigte sie mit einem Anflug von Sarkasmus, den Valcour gar nicht zu bemerken schien. »Also tun Sie all das nur Alex' wegen.«

Ein Schatten trat kurz auf sein Gesicht. »Ja.«

»Aber das ist nicht der einzige Grund«, drängte Nicki.

Mit hochgezogener, schwarzer Braue lächelte er sie an. »Vielleicht erhoffe ich mir von Ihnen Erlösung – vielleicht sind Sie meine allerletzte Chance.« Als er jetzt zu dem Bild aufsah, rückte sein Blick in weite Ferne. »Sie quält mich immer noch«, sagte er leise. »Genau wie in jener Nacht, als ich sie bei dem Hausierer fand – nackt und in seinen Armen.«

Ein eisiges Band schlang sich um Nickis Herz.

»Sie lag weinend vor mir, sah mich aus ihren großen braunen Augen an und flehte mich immer wieder an, ihm nichts anzutun. Ich hatte ihr immer gefallen wollen, hatte immer getan, was sie von mir erbat... so auch in dieser Nacht. Der feige Hund schlich davon und kehrte nie wieder zurück.«

»Aber ich dachte, nichts war passiert. Bestimmt hätten sonst die Dienstboten getratscht.«

Valcour schloß die Augen vor der ihn überkommenden Erinnerung. »Die paar Sklaven, die die Wahrheit wußten, sind schon längst verkauft.«

»Was haben Sie mit ihr gemacht?« Nicki kämpfte gegen das Bild von Lisettes zerschlagenem Gesicht und geschundenem Körper an.

»Ich wollte ihr vergeben. Ich habe es versucht... In der nächsten Nacht ging ich zu ihr. Selbst damals begehrte ich sie mehr als jede andere Frau. Zuerst spielte sie mir Leidenschaft vor, doch ich ließ mich nicht hinters Licht führen. Sie wollte den Hausierer, den Hausierer begehrte sie mehr als den Herrn über Terre Sauvage.«

»Mein Gott.«

»Ich erinnere mich nicht daran, daß ich sie geschlagen habe, nur daran, daß sie mich anflehte, aufzuhören. Aber ich erinnere mich daran, wie ich sie genommen habe – nie habe ich einen derartigen Triumph, eine solche Ekstase verspürt.« Seine Finger krampften sich um das Glas. »Und in diesem Augenblick verlor ich sie für immer – ich erblickte Himmel und Hölle zugleich.«

Valcour sah sie wieder an, und die Tränen, die in seinen harten schwarzen Augen glänzten, waren nicht weniger als die in Nikkis.

»Es tut mir leid«, sagte sie. »So leid.« Er hatte sie so sehr geliebt, daß er sie zerstört hatte. Jetzt zerstörte er sich selbst.

Nicki betrachtete sein Gesicht im gespenstischen Feuerschein. So schnell der Gefühlsausbruch gekommen war, so schnell war er auch wieder verschwunden, war einem so kalten Blick gewichen, daß er ein vollkommen anderer Mensch zu sein schien. »Wir haben genug geredet.« Er stellte seinen Brandy ab und zog sie hoch.

»Bitte lassen Sie mich gehen«, sagte sie leise. »Sie wollen mir nicht wirklich weh tun.«

»Nein. Ich hoffe, daß diesmal alles anders wird.«

»Und wenn nicht?«

»Das, meine Liebe, gedenke ich eben herauszufinden.« Die Reue, die sie eben in ihm hatte aufblitzen sehen, war verschwunden. Er würde sie nicht verschonen.

Mit einer knappen Handbewegung schleuderte ihm Nicki den

Sherry ins Gesicht und stürzte zur Tür. Fluchend rannte Fortier ihr nach. Nickis zitternde Finger versuchten den Riegel zu lösen, schoben ihn zurück, doch dann schloß sich sein Arm um sie und zerrte sie zurück ins Zimmer.

»Ich werde dich besitzen, mein Täubchen«, flüsterte er ihr ins Ohr, während er sie, trotz ihres Kratzens und Beißens, in sein Schlafzimmer trug. Sekunden später hatte er sie gegen seinen Körper gepreßt und ihre Handgelenke gefesselt. Dann zog er ihr die Hände über den Kopf und band sie so an den Bettpfosten. Sie standen neben dem massiven Bett und versuchte verzweifelt, die Tränen zurückzuhalten.

»Warum?« wiederholte sie. »Sagen Sie mir wenigstens warum.«

Fortier packte ihr türkisfarbenes Seidenkleid und das dünne Unterhemd und riß beides mit einer wütenden Bewegung herunter. »Weil du ihr überhaupt nicht ähnlich bist. Weil du hell bist und sie dunkel war, weil dein Haar feurig ist und ihres die Farbe der Nacht hatte. Weil du, selbst wenn du ihr Kleid trägst, nicht sie bist.«

Er fuhr mit seinen Fingern durch ihr glänzendes Haar und riß ihr abrupt den Kopf zurück. »Heute nacht werde ich mich von all diesen Höllendämonen befreien, die mich peinigen – ein- für allemal!«

Dann küßte er sie, bestrafte sie mit seinem grausamen Mund, verletzte ihre zarten Lippen, bis sie ihr eigenes Blut schmeckte. Während seine Zunge wütend zwischen ihre Zähne stieß, glitt eine Hand in ihr Mieder, und seine langen braunen Finger umklammerten das weiche Fleisch ihrer Brust, bis sie vor Schmerz aufschrie. Am ganzen Körper zitternd versuchte Nicki sich zu befreien, aber sein harter Körper drückte sie gegen den Bettpfosten. »Wenn Sie das tun«, warnte sie ihn, »dann werde ich Sie umbringen, das schwöre ich Ihnen.«

Valcour lachte. »Versuch's doch, mein Blümchen. Um die Wahrheit zu sagen, es würde mich sogar enttäuschen, wenn du es nicht tätest. Aber schließlich werde ich dich doch brechen – oder du wirst mich befreien.«

Er zog ihr Mieder auf, um den Anblick ihrer Brüste besser genießen zu können, die weiß und weich im Feuerschein leuchteten. »Ich verspreche dir, daß ich ganz langsam vorgehen werde. Ich werde dir all die Zeit geben, die du brauchst. Heute nacht wirst du erfahren, welche Freuden der Schmerz bringen kann.«

»Lieber Gott.« Nicki spürte ein Würgen in der Kehle. Mit einem Ruck drehte sie sich zu ihm herum und stieß das Knie hoch und traf ihn völlig unvorbereitet. Vor Schmerz heulte er laut auf. Trotz der weichen Unterröcke, die den Stoß abgemildert hatten, war er weitaus schmerzhafter gewesen, als sie erwartet hatte.

Während er zusammensank und nach Luft rang, versuchte Nicki vergeblich, sich aus ihren Fesseln zu befreien.

»Schlampe!« beschimpfte er sie, nachdem er wieder auf die Beine gekommen war, mit zornig glitzernden Augen. »Du bist ganz anders, als sie war. Du bist eine Diebin, nichts als Abschaum. Nicht wert, ihre Kleider zu tragen. Du bist es nicht wert, in Felicianas Fußstapfen zu treten!«

»Da irren Sie sich, Fortier«, antwortete eine tiefe, drohende Stimme von der Tür her. »Sie ist eine Lady. Meine Lady. Und Sie haben den fatalen Fehler begangen, ihr Schmerz zufügen zu wollen.«

Nicki konnte gerade noch einen Aufschrei unterdrücken und versuchte, die Tränen hinunterzuschlucken. Alex stand in der Tür; sein muskulöser Körper zeichnete sich im Schein der Lampe deutlich ab, seine breiten Schultern füllten beinahe den Türrahmen. Er war gekommen! Wieder war er da, wenn sie ihn brauchte. Woher hatte er das gewußt?

Fortier wich zurück. »Immer mischen Sie sich ein, du Villier.

Immer gewinnen Sie. Aber diesmal nicht.« Valcour bewegte sich langsam auf den geschnitzten Walnußnachttisch neben dem Bett zu und zog die oberste Schublade auf. Das silberne Blitzen im Feuerschein verriet, daß er eine blanke Klinge in der Hand hielt, als er zu Alex herumwirbelte. »Sie werden heute nacht zuschauen, wie ich sie nehme – immer und immer wieder –, und Sie werden mich nicht aufhalten können.«

»Sei vorsichtig, Alex!« rief Nicki ihm zu, aber Alex achtete nicht auf sie. Er konzentrierte sich ganz und gar auf den Mann, den er vernichten wollte.

Alex zog die Pistole aus der Bauchbinde über seiner Hose und warf sie auf das Bett. »Ich sollte Sie erschießen, Fortier, aber das wäre zu einfach.«

Während Valcour ihn mißtrauisch mit gezücktem Messer umkreiste, zog Alex seine Jacke aus und wand sie um seinen Unterarm. »Ich werde Sie zerstören«, erklärte Alex sanft drohend. »Dies ist die letzte Frau, die unter Ihrer Grausamkeit zu leiden hat.«

Fortier stieß mit dem Messer zu, verfehlte Alex Oberkörper aber um Klingenbreite. Alex war zwar ein paar Zentimeter größer und wesentlich kräftiger gebaut, aber Valcour war zäh und hart. Sein Messer glich seine Nachteile mehr als aus.

»Greifen Sie doch an«, verhöhnte ihn der Spanier. »Ich will das hier hinter mich bringen, damit ich mich endlich mit Ihrer Frau vergnügen kann.«

Alex ließ nicht zu, daß Fortier ihn reizte. Wut bedeutete weniger Selbstkontrolle, und das konnte er sich keinesfalls leisten. Auch vermied er es, Nicki anzusehen. Von dem Augenblick an, in dem er Fortiers Blick auf ihrem Busen und ihre zarten, rosa Lippen gesehen hatte, die sein grausamer Mund wund und blutig geküßt hatte, hatte Alex gewußt, daß er diesen Mann heute nacht töten würde.

Fortier stach zu, und Alex wich aus. Wieder umkreisten sie einander. Alex hielt seinen ummantelten Arm vor sich, wartete auf den Angriff, der Fortier ihm ausliefern würde. Dann machte Fortier eine Finte nach links und sprang dann nach rechts, die Klinge traf ihr Ziel, durchschnitt den Stoff, als wäre er gar nicht da und sank in Alex' Arm, bis sie auf den Knochen stieß.

Nicki schrie auf, als sie Alex' Blut auf der Klinge sah, und Fortier schaute in ihre Richtung. Da hechtete Alex vor, packte Fortiers Messerhand und drehte sein Handgelenk um, bis das Messer klirrend zu Boden fiel. Seine Faust landete auf Fortiers Kiefer, woraufhin dieser gegen einen Stuhl krachte und zu Boden stürzte. Mit gesenktem Kopf kam Fortier wieder auf die Beine und griff an. Beide Männer gingen zu Boden. Fortier verpaßte Alex einen Schlag auf die Wange, und sein schwerer Goldring schlug eine blutige Wunde. Alex donnerte ihm die Faust auf die Nase, so daß ein roter Sprühregen über seinem weißen Hemd niederging.

Hin und her wogte der Kampf. Fortier gab nicht auf, obwohl Alex einen Schlag nach dem anderen auf seinem Körper landete. Blut durchtränkte Alex' Hemd von der Wunde in seinem Arm, aber dennoch ließ er nicht nach. Fortier schlug ihn mit aller Wucht auf den Kiefer; Alex jagte seine Faust in den Magen des Spaniers und setzte dann einen stahlharten Haken auf sein Kinn. Ein weiterer Schlag ließ Fortier bewußtlos auf den Holzboden sinken. Alex beugte sich über ihn, packte ihn am Hemd und zog ihn hoch und schlug weiter auf ihn ein.

»Alex!« schric Nicki. »Du bringst ihn um!«

Alex hörte nicht auf sie, und seine Faust stieß nochmals zu, so daß sich Fortiers blutigen Lippen ein Stöhnen entrang.

»Hör auf, Alex!« flehte Nicki. »Das bist nicht du. Bitte tu das nicht!« Zum ersten Mal in dieser Nacht begann Nicki hemmungslos zu weinen. »Bitte, Alex, bitte – bring ihn nicht um.«

Endlich drangen ihre Worte und ihr leises Flehen zu ihm durch. Er löste seine Hand von Fortiers Hemd, stakste wie benommen durch den Raum, hob Valcours Messer auf und durchtrennte Nickis Fesseln. Kaum waren ihre Arme befreit, da schlang sie sie bereits um seinen Hals, drückte sich an ihn und schluchzte an seiner Brust.

Alex schloß die Augen und umarmte sie, vergrub sein Gesicht in dem seidigen Haar, das um ihre Schultern wallte. Beinahe wäre sie verletzt oder sogar getötet worden. Ein Kloß bildete sich in seiner Kehle, und er blinzelte angesichts der Feuchtigkeit in seinen Augen.

»Es ist schon gut, *ma petite«,* sagte er mit rauher Stimme. »Jetzt gehen wir heim.« Aber sie wollte ihn nicht loslassen, sondern umklammerte ihn, als könnte sie es nicht ertragen, ihn zu verlassen.

Alex versteifte sich. Das war eine Lüge, soviel wußte er nun. Nicki wollte nichts anderes, als ihn verlassen. Sie hatte versucht, ihm das zu erklären, hatte versucht, es ihm begreiflich zu machen, aber er hatte sich geweigert, ihr zuzuhören. Statt dessen hatte er sich selbst davon überzeugt, daß sie ihn brauchte, daß es das Beste für sie wäre, wenn sie bei ihm bliebe, daß sie bei ihm in Sicherheit wäre.

Er hatte sogar geglaubt, er könnte sie glücklich machen.

Alex schnaubte über seine eigene Torheit. Er hätte seine Gefühle in Schach halten sollen, wie er es sonst immer tat. Er hätte sich eine Frau suchen sollen, die er mit seinem Titel und seinem Land beeindrucken konnte. Eine Frau, die sich ihm schon bei dem Gedanken, das Bett mit ihm zu teilen, zu Füßen warf.

Eine Frau, die seine Leidenschaft befriedigte, ohne an sein Herz zu rühren.

Alex verfluchte sich selbst für seine Torheit. Das letzte, was er wollte, war eine Frau, die ihn nicht wollte. Nicki wollte ihn nur loswerden – und von diesem Augenblick an sollte ihr Wunsch in Erfüllung gehen.

Er schob sie von sich weg, und Nicki sah das Blut, das sein Hemd durchtränkte.

»Dein Arm!« schrie sie und hielt ihn fest, um ihn genauer zu untersuchen. »Wir müssen ihn irgendwie verbinden.«

»Reiß einen Streifen aus dem Bettlaken«, wies Alex sie an. Nicki folgte seinem Befehl, wickelte dann das weiße Tuch um seinen Arm und verknotete die Enden.

Sie bedeckte sich, so gut es ging, mit den Fetzen des türkisfarbenen Seidenkleides und lehnte sich an Alex, der sich wiederum auf sie stützte. Gemeinsam machten sie sich, verwundet und unter Schmerzen, auf den Weg zur Tür.

Valcours Stimme, die hinter ihnen ertönte, ließ sie abrupt innehalten. »Vergessen Sie nicht, du Villier, das Mädchen ist Eigentum von Belle Chêne. Wenn Sie versagen – dann gehört sie mir!« Alex drehte sich um. Fortier lehnte schwer atmend und blutend an der Wand.

»Alex?« Ohne auf die kalte, aufsteigende Angst zu achten, sah Nicki zu ihm auf. Er hatte die Zähne zusammengebissen, den Körper angespannt, und war bereit, das zu beenden, was er begonnen hatte.

»Nein!« flehte Nicki. »Bitte, Alex, bring mich heim.« Wo das genau sein sollte oder was genau Fortier mit seinen rätselhaften Worten gemeint hatte, wußte sie nicht. Aber all das konnte warten.

Unten an der Treppe legte die kakaofarbene Negerin schweigend einen Schal um Nickis Schultern. Die anderen Diener waren nirgendwo zu sehen.

»Danke«, sagte Nicki leise. Sie schaute zurück zur Treppe. »Werden Sie sich um ihn kümmern?«

»Ich werde seine Wunden heilen, aber seine Seele kann ich

nicht heilen.« Nicki berührte die Frau am Arm und ließ sich dann von Alex aus der Tür führen. Napoleon wieherte und schnaubte, als sie näher kamen. Alex half ihr hinauf und schwang sich dann hinter ihr in den Sattel. Als sie sich an ihn lehnen wollte, entdeckte sie zu ihrer Überraschung, daß sein Brustkorb immer noch angespannt war. Obwohl sie seine muskulösen Arme umfingen, war er bemüht, sie so wenig wie möglich zu berühren, und selbst die Muskeln in seinen Schenkeln fühlten sich hart an.

»Ist alles in Ordnung?« fragte sie.

»Ja.«

Ihr entging nicht, welcher Zorn da unter der Oberfläche brodelte. Sie hatte ihn ein Dutzend Mal wütend gesehen, hatte damit gerechnet für den Fall, daß ihr Plan gescheitert wäre. Aber diesmal war er anders. Er hielt sich zurück, als wäre der Zorn, der in ihm kochte, eher gegen sich selbst gerichtet denn gegen sie – oder als würde er sich selbst damit schützen.

Aber wovor?

»Die Blutung scheint nachzulassen«, sagte sie und sah besorgt auf seinen Arm. »Bist du sicher, daß du es bis nach Hause schaffst?«

»Ich habe dir schon gesagt, daß mir nichts fehlt.« Er warf ihr einen so kalten Blick zu, daß sie schauderte. »Und du, Nicki? Ist bei dir auch alles in Ordnung? Willst du mir wieder erzählen, daß du meine Hilfe nicht nötig hattest? Daß du auch ohne mich zurechtgekommen wärst?«

»Nein, natürlich nicht. Gott allein weiß, was mir geschehen wäre, wenn du nicht gekommen wärst.«

Alex antwortete nicht.

Sie ritten schweigend weiter und legten die Strecke nach Belle Chêne im leichten Galopp zurück.

»Woher wußtest du, wo ich war?« fragte sie schließlich.

»René Bouteiller hat dich ausspioniert. Er hat Fortier von deiner… Reise… in den Norden erzählt. Offenbar hat er dann doch Gewissensbisse bekommen. Er wollte nicht, daß dir etwas passiert.« Er wartete auf ihre Antwort, doch sie schwieg. »Was hast du mit Ram gemacht?«

»Ich – ich habe ihn nicht verletzt. Ich habe bloß ein Schlafmittel in seinen Wein geschüttet.«

Alex fluchte aus vollem Herzen. »Und natürlich hast du all das ohne die Unterstützung meiner loyalen Diener zustande gebracht.«

»Ich habe Danielle gezwungen, mir zu helfen.«

Alex schnaubte. »Sie hat dir wirklich geholfen. Sie hat dich Fortier wie einen Braten serviert.«

»Du darfst ihr keine Vorwürfe machen, Alex. Sie hat René vertraut. Sie liebt ihn.«

»Jetzt mußt du doch endlich einsehen, daß es so etwas wie Liebe nicht gibt.« Das hatte er ihr vor so vielen Monaten an jenem Tag im Eßzimmer erklärt.

Nicole schwieg wieder, und ihr wurde unerträglich schwer ums Herz. Wenn Alex jemals kurz davor gewesen war, sie zu lieben, dann war er jetzt meilenweit davon entfernt.

Als sie Belle Chêne erreicht hatten, half Alex ihr vom Pferd und übergab einem wartenden Pferdeknecht die Zügel.

»Vielleicht sollten wir nach La Ronde weiterreiten«, schlug sie vor, da sie sicher war, daß ihre Ankunft Anlaß zu Tratsch geben würde. Alex ignorierte sie und führte sie mit fester Hand die Vordertreppe hinauf und ins Foyer. »Was ist mit den Dienern?« flüsterte Nicki. »Was ist mit Clarissa?«

»Mrs. Leander!« rief Alex aus, und eine Sekunde später erschien die ergrauende Frau. Sie schenkte Nicole ein unsicheres Lächeln, dann erbleichte sie, als sie das Blut auf Alex' Arm sah.

»Bringen Sie Mademoiselle St. Claire ins Gästezimmer. Lassen Sie ihr ein Bad und etwas zu essen hinaufbringen.«

»Ich bin nicht hungrig«, sagte Nicole leise.

»Und einen Kelch Wein«, fügte er hinzu, als hätte sie nichts gesagt. »Schicken Sie einen Diener zur Mrs. James. Sagen Sie ihr, mein Arm müsse genäht werden.« Die Frau des Aufsehers übernahm auf Belle Chêne die Rolle des Doktors – eine Ganztagsaufgabe. »Und lassen Sie Bouteiller ausrichten, er kann die Nacht im Stall verbringen. Ich werde mich morgen früh mit ihm unterhalten.«

Die Haushälterin nickte und eilte davon, um seine Befehle auszuführen.

»Bitte, Alex«, sagte Nicki zu ihm, sobald sie außer Sichtweite war. »Können wir nicht darüber sprechen?«

Alex fixierte sie mit einem harten, kalten Blick. »Was gibt es da noch zu besprechen? Es war närrisch von mir zu glauben, ich könnte dich zum Bleiben überreden. Es war närrisch von mir zu glauben, ich könnte dich glücklich machen. Es war ein Fehler, den ich nicht noch einmal machen werde. Gute Nacht.«

Mit diesen Worten eilte er die Treppe hinauf, so daß Nicole und Mrs. Leander, die eben ins Foyer zurückgekehrt war, nichts anderes übrig blieb, als ihm nachzulaufen.

Nicki fühlte sich hundeelend. Alex war wütend, das war nur natürlich. Rasend vor Zorn, um genau zu sein. Sie hatte ihn ein Dutzend Mal zornig gesehen, aber nie so kalt und frostig – und so weit von ihr entfernt, daß sie fürchtete, ihn nie wieder erreichen zu können.

21. KAPITEL

Nicki beendete ihr Bad und trocknete sich dann das Haar vor dem Feuer. Das leere Bett in der Ecke lockte sie mit der Aussicht auf den so dringend benötigten Schlaf.

Sie mußte dankbar für Alex' Umsicht sein. Er ließ sie allein im Gästezimmer schlafen und stellte damit sicher, daß es keine Gerüchte unter den Dienstboten gab, die Clarissa vielleicht zu Ohren gekommen wären. Manch einer würde vielleicht behaupten, daß er nur auf seinen eigenen Ruf bedacht war, aber Nicki wußte es besser.

Alex gab keinen Pfifferling darauf, was seine zukünftige Frau dachte – oder sonst jemand!

Nicki zog sich ein weiches, weißes Baumwollnachthemd an, das Mrs. Leander ihr gebracht hatte, kletterte ins Bett und streckte sich zwischen den kühlen, sauberen Laken aus. Dann zog sie die Decke bis unter die Nasenspitze und schloß die Augen.

Sie hatte versucht, Alex dazu zu bringen, daß er sich seinen Arm von ihr versorgen ließ, aber das hatte er abgelehnt. Mrs. Leanders schwere Schritte auf der Treppe und die etwas leichteren von Nora James verrieten ihr, daß die beiden nun diese Aufgabe übernommen hatten. Stoisch wie immer hatte Alex keinen Laut von sich gegeben, als mit schmerzvollen Stichen sein Fleisch durchbohrt wurde.

Nicki rollte sich auf die Seite und schüttelte das flauschige Federkissen auf. Sie war so erschöpft, daß sie glaubte, gleich einzuschlafen. Statt dessen stand Alex' düstere Miene vor ihren Augen, als er in Fortiers Eingangshalle gestanden war und sich als Narren bezeichnet hatte.

Ein dicker Kloß steckte plötzlich in ihrer Kehle. Sie hatte ihn nicht verletzen wollen, hatte sich nicht träumen lassen, daß er glauben würde, sie hätte ihn verlassen, weil ihr nichts an ihm lag. Aber sie hatten nie über ihre Gefühle gesprochen. Alex schien nicht in der Lage zu sein, ihr zu erklären, was er empfand, und sie würde alles nur noch verschlimmern, wenn sie ihm verriet, wieviel ihr an ihm lag.

Tränen stiegen ihr in die Augen, und sie versuchte vergeblich, sie zurückhalten. Sie dachte daran, wie er sie bei Fortier gehalten hatte, so fest, daß sie sein Herz gespürt hatte, während er ihr leise französische Worte des Trostes ins Ohr flüsterte. Er war immer für sie da, beschützte sie immer. Heute abend hatte er sein Leben für sie aufs Spiel gesetzt.

Sie dachte an seinen großen, harten Körper, der ruhelos schlummernd in dem großen Himmelbett lag.

Sie mußte dankbar für Alex' Umsicht sein. Dankbar dafür, daß er nicht von ihr verlangt hatte, bei ihm zu schlafen. Statt dessen stellte sie sich vor, wie er sie liebte, sie küßte und liebkoste und ihre Angst vertrieb.

Sie wollte Alexandre. Wollte ihn so sehr, wie sie ihn schon immer gewollt hatte. Heute nacht noch mehr, nachdem sie so knapp einer Vergewaltigung entgangen war, die so anders gewesen wäre als die Liebe, die sie erlebt hatte.

Sie wollte Alex, sehnte sich nach ihm, begehrte ihn mit einer Inbrunst, die an Wahnsinn grenzte. Und deshalb wagte sie nicht, zu ihm zu gehen. Wagte sie nicht, ihm die Wahrheit zu sagen, die in ihrem Herzen lag.

Ich liebe dich. Ich sterbe jedesmal ein wenig, wenn du mich berührst und mich dann alleine läßt. Jedesmal, wenn deine Hände mich verzaubern und ich weiß, daß sie bald Clarissa liebkosen werden. So sehr, daß ich Sonne und Mond dafür geben würde, wenn ich deine Kinder gebären dürfte und jeden Tag unseres Lebens in deiner Nähe sein könnte.

Aber nicht so sehr, daß ich deshalb meine Ehre aufgeben könnte. Nicht so sehr, daß ich meinen Familiennamen entehren könnte.

Nicki drehte sich auf den Bauch und weinte in ihr Kissen. Wie konnte sie ihm sagen, daß sie ihn liebte, wenn er, sobald er die Wahrheit kannte, sie auf ewig in der Hand haben würde?

Aber wie konnte sie andererseits schweigen und zulassen, daß er glaubte, sie hätte lediglich aus reiner Lust so reagiert? Oder daß es keine Liebe gab?

Nickis Körper erbebte unter ihrem Schluchzen, und das Kissen wurde tränennaß. Wie gerne wäre sie zu ihm gegangen, hätte seinen Trost gesucht und ihn ebenfalls getröstet.

Aber sie ging nicht. Statt dessen flüsterte sie seinen Namen in die Dunkelheit und umklammerte das Kissen statt seiner Brust. Einmal stand sie sogar mitten in der Nacht auf und hob den Riegel vor der schweren Holztür. Dann kehrten ihre Gedanken zu Clarissa und den unehelichen Kindern zurück, die sie nach Alex' Hochzeit gebären würde.

Ich liebe dich, sagte sie noch einmal und wünschte, sie könnte Alex die Wahrheit gestehen, bevor es zu spät war.

Ein Klopfen an der Tür weckte Alex mitten in der Nacht. Er schlüpfte aus dem Bett, streifte seinen burgunderroten Samtmantel über und öffnete die Tür. Vor ihm stand Ram im Gang, mit vor Sorge rot geränderten Augen und grimmigem, von Müdigkeit gezeichnetem Mund.

»Es ist schon gut, Ram. Nicki ist hier. Ihr ist nichts geschehen.«

»Allah sei Lob und Dank«, sagte der große Türke, obwohl er kein Moslem war. Erleichtert sank er gegen den Türrahmen.

»Ich habe dir eine Nachricht geschickt. Du warst wahrscheinlich schon fort.«

»Ich weiß nicht, was diese Frauen mir gegeben haben, aber es hat stundenlang gewirkt. Als ich endlich aufwachte, habe ich überall gesucht. Ich habe Danielle angedroht, ihr die Kehle aufzuschlitzen, aber sie wollte mir trotzdem nichts verraten.« Er lächelte. »Nicole kann sich glücklich schätzen, so eine Freundin zu haben.«

»Wenn Danielle ihrem Verlobten gegenüber ebenso schweigsam gewesen wäre, dann wäre Nicki Fortier überhaupt nicht in die Hände gefallen.«

»Fortier?«

Alex nickte und winkte ihn herein. »Wie wär's mit einem Brandy?«

»Ja, danke. Ich könnte einen gebrauchen.« Die Männer traten ins Schlafzimmer, und Ram sank müde in einen der Polstersessel vor dem Feuer, das bis auf die Glut herabgebrannt war. Alex reichte ihm ein Glas Brandy, schenkte sich selbst eines aus der Kristallkaraffe auf dem Nachttisch mit der Marmorplatte ein und ließ sich im anderen Sessel nieder.

Ram warf einen Scheit aufs Feuer und schürte die Glut zu neuen Flammen an. »Es kommt mir vor, als hätte ich dich verraten.«

Alex tat die Worte mit einer Handbewegung ab. »Unsinn. Wenn irgendwer Schuld hat, dann ich. Ich hätte ihr die Wahrheit über Fortier verraten sollen. Ich hätte ihr sagen sollen, daß sie bis nach der Hochzeit bei mir bleiben muß – und ich hätte mich nicht zu ihr ins Bett legen sollen.«

Der große Türke grunzte. »Hinterher ist man immer klüger...«

Alex nickte müde.

»Was wirst du mit Bouteiller machen?« fragte Ram.

»Du kennst ihn?«

»Er kam ab und zu, um Danielle zu besuchen.«

Alex schüttelte den Kopf. »Ich glaube nicht, daß er Böses im Sinn hatte. Außerdem hätte ich gar nicht gewußt, daß Valcour Nicole in seiner Gewalt hat, wenn er es mir nicht gesagt hätte. René hat viel riskiert, und ich kann ihn keinesfalls zurückschikken – Gott weiß, was Fortier ihm antun würde.«

»Manchmal werden diejenigen die treuesten Untergebenen, denen man Gnade erwiesen hat.«

Alex stimmte ihm zu. »Nicki glaubt, daß jeder eine zweite Chance verdient hat. Morgen bekommt René die seine.«

»Und Danielle?«

»Wenn sie Nicole gegenüber so loyal ist, wie du behauptest, dann möchte ich lieber niemanden sonst in ihrer Nähe haben.« Zum erstenmal in dieser Nacht lächelte Alex. »Ich wäre gerne ein Mäuschen, wenn Danielle erfährt, daß ihr Verlobter Fortiers Zuträger war.«

Der große Türke lachte laut auf. »Ja. Ich glaube, es ist nur gerecht, ihr die Bestrafung zu überlassen.«

Nachdem sie ihren Brandy ausgetrunken hatten, zog sich Ram in ein Zimmer am Ende des Ganges zurück, und Alex legte sich wieder ins Bett. Er fragte sich, ob er wohl ohne Schwierigkeiten würde wieder einschlafen können.

Er war Nicole zu nahe, zu nahe bei der Tür, die in ihr Zimmer führte, in dem sie lag und schlief. Er betrachtete sie so gerne, hatte das so oft getan, auch wenn sie es nie gemerkt hatte. Sie sah so süß und unschuldig aus, wenn sie so wehrlos dalag. Wie wäre es wohl gewesen, sie zur Frau zu haben? Sie bei sich zu haben und gemeinsam mit ihr die Zukunft zu planen? Mit ihrem Wunsch, anderen zu helfen und ihrer Liebe zu Belle Chêne hätten sie sicherlich viel erreicht.

Alex ballte die Fäuste, und plötzlich wurde ihm flau im Magen. Es war nicht gut, über solche Dinge nachzusinnen. Er hatte seinen Weg bereits eingeschlagen – und er führte nicht zu Nicole.

Er stellte sie sich in ihrem Zimmer vor. Allein die Erinnerung an ihren weichen, süßen Körper unter seinem ließ ihm das Blut in die Lenden schießen.

Alex starrte hinauf zu dem Betthimmel über sich. So sehr er sie auch begehrte, er würde sie nicht mehr nehmen. Diesen Schwur hatte er getan, bevor er Feliciana erreicht hatte. Wenn Gott sie beschützte, bis er dort eintraf, dann würde er sie in Ruhe lassen.

Außerdem hatte sie, indem sie wieder fortgelaufen war, ihre Gefühle so klar gemacht, wie es Worte niemals vermocht hätten. Sie empfand wenig mehr für ihn als Leidenschaft. Nicht genug, um sich an ihn zu binden. Nicht genug, um sie an seiner Seite zu halten.

Alex schloß die Augen und versuchte zu schlafen. Er brauchte die Ruhe, brauchte alle Kraft, die er aufbringen konnte, um Nicki ins Stadthaus zurückzubringen und sie ohne einen einzigen Abschiedskuß dort zurückzulassen.

Er konnte es schaffen – daran zweifelte er keine Sekunde lang. Und er war ein Mensch, der tat, was er sich vorgenommen hatte. Trotzdem, Nicole St. Claire Adieu zu sagen, würde das Schwierigste werden, was er je getan hatte.

Alex lehnte an der Reling der *Memphis Lady* und sah das Ufer vorüberziehen. Neben ihm umklammerte Nicole den Verschluß des geliehenen Umhangs über dem Wollkleid, das ihr eine Dienerin überlassen hatte. Ihr Gesicht war bleich, und unter ihren Augen lagen tiefe Ringe. Der Wind zerrte an den losen Strähnen ihres glänzenden kupferfarbenen Haars.

»Alex?« Auf den Klang ihrer leisen, ein bißchen unsicheren Stimme hin drehte sich Alex zu ihr um. »Ich weiß, wie wütend du bist.«

»Warum sollte ich wütend sein?« Obwohl er sich alle Mühe

gab, klang seine Stimme sarkastisch. Er hatte sich vor ihr zu lange zum Narren gemacht – das würde nicht wieder vorkommen. »Du bist eine alleinstehende Frau, die man zwingt, bei einem Mann zu bleiben, aus dem du dir offensichtlich nichts machst. Wäre ich in deiner Lage, würde ich genauso handeln wie du. Ich würde alles versuchen, ihm zu entkommen.«

Sie streckte die Hand nach ihm aus, aber er wich zurück. Er wollte ihre Nähe nicht, wollte sich nicht der Versuchung aussetzen, die ihre sanfte Berührung darstellte.

Das ferne Ufer zog vorüber, winzige Holzkaten säumten den Wasserrand, vor denen Negerkinder neben ihren Müttern spielten. Dunkelhäutige Männer fuhren mit ihren Macheten ins hohe, dunkelgrüne Dickicht, um den Zucker zu ernten.

»Fortier meinte, Feliciana habe dich geliebt«, sagte Nicki leise. »Stimmt das?«

Alex lenkte seinen Blick in ihre Richtung. »Nein. Wir haben einander kaum gekannt, bevor sie und Valcour heirateten.« Ihm fiel Valcours Zustand wieder ein, und er schüttelte den Kopf. »Unsere sogenannte Liebesaffäre gab es nur in seinen Eifersuchtsphantasien.«

Das schien Nicki nicht zu überraschen. »Was meinte er, als er sagte, daß ich ihm gehöre, wenn du versagst?«

Vor dieser Frage hatte sich Alex gefürchtet. »Ich hatte gehofft, daß du das nicht herausfinden würdest. Ich wollte nicht, daß du dir Sorgen machst.« Ihre Augen beobachteten ängstlich sein Gesicht, helle, aquamarinfarbene Teiche, die in ihm den Wunsch weckten, sie zu umarmen und ihr die Angst zu nehmen.

»Bitte sag es mir.«

Alex atmete müde aus und fuhr sich mit der Hand durch das wellige, dunkelbraune Haar. »Als ich deinen Kontrakt kaufte, gehörtest du damit zur Plantage von Belle Chêne. Fortier besitzt einen Schuldschein über das Land und alles, was dazu gehört.«

»Also auch Sklaven und Leibeigene«, flüsterte sie, und Alex' Herz pochte verzweifelt in seiner Brust.

»Ja.«

»Mich eingeschlossen.«

»Ja.«

»Wenn du Clarissa nicht heiratest, kannst du die Schuld nicht begleichen, und dann bekommt Fortier Belle Chêne mit allem, was dazugehört – mich eingeschlossen.«

Alex nickte. »Das wird nicht passieren, du brauchst dir also keine Sorgen zu machen. Aber was das betrifft, was zwischen uns vorgefallen ist, so wirst du jetzt verstehen, daß ich dich nicht gehen lassen konnte, selbst wenn ich es gewollt hätte. Wenn du gehst, bevor die Schuld bezahlt ist, hat Fortier das Recht, dich zu verfolgen. Was er, wie du selbst weißt, bestimmt täte.«

»Das hättest du mir sagen sollen.«

»Ich glaubte nicht, daß es dich davon abhalten würde zu fliehen. Und wie ich bereits gesagt habe, war ich so närrisch zu glauben, ich könnte dich zum Bleiben bewegen. Ich wollte, daß du bei mir bleibst, weil du es willst, und nicht aus Angst vor Fortier.«

»Alex –«

»Von heute an hast du das Stadthaus für dich allein. Ich werde bei Gelegenheit vorbeikommen, um nachzuschauen, ob es dir gutgeht, aber ich werde nicht mehr erwarten, daß du ... mich unterhältst ... außer mit höflicher Konversation.«

»Alex, bitte –«

»Da wir noch eine ziemliche Strecke zu fahren haben, bitte ich dich, mich zu entschuldigen. Ich glaube, ich gehe hinein und leiste Ram etwas Gesellschaft.« Mit diesen Worten eilte er mit großen Schritten davon.

Als sie seine große Gestalt entschwinden sah, schlug Nickis Herz voll Schmerz in ihrer Brust. Er war ein so stolzer Mann, so stark und fürsorglich. Trotzdem war er tief in seinem Herzen einsam. Er brauchte sie viel nötiger, als sie geglaubt hatte – und sie hatte ihn zutiefst verletzt.

Nickis Finger zitterten, und sie klammerte sich fester an die Reling. Wenigstens wäre sie bald frei. Sobald der Schuldschein eingelöst war, würde Alex sie gehen lassen. Da er glaubte, daß sie ihn nicht wollte, hatte er keinen Grund, sie bei sich zu behalten.

Das hast du doch von Anfang an gewollt, ermahnte sie sich fest. *Du wirst dir wieder selbst gehören. Du wirst dein Leben so führen können, wie es dir gefällt.*

Warum erschien ihr das plötzlich so unwichtig?

Nicki kämpfte gegen den Schmerz in ihrer Brust an und versuchte, sich an dieser Lüge festzuklammern. Wie hatte es bloß so weit kommen können? Wie hatte es dazu kommen können, daß ihr so viel an ihm lag, daß darüber sogar ihr eigenes Glück unwichtig schien? Daß selbst das Leid, das ihre unehelichen Kinder ertragen müßten, neben dem Bedürfnis, ihm den Trost und die Liebe zu schenken, die er so nötig brauchte, verblaßte?

Bitte, Papa. Sag mir, daß ich das Richtige tue. Sag mir noch einmal, daß Ehre und Aufrichtigkeit diesen schrecklichen Preis wert sind. Aber die tröstenden Worte ihres Vaters wollten nicht kommen. Kein Bild seines sanften Antlitzes blickte auf sie herab. Keine wärmende Erinnerung erblühte in ihr.

Sie blickte hinab in das dumpfe, schwarze Wasser, das unter ihnen dahinzog. »Beschütze ihn, lieber Gott«, flüsterte sie. »Mach ihn glücklich – und laß ihn irgendwann verstehen.«

Sie erreichten das Stadthaus, und Danielle brach in Tränen aus, als sie Nicki sah.

»*Mon dieu,* was ist geschehen? Sie hätten längst fort sein sollen. Wie hat er Sie gefunden – ich schwöre, daß ich nichts verraten habe.« Sie blickte ängstlich auf Alex, der sie finster ansah.

»Ich weiß deine Loyalität gegenüber deiner Herrin zu schätzen«, sagte er zu ihrer Überraschung. »Aber ich fürchte, sie bringt schlechte Neuigkeiten über deinen Verlobten. Du kannst das mit ihr besprechen, sobald ich fort bin.«

»René ist doch nichts passiert?«

»Nein, Danielle«, antwortete Nicki. »René geht es gut.«

Auf Alex' Geste hin entfernten sich die Dienstboten schweigend, und er wandte sich an Nicki. »Ich verlasse mich darauf, daß du in den nächsten Wochen allein zurechtkommst. Sobald der Schuldschein eingelöst ist, werde ich zusehen, daß du dich dort niederlassen kannst, wo es dir gefällt.« Seine harte Miene wurde plötzlich weich, und der Blick seiner dunklen Augen beinahe liebkosend.

»Bis dahin, *ma chère,* sollst du wissen, daß ich dich vermissen werde, wie ich noch nie jemanden vermißt habe.«

Nickis Kehle zog sich zu. »Ich werde dich ebenfalls vermissen, glaube mir«, flüsterte sie.

Alex nickte ernst und wandte sich ab.

»Alex?«

Seine Hand erstarrte auf dem Türknauf, aber er drehte sich nicht um. Statt dessen zog er die Tür auf und trat hinaus in den Garten. Behutsam und langsam zog er die Tür hinter sich zu.

Drei Wochen vergingen ohne ein einziges Lebenszeichen von Alex. Danielle hatte mit René gezetert, bis er sie um Vergebung angefleht und ihr seine nie versiegende Liebe versprochen hatte, falls sie ihn trotzdem heiratete. Er sang Loblieder auf Alex, bis Nicki aus dem Zimmer gehen mußte, weil ihr Tränen in den Augen standen.

François, der sie besuchen kam, sah fast so verzweifelt aus wie sie selbst. »Alexandre geht es elend. So habe ich ihn noch nie gesehen. Er arbeitet achtzehn Stunden am Tag, versucht, sich in seinen Pflichten zu vergraben. Clarissa tobt vor Wut. Sie glaubt, er vernachlässigt sie – was er auch tut.« François schüttelte den Kopf. »Eine Zeitlang schien er so glücklich zu sein. Ich verstehe es einfach nicht.« Er schaute Nicki flehend an. »Ich weiß, wie sehr er Sie mag. Bestimmt können Sie mit ihm reden und herausfinden, was los ist.«

»Alex kommt nicht mehr hierher.«

»Was? Aber warum nicht? Ich dachte –«

»Sobald er und Clarissa geheiratet haben, gibt er mir meinen Kontrakt zurück. Dann werde ich gehen. Wahrscheinlich nach Savannah oder nach Charleston.«

»Aber ich dachte, Sie lieben ihn. Das haben Sie zwar nicht gesagt, aber ich war überzeugt –«

»Ich kann nicht seine Frau werden, François, und ich werde keinesfalls seine Geliebte. Selbst wenn ich es könnte, könnte ich ihn nicht mit einer anderen Frau teilen. Sie werden das doch verstehen.«

François sank auf das Sofa. »Ja«, sagte er, »ich glaube schon.«

Sie sprachen nicht wieder von Alex.

Der November verging ohne große Zwischenfälle, aber das Treiben in der Stadt nahm zu und erinnerte jeden daran, daß die Weihnachtsfeiertage näher rückten.

Zweimal traf sie Michèle zum Mittagessen. Obwohl Nicki sich kaum konzentrieren konnte und ihr die Fröhlichkeit der Restaurantgäste irgendwie unangemessen erschien, freute sie sich wie immer, ihre Freundin zu sehen.

»Erzähl mir von Thomas«, drängte Nicki, die zur Abwechslung einmal fröhliche Neuigkeiten hören wollte.

»Er hat mich gefragt, ob ich ihn heirate, und ich habe ja gesagt.«

»O Michèle, das ist wunderbar!« Nicki langte über den Tisch

und drückte ihrer Freundin die Hand. »Habt ihr schon einen Termin festgelegt?«

«In vier Monaten genau. Mir kommt es wie eine Ewigkeit vor, aber Thomas will mit mir nach Baton Rouge fahren, um bei meinem Vater um meine Hand anzuhalten.« Sie lächelte. »Ich habe keine Bedenken. Papa wird begeistert von ihm sein.«

»Ganz bestimmt wird er das, und deine Mutter auch.«

»Selbst meine Tante singt Loblieder auf ihn.«

»Mit seinem Charme könnte Thomas einem Bettler die Schuhe abschwatzen.«

Darüber lachte Michèle. »Und was ist mit dir?« fragte sie und musterte Nicki mit ihren grünen Augen. »Alexandre war nicht wieder da?«

»Nein.« Nicki senkte den Blick. »Ich habe ihn mehr vermißt, als ich jemals für möglich gehalten hätte.«

»Ach Nicki. Das tut mir so leid.«

»Ich habe seine Bücher weitergeführt. Ich wollte ihm etwas Gutes tun, bevor ich fortgehe. Außerdem hilft es, die Zeit zu vertreiben ... Ich habe die letzten zehn Jahre aufgearbeitet, aber nun brauche ich Louis Moutons Kopien, damit ich beide Exemplare vergleichen kann.«

»Warum schickst du Alexandre keine Nachricht? Vielleicht bringt er sie dir persönlich?«

»Daran habe ich schon gedacht. Aber ihn wiederzusehen, würde alles nur noch schwerer machen.«

»Ja, das stimmt wahrscheinlich. Trotzdem, wenn es Thomas wäre, dann würde ich jeden Augenblick mit ihm verbringen wollen, der uns noch bliebe.«

Den ganzen Nachmittag hallten Michèles Worte in Nickis Kopf nach. So wenig Zeit blieb ihnen noch. Und doch wagte sie nicht, ihn wiederzusehen. Sie war nicht sicher, ob sie stark genug war, ihn noch einmal zu verlassen.

»Alex, wie schön, dich zu sehen.« Thomas reichte ihm die Hand. »Du erinnerst dich an Michèle?«

»Mademoiselle Christophe.« Alex führte ihre behandschuhten Finger an seine Lippen. »Es ist mir ein Vergnügen, Sie wiederzusehen.«

»Du wirst dünn, Alexandre«, schalt ihn Thomas. »Du arbeitest zuviel.«

»Wir sind bei der Ernte etwas hinterher, aber ich glaube, bald läuft wieder alles nach Plan. Die neue Ausrüstung bewährt sich besser als erhofft. Deshalb bin ich auch vorbeigekommen. Ich dachte, wir sollten die neuen Frachtverträge durchgehen, die Mouton mir zugeschickt hat.«

»Wo wir gerade von M'sieur Mouton sprechen«, mischte sich Michèle zu ihrer Überraschung ein, »ich habe gestern mit Nicole zu Mittag gegessen. Sie hat Ihre Hauptbücher überarbeitet. Sie ist beinahe fertig, aber sie braucht das Exemplar Ihres Kommissärs, damit sie die beiden vergleichen kann.«

Alex mußte sich anstrengen, um seine Miene ausdruckslos erscheinen zu lassen. »Ich werde dafür sorgen, daß sie sie erhält. Danke, daß Sie es mir gesagt haben.« Er rang sich ein Lächeln. »Ich habe gehört, daß man euch bald gratulieren kann.«

»Das stimmt, mein Freund«, bestätigte Thomas. »Und all das habe ich nur dir zu verdanken. Wenn du und Nicole nicht gewesen wärt, dann wären Michèle und ich uns nie begegnet.«

»Ja... anscheinend gibt es vieles, wofür Nicole verantwortlich ist.«

Nachdem Alex mit Thomas die geschäftlichen Dinge besprochen hatte, machte er sich unverzüglich auf den Weg zu Louis Moutons Büro. Er versuchte, die Stimme zu überhören, die ihm zuflüsterte, daß er die Bücher nur als Vorwand brauchte, Nicki wiederzusehen. In Wahrheit war ihm das gleichgültig. Er war einfach dankbar für die Gelegenheit.

Als Alex Moutons Büro betrat, war Louis gerade nicht da, aber da er beharrlich blieb, übergab ihm schließlich der junge Mann, der für Mouton arbeitete, die Bücher. Bevor er sie zu Nicki bringen konnte, mußte Alex zwei weitere geschäftliche Gespräche hinter sich bringen, die ihm unendlich lang vorkamen sowie ein frühes Abendessen mit einem Freund, der seine Zerstreutheit und die halbherzigen Konversationsversuche wohl bemerkte.

»Sie arbeiten zuviel, Alexandre«, sagte Jonathan Whitmore. »Die Angelegenheit ist nicht so dringend. Warum besprechen wir die Sache nicht, wenn Sie etwas mehr Zeit haben?«

»Vielleicht haben Sie recht«, stimmte ihm Alex mit einem erleichterten Seufzer zu. »Mir gehen heute abend zu viele Dinge im Kopf herum.« *Wie zum Beispiel mein Zusammentreffen mit Nicole St. Claire.* Natürlich würde er sie nicht lieben können, würde sie nicht berühren können. Aber allein sie zu sehen, würde ihm genügen.

Um acht Uhr eilte er die Toulouse Street entlang zu seinem Stadthaus. Im Haus brannte nur wenig Licht. Eines brannte im Arbeitszimmer, wo sich wahrscheinlich Ram aufhielt, und eines in Nickis Schlafzimmer im oberen Stock. Sein Puls beschleunigte sich, wenn er nur an sie dachte.

Die schweren ledergebundenen Bücher in der Hand, klopfte Alex an die geschnitzte Zypressenholztür. Frederick öffnete und hieß ihn mit einem warmen Lächeln willkommen.

»Guten Abend, Sir.«

»Guten Abend, Frederick.« Seine Augen wanderten zur Treppe, die hinauf zum Schlafzimmer führte, das er einst mit Nicole geteilt hatte.

»Sie hat ihr Abendessen oben eingenommen«, erklärte Frederick. «In letzter Zeit tut sie das häufig.«

Alex runzelte die Stirn. »Sie ist doch nicht krank, oder?«

»Nein. Das ist es nicht.« Frederick schien noch etwas sagen zu wollen, tat es aber nicht.

Alex bedrängte ihn nicht.

»Soll ich ihr sagen, daß Sie hier sind«, fragte Frederick, »oder möchten Sie ihr das selbst mitteilen?«

Er wußte, daß er hätte unten bleiben sollen, um das Treffen weniger persönlich zu machen, und um nicht so verwundbar zu sein. »Ich sage es ihr selbst«, erklärte er statt dessen. Immer noch mit den schweren Lederbänden in den Händen, die langsam feucht wurden vor lauter Aufregung, stieg er die Treppe hinauf und klopfte an ihre Tür.

22. KAPITEL

Ein Augenblick verstrich, dann noch einer. Alex' Finger packten die Bücher fester. Dann zog Nicki die Tür auf, und der Atem, den er angehalten hatte, wich aus seiner Lunge.

Nicki stand in ihrem schlichten Baumwollnachthemd im Lampenlicht, mit gebürstetem und bis auf die Taille herabhängendem Haar, und war noch schöner, als er sie in Erinnerung hatte.

»Ich war heute morgen bei Thomas«, erklärte er ihr mit plötzlich rauher Stimme. »Michèle war dort, und sie sagte mir, daß du an den Büchern gearbeitet hättest und nun noch Moutons Exemplar bräuchtest, um fertig zu werden.«

»Ja«, sagte sie. Das Wort war nur ein Flüstern.

»Louis war nicht da, aber sein Assistent hat so lange herumgekramt, bis er es gefunden hat.« Ihrem Blick ausweichend ging Alex an ihr vorbei ins Zimmer und legte die Bücher auf einem Schreibtisch ab, den Nicole in einer Ecke hatte aufstellen lassen. Seine Hand zitterte, als er sich vom Tisch abwandte und sich zu ihr umdrehte.

»Du gehst schrecklich früh zu Bett, nicht wahr?« Allein das Wort auszusprechen genügte, um ein Ziehen in seinen Lenden auszulösen.

Er wollte zu ihr gehen, sie in seine Arme nehmen, sie auf die weiche Matratze tragen und ihr die Kleider vom Leib reißen. Er wollte sie küssen, bis sie kaum mehr atmen konnte, wollte ihre Brüste in seiner Hand spüren. Er wollte sich in ihr versenken, wollte sie dazu bringen, daß sie ihn begehrte, sie spüren lassen, was er für sie fühlte.

»Ich habe abends hier oben gearbeitet«, sagte sie, während sie mit der Hand verlegen an der rosa Schleife ihres Nachthemds herumfummelte. Ihre Hände sahen im blaßgelben Lampenschein furchtbar zerbrechlich aus. Alex fiel wieder ein, wie sie sich auf seiner Haut anfühlten. Als sie sich mit der Zunge nervös über die volle Unterlippe leckte, mußte er mit aller Kraft dagegen ankämpfen, nicht zu ihr hinüber zu laufen und sie in seine Arme zu schließen und sie, wenigstens für kurze Zeit, zu der seinen zu machen.

»Ich hoffe, alles läuft in deinem Sinne«, sagte er. »Ich meine, ich hoffe, du bist glücklich.«

Ich war keinen einzigen Augenblick glücklich, seit du mich verlassen hast. »Es geht mir gut, danke. Und…? Geht die Ernte voran?«

»Ja. Mit Rillieux' Dampfmaschine haben wir schneller und besser gearbeitet als erhofft.«

»Und allen geht es gut auf Belle Chêne?«

Allen außer mir. »Nur die gewöhnlichen Probleme. Nichts Besorgniserregendes.«

»Wirst du über Nacht bleiben?«

Nom de Dieu, *ich will. Ich will heute Nacht und jede Nacht bleiben. Aber nur, wenn ich mit dir das Bett teilen kann.* »Ich kann das Nachtschiff noch erreichen. Es ist wohl besser, wenn ich gleich zurückfahre.«

»Ich nehme an, das wäre am klügsten.« Aber als Alex mit bitterer Resignation nickte, machte Nickis Herz einen eigenartigen kleinen Satz. »Wann kommst du wieder?«

»Ich weiß nicht. Ich werde jemanden schicken, der die Bücher abholt, sobald du damit durch bist.«

Aber wenn er nun nicht zurückkam, ehe sie fort war? Was, wenn dies die allerletzte Gelegenheit war, ihm die Wahrheit zu sagen?

»Ich danke dir für die Arbeit, die du dir gemacht hast«, erklärte er ihr.

»Es war nicht der Rede wert. Das mindeste, was ich tun konnte, um mich für deine Güte zu bedanken.«

»Güte?« Alex' Miene wurde grimmig. »Es war also gütig von mir, dir deine Unschuld zu nehmen? Es war gütig, dich gegen deinen Willen in meinem Haus festzuhalten? Es war gütig von mir, die Freundschaft deines Vaters zu verraten, indem ich seine Tochter zwang, meine Geliebte zu werden?«

»Sag das nicht, Alex. All das zählt nicht mehr.«

»Es zählt für mich«, sagte er. »Es hat immer gezählt. Ich konnte anscheinend nur nichts dagegen tun.« Er sah sie fragend an. »Ich wünschte, ich könnte mich irgendwie bei dir bedanken.«

Nickis Kehle war wie zugeschnürt, so daß sie kaum sprechen konnte. Er war so groß und sah so gut aus, war so männlich und so stolz.

Und so unerträglich einsam.

»Du kannst es«, flüsterte sie.

»Sag mir wie«, meinte er, »sag mir wie, und ich werde es tun.«

»Bleib heute nacht bei mir.«

Alex starrte sie nur an.

»Weißt du nicht, daß ich dich liebe? Daß jeder Tag ohne dich eine unerträgliche Qual für mich ist? Daß ich für immer bei dir bleiben würde, wenn die Dinge anders lägen?«

Kraftvolle Schritte trugen ihn quer durch das Zimmer. Er streckte die Hand nach ihr aus, zog sie in seine Arme und vergrub sein Gesicht in ihrem Haar. »Ich liebe dich«, flüsterte er ihr ins Ohr. »Ich liebe dich mehr als mein Leben. Ich habe versucht, das zu verleugnen, aber ich kann es nicht.«

Nicki klammerte sich an ihn. »Alex.« Ihre Finger fuhren in sein Haar, während sie ihn festhielt. »Ich wollte so gern glauben, daß du mich magst, aber ich war nie sicher. Ich hätte nie gedacht, daß du es mir einmal sagen würdest.«

»Ich brauche dich, Nicki. Jetzt, wo ich dich gefunden habe, weiß ich, daß ich es ohne dich nicht schaffen kann.«

Nicki küßte seine Augen, seinen Mund. »Liebe mich, Alex. Ich möchte alles außer dir vergessen.«

»Ich liebe dich«, flüsterte er und küßte sie, bis sie ebenso außer Atem war wie er. Er spürte ihr Herz an seiner Brust schlagen und hörte ihren flachen Atem. Sie roch nach Veilchen und nach jenem weiblichen Duft, der ihn immer entflammt hatte. Er begehrte sie so sehr, daß seine Hände zitterten. Er kämpfte gegen den Drang an, sie auf der Stelle zu nehmen, in sie zu fahren und zu verlangen, daß sie ihm immer und immer wieder versicherte, sie gehöre nur ihm.

Statt dessen küßte er sie ganz zart und zugleich voller Leidenschaft, zog dann das Band auf, das ihr Nachthemd zusammenhielt, und legte seinen Mund auf ihre Brust. Nicki stöhnte und sank gegen ihn. Ihre Finger machten sich an seinen Hemdknöpfen zu schaffen, dann glitten ihre Hände an seine Brust und liebkosten die kleinen kupferfarbenen Brustwarzen.

Alex keuchte. Er hielt nur einen Moment inne, um sich das

Hemd aus der Hose zu ziehen und die Stiefel abzustreifen. Nicki half, den Ärmel über den Verband zu rollen, den er immer noch am Arm trug. Sie beugte sich hinunter und küßte das Fleisch oberhalb der Wunde.

»Ich liebe dich«, flüsterte sie, und Alex nahm ihr Gesicht zwischen beide Hände und küßte sie zärtlich und voller Liebe, als wollte er damit auf das antworten, was sie eben gesagt hatte.

Nachdem das Nachthemd über ihre zarte weiße Schulter und die Hüften herabgeglitten war, hob er sie hoch und trug sie durch das Zimmer zum Bett. Nackt und voller Verlangen brannte er tausend heiße Küsse auf ihr zartes Fleisch und stöhnte auf, als sich ihre Finger um sein pulsierendes Geschlecht schlossen.

Mit sanftem Druck legte ihn Nicki auf den Rücken. Mit Lippen und Zunge fuhr sie über seine Brust und den straffen Bauch. Alex spannte sich an, als sie nicht inne hielt, sondern weiterfuhr und küssend immer tiefer sank, bis sich ihre weichen, vollen Lippen über seinem pulsierenden Schaft schlossen.

Seit der Nacht im Jagdhaus war dies das erste Mal, daß sie sich ihm freiwillig hingab. Um ihm zu zeigen, wie sehr sie ihn liebte, gebrauchte Nicki Mund und Zunge, anfangs zaghaft, dann jedoch mit mehr und mehr Selbstvertrauen, da sie spürte, wie sein Geschlecht noch größer wurde und in ihrem Mund pulsierte und pochte, daß sie meinte, er müsse bersten. Alex stöhnte auf, aber sie hielt nicht inne, ehe sich seine breiten Hände um ihre Taille legten und sie auf ihn hoben.

»Davon habe ich geträumt, *ma chère*. Ich habe von dem Tag geträumt, an dem du mich so lieben würdest, ohne daß ich dich dazu zwingen muß.«

»Du hast mich nie wirklich gezwungen«, erklärte sie ihm aufrichtig. »Ich habe dich von Anfang an geliebt.«

Um es zu beweisen, glitt sie hinunter, bis sie sein hartes Geschlecht an ihrer Pforte spürte. Mit einem Aufschrei nahm sie ihn in sich auf, und Alex stöhnte laut, als er in sie eindrang, sich ganz und gar in sie senkte, bis heiße Schauer sie beide überliefen.

Ihr war heiß und kalt zugleich. Sie zitterte und fror vor Begierde. Sie spannte die Muskeln in ihren Schenkeln an und verfiel in einen alles verschlingenden Rhythmus der Leidenschaft. Schon nach wenigen Minuten wurde sie in einen Strudel hineingerissen, der sie schließlich mit sich fortriß. Sie merkte kaum, daß seine Hände ihren Hintern umschlossen, sondern spürte nur, wie die Lust in ihr explodierte, als er noch tiefer in sie drang.

Dann hob er sie mit einer einzigen, kräftigen Bewegung hoch und drehte sie auf den Rücken. Hoch über ihr aufragend, drang er mit tiefen, kräftigen Stößen in sie.

Nickis Finger bohrten sich in seine muskulösen Schultern, und sie schrie seinen Namen, doch er machte keine Anstalten, langsamer zu werden. Immer weiter ergriff er von ihr Besitz, rastlos im gleichen Rhythmus, bis sie beide den Rand des Abgrunds erreicht hatten und hinabstürzten.

»Alex«, flüsterte Nicki und hörte dann, wie er ihren Namen rief, genau als sie von einem gewaltigen Erdbeben der Leidenschaft davongerissen wurde. Alex' Muskeln spannten sich an, und er ergoß seinen Samen mit einer Wucht, die keinen Zweifel daran ließ, wie sehr er sie begehrt hatte. Einen Augenblick lang verharrte er mit schweißnassem Körper über ihr. Dann ließ er sich neben ihr nieder und zog sie in seine Arme.

»Ich hätte nie geglaubt, daß ich dich noch einmal so halten würde«, flüsterte er.

Fast wünschte sie, er hätte es auch nicht getan. Denn jetzt war die grauenhafte Wahrheit nicht mehr zu leugnen. »Ich werde dich nicht verlassen, Alex. Nicht, solange du mich haben willst.«

»Dann wirst du immer bei mir bleiben«, erklärte er ihr und küßte sie auf den zarten Hals.

Sie schliefen ein wenig, liebten sich wieder, langsamer diesmal, und dann noch einmal im ersten Tageslicht.

»Da ist noch etwas, das du wissen solltest«, erklärte ihm Nicki, als sie erschöpft beisammen lagen und sie sich friedvoll an seine breite Brust kuschelte.

Alex grinste und zog eine Braue hoch. »Deine Regel ist ausgeblieben.«

Nicki lächelte und stieß ihn liebevoll in die Rippen. »Nein. Es geht um das, was du gestern abend gesagt hast. Um das, was du mir angetan hast, wie du glaubst.«

Alex' Miene wurde ernst. Die kräftigen Arme um sie herum spannten sich an.

Nicki berührte ihn an der Wange. »Vielleicht hättest du alles anders anfangen sollen«, sagte sie. »Vielleicht würdest du das auch tun, wenn du es noch einmal könntest. Damals tatest du, was du für das Beste hieltest. Und was immer du von mir genommen hast, habe ich dreifach zurückerhalten.«

»Ich habe dir nichts als Kummer bereitet«, sagte er.

»Du irrst dich, Alex. Du hast mich vor einem Schicksal bewahrt, das ich mir lieber nicht ausmalen möchte. Du hast dich um mich gekümmert, mich in deinem Heim aufgenommen, mir Nahrung, ein Dach und deine Freundschaft gegeben. Du hast an mich geglaubt, als es niemand sonst tat. Und was noch wichtiger ist, du hast mir meinen Mut zurückgegeben. Du hast mich mir selbst zurückgegeben.« Alex nahm ihre Hand an die Lippen und küßte sacht die Handfläche.

»Bevor du kamst«, fuhr Nicki fort, »hatte ich vergessen, wer ich war. Jetzt weiß ich es, und ich werde es nie wieder vergessen. Ganz gleich, was geschieht, Alex, das ist das größte Geschenk, das ich je erhalten habe.«

Alex küßte sie zärtlich. »Und ich werde niemals das kostbare Geschenk deiner Liebe vergessen, das du mir gemacht hast.«

Voller Bedauern fuhr Alex an jenem Tag nach Belle Chêne zurück, nicht ohne zu versprechen, so bald wie möglich zurückzukommen, spätestens jedoch in drei bis vier Tagen.

Selbst unter den gegebenen Umständen war Nicki leicht ums Herz. Alex liebte sie. Bis jetzt hatte sie sich nach diesen Worten gesehnt, und sie zugleich gefürchtet, weil sie wußte, wie stark sie dadurch an ihn gebunden würde. Jetzt war es geschehen, aber nachdem ihre eigenen Gefühle offengelegt waren, brachte ihr seine Liebe nichts als Freude.

Nicki weigerte sich, weiter zu denken als bis zu dem Tag, an dem Alex zurückkam. Alle Gedanken an die Heirat, die in ein paar Wochen stattfinden sollte, versuchte sie zu verbannen.

Außerdem weigerte sie sich, eine zweite Tatsache zu bedenken. Alex hatte die Wahrheit gesprochen, als er auf ihre Regel angespielt hatte. Einerseits wollte sie lächeln, weil sie wußte, wie zufrieden er gewesen wäre. Seine Freude würde angesichts einer bevorstehenden Vaterschaft ins Grenzenlose wachsen.

Und doch würde er das Kind nie als sein eigenes anerkennen können.

Sie würde einfach nicht darüber nachdenken, das nahm sie sich fest vor. Probleme zu verdrängen war eine Gabe, die sie in den langen Tagen ihrer Knechtschaft erlernt hatte. Sie war recht gut darin geworden.

Statt dessen überarbeitete sie die Bücher von Belle Chêne, beschäftigte sich mit den Aufgaben, die ihr das Gefühl gaben, Alex und jenem Ort, der ihr Zuhause geworden war, möglichst nahe zu sein. Erst am Morgen des dritten Tages bemerkte sie, daß etwas nicht stimmte.

»Ram«, rief sie ins Erdgeschoß hinab. »Könnten Sie bitte einen Augenblick heraufkommen?«

Der große Türke stapfte die Treppe hoch, ohne sich darum zu scheren, daß er ins Schlafzimmer einer Frau gerufen wurde.

»Ich weiß, daß Sie gerne lesen«, sagte sie, als er ihr gegenüber am Schreibtisch stand und auf die dicken Lederbände herabstarrte. »Sind Sie gut im Rechnen?«

»Leider nicht. Warum?«

»Zwischen den beiden Kopien bestehen große Unterschiede. Alex' Bücher weisen erheblich mehr Gewinne aus als die Bücher, die Louis Mouton geführt hat. Natürlich bin ich noch nicht sicher, aber das werde ich bald sein.«

»Wie erheblich?«

»Den Betrag von zehn Jahren. Das ist sehr viel Geld, Ram.«

»Wir müssen das sofort Alexandre berichten.«

»Nicht, ehe ich sicher bin. Alex arbeitet seit Jahren mit Louis Mouton zusammen. Er vertraut ihm blind. Es wäre falsch, den Mann als Betrüger zu beschuldigen, ehe wir nicht ganz sicher sind.«

»Also gut. Dann sagen wir es ihm noch nicht.«

»Wir werden es bald wissen.« Nicki lächelte. »Das heißt, wenn ich aufhöre zu schwatzen und mich wieder an die Arbeit mache.«

Alex kam früh am Abend. Die Sorgenfalten waren aus seinem Gesicht verschwunden, und sein Körper war bereits weniger verkrampft. Seine Schultern schienen breiter, sein Rücken etwas gerader zu sein. Zum erstenmal hatte Nicki das Gefühl, richtig gehandelt zu haben.

»*Mon dieu*, es ist schön, dich wiederzusehen.« Mit einer kräftigen Armbewegung drückte er sie an sich. »Die drei Tage sind mir vorgekommen wie dreißig.«

»Ich habe dich auch vermißt.«

Sie speisten zu zweit und in aller Ruhe. René hatte Danielle ausgeführt. Ram hatte mit einem vielsagenden Blick und einem Zwinkern in Alex' Richtung behauptet, er habe ebenfalls etwas vor.

Nach dem Abendessen saßen sie im Salon vor dem Feuer. Alex schien vollkommen damit zufrieden, sie anzusehen. Aber als er seinen Brandy ausgetrunken hatte, schien die Spannung in seinen Körper zurückzukehren.

»Ich möchte dir noch etwas sagen«, erklärte er ihr mit ernster Miene.

Nickis Herz begann unruhig in ihrer Brust zu schlagen. »Was denn, Alex?«

»Du sollst wissen, daß ich Clarissa darum bitten würde, mir das Geld zu leihen, ohne daß ich sie heirate, wenn nur die winzigste Chance bestünde, daß sie zustimmt.«

Nicki legte eine Hand auf seinen Arm. »Ich weiß, daß du das tun würdest, Alex.«

»Ich habe sie nicht gefragt, weil ich weiß, wie sie denkt. Clarissa betrachtet diese Heirat ausschließlich als Geschäft. Sie wird mir keinen Gefallen tun, wenn ich ihr nicht etwas dafür gebe.«

»Und dieses Etwas ist Belle Chêne.«

»Ja. Ich könnte die Plantage aufgeben, aber das würde Fortier nicht davon abhalten, deinen Kontrakt zu übernehmen. Selbst wenn ich den Lump umbrächte, wärst du Eigentum seiner Erben, wer immer das sein mag. Es könnte Jahre dauern, bis alles geklärt wäre. Gott allein weiß, was in der Zwischenzeit aus dir würde.«

»Ich verstehe, Alex. Ich weiß, daß du keine andere Wahl hast.«

»Gestern habe ich sie besucht«, fuhr er fort, und Nickis Magen krampfte sich zusammen. »Ich habe sie gefragt, ob sie irgendwelche Bedenken hat, mich zu heiraten.«

»Und?«

»Sie erklärte mir, soweit es sie beträfe, gingen unsere Hochzeit und unsere geschäftlichen Angelegenheiten Hand in Hand.

Sie freue sich darauf, Herrin über Belle Chêne zu werden, und sie hoffe, daß ich das gleiche für Elmtree empfinden würde.«

Zum erstenmal dachte Nicki darüber nach, welche Vorteile Alex, abgesehen von der Einlösung des Schuldscheins, daraus erwuchsen, daß er eine der reichsten Frauen in Louisiana heiratete. Elmtree war beinahe so groß wie Belle Chêne – ganz zu schweigen von der Prägeanstalt der Endicotts und ihren unzähligen anderen Unternehmen.

»Ich weiß, daß du dein Bestes getan hast.« Sie schluckte und senkte den Blick. »Es wäre mir lieber, wenn wir nicht mehr darüber sprechen würden.«

Alex nickte nur. In jener Nacht liebten sie sich so leidenschaftlich wie jedesmal, und Nicki war bemüht, Alex' grimmige Bemerkungen aus ihrem Gedächtnis zu verbannen.

François traf ein, als Alex am folgenden Morgen gerade aufbrechen wollte. Sie standen im Foyer, und Alex küßte sie zum Abschied, als jemand leise an die Tür klopfte.

»Hallo, Alexandre«, sagte François überrascht, als Frederick ihn hereinbat. »Ich habe dich nicht hier erwartet.«

»Von jetzt an wirst du mich bei jeder Gelegenheit hier finden.« Alex grinste so breit, daß die Grübchen auf seine Wangen traten. Er zwinkerte Nicole zu.

»Das freut mich für dich«, meinte François ein bißchen verunsichert. Heute war er derjenige, der bleich und elend aussah.

»Und du, *mon frère*? Du siehst ein bißchen mitgenommen aus. Stimmt etwas nicht?«

François blickte auf Nicole, die ihm aufmunternd zunickte. »Ich komme mir bloß so überflüssig vor. Es gibt so vieles, das ich tun möchte... das ich tun muß, und doch kann ich nicht.«

»Was denn?« drängte Alex plötzlich unwirsch.

François drehte verlegen den schmalkrempigen Zylinder, den er in der Hand hielt. »Ich hatte gehofft, mich mit dir unterhalten zu können. Ich nehme an, das kann ich ebensogut jetzt tun wie ein andermal.« Er atmete tief durch. »Ich will wieder nach Frankreich, Alexandre. Ich will malen.«

Alex starrte ihn bloß an. »Malen?« bellte er. »Wenn du was anmalen willst, dann komm auf Belle Chêne, dort kriegst du Pinsel und Farbe.«

»Alex!« fiel ihm Nicki ins Wort. »Was um Gottes willen ist mit dir los? François erzählt dir von seinen Wünschen, vertraut sich dir an, und du... du benimmst dich wie ein arroganter Esel!«

Alex brachte sie mit einem einzigen harten Blick zum Schweigen. »Verzeihen Sie, Mademoiselle St. Claire. Aber ich glaube, dieses Gespräch betrifft meinen Bruder und mich. Sollten Sie an meiner Stelle sprechen wollen, dann steht Ihnen das ab jetzt frei. Guten Tag.«

»Wage bloß nicht, jetzt aus dieser Tür zu gehen!«

Aber wie üblich wagte er es doch und schlug sie noch dazu laut hinter sich zu.

Nicki seufzte verärgert. »Ich liebe ihn wirklich«, erklärte sie François, »so starrsinnig und arrogant er manchmal auch sein kann.«

»Ich habe Ihnen prophezeit, daß das geschehen würde.«

»Das haben Sie.« Sie legte eine tröstende Hand auf François' Arm. »Aber Sie dürfen jetzt nicht aufgeben. Warum trinken wir nicht einen Kaffee? Haben Sie schon gegessen?«

»Das hatte ich vor, als ich kam, aber ich fürchte, nun ist mir der Appetit vergangen.«

Nicki nickte nur. »Niemand weiß besser als ich, wie entmutigend Alex manchmal sein kann.«

François zog die Tür auf.

»Lassen Sie mich mit ihm sprechen«, sagte Nicki. »Vielleicht wird er zuhören, wenn er Zeit gehabt hat, über alles nachzudenken.«

»Ich bezweifle es, aber ich wäre Ihnen dankbar, wenn Sie es versuchen würden.«

Alex würde in den nächsten Tagen nicht zurückkehren. In der Zwischenzeit ging Nicki immer wieder die Bücher von Belle Chêne durch. Am Freitag war sie sicher – Louis Mouton betrog die du Villiers, und zwar schon seit Jahren.

»Das erzählen wir Alex, sobald er zurückkommt«, meinte Ram.

»Nein, Ram. Ich habe eine bessere Idee. Wenn Alex erfährt, was Mouton getan hat, dann wird er ihn wahrscheinlich umbringen – oder ihn wenigstens bis zum Umfallen verprügeln. Dann gibt ihm Mouton das Geld vielleicht nie zurück. Ich finde, wir sollten zu ihm gehen. Ihm drohen, daß wir ihn auffliegen lassen, es sei denn, er gibt das Gestohlene zurück – mit Zins. Wir hätten ein Druckmittel. Sein Ruf geht ihm über alles. Von den Jahren, die er im Gefängnis verbringen würde, ganz zu schweigen.«

Ram grinste, daß sich die olivfarbene Haut über den glatten Augenlidern spannte. »Mit dem Geld könnte Alex Fortier ausbezahlen. Er würde Clarissa nicht heiraten müssen.«

Nickis Lächeln strahlte dermaßen, daß es den ganzen Raum erhellte. »Ganz genau.«

23. KAPITEL

»Aber das ist absurd! Eine Unverschämtheit!«

»Wirklich, M'sieur Mouton?« fragte Nicki kühl. »Das glaube ich kaum.« Sie und Ram standen in Moutons elegantem Büro vor seinem luxuriösen Schreibtisch.

»Wie können Sie sich anmaßen, so etwas zu behaupten?«

fragte Mouton entrüstet. »Sie sind nichts als Alexandres neueste Geliebte – bloß eine Hure!«

Ram trat vor, und seine Muskeln spannten sich, als er Mouton aus zornigen Augen ansah. »Ich warne Sie – beleidigen Sie die Dame nicht. Bevor Alexandre Ihren Betrug entdeckt und Ihnen die Seele aus dem Leibe prügelt, werden Sie es mit mir zu tun bekommen.«

Mouton sank in seinen Stuhl. Er fuhr sich mit einem feinknochigen Finger zwischen den steifen, weißen Kragen und den zornig roten Hals, dann strich er sich das schneeweiße Leinenhemd glatt. »Wer hat Ihnen denn solche Geschichten erzählt?«

»Ihr Assistent übergab Alexandre Ihre Kopien der Bücher«, sagte Nicki. »Und ich habe Ihren Betrug aufgedeckt.«

»Sie! Aber Sie sind eine Frau. Sie verstehen bestimmt nichts von Buchführung.«

»Mein Vater war Etienne St. Claire, der Besitzer der Meadowood-Plantage. Ich habe es von ihm gelernt.«

Moutons Blick war plötzlich glasig geworden. Man sah die aufkommende Verzweiflung. »Die Bücher, die mein Assistent Alexandre übergab... sind nicht die richtigen. Ein Teil der Ausgaben ist darin noch nicht aufgeführt. Nur in den richtigen Exemplaren sind die Ausgaben aufgeführt, die von den Gewinnen noch abzuziehen sind.«

»Ach wirklich?« Nicki zog eine Braue hoch. Sie strich sich einen imaginären Fussel von ihrem marineblauen Tageskleid aus Seide, hob das Kinn und fixierte Mouton wieder. »Und warum hielten Sie es für notwendig, zwei verschiedene Bücher zu führen?«

»Es... es war bloß eine Vorsichtsmaßnahme – falls eines verlorengegangen wäre. Sie verstehen nichts von den Feinheiten unseres Geschäfts.«

Nicki schenkte ihm ein schiefes Lächeln. »Wenn dem so ist,

dann sollten wir lieber einen Experten hinzuziehen. Ganz bestimmt wird ein Polizeibeamter den Vorgang aufklären können – mit Alex' Hilfe natürlich.«

Mouton schluckte schwer. »Es gibt wirklich keinen Grund für eine solche Maßnahme…«

»Nein? Es gäbe wirklich keinen – wenn Sie Alex das Geld zurückgeben.«

»Aber ich sage Ihnen doch, ich habe nichts gestohlen!«

»Ram? Die Polizei, bitte.«

»Mit Vergnügen.« Ram drehte sich um, aber Moutons schon fast hysterische Stimme hielt ihn an der Tür zurück.

»Nein! Wenn Sie wirklich Ärger machen wollen… dann lassen Sie mir keine andere Wahl. Ich werde dafür sorgen, daß Alexandre das ganze Geld zurückerhält.«

»Mit Zinsen«, fügte Nicki hinzu.

Mouton stöhnte. »Sie werden mich ruinieren.«

»Das bezweifle ich. Ganz bestimmt hat sich die Summe dank Ihrer umsichtigen Anlage inzwischen verzehnfacht.«

»Wie soll ich es ihm denn übergeben, ohne daß er von unserer… Übereinkunft erfährt?«

»Das überlasse ich Ihnen. Erzählen Sie ihm meinetwegen, eine entfernte Verwandte habe ihm das Geld vererbt. Erzählen Sie ihm, was Sie wollen. Ihnen wird sicher etwas einfallen.«

Mouton nickte steif.

»Und ich erwarte, daß Sie danach New Orleans verlassen.«

»Verlassen? Aber es hat mich Jahre gekostet, dieses Geschäft aufzubauen. Wie können Sie da erwarten, daß ich fortgehe?«

»Sie haben Jahre damit zugebracht, anständige Menschen um ihr Geld zu betrügen. Ich bezweifle, daß Ihnen viel von Ihrem Geschäft bleibt – sobald die Wahrheit bekannt wird.«

Moutons Schultern sackten herab, sein Antlitz war blaß und mitgenommen.

»Ich fürchte, ich werde Ihre Bücher behalten müssen«, ergänzte Nicki. »Nur um sicherzugehen, daß Sie sich an unsere Vereinbarung halten.«

»Aber woher soll ich wissen, daß Sie mich nicht doch verraten?«

»Das wissen Sie nicht. Sie haben nur mein Wort. Ich versichere Ihnen aber, daß es mir wesentlich mehr wert ist als Ihnen das Ihre.«

»Ich brauche etwas Zeit, um das Geld aufzutreiben.«

»Eine Woche«, gab ihm Nicki. »Dann wende ich mich an die Behörden.«

»Versuchen Sie nicht abzuhauen«, warnte ihn Ram. »Die Polizei wird Sie finden – und wenn nicht, dann finde ich Sie.«

»Einen angenehmen Tag noch, M'sieur«, verabschiedete Nicki sich zuckersüß und drehte sich um. Ram hielt ihr die Tür auf, dann spazierten sie durch das Vorzimmer hinaus auf die Straße.

Ram kicherte leise. »Wie fühlt man sich, wenn man weiß, daß man bald Herrin von Belle Chêne wird?«

Nicki grinste, verschränkte die Arme vor der Brust und drehte sich vor Vergnügen in der strahlenden Dezembersonne im Kreise. »Um ehrlich zu sein, daran habe ich gar nicht gedacht. Ich will bloß Alex heiraten und endlich heimkommen.«

Da es nur noch wenige Wochen bis zu Alex' Hochzeit waren, erwartete Nicki ungeduldig seine Rückkehr. Sie konnte ihm nicht von ihrem Treffen mit Mouton erzählen, aber sie konnte etwas anderes klarstellen, das ihr seit seiner ärgerlichen Verabschiedung vor einer Woche keine Ruhe ließ.

Er kam am Mittwoch abend und sah müde aus. Er war zerknirscht, weil er sie in solcher Wut verlassen hatte.

Sie unterhielten sich über das Wetter, aßen *étouffé* zu Abend, einen schweren Katzenwels-Eintopf mit Reis, und nahmen dann im Salon ihren Brandy und Sherry. Draußen war es kälter geworden, denn der Winter rückte näher, aber der Abendhimmel war klar und hell.

Nicki nippte an ihrem Sherry. »Hast du in letzter Zeit François gesehen?« fragte sie mit geheuchelter Gleichgültigkeit.

Alex' entspannte Miene verdüsterte sich wieder. »Er war nicht auf Belle Chêne, wenn du das meinst.«

»Hast du ihn gesehen, Alex? Dein Bruder liebt dich. Es trifft ihn hart, daß er nicht mehr mit dir sprechen kann.«

»Er braucht nur heimzukommen.«

Nicki stellte ihr Glas auf dem Marmortisch ab. »Belle Chêne ist dein Heim, Alex, nicht François'. Er ist nicht daran interessiert, Plantagenbesitzer zu werden. François lebt jetzt sein eigenes Leben, hat eigene Ziele und Vorstellungen.«

»François hat keine Ziele. Das ist doch offensichtlich, selbst für jemanden wie dich, der wild entschlossen ist, in jedem Menschen nur das Gute zu sehen. François weigert sich, erwachsen zu werden und Verantwortung zu übernehmen. Er weigert sich, das Leben so zu sehen, wie es wirklich ist.«

Nicki berührte ihn sacht am Arm. »Diesmal bist du es, Alexandre, der sich weigert, das Leben so zu sehen, wie es wirklich ist.«

Alex entzog ihr seinen Arm. »Und was soll das heißen?«

»Es heißt, daß François… anders ist. Er ist sanfter als andere Männer, ein bißchen… empfindsamer. Er hat andere Bedürfnisse als du.«

Alex' Miene wurde vollkommen ausdruckslos. »Er hat andere Bedürfnisse, wahrhaftig. Sie unterscheiden sich von meinen wie der Tag von der Nacht.«

»Ist er deshalb ein schlechter Mensch?«

Alex antwortete nicht. Seine Augen ließen sie nicht los, und der Atem schien ihm zu stocken. »Du weißt es.«

Nickis Herz flog ihm zu. Sie hätte wissen müssen, daß er die Wahrheit über seinen Bruder kannte – oder wenigstens vermutete. »Ich weiß sehr wenig über... solche Sachen, aber ich weiß, daß François ein guter, liebevoller Mensch ist. Ich weiß, daß er dich liebt und daß er deine Liebe braucht – ob er nun... anders... ist oder nicht.«

Alex atmete lang und müde aus, und sein sorgenvolles Gesicht machte ihn um Jahre älter. »Ich habe gehofft, daß er irgendwann wieder so werden würde, wie er früher war. Ich war überzeugt, daß er nur auf Belle Chêne zurückkommen und dort arbeiten müßte, damit seine... Vorlieben... wieder normal werden.«

»Er ist, wie er ist, Alex.« Nicki lächelte sanft. »Er ist ein wunderbarer Künstler und unglaublich begabt. Er will in Frankreich studieren. Ich glaube, dort könnte er glücklich werden.«

»Mit seinem Freund«, fügte Alex düster hinzu.

»Ja.«

»Und du findest, ich sollte ihm dabei helfen?«

»Er liebt dich, so wie du bist. Du mußt ihm zeigen, daß du ebenso empfindest.«

Alex räusperte sich, denn seine Stimme klang plötzlich rauh. »Ich wollte nur das Beste für ihn.«

»Ich weiß.«

Alex betrachtete sie einen Augenblick lang, dann schlang er einen Arm um ihre Taille und zog sie auf seinen Schoß. »Du verblüffst mich immer wieder«, sagte er und küßte sie. »Wie bin ich nur jemals ohne dich zurechtgekommen?«

Nicki grinste. »Das kann ich dir wirklich nicht sagen.«

Er neigte den Kopf, küßte sie langsam, zärtlich, liebevoll, zum Dank dafür, daß sie ihn so gut verstand. »Ich werde tun, worum du mich gebeten hast«, erklärte er ihr, als er sich endlich wieder von ihr löste. »Sag ihm, ich möchte, daß er glücklich wird.«

Nickis Augen füllten sich mit Tränen. »Das wird er wissen.«

Am Morgen erwachte Alex in aller Frühe. Er zog für seine geschäftliche Verabredung dunkelbraune Hosen und ein gestärktes weißes Leinenhemd an und legte eine Goldbrokatweste sowie einen dunkelgrünen Frack bereit.

»Ich habe eine Verabredung mit Louis Mouton«, flüsterte er Nicki ins Ohr, die sich noch schläfrig in die Kissen kuschelte.

Nicki schoß hoch. »Wirklich?«

Alex küßte sie auf die Nasenspitze. »Heute morgen um sieben.« Er drehte sich zu dem Rosenholzspiegel über dem Schreibtisch um und band sich säuberlich die weiße Fliege um den Hals.

»Er hat gestern einen Boten nach Belle Chêne gesandt und mir mitteilen lassen, daß es dringend sei. Ich hoffe bei Gott, daß die Frachtverträge nicht geplatzt sind.«

»Ich – ich bin überzeugt, daß es etwas anderes ist.« Nicki betete inniglich, daß Mouton genau das tun würde, was er ihr versprochen hatte, und Alex sein Geld zurückgab.

»Hoffentlich hast du recht«, sagte er. Nachdem er seine Weste zugeknöpft hatte, packte Alex seine Jacke und kam wieder ans Bett. »Warum schläfst du nicht noch ein bißchen?« Er strich ihr das lose Haar aus dem Gesicht und küßte sie auf die Wange.

»Wann wirst du zurückkommen?«

»Erst in ein paar Tagen, fürchte ich. Ich muß wieder nach Belle Chêne, aber ich verspreche dir, daß ich wiederkomme, sobald ich kann.«

Nicki reckte sich und gähnte, stützte den Rücken gegen das kühle Mahagonikopfende des Bettes. Sie nahm ihr Haar zusammen und legte es sich über eine Schulter. Als sie aufsah, entdeckte sie, daß Alex' dunkler Blick auf ihrer nackten Brust ruhte, die unter der heruntergesunkenen Decke zum Vorschein gekommen war. »Ich versichere Ihnen, Mademoiselle, daß Louis

Mouton warten kann, wenn Sie das wünschen sollten.« Seine Hand umfing eine volle Brust und drückte sie sacht.

Nicki spürte, wie ihr bis in die Zehen heiß wurde. »Nein«, flüsterte sie ein bißchen angestrengt. »Du solltest lieber herausfinden, was er will.«

Alex seufzte resigniert und beugte sich dann herab und küßte sie. »Ich bin so bald wie möglich wieder da.«

Kaum war er gegangen, floh Nicki aus ihrem Bett. Sie rief Danielle, ließ sich ein Bad heraufbringen, badete eilends und zog sich dann an. Sie war überzeugt, daß Alex zurückkommen würde, sobald er die Neuigkeiten erfahren hatte.

Sie wollte schön aussehen, wenn er sie bat, seine Frau zu werden.

Nicki wartete den ganzen Nachmittag, aber Alex kam nicht.

Vielleicht hatte Mouton ihm das Geld nicht gegeben. Vielleicht war Alex nach Feliciana geritten, um Fortier zu treffen und ihn auszubezahlen. Vielleicht hatte er auch Clarissa treffen wollen, um die Dinge ein für allemal zu bereinigen.

Bestimmt würde er morgen kommen.

Wieder wartete sie, aber Alex kam wieder nicht.

Am Freitag schickte Nicki Ram in Moutons Büro. Der große Türke fand den Kommissionär beim Packen vor. Er machte sich bereit, die Stadt zu verlassen.

Ram erstattete ihr Bericht. »Mouton hat alles getan, was Sie verlangt haben. Er hat mir die Papiere über die volle Summe gezeigt, die Alexandre unterschrieben hat – eine Erbschaft von einem unbekannten Verwandten in Frankreich.«

»Und Sie glauben ihm?« fragte Nicki.

»Er hatte zuviel Angst, um zu lügen. Er hat das Geld zurückgezahlt.«

»Warum ist Alex dann nicht gekommen?«

»Er muß immer noch seinen Schuldschein einlösen – und alles mit Clarissa klarstellen.«

Seine Worte verstärkten Nickis Befürchtungen. »Vielleicht ist das so... aber andererseits, vielleicht habe ich mich in seinen Absichten getäuscht. Alex und ich haben über vieles gesprochen, aber nicht darüber, ob er mich heiraten möchte.«

»Alexandre liebt Sie«, versicherte ihr Ram. »Er wird um Ihre Hand anhalten.«

Nicki antwortete nicht. Ein paar Stunden darauf traf ein Bote von Belle Chêne ein, der Alex' Ankunft ankündigte. Heute abend würde sie es wissen.

»Sie dürfen sich keine Sorgen machen«, tröstete sie Danielle, während Nicki versuchte, sich zu beruhigen. »Alles wird gut werden.«

»Ich hoffe nur, daß du recht hast, Danielle.« Da sie Alex' Stimme im Erdgeschoß hörte, tupfte sich Nicki schnell mit zitternden Fingern einen Tropfen Parfüm hinter jedes Ohr. Das Kleid, das sie ausgewählt hatte, war schlicht und aus dunkelgrüner Seide, aber es schmeichelte ihr und war zudem eins seiner Lieblingskleider.

Er erwartete sie unten im Foyer in schwarzem Abendanzug. Seine Augen waren voller Liebe. Ohne sich um die Dienstboten zu scheren, küßte er sie innig, wobei er ihr im wahrsten Sinne des Wortes den Boden unter den Füßen wegzog.

»Wir gehen aus«, sagte er, nachdem er sie schließlich wieder abgesetzt hatte. »In ein elegantes, teures Restaurant.« Er ging zu dem vergoldeten Tischchen im Foyer und nahm eine große Schachtel mit einer hellrosa Schleife auf, die er dort hingestellt hatte. »Für dich, *mon amoureuse*.«

»Was ist das?« Mit nervösem Lächeln nahm Nicki die Schachtel entgegen und zog hastig die Schleife auf.

»Etwas, von dem ich hoffe, daß es dir gefallen wird.«

Sie hob den Deckel hoch und sah ein wunderschönes, goldseidenes, tüllgesäumtes Kleid, das mit winzigen Perlen verziert war. Sie stellte sich auf die Zehenspitzen und küßte ihn auf die Wange. »Es ist zauberhaft, Alex.«

»François hat mir die Adresse deiner Schneiderin gegeben, es müßte also passen.«

»Du hast mit ihm gesprochen?«

»Ja. Wir haben uns unterhalten, wie wir es schon längst hätten tun sollen – das verdanken wir dir.« Alex zog sie in seine Arme. »Ich liebe dich, Mademoiselle St. Claire.«

Nickis Herz schlug plötzlich wie wild. Er wird mich fragen! Heute abend wird er mich fragen!

»Wir sollten uns langsam umziehen und auf den Weg machen«, flüsterte ihr Alex ins Ohr und knabberte an ihrem Ohrläppchen. »Sonst kommen wir überhaupt nicht mehr weg.«

Nicki war das im Grunde gleichgültig. Sie wollte nur, daß Alex endlich die Worte aussprach, auf die sie schon so lange wartete. Statt dessen nickte sie und eilte die Treppe hinauf, um sich umzuziehen.

»Wohin gehen wir?« fragte Nicki etwas später, als sie Arm in Arm durch den Garten auf einen glänzenden schwarzen Brougham zuschlenderten, den Alex gemietet hatte. In der abgeschlossenen Fahrgastkabine war es im Winter wärmer. Insgeheim hoffte sie, daß sie im St. Charles speisen würden, dem elegantesten Lokal von New Orleans. Wenn er sie dorthin mitnahm, bedeutete das, daß er mit Clarissa gesprochen hatte, daß ihre Verlobung gelöst war. Daß er frei war und sie, Nicole, heiraten konnte.

»Ich kenne ein charmantes kleines Lokal am Stadtrand. Es ist nicht groß, aber sehr gemütlich. Ich glaube, es wird dir gefallen.«

Und niemand wird uns dort sehen. Nickis Begeisterung erfuhr einen Dämpfer. Aber andererseits war Alex vielleicht nur in romantischer Stimmung, vielleicht wollte er sie ganz für sich allein haben. »Das klingt wunderbar.«

Und das war es auch. Das Restaurant war in einer alten, verlassenen spanischen Festung untergebracht, hinter dicken Mauern und urgemütlich, mit dämmrigen gelben Lampen an den dickpfostigen hölzernen Türrahmen, leiser Musik und liebevoll eingetopften Palmen, die jedem der von Kerzenlicht erhellten Tische den Anschein von Abgeschiedenheit verliehen.

»Du siehst bezaubernd aus«, erklärte ihr Alex, während er ihr die ellbogenlangen Handschuhe von den Fingern streifte und ihre Hand küßte. Er sprach französisch, was er selten tat. Er erklärte ihr immer wieder, daß er sie liebte, und verschlang sie mit den Augen. Das Kleid, das er gekauft hatte, war gefährlich tief ausgeschnitten und brachte ihre Brüste dermaßen zur Geltung, daß ihr die Wangen warm wurden.

»Ich kann mich kaum beherrschen, dich nicht gleich hier zu vernaschen«, flüsterte Alex, und Nicki wurde es noch wärmer. Ihr Puls raste, und ihre Haut kitzelte, wenn sie sich Alex' Berührung nur vorstellte.

Sie speisten *soupe de poissons*, eine delikate Fischsuppe, danach *noix de St. Jacques au courtbouillon*, pochierte Muscheln und *noisettes d'agneau poêlées*, Medaillons vom Lamm mit Spinat und Pilzen gefüllt. Dazu gab es jeweils die passenden Weine, zum Nachtisch Birnensoufflé und Champagner.

Alex sprach über François und später über einen Brief, den ihm *Grand-mère* geschrieben hatte. Aber die Worte, die Nicole so sehnlichst erwartete, kamen nicht.

»Wie geht die Ernte voran?« fragte Nicki in der Hoffnung, daß er über dieses Thema auf Fortier und den Schuldschein zu sprechen kommen würde, den er bestimmt schon eingelöst hatte.

»Größtenteils sind wir fertig. Aber ich fürchte, ich werde mir einen neuen Kommissionär suchen müssen. Louis Mouton verläßt die Stadt.«

Nickis Magen krampfte sich zusammen. »Nach all den Jahren?«

Alex seufzte. »Wer hätte das gedacht?«

»Hat er gesagt, warum?

»Nur daß er neue Herausforderungen bräuchte.« Alex drückte ihr die Hand. »Aber sprechen wir nicht mehr übers Geschäft. Heute abend sollten wir über Wichtigeres sprechen.«

Nicki lächelte, und ihr Puls beschleunigte sich. »Zum Beispiel?«

»Über das Lieben.« Sein Blick wanderte über ihre Kehle, über die Schultern und heftete sich auf ihren Busen. »Ich glaube, es wird Zeit, heimzufahren.«

Alex stand auf und zog ihren Stuhl zurück. Nicki lächelte ihn unsicher an und stand auf. *Die Kutsche*, dachte sie mit wachsender Verzweiflung. *Er wird mich in der Abgeschiedenheit der Kutsche fragen.*

Aber das tat er nicht. Er küßte sie nur mit einer solchen Leidenschaft, daß sie naß wurde. Seine breite Hand glitt in ihr Kleid, umfaßte ihre Brust und streichelte ihre Brustwarze, bis sie hart wurde und sich aufrichtete.

Nicki stieß einen kleinen Schrei aus und lehnte sich tiefer in seine Hand. Als sie das Stadthaus erreicht hatten, war sie außer Atem, ihr war schwindlig, und sie begehrte ihn fast schmerzhaft. Als aber der Kutscher die Tür öffnete und die kalte Luft hereinließ, kehrte ihr gesunder Menschenverstand zurück.

Er wird mich nicht fragen, gestand sie sich mit tödlicher Gewißheit ein, die sie überkam wie eine kalte, dunkle Woge. Er wird Clarissa heiraten, genau wie er es geplant hat.

Erschüttert und verwirrt ging sie aufs Haus zu. Als sie eine

Stufe verfehlte und strauchelte, fing Alex sie in seinen Armen auf.

»Ich glaube, du hast ein bißchen zuviel Champagner abbekommen.«

»Ja. Ich – ich fühle mich ein bißchen komisch.« *Und entsetzlich elend.*

Alex trug sie die Treppe hinauf. Nicki schlang die Arme um seinen Hals, um sich festzuhalten. Mit dem Fuß schob er die Tür auf, dann trug er sie hinauf ins Bett. Ein Blick auf ihr bleiches Antlitz ließ Alex' dunkle Brauen tiefer sinken.

»Du siehst nicht gut aus. Vielleicht sollte ich lieber einen Arzt holen.«

»Nein. Es ist nur der Champagner. In einer Minute geht es mir wieder besser.«

Alex zog sie aus. Seine Hand zitterte, als er unabsichtlich ihre Brust berührte. Nicki zwang sich, das Gefühl von Wärme zu ignorieren, das er in ihr auslöste.

»Alex?«

Er küßte sie auf die Stirn. »Was ist denn, *mon amour*?«

»Ich muß wissen, ob sich zwischen uns … irgend etwas geändert hat. Du mußt mir ganz genau sagen, was du empfindest.«

Alex nahm ihre kalten Hände zwischen seine warmen. »Ich liebe dich mit jedem Augenblick mehr. Ich werde für dich sorgen und dich glücklich machen. Nichts hat sich geändert.«

Nicki schluckte schwer und kämpfte gegen die Tränen an. »Ich weiß, daß du mich lieben willst, Alex, aber ich … fühle mich wirklich nicht besonders gut. Macht es dir viel aus, wenn wir warten?«

»Natürlich macht es mir etwas aus.« Er schenkte ihr das Grübchenlächeln, das sie so liebte. »Vor allem, da ich bei Tagesanbruch aufbrechen muß.« Er hauchte einen Kuß auf ihre Lippen. »Aber ich bin zufrieden, dich nur zu halten, wenn du das willst.«

»Danke.« Sie zogen sich fertig aus, Alex mit knappen und schnellen Bewegungen, doch sein steifer Schaft verriet die Erregung, die er zu unterdrücken versuchte. Ihr Körper reagierte entsprechend, aber sie weigerte sich, dem nachzugeben.

Daß Alex sie begehrte, bezweifelte sie nicht. Sie konnte sich sogar vorstellen, daß er sie auf seine ganz persönliche Weise liebte. Aber er liebte auch Belle Chêne. Alex liebte das Imperium, das von den du Villiers errichtet worden war, und er hatte vor, es noch zu vergrößern. Jetzt wußte Nicki mit einer Gewißheit, die ihr das Blut in den Adern gefrieren ließ, daß Alex niemals ernsthaft in Erwägung gezogen hatte, sie zu heiraten. Von dem Augenblick an, in dem er seine Leidenschaft für sie entdeckt hatte, hatte er sie zu seiner Geliebten machen wollen – und das war ihm weit besser gelungen, als sie je geglaubt hätte.

Alex' Hochzeit mit Clarissa Endicott würde stattfinden. Das Vermögen und die Macht der du Villiers würde sich durch diese Heirat mehr als verdoppeln. Wie hatte sie so naiv sein können zu glauben, er würde all das aufgeben?

Und wofür? Um eine Leibeigene zu heiraten, die arm war wie eine Kirchenmaus?

Nickis Kehle schmerzte unter den zurückgehaltenen Tränen, die sie keinesfalls zeigen wollte. Die langen Nachtstunden hindurch spürte sie Alex' Arme schützend um ihren Leib, seinen festen Körper an ihrem. Obwohl sie sich schlafend stellte, wollte sich der Schlaf nicht einstellen. Im Morgengrauen, als Alex erwachte, sah sie erschöpfter und bleicher aus denn je.

»Wenn es dir heute abend nicht besser geht«, sagte er, »dann soll Ram den Arzt holen.«

»Mir geht es gut«, sagte sie leise. »Wirklich.«

»Morgen abend komme ich zurück, um mich selbst davon zu überzeugen. Auch eher, falls du mich brauchen solltest.«

»Ich habe dir gesagt, daß es mir gut geht.«

Alex küßte sie zärtlich. »Ich liebe dich, *ma chère*. Vertraue mir. Alles wird gut.«

Vertrauen. Wie oft hatte sie das schon getan? »Ich vertraue dir, Alex. Du würdest mir niemals weh tun.«

Er sah sie eigenartig an, als wollte er noch etwas sagen, aber er schwieg.

»Ich sehe dich morgen abend.«

»Ja.« Er küßte sie ein letztes Mal, und Nicki klammerte sich unwillkürlich an ihn, erwiderte seinen Kuß mit all der Liebe, die sie empfand, aber nun verleugnen mußte. »Paß auf dich auf, Alexandre«, rief sie ihm nach, als er an der Tür war.

»Morgen«, wiederholte er. Und dann war er fort.

»Glauben Sie mir jetzt?« fragte Nicki Ram, der sich später an diesem Tag im Arbeitszimmer zu ihr und Danielle gesellte.

»Es ist, wie Sie es gesagt haben. Die Hochzeit wird wie geplant stattfinden, obwohl der Schuldschein, den Fortier hielt, eingelöst wurde.«

Nicki sank auf das Ledersofa vor dem Kamin. »Dann werden Sie tun, worum ich Sie gebeten habe? Sie helfen mir zu fliehen?«

»Sie werden nicht versuchen, ihn zur Einsicht zu bewegen?«

»Das habe ich schon mehrmals versucht.«

Ram nickte, da er erkannte, wie wahr ihre Worte waren. »Ich werde Ihnen helfen.«

Nicki reichte ihm die Morgenausgabe des *Daily Picayune*. »Schlagen Sie die Seite drei auf.« Ram tat es. »Ungefähr in der Mitte. Der Artikel über den Staat Texas.«

Ram faltete das Papier zur Hälfte und überflog den Artikel. »Das ist nicht Ihr Ernst.« Er schaute sie verblüfft an.

»Doch, mein voller Ernst.«

»Sie wollen nach Texas reisen? Einen Mann heiraten, den Sie noch nie gesehen haben?«

»Texas ist ein Land voller Möglichkeiten. Man braucht Familien, um es zu besiedeln. Ich würde mit einem Mann reisen, der mich zur Frau nehmen will. Niemanden würde meine Vergangenheit interessieren, und der Staat ist so groß, daß ich keine Angst haben müßte, gefunden zu werden.«

»Alexandre wollte Sie früher nicht gehen lassen. Warum sollte er das jetzt tun?«

»Weil Sie ihm erzählen werden, daß ich von seiner ›Erbschaft‹ weiß. Ich weiß, daß er Fortier ausbezahlt hat und mich heiraten könnte, wenn er wollte. Diese Täuschung könnte ich ihm nie verzeihen, das wird er wissen. Diesmal wird er mich nicht verfolgen.«

Danielle zog schniefend die Tränen hoch. »Ich kann es einfach nicht glauben. Ich war so sicher, daß er Sie liebt.«

»Liebe und Geld«, sagte Nicki leise. »Begierde und Macht. Das eine hat mit dem anderen nichts zu tun.«

»Sie müssen sich beeilen«, sagte Ram, »falls Sie vor seiner Rückkehr fort sein wollen.«

»Meine Koffer sind gepackt. Sobald Frederick sie in die Kutsche geladen hat, kann ich losfahren. Um ein Uhr legt ein Dampfschiff nach Texas ab. Es kommt irgendwann nächste Woche in Galveston an. Wenn ich erst verheiratet bin... werden mein Mann und ich mit dem Dampfboot und dem Planwagen ins Landesinnere weiterfahren. Wenn der Artikel stimmt, wollen sich die Siedler irgendwo am Ufer des Brazos niederlassen.«

»Ich komme mit«, erklärte Ram. »Wenigstens bis Galveston.«

»Nein, Ram. Sie haben mir schon Ihr Geld gegeben, das ist mehr als genug.«

»Ich komme mit, oder Sie bleiben hier. Sie haben die Wahl.«

Er duldete keinen Widerspruch. Rams fleischige Schultern und der grimmige Blick aus seinen schwarzen Schlitzaugen machten ihr das deutlich.

»Was ist mit Alex? Sie müssen hierbleiben. Sie müssen es ihm begreiflich machen, damit er nicht nachkommt.«

»Hinterlassen Sie ihm eine Nachricht. Sagen Sie ihm die Wahrheit. Wenn er Ihnen folgt, werde ich ihn aufhalten.«

Nickis Kopf fuhr hoch. »Sie dürfen sich nicht gegen ihn stellen, Ram. Gleichgültig, was geschieht. Sie sind alte Freunde.«

»Den Alexandre du Villier, der mein Freund war, gibt es nicht mehr. Er hätte sich niemals so verhalten.«

Nicki zögerte nur einen Augenblick. »Ich hole meine Sachen.« Sie würde eine Nachricht schreiben, die Alex nicht übergehen konnte. Sie würde ihm erklären, daß sie die Wahrheit über Fortier und seine Hochzeit mit Clarissa kannte, dann an sein Ehrgefühl appellieren – so schwach es auch sein mochte – und ihn bitten, sie in Frieden zu lassen.

Tief in ihrem Herzen glaubte sie, daß er es diesmal tun würde.

24. KAPITEL

»Nicki!« Alex schleuderte Frederick seinen Hut entgegen und eilte in den Salon. Seit Tagen hatte er sich auf diesen Augenblick vorbereitet, doch jetzt war er zu seiner eigenen Überraschung nervös wie ein Schuljunge. Es war verrückt, das wußte er – Nicki liebte ihn, und er liebte sie.

Aber andererseits war Nicole St. Claire eine Frau mit eigenem Kopf und eigenem Willen. Er war nie ganz sicher, was sie tun würde, und liebte sie deswegen um so mehr.

»Ram!« rief er. Er wunderte sich, daß das Haus so kalt und leer schien. Als niemand antwortete, versuchte er es im Eßzimmer, dann im Arbeitszimmer, aber nirgendwo fand sich die Gesuchte.

»Du hättest mir all die Mühe ersparen und mir gleich verraten können, wo sie ist«, sagte er zu Frederick in einem Ton, der eigentlich autoritär klingen sollte, aber statt dessen, davon war er überzeugt, nur fröhlich klang.

Frederick zuckte nur mit den Achseln. Normalerweise wäre Alex die unnatürlich steife Haltung des Butlers aufgefallen, wie auch der mißbilligend zusammengekniffene Mund. Aber Alex eilte, zwei Stufen auf einmal nehmend, schon die Treppe zu Nikkis Zimmer hoch, das er ebenfalls leer vorfand.

»Danielle!« rief er in Richtung der Dienstbotenkammern im Hinterhaus, aber das rundliche kleine Franzosenmädchen kam nicht angelaufen, sondern steckte nur den Kopf aus der Tür und kam dann langsam in seine Richtung geschlurft. »Wo ist deine Herrin?«

»Sie ist mit Ram fort.«

»Mit Ram? Aber sie wußte, daß ich kommen wollte. Wo sind sie hin?«

Danielle senkte den Blick. »Sie hat Ihnen das hier hinterlassen.« Sie überreichte ihm einen schlichten weißen Umschlag, auf dem in Nickis feiner Handschrift sein Name stand und der sorgfältig mit Wachs versiegelt war.

Alex erbrach das Siegel und begann die Worte zu lesen:

> Mein Liebling Alex – denn das wirst du immer für mich sein, ganz gleich, wie weit das Leben mich von dir forttragen wird...

Alex' Hand begann zu zittern, und plötzlich schien es in dem kühlen Gang noch kälter zu werden. In dem Brief teilte ihm Nicki mit, daß sie von seiner Erbschaft wüßte, daß die Schulden an Fortier bestimmt bezahlt seien, aber daß er offenbar dennoch Clarissa zu heiraten gedachte. Sie machte ihm keine Vorwürfe deswegen. Statt dessen teilte sie ihm mit, sie verstünde, wieviel ihm Belle Chêne bedeute, und begriffe, welche Vorteile sich ergäben, wenn er seine Familie mit der der Endicotts vereinte.

Nein, Nicki machte ihm keine Vorwürfe, sondern beendete den Brief mit einer Bitte, daß er ihr ebensoviel Verständnis entgegenbringen möge:

> Wir haben oft von Ehre gesprochen. Darüber, was ich von Kindern und einer Familie denke. Ich respektiere deine Wünsche für die Zukunft. Jetzt bitte ich Dich, die meinen zu respektieren. Laß mich gehen, Alexandre. Beweise mir, daß deine Liebeserklärungen nicht nur leere Worte waren. Laß mich mein Leben weiterleben, wie du deines weiterlebst.

Unterschrieben hatte sie mit *In Liebe, Nicole*.

Alex stützte sich an das edle Mahagonigeländer, und seine Hand zitterte so sehr, daß das steife Papier in seiner Hand knisterte und der harte Klang in dem totenstillen Haus zu hallen schien.

»Wo ist sie?« fragte er, zwängte die Worte durch seine schmerzhaft enge Kehle.

»Das weiß ich nicht, M'sieur.«

»Du weißt es«, widersprach Alex mit flehendem Blick. »Und ich flehe dich in Gottes Namen an, es mir zu sagen.«

»Nichts, M'sieur *le duc*, was Sie tun oder sagen, kann mich dazu bringen, es Ihnen zu verraten.«

Alex blinzelte, denn plötzlich verschwamm sein Blick hinter Tränen. »Ich glaube doch, Danielle. Wenn du mich nur anhören willst.«

Es dauerte sechs Tage, bis sie den Hafen von Galveston erreicht hatten. Es waren die sechs schwersten Tage in Nickis Leben.

Denn in den Tagen, die sie mit Alex verbracht hatte und in denen sie sich ihm ganz geschenkt hatte, war ihre Liebe zu ihm um das Hundertfache gewachsen. Sie vermißte ihn mehr, als sie jemals für möglich gehalten hätte. Gleichgültig, wie verzweifelt sie sich abzulenken versuchte, sie dachte ständig an ihn, fragte sich, wo er war und ob er sie vielleicht auch vermißte.

Sie sagte sich immer wieder, daß das egal war. Alexandre hatte zweifelsfrei bewiesen, daß für ihn nur Belle Chêne zählte. Belle Chêne und das Vermögen der du Villiers.

Was zwischen ihnen geschehen war, war vorbei – ein weiterer Augenblick in einem kummerbefrachteten Leben.

Selbst die Reise war unangenehm gewesen, über windgepeitschte und schwere See waren sie gefahren. In den ersten Tagen war es Nicki elend ergangen, sie hatte nichts im Magen behalten können und nur in der schmalen Koje in ihrer kleinen Kabine gelegen.

Es schien, als hätte Gott doch noch Mitleid mit ihr gehabt, indem er ihr Ram zur Seite gab. Als erfahrener Matrose litt Ram nicht unter Seekrankheit. Statt dessen kümmerte er sich mit um die Kranken und half sogar der Mannschaft in schwierigen Situationen aus.

Um Nicki kümmerte er sich am meisten, und dank seiner unermüdlichen Fürsorge fühlte sie sich am vierten Tag endlich besser. Sie legten unter einem bewölkten Himmel, der Regen versprach, in Galveston an. Der eisige Wind schien genau zu Nickis gedrückter Stimmung zu passen.

Abgesehen von ihrer Angst, einen Mann zu heiraten, den sie noch nie gesehen hatte, und vor einem Land, das kaum besiedelt und voller wilder Indianer war, hatte ihre Monatsregel eingesetzt, sobald sie New Orleans verlassen hatte.

Eigentlich hätte sie dankbar sein müssen, daß sie Alex' Kind nicht trug. Daß das Kind keine Belastung für den Mann darstellte, den sie heiraten würde – aber sie war es nicht. Sie hätte das Kind als Teil von Alex empfunden, der immer bei ihr bleiben würde. Alex' Sohn oder Tochter wäre die Frucht ihrer Liebe zu ihm gewesen. Eine Erinnerung aus Fleisch und Blut, die ihn ihr lebendig erhalten würde, wohin sie auch ging.

Die meisten Passagiere waren bereits von Bord gegangen, als Nicole und Ram das Schiff verließen. Nicki war froh, endlich wieder festen Boden unter den Füßen zu haben. Im Hafen herrschte geschäftiges Treiben. An jeder Ecke wurde mit Baumwolle gehandelt. Allerdings war das Durcheinander längst nicht so chaotisch wie im Hafen von New Orleans. Sie schoben sich zwischen Matrosen und Siedlern, Schweinen, Hunden, Hühnern und Kühen hindurch und gingen auf die staubige Straße zu, die am Meer entlang lief. Nicki starrte mit offenem Mund auf den Ort, der so anders war als die weitläufige Stadt, die sie verlassen hatte.

»Es ist leider nicht ganz so schön wie das *Vieux Carré*«, bemerkte Ram, als könnte er ihre Gedanken lesen.

»Aber auch nicht so überfüllt«, antwortete sie mit entschlossen vorgerecktem Kinn. Ohne auf sein tiefes Lachen zu achten, zog sie den Artikel, den sie aus dem *Daily Picayune* geschnitten hatte, aus ihrer Handtasche und las ihn noch einmal durch, obwohl sie ihn inzwischen auswendig kannte.

»Wir müssen uns mit einem Captain Mercer in Verbindung setzen, dem Leiter der Gruppe. Er wohnt im Galveston Hotel in der Nähe des Hauptplatzes. Wo mag das wohl sein?«

Während Ram die Holzbauten und kleinen Bretterbuden betrachtete, seine Tasche in einer Hand, ihren Überseekoffer über seine breite Schulter gehängt, ging Nicki auf einen großen Mann in Uniform zu, der ein paar Meter weiter weg stand.

»Verzeihen Sie, Sir. Können Sie mir sagen, wie ich zum Platz komme?«

Der große Mann lächelte, daß die weißen Zähne in seinem sonnengebräunten Gesicht nur so blitzten. Die steife Brise zerzauste sein dichtes braunes Haar. »Leutnant Brendan Trask, Marinesoldat des Staates Texas, zu Ihren Diensten, Madam.«

Trask. Der Name klang irgendwie vertraut. Als sie seine scharf gezeichneten, männlichen Züge betrachtete, kam ihr das Bild des genauso großen Kapitäns Morgan Trask in den Sinn, der die *Sea Gypsy* befehligt hatte, auf der *Grand-mère* nach Frankreich gefahren war. Abgesehen von ihrer Haar- und Augenfarbe hätten die beiden Männer Zwillinge sein können. Sie überlegte, ob sie wohl Brüder waren, fragte aber nicht. Je weniger Menschen ihre Vergangenheit kannten, desto besser.

»Guten Tag, Herr Leutnant«, antwortete sie statt dessen. »Wie ich schon sagte, ich suche den Platz.«

»Jawohl, Madam. Er liegt direkt an der Hauptstraße. Gehen Sie einfach geradeaus, bis Sie zur Kirche kommen. Dort ist auch das Galveston Hotel.«

»Vielen Dank, Herr Leutnant.«

»Es war mir ein Vergnügen, Madam.« Er tippte sich an den Uniformhut.

Als Nicki wegging, warf Ram dem Leutnant einen warnenden Blick zu. Der große, magere Soldat grinste nur und schaute ihr weiter nach. Sie spürte seine hellblauen Augen in ihrem Rücken – wahrscheinlich vor allem etwas tiefer –, und lächelte unvermittelt.

Kurz nach zwei Uhr kamen sie an den Platz, der nur ein paar Straßen weiter war. Obwohl Galveston ein winziger Flecken ohne die Eleganz der Stadt war, die sie verlassen hatte, war nicht zu übersehen, daß sich die Menschen auch hier auf Weihnachten vorbereiteten, zu dem es nur noch zwei Wochen hin waren. Gewinde hingen in den Schaufenstern, mit Beeren und Puffmais dekoriert, und Papiergirlanden schmückten die Türrahmen.

Nicki versuchte, all dem keine Aufmerksamkeit zu schenken. Die letzten drei Weihnachtsfeste waren bitter für sie gewesen. Warum sollte es diesmal anders sein?

Sie beschleunigten ihren Schritt, erreichten schließlich das Hotel, einen zweistöckigen, äußerst nüchternen Holzbau, und mieteten sich ein Zimmer.

»Cap'n Mercer freut sich bestimmt, Sie kennenzulern', Ma'am«, erklärte ihr der Portier. »Er hat schon'n Haufen geiler... äh... 'tschuldigung, Ma'am, 'ne Menge Siedler, die's kaum erwarten könn', 'ne Braut abzukriegen.«

Nicki rang sich ein Lächeln ab. »Wo finde ich ihn?«

»Zum Abendessen isser wieder da. Inzwischen könn' Sie sich ja ausruh'n oder sich ma' die Stadt ankucken.«

»Vielen Dank. Ich könnte etwas Ruhe gebrauchen.« Vor allem brauchte sie etwas Zeit für sich allein. »Warum gehen Sie nicht einfach ohne mich, Ram? Ich bin sicher, daß Sie sich die Stadt ansehen möchten.«

»Erst bringe ich den Koffer in Ihr Zimmer.«

Nicki nickte und folgte ihm die Treppe hinauf.

Irgendwann später kehrte sie in die Lobby zurück und fand auch den Mann, den sie gesucht hatte.

»Es ist mir ein Vergnügen, Sie kennenzulernen, Madam.« Raymond Mercer, ein Mann mittleren Alters mit dichten Koteletten, taxierte sie mit einem einzigen flüchtigen Blick.

»Vielen Dank, Captain.« Nicki streckte ihm eine kleine Hand entgegen, die der faßrunde Mann kurz schüttelte.

»Warum setzen wir uns nicht?« schlug er vor. Sie nahmen auf einer kleinen Walnußbank Platz, die Rücken an Rücken mit einem identischen Gegenstück stand.

»Wird Ihre Gattin mit uns reisen?« fragte Nicki, da sie den dünnen Goldreif an seinem Ringfinger bemerkt hatte.

»Meine Gattin bleibt bei ihrer Schwester hier in Galveston.

Sie erwartet in wenigen Monaten ein Kind. Es gab ein paar Probleme beim letzten, deshalb gehen wir diesmal auf Nummer Sicher.«

»Ich verstehe.« Nicki fummelte nervös am Saum ihres braunen Wollkleids herum. Nicht weit von ihnen stand Ram, die Schulter an die Wand neben einem mit Stechpalmen dekorierten Kamin gelehnt. Nicki hatte darauf bestanden, daß sie in dem winzigen Hotelspeisesaal gemeinsam zu Abend aßen. Es hatte Beefsteak, Mais, Kartoffelbrei und Soße gegeben, und Rams grobe Gestalt und orientalisches Gesicht hatten für einige Aufregung gesorgt.

»Was ist mit den anderen?« fragte Nicki. »Bestimmt sind außer mir noch andere Frauen gekommen?«

»Es sind insgesamt sechs«, sagte der Captain. »Sie werden sie morgen früh vor dem Hotel treffen, wo Sie den Mann auswählen, den Sie heiraten werden.«

»Wie… wie wird das ablaufen?«

»Wir werden wahrscheinlich Lose mit den Namen der Frauen ziehen. Die Frau, die zuerst gezogen wird, darf als erste wählen, und so weiter.«

»Das… erscheint mir gerecht.«

Captain Mercer schenkte ihr einen freundlichen Blick. »Bei Ihrem Aussehen könnten Sie wahrscheinlich auch heute nacht losziehen und sich einen Ehemann suchen – wenn Sie das vorziehen.«

Nickis Magen verkrampfte sich. »Nein«, sagte sie leise. »Ich versuche mein Glück zusammen mit den anderen Frauen. Diese Männer sind wenigstens entschlossen, ein Heim zu bauen und eine Familie zu gründen.«

»Es sind alles fleißige Kerle, dafür verbürge ich mich. Vielleicht sind es nicht die Bestaussehenden oder Gebildetsten, aber wen Sie auch wählen, er wird Sie gut behandeln. Es gibt hier zu wenig Frauen, als daß es ein Mann riskieren würde, seine zu verlieren.«

Nicki lächelte halbherzig, und Raymond Mercer erhob sich. »So, jetzt muß ich los. Hab' noch eine Menge zu tun, bevor wir morgen aufbrechen.«

»Vielen Dank, daß Sie mir alles erklärt haben, Captain. Ich weiß Ihre Freundlichkeit zu schätzen.«

»Es war mir ein Vergnügen, Madam.« Captain Mercer drückte sich den flachkrempigen Hut auf den Kopf, tippte sich zum Abschied an die Krempe und stolzierte davon.

Ram gesellte sich zu ihr, als er gegangen war. »Sind Sie überzeugt, daß Sie das wollen?«

»Es gibt zur Zeit sehr wenig, von dem ich überzeugt bin, Ram. Aber ich habe meine Entscheidung gefällt. Jetzt werde ich sie auch durchführen.«

Nicki lag fast die ganze Nacht wach. Morgen würde sich ihr Leben von Grund auf ändern. Selbst Ram würde sie zurücklassen, wenn sie mit einem Mann, den sie noch nicht einmal kannte, in die texanische Wildnis aufbrach. Ein Mann, der erwartete, daß sie für immer bei ihm blieb, nachdem sie ihm das Jawort gegeben hatte. Nicki schluckte schwer. Erst ein Mann hatte sie berührt. Alex konnte sie mit einem einzigen Blick erregen, mit einem leisen Wort, einem Finger, der über ihre Wange fuhr. Wie war es wohl, neben einem Fremden zu liegen? Würde er sanft oder grob sein? Würde sie ihn abstoßend finden, oder würde sie sich ihm hingeben können, ohne sich zu ekeln?

Nickis Augen füllten sich mit Tränen. Heute nacht würde sie zum letzten Mal weinen. Ihr Gatte würde keine Tränen sehen. Ganz allein würde sie den Schmerz ertragen. Was es auch kosten mochte, sie würde ihn glücklich machen, und sie betete, daß auch er sie eines Tages glücklich machen konnte.

Nicki umarmte das dünne Federkissen und stellte sich vor, es sei Alex. Sie rief sich ins Gedächtnis, wie er sie gehalten hatte, erinnerte sich an seine leisen Liebesworte. Ab morgen, das schwor sie sich, würde sie ihm nicht mehr nachtrauern, würde sie sich nicht mehr von der Erinnerung an den Mann peinigen lassen, den sie verlassen hatte. Sie würde ihn aus ihrer Erinnerung streichen, so wie sie die Schreie vergessen hatte, die sie in der Finsternis des Gefängnisses gehört hatte.

Nicki schluckte, denn ihre Kehle schmerzte, und umarmte das Kissen noch fester. Warum hatte es nicht anders kommen können? Warum hatte er sie nicht mehr geliebt?

Dann kamen die Tränen mit aller Gewalt. Um den Mann, den sie geliebt und verloren hatte. Um sein Kind, das sie ebenso verloren hatte wie ihn. Sie ließ ihnen freien Lauf, weinte, bis der dünne Baumwollbezug völlig durchnäßt war, wollte sich von ihnen erlösen lassen. Morgen würde sie ein neues Leben beginnen, das schwor sie sich. Irgendwann in der Nacht würde sie den Mut finden, sich ihm zu stellen.

»Guten Morgen, Madam.«

»Guten Morgen, Captain Mercer.« Der dicke Mann musterte ihr Gesicht, bemerkte, davon war sie überzeugt, die blaugrauen Ränder unter ihren Augen, die bleichen Wangen, die ihr leeres Lächeln nicht überspielen konnte.

Die Straßen von Galveston schienen heute ruhiger als am Tag zuvor, in der stürmischen Kälte blieben die meisten Bewohner lieber zu Hause. Flache, graue Wolken verdeckten die Sonne, und ein beißender Wind peitschte die Falten des dicken, wollenen Umhangs, den Nicki trug. Obwohl ein paar schwere Planwagen beladen mit Fracht und Baumaterial vorbei rollten, herrschte das meiste Treiben doch im Hafen, wo immer neue Schiffe anlegten.

Nicki ließ sich von Captain Mercer auf dem hölzernen Gehsteig an einer Indianerin mit ihrem Kleinkind im Schlepptau vorbeiführen, hin zu einer Gruppe von Frauen, die sich nicht weit vom Hoteleingang versammelt hatten.

»Meine Damen«, stellte sie der Captain einander vor, »ich möchte Sie mit Nicole St. Claire bekannt machen. Miss St. Claire, dies sind Isabelle Jarvis, Maria Gonzales, Eleanor Hoskins und Priscilla Fontaine.«

»Guten Tag«, antwortete Nicki. Die Frauen, die offensichtlich ebenso nervös waren wie sie, nickten oder lächelten bloß, oder sie erwiderten Nickis leise gesprochenen Gruß.

»Ich dachte, es wären sechs Frauen«, sagte sie zu dem Captain.

Mercer zuckte mit den Achseln. »Das hatten wir auch gehofft. Es besteht die Möglichkeit, daß die sechste Frau noch eintrifft, aber wir können leider nicht auf sie warten.«

In der Nähe der Frauen hatte sich eine weit größere Gruppe von Männern versammelt. Eine wilde Ansammlung; manche trugen Wildlederhosen, andere dagegen handgewebte Hemden und Leinenhosen. Manche waren glattrasiert, andere bärtig und mit windzerzaustem Haar. Wieder andere hatten sich redlich Mühe gegeben, sich herzurichten, hatten die Locken mit Öl geglättet und saubere, weiße Hemden angelegt. Als der Captain sie heranwinkte, wehte ein überwältigender Schwall von Fliederwasser zu den Frauen herüber.

»Die Männer stellen sich auf«, sagte der Captain, und Nicki atmete wieder tief durch, um sich zu beruhigen. »Silas«, er deutete auf einen Mann in der Menge, der voller Erwartung grinste, »Sie ziehen die Namen.«

Captain Mercer holte sechs Papierstreifen aus seiner Hemdtasche, stopfte den mit dem Namen der fehlenden Frau wieder zurück und warf die anderen fünf in seinen umgedrehten Hut.

Der Mann namens Silas, ein dunkelhaariger, drahtiger kleiner Kerl mit einem fehlenden Schneidezahn, zog einen Zettel nach dem anderen heraus und reichte sie Raymond Mercer.

»Miss Jarvis, Miss Gonzales, Miss St. Claire, Miss Fontaine und dann Miss Hoskins. Die Damen haben ein paar Minuten Zeit, um sich die Männer anzusehen, dann erwarte ich Ihre Wahl. Der Priester wird jeden Augenblick hier sein, und bis Sonnenuntergang haben wir noch einen langen Weg vor uns.«

Nicki befeuchtete sich nervös die Lippen. Die Männer scharrten mit den Füßen und sahen die Frauen erwartungsvoll an. Isabell Jarvis, eine füllige Frau von etwa dreißig Jahren, verlor keine Zeit.

»Der da tut's«, sagte sie und trat zu einem kräftigen Mann, der ein paar Jahre älter als sie zu sein schien, und ein markantes Kinn und ein warmes Lächeln besaß. Als er seinen schweißigen Hut zog und grinste, applaudierten die anderen anerkennend.

»Matthew Springer«, stellte sich der große Mann zufrieden vor. »Es ist mir eine Ehre, Miss Jarvis.« Wieder jubelten die Männer, und Isabelle Jarvis lächelte. Nicki fand, daß die Frau gut gewählt hatte.

»Miss Gonzales?« fragte der Captain.

»*Si, Señor* Mercer. Ich bin bereit.« Maria war ein hübsches, schlankes Mädchen, jung, dunkelhaarig mit blitzenden, schwarzen Augen. Die Männer waren offensichtlich höchst gespannt – obwohl nicht zu übersehen war, daß das Mädchen schwanger war. »Wenn er mich nimmt, dann nehme ich den Mann am Ende.« Ein kleiner, dunkelhäutiger Mann, der wie Maria mexikanischer Abstammung war, trat vor.

»Ich werde ein guter Papa *por su niño*«, sagte der kleine Mann, und Marias braune Wangen färbten sich purpurrot. Der Mexikaner legte stolz einen Arm um ihre Schulter und führte sie beiseite.

Alle Augen richteten sich auf Nicole, die den Mund schon öffnete, aber plötzlich kein Wort herausbrachte.

»Miss St. Claire?« drängte der Captain.

»Ich – ich… der Gentleman in dem karierten Flanellhemd.« Mit zitternder Hand deutete sie auf einen einige Jahre älteren Mann, der zwischen zwei anderen hervorschaute. Er war groß und ein bißchen zu dünn, aber er hatte ein freundliches Gesicht und sanfte blaue Augen. Erst sah er die beiden Männer rechts und links von sich an, dann schaute er auf sein kariertes Flanellhemd. »Ich?« fragte er mit großen, ungläubigen Augen.

Nicki nickte nur. Sie hatte den Mann ausgesucht, der am harmlosesten aussah, einen, der sie hoffentlich gut behandeln würde.

»Verdammt!« sagte er. »Nicht zu glauben!« Einen Augenblick lang war sie nicht sicher, ob er annehmen würde. Dann grinste er und trat vor. »Ich hab' wirklich Glück, das kann ich euch allen sagen.« Alle lachten, und ein paar flüsterten sich neckende Bemerkungen hinter vorgehaltener Hand zu.

»Heiß Simon Stillwater, komm' aus Tennessee. Freut mich, Sie kennenzulernen, Ma'am.« Simon zog seinen Schlapphut und streckte ihr eine dünne, knochige Hand entgegen. Sie fühlte sich warm, aber auch ein klein bißchen feucht an. Nicki war plötzlich ganz schlecht.

Während der Captain die anderen beiden Frauen wählen ließ, ließ sich Nicki von Simon zu einer etwas abseits stehenden Bank vor Harbisons Gemischtwarenladen führen.

Dankbar sank sie auf die hölzerne Sitzfläche, verzweifelt bemüht, die Fassung zu wahren.

»Ich werd' mich bestimmt gut um Sie kümmern, Ma'am«, erklärte ihr Simon mit ernstem, dünnem Gesicht.

Nicki konnte sich kaum auf seine Worte konzentrieren. »Das werden Sie bestimmt, Simon.«

»Wo wir doch gleich heiraten und so, wär's Ihnen da recht, wenn ich Sie auch anders nenn' als immer bloß Ma'am?«

»Natürlich«, antwortete sie, vergaß aber, ihm ihren Vornamen zu verraten. Auf der anderen Straßenseite begann die Kirchenglocke zu läuten. Nicki stand langsam auf, von dem Klang angezogen, der sie an die Kirchenglocken von New Orleans erinnerte.

»Alles in Ordnung, Ma'am?« fragte Simon, dem ihre Leidensmiene und der glasige Blick nicht entging.

»Es – es ist schon gut. Ich muß nur ganz kurz allein sein.« Ohne eine Antwort abzuwarten, eilte Nicki über die staubige Straße, daß ihr die Röcke im beißenden Winterwind um die Knöchel flatterten. Als sie die schwere, hölzerne Kirchtür aufzog, warf sie einen Blick zurück und sah Ram mit Simon sprechen, der gerade zustimmend nickte, wahrscheinlich, weil Ram ihn ermahnte.

Nicki lächelte traurig. Sie wußte, daß sie von der sanften Unterstützung des großen Türken inzwischen beinahe so abhängig geworden war wie von Alexandres Stärke und Leidenschaft. Sie würde ihn schrecklich vermissen.

Sie spürte, wie sich ein trockener Kloß in ihrer Kehle bildete. *Ich werde nicht weinen*, schwor sie sich. Ich werde nie wieder weinen.

Jene Tage lagen hinter ihr. Sie war in die Kirche gekommen, um die Stärke und den Mut zu finden, weiterzumachen. Sie knickste, und kniete sich dann auf eine harte Kirchenbank. Sie faltete die Hände zum Gebet. Ihr Blick ruhte auf dem milden, gelben Schein der Kerzen unter dem Altar vorne in der Kirche und auf dem Kruzifix, als sie anfing zu beten.

Nicki war nicht sicher, wie lange sie dort gekniet hatte, sie wußte nur, daß ihre Knie schmerzten und daß Simon Stillwater sie eigentlich inzwischen hätte holen müssen.

Aber es war nicht Simons dünne, nasale Stimme, die die Stille in der fast leeren Kirche durchbrach. Die Stimme, die an ihr Ohr drang und ihr Herz einen Moment lang stillstehen ließ, klang so warm und so vertraut.

»Du würdest lieber einen Mann heiraten, den du nie vorher gesehen hast, als Geliebte des Mannes zu werden, den du liebst…«

Sie drehte sich zu der Stimme um und sah ihn im Gang neben ihr stehen. Trotz der Sorge, die seine Stirn zerfurchte, und der Müdigkeit, die sich in seinem männlichen Gesicht abzeichnete, sah er noch besser aus, als sie ihn in Erinnerung hatte.

»Ich habe gebetet, daß du nicht kommen würdest«, flüsterte sie. »Ich dachte, diesmal würdest du verstehen und mich freigeben.« Alex streckte eine Hand nach ihrer Wange aus, aber sie wich zurück.

»Ich könnte dich niemals freigeben«, sagte er rauh.

Nicki stand auf und hob das Kinn, um ihm in die Augen zu sehen. Sie benötigte all ihre Willenskraft, um die Worte auszusprechen, die ihr Herz ihr verweigern wollte. »Es ist eine Ehrensache«, sagte sie leise. »Ohne Ehre ist alles nichts.«

»Ja…«, sagte er. »Das hab' ich von dir gelernt.«

»Bitte, Alexandre… bitte tu es nicht.« Aber Alex schien sie nicht zu hören. Er kniete sich wortlos neben sie und nahm ihre eiskalte Hand in seine warmen Hände.

»Mademoiselle St. Claire, ich liebe dich mehr als mein Leben. Der Gedanke, ohne dich leben zu müssen, ist mir unerträglich. Würdest du mir die allergrößte Ehre erweisen und meine Frau werden?«

Nicki mußte sich an die harte Holzbank lehnen. Als Alex ihre zitternden Finger an seine Lippen hob und sie küßte, traten ihr die Tränen in die Augen und rollten über ihre Wangen hinunter.

»Ich hätte dich schon früher gefragt«, erklärte er, als sie nicht antwortete, »aber ich wollte Clarissa Gelegenheit geben, ihr Gesicht zu wahren, und darauf hab' ich gewartet.« Dann zog er eine kleine Samtschachtel aus seiner Westentasche und öffnete vorsichtig den Deckel.

Auf einem Bett aus glänzend weißem Satin glitzerte ein Diamantring im Kerzenschein. In der Mitte der leuchtenden Steine ruhte ein viereckiger, makelloser Aquamarin von derselben Farbe wie Nickis Augen.

»Alex«, hauchte Nicki und streckte die Hand nach ihm aus.

Alex zog sie in seine Arme und hielt sie fest. Dann küßte er sie aufs Haar und dankte dem Herrn, daß er sie noch rechtzeitig gefunden hatte. »Heirate mich«, flüsterte er ihr ins Ohr und ließ seine Finger über ihr weiches Haar gleiten. »Hier und jetzt.«

Er hörte sie leise weinen, hörte, wie sie immer wieder seinen Namen flüsterte, als könnte sie sich dadurch vergewissern, daß er wirklich da war.

»Ich liebe dich, Alex«, flüsterte sie schließlich unter Tränen. »So sehr, daß ich glaubte, ich müsse daran sterben.« Sie setzte kleine, zarte Küsse auf seine Wange, auf seinen Hals, dann küßte sie ihn auf den Mund. Alex zitterte. Noch nie hatte er eine so süße, so berauschende Berührung erlebt.

»Gott sei Dank habe ich dich gefunden. Ich hätte dich viel früher fragen sollen. Ich habe uns beiden solchen Kummer bereitet… Kannst du mir jemals verzeihen?«

»Ich hätte nicht an dir zweifeln dürfen. Ich hätte dir vertrauen sollen.«

»Ich werde dich immer lieben, *ma chère.* Zweifle nie wieder an mir.« Er fing ihre Lippen in einem warmen, süßen Kuß, und Nicki drängte sich an ihn und erwiderte den Kuß mit gleicher Leidenschaft.

Irgendwann ließ er sie los. »Du hast mir noch nicht geantwortet.«

Nicki lächelte und küßte ihn noch einmal. »Ich glaube, ich bin bereits versprochen«, neckte sie ihn. »Was soll ich denn jetzt mit meinem Verlobten machen?«

»Simon Stillwater war so großzügig, auf seine Ansprüche zu verzichten – als er begriff, daß du bereits mir gehörst.«

Nicki lächelte. »In dem Fall, M'sieur du Villier, wäre ich, da du so lieb gefragt hast, stolz, deine Frau zu werden.«

Alex küßte sie. Es war ein langer, sinnlicher Kuß, der Gefühle in ihnen auslöste, die eigentlich an einen anderen Ort gehörten. »Ich verspreche dir, daß du es nie bereuen wirst.«

Nicki strahlte. »Ich habe noch keinen einzigen Augenblick bereut, den ich mit dir verbracht habe.«

Dann hängte sie sich bei ihm ein und ließ sich von ihm den Mittelgang entlang bis vor den Altar führen. In dem Moment kam aus einer Seitentür ein kleiner, schwarzhaariger Priester, dessen lange Robe hinter ihm her flatterte.

»Kann ich etwas für Sie tun?« fragte er.

»Vater, ich weiß, daß meine Bitte etwas ungewöhnlich ist«, antwortete Alex, »aber wir müssen so schnell wie möglich heiraten.« Er schenkte Nicki ein Grübchenlächeln. »Ich möchte diese Dame so bald wie möglich in mein Bett bringen – und ich möchte ihre Ehre nicht verletzen.«

»Alex!«

Alex' Grinsen wurde nur breiter. »Also, Vater?«

Der kleine Priester schien kein bißchen überrascht. »Es gibt Gelegenheiten, mein Sohn, da muß man die Regeln etwas zurechtbiegen. Dies scheint mir so eine zu sein.«

Alex wandte sich an Nicole. »Wir werden es in großem Stil feiern, sobald wir zu Hause sind, aber ich gehe kein Risiko ein, dich noch einmal zu verlieren.«

»Ich auch nicht«, stimmte sie ihm zu. »Ich verspreche dir, daß ich zum letzten Mal weggelaufen bin.«

25. KAPITEL

Alex und Nicole wurden von dem kleinen, schwarzhaarigen Priester in einer tränenreichen, fröhlichen Zeremonie verheiratet, die vollkommen anders war als die unsicheren Jaworte, die man sich draußen auf der staubigen Hauptstraße von Galveston gab.

Ram führte die Braut zum Altar und war außerdem Trauzeuge. Neben Nicki stand eine alte Mexikanerin, die unter ihrer schwarzen Mantilla sentimentale Tränen vergoß. Nachdem das Jawort gesprochen war und Alex die Braut geküßt hatte, hob er sie hoch und trug sie den Gang hinunter.

»Flitterwochen im Hotel von Galveston ist zwar nicht genau das, was ich mir vorgestellt hatte, *chérie*, aber fürs erste muß das genügen.«

»Es ist mir gleich, wo wir sind, solange wir zusammen sind«, erklärte ihm Nicki und schlang ihre Arme um seinen muskulösen Hals.

»Wir bleiben ein paar Tage hier, dann kehren wir heim.«

»Nach Belle Chêne?«

»Jawohl, *ma chère*, nach Belle Chêne. Wo du schon längst hingehörst.« Alex gab ihr noch einen lauten Kuß. »Wir sind rechtzeitig vor Weihnachten und vor dem Sugarhouse Ball wieder zu Hause.«

»Weihnachten auf Belle Chêne«, sagte sie sehnsüchtig. »Das muß wunderbar sein.«

»Mrs. Leander ist schon seit Wochen mit den Vorbereitungen beschäftigt.«

Nicki lächelte sanft. »Ich kann es kaum erwarten, heimzukommen.«

Sobald sie die Kirche verlassen hatten, setzte Alex Nicki wieder ab. Aus seinem Augenwinkel bemerkte er Ram, der viel ernster aussah, als es dem fröhlichen Anlaß entsprach.

»Was ist, mein Freund?« fragte Alex.

»Freund?« wiederholte Ram sarkastisch. »Wenn ich wirklich dein Freund gewesen wäre, dann hätte ich nicht an dir gezweifelt. Nach all den Jahren hätte ich wissen müssen, daß du das Rechte tun würdest.«

»Du hast genauso gehandelt, wie ich es von dir gewünscht hätte – du hast die Frau beschützt, die ich liebe. Genau deshalb habe ich sie dir auch anvertraut.«

Ram fiel ein Stein vom Herzen. Er grinste breit. »So hab' ich es noch gar nicht gesehen, aber ich nehme an, du hast ganz recht. Und jetzt, wo mein Job erledigt ist – und du jemand anderen gefunden hast, der auf dich aufpaßt –, kann ich gehen.«

Alex war nicht überrascht. »Wo willst du hin?«

»Ein Schiff des Staates Texas fährt bald Richtung Mexiko, um eine Gruppe von Rebellen zu unterstützen, die in Yucatán gegen die mexikanische Regierung kämpft. Weil ein Umsturz ihrer Sache helfen würde, suchen die Texaner nach Söldnern. Ich will mich melden.«

»Ich habe davon gehört«, sagte Alex. »Morgan Trasks Bruder ist auch unter den Soldaten. Ich habe kurz mit ihm gesprochen, als ich angekommen bin.«

Nicki wandte sich Alex zu. »Ich glaube, wir sind ihm begegnet, als wir an Land gingen.«

»Er sieht seinem älteren Bruder sehr ähnlich. Brendan ist ein Hitzkopf und längst nicht so vernünftig wie Morgan, aber ein guter Mann, glaube ich.«

Nicki wandte sich an Ram. Es tat ihr leid, daß er ging, aber sie wußte, daß ihn das Abenteuer lockte. »Wir werden Sie vermissen.« Plötzlich brach die Sonne durch die Wolken, als Nicki sich auf die Zehenspitzen stellte und ihn auf die glatte Wange küßte.

»Du bist auf Belle Chêne immer willkommen«, erklärte ihm Alex und drückte Rams kräftige Hand.

Auf der anderen Straßenseite hatten sich die meisten Männer und Frauen von Captain Mercer zu ihren Wagen begeben, um die letzten Vorbereitungen für ihre Reise zu treffen, aber der Priester im weißen Kragen, der die Trauungen vorgenommen hatte, war immer noch da. Er traute eben das letzte Paar, als Nicki bemerkte, daß der Mann, der da das Jawort gab, Simon war. Die Frau neben ihm war klein, dunkelhaarig und füllig, hatte braune Augen und ein derbes Kinn, das Nicki irgendwie bekannt vorkam. Die sechste Frau war also doch noch eingetroffen.

Und Lorna Mackintosh hatte Simon Stillwater erwählt.

Mit einem Freudenschrei packte Nicki Alex' Hand und rannte auf ihre Freundin zu. Lorna drehte sich um, als sie die Schritte hörte, und ihre Augen wurden groß.

»Nicki, Mädel! Bistes wirklich du?«

»Ich kann es nicht glauben.« Nicki fiel ihr um den Hals. »Wie kommst du denn hierher?«

»Der Kerl, der mich gekauft hat, is' letzten Monat gestorben. Und solang die Geier um sein Erbe gestritten haben, hab' ich mich aus'm Staub gemacht. Bis hierher werden sie mir nich' nachlaufen.«

»Zu wissen, daß du endlich frei bist, ist das schönste Hochzeitsgeschenk, das ich überhaupt bekommen konnte.« Die Frauen umarmten sich wieder und wischten sich die Freudentränen aus den Augen.

»Scheinbar haste mir auch 'n Geschenk gemacht«, erwiderte Lorna mit einem warmherzigen Blick auf ihren frischgebackenen Ehemann.

Simon grinste. Offensichtlich gefiel ihm seine Braut.

»Das ist mein Mann. Wir haben auch gerade geheiratet«, sagte

Nicki und lächelte Alex an. »Alexandre du Villier, ich möchte dir eine alte Freundin vorstellen, Lorna Mackintosh.«

Lorna schenkte ihm ein strahlendes Lächeln und streckte ihm die Hand hin, die Alex ohne zu zögern schüttelte.

»Ich habe Ihnen viel zu verdanken«, sagte er, denn jetzt wußte er plötzlich wieder, daß die dunkelhaarige Frau Nicki im Gefängnis beigestanden hatte.

»Sie brauch'n mir nich' zu danken. Sie hat sich selbst gerettet. Sie ham 'ne Frau geheiratet, auf die Sie stolz sein könn'.« Ihr Lachen war bodenständig und herzhaft. Nicki hatte es in der Enge ihrer Zelle nur selten gehört. »Sie ham bestimmt gedacht, Sie kauf'n die Katze im Sack, aber Sie ham 'n echten Schatz erwischt.«

Alex stimmte ihr aus vollem Herzen zu. »Nicole hat oft sehr gut von Ihnen gesprochen. Sie hat nie vergessen, was Sie für sie getan haben.«

»Ich hab' versucht, sie vor diesem Schinder, Fortier, zu bewahren, aber ich glaub' fast, er war fest entschlossen, sie in die Finger zu krieg'n. Als ich geseh'n hab', daß Sie sie kauf'n, hab' ich gewußt, daß sie in Sicherheit is'.«

»Fortier hat seine letzte böse Tat begangen.« Alex schaute Nicki an. »Ein paar Tage, nachdem ich den Schuldschein eingelöst habe, hat Valcour Hand an sich gelegt.«

»Guter Gott«, flüsterte Nicki und umklammerte Alex' Arm fester.

»Auf Nimmerwiederseh'n, sag' ich bloß«, verkündete Lorna.

»So sehr ich ihn eigentlich hätte hassen müssen«, meinte Nicki, »hatte ich immer nur Mitleid mit ihm. Ich glaube, er wollte sich ändern, aber seine Wunden waren zu tief.«

»Vielleicht hast du recht«, stimmte ihr Alex zu. »Er hat Lisette eine beträchtliche Summe hinterlassen. Ich glaube, er hat sie vielleicht doch geliebt.«

Nicki blinzelte die plötzlich aufsteigenden Tränen zurück. »Ich hoffe, daß es ihr gut geht.«

»Lisette ist jung und weiß noch nicht recht, was sie eigentlich will. Jetzt hat sie Zeit, das herauszufinden.«

Ein paar Meter neben ihnen räusperte sich Simon Stillwater vielsagend, so daß sich alle Köpfe in seine Richtung drehten. »Ich will dieses fröhliche Wiederseh'n nich' stören, aber der Capt'n will endlich los, un' ich hab' meine Braut noch nich' geküßt.«

Alle lachten, und Lorna grinste Nicki kurz an. »Das könn' wir nachholen, oder nich, Mann?« Mit zwei entschlossenen Schritten war Lorna bei dem schlaksigen Burschen angelangt, schlang ihre Arme um seinen Hals und zog seinen Kopf zu einem langen, tiefen Kuß herab. Als sie sich von ihm löste, sahen beide ein bißchen mitgenommen aus.

»Ich glaub', ich hab' mir da was ganz Ordentliches eingehandelt«, verkündete Lorna mit zufriedenem Lächeln.

Simon grinste. »Vielleicht bin ich anfangs 'n bißchen schüchtern, aber ich wette, du wirst den Handel noch besser finden, wenn ich dich erst unter der Decke hab'.«

Lorna errötete – und Simon ebenfalls, der so aussah, als könnte er gar nicht glauben, daß er das gesagt hatte. Nach einem letzten Lebewohl und den besten Wünschen trennten sich die Reisenden, und Ram machte sich auf den Weg zum Hafen. »Also, *Weib*«, machte Alex Simon nach, »warum steck' ich dich nich' unter die Decke, damit du siehst, was du dir eingehandelt hast?« Seine Augen verdunkelten sich, und sein Blick senkte sich auf ihre Brüste.

»Wenn ich mich recht entsinne«, neckte ihn Nicki, »dann muß ich mir noch die zweitausend Dollar verdienen, die du für meinen Kontrakt bezahlt hast. Am besten fange ich wohl gleich damit an.«

Alex lachte leise. Er zog ein Dokument aus der Innentasche seines Mantels, faltete es auf und reichte es Nicole. »Selbst wenn du nein gesagt hättest, hätte es dir gehört.«

Nicki las die Worte, die ihr so viel Kummer bereitet hatten. Mit entschlossenem Griff riß sie den Kontrakt durch und dann noch einmal.

Sie lächelte und deutete auf den schönen, mit einem Aquamarin und Diamanten besetzten Trauring, den sie am Ringfinger trug. »Dieser Kontrakt ist viel bindender. Von nun an gehöre ich für immer dir.«

»Du irrst dich, *ma chère*. Ich gehöre dir. Du hast nur nicht gewußt, daß ich von Anfang an dein war.«

Nicki küßte ihn, ohne auf die Passanten zu achten, die ihnen neidisch zusahen. Sie spürte nur die wärmenden Sonnenstrahlen auf ihrem Rücken, und die starken Arme ihres Ehemanns um ihren Körper. Jetzt war sie Nicole St. Claire du Villier, Alex' Frau und Gefährtin. Sie würde ihn immer lieben.

Jetzt würden sie nach Belle Chêne zurückkehren. Zu dem Leben, für das sie bestimmt war. Endlich kam sie heim.

GOLDMANN

Kathleen E. Woodiwiss

Ihre wild-romantischen Geschichten von Kämpfen, Verrat und Leidenschaft aus längst vergangenen Zeiten sind die Lieblingslektüre von Millionen Leserinnen, und Kathleen E. Woodiwiss die erfolgreichste Autorin historischer Romane der jüngsten Zeit.

Wie eine Rose im Winter 41432

Der Wolf und die Taube 6404

Shanna 41090

Tränen aus Gold 41340

Goldmann · Der Taschenbuch-Verlag

GOLDMANN

Danielle Steel

Sensible, subtile Töne, lebendige Figuren in vielgestaltigen Welten, mitreißende Geschichten aus dem ganzen Spektrum menschlicher Emotionen sind kennzeichnend für Danielle Steel, eine der erfolgreichsten Autorinnen der Welt.

Das Haus hinter dem Wind 9412

Es zählt nur die Liebe 8826

Sag niemals adieu 8917

Schiff über dunklem Grund 8449

Goldmann · Der Taschenbuch-Verlag